T0268092

EL JUEGO DE LA REINA

Elizabeth Fremantle

EL JUEGO DE LA REINA

Traducción de
Nieves Nueno Cobas y José Serra Marín

SUMA
de letras

Papel certificado por el Forest Stewardship Council®

Penguin
Random House
Grupo Editorial

Título original: *Queen's Gambit*
Primera edición: enero de 2024

© 2013, Elizabeth Fremantle
Publicado originalmente en 2013 por Michael Joseph como
QUEEN'S GAMBIT. Michael Joseph forma parte de Penguin Random House
© 2024, Penguin Random House Grupo Editorial, S. A. U.
Travessera de Gràcia, 47-49. 08021 Barcelona
© 2024, Nieves Nueno Cobas y José Serra Marín, por la traducción

Printed in Spain – Impreso en España

ISBN: 978-84-19835-48-2
Depósito legal: B-17832-2023

Compuesto en Punktocomo S. L.

Impreso en Rotativas de Estella, S. L.
Villatuerta, (Navarra)

SL 3 5 4 8 2

El juego de la reina

Prólogo

El notario huele a polvo y tinta. Cómo es, se pregunta Latymer, que cuando un sentido se adormece otro se agudiza. Puede percibir todos los olores: el tufo a cerveza en el aliento del hombre, el aroma a levadura del pan horneándose en las cocinas de abajo, el hedor a perro mojado del *spaniel* acurrucado junto a la chimenea. Pero apenas puede ver; la estancia parece flotar a su alrededor y el hombre es una vaga y oscura forma que se inclina sobre la cama con una sonrisa que es más bien una mueca.

—Estampe aquí su firma, milord —dice el notario, pronunciando las palabras como si se dirigiera a un niño o un idiota.

Latymer nota que le llega una fragancia de violetas. Es Catalina: su querida, adorada Kit.

—Deja que te ayude a levantarte, John —dice ella mientras lo incorpora un poco hacia delante y le desliza una almohada por detrás.

Lo levanta con facilidad. Su cuerpo se ha consumido mucho en los últimos meses. No es de extrañar, con ese bulto en sus entrañas, duro y redondo como un pomelo español. El movimiento desencadena algo en su interior, una lacerante oleada de dolor que recorre todo su ser y le hace proferir un gemido inhumano.

—Amor mío —dice Catalina, acariciándole la frente.

Él nota el frescor de su tacto. Pero el dolor retuerce aún más sus entrañas. Oye el tintineo que hace su esposa al preparar una tintura medicinal. La cuchara destella al captar la luz. El frío metal toca sus labios y un chorrito de líquido inunda su boca. Su aroma terroso le trae a la mente el lejano recuerdo de estar cabalgando por los bosques, y con él una sensación de tristeza, ya que sus días de montar han llegado a su fin. Siente la garganta demasiado inflamada para poder tragar y teme que el dolor vuelva a desencadenarse una vez más. Ha remitido un poco, pero sigue cerniéndose sobre él, al igual que se cierne el notario, que deja traslucir su incomodidad cambiando constantemente el peso de un pie al otro. Latymer se pregunta cómo es que ese hombre no está más acostumbrado a este tipo de situaciones, dado que se gana la vida haciendo testamentos. Catalina le masajea suavemente el cuello y la tintura acaba deslizándose por la garganta. No tardará en surtir efecto. Su esposa tiene un don innato para los remedios naturales. Últimamente Latymer ha estado pensando en qué poción podría elaborar Catalina para conseguir librarlo de la inútil carcasa en que se ha convertido su cuerpo. Ella sabría exactamente lo que hacer. Al fin y al cabo, cualquiera de las plantas que utiliza para mitigar su dolor podría matar a un hombre si se ingiere en la dosis apropiada: un poco más de esto o de aquello y todo habría acabado.

Pero ¿cómo puede pedirle que haga algo así?

Colocan una pluma entre sus dedos y guían su mano hacia los papeles donde debe estampar su firma. Esos garabatos convertirán a Catalina en una mujer de considerable riqueza. Solo confía en que eso no atraiga hasta su puerta la maldición de los cazafortunas. A sus poco más de treinta años sigue siendo joven, y el carisma que lo enamoró tan profundamente, cuando ya era un viudo maduro, sigue rodeándola como un halo. No posee la belleza ordinaria de las esposas de otros hombres. No, su atractivo es más complejo y ha florecido con la edad. Pero Catalina es demasiado inteligente para dejarse engatusar por los encantos de algún caballero de labia fácil con los ojos puestos en su fortuna. Y es tanto lo que él le debe... Cuando piensa en lo que ha tenido que sufrir por su culpa le entran ganas de llorar, pero su cuerpo ni siquiera es capaz de derramar lágrimas.

Latymer no le ha legado el castillo de Snape, su casa señorial en Yorkshire; ella no lo querría. En muchas ocasiones ha comentado que sería feliz si no volviera a pisar nunca más ese lugar. Snape pasará a manos del joven John. El vástago de Latymer no ha resultado ser el hombre que él había esperado, y a menudo se ha preguntado cómo habría sido la descendencia que podría haber tenido junto a Catalina. Pero ese pensamiento se ve siempre ensombrecido por el recuerdo del bebé muerto, la criatura maldita que fue engendrada cuando los rebeldes católicos saquearon Snape. Le resulta insoportable imaginar siquiera cómo fue concebido ese bebé, cuyo padre fue nada más y nada menos que Murgatroyd, a quien él solía llevar a cazar liebres cuando era un crío. Era un muchacho encantador, nada que ver con el bárbaro en que acabaría convirtiéndose. Latymer maldice el día en que dejó a su joven esposa sola con sus hijos para ir a la corte a implorar el perdón del rey, maldice la debilidad que lo llevó a implicarse desde un principio con los rebeldes. Han pasado ya seis años, pero los acontecimientos de aquellos días permanecen grabados en su historia familiar como palabras en una lápida.

Catalina arregla las ropas de cama mientras tararea una canción por lo bajo; es una tonada que él no reconoce, o que no logra recordar. Latymer siente que lo inunda una oleada de afecto amoroso. El suyo fue un matrimonio por amor; al menos, por su parte. Pero él no hizo lo que se supone que deben hacer los maridos: no pudo protegerla. Catalina nunca ha hablado de aquello. Él habría deseado que ella le gritara enfurecida, que lo odiara, que lo culpara. Sin embargo, se había mostrado serena y contenida, como si nada hubiera cambiado. Y después su vientre fue creciendo, como burlándose de él. Solo cuando el bebé nació, para morir al cabo de una hora, vio Latymer rastros de lágrimas en el rostro de su esposa. Aun así, nunca se habló de aquello.

El tumor que lo va devorando lentamente es su castigo, y lo único que puede hacer para expiarlo es convertirla en una mujer rica. ¿Cómo va a pedirle que haga una última cosa más por él? Si ella pudiera habitar aunque fuera por un instante su cuerpo devastado, accedería sin dudarlo a su petición. Sería un acto de misericordia, y a buen seguro que no habría pecado en ello.

Catalina está en la puerta, despidiendo al notario, y luego vuelve como si flotara por la estancia para sentarse a su lado. Se quita el tocado y lo deja al pie de la cama. Se frota las sienes con las yemas de los dedos y agita su cabello color Tiziano, rojizo con matices dorados. A Latymer le llega su fragancia a flores secas y anhela poder volver a hundir su rostro en él como antes. Catalina coge un libro y empieza a leer en voz baja, las palabras latinas fluyendo suavemente de su boca. Es Erasmo. El latín de Latymer está demasiado oxidado para entender su significado; debería recordar ese libro, pero no puede. Ella es una persona más cultivada que él, aunque siempre ha fingido lo contrario: no es de las que se dan ínfulas.

Un tímido golpe en la puerta los interrumpe. Es Meg, que entra de la mano de esa desmañada doncella cuyo nombre no consigue recordar. Pobre Meg. Desde que Murgatroyd y sus hombres asaltaron la casa, la muchacha se ha mostrado nerviosa y asustadiza como un potrillo, lo que le hace preguntarse si también a ella le harían algo. El pequeño *spaniel* vuelve a la vida agitando frenéticamente la cola y corretea en torno a los pies de las chicas.

—Padre —susurra Meg, dándole un delicadísimo beso en la frente—, ¿cómo te encuentras?

Él levanta una mano, que siente como si fuera un gran trozo de madera muerta, la coloca sobre la mejilla de su dulce hija e intenta sonreír.

La muchacha se gira hacia Catalina.

—Madre —dice—, ha llegado Huicke.

—Dot —le pide Catalina a la doncella—, haz pasar al doctor.

—Sí, milady —dice la chica, y se da la vuelta con un susurro de faldas en dirección a la puerta.

—Y, Dot… —añade Catalina. La doncella se detiene en el umbral—. Pide a uno de los mozos que traiga más leña para el fuego. Ya solo nos queda un tronco.

Dot asiente con la cabeza y sale de la estancia.

—John —dice Catalina, volviéndose hacia su esposo—, hoy es el cumpleaños de Meg. Cumple diecisiete años.

El hombre, totalmente abotargado, mira a su hija para intentar descifrar la expresión de sus ojos castaños, pero su visión borrosa le impide verla con nitidez.

—Mi pequeña Margaret Neville, ya toda una mujer… Diecisiete años. —Su voz suena como un graznido—. Pronto te casarás. Con un joven bueno y decente.

Y sus propias palabras se le antojan una bofetada en la cara, ya que nunca conocerá al esposo de su hija.

Meg se enjuga un ojo con la mano.

Huicke entra discretamente en la estancia. Esta semana ha venido todos los días. Latymer se pregunta por qué el rey envía a uno de sus doctores para cuidar de un lord del norte prácticamente caído en desgracia. Catalina cree que es una señal de que ha sido realmente perdonado. Pero para Latymer eso no tiene sentido; conoce al rey lo suficiente para sospechar que debe de haber un propósito ulterior en su gesto, aunque no tiene ni idea de cuál puede ser.

El médico es una delgada sombra oscura que se acerca hacia la cama. Meg le da otro beso a su padre y se marcha. Huicke retira las mantas, que dejan escapar un hedor rancio, y empieza a palpar el bulto con dedos alados de mariposa. Latymer detesta esas manos enfundadas en cabritilla. Nunca ha visto a Huicke quitarse los guantes, que tienen un tacto delicado y un color semejante al de la piel humana, y cuyos dedos lucen una serie de anillos rematados por un granate del tamaño de un ojo. Latymer desprecia profundamente al hombre por esos guantes, por el engaño de que simulen ser manos y por lo sucio que le hacen sentirse.

Vuelve a sufrir unas agudas punzadas de dolor que le hacen respirar de manera rápida y jadeante. Huicke olisquea el contenido de un vial —su orina, supone Latymer—, y lo examina a la luz mientras habla en voz baja con Catalina. Ella parece resplandecer al lado del joven doctor. Él es demasiado delicado y femenino para representar siquiera una amenaza, pero el lord no lo desprecia solo por sus manos enguantadas, sino también por su juventud henchida de promesas. Debe de ser un médico brillante para estar al servicio del rey siendo tan joven. El futuro de Huicke se extiende ante él sin límites, mientras que el suyo está llegando a su fin. Latymer se queda adormecido, arropado por el susurro de las voces.

—Le he administrado algo nuevo para el dolor —está diciendo Catalina—. Corteza de sauce blanco y agripalma.

—Tenéis muy buena mano para la medicina —responde Huicke—. Nunca se me habría ocurrido mezclar esas dos sustancias.

—Me interesan mucho las hierbas. Tengo un pequeño jardín medicinal… —Hace una pausa—. Me gusta ver crecer las cosas. Y también tengo el libro de Bankes.

—El *Herbario de Bankes* es el mejor de todos. Bueno, al menos esa es mi opinión, aunque es una obra bastante menospreciada por los académicos.

—Debe de ser porque lo escribió una mujer.

—Es muy posible —dice él—. Y eso es precisamente lo que más me atrajo de él. A mi juicio, las mujeres saben más sobre sanación que todos los eruditos de Oxford y Cambridge juntos, aunque esa es una idea que por lo general me reservo para mí.

Latymer siente un súbito acceso de dolor que le recorre todo el cuerpo, esta vez más fuerte, y que le hace doblarse por la mitad. Oye un grito que apenas reconoce como suyo. El espasmo se va desvaneciendo hasta convertirse en un dolor sordo. Cuando vuelve a abrir los ojos, Huicke ya se ha marchado, y Latymer supone que debe de haberse quedado dormido. De pronto, lo asalta una abrumadora e imperiosa sensación de urgencia. Debe pedírselo a Catalina antes de que el habla lo abandone, pero ¿cómo expresarlo?

Agarra la muñeca de su esposa, sorprendido por su propia fuerza, y dice con voz rasposa:

—Dame más tintura.

—No puedo, John —responde ella—. Ya te he administrado la dosis máxima. Si te diera más, eso podría… —Sus palabras se quedan suspendidas en el aire.

Latymer aprieta aún más fuerte y dice con un gruñido:

—Eso es lo que quiero, Kit.

Ella lo mira fijamente sin decir nada.

Él tiene la sensación de poder ver su mente trabajando como el mecanismo de un reloj, y supone que se está preguntando en qué lugar de la Biblia podría encontrar justificación para hacer algo así; está pensando en cómo su alma podría reconciliarse con un acto semejante; en que eso podría hacer que la enviaran al cadalso; en que,

si él fuera un faisán al que un perro ha dejado malherido, ella no du-
daría en retorcerle piadosamente el pescuezo.

—Lo que me pides nos condenaría a ambos —susurra Catalina.

—Lo sé —dice él.

1

Palacio de Whitehall, Londres,
marzo de 1543

Ha caído una nevada tardía y los torreones cubiertos del palacio de Whitehall desaparecen contra un cielo de color tapioca. La nieve fangosa que se extiende sobre el patio llega a la altura del tobillo y, a pesar del serrín que se ha esparcido sobre los adoquines para improvisar un caminito, Catalina puede sentir la gélida humedad calando a través de sus zapatos y los bordes empapados de sus faldas rozando con aspereza contra sus tobillos. Se estremece temblorosa y se arrebuja con fuerza en su gruesa capa mientras un mozo ayuda a Meg a bajar del caballo.

—Pues ya hemos llegado —dice Catalina alegremente, aunque alegría es lo último que siente en su corazón, mientras tiende una mano hacia Meg para que esta la tome.

Su hijastra tiene las mejillas enrojecidas. El color le sienta bien a sus ojos castaños, que se ven frescos y límpidos. Su aspecto algo asustado recuerda al de un adorable animalillo de los bosques, pero Catalina es consciente del esfuerzo que está haciendo para contener las lágrimas. La muerte de su padre la ha afectado terriblemente.

—Vamos —dice Catalina—, entremos.

Dos mozos han desensillado los caballos y están frotándolos enérgicamente con puñados de paja mientras charlan entre ellos. Pewter, el caballo capón de color gris de Catalina, agita la cabeza con un cascabeleo de arreos y resopla arrojando chorros de vapor como si fuera un dragón.

—Tranquilo, chico —lo apacigua ella, cogiéndolo de la brida mientras le acaricia el aterciopelado morro y deja que el animal le hociquee el cuello—. Necesita beber —le dice al mozo, entregándole las riendas—. Te llamas Rafe, ¿no?

—Sí, milady —contesta el joven—. Me acuerdo de Pewter. Una vez le puse un emplasto. —Y al decirlo se le ruborizan las mejillas.

—Sí, cojeaba un poco. Hiciste un magnífico trabajo con él.

El mozo esboza una gran sonrisa.

—Gracias, milady.

—Es a ti a quien debo dar las gracias —responde ella, y se vira mientras Rafe conduce a Pewter hacia los establos. Toma la mano de su hijastra y se dirige hacia los grandes portones.

Catalina ha estado entumecida por el dolor durante semanas y preferiría no haber acudido a la corte tan pronto tras la muerte de su marido, pero ha sido convocada —Meg también—, y una citación para comparecer ante la hija del rey es algo imposible de rechazar. Además, a Catalina le cae bien lady María; se conocen desde que eran niñas, incluso compartieron tutor durante un tiempo cuando su madre sirvió a la de María, la reina Catalina de Aragón, antes de que el rey la repudiara. Las cosas eran más simples en aquel entonces, antes del gran cisma que trastocó por completo la estabilidad del mundo entero y desgarró el país en dos. Pero Catalina tiene claro que no la obligarán aún a quedarse en la corte. María respetará su periodo de duelo.

Cuando piensa en Latymer y en lo que tuvo que hacer para ayudarlo en sus momentos finales, un tumulto de sensaciones crece en su interior como la leche que hierve en un cazo. Se obliga a recordar el horror de todo aquello a fin de intentar reconciliarse con sus actos: los gritos angustiados de su marido, la manera en que su cuerpo se había rebelado contra él, su petición desesperada. Desde entonces ha repasado la Biblia infinidad de veces en busca de un precedente, pero no hay en ella ninguna historia de una muerte misericordiosa, nada que ofrezca consuelo y esperanza a su alma afligida, no hay escapatoria posible a lo que hizo: mató a su marido.

Sin soltarse de la mano, Catalina y Meg entran en el Gran Salón. El lugar huele a lana mojada y humo de leña, y en su abarrotado interior reina el mismo ajetreo que en una plaza de mercado. La gente deambula por las salas abiertas y se pavonea por las galerías, todos ataviados con sus mejores galas. Algunos están sentados en los rincones jugando al zorro y los gansos, o echando partidas de cartas o dados y lanzando sus apuestas. De vez en cuando se oyen gritos y exclamaciones cuando alguien gana o pierde. Catalina observa a Meg, que mira con ojos muy abiertos todo cuanto la rodea. La muchacha nunca ha estado en la corte, apenas ha salido de su entorno campestre, y después de la tranquilidad sepulcral y las vestimentas negras de Charterhouse, esto debe de suponer para ella un brusco despertar. Con sus ropajes de luto, las dos conforman una sombría pareja en medio de todas esas jóvenes vistosamente ataviadas que parecen flotar por el lugar charlando animadamente, con sus refinados vestidos agitándose mientras se mueven como si bailaran, mirando en todo momento a su alrededor para ver si alguien se ha fijado en sus elegantes atuendos o para reparar, con ojos verdes de envidia, en quién va mejor engalanada que ellas. Los perrillos pequeños se han puesto de moda en la corte y se acurrucan en los brazos de sus dueñas como si fueran manguitos, o trotan brincando alrededor de sus pies. Ni siquiera Meg puede reprimir una risita al ver cómo uno de los perros se desplaza cómodamente por el lugar aposentado en la cola del vestido de su ama.

Pajes y ujieres se mueven presurosos de aquí para allá y parejas de muchachos se abren paso cargando entre ambos grandes cestos de leña destinados a alimentar los fuegos de las salas públicas. Un ejército de mozos de las cocinas se afana preparando las larguísimas mesas dispuestas para el banquete en el Gran Salón, entre el estrépito metálico de los cubiertos y haciendo equilibrios con grandes pilas de platos. Un grupo de músicos afina sus instrumentos hasta que los acordes disonantes acaban convirtiéndose en algo parecido a una melodía. Volver a escuchar música por fin, piensa Catalina, y se imagina atrapada de nuevo por la música, girando y girando hasta que apenas puede respirar embriagada de felicidad. Pero corta en seco ese pensamiento. Es demasiado pronto para volver a bailar.

Ambas se detienen cuando un destacamento de guardias avanza a través de la multitud. Catalina se pregunta si se dispondrán a arrestar a alguien, lo cual le recuerda lo muy poco que le apetece estar en ese lugar. Sin embargo, una convocatoria real es algo ineludible. De pronto, suelta una exclamación ahogada cuando unas manos salidas de la nada le tapan los ojos por detrás, haciendo que el corazón le dé un vuelco en el pecho.

—¡Guillermo Parr! —exclama ella, riendo.

—¿Cómo lo has sabido? —pregunta él, dejando caer las manos.

—Reconocería tu olor en cualquier parte, hermano —bromea Catalina, pellizcándose la nariz con fingida repugnancia y girándose hacia donde se encuentra Guillermo rodeado por un grupito de hombres. Su hermano sonríe ampliamente como un crío pequeño, el pelo rojizo ligeramente de punta tras quitarse el sombrero y sus ojos de un extraño cromatismo (uno de un azul acuoso, el otro color caramelo) destellando con su habitual brillo pícaro.

—Lady Latymer, apenas recuerdo la última vez que posé mis ojos en ti. —Un hombre se adelanta del grupo. Todo en él es largo: nariz larga, cara alargada, piernas largas, y hay algo en sus ojos que hacen pensar en los de un sabueso. Sin embargo, a pesar de lo extraño de sus rasgos, la naturaleza ha conspirado para hacer que el conjunto resulte atractivo. Quizá tenga que ver con la insuperable confianza en sí mismo que confiere el hecho de saberse el primogénito de la casa Howard y próximo duque de Norfolk.

—¡Surrey! —Una gran sonrisa se dibuja en la cara de Catalina. Tal vez no sea tan malo estar de vuelta en la corte rodeada de esos rostros familiares—. ¿Todavía sigues garabateando versos?

—Así es. Y te complacerá saber que he mejorado enormemente.

Una vez, cuando eran poco más que unos críos, él le había compuesto un soneto, y más adelante ambos se habían reído a menudo recordando aquellas rimas forzadas y pueriles. Y evocarlo ahora de nuevo provoca que Catalina vuelva a reír. Una de mis «vergüenzas de juventud», tal como lo había descrito él.

—Lamento mucho verte de luto —prosigue él, poniéndose serio—. Pero he oído que tu esposo sufrió mucho. Quizá sea un acto de misericordia que haya encontrado descanso al fin.

Ella asiente y la sonrisa desaparece de su cara, incapaz de encontrar palabras con que responder. Se pregunta si Surrey sospecha algo y escruta su rostro en busca de signos de condenación. ¿Habrán salido a la luz las circunstancias de la muerte de Latymer? ¿Estará corriendo la noticia por los pasillos de palacio? Tal vez los embalsamadores hayan visto algo: el pecado de Catalina escrito en las entrañas de su marido muerto. Pero al momento descarta la idea. Lo que le administró a su marido no deja rastro y no hay ningún deje acusatorio en el tono de Surrey, está segura de ello. Si algo se manifiesta en el semblante de Catalina, los demás pensarán que se trata de aflicción y dolor. Aun así, nota que el corazón le late desbocado.

—Permitidme que os presente a mi hijastra, Margaret Neville —dice, recobrando la compostura.

Meg permanece en un segundo plano y apenas puede disimular el horror que siente ante la idea de ser presentada a esos hombres, incluso si uno de ellos, Guillermo, es prácticamente su tío. La incomodidad de la muchacha se trasluce en todo su ser. Después de aquellos fatídicos sucesos en Snape, Catalina la ha mantenido alejada de la presencia masculina tanto como le ha sido posible, pero ahora no queda más remedio. Además, tarde o temprano la joven tendrá que contraer matrimonio. Se espera que Catalina se encargue de concertarlo, aunque bien sabe Dios que Meg aún no está preparada.

—Margaret —dice Surrey, tomando la mano de la joven—. Conocí a tu padre. Era un hombre extraordinario.

—Lo era —responde ella en un susurro, con una débil sonrisa.

—¿No vas a presentarme a tu hermana? —Uno de los hombres da un paso al frente, un hombre alto, casi tan alto como Surrey. Blande en su mano un sombrero provisto de una pluma de avestruz del tamaño de un cepillo para chimeneas, que se bambolea cuando lo agita en el aire con una innecesaria floritura.

Catalina reprime una risa que le brota de no sabe dónde. El hombre va ataviado con gran refinamiento; lleva un jubón de terciopelo negro con destellos de satén carmesí derramándose de las cuchilladas, todo completado con un cuello de marta cibelina. Observa que ella se fija en este último detalle y el hombre se pasa una mano por las pieles, como para enfatizar su rango. Catalina se esfuerza en tratar de recordar qué dicen las leyes suntuarias sobre quién está autorizado a lucir marta cibelina, intentando ubicar al personaje que tiene delante. Sus manos están cargadas de anillos, demasiados para denotar buen gusto; no obstante, sus dedos son esbeltos y ahusados, y ahora se desplazan desde el cuello de pieles hasta su boca. El hombre se pasa el dedo corazón por el labio inferior, lenta y deliberadamente, sin sonreír. Pero sus ojos, de un profundo, casi obsceno azul violáceo, y la manera de mirarla intensa y fijamente la desarman y hacen que se ruborice. Ella le sostiene la mirada por un momento y, antes de bajar la vista al suelo, cree captar un brevísimo aleteo en su párpado.

¿Le ha guiñado un ojo? Qué insolencia. Sí, le ha guiñado un ojo. Pero no, debe de haber sido su imaginación. Aun así, ¿por qué iba a imaginarse que ese emperifollado necio le había guiñado un ojo?

—Thomas Seymour, esta es mi hermana, lady Latymer —anuncia Guillermo, que parece divertido por lo que sea que acaba de ocurrir.

Catalina debería haberlo sabido. Thomas Seymour ostenta el dudoso título de «hombre más apuesto de la corte», objeto de incesantes cotilleos, enamoramientos juveniles, corazones rotos y discordias conyugales. En su interior, Catalina no puede por menos que rendirse a la evidencia: es un hombre realmente hermoso, eso es innegable; pero no piensa caer bajo su hechizo, ya es muy mayorcita para eso.

—Es para mí un honor, milady —dice Seymour con una voz tan suave como la mantequilla fundida—, finalmente conocerla al fin.

—Y al oírse decir eso pone los ojos en blanco.

Así que el desagrado es mutuo, piensa ella.

—¡«Finalmente» y «al fin»! —escapa por su boca antes de poder contenerse, pero no puede evitar querer poner a ese hombre en su sitio—. ¡Santo cielo! —exclama, llevándose una mano al pecho para afectar un asombro exagerado.

—En realidad, milady, he oído hablar tanto de vuestros encantos —prosigue él, impasible— que verme confrontado a ellos me ha trabado la lengua.

Catalina se pregunta si con lo de «encantos» se referirá a su recién adquirida fortuna. Las noticias acerca de su herencia deben de haberse propagado. Sin ir más lejos, el propio Guillermo es incapaz de mantener la boca cerrada. Siente un pequeño acceso de ira hacia su hermano y su parloteo indiscreto.

—¿Le ha trabado la lengua? —Esa es buena, piensa ella, tratando de encontrar una réplica ingeniosa. Se esfuerza por mantener la mirada fija en la boca del hombre, sin atreverse a volver a mirarlo a los ojos, pero su lengua rosada y húmeda brilla a la luz de forma perturbadora—. ¿Tú qué opinas, Surrey? Seymour tiene un nudo en la lengua. —Surrey y Guillermo se echan a reír, mientras ella se devana los sesos intentando añadir algo más, y cuando por fin lo encuentra exclama con un alegre gorjeo—: Pues no le quedará otra que desenredársela.

Los tres hombres estallan en grandes carcajadas. Catalina se siente victoriosa; su ingenio no la ha abandonado, incluso en presencia de un personaje tan turbador.

Meg se queda mirando a su madrastra con expresión horrorizada. Hasta ahora apenas ha tenido ocasión de ver a Catalina ejerciendo de cortesana aguda y mordaz. Esta le dirige una mirada tranquilizadora mientras Guillermo presenta a la joven a Seymour, que la devora con los ojos como si fuera un dulce apetecible.

Catalina la agarra de la mano y le dice:

—Vamos, Meg, o llegaremos tarde a nuestro encuentro con lady María.

—Ha sido breve pero encantador —replica Seymour con una afectada sonrisa.

Catalina hace caso omiso de su comentario, besa a Surrey en la mejilla y, cuando empieza a alejarse, se gira a medias y agacha la cabeza en dirección a Seymour para mostrar un mínimo de cortesía.

—Os acompaño —dice Guillermo, metiéndose entre las dos mujeres y enlazando sus brazos con los de ellas.

—Preferiría —sisea Catalina cuando ya han subido las escaleras y nadie puede oírlos— que no hablaras de mi herencia con tus amigos.

—Eres demasiado rápida acusando, hermana. Yo no he dicho nada. Ha acabado saliendo a la luz, es algo inevitable, pero...

—Entonces —le espeta esta— ¿qué ha sido todo eso sobre mis supuestos encantos?

—Kit —responde él, riendo—, creo que se refería realmente a tus encantos.

Ella suelta un resoplido.

—¿Por qué tienes que ser siempre la hermana mayor gruñona?

—Lo siento, Guillermo. Tienes razón, no es culpa tuya que la gente hable.

—No, soy yo quien debe pedirte perdón. Estás pasando por unos momentos muy difíciles. —Pellizca con dos dedos la seda negra de sus faldas—. Estás de luto. Y yo debería mostrar mayor sensibilidad.

Caminan en silencio por la larga galería que conduce a los aposentos de lady María. Guillermo parece meditabundo y Catalina sospecha que está pensando que debería ser él quien estuviera de luto por su esposa. Esos dos se odian desde el mismo momento en que se conocieron. Anne Bourchier, la única heredera del anciano conde de Essex, era el premio que su madre prácticamente había mendigado para su único hijo. El matrimonio con Anne Bourchier había generado grandes expectativas, la mayor de las cuales era sin duda conseguir que el título de Essex permitiera a los Parr ascender un par de peldaños en el escalafón nobiliario. Sin embargo, el enlace no le había aportado nada al pobre Guillermo, ni hijos, ni título, ni felicidad; nada salvo desgracia, ya que el rey había otorgado el condado a Cromwell y Anne se había fugado con un clérigo rural. Guillermo no había podido librarse del escándalo y se había visto acosado por todo tipo de mofas y chascarrillos relacionados con el mundo eclesiástico, teniendo que escuchar constantemente expresiones coloquiales como «errores clericales», «el agujero del sacerdote» o «la rabadilla del párroco». A él nada de aquello le hacía la menor gracia y, por más que lo había intentado, no había conseguido que el rey le concediera el divorcio.

—¿Pensando en tu esposa? —le pregunta ella.

—¿Cómo lo sabes?

—Te conozco, Guillermo, mejor de lo que imaginas.

—Ha dado a luz a otro crío con ese maldito clérigo.

—Venga, Guillermo, el rey acabará cediendo finalmente y podrás convertir a Lizzie Brooke en una mujer honrada.

—A Lizzie se le está agotando la paciencia —se queja él—. Cuando pienso en las esperanzas que nuestra madre depositó en mi matrimonio, en todo lo que hizo para concertarlo...

—Bueno, al menos no vivió para ver su fracaso. Tal vez fuera lo mejor.

—Su mayor deseo era ver cómo la casa Parr volvía a prosperar.

—Guillermo, nuestro linaje ya es lo suficientemente bueno. Nuestro padre sirvió al antiguo rey, y su padre a Eduardo IV; y nuestra madre sirvió a la reina Catalina. —Mientras habla, va contando con los dedos—. ¿Quieres que siga?

—Eso es historia antigua —gruñe Guillermo—. Ni siquiera me acuerdo de nuestro padre.

—Yo solo tengo vagos recuerdos de él —dice Catalina, aunque sí se acuerda perfectamente del día en que le dieron sepultura, de lo indignada que se sintió al ser considerada, a sus seis años, demasiado pequeña para asistir al funeral—. Además, nuestra hermana Ana ha servido a las cinco últimas reinas y ahora está al servicio de la hija del rey. Y es muy probable que yo vuelva a estarlo también.

Está irritada por la ambición de su hermano y tiene ganas de decirle que, si tanto ansía que los Parr vuelvan a prosperar, debería empezar a ganarse el favor de la gente apropiada en lugar de acercarse a ese Thomas Seymour. Puede que Thomas sea el tío del príncipe Eduardo, pero es su hermano mayor, Hertford, quien goza de la confianza del rey.

Guillermo empieza de nuevo a mascullar, pero parece pensárselo mejor y vuelven a acompasar el paso mientras serpentean entre la multitud que deambula de aquí para allá ante las puertas de las dependencias reales.

Entonces él le da un apretón en el brazo y le pregunta:

—¿Qué piensas de Seymour?

—¿Seymour?

—Sí, Seymour...

—No mucho, la verdad —responde ella con voz cortante.

—¿No te parece un hombre espléndido?

—No especialmente.

—He pensado que podríamos intentar emparejarlo con Meg.

—¿Con Meg? —estalla Catalina—. ¿Es que has perdido la cabeza?

El color ha desaparecido del rostro de la joven.

Ese hombre se comerá viva a la pobre chica, piensa Catalina.

—Meg no se casará con nadie todavía. No mientras el cuerpo de su padre siga aún caliente.

—Solo era…

—Una idea absurda —lo corta ella.

—Él no es como te piensas, Kit. Es uno de los nuestros.

Catalina supone que se refiere a que es seguidor de la nueva religión. A ella no le gusta ver su nombre asociado al de los reformadores religiosos, prefiere mantener para sí sus ideas y opiniones al respecto. Con los años ha aprendido que, en la corte, es más seguro cultivar cierta opacidad.

—Ese hombre no es del agrado de Surrey —dice Catalina.

—Bah, eso es cosa de familias, ni siquiera tiene que ver con la religión. Los Howard opinan que los Seymour son unos arribistas. No es nada personal contra Thomas.

Catalina resopla.

Guillermo se despide y las deja a solas admirando el nuevo cuadro del soberano que cuelga en la galería. Es tan reciente que Catalina puede percibir el olor de la pintura y sus colores son muy vívidos, con todos los detalles resaltados en oro.

—¿Esa es la última reina? —pregunta Meg, señalando a la sombría mujer con tocado inglés que aparece junto al rey.

—No, Meg —susurra ella, llevándose un dedo a los labios—. Es mejor no mencionar a la última reina aquí. Esa es la reina Juana, la hermana de Thomas Seymour, a quien acabas de conocer.

—Pero ¿por qué han pintado a Juana si ha habido otras dos reinas después de ella?

—La reina Juana es la madre de su heredero —contesta Catalina, omitiendo el detalle de que Juana Seymour fue la única que murió antes de que el soberano se cansara de ella.

—Entonces ese es el príncipe Eduardo —observa Meg, señalando al niño, una versión en miniatura del propio rey, imitando la pose de su padre.

—Así es, y esas dos —añade Catalina, apuntando con la mano hacia las dos muchachas que parecen aletear en los bordes del cuadro como un par de mariposas sin un lugar donde posarse— son lady María y lady Isabel.

—Veo que estáis admirando mi retrato —oyen una voz a sus espaldas.

Las dos se dan la vuelta.

—¡Will Sommers! —exclama Catalina—. ¿Tu retrato?

—¿Acaso no me habéis visto?

Ella vuelve a fijarse mejor y lo localiza al fondo de la escena.

—Ahí estás. No me había dado cuenta. —Luego se gira hacia su hijastra—. Meg, te presento a Will Sommers, el bufón del rey y el hombre más honesto de toda la corte.

Él extiende una mano y saca una moneda de cobre de detrás de la oreja de Meg, provocando en la muchacha una risa jubilosa, muy poco habitual en ella últimamente.

—¿Cómo lo habéis hecho? —pregunta con un alegre chillido.

—Magia —responde él.

—No creo en la magia —comenta Catalina—, pero sé reconocer un buen truco cuando lo veo.

Aún se están riendo cuando llegan a los aposentos de la hija del rey, donde la favorita de lady María, Susan Clarencieux, con un vestido amarillo color yema de huevo, se asoma desde la puerta interior y les pide silencio siseando como si fuera una víbora.

—Milady tiene una de sus jaquecas —susurra con una tensa sonrisa—, así que no hagáis mucho ruido. —Mira a Catalina de arriba abajo, como si estuviera valorando el coste de su vestido y, tras encontrarlo insuficiente, añade—: Demasiado apagado y oscuro; lady María no lo aprobará. —Al momento alza la mano para taparse la boca—. Perdóname, había olvidado que estás de luto.

—No te preocupes —contesta Catalina.

—Tu hermana está en la cámara. Y ahora, si me disculpáis, tengo que ocuparme de... —No termina la frase, y regresa al interior del dormitorio cerrando silenciosamente la puerta tras de sí.

Atraviesan la sala, donde hay varias damas de compañía aquí y allá ocupadas en sus labores de bordado. Catalina las saluda con la cabeza al pasar, hasta que divisa a su hermana sentada ante un gran ventanal.

—¡Kit! —exclama Ana—. ¡Qué alegría verte por fin! —Se pone en pie y la atrae hacia sí para abrazarla—. Y a ti también, Meg. —Y la besa en las mejillas.

La joven se ha relajado visiblemente, ahora que están por fin en las dependencias femeninas.

—Meg, ¿por qué no vas a echar un vistazo a los tapices? Creo que tu padre aparece representado en uno de ellos. A ver si consigues encontrarlo.

Meg se dirige hacia el otro extremo de la cámara y las dos hermanas toman asiento en el banco ante el ventanal.

—¿Y bien? ¿Cuál es el motivo de mi presencia aquí? ¿Por qué crees que he sido convocada? —Catalina apenas puede apartar la mirada de su hermana: su sonrisa fácil, el brillo translúcido de su piel, los claros zarcillos de pelo ensortijado que escapan de su tocado, el óvalo perfecto de su cara.

—Lady María va a ejercer de madrina. Y se ha invitado a la ceremonia a mucha más gente.

—Ah, entonces no soy solo yo... Me alegra oírlo. ¿Y quién recibe el bautismo?

—Es una hija de Wriothesley. Una pequeña que se llamará...

—María —dicen las dos al unísono, y se echan a reír.

—Oh, Ana, me alegro tanto de verte. Ahora mismo mi casa es un lugar de lo más lúgubre.

—Iré a visitarte a Charterhouse cuando la prin... —Se tapa la boca con ambas manos y ahoga una exclamación—. Cuando lady María me dé permiso. —Se inclina para susurrar al oído de su hermana—: Lady Hussey fue enviada a la Torre por dirigirse a ella como princesa.

—Lo recuerdo —dice Catalina—. Pero eso fue hace años, y además lo hizo para dejar clara su posición política. Aquello fue diferente. No creo que un simple desliz sea castigado ahora.

—Ay, Kit, llevas mucho tiempo alejada de la corte. ¿Ya has olvidado cómo es esto?

—Un nido de víboras —murmura Catalina.

—He oído que el rey envió a Huicke para atender a tu esposo —comenta Ana.

—Así es. Y aún no sé por qué lo hizo.

—Eso significa que Latymer fue sin duda perdonado.

—Supongo.

Catalina nunca llegó a entender del todo la participación de su esposo en el levantamiento. La revuelta, conocida como la Peregrinación de Gracia, se produjo cuando todo el norte —unos cuarenta mil hombres católicos, según decían— se alzó en contra de la Reforma de Cromwell. Algunos de los líderes de la revuelta se habían presentado en el castillo de Snape armados hasta los dientes. Hubo acaloradas discusiones y fuertes gritos, pero Catalina no pudo captar bien lo que se decía. Lo siguiente que supo era que Latymer se estaba preparando para partir, bastante a su pesar. Le dijo que necesitaban a hombres como él para liderar la revuelta. Catalina se preguntó qué clase de amenazas le habrían hecho, pues su marido no era un hombre fácil de coaccionar. Pese a todo, Latymer consideraba que la causa de los sublevados estaba justificada, con los monasterios arrasados, los monjes colgados de los árboles y toda una forma de vida destruida con ellos; eso sin olvidar que la amada reina Catalina de Aragón había sido repudiada y que el gran monarca se había convertido en un juguete en manos de la joven Bolena. Así era como lo había descrito Latymer. Pero de ahí a alzarse en armas contra el rey… Ese no era el hombre que ella conocía.

—Nunca has hablado de ello —comenta Ana—. Me refiero al levantamiento. A lo que ocurrió en Snape.

—Es algo que prefiero olvidar —dice Catalina, zanjando la conversación.

En aquella época corrió por la corte una versión de lo sucedido.

Todo el mundo sabía que cuando el ejército del rey sometió a los rebeldes, Latymer partió hacia Westminster para implorar el perdón del monarca. Los sublevados lo consideraron una traición y enviaron a Murgatroyd y a sus hombres para apresar a Catalina y Meg y saquear Snape: una historia muy jugosa para los cotilleos cortesanos. Pero lo que ni siquiera su hermana sabía era lo referente al bebé muerto, el hijo bastardo de Murgatroyd. Y también desconocía el secreto más oscuro de todos: que, llevada por la desesperación, Catalina se había entregado al bárbaro para salvar de sus garras a Meg y a Dot. Había salvado a las muchachas, pero desde entonces se pregunta qué pensará Dios de su acto, ya que, según la Iglesia, el adulterio siempre es adulterio. Y también se pregunta a menudo por qué todos los líderes de la revuelta fueron condenados a la horca —en total unos doscientos cincuenta hombres, Murgatroyd entre ellos—, pero Latymer se había salvado. Quizá, después de todo, sí los había traicionado. Sin duda Murgatroyd había estado convencido de ello. Catalina prefiere pensar que Latymer había sido leal a la corona, como él siempre había mantenido; de lo contrario, ¿qué sentido tendría aquello? Pero lo cierto es que Catalina nunca llegaría a saber toda la verdad.

—Ana, ¿has oído algo acerca de por qué fue perdonado Latymer? ¿Ha corrido algún rumor por la corte?

—Yo no he oído nada, hermana —responde Ana, tocando la manga del vestido de Catalina y dejando que su mano repose allí un momento—. No le des más vueltas. Eso es cosa del pasado.

—Tienes razón. —Pero no puede evitar pensar en cómo el pasado carcome el presente, al igual que un gusano una manzana.

Catalina mira a través de la cámara en dirección a Meg, que examina fijamente uno de los tapices en busca de algún parecido con su padre. Al menos la imagen de Latymer ha sido respetada, no como otras. Luego vuelve a mirar a su hermana, la dulce, leal y sencilla Ana. Percibe algo en ella, una especie de fresca lozanía, como si hubiera más vida en ella de la que podría contener. De pronto, Catalina cae en la cuenta de cuál puede ser la razón. El corazón le da un vuelco e, inclinándose hacia delante, posa una mano sobre el vientre de Ana.

—¿Hay algo que deba saber? —Se pregunta si su propia sonrisa oculta en realidad un atisbo de envidia motivado por la fertilidad de su hermana. Ana lo lleva escrito en todo su ser, el rubor floreciente del embarazo que Catalina ansía tanto para sí misma.

Ana se sonroja.

—¿Cómo es que siempre lo sabes todo, Kit?

—Es una noticia maravillosa. —Las palabras parecen atorarse en su garganta. Su viudez es una realidad dolorosa e innegable, y a su edad la posibilidad de tener descendencia no es más que una fantasía remota, sin ninguna criatura viva a la que pueda llamar suya, tan solo el bebé muerto del que nunca se habla.

Esos pensamientos deben de haberse reflejado en su rostro, ya que Ana posa una mano confortadora sobre la suya y dice:

—Aún no es tarde para ti, hermana. Seguro que vuelves a casarte.

—Creo que con dos maridos es suficiente —replica Catalina, zanjando el tema con firmeza. Aun así, añade en un susurro—: Pero me alegro mucho por ti. Al menos este no será un pequeño católico con lady María como madrina.

Ana se lleva un dedo a los labios siseando un «chisss», y las dos hermanas comparten una sonrisa cómplice. Luego extiende una mano hacia la cruz que cuelga del cuello de Catalina.

—La cruz de diamantes de nuestra madre —dice, sosteniéndola en alto para que la luz se refleje en ella—. La recordaba más grande.

—Eso es porque tú eras más pequeña.

—Ha pasado mucho tiempo desde que murió.

—Sí —responde Catalina, aunque lo único en lo que puede pensar es en lo prolongada que resultó ser la viudez de su madre.

—Y estas perlas… —continúa Ana, sin dejar de pasar sus dedos por la cruz—, son casi rosadas. Ya no me acordaba. Oh, querida, uno de los engarces está suelto. —Se inclina hacia delante—. Déjame ver si puedo arreglarlo. —La punta de la lengua asoma entre sus labios mientras se concentra para apretar los extremos abiertos del pequeño eslabón entre el pulgar y el índice.

Catalina disfruta de la cercanía de su hermana. Puede oler su aroma; es dulce y reconfortante, como a manzanas maduras. Para que Ana pueda tener mejor acceso a su cuello, se vuelve ligeramente hacia la pared. Sobre los paneles de madera que la revisten aún se aprecia claramente el lugar donde han sido borradas las iniciales «C. H.». La pobre Catalina Howard, la última y jovencísima reina; aquellos debían de haber sido sus aposentos. Por supuesto que lo habían sido, pues sin duda eran los mejores de todo el palacio, a excepción de los del rey.

—Ya está —dice Ana, dejando caer la cruz sobre el vestido de Catalina—. No querrás perder una de las perlas de nuestra madre, ¿no?

—¿Qué ocurrió con la última reina, Ana? Te has mostrado muy reservada al respecto. —La voz de Catalina baja hasta un susurro mientras sus dedos acarician abstraídamente las iniciales borradas sobre la madera.

—¿Catalina Howard? —articula Ana de forma casi inaudible.

Su hermana asiente en respuesta.

—Era muy joven, Kit, más joven incluso que Meg.

Ambas miran a la muchacha, que parece apenas recién salida de la niñez.

—No fue criada para ostentar una alta posición. Norfolk la trajo a la corte desde los remotos confines del clan Howard para servir a sus propios intereses. Y como puedes imaginar, Kit, sus modales eran bastante rudos y superficiales. Pero era una chiquilla preciosa y el rey quedó absolutamente prendado ante sus... —hace una pausa para encontrar la palabra apropiada— encantos. Y los apetitos de la joven fueron su perdición.

—¿Por los hombres? —pregunta Catalina, bajando aún más el volumen de su susurro.

Las hermanas juntan las cabezas, con las caras ligeramente ladeadas hacia el ventanal para no ser oídas.

—Casi una compulsión.

—¿A ti te gustaba ella, Ana?

—No... Supongo que no. Era insufriblemente vanidosa. Pero

nunca le habría deseado ese destino a nadie. Ser conducida hasta el cadalso para ser decapitada, tan joven... Fue algo espantoso, Kit. Sus damas fuimos interrogadas una a una. Yo no tenía ni idea de lo que estaba ocurriendo, aunque algunas debían de estar al tanto, comportándose así con su amante Culpepper ante las mismas narices del rey.

—Era apenas una niña. Nunca debería haber sido obligada a acostarse con un hombre tan mayor, fuera o no rey.

Permanecen un rato en silencio. A través de los paneles romboidales de la ventana, Catalina contempla a lo lejos una bandada de gansos volando sobre el lago.

—¿Quién te interrogó a ti? —pregunta al fin.

—El obispo Gardiner.

—¿Estabas asustada?

—Petrificada, Kit. Es un hombre de lo más desagradable, alguien a quien no desearías tener como enemigo. Una vez lo vi dislocarle un dedo a un niño del coro por haber fallado una nota. Yo no sabía nada, así que no había mucho que pudiera sonsacarme. Pero todos teníamos en mente lo sucedido con la Bolena.

—Ya, Ana Bolena. Al final pasó lo mismo.

—Exactamente lo mismo. El rey la repudió y se negó a ver a Catalina del mismo modo que había hecho con Ana Bolena. La pobre chiquilla enloqueció de miedo. Corría vociferando y aullando por la larga galería vestida apenas con una saya. Aún puedo escuchar sus gritos. La galería estaba abarrotada de gente, pero todos hacían como que no la veían, incluido su tío Norfolk. ¿Te lo puedes imaginar? —Hace una pausa mientras se toquetea nerviosamente el vestido y tira de un hilo suelto—. Gracias a Dios no fui escogida para servirla mientras estuvo en la Torre. No lo habría soportado, Kit. Verla subir hasta el cadalso. Desabrocharle el tocado. Destaparle el cuello... —Se estremece visiblemente.

—Pobre criatura —murmura Catalina.

—Y se rumorea que el rey busca una sexta esposa.

—¿Y de quién se habla ahora?

—Los rumores vuelan como es habitual. Han salido a colación los nombres de todas las mujeres no casadas, incluido el tuyo, Kit.

—Eso es absurdo —masculla Catalina.

—Todo el mundo está apostando por Anne Bassett —prosigue Ana—. Pero es poco más que una niña, incluso más joven que la última. No me imagino al rey casándose de nuevo con una muchacha tan joven. Catalina Howard lo trastornó por completo. Aun así, la familia de la pequeña Anne está jugando sus mejores bazas. Incluso le ha comprado todo un nuevo vestuario para lucirla en la corte.

—Este lugar… —dice Catalina con un suspiro—. ¿Sabías que Guillermo me ha sugerido un enlace entre Meg y ese tal Seymour?

—No me sorprende lo más mínimo —dice Ana, alzando los ojos al cielo—. Esos dos se han vuelto uña y carne.

—Pues eso nunca va a suceder —afirma tajante Catalina.

—Así que no has caído rendida a los encantos del galán de palacio…

—En absoluto. Me ha parecido… —No encuentra las palabras, demasiado distraída por el hecho de que Seymour lleva rondado por los márgenes de su mente durante la última hora—. Bueno, ya sabes.

—Creo que ninguna de esas se mostraría de acuerdo contigo —comenta Ana, señalando con la cabeza hacia el grupo de jóvenes damas que charlan mientras fingen bordar frente a la chimenea—. Deberías ver cómo se agitan a su paso, como mariposas en una red.

Catalina se encoge de hombros, diciéndose que ella no es una de esas mariposas.

—¿Nunca se ha casado? ¿Qué debe de tener…?, ¿veintinueve años?

—¡Treinta y cuatro!

—Pues los lleva muy bien —replica Catalina, sorprendida, aunque lo que en realidad está pensando es que Thomas Seymour es mayor que ella.

—De hecho él… —Ana hace una pausa, luego añade—: Creo recordar que una vez oí que hubo algo entre él y la duquesa de Richmond.

—¿Quién, Mary Howard? —pregunta Catalina—. Pensaba que los Howard y los Seymour estaban…

—Enemistados…, sí, por eso es probable que nunca sucediera

nada entre ellos. En mi opinión, creo que él está esperando un enlace aún más ilustre.

—Bueno, pues entonces Meg no es la candidata apropiada.

—Pero por sus venas corre sangre de los Plantagenet —señala Ana.

—Puede que sea así, pero yo a eso lo llamaría un buen enlace, no ilustre.

—Tienes razón —concede Ana.

Meg se aparta de los tapices y va a sentarse con ellas. Al pasar, las otras damas que están en la cámara la miran de arriba abajo e intercambian algunos cuchicheos.

—¿Has visto a tu padre, Meg? —le pregunta Ana.

—Sí. Estoy segura de que era él, en el campo de batalla junto al rey.

Se produce una pequeña conmoción cuando Susan Clarencieux sale del dormitorio de lady María y anuncia con ese estilo tan característico suyo, autoritario y a la vez calmado:

—Lady María se dispone a vestirse. —Y girándose hacia Catalina, añade—: Ha pedido que seas tú quien escoja el vestido.

Al notar cómo la mujer tuerce ligeramente el gesto, Catalina responde:

—¿Y tú qué sugieres, Susan? ¿Algo sobrio?

La expresión de la dama se suaviza.

—Oh, no, mejor algo que la anime.

—Tienes toda la razón, por supuesto. Entonces algo de colores vivos.

Susan esboza una sonrisa algo incómoda. Catalina sabe muy bien cómo lidiar con esas cortesanas veleidosas y sus inseguridades. Lo aprendió de su madre.

—Y también —agrega Susan mientras Catalina se alisa el vestido y se endereza el tocado— quiere que esté presente la joven.

Catalina asiente.

—Vamos, Meg. No podemos hacerla esperar.

—¿Debo entrar yo también? —susurra Meg.

—Sí, debes entrar. —Y la toma del brazo con más brusquedad

de la pretendida, deseando que la chica fuera menos apocada. Tras recriminarse interiormente por su falta de tacto, añade—: Puede que sea la hija del rey, pero no hay nada que temer de ella. Ya lo verás. —Y al pasarle una mano suavemente por la espalda se da cuenta de lo mucho que ha adelgazado, de que sus omóplatos sobresalen como si fueran los huesecillos de unas alas.

Lady María espera sentada en su alcoba, envuelta en una bata de seda. Su aspecto es frágil y tiene la cara algo hinchada; la juventud parece haberla abandonado por completo. Catalina hace un cálculo mental, tratando de recordar qué edad debe de tener. Estima que María es unos cuatro años más joven que ella, pero se la ve ajada y posee un brillo febril en los ojos; sin duda, el legado de cómo ha sido tratada por su padre. Pero al menos ahora vive en la corte, donde le corresponde, y no recluida en algún lugar lejano y húmedo, escondida de todos. Aun así su posición sigue siendo ambigua, y desde que su padre desgarró el país para demostrar que ni siquiera había estado casado en verdad con su madre, sobre la pobre María pende la mancha de la ilegitimidad. No es de extrañar que todavía se aferre a la antigua religión; es su única esperanza de ser considerada legítima y de aspirar a un buen matrimonio.

Su fina boca esboza una sonrisa de bienvenida.

—Catalina Parr... Oh, cómo me alegro de tenerte de vuelta.

—Para mí es un auténtico privilegio estar aquí, milady —responde ella—. Pero solo he venido hoy para el bautizo. Me han dicho que vais a ser la madrina de la pequeña hija de Wriothesley.

—¿Solo hoy? Qué desilusión...

—Debo respetar el periodo de duelo por mi difunto marido.

—Sí —dice María en voz queda. Después cierra los ojos, alza una mano y se aprieta con dos dedos entre las cejas.

—¿Tenéis dolor? Puedo prepararos algo —sugiere Catalina, inclinándose para acariciar con su mano la frente de María.

—No, no. Ya tengo tinturas... más que de sobra —replica la dama, irguiéndose en su asiento y respirando hondo.

—Si me permitís que os masajee las sienes, eso podría aliviaros. María asiente con la cabeza, de modo que Catalina se coloca detrás de ella, presiona suavemente con las yemas de los dedos a ambos lados de la frente y procede a deslizarlos en un movimiento circular. La piel de esa zona es fina como el pergamino y deja traslucir un istmo de venillas azules. María cierra los ojos y reclina la cabeza contra el vientre de Catalina.

—Lamenté mucho enterarme de la muerte de lord Latymer —dice—. Lo sentí verdaderamente.

—Eso es muy amable, milady.

—Pero, Catalina, tendrás que volver pronto para estar de nuevo a mi servicio… Estoy muy necesitada de gente amiga. Solo puedo confiar plenamente en tu hermana y en Susan. Quiero estar rodeada de mujeres a las que conozco de verdad. Ahora hay tantas damas en mis aposentos que ni siquiera sé quiénes son. Tú y yo compartimos un tutor de pequeñas, Catalina, y tu madre sirvió a la mía. Siento que estamos casi emparentadas.

—Me honra que penséis eso de mí —responde Catalina, y en ese momento cae en la cuenta de la vida tan solitaria que debe de llevar una mujer como lady María. Por derecho, hace tiempo que debería haber contraído matrimonio con algún príncipe extranjero de regio linaje, haberle dado un montón de pequeños infantes y haber conseguido la alianza de un gran territorio para Inglaterra, pero su vida ha sido un vaivén constante: ahora en gracia, ahora en desgracia; ahora legítima, ahora ilegítima. Nadie ha sabido nunca qué hacer con ella, y el que menos de todos su padre.

—¿Sigues creyendo en la verdadera fe, Catalina? —pregunta María, bajando la voz hasta apenas un susurro, aunque no hay nadie más en la estancia salvo Meg, que parece esconderse con aire incómodo y cohibido detrás de su madrastra—. Sé que tu hermano es partidario de la Reforma, al igual que tu hermana y su marido. Pero tú, Catalina, has estado casada mucho tiempo con un lord del norte y la antigua fe sigue siendo predominante allí.

—Soy seguidora de la religión del rey —contesta Catalina, confiando en que nada pueda desprenderse de la vaguedad de su respuesta. Sabe muy bien cómo son las cosas en el norte en asuntos de religión. No puede pensar en ello sin sentir sobre su cuerpo las rudas manos de Murgatroyd, su pestilente y sucio hedor. Trata de ahuyentarlo de su mente, pero no lo consigue.

—La religión de mi padre… —dice María—. En el fondo sigue siendo católico, pero ha roto con Roma. ¿No es así, Catalina?

Catalina apenas la ha escuchado, no puede evitar pensar en su bebé muerto, en sus negros ojos abiertos y protuberantes, en aquella perturbadora mirada que le recordaba de dónde procedía. Al fin consigue recobrar la compostura y responde:

—Así es, milady. Pero los asuntos de religión ya no están tan claros como lo estaban antes.

Odia su propia ambigüedad, se siente tan mezquina como el resto de pérfidos cortesanos, pero no se ve con ánimo de revelar hasta qué punto ha abrazado la nueva religión. No podría afrontar la decepción de lady María. La vida de esa mujer ha sido una sucesión constante de grandes decepciones y Catalina no soportaría la idea de añadir una más, por pequeña que sea, confesándole la verdad.

—Hummm… —murmura María—. Ojalá lo estuvieran. Ojalá lo estuvieran. —Toquetea con aire abstraído su rosario, las cuentas golpeando suavemente entre sí al moverse a lo largo del cordón de seda—. Así que esta es tu hijastra.

—Sí, milady. Permitidme que os presente a Margaret Neville.

Meg da un paso vacilante al frente y se postra en una profunda reverencia, tal como le han enseñado.

—Acércate, Margaret —le pide María—, y siéntate, siéntate. —Señala un taburete que hay junto a ella—. Y bien, ¿cuántos años tienes?

—Diecisiete, milady.

—Diecisiete. Imagino que ya estarás prometida a alguien…

—Lo estuve, milady, pero falleció.

Catalina le ha dicho que se limite a contar eso. No es preciso pregonar que su prometido fue uno de los rebeldes que fueron colgados por traición tras la Peregrinación de Gracia.

—Bueno, pues tendremos que encontrarle un sustituto, ¿no crees?

Solo Catalina parece darse cuenta de cómo palidece el rostro de Meg.

—Y ahora puedes ayudar a tu madrastra a vestirme.

La misa se está haciendo interminable. Meg se remueve en el banco mientras los pensamientos de Catalina vagan en dirección a Seymour y su desconcertante mirada, aquellos ojos de un intenso azul violáceo. El mero hecho de pensar en él la turba, siente cómo se tensa en su interior. Entonces se obliga a recordar aquella ridícula pluma bamboleante, la ostentación que desprendía su persona, todo él tan excesivo, y vuelve a centrar su atención en el servicio eclesiástico.

Lady María parece tan frágil que resulta asombroso que pueda sostener a esa criatura rechoncha y robusta, con un par de pulmones que asustarían al mismísimo diablo. Oficia el obispo Gardiner, cuya cara posee una consistencia carnosa, como si todo él estuviera hecho de cera derretida. Su voz se arrastra, lenta e interminable, confiriendo al latín un deje desagradable. Catalina no puede evitar pensar en él interrogando a su hermana, aterrorizándola; en eso, y en el dedo del pobre niño del coro. Se cuenta que en los últimos años Gardiner ha estado maquinando para acercarse cada vez más al rey, quien ahora busca su consejo tanto como el del arzobispo. La pequeña berrea sin cesar, con la cara toda colorada, hasta que el agua bendita se derrama sobre su cabeza. En ese momento se queda totalmente en silencio, como si hubieran expulsado a Satanás de su cuerpo. El rostro de Gardiner dibuja una expresión petulante, como si aquello hubiera sido obra suya y no de Dios.

El rey no ha asistido al servicio. Y Wriothesley, el padre de la criatura, parece bastante inquieto. Es un hombre con cara de hurón, una expresión permanente como de estar pidiendo disculpas y una tendencia a sorberse la nariz; es el lord guardián del Sello Privado y algunos dicen que maneja las riendas de toda Inglaterra juntamente con Gardiner, aunque nadie lo diría a juzgar por su aspecto. Catalina se fija en que sus ojos de color fangoso dirigen frecuentes miradas nerviosas hacia la puerta mientras se cruje los nudillos con gesto abstraído, haciendo que un chasquido suave y seco puntúe ocasionalmente el zumbido monocorde del sermón de Gardiner. Un desaire como este puede significar cualquier cosa con un rey cuyas afinidades cambian de forma tan caprichosa; puede que el lord guardián del Sello Privado lleve las riendas de Inglaterra, pero eso no sirve de nada sin el favor del monarca. Wriothesley debería saberlo todo acerca de la actitud tornadiza del rey; al fin y al cabo, él mismo había sido uno de los hombres de Cromwell, aunque se las había arreglado para desentenderse de esa asociación en cuanto cambiaron las tornas: otro turbio personaje del que más valía no fiarse.

Una vez concluido el servicio eclesiástico, todo el mundo desfila fuera de la capilla detrás de lady María, que se aferra del brazo enfundado en amarillo de Susan Clarencieux como si fuera a desplomarse de un momento a otro. Sus damas la siguen por la larga galería entre una muchedumbre de cortesanos que se apartan a su paso. Seymour se encuentra entre ellos, y dos de las damas más jóvenes sueltan risitas tontas cuando él las mira y se quita el sombrero agitando aquella ridícula pluma en su dirección. Catalina aparta la vista y simula estar fascinada por los comentarios de la anciana lady Buttes acerca de la manera en que visten las jóvenes de hoy día, la laxa interpretación de las leyes suntuarias y el poco respeto hacia las normas de cortesía. En su época las cosas eran muy diferentes, prosigue la anciana, ¿es que ahora ya nadie muestra respeto por sus mayores? Catalina escucha vagamente cómo Seymour se dirige a ella por su nombre y hace algunos comentarios elogiosos sobre las joyas que luce, halagos que son sin duda insinceros. Ella mira brevemente en su dirección con un rápido asentimiento de cabeza, antes de girarse de nuevo hacia lady Buttes y su retahíla de quejas anodinas.

Una vez de vuelta a la relativa calma de los aposentos de lady María, Susan Clarencieux apremia al cortejo para que se dirija hacia las salas más alejadas de la cámara privada, y luego ayuda a su señora, que parece al borde del colapso, a entrar en su dormitorio. Ahora que están de nuevo en la privacidad de sus dependencias, las más jóvenes empiezan a desprenderse de sus elaborados tocados y a aflojarse los vestidos entre charlas y risas. El resto de las damas deambulan en grupos más sosegados, hasta que al final se aposentan para dedicarse a leer o a sus labores de bordado, al tiempo que se reparten copas de vino especiado. Catalina se dispone a marcharse cuando a las puertas de los aposentos empieza a oírse una algarabía de tambores y cánticos, acompañada por la música de un laúd y el estrépito de numerosas pisadas. Las jóvenes se apresuran a recuperar sus tocados para volver a colocárselos en la cabeza, ayudándose unas a otras a abrochárselos y a recogerse los mechones de pelo que puedan haberse escapado, mientras se pellizcan las mejillas y se muerden los labios.

Las puertas se abren de par en par y una banda de juglares con máscaras irrumpe en la sala bailando en medio de una cacofonía de vítores y aplausos. Danzan en un intrincado corrillo mientras giran dibujando figuras de ochos, lo cual obliga a las damas a retirarse hacia los márgenes de la estancia. Catalina se sube a un escabel, tirando de Meg para que se una a ella, a fin de poder ver mejor por encima de las cabezas. Siente cómo la atmósfera de la sala va creciendo de intensidad hasta alcanzar un frenesí contenido, como estática antes de una tormenta.

Ana agarra por el brazo a una de las jóvenes damas y le dice:

—Ve a avisar a Susan. Dile que lady María debe salir, que tiene visita.

A través de un pequeño hueco entre la multitud, Catalina ve al fin a qué viene tanto revuelo: en el centro del corrillo de juglares, renqueando y bamboleando su enorme corpulencia, se encuentra el rey, ridículo con su atuendo juglaresco, con una pierna enfundada en blanco y la otra en negro. Catalina lo recuerda haciendo justo lo mismo muchos años atrás, creyéndose totalmente irreconocible bajo su disfraz y con toda la corte siguiéndole el juego a su pantomima, ansioso por descubrir si el pueblo estaba tan complacido con el hombre como lo estaba con el rey. Al igual que ahora, en aquel entonces el soberano irrumpió rodeado de sus mejores cortesanos, a los que les sacaba una cabeza de altura, y su estampa, ágil, musculosa, vigorosa, resultaba de lo más imponente; el efecto que producía era francamente impresionante, sobre todo para Catalina, que en aquella época no era más que una niña. Pero seguir intentando bailotear y hacer cabriolas a estas alturas, cuando apenas podía mantenerse en pie sin la ayuda de un hombre a cada lado y con el jubón de juglar muy tenso en torno a su inmenso torso, tirando de los lazos…, aquello atufaba a desesperación. Y el hecho de estar rodeado por aquellos magníficos ejemplares masculinos, sus mejores ujieres y ayudas de cámara, todos ellos tan jóvenes y rebosantes de vida, con sus cuerpos tan en forma por la caza, hacía que la escena resultara infinitamente más patética.

Meg contempla todo aquello boquiabierta.

—Es el rey —le susurra Catalina—. Cuando se quite la máscara debes fingir sorpresa.

—Pero ¿por qué? —Su cara es la viva imagen del desconcierto.

Catalina se encoge de hombros. Qué puede decirle; toda la corte debe confabularse para participar en ese engaño a fin de hacer que el rey se sienta joven y querido por sí mismo, cuando en realidad lo único que inspira últimamente es miedo.

—Esto es la corte, Meg —se limita a decir—. Hay muchas cosas que van más allá de toda explicación.

Ahora los hombres se desplazan brincando y forman un corro en torno a la pequeña Anne Bassett, que adopta una pose de tímida coquetería. Su madre, lady Lisle, observa la escena prácticamente salivando, mientras los hombres hacen girar de aquí para allá a su más que dispuesta hija de dieciséis años bajo la codiciosa mirada del rey.

—Me temo que la historia se repite —dice Ana.

No es preciso añadir a qué se refiere: toda la sala está pensando en Catalina Howard, salvo quizá lady Lisle, cuyo sentido común está sin duda nublado por su ambición. Pero entonces el corro se rompe y Anne Bassett sigue dando vueltas hasta encontrarse en los márgenes de la multitud. El rey se despoja por fin de su máscara y la sala entera estalla en una gran exclamación de fingida sorpresa.

Todos los presentes se postran de rodillas, los vestidos de las damas desparramándose sobre el suelo en un mar de seda.

—¡Quién podría imaginarlo! —exclama alguien—. ¡Es el rey!

Catalina mantiene la mirada gacha, examinando el grano de los tablones de roble del suelo y resistiendo la tentación de darle un codazo a su hermana por miedo a que se les escape la risa. Toda la escena se antoja aún más ridícula que una comedia italiana.

—¡Vamos! —brama el rey—. Esta es una visita informal. Levantaos, levantaos. Y ahora veamos a quién tenemos por aquí. ¿Dónde está nuestra hija? —pregunta, utilizando el plural mayestático.

La multitud se abre para permitir que lady María se adelante unos pasos. Una extraña sonrisa ilumina su rostro y de pronto parece rejuvenecer varios años, como si una migaja de la atención de su padre hubiera derribado los muros del paso del tiempo.

Algunos hombres más han entrado en los aposentos y ahora se pasean entre la multitud.

—Guillermo está aquí —dice Ana—. Con ese grupo.

Catalina vislumbra un atisbo de la dichosa pluma agitándose y bamboleándose por encima de las cabezas. Desazonada, toma a Meg de la mano para alejarse, pero al darse la vuelta se encuentra de cara con el rey.

—Ah, ¿no es esta nuestra lady Latymer tratando de escabullirse? ¿Por qué quieres marcharte?

Una vaharada de aliento fétido la envuelve y debe resistir el impulso de echar mano de la bolita perfumada que cuelga de su saya.

—No es eso, majestad, es solo que me siento un poco abrumada.

Catalina mantiene la mirada fija en el pecho del rey. Su ceñidísimo jubón blanco y negro con encajes —que al fijarse mejor ve que está adornado con perlas incrustadas— parece mantener en su sitio su enorme envergadura, con lorzas de grasa derramándose por los bordes. Da la impresión de que, si se lo quitara, el hombre perdería por completo su forma.

—Os ofrecemos nuestras condolencias por el fallecimiento de tu esposo —dice, tendiendo su mano hacia ella para que le bese el anillo, que parece embutido a presión en la carne de su dedo corazón.

—Es muy amable de vuestra parte, majestad. —Se atreve a mirarlo a la cara, redonda y carnosa, con unos ojos como pasas hundidos en las cuencas, y se pregunta qué habrá sido del magnífico hombre de antaño.

—Me han contado que cuidaste muy bien de él. Eres famosa por tus dotes como enfermera. Y un hombre mayor necesita que lo cuiden. —Entonces, antes de que Catalina pueda responder, el rey se inclina hacia su oído, lo bastante cerca para que pueda oír el resuello de su respiración y captar un tufo a ámbar gris—. Es estupendo volver a tenerte en la corte. Se te ve muy apetecible incluso con tus ropajes de luto.

Catalina siente un rubor sofocante recorriéndole todo el cuerpo y se esfuerza por responder, hasta que al fin acierta a murmurar algunas palabras de agradecimiento.

—¿Y quién es esta? —pregunta de pronto con voz atronadora, poniendo fin, a Dios gracias, a ese momento de intimidad. Está agitando una mano hacia Meg, que se postra ante él en una profunda reverencia.

—Es mi hijastra, Margaret Neville —contesta Catalina.

—Levántate, muchacha —dice el rey—. Quiero verte como es debido.

Meg obedece. Catalina percibe cómo le tiemblan las manos.

—Y da una vuelta —le ordena. Entonces, cuando Meg ha completado el giro como una yegua en una subasta, el rey profiere un «¡BUUU!» que hace que la joven dé un salto hacia atrás, aterrada—. Vaya, qué cosita tan asustadiza... —Y se echa a reír.

—Ha llevado una vida muy recogida, alteza —responde Catalina.

—Entonces necesitará a alguien que la dome —declara el monarca, y luego pregunta a Meg—: ¿Has visto a alguien por aquí que te haya gustado?

En ese momento pasa Seymour y la muchacha mira fugazmente en su dirección.

—Ah, ya veo que le has echado el ojo a nuestro Seymour —exclama el rey—. Un tipo muy apuesto, ¿no te parece?

—N-n-no —balbucea Meg.

Catalina le da una discreta patadita en el tobillo.

—Creo que lo que la joven intenta decir es que Seymour no tiene ni punto de comparación con alguien como Su Majestad —interviene con una voz untuosa; apenas puede creer que unas palabras así hayan salido tan fácilmente de su boca.

—Pero se dice que es el hombre más guapo de la corte —replica el rey.

—Hummm... —murmura Catalina ladeando la cabeza, pensando en la mejor manera de responder—. Es cuestión de gustos. Algunas prefieren a alguien de mayor madurez.

El rey suelta una estruendosa risotada y dice:

—Creo que arreglaremos el enlace entre tu Margaret Neville y Thomas Seymour. Mi cuñado con tu hijastra... Suena muy bien.

Agarra a ambas mujeres por el codo y las conduce a través de la sala hasta una mesa de juego, las dos sintiendo su cuerpo como un peso muerto. Por más que se esfuerza, Catalina no puede pensar en el modo de disuadir educadamente al monarca de su idea sobre el enlace, de manera que guarda silencio. Dos miembros del servicio se apresuran a traer unas sillas y el rey se deja caer en una de ellas mientras indica a Catalina que tome asiento en la otra. Un tablero de ajedrez aparece como por arte de magia en la mesa y el soberano llama a Seymour para que coloque las piezas. Catalina no se atreve siquiera a mirar en su dirección, por miedo a que los confusos sentimientos que se debaten en su interior afloren a la superficie.

Catalina es consciente de las miradas furtivas que le lanza lady Lisle desde el lugar donde se encuentra junto a su hija; casi puede oír las maquinaciones de su mente mientras piensa en la mejor forma de aumentar las posibilidades de Anne, cómo instruirla y acicalarla a fin de capturar la pieza más codiciada del reino. Sin duda debe de alegrarle el hecho de que Catalina, que ha enviudado dos veces y ya pasa de los treinta, no es rival para alguien como su hija, que se halla en la plenitud de su juventud. Si el rey quiere hijos, escogerá a Anne Bassett o a alguien como ella. Y todo el mundo sabe que el rey quiere hijos.

Catalina abre la partida.

—Gambito de dama aceptado —dice el rey, cogiendo su peón blanco y haciéndolo girar entre sus gruesos dedos—. Eso significa que pretendes derrotarme en el centro del tablero. —La mira con sus ojos hundidos centelleando, su respiración resollante como si no hubiera espacio para el aire en su interior.

Van moviendo las piezas por el tablero con rapidez y en silencio.

El rey toma un pastelito de una bandeja y se lo mete en la boca, luego se relame sonoramente los labios. Coge una torre con sus enormes dedos y la desplaza sobre el tablero a fin de bloquear el movimiento ofensivo de Catalina con un «¡Ajá!». Entonces se inclina hacia ella y dice:

—Tú también querrás un marido, como tu hijastra.

Con gesto abstraído, Catalina se pasa el pequeño caballo blanco por el labio inferior.

Su tacto es suave como la mantequilla.

—Tal vez con el tiempo vuelva a casarme.

—Yo podría hacerte reina —declara él.

Ella nota las gotículas de saliva salpicarla junto a su oreja.

—Sin duda estáis bromeando, majestad.

—Puede que sí —gruñe él—. O puede que no.

El rey quiere hijos varones. Todo el mundo lo sabe. Anne Bassett podría darle un montón de hijos; o alguna de las chicas Talbot, o una Percy, o una Howard. No, una Howard no; ya ha tenido dos reinas Howard y a ambas las ha enviado al cadalso. El rey quiere varones y Catalina no ha dado a luz en sus dos matrimonios salvo a un bebé muerto en secreto. El pensamiento impacta en ella con la fuerza de un cañón: la posibilidad de engendrar un hijo con Seymour, el hermoso Seymour, un hombre en la flor de la vida. Sería un pecado que un hombre así no procreara. Se recrimina en silencio por albergar una idea tan absurda. Pero el pensamiento se niega a abandonarla y permanece germinando en el fondo de su mente.

Catalina tiene que emplear toda su fuerza de voluntad para mantener la vista apartada de Seymour, centrarse en el juego y entretener al rey.

Catalina gana la partida.

Como si anticiparan una fuerte explosión, el pequeño grupo de espectadores se encoge y retrocede un poco en el momento en que ella exclama:

—Jaque mate.

—Eso es lo que me gusta de ti, Catalina Parr —dice el rey, y se echa a reír.

Todos los presentes se relajan.

—No pierdes para seguirme la corriente, como hacen todos los demás, que creen que me complace ganar siempre. —La toma de la mano—. Tú eres honesta —añade, y la atrae hacia él para acariciarle la mejilla con las yemas de sus dedos cerosos. Toda la sala los observa, y Catalina es consciente de la taimada sonrisa de su hermano cuando el rey ahueca una mano junto a su boca, acerca sus labios húmedos a la oreja de ella y murmura—: Te espero después en privado.

Catalina se debate tratando de encontrar una respuesta.

—Me siento honrada, majestad —dice al fin—. Me siento profundamente honrada de que me hayáis escogido para pasar vuestro tiempo a solas conmigo. Pero debido al reciente fallecimiento de mi esposo yo...

Él coloca un dedo sobre los labios de ella para silenciarla.

—No tienes que dar explicaciones. Tu sentido de la lealtad es claramente manifiesto, y te admiro por eso. Necesitas tiempo. Y tendrás tiempo para pasar el duelo por tu esposo.

Hace señas a un ujier para que lo ayude a levantarse de la silla. Se apoya pesadamente en él y camina renqueante hacia la puerta, seguido por su séquito.

Catalina ve cómo el ujier pisa sin querer el pie del monarca. El brazo del rey sale disparado, como la lengua de una rana hacia una mosca, y estampa una sonora bofetada en la cara del hombre. El murmullo de las conversaciones cesa de golpe.

—¡Fuera de mi vista, idiota! ¿Quieres que ordene que te corten el pie por tu torpeza? —brama el rey, haciendo que el pobre ujier se retire despavorido. Al momento, otro ocupa su lugar y todo el mundo sigue a lo suyo como si tal cosa. Es como si nada hubiera pasado; nadie hace la menor alusión a lo ocurrido.

Mientras Catalina busca a su hermana, percibe que la atmósfera de la sala ha cambiado, que toda la atención se centra ahora en ella. La gente se aparta para dejarla pasar, lanzando a su estela cumplidos como flores, aunque Anne Bassett y su madre siguen mirándola de soslayo mientras atraviesa la cámara. Su hermana Ana es como una isla en ese mar de fingimiento e hipocresía.

—Tengo que salir de este lugar, Ana —dice.

—Lady María ya se ha retirado, así que nadie pondrá ninguna objeción si te marchas —responde Ana—. Además —añade con un codazo juguetón—, podrías hacer cualquier cosa y nadie diría nada.

—Hermana, esto no es ninguna broma. Hay que pagar un precio muy alto por este tipo de favores.

—Tienes razón —dice Ana, poniéndose seria de repente. Ambas están pensando en el infortunio de esas desdichadas reinas.

—Solo ha sido un flirteo. Él es el rey... Supongo que tiene derecho a hacerlo... No iba en serio... —Catalina no puede parar de hablar, tratando de convencerse—. Pero lo mejor será que me mantenga alejada de la corte durante un tiempo.

Su hermana asiente.

—Te acompañaré afuera.

El patio ya está casi a oscuras y unos finísimos copos se reflejan a la luz de las antorchas bajo las arcadas. Gran parte de la nieve fangosa se ha congelado y los mozos caminan cautelosamente sobre los traicioneros adoquines. Acaba de llegar un nutrido grupo, que desmonta ruidosamente de sus caballos, y la gran cantidad de pajes y ujieres que se apresuran para ayudarlos indica que se trata de alguien importante. Catalina repara en los ojos saltones y el rictus de labios finos de Anne Stanhope, a quien conoce desde que eran niñas. Es una joven arrogante y despreciable con la que en ocasiones ha coincidido en la escuela real a lo largo de los años. Stanhope pasa junto a ellas con el mentón muy alzado y empuja a Ana con el hombro como si no la hubiera visto, como si no hubiera reconocido a ninguna de las hermanas Parr.

—Veo que hay cosas que nunca cambian —dice Catalina con sorna.

—Se ha vuelto aún más insufrible desde que se casó con Edward Seymour y se convirtió en condesa de Hertford —explica Ana—. Por la manera en que se comporta, cualquiera diría que es la reina.

—Pero es que ella desciende del mismísimo Eduardo III —comenta Catalina, poniendo los ojos en blanco.

—Como si no lo supiéramos ya —suelta Ana con un pequeño gemido.

—Y como si fuera a permitir que lo olvidáramos.

Un paje les trae sus ropas de abrigo. Catalina y Meg se arrebujan contra el frío y luego se despiden de Ana, que desaparece subiendo por los escalones de piedra. Catalina echará de menos la agradable familiaridad que comparte con su hermana; la lóbrega perspectiva de volver a Charterhouse no resulta nada atrayente, aunque al mismo tiempo se alegra de poder alejarse de la corte.

Esperan a sus caballos en un banco retranqueado en el muro. Meg parece exhausta y demacrada. Catalina cierra los ojos y apoya la cabeza contra la fría piedra, pensando en la prolongada agonía de Latymer y en lo duro que debió de resultar todo aquello para la muchacha.

—Milady Latymer —dice una voz que la saca de su ensimismamiento.

Al abrir los ojos, se encuentra a Seymour en pie ante ella. El corazón le da un vuelco.

—Margaret —le dice a Meg, con la sonrisa de un hombre que siempre consigue lo que quiere—, ¿serías tan amable de ir a presentarle mis excusas a tu tío? Me está esperando en el gran salón, pero tengo que hablar con lady Latymer de un asunto antes de que se marche.

—¿Un asunto? —pregunta Catalina mientras Meg se aleja escalones arriba—. Si lo que pretendéis es pedirme la mano de Margaret... —empieza a decir, pero él la interrumpe.

—En absoluto. No..., aunque sin duda es una joven encantadora..., y además con sangre de los Plantagenet... —dice él atropelladamente, como si estuviera un tanto turbado.

Eso sorprende a Catalina, porque ella se siente igual estando a solas ante ese hombre. Está plantado muy cerca de ella, más cerca de lo que cabría considerar adecuado. Los distintos planos de su rostro parecen encajar a la perfección: la mandíbula definida, los pómulos altos, la frente amplia con la línea del pelo perfilando una punta en el centro, como una flecha.

—Ah —exclama Catalina.

Seymour desprende un olor viril y almizclado, y la mira de nuevo con esos ojos de un azul tan intenso. Ella siente como si todo su interior se derritiera y tiene ganas de salir corriendo, pero se lo impiden sus buenas maneras y esos ojos que la tienen como paralizada.

—No, se trata de esto. —Sostiene algo en la palma de su mano extendida—. Creo que es vuestro.

Ella baja la mirada. Es una perla.

—No lo creo. —Y mientras lo dice, alza la mano hacia la cruz de su madre y nota el espacio vacío donde debería estar la perla del centro, así como las puntas afiladas del engarce roto.

¿Cómo ha acabado la perla en la palma de ese hombre?

Se siente desconcertada, como si Seymour hubiera ejecutado con ella alguna especie de truco de manos, tal como había hecho Will Sommers sacando la moneda de la oreja de Meg. Se lo queda mirando, furiosa con él, como si le hubiera arrancado la perla deliberadamente.

—¿Cómo ha llegado a vuestras manos? —Su voz suena cortante e irritada, y se enfada consigo misma por permitirse revelar tanto en su tono. La mirada de él sigue traspasándola. Ella puede escuchar su propia respiración agitada.

—Vi cómo se desprendía de vuestro colgante en la galería e intenté llamar vuestra atención. Y luego de nuevo en los aposentos de lady María, pero entonces el rey... —Y se calla.

—El rey... —repite ella. Ya se había olvidado por completo de las insinuaciones del monarca.

—Me alegro de haberos encontrado antes de que os marchéis. —Su rostro dibuja una amplia y seductora sonrisa y se le forman unas finas arrugas en la comisura de los ojos. De repente ya no hay nada amenazador en él, sino deslumbrante y cautivador.

Ella no le devuelve la sonrisa ni tampoco coge la perla, que sigue en la palma de su mano a la espera de ser reclamada. No puede librarse de la sensación de que ha sido engañada.

Él se sienta junto a ella en el banco de piedra y dice:

—Cogedla.

Pero Catalina no se mueve.

—O mejor aún —prosigue él—, dadme el colgante y haré que mi orfebre os lo arregle.

Ella se gira para mirarlo, deseando encontrar algún defecto. Todo en él resulta perfecto, impecable: las esmeradas chorreras de su camisa de seda, la barba cuidadosamente recortada, la manera en que el birrete se asienta firmemente sobre una oreja, y esa infernal pluma, tan ostentosa. El satén carmesí que asoma a través de las cuchilladas de su jubón le hace pensar en bocas ensangrentadas. Catalina siente ganas de alargar una mano y sacudirlo un poco para que no parezca tan pulcro. La nieve ha salpicado el terciopelo que cubre sus hombros y tiene la punta de la nariz colorada. Entonces Catalina sonríe, se da media vuelta y, para su propia sorpresa, se levanta el tocado para dejar al descubierto la parte de atrás de su cuello. Él desliza la perla en la mano de ella y, con dedos cálidos, le desabrocha el collar. No había tenido intención de hacerlo, pero algo en la franca sonrisa del hombre y en la encantadora rojez de la punta de su nariz le hace sentir, aun a su pesar, que lo ha juzgado mal.

Él toma el collar y se lo lleva brevemente a los labios antes de guardarlo en algún lugar del interior de sus ropajes. Catalina siente como si fuera a derretirse por dentro, como si en vez del colgante él hubiera besado su cuello.

—Cuidadlo bien. Era de mi madre y es muy preciado para mí. —Catalina ha conseguido recomponer los fragmentos dispersos de su interior y conferir a su voz su compostura habitual.

—Puedo aseguraros que lo haré, milady. —Y, tras una pausa, añade—: Lamento mucho el fallecimiento de vuestro marido. Guillermo me ha contado que sufrió mucho.

No le hace ninguna gracia que su hermano haya hablado con ese hombre de ella o de su marido, y se pregunta qué más le habrá dicho.

—Sí, sufrió mucho.

—Debió de resultar insoportable para vos presenciar su dolor.

—Sí. —Ella sigue mirándolo a la cara, que parece reflejar una preocupación sincera. Un pequeño rizo ha escapado por encima de la espiral de su oreja y apenas puede contener el impulso de alargar una mano y remetérselo por detrás—. Fue insoportable.

—Fue un hombre muy afortunado por teneros a vos para cuidarlo.

—¿Creéis que fue afortunado? —espeta ella—. Pues no lo fue. No hubo la menor fortuna en su tormento. —Su voz es cortante. No puede evitarlo.

Seymour parece muy arrepentido cuando dice:

—No era mi intención…

—Sé que no pretendíais causarme aflicción —lo interrumpe ella al ver a Meg bajando los escalones—. Meg ya está aquí. Es hora de marcharse.

Se pone en pie y ve a Rafe afuera, esperando con los caballos. Meg se encamina directamente hacia el mozo, y Catalina se pregunta si estará evitando a Seymour después de todos esos comentarios sobre un posible enlace.

—La perla —dice Seymour.

Catalina se queda confusa por un momento y, al abrir la mano, descubre la joya en su interior. Se siente de nuevo engañada, no recuerda haberla cogido.

—Ah, sí, la perla —dice, y se la entrega.

—¿Sabéis cómo se forma una perla? —le pregunta él.

—Pues claro que lo sé —masculla Catalina, de pronto enfadada consigo misma por haberse dejado embaucar por ese hombre con su labia fácil y sus tópicos manidos, imaginándose a todas aquellas damiselas embebiéndose entre risitas tontas de cada una de sus palabras mientras él les describe la formación de una perla, torciendo y retorciendo la metáfora hasta convencerlas para que se metan en su cama y le abran sus propias ostras—. Y vos sois un grano de arena en mi concha —le espeta, dándose media vuelta para marcharse.

Pero Seymour no es de los que aceptan un desaire fácilmente, y entonces le toma la mano, planta un húmedo beso en ella y dice:

—Aunque quizá con el tiempo acabe convirtiéndome en una perla.

Y después se aleja subiendo los escalones de dos en dos, con la capa ondeando tras sus anchas espaldas.

Catalina se seca el dorso de la mano en el vestido y suelta un pequeño bufido, exhalando una nube de condensación que bien podría ser de humo. Espera haberle dejado claro que, si lo que busca es encamarse con una viuda, no será con ella ni por todo el oro del mundo. De pronto la invade una abrumadora sensación de soledad, se siente perdida sin su esposo, lo echa muchísimo de menos y desearía poder volver junto a él.

De repente se oye un estrépito en lo alto de la escalera, un estruendo metálico y un estallido de risas. Al alzar la vista ve a un joven paje en el suelo junto a una bandeja volcada de pastelillos que se han desparramado por todas partes. La gente pasa por su lado, dando patadas a los dulces y aplastándolos con los pies, burlándose del chico. Catalina percibe la humillación en las mejillas teñidas de escarlata del muchacho. Se dispone a ir a ayudarlo cuando, de pronto, ve cómo Seymour hinca en el suelo sus rodillas enfundadas en seda blanca y empieza a recoger los pastelillos. Aquello silencia las mofas y risas, que se desvanecen rápidamente, pues todos saben que Seymour es el cuñado del rey y son ellos los que deberían estar recogiendo los dulces por él. Por la expresión de sus caras se diría que el simple gesto de arrodillarse para ayudar a ese donnadie ha puesto todo su mundo patas arriba.

Seymour da unas palmaditas en la espalda del chico, arrancándole una tímida sonrisa. Se quedan un rato sentados en el suelo, charlando animadamente, y luego lo ayuda a ponerse en pie. Catalina oye cómo le dice:

—No te preocupes. Yo hablaré con el cocinero.

Mientras se alejan de palacio en sus caballos, Catalina se echa mano abstraídamente a la cruz de su madre y solo encuentra un espacio vacío. Se pregunta si debería habérsela confiado a Seymour con tanta ligereza cuando apenas lo conoce. Es amigo de Guillermo, lo cual debería ser prueba suficiente de su honradez, al igual que su amable comportamiento con el paje de los pastelillos. Y piensa que es muy probable que el daño que Murgatroyd le infligió la haya hecho desconfiar de todos los hombres.

—Madre —dice Meg—, mira lo que me ha dado el tío Guillermo. —Saca un libro de debajo de su capa y se lo entrega a Catalina.

De pronto vuelve a enfadarse de nuevo con su hermano, imaginando que será uno de esos libros prohibidos, de Zuinglio o de Calvino, y que está intentando atraer a Meg hacia algo que ella es demasiado ingenua para comprender. Las intrigas de las facciones religiosas en la corte son un terreno muy peligroso. Pero al mirar el título descubre que se trata sencillamente de *La morte d'Arthur*.

—Ah, qué bonito detalle —dice Catalina, devolviéndole el libro y reflexionando sobre lo recelosa que se ha vuelto.

Espolea a Pewter al trote, sintiendo el tranquilizador poderío del animal bajo ella y deseando llegar cuanto antes a Charterhouse. Puede que sea un lugar lúgubre, pero al menos sabe lo que se cuece entre sus muros.

—Estoy impaciente por enseñárselo a Dot —dice Meg, refiriéndose a su doncella. Las dos se han vuelto inseparables, como hermanas, después de lo ocurrido en Snape, y Catalina se siente muy agradecida por ello—. Le encanta que le lea libros de caballerías.

2

*Charterhouse, Londres,
marzo de 1543*

—Cuéntame —le pide Dot a Meg mientras le cepilla el pelo mojado junto a la chimenea de su alcoba—. ¿Cómo es la corte? ¿Has visto al rey?

—Sí —dice Meg—. Y no he estado más asustada en toda mi vida.

—¿Es realmente tan grande como dicen?

—Más grande todavía, Dot. —Extiende los brazos para indicar su enorme corpulencia y ambas sueltan unas risitas—. Iba disfrazado de juglar y, aunque todo el mundo sabía que era el rey, todos fingían no saberlo.

—Eso es muy raro —comenta Dot con aire reflexivo—. Nunca habría imaginado que al rey le fueran ese tipo de juegos. Pensaba que sería alguien más... —Busca la palabra apropiada, aunque lo cierto es que Dot nunca ha considerado al monarca como un hombre real, sino más bien como un monstruo legendario que corta las cabezas a sus mujeres—. Pensaba que sería alguien más serio.

El cepillo se engancha en un enredo del cabello.

—¡Auuu! —grita Meg.

—No te muevas —le pide Dot—, lo estás empeorando... ¡Ya! —dice, y arroja un pequeño nudo de pelo al fuego.

—En la corte todo es muy extraño —prosigue Meg—. Nadie dice nunca lo que quiere decir; incluso mi madre hablaba con palabras enrevesadas y dobles sentidos. Y todo el mundo insistía en preguntarme que cuándo me iba a casar y con quién. —Pone una mueca.

Rig, el pequeño *spaniel*, salta sobre su regazo y ella lo acurruca entre sus brazos—. Si por mí fuera, nunca me casaría.

—Tendrás que hacerlo, tanto si quieres como si no. Y lo sabes.

—Me gustaría ser tú, Dot.

—Si tuvieras que hacer todas las tareas que tengo que hacer yo, no durarías ni una hora —bromea la doncella—. Mira tus manos, tan blancas y hermosas. —Y le muestra las suyas, ya encallecidas—. Tus manos no están hechas para frotar y restregar. —Le planta un beso en la coronilla y empieza a trenzar su larga melena, haciendo girar hábilmente los mechones de pelo y prendiéndolos con alfileres antes de remeterlos bajo el gorro de dormir.

—Pero tú puedes casarte con quien quieras —dice Meg.

—Como tengo tanto donde elegir… ¿Has visto a los mozos de la cocina?

—Está el nuevo chico de la trascocina.

—¿Quién, Jethro? Ese es más molesto que un dolor de muelas. —Dot no le comenta nada sobre los toqueteos en los establos. Nunca habla de esas cosas con Meg.

—El tío Guillermo quiere que me case con su amigo Thomas Seymour —dice Meg.

—¿Y cómo es ese tal Seymour?

Meg agarra la mano de Dot tan fuerte que los nudillos se le ponen blancos.

—Me recuerda a… —De pronto empieza a respirar de forma rápida y agitada, como si la palabra se le hubiera atorado en la garganta, y la mirada se le ensombrece. Dot la pone en pie, haciendo que Rig salte de su regazo, y la estrecha con fuerza entre sus brazos. Meg apoya la cabeza en su hombro.

—Murgatroyd —acaba Dot por ella—. No debes tener miedo a decirlo en alto, Meg. De ese modo lo sacas fuera, y mejor fuera que dentro, envenenando la sangre.

Meg se nota tan poca cosa bajo el abrazo de Dot, como si apenas quedara nada de ella. La doncella se ha dado cuenta de lo poco que come, como si matándose de hambre quisiera volver a la época de su infancia. Tal vez lo haga por eso.

Solo las separa un año, pero Dot se siente mucho mayor que ella, a pesar de toda su inteligencia y formación: las lecturas, el latín, el francés... Meg tiene un tutor, un hombre pálido y vestido de negro que le enseña todo eso. De pronto, la mente de Dot se ve asaltada por recuerdos no deseados: se ve sentada en el corredor de piedra junto a la alcoba del torreón del castillo de Snape, tapándose los oídos para intentar amortiguar el ruido de los gruñidos de Murgatroyd y los gritos ahogados de Meg. El hombre atrancó la puerta y Dot no pudo hacer nada. La pobre chiquilla, porque en aquel entonces no era más que una niña, sufrió espantosos desgarros después de que Murgatroyd acabara con ella. No es de extrañar que no quiera casarse. Ese es el secreto, el terrible secreto, que mantiene unidas a las dos muchachas. Ni siquiera lady Latymer está al tanto de lo que ocurrió realmente. Meg le hizo jurar a Dot que nunca lo revelaría, y a la doncella se le da muy bien guardar secretos.

—Mi madre estaba concertando el enlace —continúa Meg, mordiéndose la uña del pulgar—. Estoy convencida de ello. Mantuvo una conversación en privado con Seymour.

—Puedes posponerlo. Dile que aún no estás preparada.

—Pero ya he cumplido los diecisiete. A mi edad, la mayoría de las chicas de buena cuna ya llevan un par de años casadas y están esperando su segundo hijo. —Se suelta del abrazo de Dot y va a sentarse en la cama.

—Tu padre acaba de fallecer —dice Dot—. Estoy segura de que lady Latymer no te obligará a casarte mientras sigas de duelo.

—Pero entonces... —La voz de Meg se va apagando, y luego se deja caer hacia atrás con un suspiro.

Dot desea decirle que no tiene de qué preocuparse, que no tiene por qué casarse, que ella siempre estará ahí para lo que necesite. Pero no puede mentirle a Meg, y solo Dios sabe dónde acabará ella misma dentro de poco. Todos los sirvientes de Charterhouse se preguntan qué será de ellos ahora que lord Latymer ya no está y su futuro pende en el aire.

—¿Y esto qué es? —pregunta para cambiar de tema, cogiendo el libro que Meg ha traído de la corte.

Está encuadernado en cuero parduzco y en la cubierta aparece grabado el dibujo de un emparrado de hiedra. Se lo acerca a la nariz y aspira el aroma a cuero. Es el olor de su hogar, la pequeña aldea de Stanstead Abbotts donde creció. La casita estaba junto al patio de un curtidor y ese olor impregnaba hasta las mismas paredes. Dot recuerda que era aún más intenso en verano, cuando las pieles teñidas de tonos brillantes colgaban al sol como grandes manchas de color. Se pregunta qué estará haciendo ahora su madre, se la imagina barriendo la nieve de las escaleras y visualiza una estampa de ella en su cabeza: mamá con las mangas subidas, sosteniendo la escoba con sus diestras manos. Su hermanita Min la ayuda esparciendo gravilla por el sendero, y su hermano Robbie, con polvo de paja en el pelo como papá siempre tenía, está rompiendo el hielo del barril donde recogen el agua de lluvia. Pero Dot es consciente de que esa estampa ya no tiene nada que ver con la realidad, de que su hermanita Min ya no es tan pequeña y de que la cara de su madre estará ahora surcada de arrugas. Siente una fuerte punzada de añoranza, pero ha pasado mucho tiempo y desde entonces su vida ha cambiado demasiado como para poder volver a encajar en su antiguo hogar.

Tenía doce años cuando se marchó hacia el norte, rumbo al castillo de Snape en Yorkshire, a fin de trabajar para lady Latymer, a quien su abuela materna había amamantado como nodriza cuando era un bebé. Por aquel entonces, cuando su abuela aún vivía, la familia Parr de Rye House daba empleo a toda la aldea de Stanstead Abbotts, o eso se decía. Dot tuvo que marcharse después de que papá se cayera de un tejado que estaba techando con paja y se rompiera el cuello. Mamá empezó a trabajar como lavandera, pero el dinero no alcanzaba ni siquiera cuando Robbie se hizo cargo de la faena de techador. Dot recuerda cómo le rugían las tripas por la noche, cuando todo lo que tenían para comer era medio cucharón de potaje para cada niña y uno entero para Robbie, quien necesitaba más fuerzas para subirse a los tejados cargado con grandes fardos de paja. Debían agradecer al cielo que hubiera un puesto para Dot en Snape, ya que así habría una boca menos que alimentar en casa.

Mamá le entregó un penique de plata como recuerdo, que todavía guarda cosido al dobladillo de su vestido para atraer la buena suerte. Se acuerda de cuando se despidió de sus mejores amigas, Letty y Binny, quienes no parecían ser conscientes de que Yorkshire estaba casi tan lejos como la luna, pues no paraban de hablar de lo que harían cuando ella volviera de visita. Hubo también un momento muy triste y lleno de lágrimas con Harry Dent, un revoltoso muchacho que a ella le gustaba y con quien todo el mundo asumía que acabaría casándose. Él le dijo que la esperaría eternamente. La asombra pensar en cómo sintió que se le rompía el corazón al despedirse de Harry Dent cuando ahora apenas logra recordar su cara. Dot estaba convencida de que nunca regresaría a Stanstead Abbotts, aunque no dijo nada porque pensó que la situación ya era suficientemente penosa. Pero al final sí acabó volviendo, cuando hicieron el viaje desde Snape para mudarse a Londres. Lady Latymer le concedió un par de días libres para que los pasara con su familia. Sin embargo, al llegar descubrió que Letty había muerto a causa de la enfermedad del sudor inglés y que Binny se había casado con un granjero de Ware. Harry Dent había dejado embarazada a una muchacha y había desaparecido sin dejar rastro; aquello había sido demasiado para él. Robbie bebía más de la cuenta y no había quien no pensara que acabaría cayéndose de un tejado y teniendo el mismo final que su padre, aunque nadie lo decía.

Todo era distinto, pero en particular era ella la que había cambiado; se sentía absolutamente fuera de lugar y tenía la sensación de que la casita se le caía encima. Dot estaba acostumbrada a un tipo de vida muy diferente.

—Es un libro que me ha regalado tío Guillermo —dice Meg, trayendo a Dot de golpe de vuelta al presente—. *La morte d'Arthur*.

—Eso no es inglés. ¿Qué idioma es?

—El título es francés —responde Meg—, pero el resto está en inglés.

—¿Lo leemos? —propone Dot, aunque lo que en realidad quiere decir es que Meg lea y ella escuche. Pasa los dedos por las letras repujadas del título y murmura «*La morte d'Arthur*», tratando de que su lengua pronuncie esos sonidos extraños y deseando poder comprender cómo esos trazos y garabatos se transforman en palabras; para ella es como una especie de alquimia.

—Oh, sí, leámoslo —acepta Meg.

Afortunadamente, la muchacha parece animarse un poco ante la perspectiva de la lectura, y durante un momento Dot se queda algo perpleja al pensar en el hecho de que a ella —la vulgar Dorothy Fownten, la hija de un techador de Stanstead Abbotts— le lea novelas la hija de uno de los grandes lores. Una muestra más de lo muchísimo que ha cambiado su vida.

Dot reúne todas las velas que encuentra para que Meg disponga de luz suficiente para leer, amontona algunos cojines y pieles junto al fuego, y luego ambas se acurrucan en torno al libro. Entonces cierra los ojos y deja que la historia se despliegue a su alrededor, visualizando en su mente las figuras de Arturo, de Lancelot y del formidable caballero guerrero Galván, imaginándose a sí misma como una de aquellas doncellas rubias y olvidándose durante un rato de sus manazas encallecidas, de su desmañada torpeza y del ineludible hecho de que su pelo negro como el tizón y su piel cetrina la hacen parecer más una gitana que una de aquellas damas de Camelot de tez blanquísima y cabellos dorados.

Un par de velas empiezan a consumirse y Dot se levanta para coger otras nuevas de la caja donde las guardan.

—¿Qué es lo que más desearías en este mundo, Dot? —le pregunta Meg.

—Tú primero —replica ella.

—Yo quiero una espada como Excalibur —responde Meg con ojos centelleantes—. Imagina cómo sería no volver a tener miedo nunca más. —Agita su delgado brazo a través del aire, blandiendo el arma imaginaria—. Ahora tú, Dot. ¿Qué es lo que más deseas?

Sin pensárselo dos veces, Dot exclama:

—Me gustaría tener un marido que sepa leer. —Y entonces se echa a reír pensando en lo tonto que ha sonado al decirlo en voz alta y en que algo así resultaría aún más imposible que el hecho de que Meg pueda llegar a poseer una espada mágica. Tiene la sensación de que sus palabras han roto el hechizo de la historia.

Meg no dice nada. Parece perdida en sus pensamientos.

Dot mira en el interior de la caja de las velas.

—No queda ninguna. ¿Bajo a buscar más?

—Ya es muy tarde. Más vale que nos acostemos —dice Meg. Se levanta y se estira un poco, luego se inclina para recoger una de las pieles y la extiende sobre el lecho.

Dot se dispone a extraer la carriola guardada pulcramente debajo del armazón de la cama.

—Duerme aquí conmigo —dice Meg, dando unas palmaditas a su lado en el colchón—. Estaremos más calentitas.

Dot se apresta a arreglar el fuego de la chimenea, rompiendo las brasas con el atizador y colocando cuidadosamente la malla de protección. Luego se mete en la cama y cierra estrechamente los cortinajes del dosel, creando un pequeño y seguro refugio para ambas. Rig se sube también, arañando y removiéndose y dando vueltas antes de acurrucarse en una pequeña bola, lo cual hace reír a las muchachas. Dot se desliza entre las frías sábanas y se frota repetidamente los pies arriba y abajo para procurarse algo de calor.

—Eres más revoltosa aún que Rig —dice Meg.

—Algunas no tenemos calentador de cama.

Dot nota una mano sedosa tocándole la espalda y desplaza su cuerpo hacia atrás sobre la vasta extensión del frío lecho. Meg se abraza a ella, como sintiendo que si la soltara estaría completamente perdida. Su camisón huele a humo de leña de haber estado junto al fuego, y entonces Dot se acuerda de cómo se acurrucaba junto a su hermanita Lin en la camita que solían compartir. Ahora es como si estuviera viviendo la vida de otra persona.

—Si pudieras cambiar de forma como Morgana —susurra Meg—, podrías convertirte en mí y casarte con Thomas Seymour. Él leería para ti, como suele decirse, «hasta que las vacas vuelvan de pastar».

—¿Y qué pasaría contigo?

—Yo sería tú, claro…

—Pues tendrías que vaciar las bacinillas todas las mañanas —replica Dot bromeando—. ¿Y qué haría yo con un noble tan refinado como ese Seymour? No creo que le gustara mucho mi forma de bailar, porque cuando mejor bailo es como si tuviera dos pies izquierdos.

Las dos se echan a reír solo de imaginarlo, y luego amoldan sus cuerpos como un par de cucharitas para buscar más calor.

—Gracias a Dios que te tengo, Dorothy Fownten —murmura Meg.

Charterhouse, Londres, abril de 1543

Catalina oye el chacoloteo de cascos de caballo en el patio. Se asoma a la ventana de su alcoba, esperando ver llegar a uno de los pajes del rey. Había confiado en que su ausencia de la corte hiciera que el monarca se olvidara de ella, pero no ha sido así, porque todos los días recibe un presente: un broche con dos grandes diamantes y cuatro rubíes; un cuello de piel de marta con mangas a juego; una sobrefalda de tela dorada; una pareja de agapornis; medio venado, gran parte del cual reparte entre los pobres de la parroquia, ya que ahora son muy pocos en casa —el hermano de Meg y su esposa, los nuevos lord y lady Latymer, se han marchado a Yorkshire para hacerse cargo de sus haciendas allí, llevándose consigo a la mayor parte del servicio— y les cuesta mucho acabarse la carne antes de que los gusanos la infesten. Son los regalos de un hombre que busca algo, pero la idea de convertirse en la amante del rey es a todas luces impensable. Además, no tiene cabida en su mente: la parte que no está ocupada en llorar el recuerdo de su marido está llena de pensamientos sobre Seymour.

Esos pensamientos se abren paso constantemente en su cabeza, y Catalina no puede evitar ansiar que llegue a su patio un paje ataviado con la librea roja y dorada de los Seymour para traerle una carta, algún pequeño detalle, o para devolverle el collar. Pero a diario solo llega a su puerta la librea verde y blanca de los Tudor para entregarle otro de esos indeseados y, al parecer, interminables obsequios. Ella ha intentado devolverlos, pero el paje le dijo con voz cortés y temblorosa que el rey lo castigaría por no haber logrado convencerla de que los aceptara. Así que se los había quedado a regañadientes, pero cada uno de esos presentes la hacía sentir un poco más vacía, como si ella fuera un reloj de arena y su tiempo se estuviera agotando.

Habría cambiado todos esos obsequios por el más pequeño objeto —un diente de león, un dedal de suave cerveza, una cuenta de cristal— que le trajera un paje de Seymour. No puede controlar sus sentimientos. ¿Por qué espera como una jovencita enamoradiza cualquier detalle tonto de ese hombre tan superficial? Pero Seymour ha penetrado en lo más hondo de su corazón, y ni la lógica ni la razón lograrán sacarlo de ahí. Se dice a sí misma que es la cruz de su madre lo que anhela, pero sabe que se está engañando. Es a él a quien desea. Se cuela en sus pensamientos con aquella infernal pluma bamboleante y no hay manera de expulsarlo.

Abre la ventana y estira el cuello para ver quién desmonta del caballo. Es el doctor Huicke, el galeno que cuidó de su marido, que ya ha vuelto de Amberes. Bueno, pues si no es un paje de Seymour, entonces Huicke es la mejor opción que puede esperar. Quiere llamarlo desde la ventana y se da cuenta de lo sola que se ha sentido durante su duelo. Ha estado ansiosa por tener compañía y, aparte de la familia, el médico es una de las pocas personas con las que puede sentirse ella misma. Desde el mismo principio ha experimentado una inexplicable afinidad con Huicke; vino todos los días a atender a Latymer y a lo largo de esos meses han forjado una estrecha amistad. Ha sido un gran apoyo para ella. Pocas veces en la vida, piensa, se encuentra a un amigo de verdad: tal vez uno en una década.

Baja los escalones corriendo, emocionada como una chiquilla, y llega al vestíbulo al mismo tiempo que entra Huicke. Quiere lanzarse a sus brazos, pero Cousins, el mayordomo, también está allí, y las normas del decoro no lo permitirían.

—Cómo me alegro de verte —lo saluda ella, contemplando su fina estampa.

En el rostro del hombre se dibuja una amplia sonrisa. Con sus ojos oscuros que resplandecen como dos gruesas gotas de melaza y sus rizos espesos y negros como la brea, Huicke parece salido de una pintura italiana.

—El mundo es mucho más aburrido sin vos, milady.

—Creo que ya nos conocemos lo suficiente para prescindir de formalidades —dice ella—. Llámame Kit, así podré hacer como que somos hermanos.

—Kit —repite él, y parece paladear la palabra como si fuera un buen vino francés.

—Pero yo seguiré llamándote Huicke —añade ella—. Ya conozco a demasiados Robert.

Él asiente con otra sonrisa.

—Bueno, háblame de Amberes. —Lo lleva hasta un asiento junto a una ventana bañada por el sol de abril—. ¿Has aprendido algo?

—Amberes… Están ocurriendo muchas cosas allí. De lo único que se habla es de la Reforma. Las imprentas trabajan a destajo para sacar cada vez más libros. Es una ciudad donde bullen grandes ideas, Kit.

—La Reforma se ha convertido en una fuerza de la razón —dice Catalina—. Cuando piensas en todos los horrores que se han cometido en el nombre de la antigua Iglesia… —No puede evitar pensar en todo lo que se ha hecho, especialmente contra ella y su familia, en el nombre del catolicismo. Sin embargo nunca lo dirá, ni siquiera a Huicke. Además, la idea de la Reforma la complace enormemente; parece algo mucho más razonable—. ¿Y has conocido a ese colega tuyo, el tal Lusitano?

—Sí, lo he conocido. Kit, tiene unas nociones tan avanzadas sobre la forma en que circula la sangre. A veces creo que nuestra generación, más que ninguna otra, se encuentra a las puertas de un gran cambio. Nuestras ideas, nuestras creencias, se hallan en un estado de constante evolución. Y eso es algo que me emociona.

Catalina lo observa mientras, lleno de entusiasmo, remeda con sus manos enguantadas cómo Lusitano abre un cadáver o disecciona una vena muerta para revelar su intrincado funcionamiento, hablando en todo momento con auténtico fervor. Nunca ha visto a Huicke sin sus guantes, ni siquiera cuando examinaba a su marido. Catalina alarga una mano y agarra sus dedos que gesticulan en el aire.

—¿Por qué no te los quitas nunca?

Sin decir nada, Huicke retira un poco el borde de uno de los guantes, dejando al descubierto una pequeña porción de piel cubierta de verdugones rojos e hinchados. Luego mira a Catalina y examina su rostro, esperando que ella aparte la vista totalmente asqueada. Pero no lo hace. Al contrario, toma su mano y acaricia la piel deformada con la yema de un dedo.

—¿Qué es? —pregunta.

—No tengo un nombre para ello. No es contagioso, pero inspira repugnancia a todos los que lo ven. Creen que tengo la lepra.

—Oh, pobre —dice ella, inclinándose y posando un delicado beso sobre la devastada piel—, pobrecito.

Huicke siente el escozor de las lágrimas que afloran a sus ojos. No es que nunca lo hayan tocado, no es eso. Sus amantes lo han acariciado de todas las maneras posibles, pero incluso en el arrebato pasional de Eros ha visto repulsión en el rictus de sus bocas y en sus ojos fuertemente cerrados. Lo que ve ahora en Catalina es algo muy distinto, algo que trasluce una sincera compasión.

—Lo tengo por todo el cuerpo, menos en la cara.

Ella lo toma de ambas manos, se levanta y tira de él para que se ponga en pie.

—Vamos a la sala de destilación —dice con un brillo en sus ojos—. Podemos prepararte un bálsamo. Debe haber algo que pueda curarlo.

—Yo no he encontrado nada, aunque algunos ungüentos lo alivian un poco.

Caminan juntos por los corredores de paneles oscuros que serpentean hacia la parte posterior de la casa.

—Quién habría imaginado que de tales adversidades surgiría una amistad así —dice ella.

—La verdadera amistad es algo realmente extraño —coincide él, pero se siente un tanto insincero porque hay un secreto que no le cuenta, un subterfugio que teme que podría poner fin a su relación. Él ha llegado a verla como algo más que a una amiga y no soportaría la idea de perderla; se preocupa por ella como imagina que lo haría por una hermana, aunque como hijo único no tiene con qué compararlo. Y su engaño lo carcome por dentro—. Sobre todo —añade—, cuando uno pasa la mayor parte del tiempo en la corte.

Es cierto que en la corte, donde todo el mundo rivaliza intentando medrar a cualquier precio, no existe tal cosa como la amistad. Incluso los médicos del rey están enzarzados en un constante juego de intrigas por alcanzar una posición de supremacía. Él es consciente de que no es especialmente del agrado de sus colegas, pues, pese a ser una década más joven que la mayoría, ya es mucho mejor médico que ellos.

Catalina enlaza su brazo con el de él.

Huicke querría que las cosas estuvieran claras entre ambos y desea abrirle una parte de su ser para intentar compensar su engaño.

—En Amberes… —empieza a decir, pero se detiene en seco.

—En Amberes ¿qué?

—Me he… —No sabe cómo expresarlo—. He…, he conocido a… —balbucea—. Me he enamorado —dice al fin, aunque es solo la mitad de la historia.

—¡Huicke! —exclama apretándole la mano, por lo visto muy complacida ante su confesión—. ¿Y quién es la dama?

—No es una dama.

Ya está, ya lo ha dicho, y ella no parece asombrada ni escandalizada.

—Ah —dice—. Ya lo sospechaba.

—¿Y cómo es eso?

—He conocido a hombres que prefieren la intimidad con… —Hace una pausa y baja la voz—. Con los de su propio género.

Él le ha revelado algo de sí mismo que lo unirá más a ella. Si esa información llegara a las manos equivocadas podría hacer que lo colgaran. Huicke se siente confortado al haber restablecido cierto equilibrio.

—Mi primer marido —continúa Catalina—, Edward Borough. Éramos los dos muy jóvenes, poco más que unos críos.

Un sirviente pasa portando un manojo de fresias. Su aroma primaveral se esparce por el aire.

—¿Son para mi alcoba, Jethro? —pregunta ella.

—Sí, milady.

—Dáselas a Dot, ella se encargará de arreglarlas.

El mozo hace una pequeña reverencia y prosigue su camino.

—Edward Borough no sentía la menor pasión por mí —continúa Catalina en el punto en que lo había dejado—. Yo creía que era por la inexperiencia. Ninguno de los dos estábamos preparados. Pero en la casa había un tutor, un joven muy serio llamado Eustace Ives. Tenía una boca realmente hermosa. Recuerdo aquella boca, cómo sus comisuras se curvaban hacia arriba en una especie de solemne y permanente sonrisa. Al ver cómo Edward se ruborizaba al hablar con Eustace Ives, fue cuando empecé a darme cuenta de lo que ocurría. Qué poco sabía entonces de la vida…

—¿Qué fue de Edward Borough? —pregunta Huicke, cautivado por esa preciada confidencia del pasado de Catalina.

—Falleció a causa del sudor inglés. Se lo llevó en apenas una tarde. Pobre Edward. Era un alma tan dulce… —Mientras habla su semblante adopta una expresión ausente, como si se hubiera remontado al pasado y solo el fantasma de ella permaneciera en el presente—. Después me casé con John Latymer. —Un leve estremecimiento la saca de su ensimismamiento—. Bueno, cuéntame. ¿Esa persona es de Amberes?

—No, es inglés. Un escritor, un pensador. Es un hombre extraordinario, Kit. —Una pequeña oleada de excitación parece recorrer su cuerpo solo de hablar de Nicholas Udall—. Y salvaje… —Hace una pausa—. Desmesurado y salvaje.

—Salvaje… —repite ella—. Suena peligroso.

Él se echa a reír.

—Solo en el buen sentido.

—¿Y tu esposa? —pregunta Catalina—. ¿Comprende la situación?

—Desde hace un tiempo vivimos prácticamente separados. —Se muestra reacio a hablar de su esposa; se siente demasiado culpable, así que opta por cambiar de tema—. Últimamente el amor parece flotar en el aire. Y se habla mucho del rey y de cierta persona.

La cara de Catalina se ensombrece.

—Supongo que te estás refiriendo a mí. —Ambos se han detenido y ella se ha vuelto hacia él con los ojos muy abiertos, teñidos de preocupación—. ¿Por qué yo, Huicke? Hay montones de damas hermosas dispuestas a complacer al rey. La corte está llena de ellas. Y yo ya no soy ninguna jovencita. ¿Acaso no quiere tener más hijos varones?

—Tal vez sea tu escasa disposición lo que lo atrae de ti. —Huicke sabe de primera mano cómo la indiferencia puede espolear el deseo; todos esos jóvenes hermosos de los que se enamoró y que se sintieron repugnados por su piel—. El rey está acostumbrado a obtener lo que desea. A ese respecto, Kit, tú eres diferente.

—Diferente, bah. —Deja escapar un suspiro—. ¿Y qué quieres que haga, que me arroje a sus brazos? ¿Eso enfriaría su ardor? —Y echa a andar de nuevo por el corredor.

—También habla de tu bondad, Kit —dice Huicke alzando la voz hacia la figura que se aleja—. Y de cómo cuidaste a tu marido con tanta ternura.

Él no puede revelarle que el rey le ha presionado para sonsacarle información. ¿Cómo se portó ella con su esposo? ¿Lo atendió con afecto y cariño? ¿Le preparaba sus propios remedios?

Catalina se gira y le espeta:

—¿Y cómo sabe él todo eso?

Reanudan la marcha en un silencio meditabundo, él ligeramente detrás de ella. Al llegar a la sala de destilación, Catalina abre la puerta y, cuando ese olor resinoso los envuelve, su irritación parece mitigarse. Empieza a sacar frascos y a destaparlos, olisqueando su contenido, echando algunas hierbas en un mortero y machacándolas con la mano de almirez.

—Sello de oro —dice ella; luego toma varios frascos más de un estante y los alinea sobre la encimera de trabajo. Tras leer las etiquetas, escoge uno, retira el corcho y aspira con un leve suspiro satisfecho. Luego lo acerca a la nariz de Huicke para que también pueda olerlo.

—Mirra —dice él. Tiene un olor acre, como eclesiástico, y le recuerda a un clérigo del que estuvo perdidamente enamorado.

Catalina machaca un poco de mirra junto con el sello de oro. A continuación, enciende un quemador dispuesto bajo un platito de cobre, echa un pegote de cera endurecida y deja que se derrita mientras sigue majando. Añade un poco de aceite de almendras, vierte la cera fundida y procede a remover enérgicamente hasta que la mezcla adquiere consistencia.

—Ya está —dice al fin, acercándose el mortero a la nariz para juzgar si el olor es el apropiado—. Ahora dame tus manos.

Él se quita los guantes, sintiéndose completamente desnudo sin ellos, y Catalina procede a untar suavemente la pomada sobre la devastada piel de sus manos. Al ser tocado de esa manera, Huicke vuelve a sentirse de lo más abrumado.

—¿Lo ves, Kit? —dice al cabo de un rato—. Por cosas así la gente piensa que eres bondadosa.

—No más que la mayoría —replica ella—. El sello de oro tiene un efecto casi mágico.

—Posees un don innato para las hierbas. Tus tinturas medicinales para lord Latymer fueron poco menos que milagrosas.

Ella le dirige una mirada extraña y, por un momento, él cree percibir en sus ojos un destello de temor o algo parecido.

—¿Notaste algo inusual en mi marido después de morir?

Ahí está de nuevo, la expresión de animal acorralado. Huicke se pregunta a qué puede deberse.

—Solo que el tumor lo había devorado por dentro. Fue asombroso que durara tanto tiempo. Sé que no debería decir esto, pero habría sido mejor que su sufrimiento acabara antes.

La expresión temerosa se esfuma del rostro de Catalina.

—A veces los caminos del Señor son inescrutables —dice.

—¿Y cómo está Meg? —pregunta él—. ¿Cómo está llevando la muerte de su padre?

—Nada bien, la verdad. Estoy muy preocupada por ella.

—¿Has probado a darle unas gotas de hierba de San Juan?

—No lo había pensado. Lo probaré.

—El rey está empecinado en que se case con Thomas Seymour —comenta Huicke—. Diría que no es un mal enlace para ella.

—Con Seymour no —salta ella—. Meg nunca se casará con ese hombre.

—¿Te gusta Seymour? —pregunta Huycke, horrorizado.

—Yo no he dicho eso.

—No, pero lo llevas escrito en la cara.

Es cierto: está entretejido en todo su ser como la urdimbre en una alfombra. Y encima Seymour, nada más y nada menos. El rey nunca lo aprobaría. Simplemente es mejor no pensar siquiera en ello.

—Yo no quiero que me guste. Pero me siento muy confusa, Huicke.

—Debes olvidarte de él.

—Sé que debo hacerlo. Y tú... —ahora hablan en susurros—, ¿me prometes que no dirás nada?

—Nada —repite él—. Tienes mi palabra.

Huicke percibe que Catalina no confía plenamente en él. Está sopesando su honestidad. Al fin y al cabo, él es el médico del rey. Y el monarca lo metió en su casa.

—¿Por qué te envió el rey a atender a mi marido? —le pregunta como si pudiera leer sus pensamientos.

—No puedo ocultaros la verdad, mila..., eh..., Kit —dice, llevándose las manos a la cara para esconder su bochorno—. El rey me pidió que lo mantuviera informado sobre ti. Lleva mucho tiempo interesado en ti, desde que viniste hace un año a la corte para servir a lady María. Él me lo ordenó, Kit.

Por fin ha salido, ahí está, toda su vergüenza al descubierto para que ella la vea.

—Tú, Huicke..., ¿un espía?

Nota cómo ella se va alejando de él, cómo su amistad se desvanece.

—Puede que lo fuera, pero ya no. Ahora soy leal a ti.

No puede mirarla a la cara, de modo que sus ojos reposan en las hileras de frascos y botes etiquetados que están sobre los estantes de detrás. Ella le da la espalda. Él lee mentalmente los nombres de las etiquetas: escrofularia, euforbia, polígala, elecampana, lampazo... El silencio entre ellos es insoportablemente denso, asfixiante.

—Kit —dice al fin—, puedes confiar en mí. —Su voz tiene un tono suplicante.

—¿Cómo podría hacerlo?

—Por aquel entonces no te conocía... Ahora te conozco.

—Sí —murmura ella—, y yo a ti.

Huicke se pregunta si estará pensando en los secretos que comparten y que los mantienen unidos, y eso le hace sentirse mejor.

Ella recoge los guantes y se los entrega.

—¿Sientes algún alivio en las manos?

—Sí. El escozor se ha mitigado.

—Vamos —dice ella, dirigiéndose hacia la puerta—. Mi hermana está a punto de llegar. ¿Pido que traigan tu caballo? —Lo está echando.

Huicke se siente vacío, quiere postrarse sobre las losas de piedra para implorar su perdón, pero la actitud fría y cortés de Catalina se lo impide. La sigue por los oscuros pasadizos hasta llegar al vestíbulo, donde ella llama al mayordomo.

—Cousins, el doctor Huicke ya se marcha. Avisa al mozo y acompáñalo fuera.

Catalina ofrece el dorso de su mano para que Huicke se lo bese.

—¿Amigos? —pregunta él.

—Amigos —responde ella, con una vaga sonrisa que resulta indescifrable.

Catalina pasea por los jardines de Charterhouse con su hermana. La tez normalmente luminosa de Ana se ve ahora cetrina y también ha desaparecido el rubor saludable que tenía hace solo un mes. Ha perdido al bebé, pero no su carácter alegre.

—Ya vendrán otros —había dicho cuando Catalina le expresó su pesar por lo sucedido.

Poco antes ha caído una breve y fina llovizna que hace brillar las hojas nuevas. El cielo está ahora completamente despejado y posee ese azul intenso, casi cobalto, que adquiere después de la lluvia. El sol de la primavera fulgura en lo alto, como un heraldo temprano del estío.

—Durante el último mes solo han venido a verme abogados —está diciendo Catalina—, y ahora recibo dos visitas queridas en el mismo día.

—Siento no haber podido venir antes, hermana —se disculpa Ana—. La pérdida del bebé me dejó sin fuerzas y tuve que guardar cama durante dos semanas. —Tiene la luz a su espalda y los finos mechones rubios que han escapado de la cofia parecen resplandecer como un halo.

El sol perfila nítidamente los contornos de todo cuanto las rodea, haciendo que el lugar parezca tocado por la mano de Dios. Los adoquines relucen y las ventanas relumbran, emitiendo destellos a su paso. Catalina abre la verja que conduce al jardín medicinal y hace pasar a su hermana. Los perales de la huerta de frutales que se extiende más allá se encuentran en plena floración, una nebulosa blanca contra el cielo azul, y los setos de tejo que bordean el perímetro se ven increíblemente verdes. En el centro hay un estanque circular donde las carpas doradas se deslizan y agitan bajo la misma superficie.

—Has convertido este lugar en un pequeño edén —comenta Ana—. Nadie diría que el caos de Smithfield está a solo un tiro de piedra.

—Sí —dice Catalina—. A veces me olvido por completo de que estoy en Londres.

Los parterres de hierbas están dispuestos en torno al estanque y la tierra ha sido cavada en fecha reciente, pues se ve fresca y rojiza. Las jóvenes plantas están cuidadosamente etiquetadas con carteles redondeados tallados en madera y clavados en pequeñas estacas. Las hermanas se sientan en un banco de piedra a la sombra, aunque extienden los pies húmedos hacia un charco de cálida luz para que el sol los seque.

—¿Piensas quedarte aquí? —pregunta Ana.

—No lo sé. No sé qué es lo mejor. Intento mantenerme alejada de la corte. Con todo ese asunto del rey…

—Por lo visto está muy obsesionado contigo.

—No lo entiendo, Ana. Apenas me conoce y…

—Conocer a alguien nunca ha sido imprescindible para el matrimonio —la interrumpe su hermana.

—¡Matrimonio! ¿Crees que lo que quiere de mí es contraer matrimonio?

—Todo el mundo sabe que busca una nueva reina. Y después del fiasco con Ana de Cleves no creo que la busque en el extranjero.

Las campanas de San Bartolomé suenan tres veces, seguidas del eco de otras campanas de iglesias más lejanas.

—¿Y por qué no tú, Kit? —continúa Ana—. Tú eres una candidata perfecta. Nunca has dado un paso en falso.

—¡Ja! —resopla Catalina, sintiendo cómo pesan sobre ella sus secretos—. Yo no estaría tan segura. Huicke opina que el rey solo me desea por mi actitud reticente y porque está acostumbrado a conseguir todo lo que quiere. Yo solo soy la novedad. —Deja escapar una risa amarga—. Piensa en todas las damas jóvenes que podría tener, toda esa savia fresca.

—No lo entiendes, Kit. Eso es lo que tuvo la última vez, y mira lo que pasó. Tu atractivo es precisamente que tú no eres como Catalina Howard; eres justo lo contrario. El rey no podría soportar que volvieran a ponerle los cuernos.

—¿Y cómo podría evitar esta situación?

—No lo sé, hermana. Si te mantienes alejada de la corte, corres el riesgo de avivar el fuego. Además, lady María te llamará pronto a su servicio. Te quiere allí.

—Oh, Ana —murmura Catalina; apoya la frente sobre la palma de una mano y cierra los ojos, imaginando que monta a Pewter y se aleja galopando para labrarse una nueva vida, para ser otra persona.

—Piensa en cómo se alegraría nuestra madre si aún viviera... ¡Su hija, cortejada por el mismísimo rey!

—¡Nuestra ambiciosa madre! ¿Por qué no puedo hacer como tú, Ana, y casarme por amor?

—Pero ser la reina, Kit... ¿De verdad no te gustaría?

—Habría pensado que tú mejor que nadie sabes lo que significa ser «su» reina. Tú estabas allí. Viste lo que les pasó a todas ellas.

Catalina de Aragón, desterrada para acabar sus días en un húmedo castillo en mitad de la nada, separada incluso de su propia hija. Ana Bolena…, ¿tengo siquiera que decirlo? Juana Seymour, mal atendida tras haber dado a luz…

—Muchas mujeres mueren de fiebre puerperal, Kit. No puedes culpar al rey por eso —la interrumpe Ana. Es cierto: la muerte acecha a las mujeres embarazadas.

—Bueno, supongo que no, pero ¿qué hay de Ana de Cleves, que logró salvar la cabeza solo porque accedió a la anulación? ¿Y qué me dices de la pequeña Catalina Howard…? —Hace una pausa—. Tú estabas allí, de principio a fin, viste lo que les pasó a todas ellas. —Siente tanta rabia que podría abofetear a su hermana.

—Tú no eres como ellas, Kit. Tú eres sensata y buena.

Catalina se pregunta qué pensaría su hermana si supiera que su sensata hermana se había prostituido con un rebelde católico y había administrado una tintura letal a su marido.

—Sensata… —repite—. Ya.

—Lo que quiero decir es que no te dejas arrastrar por las pasiones.

—La verdad es que no —concede, aunque en realidad no puede pensar en otra cosa que no sea Thomas Seymour.

—Kit, ¿te acuerdas de cuando jugábamos a ser reinas en Rye?

—Ay, sí —exclama Catalina, notando cómo su ira se disipa ante la encantadora dulzura de su hermana—. Yo me envolvía entera en una sábana y me casaba con nuestro perro.

—Con aquellas coronas de papel que no se sostenían en la cabeza… ¿Cómo se llamaba la perra? ¿Dulcie?

—No, yo no me acuerdo de Dulcie. Esa debió de ser después de que me marchara para casarme con Edward Borough. Yo creo que era Leo.

—Es verdad. Leo fue el que mordió al hijo del barbero.

—Lo había olvidado… Leo era el perro de Guillermo.

—Pues no me extraña que mordiera —dice Catalina—. Seguro que tenía desquiciado al pobre animal.

—¿Y te acuerdas de que Guillermo hacía de cardenal, poniéndose el delicado damasco rojo de nuestra madre con un cojín de relleno, y de que tiró sin querer la cruz de plata de la capilla? —añade Ana riendo—. La cruz nunca volvió a ser la misma, quedó un poco torcida. Durante las plegarias no me atrevía a mirarla por miedo a que se me escapara la risa.

—¿Y cuando tú tropezaste con la cola de mi sábana y caíste sobre el mayordomo, que llevaba una jarra de vino y esta salió volando?

El buen humor de Ana es contagioso. En aquella época siempre estaban riendo, cuando aún no eran damas de la corte que deben mantener en todo momento una conducta apropiada.

—Ah, lo olvidaba —dice Ana—. Tengo algo para ti, Kit. Me lo ha dado Guillermo. —Rebusca entre los pliegues de su vestido y saca una bolsita de cuero, que deja caer sobre la mano abierta de Catalina.

Sabe lo que es sin necesidad de mirarlo: es la cruz de su madre. Nota un nudo en la garganta, como si se hubiera tragado una piedra.

—¿Por qué lo tenía Guillermo? —pregunta Ana.

—Lo estaban arreglando. —Catalina se levanta y camina pausadamente hacia los parterres, con la cara vuelta para evitar que su expresión revele nada.

¿Por qué no lo ha traído el propio Thomas Seymour en persona? Así que solo estaba jugando con ella… Coqueteando con la idea de encamarse con una viuda. «¡Conserva la calma! —se ordena para sus adentros—. Apenas conoces a ese hombre».

—Y también hay una carta —dice Ana, entregándole una misiva de papel lacrado—. ¿Por qué lleva el sello de los Seymour?

—No tengo ni idea, Ana —responde, guardándose la carta en una manga.

—¿No vas a abrirla?

—No debe de ser nada importante, supongo que será la factura del orfebre. —Tiene la sensación de que la carta le arde en la piel y podría abrir un agujero en su vestido—. Vamos, te enseñaré lo que he plantado. Esto es mandrágora, que es buena para la infección de oído y el dolor de gota. Mira, todas tienen sus cartelitos. —Catalina visualiza las raíces de la mandrágora como pequeños cuerpos enterrados, extendiendo sus rizomas en la oscura tierra—. Dicen que las brujas la utilizan para elaborar pociones amorosas —añade.

—¿Y podrían hacer que cualquiera cayese perdidamente enamorado? —pregunta Ana, abriendo mucho los ojos.

—Eso no son más que tonterías, por supuesto —contesta Catalina en tono seco.

—¿Y qué es la digitalis? —se interesa Ana, señalando uno de los carteles.

—Es lo que se conoce como dedalera —responde Catalina, sintiendo de pronto una terrible presión en su garganta, como si el espectro de su marido intentara dejarla sin aire—. Sirve para tratar los dolores de hígado y de bazo —añade con cierta brusquedad.

—También las llaman las campanas de los muertos, ¿verdad?

—Así es. —El infernal interrogatorio de Ana no hace más que acrecentar su impaciencia.

—¿Por qué?

—Porque una dosis suficientemente alta podría matar a una persona —espeta Catalina—. ¡Veneno! Todas son veneno, Ana. Mira esta… Si quemas y aspiras el humo de la hierba loca puede curar el dolor de muelas. —Ahora está prácticamente gritando y no puede parar—. Y la cicuta… —Arranca una ramita y la agita enfrente de la cara de su hermana—. Si se mezcla con betonía y semilla de hinojo calmará los delirios de un loco perturbado. Pero una gota de más de cualquiera de estas hierbas llevaría a un hombre adulto a la tumba…

—Kit, ¿qué te pasa?

Catalina nota la mano de su hermana frotándole la espalda, tratando de tranquilizarla.

—No lo sé, Ana, no lo sé. —La carta guardada en su manga le arde en la piel; tiene la sensación de que podría dejarle un sarpullido o una quemadura, una especie de mancha indeleble como la marca del diablo—. Me siento como si no fuera yo misma.

—Es muy normal… Estás de duelo. Y todo ese asunto con el rey… —Deja la frase suspendida en el aire.

Catalina no dice nada.

Cuando su hermana Ana se ha marchado, Catalina saca la carta y la sostiene entre las puntas de los dedos como si temiera que el papel pudiera estar impregnado con alguno de esos venenos que conoce tan bien. Algunos italianos saben preparar esas cosas. Tiene la tentación de arrojar la misiva al fuego sin leer su contenido, fingir que no ha conocido nunca a Thomas Seymour y que su corazón no late desbocado cuando piensa en él. Es una sensación que podría llevarla a hacer cualquier cosa, a cometer una locura. Pasa los dedos por el sello lacrado, las alas unidas de los Seymour, temerosa de que la carta contenga solo una nota de cortesía, pero temiendo también que se trate de algo más.

Al romper el sello lacrado saltan astillas de cera roja, y acto seguido desdobla el papel. Nota su respiración agitada zumbándole en los oídos. La caligrafía es caótica y descuidada, nada que ver con la imagen de perfección intachable que se ha hecho de él. Eso le hace preguntarse si Seymour será realmente el hombre que aparenta ser. Pero ¿qué es lo que aparenta ser? ¿Y por qué ella, que por lo general siempre tiene muy claro lo que piensa, se siente tan confundida por él? La palabra «amor» salta a sus ojos desde la escritura arácnida del texto, haciendo que el corazón le palpite como si tuviera un pájaro atrapado en el pecho.

> Milady Latymer:
>
> En primer lugar deseo expresaros mis más sinceras disculpas por la larga tardanza en devolveros esto. Me he estado planteando si debería entregároslo en persona, pero no me he atrevido por miedo a que me considerarais demasiado osado. En este tiempo he tenido la sensación de llevar conmigo una pequeña parte de vos, pero de escaso consuelo me ha servido. Dios sabe que buscaba una excusa para volver a posar mis ojos en vos, pero tenía miedo de que al contemplar vuestra dulce cara no pudiera refrenar los sentimientos de amor que han arraigado en mí, creciendo y floreciendo bajo la superficie. Temía que me rechazarais. Y lo sigo temiendo.
>
> Nada me resulta más angustioso que ser partícipe de los planes del rey: constantemente me habla de su deseo de que contraiga matrimonio con

vuestra querida Margaret. Si me ordena hacerlo, seré hombre perdido. Y sus intenciones para con vos, los rumores que sobrevuelan palacio como una bandada de estorninos, me dejan completamente devastado y tan solo rezo para que sus apetitos encuentren pronto acomodo en otra destinataria.

Nunca me habéis dado motivo para creer que mis sentimientos pudieran ser correspondidos, pero necesito declararme a vos, pues soy consciente de que si no lo hiciera viviría el resto de mi vida sabiendo que no he sido honesto con la única mujer que en verdad me ha llegado al corazón. Debo veros, o temo que acabaré consumiéndome en la nada. Os suplico que me concedáis ese simple deseo.

Espero vuestra respuesta.

Por siempre vuestro humilde servidor,

THOMAS SEYMOUR

Catalina respira hondo y se queda muy quieta, totalmente inmóvil salvo por el martilleo de su corazón, cuyo frenético ritmo alcanza hasta los más remotos confines de su cuerpo: las yemas de sus dedos hormiguean como si cobraran vida, su vientre parece hacerse líquido, sus rodillas se reblandecen como si fueran a disolverse. Deja escapar otro suspiro. Apenas se reconoce a sí misma. Oye pasos en el corredor y, antes de darse cuenta, ha arrugado la carta y la ha arrojado al fuego. Observa cómo es devorada por las llamas, cómo sus bordes se retuercen y ennegrecen antes de que las últimas centellas salgan flotando por el aire hasta desaparecer.

—¿Qué es eso? —pregunta Cook mientras Jethro deposita una caja sobre la mesa de la cocina.

—Es de palacio, para lady Latymer —responde el chico—. Huele a pescado.

—Pues ábrelo —dice Dot, interrumpiendo lo que estaba haciendo: derretir cabos de vela consumidos para verter la cera fundida en moldes. Pero, al ponerse en pie, vuelca el recipiente y la cera caliente sale volando y se esparce trazando manchas blanquecinas sobre las losas de piedra. Mascula entre dientes, maldiciéndose por su torpeza.

—¡Dot! —gruñe Cook—. ¿Otra vez? Anda, limpia eso.

Dot coge un cuchillo, se arrodilla en el suelo y empieza a rascar los pegotes de cera, tratando de ignorar a los dos muchachos que se están burlando a su costa.

—Manos de mantequilla —le dice uno de ellos, entornando los ojos con un brillo travieso. Tiene agarrado por el pescuezo un ganso, cuyo cuerpo cuelga lánguidamente.

Ella le saca la lengua. El cuchillo raspa con facilidad la cera, que se desprende del suelo formando bonitas olas rizadas. Vuelve a meterlas en el bote y lo deja en el estante del candelero.

Cuando desatrancan la tapa de la caja enviada de palacio, descubren que contiene una gran cantidad de ostras envueltas en serrín y hielo. Emana de su interior un fuerte aroma, salobre y femenino, que Dot imagina que debe de ser el olor del mar. Ella nunca ha visto el mar, pero desde que escuchó la historia de cómo Tristán e Isolda se enamoraron a bordo de un barco, la idea se ha quedado grabada en su cabeza. Ha estado junto al Támesis oyendo los chillidos de las gaviotas y tratando de imaginar cómo podría ser el mar, esa inmensidad de agua extendiéndose en todas direcciones hasta el horizonte, pero su mente no alcanza a hacerse siquiera una idea.

—Por Dios santo, ¿qué voy a hacer yo con todo esto? —exclama Cook.

—Supongo que la señora querrá donarlas a San Bartolomé para que las repartan entre los pobres —responde Cousins, el mayordomo—. Me ha dado una remesa de ungüentos para entregarlos en la parroquia. Al parecer, el escorbuto está causando estragos allí. Llevaré también las ostras cuando hayas apartado las que se necesiten para la casa, Cook. Jethro, tú me ayudarás.

Cook empieza a escoger las mejores piezas de la caja y las va echando en un cuenco.

—Haré un guiso con estas para el viernes, el resto os las podéis llevar.

Dot coge una. Es áspera al tacto y está fría.

—Suelta eso —le grita Cook—. No queremos que las demás se estropeen.

La muchacha vuelve a dejar la ostra en el cuenco.

—¿Qué pasa con todos estos regalos de palacio, Cousins? —pregunta Cook bajando un poco la voz—. ¿Crees que el rey quiere realmente...?

—No nos corresponde a nosotros especular —lo ataja el mayordomo.

—Pero tenemos que pensar en nuestro sustento. Si la señora se casa con el rey, tendrá que dejar esta casa.

—Lady Latymer nunca permitirá que nos muramos de hambre —replica Cousins—. Hasta ahora se ha ocupado siempre de nosotros. Ella no es de las que deja tirada a su gente.

—En eso tienes razón.

—Por si acaso, yo ya he hecho correr la voz de que estoy buscando un nuevo trabajo —dice el mozo de la trascocina, que ha empezado a desplumar el ganso y ahora está envuelto en una nube de plumas—. El secretario de las cocinas de Bermondsey Court dice que van a necesitar a alguien para restregar las ollas. Prefiero dedicarme a eso que acabar haciendo cola en San Bartolomé para mendigar junto a todos esos enfermos de escorbuto...

—La señora no se casará con el rey —lo interrumpe Dot—. No son más que habladurías. El rey siempre está haciendo regalos a todo el mundo. —Ella sabe muy bien que ni siquiera las damas de alta alcurnia, como lady Latymer, se convierten así como así en reinas. Eso solo ocurre en las novelas.

—¿Y tú qué sabrás, Dorothy Fownten? Todo Londres habla de ello, así que ¿por qué iba a equivocarse todo el mundo y tú ibas a tener razón? Me apuesto lo que sea a que se casarán —dice el mozo, escupiendo una pluma que se le ha quedado pegada en el labio.

—También se habla de otras candidatas, por ejemplo, esa tal Anne Bassett —replica Dot—. Lo que yo tengo muy claro es que la señora se casará con algún lord dentro de un año o dos y nos marcharemos a otro castillo perdido en mitad de la nada... —Hace una pausa y, mientras da media vuelta para dirigirse hacia la puerta, añade—: Eso sí, cualquier lugar será mejor que Snape.

Sale al patio para estar un momento a solas. Se sienta en un cubo puesto boca abajo, cierra los ojos de cara al sol y se apoya contra la pared de ladrillo recalentado. A Dot la sorprende que ninguno de los sirvientes parezca tener ni idea del enlace que se está concertando para Meg. Están demasiado ocupados parloteando sin cesar acerca de que lady Latymer será la próxima reina, como si todo estuviera ya firmado y sellado.

Desde luego, algo se está cociendo. El paje de Seymour parece acudir a la casa a todas horas, hay un trasiego constante de cartas, a veces hasta tres o cuatro en un día; arreglos, supone Dot, pero ¿tantos arreglos hay que hacer para concertar un matrimonio? Y el propio Seymour ha venido hoy, o al menos Dot supone que es él, porque el paje —a quien, si entreabre un poco los ojos, puede ver merodeando por los establos, dando sorbos a una jarra de cerveza ligera— es el mismo que trae las cartas. Ha tenido un atisbo fugaz del hombre cuando desmontaba de un caballo precioso, de un pelaje pardo rojizo, reluciente como una castaña de Indias, y con los cascos engrasados hasta sacarles brillo. No le ha visto la cara, pero iba ataviado con tantas pieles y tejidos de terciopelo que podrían hundir uno de los buques de la armada real, y sus calzas eran más blancas que la nieve recién caída, lo cual le ha hecho preguntarse por la pobre doncella que tenga que mantenerlos así.

—¡Dot, te he estado buscando! —Es Meg, que cruza el patio en dirección a ella llevando a Rig en brazos—. Te vas a estropear la tez sentada al sol así.

—¡Bah! ¿Quién quiere tener una piel blanquísima cuando se está tan bien al sol?

—Pero te saldrán pecas en la nariz. —Meg parece horrorizada—. La gente pensará que eres poco refinada.

—¿Desde cuándo me importa a mí lo que piense la gente? Además, soy muy poco refinada —suelta entre risas.

—Yo no lo creo así, Dot.

—Bueno, nadie va a confundirme nunca con una dama.

—¿Por qué no vamos a pasear un rato? Estoy huyendo de la visita que ha venido a ver a mi madre. —Baja la voz—. Es... él.

—Solo un ratito. Aún me queda mucha faena por hacer. —De

repente Dot se arremanga las faldas y echa a correr hacia la verja del huerto de frutales, gritando—: ¡La última en llegar al muro paga prenda!

Rig salta de los brazos de su dueña y, llevado por la excitación, sale disparado detrás de Dot. Meg los sigue, entorpecida por los pesados brocados de su vestido, que no está hecho precisamente para correr.

Al fondo del huerto hace sombra y se está fresco, y el suelo aparece alfombrado con espesos mantos de flores marchitas caídas de los árboles. Dot se quita la cofia y la arroja a un lado. Luego agarra con ambas manos un gran puñado de pétalos blancos y los lanza al aire para que caigan sobre ella, observando cómo giran y flotan en los haces de luz que se cuelan entre las ramas, al tiempo que agita la cabeza para desmelenarse.

—Nunca conseguirás quitarte todo eso de encima —le advierte Meg.

—Pruébalo tú —dice Dot entre risas, tirando de los cordones del tocado de Meg y arrancándoselo para liberar su melena castaña.

Coge un montón de pétalos, los sostiene sobre la cabeza de Meg y luego los va dejando caer lentamente, de modo que el cabello de la joven queda salpicado de motas blancas como copos de nieve. Enseguida empiezan a lanzarse grandes puñados la una a la otra, una auténtica lluvia de pétalos, y se ríen tanto que les cuesta respirar. Están por todas partes, aferrándose a sus faldas, en los pliegues de sus mangas, pegados a su piel y sus orejas, colándose por la pechera de sus sayas. Por fin se dejan caer al suelo sin parar de reír y se quedan tumbadas boca arriba, mirando el cielo a través de las ramas de los manzanos.

—A veces me pregunto si mi padre me estará viendo —dice Meg—. Y cuando me lo paso tan bien, me preocupa que piense que ya lo he olvidado.

—Tú siempre preocupándote por todo... Si tu padre viera que te pasas la vida postrada de rodillas rezando por su alma, eso sí que lo pondría triste. Seguro que se alegra de verte contenta.

Dot se plantea a veces qué ocurre cuando la gente muere, pero es un pensamiento demasiado grande como para caber en su cabeza. ¿Dónde está el Cielo, y por qué no ve ángeles y querubines sentados en las nubes? Resulta muy difícil creer cuando no hay pruebas evidentes. Imagina que a eso se refieren con lo de tener fe. Y si es buena, que intenta serlo, pronto descubrirá lo que es el Cielo. Pero si no es buena... Se pregunta cómo será el Infierno. Si, tal como dicen, es un lago de fuego, ¿cómo puede arder con toda esa agua? ¿Y cuánto dolerá? ¿Acabas acostumbrándote al dolor? Una vez se quemó el dedo, una quemadura tremenda, y le dolió un montón. Así que decide que será buena..., aunque es difícil saber qué está bien y qué está mal cuando unos dicen una cosa y otros otra, y los dos bandos están convencidos de tener la razón.

Cuando era más pequeña, antes de los grandes cambios, todo era más sencillo. Si hacías algo malo, tenías malos pensamientos o robabas un higo seco de la carreta del mercader cuando este no miraba, entonces te confesabas; bastaba con rezar una retahíla de plegarias y avemarías y tu falta quedaba borrada. Si eras rico y habías cometido un pecado gravísimo, podías comprar el perdón del papa e incluso esa terrible falta quedaba borrada. Dot tiene claro que jamás va a cometer un pecado tan grave, porque quedaría por siempre pegado a ella: nunca podría permitirse comprar el perdón. Como cuando el hermano de sus vecinos en Stanstead Abbotts, Ted Eldrich, mató a un hombre en una pelea; él sabe que tendrá que ir al Infierno y ya está. Algunos todavía creen en eso, pero otros muchos no. Estos otros creen que debemos cargar con todos y cada uno de nuestros pecados hasta que seamos finalmente juzgados. Eso es lo que piensan lady Latymer y Meg, aunque nunca se habla de ello. Y si lord Latymer seguía creyendo en la antigua religión, se pregunta Dot, ¿significa eso que ahora está en el Infierno? Sin embargo, no le dice nada de esto a Meg, porque eso solo haría que se angustiara aún más.

—Es que hay muchas preocupaciones en esta vida... —dice Meg.

—Pero si le das demasiadas vueltas a todo, solo conseguirás que la vida resulte todavía más dura. —Un pétalo se ha quedado pegado a la mejilla de Meg y Dot alarga el brazo para quitárselo.

—Tienes razón, Dot. Solo desearía que... —Pero su frase se pierde en el silencio.

Dot no tiene nada claro qué pensar en asuntos de religión. Le da lo mismo si los Evangelios están en inglés o en latín; de todos modos no sabe leer, y tampoco se ha molestado nunca en prestar mucha atención al monótono sermoneo del capellán en la capilla. Recuerda haber oído hablar de la transustanciación, cuando el vino se convierte de forma literal, verdaderamente, en la sangre de Cristo. Y también que el pan se convierte de forma literal, verdaderamente, en su cuerpo. Cuando piensa en ello, la idea le resulta bastante repugnante. Una vez en misa, cuando nadie la miraba, escupió la hostia sagrada en la palma de su mano, pero allí no había más que una masa pringosa de pan y se la limpió en la parte inferior del banco. No había nada que pareciera carne en aquel amasijo. E imagina que, al hacer aquello, también había pecado. La nueva religión tampoco cree en eso. Los reformadores piensan que es algo simbólico, y que si tu fe es lo suficientemente fuerte obtendrás la gracia de Dios tan solo simulando que el vino y el pan son su sangre y su cuerpo. Y tampoco están de acuerdo con los perdones papales, es algo que los saca completamente de quicio, y en Smithfield siempre hay alguien subido a un cajón despotricando contra ello.

Dot piensa que los reformadores tienen cierto punto de razón. Además, Murgatroyd y su turba destructora luchaban en nombre de la antigua fe, y cuesta mucho creer que agredir y violar a unas pobres crías pueda considerarse obra de Dios. Pero tampoco tiene claro si estar en desacuerdo con la antigua religión la convierte en una reformadora. Nada de todo eso tiene mucho sentido. Y, a decir verdad, tampoco le importa demasiado, porque Dios no parece tener mucho tiempo para gente como ella. Además, la vida está para vivirla, no para malgastarla preocupándose por lo que pasará cuando hayas muerto.

Dot decide cambiar de tema y recurre a un viejo juego privado entre ambas.

—¿Qué preferirías, comer siempre solo nabos o solo repollo?

—Puaj... —se ríe Meg—. Supongo que repollo. ¿Y tú qué preferirías, ser un hombre pobre o una mujer rica?

—Uf, esa es difícil...

Las interrumpe el sonido de unas voces más allá del seto de tejo que da al jardín medicinal.

—Chisss —sisea Dot, poniendo un dedo sobre los labios de Meg—. Escucha, son tu madre y Seymour. Deben de estar haciendo arreglos para tu matrimonio.

Meg pone una mueca de disgusto.

—¿Puedes oír algo? Yo no los oigo —susurra.

—Vamos —dice Dot, y se arrastra por un hueco abierto en la base del seto—. Coge a Rig, o delatará nuestra presencia.

Meg agarra al perro y se desliza hasta apretujarse junto a Dot bajo el seto. Desde donde están pueden ver el jardín medicinal sin ser vistas. Lady Latymer y Seymour están de pie junto al estanque, enfrascados en plena conversación, pero se encuentran como a veinte metros de distancia y no se escucha lo que dicen.

—Al menos es guapo, Meg —susurra Dot; tiene las piernas largas y el cuerpo esbelto, con una cabellera llena de bonitos rizos, e incluso de lejos se aprecia que las distintas facciones de su cara encajan a la perfección.

Meg no dice nada.

Entonces, en un silencio pasmado, las dos ven cómo Seymour levanta una mano y acaricia la mejilla de lady Latymer. Ella sonríe, le coge la mano y la besa. ¿Por qué lo hace? Con un hábil movimiento, él le echa hacia atrás el tocado, que queda colgando a su espalda, todavía sujeto por los cordones alrededor de su cuello. Luego él toma un mechón de su pelo y lo retuerce entre los dedos. Meg deja escapar un gemido. Sus ojos están muy abiertos por el asombro y su boca dibuja un círculo, como un pajarillo esperando una lombriz en el nido. Seymour ha empujado a lady Latymer contra la dura piedra del reloj de sol, una mano agarrando todavía su cabello, la otra hurgando por debajo de sus faldas.

—¡No! —exclama Meg alzando demasiado la voz, pero ellos no pueden oírla, están totalmente entregados el uno al otro—. Le está haciendo daño. Tenemos que pararlo...

Dot le tapa la boca.

—Nos descubrirán —susurra.

Sabe que debería dejar de mirar, pero no puede apartar la vista. Ahora él la está besando, en la boca, en el cuello, en el pecho. Ve cómo se frota y empuja contra ella. Dot se gira hacia Meg. Las lágrimas corren por sus mejillas, reflejando la luz.

—¿Y mi pobre padre? —solloza.

El tiempo se ha detenido.

Catalina tiene la sensación de que se derrite por dentro. Su mente se vacía por completo y solo existe la manera en que él la toca, su olor masculino, como a madera y almizcle. No puede contenerse en su presencia; el decoro la abandona por completo arrastrado por su sonrisa, por el brillo de sus ojos. Se siente totalmente indefensa, haría cualquier cosa que él le pidiera.

Sus afilados dientes le agarran el labio, lo muerden, llenan su boca con el sabor del cobre. Su áspera barba le raspa la piel. Ha pasado tanto tiempo desde que no ha estado con un hombre… Él hace que sienta cómo el deseo la inunda; quiere devorarlo vivo, atraerlo hasta lo más hondo de ella, engullirlo, digerirlo, hacer que forme parte de su ser. Todas sus inquietudes, las dudas sobre sus intenciones —ser solo otra más de sus conquistas, poder disfrutar de una viuda experimentada, la atracción de su recién adquirida fortuna—, se han disipado en la nada. Ella es Eva y él Adán, y ambos se abandonan al más exquisito de los pecados.

La sensata Catalina Parr ha desaparecido.

Las manos de él buscan entre los pliegues de su vestido. Se oye un gemido; ella no sabe de cuál de las bocas ha salido. Saborea la piel salada de su cuello, se siente explotar lentamente por dentro. Pasaría una eternidad en el fuego del Infierno por un momento como este. Sorprende a sus propios dedos temblorosos afanándose con los lazos de sus calzas, encontrando el nudo, desatándolo.

Él la levanta ligeramente contra el reloj de sol y la penetra, empuja hasta el mismo centro de su ser, se pierde en ella.

Y ella se pierde en él.

Falúa de Seymour, Londres, mayo de 1543

Catalina se siente ligera como el aire. Es uno de esos farolillos de papel que se han encendido para las celebraciones y han lanzado al cielo, y que se elevan hacia lo alto hasta que ya no se distinguen de las estrellas.

—Thomas... —Su nombre es como miel en sus labios.

—Cariño... —dice él estrechándola entre sus brazos, de modo que la cara de Catalina queda presionada contra el satén de su jubón.

Ella nota una extraña sensación en el vientre, como si una serpiente se desenroscara en su interior. En las últimas semanas, seis semanas de momentos robados, de encuentros furtivos, ha sido incapaz de pensar en otra cosa que no sea él. Se ha visto devorada por el deseo. Pero lo que siente es algo más que deseo; es algo que no reconoce. Ha estado pensando en la primera impresión que tuvo de él, el desdén que le inspiró y la rapidez con que cambió ese sentimiento. ¿Es amor? Si es así, el amor carece de toda lógica; puede brotar de la inquina del mismo modo que una flor se abre milagrosamente paso a través de una grieta en la piedra. Su hermano tenía razón: «Él no es como te piensas». Pero, en cierto sentido, es exactamente como pensaba. Es ostentoso. Es egocéntrico. Pero ha descubierto que esas cualidades que al principio encontraba tan despreciables le resultan ahora enternecedoras. ¿Acaso su ostentación no es señal de una naturaleza artística, de originalidad de espíritu? Y su egocentrismo, ¿no es muestra de una extraordinaria confianza en sus capacidades, de una gran seguridad en sí mismo? Y también malinterpretó su ligereza como superficialidad.

—Cariño... —repite él, y al oírlo vuelve a sentir que se derrite por dentro.

—¿Cómo es que las palabras tienen tal poder para conmovernos?

—¿Y qué somos todos, sino palabras?

La falúa se mece suavemente sobre las aguas. Han corrido las cortinas para asegurar su privacidad, para alejarlos del mundo. Él entrelaza sus dedos con los de ella; ella hunde la cara en su cuello, aspira su olor. Todo lo demás ha desaparecido: ya no la atormenta la culpa por la muerte de Latymer, ya no la aflige la preocupación por Meg; Snape no es más que una historia de antaño que alguien le contó y ahora está casi olvidada; el rey, los rumores, los regalos…, todo se ha disuelto en la nada. Junto a Thomas, todo eso se ha disipado en su interior hasta desvanecerse, y ya no existe el pasado, no existe el futuro, tan solo un glorioso e infinito presente. Ella siempre ha estado acostumbrada al afecto que crece lentamente dentro de un matrimonio que en el fondo no es más que un arreglo concertado. Pero esto es… ¿Qué es? Es otra cosa; algo inexplicable, como el atisbo fugaz de una mariposa, más fascinante si cabe porque es imposible aprehenderlo en su totalidad.

Ha leído la poesía de Surrey. Él ha intentado describirlo. Lo recuerda recitando uno de sus poemas en los aposentos de lady María. Su cara alargada y seria, sus ojos oscuros de párpados caídos. «Descripción de los volubles afectos, punzadas y afrentas de amor» era el título del poema, y al pronunciarlo toda la sala dejó escapar un suspiro de reconocimiento. Y ahora ella por fin lo entiende.

Las campanas de la catedral de San Pablo repican a su paso, como si anunciaran su llegada. Hasta se ha olvidado de que su esposo está enterrado allí. Los ruidos del río son como una serenata: el bramido de los acalorados debates en el palacio de Lambeth, los chillidos de las gaviotas, los gritos de los barqueros, las llamadas de las prostitutas de Southwark ofreciendo sus servicios, el húmedo chapoteo de los remos y las órdenes del timonel marcando el ritmo como latidos del corazón.

Seymour se inclina para besarla. Su lengua mojada y resbaladiza la enciende, hace que lo desee con todas sus fuerzas. Sus dientes entrechocan. Él se aparta ligeramente, aunque aún lo bastante cerca para que sus dos ojos se conviertan en uno.

—Cíclope —dice ella, riendo y echándose un poco hacia atrás para poder verlo mejor. Su visión la atrapa como lo haría una buena historia.

—Tu monstruo de un solo ojo.

—El lenguaje del amor es de lo más tonto —replica ella.

Él le sopla en la cara. Su aliento es anisado.

—¡Todo a babor! —grita uno de los remeros.

La embarcación da un bandazo y vira hacia un costado. Catalina se asoma para mirar. El agua está sucia, repleta de espuma, y desprende un hedor pestilente. Una flotilla de botes rodea algo blanco e hinchado que flota en el río. Los barqueros se levantan para ver mejor, tambaleándose un poco mientras sus pequeñas embarcaciones cabecean en el agua.

—¿Qué demonios es eso? —grita uno.

—Un ahogado —responde otro.

—Pobre hombre —dice el primero, quitándose la gorra.

—No mires —dice Seymour, apartándole suavemente la cara con un delicado gesto de la mano.

Pero Catalina tiene un atisbo del cadáver flotante, su rostro desfigurado, las entrañas desparramándose. Todas sus preocupaciones vuelven de golpe, inundando su cabeza. ¿Qué pasaría si el rey descubriera lo suyo? No han sido suficientemente cuidadosos. Aquella primera vez en el jardín fue una imprudencia; cualquiera podría haberlos visto. Pero desde entonces han extremado las precauciones. De pronto se siente abatida por un súbito temor a las posibles consecuencias.

Seymour le quita uno de sus guantes y le besa los dedos uno a uno.

—¿Esto es lo que se siente cuando estás enamorado, Kit?

Catalina trata de ignorar la punzada de miedo que le oprime el pecho.

—¿Y cómo voy a saberlo yo? —responde ella, procurando mantener un tono liviano y despreocupado.

—Has estado casada dos veces —señala él.

—¿Y qué tiene que ver el matrimonio con el amor? —Se obliga a soltar una ligera risa, pero la punzada se hace más profunda—. Sois vos, señor Seymour, quien tiene toda la experiencia en cuestiones de amor, a juzgar por las habladurías que corren por la corte. —Le da un suave codazo—. Todas esas doncellas con el corazón roto…

—Todo eso —dice de pronto serio, mirándola fija, intensamente a los ojos— no fueron más que locuras de juventud. Y todas eran unas crías. Tú eres una mujer, Kit. Una mujer de verdad.

—¿Y por qué me haría eso más digna de ser amada? —Quiere preguntarle si él no está también preocupado, pero no tiene valor para hacer estallar la burbuja que los rodea.

—No es por el hecho de que seas una mujer. Es por el hecho de ser quien eres —dice Seymour—. No puedo explicarlo. Ni siquiera los poetas pueden explicar el amor. Pero tú, Kit... —Se detiene y baja la mirada, como avergonzado—. Tú das sentido a mi mundo.

¿Cómo es posible eso, se pregunta Catalina, cuando ella no puede encontrarle sentido a nada? Quiere que regresen las sensaciones que tenía hace apenas unos minutos, quiere volver a vislumbrar fugazmente la mariposa. Al día siguiente está convocada para regresar a la corte y ponerse al servicio de lady María. Una mariposa, se recuerda, solo puede ser contemplada verdaderamente cuando está muerta y clavada en un tablero. Se estremece, consciente de pronto de cómo ha calado en sus huesos la gelidez del río.

—Me han ordenado volver a la corte —anuncia, odiándose por haber matado también la mariposa de Seymour.

Su mandíbula se tensa, confiriéndole el aspecto de un chiquillo malhumorado. Ella quiere tomarlo entre sus brazos y hacer que todo vuelva a ser como antes.

—¿Te lo ha ordenado el rey? —inquiere él con brusquedad.

Catalina se pregunta si Thomas habrá hablado de todo esto con su hermano.

«Esta es la mejor oportunidad que tendremos en toda la historia de la dinastía Parr —le había dicho Guillermo—. ¡La familia real, Kit! Tendremos nuestro lugar en la historia».

«Tu ambición es desmedida, Guillermo», le había espetado ella.

«Fui educado para eso —le había recordado él—. Todos lo fuimos».

Eso es cierto. La gente de su estirpe ha sido educada para que sus familias asciendan lo más alto posible en el escalafón nobiliario: una perpetua partida de ajedrez, tan compleja que es imposible saber si estás destinado a la victoria o a la derrota.

«Además —había replicado Catalina—, ¿quién ha dicho nada sobre matrimonio? Seguramente el rey solo esté jugando conmigo hasta que se canse. Sus atenciones se centrarán en otra. Solo es cuestión de tiempo».

¿Qué pensaría su hermano si supiera que su amigo Seymour se ha interpuesto en el camino de sus aspiraciones dinásticas?

Si contrajera matrimonio con Seymour, no estaría disponible para el rey. Se recrimina a sí misma por concebir siquiera ese pensamiento: casarse con Seymour... Sin embargo, es algo en lo que piensa constantemente. En realidad, es una idea descabellada. Pero ¿por qué no? ¿Por qué no podría casarse ella por amor? Hay muchas razones por las que no podría hacerlo, entre ellas que Seymour, como cuñado del soberano, necesitaría permiso real para contraer matrimonio; sin dicho consentimiento, sería considerado un acto de traición. En estos días todo es susceptible de ser considerado traición, todo aquello que perturbe el orden natural de las cosas. Y es el rey quien dicta cuál es ese orden. Todos esos pensamientos se arremolinan en su cabeza en un caos que es imposible desenredar y que cada vez se enmaraña más; así que se obliga a no pensar en ello.

—No, es lady María quien ha solicitado mis servicios —responde Catalina tratando de mantener un tono calmado, como si no enturbiara su mente un confuso torbellino de emociones.

—Me apuesto lo que quieras a que el rey está detrás de eso —suelta él con un gruñido, apartando su mano de la de ella.

—¿Te has enfadado, Thomas Seymour?

Él la mira furibundo.

—¡Estás celoso! —dice Catalina riendo. Su corazón da un pequeño brinco de alegría ante esa prueba de amor, y todos sus pensamientos acerca del rey se esfuman como por arte de magia.

Pero Seymour no se ríe con ella; apenas consigue esbozar una sonrisa.

—Tiempo, Thomas... —lo tranquiliza ella—. Dale un poco de tiempo. En cuanto el rey se canse de...

—No quiero hablar del rey —suelta él, atajando sus palabras.

—Pero, Thomas —lo arrulla ella—, no tienes nada de qué preocuparte. Él se casará con la joven Bassett. Todo el mundo lo dice. Ya lo verás —añade, aunque apenas logra convencerse a sí misma.

—Yo te amo, Kit. Y te quiero solo para mí.

—Un poco de tiempo. Eso es todo. Ten paciencia.

—¿Debes ir forzosamente a la corte?

—Debo ir. Y lo sabes.

—¿Y llevarás contigo a tu hijastra?

—Así me lo han pedido.

—La gente habla de un posible enlace entre ella y yo. Y no quiero avivar esas llamas. —Sus ojos se agitan nerviosamente.

—Eso no son más que tonterías. Meg no se casará con nadie sin mi consentimiento.

—Pero ¿y si el rey así lo exige?

—Thomas, estoy segura de que el rey tiene cosas más importantes en la cabeza que el matrimonio de Margaret Neville. Fue solo un capricho momentáneo que los rumores se han encargado de alimentar.

Él suelta un pequeño bufido. Frunce la cara en un gesto encantador, como un cachorrito enfurruñado. Catalina siente un vuelco en el corazón. Está total e irremisiblemente prendada de él.

3

Palacio de Whitehall, Londres,
junio de 1543

Dot ha intentado imaginarse cómo sería el palacio de Whitehall. Ha visto la Torre, cuyos cimientos lamen las aguas del Támesis, con aspilleras por ventanas, su fétido foso y su color gris acerado; es una antigua fortificación replegada sobre sí misma, que solo muestra al exterior la voluminosa mole de sus espaldas de piedra. La gente baja la voz al hablar de ese lugar porque es adonde llevan a los acusados de traición y porque en sus mazmorras ocurren atrocidades espantosas. Pero Whitehall no tiene nada que ver con la Torre; sus torreones se ven desde kilómetros de distancia, alzándose sobre el bullicioso caos de las calles de Westminster, blancos, nuevos, resplandeciendo al sol, con estandartes ondeando al viento. No hay aspilleras ni foso, nada que haga pensar en posibles enemigos, e incluso los alabarderos apostados ante sus puertas parecen estar puestos allí como decoración, con sus recargados uniformes rojos y dorados que podría lucir hasta el mismísimo rey. Así es como Dot imagina Camelot en su mente.

El recinto es inmenso; dentro de sus muros cabrían unos cien castillos de Snape. Es como una ciudad en sí misma y tan ajetreada como el mercado de Smithfield, con multitud de gente correteando de aquí para allá afanándose en sus diversas actividades. Hay un gran patio central con amplios escalones de piedra que conducen al Gran Salón y a la capilla, y en algún lugar de su gigantesco interior están los aposentos reales…, aunque el acceso a esos lugares está prohibido para Dot. A través de una arcada se llega a los establos, y más allá están las construcciones anexas: el lavadero, con un campo detrás donde se tiende la ropa al sol para blanquearla; los cobertizos; los almacenes; el matadero; las perreras, donde los sabuesos no paran de aullar y ladrar provocando un tremendo alboroto, no muy distinto del que sale de la gallera donde pelean los gallos al caer la tarde, o el de las pistas de tenis cuando se juega algún partido emocionante. Y el lugar parece extenderse hasta el infinito, solo interrumpido por el río y las letrinas, sobre las cuales, en los días con poco viento, flota el más pestilente de los hedores.

En la otra dirección, hacia Scotland Yard y los alojamientos de los cortesanos —que es donde se instalará también lady Latymer—, está el campo para celebrar justas y torneos, así como el césped para jugar a bolos. Y más allá están los jardines, que se extienden hasta donde alcanza la vista dispuestos en retículas cuadradas y bordeados por altos setos de tejo, cada uno de ellos como si fuera una gran estancia. Y en los jardines hay también estanques ornamentales y aviarios y todo tipo de vegetación, y los cortesanos se pasean por ellos como si no tuvieran nada mejor que hacer que deambular y admirar las flores. Hay un jardín de nudos, con un intrincado diseño entrelazado, y otro de lavanda aromática donde resuena el zumbido de las abejas, y un laberinto en el que Dot no se atreve a adentrarse por miedo a perderse; de todas maneras, los sirvientes no pueden entrar. Hay hectáreas de huertos cuidados por mujeres que plantan, escardan y arrancan verduras y hortalizas. Cuando paseas entre las hileras de lechugas como tocados de cortesanas, y entre las ramas plumosas del hinojo y los tallos de los guisantes y las judías que se enroscan hacia arriba, lo único que se oye es el ruido sordo de las azadas y las escardillas trabajando la tierra. A veces, cuando nadie la ve, Dot coge una vaina de guisante, desliza el dedo por la hendidura para sacar los pequeños frutos de sus húmedos estuches aterciopelados, y se los va echando en la boca, saboreando su dulce crujido.

Las cocinas son todo un mundo en sí mismas. Los sirvientes se afanan en sus tareas de forma invisible para el resto, cargando leña, haciendo rodar barriles, prendiendo el fuego con yesca, echando baldes de agua por los suelos, haciendo girar asados, desplumando aves, cociendo pan, cortando, troceando, mezclando, amasando, limpiando y restregando. Comidas para setecientas personas, servidas por un discreto ejército de mozos y camareros, aparecen como por arte de magia en el Gran Salón, como si no se hubiera realizado el menor esfuerzo para elaborarlas. A simple vista, el palacio parece funcionar por cuenta propia: sábanas recién lavadas aparecen en las camas en un abrir y cerrar de ojos; el barro de los suelos parece limpiarse por sí solo; las ropas se remiendan ellas mismas; bacinillas y orinales resplandecen; el polvo se esfuma.

Dot se mueve por el recinto presa de un estupor pasmado, sin saber muy bien dónde encaja ella. Estrictamente hablando, Dot no debería estar allí. Aparte de los trabajadores de palacio, solo se permite el acceso a los servidores de sangre noble, e incluso estos no son muy bien vistos por el lord chambelán, como si, pese a la enormidad del lugar, no hubiera espacio para acomodarlos a todos. Pero lady Latymer ha insistido en traerla con ella. «Tú eres como de la familia y no pienso dejarte atrás», le había dicho. Dot se sintió muy aliviada, porque la preocupaba terriblemente la posibilidad de regresar a Stanstead Abbotts y tener que amoldarse de nuevo a su antigua vida.

Su alojamiento se encuentra en medio de un laberinto de edificios tan enmarañado que durante los tres primeros días Dot se perdía cada vez que tenía que salir. La habitación es bastante modesta, lo cual sorprendió a la joven, que había imaginado una gran alcoba con altos ventanales y un lecho inmenso como la famosa cama de Ware, en la que se decía que podían dormir hasta diez personas sin que ninguna de ellas se tocara. Lady Latymer le explicó que solo los duques, los favoritos y similares cuentan con grandiosos aposentos dentro del palacio mismo, y que incluso algunos condes y condesas se ven obligados a apretujarse en una habitación tan pequeña como la suya. Por lo visto han tenido suerte de poder disponer de esa estancia, ya que muchos deben buscar alojamiento fuera de las verjas palaciegas. De hecho, lady Latymer parece bastante contenta con este arreglo. Dot la ha oído decirle a Meg que eso es señal de que las atenciones del monarca se han dirigido hacia alguien más, porque si ella fuera la favorita sin duda la habrían instalado en palacio.

Pero Dot está convencida de que la principal razón por la que a lady Latymer le gusta estar alejada del meollo es que eso le permite disfrutar de algún ocasional encuentro furtivo con Thomas Seymour. Ahí sí que hay auténtica pasión. Dot no puede borrar de su mente la imagen de los dos juntos en el jardín medicinal de Charterhouse. El mero hecho de pensar en ello hace que sienta un hormigueo ahí abajo, y se pregunta cómo debe de ser estar así con un hombre. Ni por asomo alcanza a imaginarse a un muchacho como Harry Dent o Jethro en plena faena, como un perro montando a una perra, del modo en que Thomas Seymour hizo con lady Latymer. Cuando piensa en ello por las noches, se toquetea hasta que su vientre parece estallar y siente el flujo de líquido caliente inundando todo su ser, sin importarle si hacer eso es pecado o no. ¿Por qué haría Dios algo que te hace sentir tan bien, razona, si fuera algo malo? Meg no le ha comentado nada sobre lo que vieron en el jardín medicinal y Dot tampoco se ha atrevido a sacar el tema por miedo a enojarla, pero al menos ya no se ha vuelto a hablar de concertarle un matrimonio.

Se supone que Meg debería dormir en el dormitorio de las doncellas dentro de los aposentos de lady María, pero casi todas las noches se escabulle de vuelta a la cama de su madrastra. Dot no se la puede imaginar en una gran habitación llena de jovencitas que deben de pasarse toda la noche, supone, hablando de chicos: cuáles les gustan, a cuáles han besado y todas esas cosas. Últimamente Meg no parece hacer otra cosa que rezar, morderse las uñas o fingir que come cuando se sienta a la mesa.

Dot duerme en un camastro en un rincón, que es bastante cómodo, y tiene una pequeña cortina que puede correr si necesita intimidad. Están muy bien así las tres, pero Dot se siente muy sola la mayor parte de los largos días cuando lady Latymer y Meg se dedican a hacer lo que sea que hagan con lady María —por lo que ella sabe, pasear por los jardines, labores interminables de bordado y asistir frecuentemente a misa—. Echa de menos el ambiente alegre de las cocinas de Charterhouse, donde se sentaba junto al fuego y charlaba con los otros sirvientes cuando había acabado sus tareas. Aquí no hay mucho que hacer, salvo ordenar su pequeña habitación, limpiar a fondo y ocuparse de la ropa delicada; el resto se lleva al lavadero, un cuarto inundado de vapor donde se remueven grandes cantidades de ropa dentro de unas tinas y luego se tienden a secar en los setos del patio, como banderas blancas al viento. También se encarga de los remiendos, cosiendo los broches de presilla que pudieran haberse soltado o zurciendo los agujeros o rasgones de las prendas. Pero, en conjunto, hacer todo eso no le lleva mucho tiempo.

Ha estado explorando el lugar y, en ocasiones, cuando ya ha acabado la faena y todo el mundo está en misa, se quita los zapatos y se desliza por los largos corredores, desiertos y resonantes de ecos, simulando que patina sobre hielo. Hay un pinche de las cocinas, Braydon, que todas las mañanas viene a entregarles la leña; han hecho buenas migas y el muchacho le ha enseñado los entresijos del lugar: dónde encontrar yesca para encender el fuego, dónde vaciar las bacinillas, dónde recoger hierbas para restregarlas por los suelos y aromatizar el ambiente, dónde debe comer ella y cosas por el estilo. Incluso le enseñó una camada de gatitos recién nacidos acurrucados al fondo de la leñera, un detalle encantador, y luego intentó besarla, un gesto más desagradable. Por muy amable que pareciera Braydon, no es más que un mozalbete de cara sonrosada y granujienta que solo va detrás de una cosa. Después de que lo rechazara se ha vuelto arisco y ha dejado de hablarle, y ha debido de contarles algo a los otros mozos de cocina, porque cuando ella pasa la miran raro y sueltan risitas burlonas.

De vez en cuando Meg consigue escabullirse de sus obligaciones sin ser vista, o simula sufrir una jaqueca, y ambas van a tumbarse sobre las altas hierbas del huerto de frutales, donde ya han brotado las florecillas silvestres —amapolas, perifollo verde, pequeños nomeolvides azules— y donde lo único que se oye es el zumbido de los insectos y el piar de los pinzones posados sobre las ramas de los árboles. Si permanecen totalmente tendidas no se las puede ver desde lejos y ambas fingen que están solas en el mundo. Allí imitan el trino de los pájaros y contemplan las nubes, imaginando que adoptan distintas formas: un galeón, un caballo alado, una corona. Meg le cuenta cómo son las cosas en los aposentos de lady María, lo desagradables que pueden ser las chicas entre ellas. Ninguna dice lo que realmente piensa y todas tergiversan las palabras de las demás. A Meg no le gusta nada estar allí y se nota que le está costando mucho adaptarse a ese nuevo estilo de vida.

—¿Y cómo es lady Isabel? —le había preguntado en una ocasión.

—No la he visto nunca. Vive en alguna otra parte y jamás se habla de ella.

—¿Y eso por qué? —Dot no podía entender por qué la hija menor del rey no vivía en palacio.

—El rey no quiere que nada le recuerde a su madre. O eso es lo que dicen. —Meg hizo el gesto de rebanarse el cuello.

—Nan Bullen… —murmuró Dot, como si pronunciar su nombre en voz alta pudiera hacer que se convirtiera en piedra.

—Sí, Ana Bolena —respondió Meg muy bajito, medio tapándose la boca con una mano.

—¿Y el príncipe Eduardo? Háblame de él.

—Tampoco lo he visto nunca. Lo tienen fuera de Londres por miedo a las enfermedades. Pero de él sí que se habla todo el tiempo. Se informa en todo momento sobre el más mínimo detalle de su estado: lo que ha comido, cómo va vestido, el color de sus deposiciones, el olor de sus pedos…

—¡Margaret Neville! —exclamó Dot—. ¿Qué te están enseñando allí arriba?

—Esas jovencitas de la nobleza son muy malhabladas —repuso Meg soltando unas risitas, y a Dot le alegró comprobar que parecía un poco más animada.

Por las noches, después de cenar, Dot sale afuera y se sienta en un murete bajo. Desde allí contempla las ventanas de palacio iluminadas con un resplandor amarillo y ve las siluetas de los cortesanos bailando y dando vueltas en los pisos superiores, donde ella nunca ha estado, y escucha la música que se derrama sobre los jardines. Intenta imaginarse cómo será el rey, preguntándose si tendrá un halo como los de las pinturas de las iglesias.

Apenas llevan un mes instaladas allí cuando Dot se entera de que la corte —¡toda la corte!— va a trasladarse para el verano. Si había pensado que todo el mundo estaba siempre muy ajetreado, no alcanza ni a imaginar cómo será a partir de ahora. Todo debe estar a punto para la mudanza: los cortinajes se descuelgan y se bajan al patio para ser atizados entre grandes nubes de polvo, antes de ser guardados en bolsas de tela y empaquetados en cajones; los vestidos se doblan cuidadosamente entre capas de muselina, con bolas de alcanfor para protegerlos de las polillas; la vajilla se apila en cajas y los muebles se desmontan. Van a llevarse casi todo lo que se pueda transportar.

Viajarán en falúas, le explica lady Latymer, y se trasladarán a un palacio incluso mayor que este, llamado Hampton Court. Pero Dot deberá partir esa misma tarde en carruaje, junto con el equipaje y con el perrito, Rig. Seguirán a la caravana formada por los hombres del lord senescal de la corte, con sus carretas llenas de enseres y pertrechos; los alabarderos; los encargados del guardarropa, con todos los trajes del rey, así como cortinajes, cojines y alfombras; y el maestro de las caballerizas y los mozos de las cuadras, que llevarán los caballos de caza favoritos del soberano. Se dice que Hampton Court es un terreno muy bueno para cazar y que mientras estén allí comerán venado casi todos los días. Los primeros contingentes del servicio han partido por la mañana para prepararlo todo y montar las cocinas. Cuando el rey y su séquito lleguen al día siguiente los estará esperando un gran festín. Lady Latymer y Meg viajarán con lady María en una de las falúas reales junto con el rey. Se deslizarán sobre las aguas, dando la impresión de que no tienen que hacer ningún esfuerzo para llegar allí. Todo debe parecer que sucede como por arte de magia.

Meg está nerviosa y tensa por el traslado.

—Más cambios —le dice a Dot—. Todo esto me supera.

Dot la lleva al huerto de frutales, donde se tumban una junto a la otra, ocultas del mundo.

—Te echo de menos, Dot —dice Meg—. Allí arriba no hacen otra cosa que hablar de matrimonios.

—Meg —dice ella, cogiéndole la muñeca y notando que está incluso más delgada que hace solo un mes; tiene la sensación de que, con todo ese parloteo sobre enlaces nupciales, nadie podría quedarse embarazada, y mucho menos ella, que incluso ha dejado de sangrar todos los meses—, hay cosas en la vida que nunca van a cambiar.

Meg se acurruca contra ella, acercándose tanto que Dot puede sentir el susurro de su aliento en la mejilla.

—Ojalá pudiéramos seguir compartiendo cama, Dot, como hacíamos antes.

Reina un gran ajetreo en la corte mientras todos se preparan para el viaje. Catalina está plantada ante uno de los grandes ventanales del corredor occidental, viendo cómo cargan abajo una carreta con el guardarropa de lady María: una docena de baúles, cuyo contenido y empaquetado se ha encargado ella misma de supervisar. Hace un día magnífico, y Catalina está deseando poder escapar del asfixiante bullicio de la ciudad. Un hedor fétido empieza a extenderse desde las letrinas, nada crece ahora en los huertos y los rumores sobre la peste flotan en el ambiente: es el momento de marchar. Ahora mismo debería estar en misa, pero ha preferido pasar un momento a solas y confía en que lady María no se enfade por su ausencia, aunque sin duda estará tan abstraída en el oficio religioso que no se dará cuenta de quién está o no allí. Seguramente alguien se lo dirá —la perspicaz Susan Clarencieux o la vengativa Anne Stanhope—, pero siempre puede alegar que quería asegurarse de que los baúles se cargaran correctamente.

A pesar de todos sus recelos iniciales, Catalina está disfrutando de su estancia en la corte. Allí siempre está pasando algo —banquetes, bailes de máscaras—, y eso le ha permitido olvidarse un poco del pasado. Incluso los cotilleos y las intrigas palaciegas despiertan en ella cierta fascinación. Y además está el placer de haber vuelto a encontrarse con antiguas amistades y de estar viviendo bajo el mismo techo que su hermana. Cat Brandon también está allí, una íntima amiga suya con la que hace tiempo compartió estudios en la escuela real y que ahora es la duquesa de Suffolk. Hay un intercambio discreto y constante de libros acerca de las nuevas corrientes de pensamiento, y también se habla de las mareas cambiantes de las creencias religiosas, de cómo los vientos parecen estar virando de nuevo. Los reformadores son multados por comer carne durante los días de ayuno; la Biblia anglicana está prohibida para todo el mundo salvo la nobleza.

El obispo Gardiner está detrás de todo. Si por él fuera, Inglaterra volvería a estar bajo el dominio del papa, pero el rey —por mucho que con la edad se sienta cada vez más inclinado a retomar las viejas creencias— no consentiría nunca perder su posición como jefe de la Iglesia. La presencia de Gardiner se cierne poderosamente sobre palacio, pero hay poco que pueda hacer para sofocar los vientos de la Reforma, ya que algunos de los cortesanos más cercanos al rey, y con mayor ascendiente sobre él, son partidarios de la nueva religión; sin ir más lejos, el hermano de Thomas, el conde de Hertford. Así que los libros van pasando de manos mientras se hace la vista gorda, aunque en ningún momento se puede bajar la guardia pensando que nadie está al tanto de tus afinidades.

Pese a todo, volver a la corte ha supuesto un agradable respiro para Catalina, después del lóbrego ambiente que reinaba en Charterhouse y de vivir atormentada a solas con su culpa. Y a pesar de sus diferencias religiosas, Catalina se siente muy a gusto con lady María. Se sientan en la cámara privada y comparten lecturas, o bordan juntas mientras hablan con naturalidad de todo tipo de temas. Sin embargo, María se ve aquejada con frecuencia por terribles dolores de cabeza. Catalina ha preparado una tintura especial para ella, una mezcla de matricaria y petasita, y le aplica en la frente compresas hechas con hojas de repollo. Gracias a ello ahora se la ve menos frágil y demacrada, lo cual parece ser del agrado del rey; por lo visto, no es un hombre que tenga mucha paciencia con los achaques ajenos.

Pero, para Catalina, el mayor atractivo que ofrece la corte es la presencia de Thomas. Solo han podido encontrarse de forma muy breve y fugaz: un furtivo beso en la parte de atrás de las dependencias de ella; una vez, después de oscurecer, estuvieron en los jardines contemplando el silencioso discurrir del río a la luz de la luna, sin atreverse a tocarse por miedo a que alguien los viera desde las ventanas de palacio; y en otra ocasión se manosearon ávidamente detrás de los establos, dejando a Catalina con la boca enrojecida y con la cabeza dándole vueltas, totalmente aturdida. No obstante, se ven en público incontables veces al día, fingiendo no ser más que conocidos.

—Que tengáis un buen día, milady —la saluda él, quitándose el sombrero y guiñándole un ojo de forma casi imperceptible.

—Y vos también, señor —responde ella con un gesto de cabeza indiferente, dándose media vuelta como si no le importara nada.

Pero no es tan ingenua como para pensar que nadie se da cuenta. En la corte no te puedes rascar un leve picor sin que alguien se entere de un modo u otro, y los ojos saltones de Anne Stanhope lo observan todo constantemente para suministrar a su marido, el conde de Hertford, hasta el más mínimo retazo de información: quién se ha aliado o se ha peleado con quién, qué damas lucen joyas nuevas, y cosas por el estilo. En la corte el conocimiento es poder, y Hertford está en lo más alto de la cúspide.

El rey ha visitado a diario los aposentos de lady María, en ocasiones hasta dos veces al día, pero no ha parecido dispensar ningún trato especial a Catalina. Le ha dirigido los mismos cumplidos corteses que prodiga a las demás damas, y ciertamente no la ha favorecido al asignarle un alojamiento. Eso sí, la escoge con más frecuencia que al resto para jugar una partida de naipes o de ajedrez, alegando que es la única que le plantea un auténtico desafío. «El resto me teme demasiado como para jugar bien», le confió una vez en voz baja, lo cual hizo reflexionar a Catalina sobre cómo sería vivir rodeado constantemente de falsedad e hipocresía. Así debía de haber sido siempre para él; o tal vez no fuera así cuando era pequeño, ya que no había sido educado para ser rey. Si su hermano, el príncipe Arturo, no hubiera muerto, el mundo sería ahora completamente distinto y seguramente Inglaterra seguiría siendo aliada de Roma.

Catalina actúa con la mayor prudencia, comportándose con mesura y evitando hacer cualquier cosa que pueda alimentar las esperanzas del soberano. No hace mucho, este le ha regalado un precioso poni a Anne Bassett; esto ha hecho creer a su familia en las posibilidades de la joven, y han adoptado una actitud de arrogante suficiencia que parece relucir en su piel como una capa de barniz. Consideran a lady Latymer una rival; no saben que ella daría lo que fuera para que ellos ganasen la competición. Catalina se ha mantenido resueltamente fiel a sus ropajes de luto y no luce joya alguna, salvo la cruz de su madre, que es su único ornamento.

Sin embargo, Seymour le dice que el color negro solo sirve para hacer que su piel se vea aún más lustrosa y delicada. «Como alabastro», asegura; «como la luz de la luna». «¿Para qué embellecer la perfección?», le dice también.

Ella suele replicar con algo como: «Vamos, Thomas, sabes que no soy la clase de mujer a la que conmueven ese tipo de palabras». Pero sí la conmueven. No puede evitarlo. Thomas solo tiene que mirar en su dirección para que ella se sienta arder por dentro. Los halagos que en boca de otros se antojan vacíos, no lo son cuando salen de sus labios.

Catalina oye unos pasos por el corredor. Nota una mano en el hombro y aspira el aroma a cedro y almizcle, su olor. Cierra los ojos.

—Thomas, aquí no —murmura.

—Aquí estamos a salvo, no hay nadie cerca. Todos están en misa... Escucha.

Oye la rítmica invocación de la eucaristía emanando de la capilla de abajo. Más allá de la ventana el sol empieza a ponerse, coloreando el firmamento con un millar de tonalidades rosadas, como si los cielos revelaran su verdadera naturaleza. Pero él la hace girarse. Lo que ve ahora es la cara descompuesta de Thomas, surcada por algo que no sabe bien qué es: ira, preocupación, miedo... Ella busca el afecto amoroso en su rostro, pero no lo encuentra.

—Mi hermano me ha comunicado la peor noticia —dice él. Sus ojos se agitan como moscas.

Ella posa una mano en torno a su cálido cuello y atrae la boca de él hacia la suya, pero él se aparta con un ahogado «No».

—¿Y qué noticia es esa, Thomas?

—El rey quiere tomarte como esposa. —Su voz se quiebra ligeramente al pronunciar la última palabra, pero su expresión apenas revela nada. No es un hombre al que le guste mostrar debilidad ante los demás, pero al mirarlo a los ojos Catalina percibe aprensión en su mirada—. Era algo que me temía.

—No pasará nada. El rey apenas se ha fijado en mí durante el último mes. Solo son habladurías.

Ella se ríe, pero el semblante de él permanece grave y frío.

—Habladurías... —repite en tono sombrío.

—El rey no me ha dicho nada. Si esa fuera su intención, me habría mencionado algo. No tienes por qué preocuparte —balbucea Catalina atropelladamente.

—No, Kit —masculla él—, no es ningún rumor. Ha ordenado que me envíen fuera —añade sin mirarla.

Ella no puede soportar la idea, ansía tomarle por los brazos y envolverse estrechamente en ellos, pegarse a él como si fuera una lapa.

—Mírame, Thomas... —Pero él no puede apartar la vista del alféizar—. Cariño...

—Tengo que irme a los Países Bajos por un periodo de tiempo indefinido.

—¿A los Países Bajos? ¿Como embajador?

Thomas asiente con la cabeza.

—Pero... —dice Catalina, agarrando su mano para plantar en ella un beso de labios secos—, no lo comprendo. ¿No es un honor representar al rey en el extranjero?

Él rodea la mano de ella entre las suyas y la aprieta con tanta fuerza que el anillo se le clava en la palma, y Catalina imagina que el escudo de los Seymour quedará grabado por siempre en su piel. Las manos de él están calientes; la de ella, fría.

—Me envía lejos de la corte, Kit. Ojos que no ven, corazón que no siente. Se está librando de mí.

—No... —Catalina está confusa, no puede pensar con claridad—. ¿Acaso no es un honor?

—No lo entiendes. —Thomas alza la voz en tono airado—. Lejos de la corte no tendré ninguna influencia. No seré nadie. Y... —Se trastabilla con las palabras, las escupe como si fueran dientes podridos—. Y él podrá hacerte suya.

—No seré suya. Solo te lo estás imaginando, Thomas.

—Tú no lo conoces como lo conozco yo.

—Te marcharás y cumplirás con tu deber con el rey, y dentro de unos meses volverás cubierto de gloria y entonces nos…

Ella espera que él lo diga —«nos casaremos»—, pero no lo dice.

—Conozco a los hombres, Kit. Y sé que un hombre como él hará lo que sea para conseguir lo que quiere.

—No tienes ninguna prueba, Thomas. Son solo rumores —dice ella, pero un atisbo de duda empieza a abrirse camino en su interior.

—Él te hará suya —vuelve a espetarle.

Su frase finalmente la alcanza como un mazazo. ¿Cómo puede estar tan seguro? Catalina siente que empieza a desmoronarse por dentro. Las palabras de Thomas erosionan la historia que se ha estado contando a sí misma. Ojalá pudiera echar a correr y seguir corriendo sin detenerse, huir de este lugar.

—Escápate conmigo —susurra él como si pudiera leerle el pensamiento. Ella nota su cálido aliento en el oído, el cosquilleo de su barba en el cuello—. Nos iremos lejos del país, a algún lugar remoto…

Pero ambos saben que eso es algo tan imposible como viajar a las estrellas.

—Chisss… —lo acalla ella posando un dedo en sus labios, sintiendo cómo una parte de sí misma se hiela en lo más profundo de su ser.

Catalina ha forjado en su mente imágenes de ellos dos juntos, ha tejido maravillosos tapices que describen su vida en pareja lejos de las intrigas e hipocresías de la corte, pero todo eso se esfuma en un instante. Sabe tan bien como él que la ira del rey los alcanzará allá donde vayan, ennegreciendo incluso sus fantasías más secretas. Y cuando imagina la cabeza cercenada de su amado Seymour colgando del Puente de la Torre para que todos la vean…, Catalina se estremece. Y también sabe que Seymour es un hombre ambicioso; nunca se sentiría bien consigo viviendo lejos y oculto del entorno palaciego, aun cuando eso fuera posible. Lo conoce demasiado bien. Y así, otra parte de la historia que se ha creado se derrumba.

—Es la voluntad de Dios —dice al fin.

—¡Es la voluntad del rey! —replica él, con la mandíbula tensa y una pequeña vena palpitando en su sien.

Ella posa un pulgar sobre esa venilla, sintiendo su latido, sintiendo su vida, y luego deja escapar un largo suspiro.

—Sí —murmura Catalina en tono de derrota, y entonces él se da media vuelta y, sin siquiera dedicarle un beso o una mirada amorosa, se marcha con la capa agitándose violentamente a su espalda—. Es lo mismo —añade, aunque él ya no puede oírla.

Sus pasos resuenan en el corredor, acompañados por las sacudidas metálicas de la espada y el tintineo de las espuelas. Ella es incapaz de recomponer las piezas de su ser; hay partes que faltan, reducidas por completo a polvo. Thomas desaparece al doblar la esquina, dejándola con una terrible sensación de vacío; y entonces, como a traición, emerge el pensamiento de que tal vez, dentro de poco, Dios reclame para sí al rey Enrique. Se inclina hacia la ventana y se aferra con fuerza al alféizar, como si eso pudiera ayudarla a unir de nuevo los fragmentos de sí misma. Oye el rumor de la gente saliendo de la capilla, subiendo las escaleras, pasando a su lado como si nada hubiera cambiado, sin reparar en su presencia, pálida y espectral, enmarcada por la ventana.

—Pero a quién tenemos aquí, si es la mismísima viuda de lord Latymer. ¿Y dónde estabas sentada durante la misa? —Es Anne Stanhope, agitando un ramillete oloroso frente a su cara, como si no pudiera soportar el hedor de la baja aristocracia—. He oído que estás buscando marido entre los restos de mi familia.

Catalina no dice nada, se limita a soltar un leve resoplido.

—Había pensado que aspirarías a algo mejor que un hermano menor, y nada menos que mi propio cuñado. —Sus ojos parecen oscilar como los de un reptil.

—Creo que estás equivocada —replica Catalina—. En este sitio corren muchos rumores y muy pocos son ciertos.

—Todo el mundo lo sabe —sisea Stanhope con ojos centelleantes—. El rey lo sabe. —La frase suena como enmarcada entre varios signos de exclamación—. Por eso ha enviado a Thomas lejos de la corte.

—Ah, ¿sí? —dice Catalina tratando de mantener la calma, como si sus palabras no fueran más que otro simple cotilleo. De modo que... ¡es cierto! Stanhope debe de estar enterada, sin duda, ya que su marido forma parte del círculo más estrecho del soberano.

—El rey desaprueba ese tipo de comportamiento —le espeta Stanhope.

—No sé de qué me hablas —replica Catalina, escrutando el rostro de la mujer en busca de indicios, queriendo averiguar si está al tanto de las verdaderas intenciones del monarca.

Pero su semblante no revela nada. Catalina razona que, si Stanhope supiera algo acerca de que el rey quiere convertirla en su amante, seguramente intentaría algún acercamiento para congraciarse con ella. Anne Stanhope sabe mejor que nadie cómo desenvolverse en el juego de las intrigas palaciegas y a quién acudir para conseguir favores.

—La brillante Catalina Parr haciéndose la tonta —dice Stanhope sonriendo de soslayo—. No es propio de ti.

Catalina siente crecer la ira en su interior. Se obliga a dibujar una sonrisa benévola en su rostro y le pregunta:

—¿Viajarás mañana a bordo de la falúa de lady María?

Sabe muy bien que no es así, ya que ella misma ha ayudado a compilar la lista de quienes viajarán en la embarcación real. Se detesta un poco por haberse rebajado a su altura, pero, sabedora de lo quisquillosa que es la mujer en cuestiones de jerarquía nobiliaria, no ha podido evitarlo.

—Puede ser —responde Stanhope.

—Pues entonces nos veremos allí.

—Aunque... quizá tenga que partir un día más tarde... por ciertos asuntos.

Catalina inclina la cabeza diciendo «Condesa...», antes de alejarse pausadamente, resistiendo el abrumador impulso de echar a correr.

Con paso mesurado, un pie primero y el otro después, recorre la galería, baja las escaleras y atraviesa el patio, hasta que finalmente llega a sus dependencias, donde afortunadamente no hay nadie. Se arroja sobre la cama y deja por fin que las lágrimas broten entre grandes sollozos ahogados. La idea de la ausencia de Thomas ha penetrado todo su ser, como un veneno entrando en el torrente sanguíneo, y se pregunta si alguna vez podrá volver a ser la misma.

Palacio de Hampton Court, Middlesex, junio de 1543

Dot sigue al hombre del lord senescal por los escalones de piedra, cruza el Gran Salón y la cámara de la guardia, recorre la larga galería y, tras doblar un recodo, pasa junto a la capilla real y a través de una serie de dependencias tan majestuosas que no puede evitar ahogar una exclamación de asombro. Los paneles de las paredes están tallados en pliegues tan delicados que tiene la tentación de tocarlos para comprobar que son de madera y no de lino, y el intrincado enlucido de los techos está pintado de un azul muy brillante, el tipo de azul que imaginarías como el color del firmamento celestial. Y todo está ribeteado en oro y salpicado de rosas rojas y blancas de los Tudor, por si acaso olvidabas a quién pertenecía el palacio. La colosal chimenea está enmarcada en mármol y es tan alta que cabría un hombre de pie en su interior, y los morillos han sido forjados de forma tan delicada y exquisita que parecen los pendientes de una giganta. Hay más ventanales de los que Dot ha visto nunca juntos en ninguna parte, inundando todas las estancias de luz del sol. Supone que estos deben de ser los aposentos de lady María, y que sus dependencias estarán en el laberinto de corredores que imagina aún más allá.

Pero entonces el hombre del lord senescal dice «Aquí es», y el pequeño ejército que los ha seguido cargando con las pertenencias de lady Latymer empieza a depositarlas en un gran montón en el suelo.

—¿Estos son los aposentos de lady Latymer? —pregunta Dot.

—Así es —contesta el hombre del lord senescal.

—¿Estáis seguro?

—Toma, míralo tú misma. —Agita una hoja de papel ante sus narices—. Aquí lo pone. Cuatro estancias del ala este junto a la galería: cámara de la guardia, cámara privada, dormitorio y guardarropa. Mira. —Y señala una de las líneas escritas.

Pero Dot no sabe leer y es incapaz de descifrar lo que pone ahí, de modo que se limita a asentir y dice:

—Pues sí.

El hombre se marcha. Dos de los porteadores han empezado a colgar una serie de cortinajes en las paredes y otros dos están armando una gran cama con dosel en la estancia adyacente. Dot deambula de una sala a otra, respondiendo a las preguntas que le hacen sobre dónde quiere que coloquen las cosas. Espera que el hombre del lord senescal regrese en cualquier momento para decir que ha habido un error, que esos no son los aposentos de lady Latymer, y luego los conduzca a todos hasta una pequeña y angosta buhardilla en alguna otra parte. Pero el hombre no vuelve.

Si el palacio de Whitehall la había impresionado, el de Hampton Court la ha dejado completamente anonadada. Si no lo hubiera visto con sus propios ojos, Dot nunca habría creído que pudiera existir un lugar así. Habían llegado por el Camino de Londres, ella casi al final de la gran caravana real, encaramada en una vieja carreta traqueteante, agarrándose con todas sus fuerzas para no caerse y con el pequeño Rig acurrucado bajo un brazo. Cuando alguien gritó que ya se veía el palacio, se levantó para mirar, buscando apoyo para los pies en el gran montón de equipaje apilado.

Y allí estaba, vislumbrándose de manera fascinante entre los árboles, con sus elegantes chimeneas de ladrillo y sus torres almenadas elevándose hacia el cielo. No podía apartar los ojos de cuanto veía mientras avanzaban con dificultad para entrar en el Patio Base, con los ventanales destellando al sol, los ladrillos proyectando un fulgor rosáceo alrededor y la fuente en el centro como una explosión de diamantes. Se le pasó por la mente que tal vez estuviera soñando, que de algún modo se encontrara dentro de aquel castillo de mazapán que en una ocasión había visto preparar en las cocinas de Whitehall como gran atracción para uno de los banquetes del rey.

Dot siguió al hombre del lord senescal presa de un estupor pasmado, pasando junto a estatuas y murales y tapices entretejidos con hebras doradas que resplandecían como imágenes celestiales. Quería detenerse y tomarse su tiempo para admirarlo todo, contemplar los techos tallados y asomarse a los ventanales para ver los jardines y los estanques que solo había atisbado fugazmente al pasar, pero el hombre avanzaba a grandes zancadas como si llegara tarde a algo, y ella lo siguió casi trastabillando, haciendo cuanto podía para mantener su paso. Pero, pese al majestuoso esplendor del lugar, lo que más ha fascinado a Dot son los aposentos de lady Latymer, ya que ella también dormirá allí, o al menos eso le han dicho.

Le han mostrado las cocinas, a las que se llega bajando un tramo de escaleras que parten de la cámara de la guardia. Resulta incontable el número de cocineros, pinches, mozos y demás personal de servicio que se afanan de un lado para otro, cargando carcasas de animales, removiendo cubas de líquidos de olor dulzón o amasando grandes bolas de masa; preparando el banquete para la llegada del rey al día siguiente. Hace un calor infernal, con todos los fuegos ardiendo, los espetones girando y las ollas y cazuelas borboteantes soltando vapor.

Mientras trata de asimilar cuanto la rodea, sintiéndose totalmente perdida, se le acerca una muchacha. Es algo bastante inusual porque no se ven muchas chicas por allí, solo en el lavadero. Tiene la cara redonda y unas mejillas como manzanas, una sonrisa pícara y un cuerpo rotundo con un par de pechos como melones españoles.

—Soy Betty —dice sonriendo—. Betty Melcher. Hay demasiados mozos por aquí, así que nosotras tenemos que estar unidas. ¿Cómo te llamas?

—Dorothy Fownten. Pero casi todo el mundo me llama Dot.

—Pues entonces te llamaré Dot, si te parece bien. ¿Y a quién sirves?

—Sirvo a lady Latymer.

—Oooh —exclama Betty—. Es esa dama de la que todos hablan, ¿verdad?

Dot no está muy segura de a qué se refiere, así que se limita a asentir y pregunta:

—¿Y tú a quién sirves?

Betty se lanza a parlotear diciendo que sirve «a todo quisque en las cocinas», pero al final Dot consigue enterarse de que trabaja como fregona en la trascocina, lavando ollas y platos, lo cual explica sus manos toscas y enrojecidas.

Cuando acaba por fin de enumerar sus tareas, salpicando su discurso con un amplio surtido de imprecaciones y juramentos, Dot le pide:

—Betty, ¿te importaría enseñarme un poco las cocinas? Es que estoy bastante perdida por aquí.

Así que la muchacha le hace un recorrido para mostrarle el granero, el cuarto de calderas, el espacio donde se conserva el pescado, las bodegas, la mantequería, la zona de ahumados, la sala de destilación, el almacén de las carnes y el lugar donde recoger el agua para lavar y fregar, y luego le enseña las letrinas comunes, cuyos desechos caen directamente al foso de abajo y donde hay espacio suficiente para que se alivien veintiocho cuerpos a la vez.

Finalmente llegan a la trascocina, donde hay un par de secretarios sentados a unas mesas entre montones de papeles, mojando sus plumas en tinteros y garabateando notas. Uno de ellos atrae especialmente la atención de Dot. Tiene los dedos manchados de tinta y sus ojos de párpados caídos y color verde oscuro hacen que tenga la sensación de estar mirando un manantial en cuyo fondo puedes ver brillar el agua. Lleva el pelo castaño bastante corto y tiene un pequeño hoyuelo en la barbilla en el que le dan ganas de meter la punta de un dedo para ver si cabe. El hombre alza la vista y mira directamente a Dot, pero parece no verla, es como si la atravesara con la mirada mientras piensa intensamente en algo; después empieza a contar con sus dedos manchados, moja la pluma en el tintero y se pone a escribir algo. El corazón de Dot late con fuerza y nota una sensación opresiva en el vientre.

Una vez fuera, en el pasadizo, le pregunta a Betty quién es.

—¿Quién?, ¿el secretario ese? No sé cómo se llama. Pero ellos nunca hablan con nosotros. Somos chusma —añade con una risotada—. ¿Por qué?

—No sé, solo me lo preguntaba.

—Te ha gustado, Dorothy Fownten, eso se ve a leguas —dice Betty, soltando unas risitas y dándole un codazo a su nueva amiga—. No sé por qué te has fijado en uno de esos secretarios arrogantes cuando por aquí tenemos a cientos de muchachos guapísimos. No entiendo qué has visto en él, comparado con algunos de los mozos de cuadras. Oooh, había uno que… —Y le cuenta a Dot lo que ocurre en las cocinas después de oscurecer, cuando duermen todos en jergones delante del fuego—. Los secretarios no, claro. Ellos tienen su alojamiento en otra parte.

«Es agradable tener una amiga con la que poder charlar —piensa Dot—. Creo que me gustará estar aquí».

Más tarde, ya en los aposentos de lady Latymer, exhausta por el viaje y tras haber desempaquetado el equipaje y preparado todo para la llegada de su señora al día siguiente, se tumba en la gran cama con dosel y extiende los brazos y las piernas cuanto puede como si fuera una estrella, pensando en su anónimo secretario de dedos manchados de tinta y ojos como el fondo de un manantial. Se va quedando poco a poco dormida con el pensamiento de que, entre esas paredes, hay un hombre que sabe leer; no permite que el hecho de que esté muy por encima de sus posibilidades estropee sus sueños, aunque sabe que no se fijaría en ella ni aunque se paseara desnuda ante él como Dios la trajo al mundo.

—¿Estás segura de que no ha habido un error? —pregunta Catalina.

—No, milady —contesta Dot—. Está escrito en los papeles. El hombre del lord senescal me lo enseñó.

Catalina experimenta una inquietante sensación de desasosiego, pues tiene claro que esos debieron de ser los aposentos de la reina durante la época de Juana Seymour. Y sabe lo que eso significa. Echa tanto de menos a Thomas que se siente como paralizada, y en ocasiones se le antoja imposible dibujar una sonrisa en el rostro y seguir adelante como si nada hubiera cambiado, como si su mundo no se hubiera desviado de su eje. Cuando Dot sale del dormitorio, Catalina se sienta en la cama y se lleva la mano abstraídamente a la cruz de su madre, lo cual conjura en su mente la imagen de la perla en la palma de Thomas. Un golpe en la puerta la saca de sus pensamientos, y su hermano irrumpe en la habitación luciendo una sonrisa más ancha que el Támesis.

—¡Guillermo! —exclama Catalina, arrojándose a sus brazos—. Creía que estabas manteniendo a raya a los escoceses.

—Tenía algunos asuntos de los que ocuparme por aquí y pensé en hacerle una visita a mi hermana…, a quien por lo visto no pueden irle mejor las cosas. —Traza un arco con el brazo para abarcar la estancia—. No está nada mal —añade, mirando en derredor con sus ojos de extraño colorido, absorbiendo todo cuanto ve y seguramente evaluando su precio.

—Hummm… —murmura Catalina—. Me pregunto cuánto va a costarme esto.

—No seas así, Kit. Los Parr están prosperando como nunca gracias a ti. Y yo tengo buenas noticias.

—Pues suéltalas ya; está claro que te mueres por contarlas.

—Van a hacerme conde de Essex. Aún no me lo han dicho de manera oficial, pero lo sé de una fuente muy fiable.

—Oh, Guillermo… Has esperado mucho tiempo para esto. Y me alegro mucho por ti.

A Catalina le gustaría alegrarse de todo corazón, pero ha perdido a Thomas por esto. El pensamiento se clava en ella con la fuerza de una estaca. Sin embargo, no es culpa de Guillermo que el rey haya puesto sus ojos en ella, ni tampoco es culpa suya desear que la casa Parr aspire a lo más alto; ha sido educado para eso, todos ellos lo han sido. Hasta el último de los nobles que deambulan por la corte ansía medrar en su posición.

—¿Y qué hay de tu divorcio? —le pregunta ella.

Ambos saben que si no obtiene el divorcio no podrá tener un heredero al que legar el título tanto tiempo anhelado.

—Creo que debería esperar antes de volver a abordar ese tema.

«¿Esperar a qué? —piensa Catalina—. ¿A que me encame con el rey y lo engatuse para que cambie de postura?». Nunca lo confesará en voz alta, pero en el fondo siente una gran admiración por la atribulada esposa de Guillermo, que tuvo el valor de fugarse con su amante y dar plantón a la corte.

—Supongo que el rey acabará mostrándose comprensivo —dice ella—. Al fin y al cabo, él también se divorció.

—Eso es lo que cabría pensar, Kit. Pero como el miserable de Gardiner no se cansa de señalar, el matrimonio del rey fue anulado. Nunca se divorció. Y Gardiner es tan católico que apenas puede pronunciar la palabra «divorcio» sin que le den arcadas. Ese hombre tiene algo personal contra mí, Kit, estoy seguro de ello.

—Lo dudo, Guillermo. —Catalina sabe que su hermano es muy dado al melodrama.

—No le gustamos ninguno de los Parr. Somos demasiado «reformistas» para él.

—Estoy convencida de que Gardiner tiene otras cosas en la cabeza aparte de nuestra familia y nuestras creencias.

—Sí —espeta Guillermo—, como lamerle el trasero al rey… y arrastrarnos a todos de vuelta a la antigua religión.

—En fin, cambiemos de tema. Ven a ver las vistas desde aquí. —Lo lleva hasta un gran ventanal que da al Patio de la Fuente—. Mira qué hermoso es. Y desde aquí puedo espiar a los amantes robándose besos en los claustros —añade riéndose.

Pero en el fondo está pensando en los besos de Thomas, en cómo la abrazaba y la estrechaba, en el brillo de sus ojos azules como el verano. Siente como si le clavaran otra estaca. Desearía que su hermana estuviera aquí con ella. En Ana puede confiar. Pero ha tenido que marcharse a las fincas de Herbert para entrevistar a un nuevo tutor para su hijo. Y pensar en la fertilidad de su hermana, en sus hijos, hace que sienta otra estaca clavándose en su corazón. Incluso los pensamientos más inocentes se revelan traicioneros.

—Bueno… —dice Guillermo—. ¿Y qué pasa con el rey?

—¿A qué te refieres? —pregunta ella, fingiendo que no sabe de qué le habla.

—¿Se te ha declarado ya?

—No me ha dicho nada. De hecho, hasta que no me he visto

alojada aquí —extiende los brazos para señalar las suntuosas estancias—, no tenía la menor idea de sus intenciones.

—Muy pronto te lo pedirá, estoy seguro de ello —dice Guillermo con ojos brillantes.

—Me tomará como su amante y yo fingiré que es lo que más deseo en este mundo. Recibiremos algunas tierras y se nos concederá algún título, hasta que al final se canse de mí. Eso es lo que pasará.

—Él quiere una esposa, no una amante. —Su tono es conspiratorio—. Piensa en ello, Kit… ¡La reina de Inglaterra! Piensa en la influencia que tendrías. Podrías convencer al rey para que volviera a la nueva religión. Nuestra religión. Ahora se está echando atrás, Kit, está retomando las antiguas creencias. —Las palabras de Guillermo casi arden de fervor—. Tú podrías hacer que cambiara.

—Ja —resopla ella—. ¿Tan persuasiva crees que soy? ¿Y qué te hace pensar que el rey vaya a tomarme como esposa?

—Hertford lo ha dicho.

—Oh, Hertford. —La voz de Catalina se quiebra. Así que no se trata de un rumor ocioso. Thomas tenía razón. Multitud de pensamientos sobre su amado se agolpan en su cabeza y tiene que llevarse una mano a la frente—. ¿Y Thomas? ¿Lo has visto, Guillermo?

—Thomas se ha marchado. Debes olvidarte de él, Kit. Como si hubiera muerto.

Esa vena cruel y despiadada de su hermano resulta nueva para ella. La ambición se ha apoderado de él. Ya no es el cachorrito enfurruñado de su infancia. Pues claro que no lo es, se dice, recriminándose en silencio por su estupidez: han pasado ya veinte años.

—Pero ¿lo has visto antes de partir?

—No, Kit. Acabo de llegar de los Borders. Lo sabes.

No hay el menor ápice de ternura en él. Su mandíbula está rígida y tensa, como si hubiera apretado los dientes en torno a su codiciada presa y no estuviera dispuesto a soltarla. Solo entonces empieza Catalina a comprender que el rey va a hacerla su esposa y que ella no tendrá ni voz ni voto en la cuestión. Todos esos hombres —el rey, Hertford, su hermano— han sellado su destino. No es más libre ahora que cuando era una niña.

—Kit —dice Guillermo, cogiéndola por los hombros y zarandeándola un poco—, es del rey de quien estamos hablando. Tú serás la reina. No se puede llegar más alto.

—Ni caer más bajo —murmura ella.

No hay escapatoria posible. Aunque, razona para sus adentros, si no puede ser la mujer de Seymour, ¿acaso es pobre consuelo convertirse en la reina de Inglaterra y llevar el apellido Parr a lo más alto que jamás hayan soñado? Pero entonces piensa en las grandes zarpas del rey manoseándola, en su espantoso hedor, en el terror que inspira a cuantos lo rodean, en el matrimonio que la ataría a él para siempre y en la desesperación de tener que engendrar un heredero a su edad, esperando cada mes, rezando para no sangrar. «Esto de ser mujer —se dice— es un trabajo de putas».

Se desabrocha la cruz de su madre, la dobla dentro de un pañuelo y la guarda en su cofre de recuerdos. Ya no soporta sentirla sobre su piel; le recuerda demasiado a todo lo que ha perdido. Siente el peso de todas esas reinas muertas sobre su cabeza. ¿Cómo va a sobrevivir a esto? Dios la está castigando; él conoce sus pecados. ¿Su participación en la muerte de su marido fue obra del diablo? ¿Un asesinato, un acto compasivo, o ambas cosas? Está totalmente perdida y confusa, atormentada por los recuerdos, y nota su alma tan quebradiza e insustancial como una flor muerta.

Huicke está sentado en el extremo más alejado del Gran Salón. Los restos rapiñados del banquete se apilan sobre los grandes tableros de madera. Los despojos de un cerdo trinchado se esparcen sobre la mesa, recordándole al galeno las disecciones que practicó de estudiante. Una gran bandeja de alondras permanece prácticamente intacta, sus pequeñas carcasas resecándose, y un bote de anguilas gelatinosas se ha volcado, derramando su contenido por todo el suelo. Bajo el borde de un plato, oculta entre las sombras, se agazapa una pequeña rana temblorosa. Poco antes han servido en la mesa principal una gran empanada, que el rey ha cortado con su espada. Y al hacerlo, Anne Stanhope, que estaba sentada a su lado, ha soltado un alarido espeluznante, seguido por el grito aterrador de lady María y después por una auténtica cacofonía de chillidos femeninos procedentes de todas partes.

Al estar sentado tan lejos, él solo se ha percatado de que la empanada estaba rellena de ranas vivas cuando las pobres criaturas han empezado a saltar desesperadamente por todo el salón, intentando escapar de las manos de los pajes que trataban de atraparlas. Debían de haber prometido alguna especie de recompensa a aquel que consiguiera más ranas, ya que los sirvientes se empujaban y pisoteaban sin contemplaciones para capturarlas. En medio de aquel absoluto caos, el rey lo observaba todo con una sonrisilla satisfecha, jaleando de vez en cuando a alguno de los pajes. Estaba claro que su propósito había sido disfrutar de los chillidos aterrados de las damas.

Huicke lo conoce demasiado bien; un médico ve cosas que otros no ven. Lo ha visto tratar de forma vil y despreciable a la gente, incluso a los más cercanos a él, como un chiquillo que patea a un perro viejo solo para oírlo gañir; pero también lo ha visto llorando angustiado cuando el dolor de su pierna resultaba insoportable, o pasear nerviosamente por la habitación, jadeando por el pánico, al escuchar la noticia del estallido de un brote de peste en las inmediaciones. Y aun así, todos lo consideran un hombre inquebrantable, sin miedo a nada, rebosante de valor.

Huicke lo ha visto babeando como un cachorrillo alrededor de aquella cabecita loca de Catalina Howard, llegando a postrarse de rodillas ante la joven, pero también lo ha visto firmar la orden que la enviaba al cadalso sin levantar apenas la vista de su partida de cartas, como si estuviera dando el visto bueno para el menú de la cena. Y también ha visto al rey estallar de ira ante algún pequeño error cometido por uno de sus pajes, vociferando con la cara morada hasta que el pobre muchacho se ha meado en las calzas. Pero también lo ha visto consolar a un hombre, no un personaje importante, tan solo un hombre destrozado que acababa de perder a su hijo; el rey Enrique lo rodeó entre sus brazos y lo acunó como haría una madre con su pequeño. La rana sigue temblando en su escondrijo y Huicke se pregunta qué será de ella.

Hay demasiado ruido en la enorme sala y le duele el estómago por la comilona. Udall, que ha estado sentado en algún lugar por el centro del salón, se levanta para marcharse. Tiene que ultimar los preparativos de la mascarada que ha ideado para esa noche de verano y que se representará más tarde, si es que alguien consigue permanecer despierto después de tanta comida. Cinco o seis de sus actrices también se levantan, unas jovencitas que se envolverán en los diáfanos vestidos diseñados para cubrir, y al mismo tiempo revelar, sus enhiestos pechos juveniles. Huicke ha estado en las pruebas de vestuario. Los senos femeninos tienen escaso efecto sobre él, pero una mirada de Udall puede provocarle un estado de gloriosa excitación, por lo que, cuando su amante pasa junto a él para abandonar el salón, mantiene la vista clavada en la bandeja de alondras masacradas que descansa sobre la mesa. De forma deliberadamente accidental, Udall pasa un dedo ardiente por su espalda y Huicke apenas puede contenerse. La mujer que tiene enfrente parlotea sin cesar, algo sobre María, reina de Escocia…, sobre si la prometerán en matrimonio con el príncipe Eduardo…, sobre el «rudo cortejo» del rey…, pero él no puede oírla debidamente por encima del estruendo, así que se limita a sonreír y asentir y la mujer parece satisfecha. No puede evitar pensar que la reina, que ahora es poco más que un bebé, será utilizada como una pieza de ajedrez en el nombre de Escocia.

Catalina está sentada bastante lejos de él, en la parte delantera del salón, y solo puede verla si se echa un poco hacia atrás. Lleva pintada en la cara su sonrisa serena, la sonrisa con la que engaña a todo el mundo; pero él conoce el torbellino de emociones que se oculta bajo esa fachada. Está hablando animadamente con la amante de su hermano, Lizzie Brooke, que, aunque está considerada una auténtica belleza, no consigue eclipsar a Catalina. Sus deslumbrantes ojos de color castaño claro y su risa efervescente podrían hacer que la luna bajara de los cielos. Guillermo, que está sentado cerca de ellas, tiene algo de su hermana: su nariz un tanto respingona y extrañamente femenina, la mata de pelo cobrizo casi de la misma tonalidad que el de Catalina; pero mientras que el rostro de ella destila dulzura, el de Guillermo Parr tiene las facciones demasiado marcadas y sus ojos —uno intensamente castaño como los de Catalina, el otro azul claro como el agua— le confieren un aspecto de perro estrábico. Está hablando con vehemencia para dejar clara alguna postura, acuchillando el aire con movimientos secos y tajantes. Catalina le dirige una mirada severa y él baja los brazos. En más de una ocasión Huicke la ha visto poner a su hermano en su lugar. No cabe la menor duda sobre quién lleva las riendas en la familia Parr.

Cuando estalló el alboroto de las ranas saliendo de la empanada, con todas las damas chillando como gorrinos y subiéndose a los bancos, Huicke había observado a Catalina. Había permanecido totalmente impasible, y cuando uno de aquellos pobres anfibios aterrizó a su lado, ella lo cogió como si fuera a plantarle un beso, provocando una estruendosa carcajada del rey. Luego llamó a uno de los pajes y le entregó la rana diciéndole algo que Huicke no alcanzó a escuchar.

—¿Qué ha dicho? —gritó en dirección a la cabecera de la mesa la mujer que tenía sentada enfrente.

—Ha pedido que sea repatriada al estanque del jardín de nudos —respondió alguien, también a gritos.

Al reparar en la sonrisa satisfecha del rey mientras observaba el desarrollo de aquel pequeño incidente, a Huicke se le ocurrió pensar que tan solo siendo ella misma, con su personalidad alegre y vitalista, Catalina había respondido perfectamente al juego propuesto por el monarca. Si hubiera chillado y armado revuelo como todas las demás, la atención del rey se habría desviado en otra dirección. La prueba había sido planteada para Catalina y la había superado con creces, con gran aplomo y serenidad. Y Huicke había notado apretarse en su estómago un pequeño nudo de miedo por su amiga.

Al menos no la han colocado en la tarima, en la mesa del rey; algo que seguramente la habrá complacido. Los sirvientes empiezan a despejar las mesas; uno de ellos ofrece a Huicke un cuenquito con agua para limpiarse las manos, y al ver que no se ha quitado los guantes el mozo retrocede murmurando una disculpa. Parece incomodado por el inapropiado comportamiento de llevar los guantes puestos durante la cena. A Huicke le habría gustado ver su reacción si se desprendiera de ellos y revelara lo que se oculta debajo. Seguramente habría salido corriendo despavorido. Ha estado usando a diario el bálsamo de Catalina, pero tiene escaso efecto salvo el de aliviar el picor, lo cual ya es en sí una pequeña bendición.

Catalina lo había llamado esa tarde, envió a su hijastra para ir a buscarlo. Desde su conversación en la sala de destilación de Charterhouse, era la primera vez que pedía verlo a solas. En Whitehall habían coincidido a menudo, pero la sencilla intimidad que antes había caracterizado su amistad había desaparecido. No es que se mostrara antipática con él, tal vez un poco fría y excesivamente cortés. Huicke había tenido que aceptar el hecho de que había perdido su confianza, y le dolía profundamente; era como si se hubiera abierto un agujero en lo más hondo de su ser, y ni siquiera las profusas atenciones amorosas que le dispensaba Udall conseguían llenar del todo ese vacío. Cuando llegó a las dependencias de Catalina —los aposentos de la reina, nada menos—, la encontró rodeada de papeles.

Estaba hablando con su mayordomo sobre una disputa por unas lindes, escribiendo con gesto rápido una carta y diciéndole:

—Mantente firme, Cousins. No nos moveremos de allí. Esas tierras me las legó mi esposo y tengo documentos que lo demuestran. —Dobló la hoja y pasó el pulgar y el índice por el pliegue, luego dejó caer un pegote de cera roja donde se solapaban los bordes y estampó su sello en él—. Tienen que estar por aquí... —murmuró rebuscando entre los papeles—. ¡Aquí! —exclamó al fin, sacando un documento del montón—. Mira, Cousins, aquí lo pone, claro como el agua. La linde de los Hammerton se extiende al oeste de los bosques, no al este. Esos bosques son míos, ¿o no lo son?

—Lo son, milady —respondió el mayordomo.

—Lleva esto al notario, y de paso pídele que done algunos fondos a sor Monkton. Necesitan un nuevo cobertizo. Y respecto a ese hombre que murió, su viuda también necesitará algo para sobrevivir. Creo que bastará con unas cuantas libras para ir tirando, y luego encárgate de buscarle algún puesto en la casa, o en el lavadero, o en el obrador, si es que sabe cocinar. Lo dejo en tus manos, Cousins.

Huicke observó la escena, impresionado por su tono eficiente y su tranquilo sentido de autoridad. Cuando Cousins se hubo marchado, se sentaron juntos y ella le tomó la mano.

—Te he echado de menos, Huicke.

No podía haber palabras que lo hicieran más feliz, y sintió que su amistad volvía a resurgir envolviéndolos a ambos.

—Ese pobre hombre —continuó Catalina— murió aplastado por un muro que se derrumbó en mis tierras. Y me duele en el alma no haber podido estar allí para consolar a su viuda. Debería haber ido, pero estoy obligada a permanecer aquí. Piénsalo, Huicke: podría estar preparando encurtidos y guardándolos en frascos en las cocinas, haciendo conservas con frutas de verano, secando hierbas, elaborando remedios medicinales, montando a caballo para ir a ver a mis arrendatarios, ocupándome de mis tierras, y en cambio aquí estoy, rodeada de todo esto. —Extiende los brazos a su alrededor con gesto afligido—. Los aposentos de la reina, Huicke.

—Kit… —dijo él, utilizando su apelativo cariñoso de forma tentativa, inseguro de si aún tenía derecho a hacerlo después de la interrupción sufrida en su amistad. Pero ella le apretó la mano y él prosiguió—: Si hay algo que yo pueda hacer…

—Lo hay, Huicke —dijo ella antes de que él tuviera oportunidad de acabar—. Debes contarme todo lo que sepas sobre las intenciones del rey. Mi hermano asegura que su voluntad es contraer matrimonio conmigo. Yo no quiero creerlo, pero mira dónde me ha alojado… y al parecer Guillermo va a recibir su título de conde. Tengo un terrible presentimiento con todo esto. —Y se llevó nerviosamente la mano al cuello, como para tocar algo que no estaba allí.

—Yo también he oído hablar de ello, Kit —confirmó Huicke—. Y Anne Bassett ha regresado a Calais.

Catalina asintió con una expresión tensa en su rostro cetrino.

—Y hay una cosa más, Huicke —dijo, bajando la voz.

—¿Sí?

—¿Viste a Thomas antes de partir? ¿Dijo algo?, ¿dejó algún mensaje?

—Kit, me gustaría decir que lo hizo, pero no fue así.

El semblante de Catalina se descompuso al oírlo.

—Pero él nunca habría dicho nada. Al menos, no a mí. Habría sido demasiado arriesgado. —Huicke añadió aquello para hacer que ella se sintiera mejor… y probablemente fuera cierto. Lo que no tuvo valor para decirle (habría sido demasiado cruel) fue lo que piensa realmente sobre Thomas Seymour, pues da gracias por que se haya marchado.

De modo que supone que Catalina se alegra de estar sentada donde está y no en la tarima junto al rey. Los sirvientes han empezado a traer los postres —gelatinas, cremas batidas, pastelillos—, que van repartiendo por todo el salón, y finalmente sacan una bandeja enorme. Sobre ella descansa un ciervo a tamaño real de un blanco prístino, hecho de mazapán y tan realista que podría haber sido esculpido por el mismísimo Miguel Ángel. Sus astas han sido elaboradas con cristales de azúcar y su pecho aparece atravesado por una flecha. La descomunal bandeja es transportada por cuatro hombres y todos los presentes se preguntan expectantes cómo conseguirán subirla a la tarima. Pero los sirvientes se detienen antes de llegar a ella. La gente se levanta para intentar ver a quién están obsequiando con esa dulce criatura. Huicke abandona su asiento y avanza hacia el frente del salón, confiando en que no sea a quien él piensa.

Pero, por supuesto, claro que lo es.

El ciervo representa el amor y la flecha no necesita explicación. El rey se está declarando. Catalina se pone en pie, la cara resplandeciente con fingido placer. Mira de forma breve y tímida al rey, que asiente con una sonrisa triunfal y le lanza un beso. Todo el salón estalla en un gran aplauso. Anne Stanhope es incapaz de disimular su agria expresión y Huicke no puede evitar sentir una pequeña oleada de satisfacción al ver cómo la mujer tuerce el gesto. Catalina consigue mantener su fachada de falsa delectación, pero Huicke sabe lo que está pensando por dentro. Probablemente en esas toscas manazas sobre su cuerpo.

—¡Saca la flecha! —grita el rey.

Catalina obedece y la sangre —o una sustancia que parece tal, seguramente vino tinto especiado— brota del blanco animal, manchando su pecho de color carmesí. Alguien coloca una copa debajo para recoger el rojo líquido y después se la entrega al rey.

Este levanta la copa en dirección a Catalina, exclama: «¡Por el amor!». Y luego la apura de un trago. Acto seguido la arroja y, durante un largo momento, no se oye nada salvo el traqueteo metálico de la copa al caer.

Entonces el salón vuelve a estallar en vítores y aplausos.

Y con ese simple gesto queda sellado públicamente el destino de Catalina.

Es Hertford quien viene a buscar a Catalina. Ella lo sigue por la larga galería. Al verlo por detrás, la forma de sus espaldas y el vaivén de sus andares le recuerdan tanto a su hermano Thomas que siente cómo la atraviesa una punzada de añoranza. El rey la está esperando en su cámara privada, plantado con los brazos en jarras y las gruesas piernas separadas y enfundadas en medias blancas, remedando el retrato del gran Holbein que cuelga en Whitehall: la imagen arquetípica del soberano. Pero lo que Catalina ve ante ella es una parodia grotesca. Nadie diría que es el mismo hombre, salvo por las joyas y los recargados ropajes dorados.

En la estancia relativamente pequeña, su imponente altura y su voluminosa corpulencia hacen que Catalina se sienta como una muñeca, como si estuviera en una casa de muñecas en cuyo interior una niña descuidada hubiera arrojado un monigote enorme, demasiado grande para caber allí. Él la contempla con una sonrisa de carrillos descolgados, le toma la barbilla entre el pulgar y el índice y le levanta la cara para que lo mire. Hertford sale de la habitación y cierra la puerta. Aunque el conde no es de su agrado, Catalina quiere gritarle que se quede, que no la deje a solas con el rey. Nunca ha estado sola con él y siente cómo el pánico va creciendo en su interior, pues sabe lo que vendrá a continuación y se devana los sesos tratando de encontrar una manera de impedirlo.

Sin embargo, cuando finalmente aparta los ojos de ella tras haberla sometido a su intenso escrutinio, la voz del rey la sorprende por su dulzura. Le pide que se siente junto a él para poder mostrarle el libro de horas que había pertenecido a su padre. Es una auténtica maravilla, una obra delicadísima, con unos colores tan vívidos y unas filigranas doradas tan intrincadas que, por momentos, Catalina casi olvida que el entrañable hombre mayor que está junto a ella —pasando cuidadosamente las vetustas hojas de vitela, señalándole detalles del texto y mostrándole el lugar entre las páginas donde alguien depositó una flor, una prímula ya aplastada y desvaída— es el mismísimo rey Enrique. Él coge el espectro de la flor y lo coloca sobre la palma de ella, un objeto frágil e ingrávido.

—Fue mi madre quien la puso ahí, cuando yo era un niño —dice él, y de pronto Catalina siente una enorme carga en su mano, como si todo el peso de la historia pudiera arrastrarla hasta caer.

—Por favor, cogedla. Me da miedo que se rompa —susurra ella, nerviosa ante la posibilidad de que el más leve soplo pueda hacer desaparecer ese fragmento del legado de los Tudor.

Entonces él la compara a ella con una flor, una rosa, un halago vacuo e insustancial. Después le muestra el lugar en los márgenes de una página donde, junto a una imagen de Cristo crucificado, su padre escribió, con caligrafía de telaraña, «Descansa en paz, Arturo», traduciendo las palabras del latín para ella. Pero aunque su dominio de esa lengua es al menos tan bueno como el de él, Catalina se sorprende simulando desconocimiento.

—Era mi hermano —dice el monarca.

Ella asiente y pasa con delicadeza un dedo por la reseca tinta.

—El príncipe Arturo.

—Yo sé muy bien lo que es perder a alguien —añade él.

—Ya —susurra ella.

—Tu marido padeció grandes sufrimientos, pero ahora él está con Dios y tú debes vivir.

Catalina se pregunta si Latymer estará en realidad con Dios o en aquel otro lugar, pensando de nuevo en las circunstancias de su muerte y en su participación en ella. El pensamiento la sume en la miseria, la deja sin habla. El rey parece creer que ella está obnubilada y sobrecogida ante su presencia y tal vez sea así, un poco. A Catalina le resulta imposible saber qué piensa exactamente en esos momentos, sintiendo sobre sus hombros todo el peso de la historia y la presión de formar parte de ella.

—Te he elegido para que seas mi reina —dice él.

No es una interrogante formulada al estilo de una proposición normal, en la que ella podría permitirse al menos la posibilidad de un rechazo. Catalina se pregunta si alguna vez alguien se habrá negado a cumplir sus deseos, y entonces se acuerda de Ana Bolena, quien, según se dice, lo estuvo rechazando durante años hasta que él se volvió loco de deseo…, lo suficientemente loco para acabar enviándola al tajo de decapitación. Ella permanece en silencio. Retazos de recuerdos de Seymour se agolpan en su mente: su boca de labios rosados, sus largos dedos, su olor, su risa alegre. Siente repugnancia al pensar en lo que se verá obligada a hacer como esposa del rey. Pero Catalina no tiene que dar ninguna respuesta. Al fin y al cabo, no es una pregunta. Todo está ya decidido.

—Nos casaremos aquí, en Hampton Court —prosigue él, agarrándola por la cintura—. Será en julio. —Y procede a enumerar los detalles del enlace, lo que se servirá en el banquete, los salmos que se cantarán, los invitados que asistirán.

Catalina no escucha nada, tan solo visualiza sus enormes manazas sobre ella y trata de ahuyentar la imagen pensando en otras cosas: las joyas, las tierras, los honores, el ascenso de la casa Parr… Sin embargo, nada de eso logra borrar el asco que siente.

—Pero, majestad…

—Puedes llamarme Harry —dice él—, cuando estemos a solas. Ahora que estamos comprometidos tendremos tiempo de conocernos mejor.

Catalina no sabe cómo consigue hacerlo, pero acierta a esbozar una sonrisa.

El rey se echa a reír, sus carnosas mejillas temblando como gelatina, y exclama:

—¡Bebamos para celebrarlo!

Como por arte de magia, Hertford aparece con una jarra de vino, que sirve en sendas copas de cristal. Catalina se pregunta si habían acordado previamente el momento en que debía volver a entrar. Al fin y al cabo, todo lo demás había sido preestablecido, escenificado como en una de las mascaradas de Udall. Se fija en que las manos de Hertford son como las de su hermano, y en ese momento extraña terriblemente a Thomas. Pero entonces se acuerda de la ponzoñosa esposa de Hertford y consigue animarse un poco pensando en que, cuando ella sea la reina, Anne Stanhope tendrá que inclinarse y arrastrarse ante ella. Se reprueba por abrigar pensamientos tan mezquinos, pero sabe que solo está intentando aferrarse al más mínimo motivo de celebración.

Las copas son venecianas y están hermosamente talladas con el dibujo de un emparrado. Catalina nunca ha bebido en copas de cristal. Nota la agradable sensación de frescor en los labios, pero el vino, que imagina que debe de ser excelente, sabe muy fuerte. El rey apura su copa de un trago y la arroja contra la chimenea, donde estalla en añicos, haciendo que ella se sobresalte.

—Ahora tú, Catalina —le dice, agarrándola del brazo e impulsándolo con fuerza. La copa sale volando de sus dedos y se estrella contra la piedra de la chimenea—. Vamos, Ned, bebe con nosotros —invita a Hertford con voz atronadora. Y luego añade con ojos refulgentes—: Y tú, Catalina, puedes decirle a tu hermano que recibirá su título.

Ella desearía armarse de valor para pedirle que le concediera también el divorcio, aprovechar la nueva situación para sacarle todo lo que pueda. ¿Acaso no se trata de eso? Pero Catalina guarda silencio.

No podría hablar ni aunque quisiera.

4

Palacio de Hampton Court, Middlesex, julio de 1543

Dot se encuentra en la trascocina donde había visto a los dos secretarios sentados, fingiendo restregar la gran jofaina de cobre, que está más limpia de lo que nunca ha estado. De hecho, ni siquiera estaba sucia, pero el frotado y enjuagado le ha proporcionado una excusa para poder observar por el rabillo del ojo a William Savage. Ese es el nombre del secretario que la ha encandilado y que no consigue sacarse de la cabeza. Betty se acercó a él y le preguntó directamente cómo se llamaba, así sin más; Dot nunca se habría atrevido, aunque tal vez lo hubiera hecho si con solo mirarlo no sintiera mariposas revoloteando en el estómago.

Dot simula seguir restregando para estar cerca de él un poco más, mirando de reojo cómo hace anotaciones en su libro de contabilidad, aunque el secretario ni siquiera repara en su presencia. El pelo le cae constantemente sobre los ojos y tiene una peculiar manera de apartárselo con el antebrazo. Dot supone que no querrá mancharse la frente con los dedos entintados. Se imagina pasando sus propios dedos por ese cabello; su tacto debe de ser suave y delicado, como el de las enaguas de seda de su señora. William la rodearía con un brazo y la atraería hacia él, tan cerca que ella notaría su aliento sobre la piel, y entonces le diría… ¿Qué le diría? Dot no alcanza a imaginar que él tenga algo que decirle a alguien como ella. Es un sueño estúpido, y además tiene las manos tan enrojecidas de tanto restregar la jofaina que lo deja estar y sale al patio para buscar a Betty, a la que encuentra escaqueándose de la faena en el pajar situado encima de los establos.

—¿Otra vez revoloteando alrededor de William Savage? —le pregunta Betty, dándole un codazo mientras Dot se acomoda junto a ella sobre la paja—. No sé por qué no le dices que te dé un achuchón. ¿No es eso lo que quieres?

—Yo nunca haría eso —replica Dot, deseando que en su mundo las cosas fueran tan sencillas y directas como parecen serlo en el de Betty.

—Podrías hacer como que te tropiezas delante de su mesa y, como quien no quiere la cosa, dejar que se te salga una tetita —suelta Betty entre risas.

—Upsss… Disculpadme, buen señor —dice Dot, también riendo y fingiendo falso recato—. Me he resbalado con un trozo de mantequilla.

—Permitidme que vuelva a meteros esa tetita en el vestido —masculla Betty bajando la voz una octava y provocando que las dos se rían a carcajadas tendidas hasta quedar sin aliento.

Después de que hayan cesado las risas, Dot pregunta:

—¿Por qué un hombre tan cultivado iba a fijarse en una vulgar chica como yo?

—Pero tú sirves a la dama que va a ser la futura reina —replica Betty—. Si quisieras, podrías tener a cualquier pelagatos de estas cocinas. Además, tú solo buscas un revolcón; no es que quieras a ese hombre para casarte.

—Eso es verdad —dice Dot, aunque eso es realmente lo que quiere, por muy disparatado que parezca. Y aunque William Savage nunca le haya dirigido una sola palabra, ella no puede evitar fantasear con la idea. Sabe muy bien que la gente siempre se emparenta con los de su propia clase, pero no puede soportar la idea de verse encadenada por siempre a alguno de los mozos de cuadras o uno de los recaderos.

—Hasta podrías tener a ese —prosigue Betty, señalando por el ventanuco del pajar al tipejo encargado de las bodegas, conocido por ir por ahí espiando a hurtadillas a las jovencitas.

—¡Puaj! —suelta Dot—. Y tú podrías tener a Big Barney.

Eso hace que vuelvan a reírse a carcajadas, porque Big Barney es el retrasado que se ocupa de vaciar las letrinas.

—Ojalá yo también pudiera servir a una gran dama, en vez de tener que restregar esas puñeteras cazuelas todo el santo día —dice Betty, frunciendo falsamente el ceño.

Sin embargo, ambas saben que ella no serviría para ejercer como doncella, porque es muy malhablada y no puede mantener su sucia boca cerrada ni un solo minuto. En el fondo Dot le tiene un poco de envidia, porque Betty es feliz durmiendo delante del fuego en la trascocina y retozando por las noches con los mozos que trabajan allí. A ella le gustaría probar la cosa como es debido, aunque fuera solo una vez, no los torpes manoseos que ha compartido con Jethro ni los inocentes besos que le daba Harry Dent. Pero por el momento ha de conformarse con las castas fantasías que tiene con William Savage. No es tan descabellado imaginar que tal vez, algún día, él levante la vista de sus papeles, le sonría, y ella le devuelva la sonrisa. Tan solo de pensar en ello la invade una suave sensación de calidez.

—Lady Latymer se estará preguntando dónde me he metido —dice, levantándose y sacudiéndose la paja del vestido—. ¿Tengo algo en el pelo?

Betty le quita un par de briznas que se le han pegado a la cofia. Luego Dot baja la escalerilla y se da un último repaso antes de ir a recoger la jofaina de cobre y volver a los aposentos de su señora. Al llegar encuentra a Meg en la cámara, rodeada de telas de seda para bordar.

—¡Ahí estás, por fin! ¿Dónde te habías metido, Dot? Mi madre quiere que prepares el fuego.

—¿El fuego… en julio?

—El rey lo ha pedido.

—¿El rey?

—Está ahí dentro con ella.

—¿Ahí? —Dot señala hacia la puerta, boquiabierta—. No creo que yo pueda…

Se siente empequeñecer por dentro. No hay muchas cosas a las que tenga miedo, pero la idea de encontrarse con el rey hace que el estómago se le encoja. Meg ovilla una madeja de hilo verde entre sus dedos, la ata cuidadosamente por el centro y la deposita en la cesta de costura. Dot coge una tela del montón que está junto a ella. Está lista para bordar, extendida dentro de un bastidor de madera redondo y con un dibujo punteado en tinta; incluso sin saber leer, puede ver que se trata de las iniciales entrelazadas de Enrique y Catalina.

Meg deja escapar un pequeño suspiro.

—Ojalá pudiéramos volver atrás en el tiempo, Dot.

Mientras lo dice, es como si una sombra cruzara por su cara. La criada se pregunta si estará pensando en cuánto debería remontarse en el tiempo hasta llegar a una época en que las cosas eran realmente sencillas.

—Esto no está tan mal, Meg. Con todos estos lujos, y con tu madre a punto de convertirse en reina… —Pero en el fondo está pensando en las otras dos reinas que también se llamaron Catalina, preguntándose qué fue de todas aquellas iniciales bordadas para ellas y por la suerte que ambas soberanas corrieron.

Meg suelta un pequeño resoplido.

—Esto no es nada bueno.

Dot recuerda que su señora le dijo una vez que Meg era una pesimista por naturaleza. Ella tuvo que preguntar lo que significaba esa palabra. «Ser pesimista es una maldición», piensa Dot. Desearía que Meg pudiera librarse de esa cruz. Pero cuando el mundo, o Dios, conspiran para hacerle lo que le hicieron a ella, seguramente cualquiera acabaría siendo pesimista, tanto si quiere como si no.

—Más vale que te des prisa en encender el fuego —la apremia Meg, que alarga una mano y, arqueando una ceja, quita una brizna de paja del delantal de Dot.

—No es lo que piensas —dice Dot.

—No es asunto mío —murmura Meg—. Ahí tienes el cubo del carbón que ha subido uno de los mozos de la cocina. —Y señala hacia una especie de elegante balde colocado en un rincón.

—¿Carbón? —pregunta Dot.

—El rey lo prefiere así. Por lo visto, el calor es bueno para su pierna. —El nerviosismo debe traslucirse en el rostro de Dot, porque Meg la tranquiliza diciendo—: No te preocupes. Tú solo tienes que hacer una profunda reverencia, postrarte en el suelo de rodillas y no abrir la boca. Lo más seguro es que él te ignore por completo.

Dot no alcanza a imaginar cómo puede ser el rey; a pesar de todo el tiempo que lleva en palacio, ni siquiera lo ha visto de lejos. Tiene una imagen en su cabeza: la que aparece en los grabados de madera, donde se le ve majestuoso, plantado con aire imponente, mirando al frente como si nada pudiera hacer mella en él. Dot coge el cubo y la caja de la yesca y se mete la escobilla bajo el brazo.

—Más vale que te vayas acostumbrando, Dot. Dentro de unos días ella se convertirá en su esposa.

La doncella inspira hondo para calmar sus nervios antes de llamar a la puerta de la alcoba.

—Adelante. —Es la suave voz de Catalina.

Dot levanta el pasador y empuja la pesada puerta con el hombro. La golpea con el cubo y murmura una disculpa mientras entra en la estancia con la cara toda colorada y se deja caer al suelo sobre sus rodillas. Están sentados junto a la ventana, Catalina en un taburete y el rey en una butaca de madera, con la pierna estirada sobre el regazo de ella. Para gran alivio de Dot, él no la mira, ni siquiera deja de hablar. Es como si no existiera. En silencio, Catalina asiente en su dirección con una sonrisa y le indica que puede levantarse. Mientras se prepara para encender el fuego, Dot no puede evitar lanzar miradas furtivas a la pareja. Él descansa su enorme manaza sobre la pierna de ella, pero no recuerda en nada a la imagen que tiene del rey. Es un viejo gordo, para nada majestuoso e imponente, y Catalina podría pasar perfectamente por su hija o incluso su nieta.

Dot nunca ha encendido un fuego de carbón y desearía tener a alguien cerca para preguntarle. Pero pone abundante cantidad de fajina y confía en que prenda bien. Se limpia las manos en el delantal, tiznándolo de manchurrones negros y esperando no haberse ensuciado la cara. Luego se dispone a encender la yesca.

El rey habla con voz queda, casi murmurando, en tono grave.

—Kit —dice—, a veces me pregunto cómo sería llevar una vida normal…

Dot mira de soslayo y ve cómo los dedos de Catalina le acarician la barba. Una chispa enciende la yesca; la sopla suavemente, observa cómo empieza a arder la llamita y luego la arroja a la chimenea, sin dejar de escuchar en ningún momento la voz rumorosa del rey.

—… una vida en la que la gente que me rodea no me diga siempre lo que cree que quiero oír.

—Harry… —dice Catalina.

Dot nunca hubiera imaginado que alguien pudiera llamarlo Harry; es un nombre demasiado vulgar para un rey.

—… puede que la gente os siga la corriente porque os tiene miedo.

Él se remueve en la butaca, que emite un sonoro crujido bajo su peso.

—Ese florentino…, no me acuerdo de cómo se llamaba. Últimamente no consigo recordar los nombres, Kit. Ese florentino dijo que era mejor que los príncipes fueran temidos y no amados. Cuesta un gran esfuerzo ser temido en todo momento. Me he visto obligado a hacer cosas que… —No termina la frase.

—Nicolás Maquiavelo —dice Catalina.

Dot apenas entiende nada de lo que están hablando.

—Harry, todos hacemos cosas que nos pesan en la conciencia.

—Tú no me sigues la corriente, Kit. Tú eres la única con coraje para decir la verdad. Eso fue lo que me atrajo de ti.

Dot sopla el fuego hasta que los trozos de carbón empiezan a refulgir intensamente.

—Me esfuerzo por ser honesta, Harry. Es lo que Dios nos pide que hagamos, ¿no es así?

El rey se lleva una mano a la nuca y se la frota, como si algo lo incomodara.

—¿No notas una corriente, Kit?

—No, pero la ventana está abierta una rendija. Debe de ser eso.

Dot mira y ve que ahora él está de pie ante la ventana, tratando de cerrarla. Pero cuando esta se atasca, tira con tanta fuerza que uno de los paneles de cristal se resquebraja y el rey se queda con la manija en la mano.

—¡Este maldito trasto! —vocifera, y empieza a golpear violentamente con la manija contra el alféizar, una y otra vez, abriendo agujeros en la madera y haciendo saltar astillas.

Dot se encoge en un rincón junto a la chimenea, sin mirar, esperando pasar inadvertida. En su mente aquello suena como un martillo machacando huesos.

—Vamos, Harry... —lo tranquiliza Catalina, que se ha acercado a él y le está frotando los hombros.

El rey tiene la cara violácea como un moratón y su frente está cubierta de gruesas gotas de sudor. Está totalmente a merced de su frustración, como un enorme bebé.

—Dejadme que coja esto —dice ella, tratando de abrir con delicadeza sus dedos, fuertemente apretados, para quitarle la manija rota.

Pero de repente el rey la arroja con fuerza hacia la chimenea donde Dot está agazapada. Ella agacha la cabeza y la manija pasa por encima de ella y se estrella contra el cubo del carbón con un gran estruendo metálico. Dot siente que el corazón le late desbocado como el martillo de un herrero, y sus manos tiemblan tanto que apenas pueden sostener la escobilla. No se atreve a levantarse y marcharse por miedo a atraer la atención del rey. Este vuelve a sentarse con la cabeza entre las manos, respirando pesadamente, mientras Catalina emite sonidos tranquilizadores para tratar de calmarlo y continúa frotándole los hombros.

Mira un momento a Dot y levanta las cejas como preguntándole: «¿Estás bien?».

Dot asiente y Catalina se lleva un dedo a los labios en un siseo silencioso. El rey no dice nada, ni siquiera mira en dirección a la doncella para ver si su cabeza sigue aún sobre los hombros.

Cuando por fin levanta la cabeza, murmura:

—A veces me doy miedo a mí mismo, Kit. —Se le ve hundido y triste, con la mirada gacha—. De vez en cuando me dan estos arrebatos. Como si no fuera yo mismo. Como si estuviera poseído.

Catalina le acaricia un brazo y musita algo.

—A veces tengo la impresión de estar perdiendo la cabeza. Siento sobre mis hombros todo el peso de Inglaterra. —Se calla y guarda silencio durante un rato. Cuando vuelve a hablar su voz es apenas un susurro—: Me pregunto qué le he hecho a mi país al romper con Roma. Siento que… Inglaterra se ha desgarrado por la mitad.

Dot nunca habría pensado que el rey pudiera tener dudas como cualquier otro mortal. ¿Acaso no era Dios quien le decía lo que debía hacer?

—Hay que aceptar el pasado —dice Catalina. Es algo que Dot le ha oído decir a menudo, sobre todo a Meg—. Hace falta mucho aplomo para cambiar las cosas como vos lo habéis hecho, Harry.

Al oír esas palabras, es como si el rey se creciera; parece animarse, sus ojos cobran un nuevo fulgor.

—Y creo firmemente —añade Catalina— que Dios está de vuestro lado.

—Él me dio un hijo. Eso debe de ser una señal de que está complacido conmigo.

—Y además es un niño estupendo.

—¿Me darás tú un hijo, Kit? —le pregunta él, como un crío pequeño suplicando un dulce.

—Si es la voluntad de Dios… —responde ella con una sonrisa.

Pero al salir discretamente de la alcoba, Dot ve una nube oscura cruzando por el rostro de Catalina.

—Nos han concedido las tierras de la abadía de Wilton —anuncia Ana.

Está sentada con su hermana en la cámara de la guardia, en el banco que hay junto a la ventana. Tienen un vestido extendido sobre el regazo y están examinando los aljófares cosidos a la tela. Es el vestido con el que se casará Catalina.

—¿Y viviréis allí? —Catalina no soporta la idea de que su hermana pueda marcharse tan lejos, sepultada y aislada en la campiña de Wiltshire.

—No me gustaría —dice Ana—, con todo lo que ocurrió en los monasterios y las abadías… Todas aquellas matanzas…

—En Wilton no hubo ninguna violencia —replica Catalina—. Creo que la abadesa la entregó de buen grado y después se retiró.

Pero no puede evitar pensar en todos aquellos otros grandes monasterios reducidos a poco más que escombros, en los monjes torturados y aterrorizados, en la devastación absoluta… Y todo obra de Cromwell. En el nombre del rey, se obliga a recordarse. Y también se acuerda de cuando Latymer le habló de los eclesiásticos que había visto —al menos una veintena, le dijo— colgados de los árboles, con las vísceras desparramadas, cerca de la abadía de Fountains.

—Me alegra saberlo. Pero aun así prefiero quedarme en la corte. A mi marido no le gusta tenerme lejos. Y además, quiero estar cerca de ti.

—Solo Dios sabe cuánto te necesitaré aquí. —Mira a su alrededor a los grupitos de damas diseminados por la sala, mujeres a las que apenas conoce.

No tiene ni idea de cuáles son sus afinidades o procedencias. Se limitan a agitar indolentemente sus abanicos con la esperanza de aliviar el calor de julio. Tres gordas moscas negras vuelan por la estancia, y de vez en cuando alguna de las damas ahuyenta a una de ellas con su abanico. Catalina se levanta y abre la ventana para dejar entrar una ligerísima brisa. Durante todo el día ha estado llegando gente para la boda. Se pregunta si este matrimonio suyo será una maldición o una bendición. Catalina habría querido contárselo todo a su hermana, pero hay tanto que confesar: lo ocurrido con Murgatroyd; su terrible y pecaminosa participación en la muerte de Latymer; confiarle que todavía lleva a Seymour en su corazón; la repugnancia que siente por el rey. En su mente todas esas cosas están inextricablemente ligadas, un suceso conduce a otro como si detrás de todos ellos hubiese algún principio rector, no sabe si divino o maldito. No se ve con fuerzas para expresarlo en palabras, para confesarlo en voz alta. Tiene miedo, aunque no sabe bien de qué. Es un miedo amorfo que flota en el aire.

—Podría ordenarte que te quedaras —bromea Catalina, dándole un suave codazo a su hermana. Finge que no tiene miedo, y tal vez así logre convencerse a sí misma.

—Kit, vas a convertirte en reina… —susurra Ana con asombro sobrecogido, como si por primera vez cayera en la cuenta de lo que va a suceder realmente.

Durante las últimas semanas, Catalina ha estado escogiendo a su séquito personal. Ha insistido en que Dot se quede, haciendo caso omiso de esas damas ofendidas que han intentado desesperadamente que sus hijas de buena cuna entren al servicio de la futura reina. Se ha protegido contra todas sus adulaciones y obsequios con una benévola sonrisa, y ha visto desfilar ante ella a una larga sucesión de adolescentes tímidas y desmañadas que, está segura, preferirían quedarse en su casa con sus hermanas y hermanos en vez de servir a la reina.

Ha mandado venir a su querida prima, Elizabeth Cheyney, y a su compañera de juegos de la infancia, la mandona Lizzie Tyrwhitt, y también a su prima Maud y a una vieja amiga de su madre, Mary Wootten, que ya es muy anciana y estuvo en la corte mucho antes de lo que nadie puede recordar. También ha hecho venir desde Snape a la esposa de su hijastro, Lucy, aunque solo sea para darle un respiro de su marido; el joven John no es un hombre precisamente agradable. Les ha ofrecido a todas ellas unos vestidos del mejor terciopelo negro, para gran frustración del rey, que las llama «bandada de cuervos». Catalina imagina que le habría gustado que sus damas de compañía lucieran como unas lindas y coloridas avecillas a las que podría mandar cocinar en una empanada si así se le antojaba. También ha mantenido cerca a su querido Huicke y lo ha nombrado su médico personal. El rey está complacido con su elección; tiene la sensación de que es obra suya…, y en el fondo así es, supone ella. Tal vez piense que el médico continuará con su labor de espionaje para él. Pero ahora Huicke es un hombre leal a Catalina; ella siente en lo más hondo de su ser que nunca la traicionará. De todos modos, todavía no hay nada por lo que pueda traicionarla, aunque tampoco es que eso signifique gran cosa en un lugar como este.

Se está acostumbrando a su nueva vida: los aduladores de la

corte que siempre buscan obtener algún favor; los artistas y los artesanos; los encuadernadores, los viticultores, los religiosos; las grandes damas y condesas que hasta ahora apenas se habían dignado mirarla. Huicke le ha presentado a su enamorado, Nicholas Udall, un erudito agudo e ingenioso, con un mordaz sentido del humor y rodeado siempre de un aura de escándalo. Desde el momento en que hizo su parodia de Anne Stanhope, poniendo los ojos saltones y esbozando una sonrisilla desdeñosa, Catalina supo que le caería bien.

Ha escrito obras de teatro y ensayos filosóficos, y también organiza elaboradas mascaradas, pero lo que más le gusta es conversar en profundidad acerca de las cosas. Catalina ha decidido que, si no puede tener a Seymour y a cambio debe conformarse con este matrimonio indeseado, al menos disfrutará de su nueva posición y se rodeará de gente que le sirva de inspiración. Y, para sentirse útil, intentará utilizar su estatus del mejor modo posible, sin dejar que consuma lo mejor de sí misma.

Se anuncia la llegada de lady María, que entra bamboleándose con andar pausado, ataviada de pies a cabeza en tejidos dorados y con un recargado arreglo de joyas en torno al cuello. La acompañan su hermana, lady Isabel, y Susan Clarencieux, cada una cogida de un brazo. Aunque Isabel no debe de haber cumplido aún los diez años, ya es casi tan alta como María, y se desenvuelve de un modo que hace que aparente más edad de la que tiene. Una cascada de pelo rojo flameante le cuelga hasta la cintura, enmarcando un rostro de brillantes ojos negros y una boca que dibuja un corazón perfecto. Lleva un vestido de tafetán azul oscuro, cuya simplicidad sirve para acentuar su imagen deslumbrante, y sostiene un libro entre sus finos dedos. Tiene todo el porte de una princesa —cabeza alta, media sonrisa inescrutable—, y mientras que la condición de bastarda de María resulta visible en su postura ligeramente encorvada y el brillo receloso de sus ojos, Isabel no parece afectada en absoluto por el rechazo de su padre. A Catalina le recuerda al rey cuando era joven; el espíritu del monarca habita de forma inconfundible en ella, y Catalina se pregunta si esa será finalmente su salvación.

Las tres se detienen ante ella para darle la enhorabuena.

—Mañana te convertirás en mi madrastra —dice María con una sonrisa irónica, como si la divirtiera la idea. Y añade—: La anterior era unos diez años menor que yo.

Y deja escapar una risita un tanto ácida. María nunca habla de matrimonio; al menos no con Catalina, quien supone que debe de ser un tema doloroso para ella. María debería haberse casado hace ya mucho tiempo.

—Por lo menos tú eres mayor, aunque solo sea por cuatro años... —Hace una pausa—. Y nosotras somos amigas.

—Sí, somos amigas —dice Catalina.

La toma de la mano y la atrae hacia ella para besarla en la mejilla. El deje de amargura parece abandonar el semblante de María.

—Y haré todo cuanto esté en mi mano... —Catalina busca una manera delicada de decirle que intentará hacer que desaparezca el estigma de ilegitimidad que pende sobre ella— para ayudar a tu causa.

Una inusual sonrisa, franca y natural, se expande como una ola por el rostro de María. Luego le da un suave codazo a su hermana para que se presente.

Isabel da un paso al frente y dice:

—Estaré muy orgullosa de poder llamaros madre.

Y acto seguido empieza a recitar un poema en latín, las palabras saliendo con fluidez de su boca como si fuera el idioma que utiliza habitualmente.

Las damas parecen incapaces de apartar los ojos de Isabel, visiblemente impresionadas, pero María no puede disimular el leve desdén que se insinúa en su boca. Eso le recuerda a Catalina que fue la madre de Isabel quien causó la caída en desgracia de la madre de María, y para sus adentros se plantea el propósito de conseguir no solo un acercamiento entre el rey y sus hijas, sino también entre las propias hermanas.

Empiezan a llegar más damas, entre ellas dos de las sobrinas del rey. Margarita Douglas es la hija de la hermana mayor de Enrique, que estuvo casada con el rey de Escocia. Luce un vestido de brocado verde con toques dorados y lleva un perrito bajo el brazo. Catalina vislumbra cierto destello pícaro en sus ojos, lo cual da crédito a su fama de rebelde y caprichosa. Totalmente distinta a Margarita es su prima, Frances Brandon, a la que se le dan muy bien los niños y que, aunque se mueve con cierta pesadez, mantiene en todo momento un aire digno e insiste en hablar en francés para que nadie olvide que su madre, María, la hermana menor del rey, fue una vez reina de Francia.

Por un momento, Catalina se divierte pensando en que todas esas grandes damas, las de más alta alcurnia, a partir de ahora deberán rendirle pleitesía a ella, la humilde y sencilla Catalina Parr, que por derecho propio se encuentra muy por debajo en el escalafón nobiliario. Anne Stanhope sonríe con tensa rigidez; su elegante atavío —múltiples capas de damasco color frambuesa ribeteadas con satén blanco, y un tocado profusamente enjoyado— es claramente un intento de eclipsar al resto. Stanhope está obsesionada con las jerarquías y lealtades; ya en la escuela real trataba de hacer valer su rango ante Catalina, quien ahora no puede por menos que encontrar cierta satisfacción en ver cómo la mujer se esfuerza por mantener esa sonrisa congelada en su rostro. Junto a ellas, vestida con un brocado azul celeste que resalta sus ojos oscuros, está Cat Brandon, a la que parece darle lo mismo ser la duquesa de Suffolk y que no concede la menor importancia a su elevada posición en el escalafón nobiliario. Meg también está allí, con aire mustio bajo el calor de julio y algunos mechones de pelo húmedo pegados a la frente. Su semblante está marcado por un gesto de preocupación angustiada. Cat la toma de la mano y la lleva ante Catalina.

—¿Qué te ocurre, Meg? —le pregunta esta.

No es una joven que se desenvuelva con gracia y soltura en sociedad, y Catalina sabe que, antes que encontrarse allí, preferiría con creces estar con Dot en la cámara.

—Cuando seas reina, ¿cómo deberé llamarte? ¿Tendré que llamarte «majestad»? —La voz le tiembla; lleva días haciéndose ese tipo de preguntas.

—«Majestad» es solo para el rey, Meg. Podrás llamarme «señora», o «alteza», creo. Tendremos que preguntárselo a Ana, que es una fuente de sabiduría en cuestiones de protocolo...

—Habitualmente es «señora», y en ocasiones formales «alteza» —las interrumpe Stanhope, que debe de haber estado escuchando desde el otro extremo de la sala—. Aunque hubo una reina que prefería que se dirigieran a ella como «alteza» en todo momento. —Todas saben que se está refiriendo a la madre de Isabel, Ana Bolena, cuyo nombre nunca se pronuncia en público.

—En cualquier caso, Meg —añade Catalina—, cuando estemos en privado las cosas entre nosotras seguirán siendo como siempre y podrás continuar llamándome «madre». —Una débil sonrisa se dibuja en el rostro de Meg—. Además —continúa con un guiño—, todavía podrías casarte con un marqués y todos tendríamos que llamarte «lady».

La sonrisa de Meg se esfuma en el acto y Catalina se da cuenta de su error.

—No le hagas esas bromas —tercia Ana.

—No me casaré, madre, ni siquiera con un duque —asegura Meg—. Pienso quedarme contigo para siempre.

—Algún día un hombre te robará el corazón —dice Cat Brandon.

Catalina no puede evitar pensar, con una dolorosa presión en el pecho, en Thomas, que estará en alguna corte extranjera deslumbrando a las damas, con los restos de su corazón destrozado en el bolsillo.

—Eso nunca ocurrirá —dice Meg, con los ojos brillantes por las lágrimas.

—Solo era un comentario sin más —le dice Cat—. Venga, Meg, acuérdate de la lectura. —Y le entrega un fajo de papeles.

—¿Qué es eso? —pregunta Catalina.

—Oh, algo que lady Suffolk quiere que lea para ti —murmura Meg, que ha logrado recomponerse un poco.

Todas las damas se acercan a escuchar, revoloteando como una bandada de aves exóticas ataviadas con sus elegantes trajes. Seguramente el rey estaría complacido al ver lo estupendas que lucen todas. Isabel está al frente del grupo y Meg parece bastante fascinada por la muchacha, incapaz de apartar los ojos de ella.

—Ella me pidió —continúa Meg, con el rubor extendiéndose

desde el pecho hasta las mejillas— que leyera esto para celebrar tu matrimonio.

Al percibir la incomodidad de Meg, Catalina la toma de la mano para tranquilizarla y se fija en que sus uñas, hasta hace solo unas semanas mordidas con virulencia, han empezado a crecer. Eso le hace concebir la esperanza de que tal vez esté comenzando a despojarse del pasado.

Las mujeres se arremolinan a su alrededor, algunas aposentándose en taburetes y las más jóvenes arrodillándose sobre la alfombra turca, regalo del embajador imperial. Meg, que continúa de pie, inspira profundamente.

Al oírlo, Cat Brandon es incapaz de reprimir la risa y un tintineo de risitas nerviosas se propaga entre el resto de las presentes.

—*Arrêtez!* —ordena Frances Brandon.

Las risas cesan y Meg se aclara la garganta.

—Es el «Prólogo del cuento de la comadre de Bath» —anuncia.

—¡Cat Brandon! —la interrumpe Catalina soltando una carcajada—. ¡Eres una arpía!

—Fue Udall quien me lo sugirió —dice Cat—. Y pensamos que era de lo más apropiado, puesto que la comadre de Bath se casó cinco veces y enviudó cuatro.

Todas las presentes se echan a reír, incluida Stanhope, poco dada a las expresiones de júbilo. Seguramente muy pocas de ellas habrán leído a Chaucer, pero Cat debe de haberles hecho un pequeño resumen de la historia.

—Nicholas Udall… —dice Catalina, todavía riendo—. Menudo tunante está hecho… ¿Y de dónde has sacado el libro? De él, supongo.

—En realidad —replica Cat—, lo he tomado prestado de la biblioteca de mi esposo, no sé si me entiendes…

—Pues procura que no se entere —le advierte Catalina—, o podría pensar que eres una mujer corrompida y querría divorciarse de ti. De todas maneras —prosigue con fingida altanería—, sabes muy bien que yo solo he enterrado a dos maridos y apenas voy a por el tercero.

Todas las damas vuelven a estallar en risas, que se van apagando en risitas nerviosas hasta cesar por completo al escucharse un gran tumulto en el patio de abajo.

—¡Milady Latymer! —se oye gritar. Y de nuevo, más fuerte—: ¡Milady Latymer!

Los gritos están acompañados por el estrépito de los cascos y jaeces de numerosos caballos y por el inconfundible traqueteo metálico de las armas. La sonrisa abandona por un momento el rostro de Catalina. No puede oír ese ruido sin pensar en lo ocurrido en Snape. A su lado, Meg palidece visiblemente y empieza a mordisquearse la uña del pulgar.

—¡Es el rey! —exclama Margarita Douglas. Hasta ella parece excitada, aunque el monarca sea su tío.

Catalina se levanta y se desliza con aire majestuoso hacia la ventana abierta, su persona imbuida de una pose y actitud perfectas, complaciente, dócil, alegre, como si interpretara a la reina en una de las mascaradas de Udall, aunque está muy lejos de sentir ninguna de esas cosas.

—¡Majestad! —grita por la ventana—. ¿A qué debo este honor?

El rey está montado sobre una gran yegua ruana que espumea por la boca y cuya enorme corpulencia no desentona con la suya. Parece envuelto en hectáreas de tejidos dorados salpicados de barro y está rodeado por al menos una docena de hombres, la mayoría de ellos maridos de las damas que acompañan ahora a Catalina. El duque de Suffolk está a un lado del rey, con aspecto avejentado y canoso y, a todas luces, lo bastante mayor como para ser el abuelo de Cat. Al otro lado está Hertford, el esposo de Stanhope, tratando de controlar su nerviosa montura. Su hermano Guillermo no se encuentra entre la comitiva; ha tenido que regresar a los Borders para mantener a raya a los escoceses y no podrá disfrutar y regodearse con la boda. En cambio, sí que ha venido su amigo Surrey, que dirige a Catalina una sonrisa afable.

Seis lebreles negros se han dejado caer exhaustos al suelo, con las lenguas moradas colgando por el brutal calor. Un conejo pasa corriendo por la vereda y solo uno de los perros se molesta en levantarse y perseguirlo desganadamente, pero lo deja estar cuando el roedor se pierde entre la maleza. Entonces el lebrel se tumba de espaldas sobre la fresca hierba alta y empieza a revolcarse con cómicos movimientos.

—Venimos de la cacería —grita el rey— y queríamos ver a nuestra hermosa mujer en la víspera de su boda.

Catalina inclina la cabeza a modo de reverencia y luego agita una mano, preguntándose si con el plural mayestático se refiere a él y a Dios, o a él y su otro yo, pues, como todo el mundo sabe, el rey tiene dos personalidades. ¿Usará ese plural también en la alcoba conyugal? Pensar en eso hace que le entren náuseas. Le ha confiado sus miedos a Huicke, quien le recomendó que encendiera aceites aromáticos para intentar al menos enmascarar el hedor, que cerrara los ojos con fuerza y que pensara en otra persona. Ambos se rieron al hablar de ello, pero, a medida que se acerca el momento, la cosa empieza a tener cada vez menos gracia.

«Es mi deber», se recuerda para sus adentros, repitiéndoselo una y otra vez como si fuera una plegaria.

—Me siento honrada, majestad.

Dos hombres entran en el patio, portando entre ambos una cervatilla moteada amarrada por las patas a una vara. Su cabeza cuelga patéticamente a un lado y sus grandes ojos muy abiertos miran a la nada. Catalina, que por lo general no es nada aprensiva, no soporta la visión de esa imagen de cruda mortalidad.

—Llevadla a las cocinas privadas de la reina —ordena el rey—. Es un regalo para nuestra futura esposa.

No hay necesidad de palabras mientras Catalina levanta primero un brazo y luego el otro para deslizarlos en las mangas de su bata. Durante mucho tiempo, prácticamente a diario, las dos mujeres han llevado a cabo ese ritual, y aunque Catalina cuenta ahora con cuatro nuevas doncellas de cámara para ayudarla a vestirse, sigue manteniéndose fiel a Dot.

Dot conoce hasta el último resquicio del cuerpo de su señora.

Le ha arrancado los ricitos rebeldes del nacimiento del cabello; le ha cortado las uñas y limpiado la suciedad acumulada debajo; le ha recortado el recio vello del pubis, del sorprendente color de una naranja de invierno; ha lavado los paños ensangrentados de su menstruación; ha frotado las durezas de sus pies con una piedra rugosa; ha untado su piel con ungüentos; ha cepillado su cabello, cien pasadas por la mañana y cien por la noche; ha pasado por su pelo el peine para los piojos, lo ha empapado en aceite de lavanda, lo ha trenzado, se lo ha recogido; le ha limpiado las legañas de los ojos; ha aplicado compresas sobre sus llagas y ampollas; le ha lavado los pies en agua fría para combatir el calor estival; la ha ayudado a abrocharse las sayas y tocados, y le ha anudado los lazos de sus zapatillas y camisones. Conoce tan bien el cuerpo de Catalina como el suyo propio.

Hoy le ha puesto un poco de colorete en las mejillas, haciendo que sus ojos resalten aún más. A Dot ese color le recuerda al que presenta el río durante el ocaso, cuando el sol parece hundirse en lo más profundo de sus aguas. De tanto en tanto le gusta escabullirse para ir a sentarse a solas junto al Támesis, y se queda contemplando los barcos preguntándose adónde irán. Sabe que en algún lugar muy lejano el río desemboca en el mar, y que en sus aguas los grandes navíos pueden navegar durante semanas sin avistar tierra...; algo que le cuesta incluso imaginar. En la larga galería cuelga un cuadro en el que se ven unos galeones tan altos como catedrales, azotados por las furiosas aguas del océano. Teniendo en cuenta de dónde procede y que ahora se encuentra en el palacio de Hampton Court sirviendo a la futura reina de Inglaterra —algo por lo que tiene que pellizcarse todas las mañanas para decirse que no está soñando—, Dot piensa que tal vez algún día tenga la oportunidad de ver el mar... Ahora casi todo le parece posible. Bueno, casi todo, salvo conseguir una sonrisa de William Savage, quien aún no ha reparado en su existencia, a pesar de las frecuentes visitas que hace a la trascocina con el pretexto inventado de tal o cual recado.

Se queda mirando a su señora, que ha ido a arrodillarse ante el altar de madera dispuesto en el rincón más alejado de la estancia. Catalina reza en silencio una plegaria y Dot se pregunta qué le estará pidiendo a Dios: tal vez no perder la cabeza, como les ocurrió a las otras reinas. Solo de pensar en ello siente que se pone enferma. Su vestido de satén negro brilla como la melaza; la melena le cuelga suelta por la espalda y tiene el color de la mermelada que preparan en las cocinas de palacio y que sabe dulce y amarga a la vez. A Dot le recuerda a Ginebra o Isolda, mujeres que podían volver a un hombre loco de deseo solo con mirarlas.

Limpia el polvo del tocador, levantando uno a uno los objetos que descansan sobre él: el peine de marfil, el cepillo de dorso plateado, el frasco de aceite aromático que huele a especias raras, el pesado collar que Catalina se quitó la noche anterior y que le ha dejado una suave marca enrojecida sobre el cuello. Está hecho con piedras del tamaño de pulgares y del color de los riñones crudos. Vuelve a dejarlo en su caja, cuyo fondo de terciopelo tiene un dibujo en relieve para que encaje perfectamente, como guisantes en su vaina. Al hacerlo, vuelca sin querer con el codo un frasco de agua de rosas y ahoga una exclamación cuando impacta contra el suelo con un ruido sordo. No se rompe, pero el tapón sale volando y el líquido se derrama, colándose entre las rendijas de los tablones de madera. El aroma a rosas se esparce por toda la estancia. Al agacharse para recogerlo se da cuenta de que lleva las medias disparejas, y se pregunta por un momento cómo puede encargarse de todas las cosas que debe hacer cuando ni siquiera es capaz de arreglarse decentemente ella misma.

—¿Qué ha sido eso? —pregunta Catalina, levantando la vista de sus oraciones.

—Lo siento mucho, milady, se ha caído el agua de rosas.

—No te preocupes, Dot. Ahora tendremos ríos de agua de rosas.

Ambas se echan a reír. Dot tiene la impresión de que es justo en ese momento cuando Catalina cae en la cuenta de lo que implica ser reina: podrá disponer de todo, sin importar lo que cueste.

El vestido, su traje nupcial, está extendido sobre la cama. Es una maravilla, rojo y dorado, con perlas y joyas incrustadas, y tan pesado que el día anterior hicieron falta dos doncellas para traerlo del guardarropa.

—Ayúdame primero con la saya. Luego llamaremos a Ana y a Meg para todo lo demás.

Dot sostiene la saya mientras Catalina se enfunda en ella, y luego se la abrocha con fuerza a la espalda; huele a recién planchada, y el rígido tafetán crepita suavemente como pajarillos ahuecando sus plumas. Después le ajusta un par de mangas bordadas, anudándolas esmeradamente en los hombros y poniendo especial cuidado en que los lazos queden parejos para que no asomen una vez que lleve el vestido puesto.

—¿Sabes, Dot, lo que vaticinó un astrólogo sobre mí cuando era muy pequeña? —dice Catalina.

Dot trata de farfullar una respuesta, pero tiene la boca llena de alfileres.

—Que algún día sería reina. Dijo que estaba escrito en las estrellas. Se convirtió en una especie de broma en nuestra familia, y todos se burlaban de mí y me llamaban «majestad» cuando se me subían un poco los humos. Todos nos reíamos de aquello, porque era la cosa más inconcebible que se pudiera imaginar.

Se calla, parece estar pensando intensamente en algo. Tal vez esté pensando en aquel apuesto Thomas Seymour, que desapareció sin decir palabra.

—Es extraño cómo las cosas pueden acabar siendo lo que menos te esperas en la vida. A veces me pregunto si Dios tendrá sentido del humor.

Dot no entiende a lo que se refiere, porque casarse con un rey, y especialmente con este, no es como para tomárselo a risa. Va a buscar a Ana y a Meg, y entre las tres levantan el vestido y lo enfundan en el cuerpo de Catalina, que permanece allí de pie como si el traje no pesara nada, como si fuera ligero como una pluma y no estuviera entretejido con hebras de oro y engastado con tantas perlas y brillantes como estrellas hay en el firmamento. Algunas de las damas más jóvenes asoman la cabeza por la puerta entre risitas excitadas, y Catalina las deja que entren. Ignoran la presencia de Dot. No saben dónde ubicarla, no saben cómo dirigirse a la muchacha que es poco más que una sirvienta, pero que también es como una hija para la mujer que dentro de unas horas se convertirá en la reina.

A Dot no le importa; está acostumbrada a ello y sabe cuál es su sitio. Pero también sabe que hay gente que consigue meter un pie en la puerta de la corte y termina trepando y ascendiendo cada vez más alto. Cromwell era hijo de un cervecero o un herrero o algo así, y Wolsey, de quien Dot ha oído hablar muy por encima pero sabe que es cardenal, que es el cargo más alto al que puedes llegar en la Iglesia —aparte de llegar a papa, claro—, bueno, pues su padre era carnicero. Es consciente de que tanto Cromwell como Wolsey tuvieron un final bastante desdichado, pero procura no pensar en esa parte de la historia.

Catalina ya tiene puestos el vestido y el manto. Dot ni siquiera alcanza a imaginar cómo se la puede ver tan airosa y compuesta en el infernal calor de julio, que es aún peor porque las cocinas privadas se encuentran debajo de sus aposentos. La peste a col hervida se cuela a través de los tablones del suelo, borrando los últimos restos del aroma a rosas. Dot desata un manojo de lavanda y restriega las hierbas por las superficies de toda la estancia. Meg trenza el cabello de Catalina y se lo recoge en la nuca, fijándolo con unos lazos, mientras Ana saca el tocado nupcial de su caja. Las jóvenes damas se arremolinan alrededor, pero Dot se mantiene al margen, las deja que se recreen. Ella ya lo ha visto de cerca, con sus diamantes y sus ribetes dorados, e incluso se lo ha probado cuando estaba a solas, sintiendo su peso muerto presionándole las sienes.

Catalina sonríe, pero aprieta la mano izquierda con tanta fuerza que sus nudillos parecen cáscaras de nuez.

—Estoy lista —dice, cogiendo su libro de plegarias.

El semblante de Meg parece el de alguien que se estuviera ahogando.

—Gracias, mis damas.

Sale de la alcoba enfundada en la prisión de su vestido, la mano todavía cerrada en un puño, seguida por Ana y Meg. Ninguna de las damas de compañía acudirá al servicio religioso, que se oficiará en la capilla privada de la reina, con solo unos treinta asistentes. No es en absoluto lo que se esperaría de una gran boda real, con multitudes aclamando por las calles el paso de la comitiva nupcial.

Dot se pregunta de nuevo si Catalina estará pensando en ese tal Seymour. Puede que vaya a casarse con el mismísimo rey de Inglaterra, pero sabe que no es más que un hombre envuelto en oropeles dorados…, y además viejo y seboso, con un espantoso hedor y un carácter de mil demonios. Catalina va a tener que compartir cama con él. Y pensar en ello hace que a Dot se le erice la piel.

En la capilla privada hace un calor asfixiante. El obispo Gardiner oficia el servicio con voz monótona. Luce una sonrisa benévola, pero sus ojos traslucen un brillo malicioso y Catalina no puede evitar pensar en cómo le rompió el dedo a aquel niño del coro.

—*In nomine Patris et Filii et Spiritus Sancti* —salmodia.

—*Amen* —responde la congregación.

A su izquierda se apretujan los miembros de un pequeño coro, todos ellos vestidos de blanco y a los que Catalina solo puede ver si gira la vista. Apenas hay espacio para los asistentes y puede sentir la presión de la gente a su espalda. Sus pensamientos empiezan a divagar. No puede concentrarse en el servicio; se siente paralizada por el peso de su vestido, como los hipócritas de Dante condenados a llevar mantos dorados forrados de plomo por dentro. ¿Acaso no es hipocresía casarse con alguien cuando tu corazón pertenece a otro? Aunque está claro que no será la primera en hacerlo. No se atreve a girar la cabeza para mirar al rey, arrodillado a su lado. Puede oír el resuello sibilante de su respiración y aspirar el olor del ámbar gris, que compite con la bruma de incienso que emana del incensario y satura la mal ventilada capilla.

—*Hoc est autem verbum Domini* —dice Gardiner.

—*Deo gratias* —responde la sala, palabras que todos han pronunciado infinidad de veces.

Catalina piensa en los votos que está a punto de hacer, y en Dios contemplando desde las alturas su alma mancillada por el pecado, y se pregunta, no por primera vez, si no será este su castigo envuelto en oro. Siente una opresión en el vientre que la obliga a respirar de forma entrecortada, y sus rodillas se resienten quejumbrosas a pesar del cojín de terciopelo de debajo; tiene miedo de que al ponerse en pie pueda desmayarse, arruinando este fragmento de la historia que quedará en los anales y será recordado por siempre.

Cierra los ojos pensando en Thomas, en que él podría ser quien estuviera ahora junto a ella si el destino hubiera reservado para ellos un rumbo muy distinto. Ese pensamiento invade todo su ser. Pero esa parte de ella está ahora entumecida, se ha acostumbrado de tal manera al dolor y al desgarro por la ausencia de su amado que ya apenas siente nada. En las semanas posteriores a su partida había esperado con ansia una carta, algo, cualquier cosa que le hiciera saber que no la había olvidado, pero no llegó nada. Quiere suponer que Thomas tiene miedo de la ira del rey, pero en el fondo duda y se teme algo aún peor. Ella no tiene ningún derecho a ser la dueña de su corazón, y se lo imagina rodeado de hermosas y complacientes damas que se entregan a él sin reservas.

Aleja ese pensamiento antes de que se apodere de ella, y en su lugar rememora las otras veces en que se ha arrodillado ante Dios y ha pronunciado sus votos matrimoniales. Era aún más joven que Meg cuando viajó desde Rye House a Lincolnshire para casarse con Edward Borough. En aquel entonces no se cuestionó nada; toda su vida había sido una preparación para el matrimonio y, mientras se dirigía hacia el norte para casarse con un desconocido, no albergaba recelos ni temores. Edward era un chico guapo, flaco como un palo y tierno como un cachorrito. Solo se habían visto una vez, de manera breve y formal, pero él le había enviado un dibujo y ella lo guardaba bajo su almohada.

—... *hoc est autem verbum Domini.*

—*Deo gratias.*

Catalina recuerda lo inocente que era entonces, su falta de aspiraciones. Es solo ahora cuando las circunstancias han alimentado su ambición. Cuando pronunció aquellos primeros votos no pensaba en nada más. Pero Edward murió al cabo de dos años, y la madre de Catalina también. Perder a una madre y a un marido en apenas unos meses, quedarse sola en el mundo con diecinueve años... Catalina supuso que no podía haber nada más duro en la vida. Cuán equivocada estaba. Entonces llegó Latymer. Él le daba tanta seguridad, resultaba tan fácil tenerle afecto. Catalina lo quería como se quiere a un padre. Pero fue su inmenso amor por ella el que fraguó su unión. Cuando Latymer pronunció sus votos en la capilla de Snape, los ojos se le anegaron de lágrimas. Ella nunca había visto llorar a un hombre, no creía que fueran capaces de hacerlo. Qué poco sabía de la vida entonces. Los pensamientos sobrevuelan a su alrededor, como cuervos en torno a un árbol.

Gardiner interrumpe su salmodia y un niño del coro empieza a entonar el kirieleisón; su voz tiene un sonido diamantino y reverbera en la pequeña capilla, elevando el espíritu de Catalina y alejándola de sus pensamientos. La mano del rey se posa sobre la suya. Ella abre los ojos para mirarlo, y entonces ve que él también se ha visto transportado por el himno. Su boca esboza una tenue sonrisa y por un momento ya no es el rey, tan solo un pobre viejo insensato.

Se pregunta si podrá quererlo como a un padre. En ocasiones tiene la sensación de que podría hacerlo. Pero ¿qué pasará con esos momentos en que se comporta como un crío grandote en plena pataleta? ¿Qué pasará con esa otra faceta suya, la del joven tempestuoso y vano con una vena perversa? Le resulta imposible reconciliar las diferentes partes de él en una sola persona. Y se pregunta si también él estará pensando en los votos matrimoniales que pronunció las cinco veces anteriores.

Extienden el mantel blanco sobre el altar y colocan la patena con el pan bendito en ella, luego el cáliz. Nota que un nudo de pánico se aprieta en su interior, y siente cómo le grita una vocecilla enterrada en lo más recóndito de su cabeza, como esas voces de los sueños que no emiten sonido alguno. Se alza la hostia sagrada. Sus ojos la siguen. La campanilla tintinea, un sonido débil y agudo, se murmura la bendición:

—... *corpore Christi*.

Un suave chorro mientras llenan el cáliz, vuelve a sonar la campanilla. Levanta los ojos.

—... *sanguine Christi.*

¿Cree realmente el rey que en ese momento el vino se ha transformado en la sangre de Cristo? No le entra en la cabeza que un hombre de tan aguda inteligencia pueda creer algo así.

De todos los temas de los que han hablado hasta ahora, nunca han tratado a fondo la cuestión de sus respectivas creencias religiosas. Se da por sentado que ella cree en lo mismo que él. Pero ¿en qué cree él realmente? La misa que hasta hace poco se oficiaba en inglés ahora vuelve a oficiarse en latín. Presenciando este servicio eclesiástico, nadie diría que ha habido diez años de grandes cambios y luchas. Y, conforme ha ido envejeciendo, el rey se ha vuelto más conservador. El incensario se balancea, vibrando suavemente en su cadena y envolviendo de nuevo la capilla en una nube de incienso. Tal vez, razona Catalina, el rey tiene miedo de encontrarse con su Creador sabiendo las atrocidades que ha cometido en el nombre de la Iglesia de Inglaterra: su Iglesia. Le resulta doloroso pensar en el gran peso que debe cargar sobre sus espaldas, mayor aún que el de su manto de hipocresía.

Catalina abre la boca y Gardiner deposita la hostia sobre su lengua. La oblea se le adhiere al reseco paladar, sabe a levadura. Siente unas ganas tremendas de aliviar su sed, y se imagina arrancando el cáliz de las manos cerúleas de Gardiner y apurándolo de un trago; pero entonces vuelve a asaltarla la idea de que lo que contiene es sangre. Ahuyenta la imagen de su mente: no es más que vino; quizá santificado, pero vino al fin y al cabo.

Se ponen en pie. A Catalina le da vueltas la cabeza, por un momento todo se vuelve negro a su alrededor; tiene que agarrarse al reclinatorio para no caer y, como a lo lejos, como si se encontrara al final de un túnel, oye al rey pronunciar sus votos. Y antes de darse cuenta está repitiendo como un loro las palabras de Gardiner: «... *ego tibi fidem*». El rey coloca el anillo en su dedo y estampa su húmeda boca contra la suya.

Catalina cierra los ojos con fuerza. Ya está. Ya es la reina.

Se gira hacia los invitados. Todos la miran sonriendo. Se pregunta qué se esconde tras sus sonrisas, si estarán pensando en la joven

Catalina Howard gritando como una posesa por la larga galería que se encuentra a unos doce metros de donde se hallan ahora; o en la boda con Ana de Cleves, en la que el rey apenas si fue capaz de pronunciar sus votos; o en Ana Bolena, esperando a que llegara el verdugo con su espada desde Francia para decapitarla.

Meg no sonríe, ni siquiera la mira; está escuchando atentamente algo que Isabel le susurra al oído. Las dos están sentadas cogidas de la mano y parecen encantadas la una con la otra, como un par de jovencitas. Nadie diría que existe tal diferencia de edad entre ambas: Meg se ve menuda y frágil y no aparenta más de catorce años, mientras que Isabel es alta y tiene un aire tan seguro y confiado que no representa en absoluto su tierna edad. Al verlas juntas, Catalina siente que la inunda una oleada de calidez; después de todo, ahora son más o menos casi como hermanas, y Meg necesita a alguien que la ayude a superar su melancólica aflicción.

Las mujeres, radiantes de emoción, se arremolinan alrededor de Catalina para felicitarla.

Enrique la toma por el codo.

—Ahora que eres reina, Kit, todas querrán ganarse tu favor.

A ella le suena a advertencia.

El banquete es un torbellino de color y sonido. Los acróbatas dan volteretas por todo el salón, doblándose y retorciéndose en contorsiones imposibles; un tragafuegos escupe una gran llamarada; un malabarista, apoyándose boca abajo sobre las manos, hace rodar tres bolas con los pies en un círculo infinito; y los músicos tocan sin cesar melodías festivas. El rey aplaude entusiasmado junto a Catalina y, de vez en cuando, le da de comer algunas exquisiteces con los dedos.

Surrey se sube a la tarima y se planta ante los presentes para recitar:

El dorado don que la Naturaleza os concedió
para amarrar amigos y alimentarlos a vuestra voluntad

con forma y favor, a creer me enseñó
cómo estáis hecha para mostrar su mayor habilidad...

Su mirada se cruza con la de Catalina. Ver a Surrey le recuerda la ausencia de su hermano Guillermo, que ha tenido que volver a los Borders. Resulta irónico que no esté aquí para ser testigo del mayor triunfo de la casa Parr. Él es el único que lo apreciaría en toda su plenitud, pero Catalina se alegra en parte de que no esté presente, regodeándose y vanagloriándose junto a ella.

... cuyas virtudes ocultas no son tan desconocidas
pero agitados juicios al principio se podrían reunir:
donde la belleza ha sembrado tan perfectamente su semilla
de otras gracias debe necesariamente seguir.

Catalina se fija en la expresión del rostro de Hertford mientras observa a Surrey. Trasluce algo aún más profundo que simple desagrado. A veces es fácil olvidar cuánto odio circula en este lugar, donde todo el mundo se esfuerza tanto por mostrar cortesía y buenas maneras. La semilla de la inquina entre los Seymour y los Howard se sembró a raíz de la muerte de la prima carnal de Surrey, Ana Bolena, y el ascenso de Juana Seymour. Durante una década han rivalizado por alcanzar mayor influencia y poder, siendo Hertford quien tiene la baza ganadora en la figura de su sobrino, el príncipe Eduardo. Pero la sangre real corre también por las venas de los Howard, y algún día Surrey se convertirá en cabeza de la estirpe familiar cuando herede de su padre el ducado de Norfolk. Es una guerra de la que nadie puede salir victorioso.

Ahora bien, señora, dado que todo esto es cierto,
que desde lo alto vuestros dones son así elegidos,
no los desfiguréis con nuevos caprichos
ni permitáis que veleidades infecten vuestra mente,
mas tened piedad de aquel, vuestro amigo, que os sirve,
quien siempre busca preservar vuestro honor.

Enrique aplaude enfervorizado.

—¡Bravo, Surrey! —exclama. Y, girándose hacia Hertford, le pregunta—: Ned, ¿no has compuesto tú alguna cancioncilla para honrar a tu nueva reina?

Hertford enrojece y se obliga a forzar una sonrisa antes de farfullar una enrevesada excusa, pero el rey, que ha arrancado el muslo de un pichón y está devorando la suave carne, ya no lo escucha.

Van sirviendo ante ellos una bandeja tras otra, cada una con un manjar más elaborado y delicioso que el anterior. Catalina picotea de su trinchero, dando vueltas a la comida alrededor del plato, mientras trata de no pensar en qué traerán a continuación. Da otro sorbo a su vino, sintiéndose ya mareada.

El príncipe Eduardo entra en la sala y avanza hasta plantarse delante de ellos, seguido por un pequeño séquito. Todo el mundo se pone en pie y estira el cuello intentando obtener un raro atisbo del niño al que apenas han visto y que va ataviado con un jubón enjoyado como el de su padre, el hombre al que un día sucederá en el trono. El rey resopla henchido de orgullo mientras su hijo recita un pasaje de Tito Livio en el que se relata la boda de las sabinas. Catalina se pregunta de quién habrá sido la idea y si quería insinuar algo con ello; se mire por donde se mire, los acontecimientos que condujeron a su matrimonio no fueron precisamente un camino de rosas.

Cuando ha terminado, el rey elogia a su hijo.

—No tiene ni seis años y ya recita a Tito Livio con total fluidez. Hijo mío, eres un auténtico prodigio.

Hertford dirige una mirada desdeñosa a Surrey, como diciendo: «Un heredero al trono supera con creces a un poema».

—Ven, acércate, felicita a tu nueva madre —ordena el rey.

Eduardo da un paso al frente e inclina la cabeza. Se lo ve tan poca cosa, tan envarado, con una boca fruncida que parece incapaz de sonreír.

Catalina se agacha para ponerse a su altura y, tomándolo de las manos, le dice:

—Me alegro de ser tu madre, Eduardo. Espero poder verte más por la corte, si tu padre lo permite.

—Haré lo que se me ordene —responde el niño con una vocecilla entrecortada.

Una gran ovación estalla cuando varios sirvientes entran portando un galeón confeccionado con azúcar flotando en un mar de mercurio. Eduardo abre mucho los ojos, pero es el único signo de algo parecido a la emoción. Encienden una candela y los cañones de repostería disparan una serie de salvas con gran estruendo. Meg da un respingo con cada estallido, palideciendo por el miedo. Catalina oye por encima cómo Isabel le dice que tendrá que aprender a ocultar sus temores si quiere sobrevivir en la corte: con tan solo nueve años, y ya tan perspicaz. Está claro que Eduardo no es el único vástago brillante de los Tudor. Cuando acaban las salvas, al príncipe lo conducen fuera del salón.

Retiran las mesas y lady María da comienzo al baile, acompañada por Hertford. Danzan una exquisita pavana, moviéndose con paso comedido. Stanhope forma pareja con Wriothesley, incapaz de disimular su desdén por él. Ana, que durante todo el día ha lucido un semblante preocupado, olvida al fin sus recelos y se lanza a bailar con su esposo. Ambos se funden en los brazos del otro como si fueran ellos los recién casados. Catalina no puede reprimir una punzada de envidia.

El tempo de la música se anima. Isabel toma a Meg de la mano y la arrastra hacia la multitud, y ambas se ponen a danzar juntas sin que a Meg parezca importarle que todos los ojos estén puestos en ellas. Un par de madres ansiosas urgen a sus hijos a bailar con alguna de las dos, lo que provoca que algunas de las otras damas las miren de soslayo con los ojos entornados. Isabel ejecuta los pasos con aire coqueto mientras que Meg parece un poco atolondrada y totalmente fascinada por su nueva hermanastra, de la que no puede apartar los ojos mientras la hacen girar de los brazos de un chico a otro. Después de varios giros vuelve junto a Isabel, quien cada vez le susurra algo al oído, antes de verse lanzada de nuevo a dar vueltas y más vueltas. A Catalina se le ocurre que Meg podría marcharse con Isabel a la campiña, a Ashridge. Eso la mantendría alejada de la corte.

La doncella de Isabel se acerca a la muchacha y la apremia para que suba a la tarima a dar las buenas noches a su padre. El rey casi ni la mira, pero Catalina se inclina sobre la mesa, la besa en la mejilla y le dice:

—Tu padre quiere que vuelvas mañana a Ashridge.

Isabel no puede ocultar la decepción que transforma su rostro.

—Está preocupado por tu salud aquí en la corte.

Es mentira; al rey solo le preocupa la salud del príncipe Eduardo. De su hija apenas habla.

—Pronto enviaré a Meg para que te haga compañía. ¿Eso te gustaría?

Isabel asiente con una sonrisa.

—Me complacería mucho, madre.

En la medida de lo posible, piensa Catalina, intentará ser una madre para esas criaturas tan perdidas y carentes de afecto.

Hace un gesto con la cabeza al copero real, que le sirve más vino. La copa es de oro y casi del tamaño del cáliz sagrado. Siente la presión de lo que se avecina de forma inminente. Dentro de muy poco el rey se levantará y abandonará el salón, y sus damas la conducirán hasta sus aposentos a fin de prepararla para compartir el lecho nupcial. Un sirviente le ofrece una bandeja de pastitas. Coge una y le da un pequeño mordisco. El confite azucarado invade su boca con un desagradable sabor dulzón. Le gustaría escupirlo discretamente en su servilleta, pero ahora es la reina y tiene demasiados ojos puestos en ella. Tendrá que acostumbrarse: nada de lo que haga a partir de ahora pasará inadvertido.

Bebe otro trago de vino.

El rey se pone en pie para marcharse.

Las puertas de los aposentos de la reina se abren de par en par y un nutrido grupo de damas entra en tropel charlando entre risitas excitadas, en un remolino de vistosos colores que a Dot le recuerda a los pájaros del aviario de Whitehall. Revolotean por toda la sala, casi pisándose entre ellas para obtener el favor de la nueva reina. Incluso Stanhope sonríe mientras sirve más vino en la copa de Catalina. Puede que sea condesa, pero es tan falsa como la que más. Dot no confiaría en ella ni por todo el oro del mundo; poco antes había escuchado cómo le decía a alguien, con una voz tan amarga como la cáscara de un limón, que Catalina solo era un ama de casa de campo venida a más.

Catalina ordena que se marchen y pide que solo se queden Meg, Ana y Dot para ayudarla. Al quitarse el tocado, una de las joyas se le engancha en un mechón del cabello, provocando en ella una mueca de dolor. Se queda muy enredado, y tienen que cortarlo con las tijeras de bordar. Dot coge el tocado; pesa tanto como un saco de patatas, y le ha dejado a Catalina unas marcas rojizas por encima de las orejas, donde se le clavaban las varillas de alambre. La desposada permanece en pie con los brazos extendidos mientras las otras tres se encargan de quitarle el vestido, capa tras capa: manto, mangas, petillo y saya.

Durante el rato en que la desvisten, Catalina no para de comentar detalles acerca del festín —«Oh, Dot, ojalá pudieras haber visto el galeón de azúcar, era realmente magnífico»—, y no se queja en ningún momento, ni de las ampollas donde le rozaban los zapatos ni de las marcas que el pesado vestido ha dejado en su pálida piel. Lo único que pide es que la laven con una esponja empapada en agua fría.

Dot tiene la sensación de que están preparándola para un sacrificio. Catalina tiene las mejillas encendidas y parece achispada por el vino, y se ríe con espíritu jovial mientras bromea con las otras. Teniendo en cuenta las circunstancias, son ellas las que deberían estar animándola, pero Catalina no logra arrancarles ni una triste risa.

—¿A qué vienen esas caras tan largas? —pregunta, dándole a su hermana unas palmaditas en la espalda.

Ana murmura una respuesta, acompañada de una breve sonrisa.

—Pensad —continúa Catalina— que tal vez muy pronto lleve a un príncipe real en mi seno.

No se trata tanto de que pueda llevar a un bebé en su vientre —lo cual es una feliz perspectiva, supone Dot—, como de la manera en que tendrá que engendrarlo. Puede que ella no sepa mucho del asunto, pero sí lo suficiente para imaginarse a ese hombre enorme y apestoso jadeando y resollando encima de ella. ¿Y si al final no llega ningún príncipe? Después de dos matrimonios sin descendencia —salvo aquel bebé muerto en secreto—, y ya con treinta y un años… Dot aleja el pensamiento de su mente. Está segura de que esa idea ronda también por la cabeza de su hermana Ana, a juzgar por su semblante apesadumbrado.

—Parece que te llevas muy bien con tu nueva hermanastra —le dice Catalina a Meg.

La joven se ruboriza y trata de ocultar el rostro tras las orejeras de su tocado.

—Me alegro mucho —prosigue Catalina—. Es una chica muy dulce, aunque no goza del favor de su padre. Mañana mismo la enviará de vuelta a la campiña.

Al oír eso, Meg parece encogerse un poco.

—Pero pienso hacer algo al respecto. Sería bueno para ella estar en la corte con su familia. O tal vez tú podrías ir a visitarla.

—Eso me gustaría —responde Meg, ahogando un bostezo.

—¿Estás cansada? —le dice Ana.

Ella asiente, y luego pregunta:

—¿Dónde dormiré esta noche?

—Supongo que en el dormitorio con las demás jóvenes —responde Ana.

—No —replica Catalina en tono animoso—. Dejemos que se quede aquí. Al fin y al cabo, yo no voy a usar esta cama —añade, soltando una risita forzada.

—¿Y yo? —pregunta Dot—. ¿Dónde voy a dormir yo?

—Tú dormirás en la antesala —responde Ana—. Hay bastante corriente, pero tienes una chimenea y troncos. De ese modo podrás oír a la reina si te llama. —Se gira hacia su hermana y añade—: Te dejaré esto.

Saca una pequeña campanilla plateada y la agita. Suena como el tintineo de la pequeña campana en la capilla, cuando se supone que el pan se transforma en el cuerpo de Cristo. Catalina ha cogido a Rig en brazos y lo está acunando y arrullando como si fuera un bebé.

Envuelven su cuerpo en una bata de satén negro por encima del delicado camisón de seda. Es el mismo que Meg ha estado bordando durante días con un precioso estampado de flores. Su hermana le entrega una bolita aromatizada con lavanda y aceite de naranja.

Catalina se la lleva a la nariz, aspira y deja escapar un suspiro.

—Estoy lista —anuncia, y se encamina hacia la puerta.

Pero de repente agarra su copa, apura los últimos restos de vino y la arroja contra la pared, donde impacta con un fuerte estruendo metálico contra los paneles de madera. Acto seguido sale de la estancia, seguida por Ana y Meg, que parecen tan desoladas como dolientes en un funeral, al tener que entregar a Catalina al lecho nupcial. Poco antes, Dot había puesto sábanas nuevas en la inmensa cama con dosel, las había rociado con agua perfumada, cubierto con colchas de seda y colocado cojines, todos recién bordados con las iniciales entrelazadas de la nueva pareja real.

Dot siente que la recorre un escalofrío y después empieza a ordenar la habitación. Recoge la copa del rincón donde ha ido a caer. Hay algunas salpicaduras de vino tinto en los cortinajes de la pared. La copa está seriamente abollada y una de las joyas ha saltado de su engaste. Mete la ropa en una cesta, apila las copas y bandejas sucias y apaga las velas, inhalando el aroma a iglesia de la cera de abejas, mucho más agradable que el sebo que utilizan abajo, que chisporrotea y humea y apesta al arder. Recoge el aguamanil con el agua sucia, manteniendo los platos en equilibrio en su otro brazo, y abre la puerta con el pie. Uno de los pajes del rey pasa en ese momento por el corredor.

—Disculpadme —balbuce ella, y al momento añade «señor», porque aunque será unos cinco años menor que ella, si está al servicio del rey debe de ser, cuando menos, hijo de un caballero.

—¿Qué quieres? —pregunta el muchacho, sin tratar de disimular su impaciencia y mirándola como si fuera alguna inmundicia que se le ha pegado a la suela del zapato.

—No sé qué hacer con esto. —Y le muestra la copa abollada.

—¿La has estropeado tú? —le pregunta, agarrando la copa y examinándola.

—No, señor. Ha sido un accidente. La reina…

—Así que pretendes culpar a la reina por tu torpeza —le espeta con brusquedad. Sus ojos miran más allá de ella, como si pudiera infectarse de algo solo por mirarla a la cara.

—No, no quería decir...

—He oído que ella va a protegerte hagas lo que hagas. Me pregunto por qué. —Acaricia el borde afilado de la copa con la yema del pulgar—. Tendré que llevársela al chambelán y no creo que le haga ninguna gracia. —Y mientras se aleja, añade por encima del hombro—: Te estaré vigilando.

Dot toma nota mental de evitar a ese paje en el futuro; ella es fuerte —como unas botas viejas, solía decir su padre—, pero la gente en la corte no se comporta de manera normal y es consciente de que aquí puedes hacerte enemigos sin ni siquiera saberlo.

La cocina privada está a oscuras y hace mucho calor. El intenso olor de la carne asada compite con la peste a podrido del cubo de desechos para los cerdos y con el hedor del potaje que siempre le revuelve el estómago. Lo que queda del galeón de azúcar descansa como un esqueleto sobre una mesa y un par de mozos van picoteando de él. Algunos sirvientes se han juntado para beber y comer de una bandeja con restos del banquete, riendo y bromeando. Betty está con ellos, pero Dot pasa discretamente esperando no ser vista. No se encuentra del todo a gusto entre ellos; aunque ella también es una sirvienta, no la tratan como tal..., salvo Betty. Pero, claro, Betty se lleva bien con cualquiera que esté dispuesto a oírla despotricar.

Deja los platos y bandejas en la mesa donde se apila la vajilla sucia y vacía el aguamanil en el sumidero. Entonces se da cuenta de que William Savage también está ahí, sentado a su mesa, garabateando con su pluma a la luz de una vela. El corazón le da un vuelco.

—Eh, tú —llama él.

Dot se gira para mirar a su espalda, pero no ve a nadie.

—¿Yo? —pregunta.

—Sí, tú —responde él con una gran sonrisa en el rostro.

Dot piensa que se está riendo de ella por alguna razón, y se le cae el alma a los pies imaginando que tiene la cara tiznada de hollín o algo peor. Se fija en que se le ha formado un hoyuelo en una sola mejilla, una asimetría que le da un aspecto encantador. Querría pasarse la vida contemplándolo, absorberlo a través de sus ojos, pero no se atreve y baja la mirada a sus manos, que desearía que fueran pequeñas y delicadas como las de una dama, y no esas manazas que tiene, tan grandes y feas.

—¿Cómo te llamas? —le pregunta.

—Dorothy Fownten —responde con la voz quebrada.

—Acércate, no te oigo.

Dot da un paso hacia él y lo repite un poco más alto.

—Es un nombre muy bonito. Como el de las doncellas de las novelas. «Lady Dorothy espera a su caballero...».

Dot cree que se está burlando de ella, pero la sonrisa ha desaparecido y ha sido reemplazada por una expresión que hace que note un revoloteo en el estómago.

—Pero siempre me han llamado Dot.

Él suelta una risita que la hace sentirse pequeña y tonta, y luego dice:

—Como un punto final.

Dot no sabe escribir y desconoce que, en inglés, su nombre corresponde también al del signo ortográfico, así que guarda silencio y sigue mirándose las manos.

—Yo me llamo William Savage.

—William Savage —repite ella, como si oyera el nombre por primera vez.

—Estás al servicio de la reina, ¿no es así?

—Sí —responde ella, arriesgándose a mirarlo un momento antes de proseguir con el examen minucioso de sus uñas.

—Y supongo que vas a decirme que tienes que regresar a sus aposentos.

Dot asiente.

—Pues más vale que vuelvas ya, antes de que te eche en falta —dice, y se pone a trabajar de nuevo en sus cuadernos.

Dot oye el plumín rasgando el papel mientras se dirige hacia la puerta. Sube las escaleras como si flotara, sintiendo una fuerte agitación en el pecho, como si Cook se lo estuviera removiendo con una cuchara de palo. Recoge sus cosas y las lleva a la antesala, que es poco más que un corredor. Desenrolla el jergón y lo instala en el rincón más calentito junto a las ascuas del fuego. Se acurruca y se rodea con los brazos, incapaz siquiera de concebir cómo sería sentir los brazos de William rodeando su cuerpo. Visualiza imágenes de él en su cabeza: el hoyuelo de la mejilla, la hendidura en el mentón, sus dedos entintados... «Como un punto final», le había dicho. Se pregunta qué querría decir con eso. Rig gimotea. El perro está acurrucado junto a la puerta que da a la alcoba real, con el hocico metido por la rendija de debajo.

Dot puede oír gruñidos y gemidos ahogados tras la puerta, ruidos animales. El rey no solo es un rey, también es un hombre, se recuerda. Como si pudiera olvidarlo... Los ruidos se hacen más fuertes, más apremiantes, y de pronto se oye un estruendo. Se pregunta si debería entrar, si algo va mal. Pero Catalina seguramente haría sonar la campanilla. Entonces estalla una gran carcajada, seguida de más gruñidos. Se tapa los oídos con las manos, pero el ruido no cesa. Rig empieza a gimotear de nuevo.

—Chisss, Rig —le chista. Pero al ver la cabeza gacha y triste del perrillo, da unas palmaditas a su lado en el jergón.

Rig sale disparado y se mete por debajo de la manta, apretujándose contra ella para acomodarse.

—William Savage... —murmura Dot contra el suave pelaje del animal—. Will Savage. Bill Savage. Señora Savage, Dorothy Savage...

La campanilla suena temprano, un sonido argentino que se cuela entre los sueños de Dot. Se levanta y se dirige hacia la puerta de la alcoba real, pero una vez allí vacila, temerosa, recordando los ruidos de la noche anterior. No puede sacudirse de encima el miedo que le inspira el rey. Nunca ha sido una cobarde; de pequeña siempre era la primera en montarse en el poni sin domar o de agarrar al perro furioso, incluso cuando los chicos no se atrevían, pero no puede evitarlo: le tiene pavor al rey. Nunca se sabe cuándo va a tener uno de sus arrebatos de ira, haciendo que todos a su alrededor retrocedan atemorizados y se postren ante él. Dot se alegra de ser una donnadie, demasiado insignificante para ser vista. Llama suavemente a la puerta y le responde la voz de Catalina. Entra con paso cohibido y descubre aliviada que se encuentra sola. Está levantada, envuelta en una colcha junto a la ventana, contemplando los jardines de palacio. Todavía es muy pronto y el sol aún está bajo, pero su resplandor hace que parezca que lleva un halo como la Virgen.

—Dot —dice volviéndose hacia ella—, buenos días. Hace una mañana estupenda, ¿verdad?

Todavía no puede verle bien la cara porque el sol la deslumbra, pero su voz suena calmada y percibe en ella el deje de una sonrisa.

—Sí, señora —responde, trabándose un poco con el nuevo tratamiento.

—Dot... —Se dirige hacia el centro de la alcoba y le toca una manga con delicadeza—. Te llevará un tiempo acostumbrarte a todo esto —dice, trazando un arco con el brazo en dirección a la cama—. Sé que estás muy preocupada, pero no debes inquietarte. Debajo de todos esos oropeles, el rey no es más que un hombre... Y ya he tenido dos maridos antes —añade—. Conozco bien a los hombres.

Dot no puede evitar acordarse de Murgatroyd. Se pregunta en qué estará pensando Catalina, pero es imposible saberlo.

—Tengo que ponerme algo encima —continúa Catalina, entregándole un revoltijo de ropa arrugada en el que Dot no había reparado hasta entonces.

Son las prendas de su noche de bodas. Dot las desenreda y las sostiene en alto, y entonces descubre que el exquisito camisón está ajironado de arriba abajo, los preciosos bordados de Meg totalmente rasgados. Deja escapar una exclamación ahogada; le resulta inconcebible que algo así pueda ocurrir entre un marido y una mujer. Para ella es como si la propia reina, no solo su ropa, hubiera sido desgarrada por la mitad, como si el delicado tejido fuera su misma piel. Sin embargo, Catalina no parece darle la menor importancia.

Dot se acuerda de todo el tiempo que Meg pasó bordando el camisón, con qué esmero dibujó las flores y cuánto le costó encontrar el hilo del color verde perfecto: el verde de los Tudor, para complacer al rey. Resultará imposible remendarlo. Y esa seda marfileña tan preciosa… Ella misma cortó la tela —tan tersa y untuosa que se resistía a las hojas de la tijera— y cosió sus bordes, imaginando estúpidamente que sería el atuendo ideal para una romántica unión conyugal. Pasa los dedos por el tejido y sus ojos reparan en una gota de sangre sobre la pálida seda.

—El rey es un hombre apasionado —se limita a decir Catalina, como si le leyera el pensamiento. Hay un levísimo rictus de desagrado en sus labios—. Procura que nadie se entere de esto. No hay que dar más carnaza a los cotilleos.

Hay tantos secretos en este lugar, piensa Dot mientras sale de la alcoba cargada con las pruebas del delito. La gente susurra por las esquinas, intercambiando información, pero nadie se fija en Dot, que se mueve por el palacio como si fuera invisible. Si se molestara en escuchar, podría averiguar tantas cosas sobre las intrigas de la corte que ni siquiera sabría qué hacer con ellas.

Cuando regresa, le trae a su señora un nuevo camisón de seda y otra bata negra. Dot es consciente de que hay que ser muy cuidadoso con las apariencias, porque hay muchos ojos y oídos indiscretos por todas partes y ni siquiera las reinas pueden librarse de ellos.

—Gracias, Dot —dice Catalina—. Lo que más me apetecería ahora sería sumergirme en un baño de agua muy caliente.

—¿Os lo preparo, señora?

—No creo que haya tiempo. Tengo que recibir a gente. Montones de gente… Es realmente agotador.

Dot se pregunta cómo es posible que ni siquiera la reina pueda darse un baño cuando se le antoja.

Catalina extiende una mano para que le pase el camisón limpio y la bata. Al hacerlo, Dot ve que tiene un moratón en el brazo.

—¿Queréis que os…?

—No, puedo arreglármelas sola. Eso es todo, Dot.

Esta se da la vuelta para marcharse. Entonces Catalina añade:

—Vigila a Meg por mí, ¿lo harás?

—Sí, señora —responde Dot—. Siempre lo hago. Meg es como

una... —Se detiene, sintiéndose incómoda al manifestar en voz alta que Meg es como una hermana para ella. Ahora que Catalina es la reina no parece muy apropiado decir ese tipo de cosas.

—Sé que lo haces. Siempre te has portado muy bien con ella, Dot... —Se abre una pausa mientras mira por la ventana a un par de jardineros que intentan ahuyentar a un ciervo que se ha colado en la huerta—. A veces me pregunto qué es eso que la aflige tanto. Sé que allí ocurrieron cosas que... —No se atreve a pronunciar las palabras—. Pero creía que con el tiempo llegaría a sentirse..., bueno, mejor.

Dot siente sobre ella el enorme peso del secreto que guarda; le gustaría contarle a Catalina lo que sucedió realmente en Snape, pero ¿de qué serviría? Además, se lo prometió a Meg, así que mantendrá la boca cerrada, tal como ha hecho durante los últimos seis años. Mantendrá la boca cerrada y no contará nada; ella sabe guardar un secreto.

Castillo de Ampthill, Bedfordshire, octubre de 1543

—Este lugar es espantosamente húmedo —le dice su hermana Ana, haciendo señas a uno de los pajes para que avive el fuego—. Mi vestido parece hecho de arcilla mojada. ¿Has echado un vistazo detrás de los cortinajes, Kit? Está empezando a salir moho en las paredes.

—¿No fue aquí adonde enviaron a Catalina de Aragón después de ser repudiada? —pregunta Catalina.

—Creo que sí, pobre mujer.

—Supongo que no deberíamos hablar de ella...

Permanecen sentadas un rato en silencio, observando el ajetreo que reina en la sala. Hay grupitos de gente diseminados por toda la estancia, algunos jugando a las cartas o al ajedrez, otros reunidos en corrillos intercambiando cotilleos, otros simplemente deambulando sin hacer nada. Un par de jovencitas practican sus pasos de baile mientras Will Sommers las imita, haciéndolas reír.

—Cómo anhelo disfrutar de un poco de intimidad, Ana, y no tener que vigilar constantemente lo que digo.

Un secretario se acerca con algunos documentos que Catalina debe firmar. Ella coge los papeles y se pone a leerlos. El hombre se inclina hacia ella con una pluma mojada que gotea, dejando unas relucientes manchas negras sobre las losas de piedra.

Va cambiando el peso de un pie al otro, incapaz de disimular su impaciencia.

—Señora, puedo aseguraros que todo está correcto.

—No firmaré nada sin antes leerlo —replica ella, hasta que finalmente alarga la mano para coger la pluma, estampa su rúbrica y se los devuelve.

Uno de los ujieres reales está esperando su turno, y cuando el secretario se marcha da un paso al frente.

—¿Sí?

—Vengo a presentaros disculpas en nombre del rey, señora. Se encuentra indispuesto y cenará solo esta noche.

—Muchas gracias. Por favor, transmite al rey mis mejores deseos de una pronta recuperación.

Desde hace varios días Enrique ha estado incapacitado a causa de su pierna ulcerosa. Esa es la razón por la que se han quedado en Ampthill, cuando deberían haber partido hace ya una semana.

Después de que el ujier se haya marchado, se gira hacia su hermana y le guiña un ojo.

—Podremos cenar en mis aposentos.

Siente que la invade una enorme sensación de alivio. Cuando Enrique se ve aquejado por los dolores se vuelve muy irascible, pero para ella supone un agradable descanso de sus deberes conyugales. Cuando él la visita por las noches, Catalina cierra los ojos con fuerza y se imagina que es Thomas —son sus manos las que agarran su carne, es su recio cuerpo sobre el de ella, son sus gruñidos—, hasta que las lágrimas anegan sus ojos y Enrique las confunde con lágrimas de deseo. Su placer la enferma. La aterra que en los momentos de pasión se le pueda escapar el nombre de su amado, murmurarlo en sueños, así que se obliga a guardar todos sus preciados recuerdos de él en un rincón secreto de su corazón. Pero Thomas está escrito indeleblemente en todo su ser, como la tinta grabada sobre la vitela.

—Ese secretario se retorcía tanto que parecía que se estaba orinando encima —comenta Ana—. Creo que llegaba tarde para enviar esos papeles.

—Ninguno de ellos soporta que insista en leer los documentos antes de firmarlos.

—Eres como nuestra madre, Kit. Me acuerdo de cuando decía: «Nunca firmes nada a menos que...».

Catalina se une a ella:

—«... sepas exactamente lo que es y lo hayas leído dos veces». —Deja escapar un suspiro—. A veces echo de menos llevar una vida más normal, Ana. Las horas que pasaba en la sala de destilación, elaborando remedios medicinales. Las tardes que pasaba en las cocinas, controlando cómo ponían el pescado en salmuera, cómo conservaban las frutas en frascos..., supervisando las fincas. Aquí siempre hay alguien que me requiere para hacer algo en todo momento: un canciller, un boticario, senescales, ujieres, secretarios, escribanos, coperos, ayudantes de cámara, doctores... —Los va enumerando con los dedos—. Menos mal que Huicke es mi médico personal.

—¿Hoy vendrá Udall?

—Creo que sí.

—Oh, cómo me alegro —dice Ana con los ojos brillantes.

—Sí, yo también.

Todos disfrutan mucho con las visitas de Udall durante las veladas en los aposentos de la reina en compañía de un estrecho círculo de amistades. Después de cenar, y cuando ya se han cansado de bailar y escuchar música, se acomodan en la estancia prescindiendo por completo de jerarquías nobiliarias y políticas, olvidando por unas horas que ella es la reina y que debería sentarse por encima del resto. Entonces se dedican a jugar tranquilas partidas de cartas o a conversar sobre la nueva religión. Catalina se muestra muy cauta sobre revelar sus opiniones, solo se confía plenamente ante unos pocos escogidos. Existe una línea muy fina entre lo que se admite como permisible y lo que se considera herejía, y esa línea cambia de forma constante: no hay nada claro. Hasta hace muy poco había una Biblia anglicana en todas las iglesias, al alcance de todo el mundo, pero ahora han desaparecido; Lutero está permitido, pero Calvino no. Están volviendo los cirios a las iglesias, las plegarias por los muertos, las reliquias, el agua bendita... Resulta casi imposible estar al día de tantos cambios.

Sin embargo, el amor de Enrique hace que Catalina se sienta a salvo. Además, algunos miembros del círculo más próximo al rey se muestran abiertamente partidarios de la Reforma, entre ellos Hertford. El propio Enrique se niega a comprometerse con ninguna de las dos posturas, aunque los católicos del Consejo Privado —sobre todo Gardiner y Wriothesley— presionan constantemente para atraerlo hacia sus filas.

Catalina no puede resistirse al impulso de hablar de la Reforma, siente cómo se abre paso con fuerza en su espíritu. Quiere abrazar todo aquello que es nuevo, porque en su mente la antigua religión es oscura y violenta y está profundamente asociada a Murgatroyd y los de su calaña. Hace mucho que cree firmemente que el Evangelio debería leerse en inglés —ha abogado por ello en su casa, ha educado a Meg en dicha creencia—, pero ahora empieza a comprender que la Reforma va mucho más allá de lo que había imaginado. Su cabeza bulle efervescente de nuevas ideas. Al fin ha encontrado una nueva pasión, algo que la ayude a no pensar en su amor perdido.

Se levanta para marcharse y, como si fuera una ola, toda la sala parece ondear a medida que los presentes se van postrando a su paso. A Catalina le gustaría decirles que no lo hagan, fingir por una vez que no es la reina.

—El príncipe Eduardo vendrá mañana —le comenta a Ana mientras caminan cogidas del brazo—. Me gustaría llevarlo a cazar liebres con los perros. ¿Vendrás tú también? Claro que antes tendré que pedirle permiso al rey.

—Si quieres saber mi opinión —dice Ana, bajando la voz hasta apenas un susurro—, ese niño está demasiado sobreprotegido, y además se comporta con excesiva solemnidad.

—El rey tiene miedo de perderlo —dice Catalina. Es cierto:

Enrique vive en un constante miedo a que el niño se caiga de su poni o a que muera víctima de la peste—. No soporta la idea de dejar a Inglaterra con solo dos hijas en la línea de sucesión, y encima unas hijas a las que considera bastardas.

—Para eso estás tú, hermana —bromea Ana dándole un codazo.

—No tiene ninguna gracia, Ana.

Esta la aprieta del brazo.

—Pero ¿no crees que es algo extraordinario haber conquistado el corazón del mismísimo rey de toda Inglaterra?

—Oh, Ana, eres una romántica incurable.

Eso es verdad: su hermana habita una versión del mundo luminosa y resplandeciente.

—Pero él te ama. Todo el mundo puede verlo…

—Hasta cierto punto, Ana… —No sabe cómo empezar a explicar siquiera el frágil equilibrio entre los cambiantes estados de ánimo de Enrique, y cómo ella debe manejarlos como si caminara por la cuerda floja.

Udall llega poco después, contagiando a todos con su habitual entusiasmo. Se sienta con ellos a la mesa y los divierte con sus imitaciones, parodiando una conversación en la que remeda las voces de Gardiner y de Wriothesley y haciendo que todos se desternillen de risa. Cuando acaban de cenar, Catalina despide a sus damas salvo a Ana, Meg y Cat Brandon. Luego se acomodan todos ante la chimenea, tendidos sobre cojines, y ellas se desprenden de sus incómodos tocados. Udall se sienta junto al fuego con la espalda reclinada contra la pared. Huicke se apoya sobre él, dejando que su mano se deslice por el muslo de su amado. Aquí, con esta compañía, no tienen nada que temer. Catalina se echa una manta sobre los hombros, sintiendo el frío de octubre.

Hacen un brindis.

—¡Por el cambio! —exclama Udall.

—¡Por el futuro! —añade Cat.

Catalina entrechoca su copa con la de Huicke y da un trago del dulce y tibio vino.

—¿Habéis oído hablar del eclipse solar que hubo el pasado enero en los Países Bajos? —pregunta Udall.

—Yo se lo oí comentar a mi esposo —dice Ana.

—Creo que es una señal de que los grandes cambios se están materializando —prosigue Udall, agitando las manos con vehemencia—. ¿Por qué iba Dios a extinguir el día de forma tan dramática, si no es para arrojar una nueva luz sobre la humanidad?

Echa un tronco al fuego. Todos permanecen un rato en silencio, observando cómo las llamas lo lamen hasta que la corteza empieza a arder.

—Y luego está también ese astrónomo polaco, Copérnico —continúa diciendo Udall—. Copérnico afirma que el Sol es el punto fijo en torno al cual gira todo el universo.

Catalina no alcanza siquiera a concebir semejante teoría, se le antoja demasiado absurda.

—¿Y por qué no estamos todos mareados, si la Tierra no para de dar vueltas alrededor del Sol? —dice, provocando la risa de los demás.

—Seguramente todos nos caeríamos del planeta —bromea Cat.

—Y ese tal Copérnico... —suelta Ana con una risita—, ¿es muy aficionado al vino?

Para entonces todos están riendo a carcajada limpia.

—¿Es que no veis lo que esto significa? —dice Udall, alzando la voz para hacerse escuchar entre las risas—. Tal vez penséis que es un sinsentido, pero yo lo veo como un símbolo de nuestra revolución silenciosa. Durante siglos hemos estado equivocados acerca de la verdadera esencia del universo, y ahora por fin ha llegado el momento del cambio. Gracias a nuestra Reforma, el mapa de los cielos está siendo de nuevo transformado.

Catalina siente un hormigueo de excitación en el estómago, como si se estuviera produciendo el nacimiento de un mundo completamente nuevo y ella asistiera al parto.

—Y también debemos contemplar la palabra de Dios desde una perspectiva diferente —prosigue Udall—, tal como ha hecho Copérnico con el universo. Tenemos que hacer interpretaciones más profundas. Durante siglos, Roma ha enturbiado las aguas para servir a sus propios fines. Pensad por ejemplo en lo de *hoc est corpus meum*, «este es mi cuerpo»… Es algo que habéis oído en incontables ocasiones, y sin duda lo aceptáis como algo simbólico. Pero ¿os habéis parado a pensar en los aspectos más sutiles de la traducción?

Catalina mira a Meg, que parece totalmente cautivada, con el fulgor de las llamas jugueteando sobre su pálido rostro. Ahora todos escuchan atentamente en un silencio fascinado.

—Zuinglio interpreta el *est* como «representa», mientras que para Lutero significa literalmente «es».

En ese momento, Catalina siente que nunca ha considerado plenamente lo que implica reformar la religión, forjar un nuevo sistema de creencias. La ruptura con Roma y toda su corrupción, el Evangelio en inglés…, todo eso es solo una pequeñísima parte, no es más que una hebra de color dentro de un inmenso tapiz que relata la historia de la humanidad. Udall está introduciendo cuestiones de una extraordinaria sutileza, que desafían todo lo establecido hasta ahora y que la obligan a cuestionarse cosas de las que nunca se habría planteado dudar. Catalina empieza a comprender la enorme responsabilidad que subyace al deseo de leer y de pensar por uno mismo, y no dar por sentado el dogma impuesto en una lengua muerta. Ve ante sí el crecimiento de la humanidad. Todo debe ser cuestionado, incluso aquello que se acepta sin más. Es como si su mente se hubiera abierto a la esquiva naturaleza de la auténtica verdad.

De repente, Huicke se pone en pie, sacudiéndose como un perro mojado.

—Vamos, hoy la noche está despejada. Subamos a la azotea a mirar las estrellas.

Catalina se emociona ante la idea de recuperar la espontaneidad perdida de su infancia, cuando jugaban al escondite en Rye House y descubrían puertas y pasadizos secretos que conducían fuera de la casa hasta los parapetos prohibidos.

Siguen a Huicke y Udall por una escalera serpenteante, tan estrecha que sus faldas rozan contra las húmedas paredes. Catalina se pregunta cómo es que los dos hombres conocen estos rincones del castillo. Se abre una puerta baja y todos tienen que agachar la cabeza para salir a un pequeño pórtico de madera que lleva hasta un torreón almenado. El aire es frío y cortante, y Catalina le pide a Cat que le afloje el petillo para poder respirarlo mejor. El cielo está inundado de estrellas y, desde lo alto, una enorme luna observa a las seis diminutas figuras allá abajo. Todos miran hacia arriba, estremeciéndose con sus pensamientos más íntimos y silenciados por la pura inmensidad del firmamento.

—¿La habéis visto? —exclama Ana—. Una estrella fugaz.

—¡Yo sí! —La cara de Meg es la viva imagen del asombro.

—Eso es una señal, Meg —le susurra Catalina—, de que te van a ocurrir cosas buenas.

Van señalando las distintas constelaciones: Andrómeda, Casiopea, el cinturón de Orión, la Osa Mayor… Catalina se aparta del grupo y camina hasta la otra punta del torreón. Apoya la espalda contra el frío muro, cierra los ojos con fuerza e intenta imaginarse la Tierra dando vueltas alrededor del Sol invisible. Por un momento tiene la impresión de sentir cómo gira. Udall ha encendido una mecha en ella y ahora las ideas estallan en su cabeza. *In principio erat Verbum… et Deus erat Verbum*: «En el principio era la Palabra… y la Palabra era Dios». Ahora lo entiende. Lenguaje y significado lo son todo; Dios reside en la interpretación. Da las gracias a su madre por que insistiera en darle una educación propia de un varón. El estudio incesante del manual de gramática latina de William Lily ahora tiene por fin su aplicación. Su cabeza está rebosante de todos esos pensamientos, pero Thomas vuelve a colarse entre ellos como un fantasma. Catalina se lo imagina en su lejana corte debatiéndose con esas mismas ideas reformistas, pero eso no son más que fantasías, pues lo más probable es que se pase las noches persiguiendo hermosas damas extranjeras y no meditando sobre cuestiones de religión. Se siente avergonzada al saberse presa de los celos, pero pensar en él amando a otras es algo que la desgarra por dentro. Se fuerza mentalmente a volver a sus intrincadas reflexiones teológicas, haciéndose el firme propósito de relegar a Thomas al pasado y encontrar paz en ello.

—Un penique por tus pensamientos. —Es Udall, que se ha apartado del grupo y ahora está junto a ella.

—Mi mente rebosa de ellos. No sabría por dónde empezar —contesta ella.

—Hay algunos libros que te podrían interesar, Catalina.

Le gusta su manera de dirigirse a ella por su nombre con el mayor descaro, aunque en rigor no tendría derecho a hacerlo.

—Puedo hacer que te los envíen.

—¿Libros? —replica ella, sintiendo una punzada de miedo al pensar en todas esas ideas plasmadas sobre papel. Hablar sobre el tema puede dar pie a rumores y conjeturas, pero las palabras inscritas en tinta…, bueno, eso ya es una prueba. No obstante, la atracción de lo nuevo resulta irresistible—. ¿No crees que es correr un riesgo demasiado alto, Udall?

—Los libros prohibidos circulan por todos los rincones de la corte. Aquí dentro las cosas no son como afuera. Aquí es bastante habitual hacer la vista gorda.

—Nadie debe enterarse.

Udall asiente.

—Confía en mí.

Puede que Udall sea un personaje excesivo y desenfrenado, siempre bordeando el escándalo, pero Catalina confía en él. La trata como una mujer y no como una reina; eso es señal de honestidad.

La idea misma de los libros que le ha mencionado se graba en su mente; experimenta la necesidad imperiosa de tenerlos entre sus manos, de sentir el papel bajo sus dedos, de oler su tinta, de leerlos a solas. Hay una parte de ella que nadie conoce, una faceta totalmente distinta a la imagen de sensatez que muestra ante el mundo: la Catalina temeraria, ávida de emociones, que no se arredra ante nada. Es la mujer que podría haber dado la espalda a la corte y haberse fugado con Thomas…; aunque no lo hizo, y toda esa emoción quedó sofocada.

Además, se siente protegida por el amor del rey. ¿Acaso no

adora él escucharla hablar de distintos temas? ¿No se muestra fascinado cuando le dice: «Me encanta esa mente tuya, Kit; cuéntame más acerca de lo que piensas»?

A menudo se quedan hablando hasta bien entrada la noche acerca de los Seis Artículos de Fe, la doctrina que está revirtiendo todos los cambios, que insiste en la transustanciación y que llevará a la hoguera a aquellos que la refuten. Catalina nunca menciona a Calvino ni a Zuinglio, pero sí que hablan libremente de Lutero. Enrique, llevado también por la curiosidad, escarba en sus conocimientos del griego y del hebreo para aplicarlos al pensamiento luterano. Catalina percibe cómo vacilan sus creencias.

—El verdadero significado reside en el corazón, Kit. Eso está claro —le había dicho.

En secreto, ella se imagina como el catalizador que afianzará sus creencias, el faro que lo guiará hasta abrazar plenamente la nueva religión. Catalina piensa en ello como su penitencia, aquello que la absolverá de sus propios pecados.

Cuando está a solas con el rey le habla de Copérnico y del nuevo mapa del universo, de cómo el mundo gira alrededor del Sol, lo cual le hace soltar grandes risotadas que la envuelven en vaharadas invisibles de fétido aliento.

—Ya he oído hablar de eso —dice—. Y no son más que sandeces modernas.

Eso es una muestra más de que el rey ya es un hombre muy mayor, así que ella se limita a sonreír.

—Me recuerdas a… —le dice él, pero no acaba la frase.

Entonces Catalina siente un acceso de pánico al acordarse de que su hermana Ana le contó que, por las noches, el rey solía hablar en profundidad de cuestiones teológicas con Ana Bolena. «Pero yo soy muy distinta a ella —se dice para sus adentros—, yo no lanzo hechizos ni me prostituyo».

Pero ¿realmente hizo Ana Bolena todas esas cosas?

Está claro que murió acusada de esos cargos, pero Catalina sabe tan bien como cualquiera que eso no significa nada. Así que esconde sus pensamientos y siente anidar el miedo en su interior a pesar de la adoración pública que le profesa su esposo, a pesar de sus obsequios, sus muestras de cariño y la aparente fascinación por su intelecto.

¿Acaso no estaba fascinado también por Ana Bolena?

Las reinas muertas están por todas partes.

Al día siguiente se marchan a otro lugar. Tardarán un día en llegar. Meg no irá con ellos; va a pasar una temporada con lady Isabel en Ashridge. Dot piensa que es algo bueno; al menos la mantendrá alejada de la corte. Toma nota mental de todo lo que hay que hacer: limpiar el barro de dos trajes de montar; recoger cuatro vestidos del lavadero si ya están secos; tendrá que hacer algo con el vestido morado de Catalina, que está manchado de una gruesa capa de polvo blanco que no saldrá con un simple cepillado. Además tiene que limpiar las botas de jardinería de Meg y encontrar las zapatillas de seda que seguramente Rig habrá mordisqueado y escondido en alguna parte; zurcir el agujero de la nueva saya de Catalina… Dot va recogiendo y ordenando todo lo necesario, amontonándolo en pilas. Ya empieza a acostumbrarse a estos traslados constantes: empaquetar y desempaquetar, habituarse a los entresijos de una nueva casa cada pocos días.

William Savage también viajará con ellos; ahora forma parte del séquito de la reina, al igual que Dot. Eso no quiere decir que vaya a hablar con ella, pero al menos puede verlo cerca de las cocinas, contando con sus dedos entintados y escribiendo en su cuaderno. El mero hecho de pensar en él hace que se le altere el corazón. Una vez lo encontró a última hora de la noche en la sala de música de alguna de las casas —ha habido ya tantas que no se acuerda de cuál—, tocando el virginal. Dot se escondió detrás de la puerta para poder escuchar sin ser vista. De toda la música que había oído en la corte —y había habido mucha, y tocada por los mejores músicos—, nunca había escuchado nada igual. Cerró los ojos y se imaginó que estaba en el mismísimo cielo rodeada por ángeles. No ha vuelto a oírlo tocar desde entonces, aunque a veces por las noches lo busca en las salas de música de otras casas, diciéndose que, si la descubre un ujier o algún guardia, pondría la excusa de que se había perdido.

Dot recoge la jofaina grande que Catalina utiliza para asearse y, balanceándose bajo su peso, desciende las escaleras para ir a vaciarla a la trascocina, esperando como siempre encontrar allí a William. Sabe que es muy probable que esté. Es media mañana y a esa hora suele hacer las cuentas. Cuando lo ve encorvado sobre su mesa, el corazón le da un pequeño vuelco.

—Dot... —dice él en voz baja cuando ella pasa por su lado.

Y ella piensa que debe de habérselo imaginado, porque él nunca ha vuelto a dirigirle la palabra, ni una sola vez. No desde el día en que se casó la reina, cuando le preguntó cómo se llamaba.

—¿Sí? —se gira ella, aturullada.

Él se pone en pie, haciendo que la silla chirríe sobre las losas de piedra, y le hace señas para que lo siga. Ella deja la jofaina en el suelo y camina tras él hasta el granero.

—No digas nada —murmura William.

Este es su momento, piensa Dot. El corazón le late desbocado en el pecho, como si fuera un pájaro carpintero. No sabe muy bien qué esperar: un beso, una proposición, un abrazo..., cualquier cosa servirá. Solo de pensarlo siente un cosquilleo en los labios. Está oscuro en el granero y el olor le recuerda al que desprendía su padre después de un duro día techando con paja: un olor seco, como a levadura y verano. Cuando sus ojos se acostumbran a la penumbra, puede ver los sacos de grano, alineados como monjes arrodillados.

William está agachado en el rincón más alejado, sacando algo de debajo de uno de los sacos. Se incorpora, la agarra por el brazo y se inclina hacia ella. Dot se prepara para recibir los besos que lleva esperando toda su vida, sintiéndose totalmente aturdida.

—Tengo algo para que se lo des a la reina —susurra él.

Su boca está tan cerca de su oreja que Dot puede sentir el cosquilleo de su aliento.

—No debes decirle nada de esto a nadie —continúa él, poniéndole un paquete en la mano—. Escóndetelo debajo de las faldas.

—Pero ¿qué es?

—Un libro.

—Pero ¿qué…?

—Tú quieres servir a la reina, ¿verdad?

Dot asiente.

William duda un momento y añade:

—Sabes que esto puede ser peligroso, Dorothy Fownten. Aun así, ¿estás dispuesta a hacerlo?

—Haría cualquier cosa por la reina —responde ella, pensando por dentro: «También haría cualquier cosa por ti, William Savage».

—Ya me lo imaginaba. —La observa mientras se levanta las faldas y se mete el libro bajo la saya—. Bien —dice—. Eres una buena chica, Dot.

Y eso es todo.

Están de nuevo en la trascocina, él sentado a su mesa y ella levantando la pesada jofaina del suelo. No ha habido beso, ninguna palabra cariñosa. Sin embargo, cuando después de haber vaciado el recipiente vuelve a pasar por su lado, él le dirige una mirada. Y no es una mirada normal; es la de alguien con quien compartes un secreto.

Ya de regreso en el palacio de Whitehall, hay más libros, varios paquetitos, y siempre el mismo subterfugio. Pero sigue sin haber besos. No obstante, el carácter furtivo de esos intercambios resulta de algún modo mucho, mucho más íntimo, trazando un círculo invisible en torno a ella y su William Savage de dedos entintados y hoyuelo en la mejilla.

Se pregunta qué habrá en esos libros que debe guardarse tan en secreto. Algunas noches, cuando la reina está dormida, enciende el cabo de una vela y abre uno de ellos. Son unos objetos muy hermosos, con cubiertas ricamente decoradas y repujadas en oro, pero lo que más fascina a Dot son las palabras que contienen, tan negras, densas y misteriosas. Gira las rígidas páginas en silencio, sintiendo su aridez bajo las yemas de los dedos, y se las acerca a la cara para aspirar su olor, a polvo, a madera y al cuero del cuarto de los arreos.

Es el aroma de su hogar, el de la casita de su familia junto al patio del curtidor, y también el olor de William; olor a libro. Encuentra las letras que forman su nombre, las únicas que conoce —una «d» un poco encorvada aquí, una «o» sorprendida allá, una «t» alta y alargada más allá—, y trata de juntarlas para darles sentido.

5

Palacio de St. James, Londres,
junio de 1544

Se celebra la boda de Margarita Douglas; se trata de un gran acontecimiento dinástico, todo el mundo ataviado con sus mejores galas, las autoridades eclesiásticas al completo, el palacio de St. James lleno de embajadores impresionados que escribirán a sus respectivos dignatarios sobre la maravillosa ceremonia nupcial que unirá a Escocia e Inglaterra. No es el compromiso entre el príncipe Eduardo y la niña reina de Escocia que Enrique tanto ha deseado, pero es la segunda mejor opción. La sobrina del rey se casa con Mateo Estuardo, conde de Lennox, al que solo la pequeña María y el titubeante regente, el conde de Arran, separan del trono de Escocia. Sin duda habrá algunos escoceses muy descontentos con este enlace, sobre todo después de que Hertford saqueara Edimburgo y quemara la ciudad hasta sus cimientos hace apenas un mes. No se ha hablado de otra cosa por toda Inglaterra —salvo por la huida de Arran—, y esta boda es la guinda en el pastel de Enrique.

Los suelos resplandecen cuando los recién casados se levantan para abrir el baile, y los hermanos Bassano, ataviados con vistosos atuendos, se acercan a tocar para ellos. Fue Guillermo quien introdujo a los Bassano en la corte; desde entonces, la pareja de músicos no ha hecho más que medrar. Desde que Catalina se convirtió en reina, todos los que rodean a la familia Parr no han parado de ascender socialmente, como si los hubieran rellenado con levadura y los hubieran dejado sobre un cálido estante para ir creciendo.

Margarita sonríe radiante. Se nota que está totalmente deslumbrada por su nuevo marido. Catalina ve cómo sus manos apenas pueden contenerse y aprovechan cualquier oportunidad para tocarlo, acariciar su cara imberbe, apretarle el muslo, sujetarlo por la cintura. Margarita es una criatura caprichosa, demasiado enamoradiza, pero a pesar de su carácter terco y obstinado Catalina ha llegado a apreciarla y se alegra mucho por ella. La joven ha visto el interior de la Torre por su relación, desaprobada por el rey, con uno de los Howard. Alguien tan cercano al trono debería tener más cuidado a la hora de escoger de quién se enamora. Pero está claro que este matrimonio es un enlace feliz, y Catalina se alegra de que no se haya visto obligada a casarse con alguno de esos malcriados príncipes petimetres para intentar recuperar parte de la amistad perdida con el monarca francés. Y eso también significa que Margarita se quedará en la corte.

Hay algo en el conde de Lennox —su seguridad, su porte, la manera en que devora a su esposa con los ojos, la forma en que planta las manos sobre su cintura como un par de halcones dispuestos a alzar el vuelo— que a Catalina le recuerda a alguien, y aunque intenta no pensar en esa persona, no puede evitar ponerse en la piel de Margarita, sentir esas manos agarrándola con fuerza. Siente un nudo de tristeza oprimiéndola por dentro. Se mira las manos —que, como las del rey, están cargadas de anillos—, y con gesto abstraído se va subiendo y bajando la alianza a lo largo del dedo hasta hacerse una dolorosa raspadura en el nudillo.

Observa a su marido, que está sentado muy relajado, inclinado hacia un lado del trono y con un tobillo apoyado sobre su otra rodilla, incapaz de ocultar su actitud arrogante y satisfecha. Gesticula con una mano mientras habla con uno de los embajadores, sus anillos destellando al reflejar la luz. Vuelve a estar fuerte como un roble y ya no necesita el artilugio con ruedas que le construyeron para desplazarse por sus palacios cuando los dolores le impedían caminar. Ha estado sufriendo enormemente. Catalina y Huicke prepararon un emplasto para la úlcera de su pierna y ella se lo estuvo aplicando a diario con gran delicadeza, envolviéndolo en vendajes limpios e intentando contener las arcadas ante el hedor que desprendía la herida. La precaria salud de Enrique consumió su lujuria, algo por lo cual Catalina estaba secretamente agradecida y le permitía estirarse a sus anchas en su gran cama, disfrutando del lujo de acostarse sola o en compañía de su hermana o alguna de sus damas, hablando en susurros hasta bien entrada la noche.

Ahora Enrique vuelve a sentirse mejor, lo cual ha puesto fin al periodo de gracia de Catalina, sometida de nuevo a sus incursiones maritales nocturnas. Pese a todo, aún no ha germinado ninguna criatura en su vientre. El rey continúa dispensándole un trato afectuoso, y en el año que llevan casados apenas le ha dirigido palabras bruscas o soeces, salvo en la cama. Pero lo que ocurre en el lecho conyugal no está sujeto a las leyes ordinarias. El envejecido cuerpo de Enrique se muestra reticente a cumplir como es debido, y eso se traduce en desesperados ataques de furia, de los cuales se muestra muy arrepentido por la mañana. Pero la resiliencia de Catalina es impenetrable; al fin y al cabo, Enrique no es el primer hombre agresivo que ha tenido en su cama. Ya casi nunca piensa en Murgatroyd, no se permite recordar cómo su actitud violenta y peligrosa encendió un íntimo y vergonzoso deseo en ella.

Enrique quiere un nuevo varón en el cuarto de los niños; esa es la fuente de su ira. Cuando la mira fijamente con sus ojos grisáceos y le pregunta «¿Qué, esposa?, ¿alguna novedad?», y lo único que ella puede hacer es bajar la mirada y negar con la cabeza, Catalina siente cómo un nudo de miedo se estrecha en torno a su vientre vacío.

Ahora el rey está bromeando con Suffolk, que se encuentra acuclillado incómodamente junto a él. Ambos observan cómo bailan las damas y señalan a la pequeña Mary Dudley, que tiene trece años y es nueva en la corte. Se mueve ligera como el aire y ejecuta los monótonos pasos de la pavana con una gracia encantadora y felina. Suffolk le susurra algo al rey. Ambos se echan a reír y el duque hace un gesto obsceno sacudiendo arriba y abajo su mano derecha, lo cual resulta aún más grotesco en un hombre de su edad.

Catalina se tira de las mangas hacia abajo para ocultar los moratones que empiezan a aflorar bajo los pesados brazaletes, en las muñecas que el rey le aprisionó la noche anterior mientras le tapaba la boca con una manaza y le escupía a la cara «puta» y «zorra», tratando de insuflar algo de vida a su flácido miembro. Catalina cerró los ojos con fuerza y, cuando Enrique consiguió penetrarla, le suplicó a Dios que esta vez le concediese un hijo. Pero cuando él finalmente acabó y se apartó de encima de ella, empezó a besar lenta y dulcemente cada una de sus magulladuras, susurrándole: «Catalina, tú eres mi único y verdadero amor».

Más tarde encendieron una vela y hablaron de religión, comparando las doctrinas de san Agustín y de Lutero y diseccionando sus ideas. Como siempre, ella se esmeró por evitar cualquier mención a Calvino y su noción de autoconocimiento y conocimiento de Dios como algo inseparable, algo en lo que ha estado pensando mucho últimamente. Cuando mantienen esas conversaciones, Catalina puede sentir la fascinación que despierta en Enrique; no deja de asombrarla el hecho de que un hombre como él la escuche con tanta atención, y eso hace que el nudo de miedo se afloje un poco en su vientre aún yermo. Este matrimonio suyo es a la vez una bendición y una maldición. A veces percibe en Enrique una disposición a abandonar la antigua religión para volver a retomar la nueva. Pero debe ser astuta como un mago, y la noche anterior no calibró bien sus posibilidades.

—¿No creéis, Harry, que tal vez habría que relajar un poco las leyes sobre las Biblias anglicanas? —le sugirió mientras él le acariciaba el pelo—. Sin duda vuestros súbditos se beneficiarían de poder leer las escrituras en su propia lengua…

Él retiró la mano bruscamente y se apartó de ella; toda su fascinación se esfumó en un instante. Catalina supo al momento que había llegado demasiado lejos y se recriminó en silencio por su falta de prudencia.

—¿Y arriesgarse a que caigan en la herejía? Catalina, esta vez te has excedido. No eres más que una mujer y ni por asomo puedes entender de estos asuntos. ¿Qué sabrás tú de mis súbditos y de sus necesidades de guía espiritual?

Pero por supuesto que Catalina entiende de esos asuntos, aunque no se atreva a decirlo. Ella comprende el miedo de Enrique, el miedo a seguir los dictados de su corazón sobre la Reforma; y comprende también que el emperador y el francés no han hecho más que incordiarlo desde que rompió con Roma, y están librando una especie de guerra santa para conseguir que Inglaterra vuelva al redil del papa. El rey no se atreve a llegar tan lejos, pero tampoco puede abrazar plenamente la nueva religión, así que Inglaterra permanece en un limbo de indecisión mientras las facciones contrapuestas maquinan por los rincones oscuros para llevarla en una u otra dirección.

Se dice que fue solo Cromwell quien impulsó la Reforma, y que el hecho de que el rey lo enviara al cadalso es señal de que perdió su pasión por continuarla. Enrique parece cansado de todo este asunto, quiere complacer a todo el mundo. Y ahora ha unido fuerzas con Carlos V para luchar contra los franceses. Han planeado una invasión en dos frentes: Inglaterra desde el norte y el emperador desde el sur. Enrique lleva un tiempo deseando librar una nueva guerra, fantasea con la idea de la gloria castrense. Pero ¿qué implicará eso para la nueva religión?

Catalina ha vuelto a leer una y otra vez la obra de Calvino; su tratado *Psicopaniquia* le ha llegado por el habitual circuito ilegal de tráfico de libros. Udall los consigue; se los entrega a su amigo William Savage, que está a cargo de la contabilidad de las cocinas, y que los esconde bien envueltos y protegidos en la zona de la trascocina; Savage se los pasa a Dot y esta a Catalina. Siente los ojos de Gardiner y su gente vigilándola con escrupulosidad forense, pero Catalina se muestra muy cautelosa y nunca baja la guardia. Además, mientras siga gozando del favor de su marido no podrán hacer nada contra ella.

Se sabe que algunos miembros de su séquito personal tienen simpatías reformistas; varias de sus damas de compañía, atraídas por la fascinación de la novedad, han abandonado sus labores de bordado en favor de los libros. Ese mismo fervor también se ha extendido a gran parte de la corte, a tal punto que la propagación de las nuevas ideas ha dejado de ser algo inusual. Incluso el príncipe Eduardo tiene unos tutores de firmes convicciones luteranas, aprobados por el propio rey. Cat Brandon es sin duda la más temeraria de sus damas y se pasea por los pasillos de palacio con un libro abierto en las manos. En cierta ocasión llegó a parar a Wriothesley para pedirle si sería tan amable de traducirle algo del latín, haciéndole leer un pasaje de Calvino en voz alta.

—¿De dónde has sacado esto?

Cat describió cómo la cara de Wriothesley fue pasando del color rojo al morado hasta ponerse gris, y cómo su voz subió una octava como la de un niño del coro.

—Lo he encontrado en el alféizar de una ventana —respondió ella, sonriendo con fingida inocencia—. Y como mi latín es tan pobre, no sé bien lo que pone.

De todos es sabido que, sin contar a Catalina y lady María, Cat Brandon domina mejor el latín que ninguna otra dama de la corte. Y luego Cat siguió relatando entre risas cómo el hombre empezó a farfullar y balbucir:

—Este libro es..., es una obra maligna... Infectará tu mente como la viruela... Tengo que llevármelo... Solo sirve para que lo quemen.

Su imitación del impasible Wriothesley trastabillándose con sus palabras les hizo reír hasta que les dolieron los costados. Pero, aparte de lo divertida que es, lo que Catalina más admira de Cat Brandon es su audacia. Ha llamado Gardiner a su perro y lo regaña en voz alta delante de todo el mundo. «¡Gardiner, compórtate! ¡Malo, eres un perrito malo!», exclama, provocando estallidos de risa entre las demás damas. Por el contrario, Catalina cultiva en público una postura ambigua respecto a sus propias creencias, y tiene mucho cuidado en incluir también en su círculo a damas católicas.

Por su parte, lady María continúa aferrándose a su rosario como si le fuera la vida en ello, pero se ha integrado en el séquito de la reina tan bien como las demás. Además, Catalina ha convencido al rey para que vuelva a incorporar a ambas, a María e Isabel, a la línea de sucesión al trono. María será la siguiente detrás del pequeño Eduardo, e Isabel irá después, aunque su padre continuará sin declararlas hijas legítimas ni permitirá que reciban el tratamiento de princesas. Es un gran triunfo personal para Catalina; durante meses ha estado adulando y persuadiendo a Enrique, apelando a su orgullo y recordándole sutilmente que por las venas de ambas jóvenes corre sangre de los Tudor, su propia sangre, y que, pese a no ser más que simples mujeres, tanto María como Isabel poseen su agudeza de ingenio y su espléndido carisma. Nadie cree que ninguna de las dos vaya a acceder nunca al trono, pues será el príncipe Eduardo y sus propios sucesores quienes continúen la estirpe Tudor durante los siglos venideros. Pero Catalina tiene la satisfacción de haber conseguido lo que ni siquiera la adorada Juana Seymour pudo hacer, y la alegra ver cómo María ha empezado a florecer personalmente de forma lenta pero segura.

Isabel y Meg están cuchicheando con las cabezas muy juntas. De pronto Meg se levanta, coge a Isabel del brazo y la conduce hacia la zona del baile. Los Bassano empiezan a tocar una danza campestre y las chicas se unen a un corro junto a otros bailarines. Meg ejecuta los pasos con la cabeza muy alta y una soltura impropia de ella. Lanza un parpadeo coqueto a uno de los ujieres que está mirando. Cuando ha completado el círculo y vuelve a situarse frente a él, lo llama con un movimiento del dedo y una sonrisa. El chico, radiante de alegría, se cuela en el corro junto a Meg, pero entonces ella le da la espalda como si no existiera. Catalina empieza a confeccionar una lista mental de posibles pretendientes. Isabel le comenta algo a Meg y ambas se ríen echando la cabeza hacia atrás. Meg parece haber superado su habitual tristeza; ese es el efecto que Isabel causa en ella. Hasta Catalina tiene la sensación de haber caído un poco bajo el hechizo de la niña. Es una lástima que su padre no la deje quedarse en la corte y la envíe de vuelta a Ashridge dentro de un día o dos. Pero la felicidad que transmiten viéndolas bailar resulta contagiosa, y Catalina siente que está haciendo un magnífico papel como madrastra. Sin embargo, ese pensamiento vuelve a traerle a la mente el hijo que ella debe concebir: el varón que habrá de mantenerla a salvo. Porque, por mucha levadura y muchos bollos que se metan en el horno, en este lugar nunca puedes estar segura.

Isabel ha empezado a escribirle cartas a su madrastra. Le ha enviado un poema compuesto en francés y en inglés, redactado con una bonita e impecable caligrafía, algo que resulta portentoso para una niña de solo diez años. Catalina no soporta ver cómo se la condena de ese modo al ostracismo y ha enviado a un joven pintor, nuevo en la corte, para que haga un retrato de ella. Ahora, cuando Enrique visita los aposentos de la reina, ve a su hija en la pared de la sala de recepción, sus delicadas manos sosteniendo un libro y el aire inconfundible de una auténtica Tudor. Tan solo los oscuros ojos de párpados algo caídos delatan que también lleva la sangre de su madre, Ana Bolena.

La reina ve a su hermano Guillermo acercándose a ella. Ha estado bailando también, tiene las mejillas sonrosadas y la respiración agitada, y se le ha desabrochado el cuello de la camisa. Cuando se sienta a su lado, Catalina se inclina hacia él para abrochárselo y le dice que se esté quieto, como si fuera un niño.

—Kit... —empieza, con esa voz de crío pequeño que se le pone cuando busca un favor.

—¿Qué es lo que quieres, Guillermo?

—Es sobre mi petición de divorcio.

—No empecemos otra vez con eso. Ya he hablado con él. Y no va a ceder.

—¡Existe una ley para él y otra para el resto de nosotros! —espeta Guillermo.

—Así tendrás algo de lo que quejarte. Y ya sabes lo mucho que te gusta gimotear. Has conseguido todo lo demás, todo lo que siempre has deseado. Eres caballero de la Orden de la Jarretera, eres conde de Essex, y tu amante es una de las damas más hermosas de la corte.

Guillermo se levanta y se aleja con paso furioso para unirse a Surrey al otro lado de la sala.

El rey le hace señas para que se aproxime y ella se dirige hacia él, sorteando a los bailarines a su paso. Cuando llega, se aposenta en el taburete que queda junto a su rodilla. Enrique luce una sonrisa radiante y carnosa mientras ignora al obispo Gardiner, que de pie junto a él hace un intento servil de captar su atención, alargando una mano hacia su manga, pero sin llegar a tocarla. El rey se la aparta dando un manotazo al aire, como si espantara una mosca, y el obispo lanza una mirada furibunda a Catalina. Tiene un ojo medio caído y su boca apunta de modo permanente hacia abajo, haciendo que su cara parezca siempre a punto de derretirse. Al retroceder bruscamente, su estola de zorro se agita como la cola de un demonio.

—Kit, tenemos algo importante que comunicarte —dice Enrique con ese gruñido afable que emplea cuando está de un ánimo indulgente. Rara vez la llama por su apelativo cariñoso en público.

—Harry... —dice ella, en voz muy baja y manteniendo un tono íntimo. Lo mira a los ojos, unas cuentas de cristal medio engullidas por la carne, pero las arrugas de sus comisuras desmienten cualquier rastro de amenaza. Decididamente está de buen humor.

—Kit, hemos decidido que tú ocuparás el cargo de regente cuando vayamos a luchar contra los franceses.

Una intensa oleada de emoción recorre todo su cuerpo, y con ella la sensación de sentir un gran peso sobre los hombros, arraigándola aún más a la tierra.

—Pero, Harry, eso es... —Comienza a comprender lo que eso significa: ella estará al mando de Inglaterra. Desde Catalina de Aragón, el rey no le había entregado tanto poder a nadie—. Eso es demasiado honor para mí.

—Kit, confiamos en ti. Tú eres nuestra esposa.

Catalina mira a Gardiner, que está pálido como un espectro, y luego vuelve a mirar a Enrique, y entonces capta en sus labios el atisbo de una sonrisa juguetona, lo cual le indica que lo que parecía un intercambio íntimo entre marido y mujer ha sido cuidadosamente planificado para que lo escuche el obispo.

—¿Qué quieres? —le pregunta con un gruñido a Gardiner, quien intenta esbozar una sonrisa obsequiosa que parece más una mueca.

—Majestad, si se me permite la osadía... —Se trastabilla con las palabras—. Hay algunos asuntos de Estado que...

—Ahora no —brama el rey—. ¿No ves que estoy hablando con mi esposa?

Gardiner empieza a balbucear algo; una disculpa, quizá.

El rey lo ataja en seco.

—Estamos hablando sobre su regencia —dice—. La reina Catalina será la regente mientras estemos en Francia. ¿Qué opinas de eso, obispo?

Gardiner se lanza con tal rapidez a hincar una rodilla en el suelo que se golpea el codo con el brazo del trono, haciéndole soltar un gañido de dolor. Cuando se ha recuperado un poco, consigue murmurar:

—Alteza, será un gran honor para mí poder serviros.

Toma la mano de Catalina entre las suyas. Tienen un tacto blando y cerúleo, como grasa de cerdo cruda. Le besa la alianza nupcial. Sobre sus hombros enfundados en terciopelo se esparce una untuosa capa de escamas blancas.

—Os estamos muy agradecidos, excelencia —dice ella.

—¡Ya puedes marcharte! —le espeta el rey.

Gardiner se incorpora con un crujido de huesos y se retira.

—Nuestro Consejo deberá aprobarlo. Y algunos de ellos despreciarán la idea. —Un destello travieso cruza por el rostro de Enrique—. Pero es una pura formalidad. Instauraremos un nuevo Consejo para ti, querida. Y también redactaremos un nuevo testamento, por si me ocurre algo mientras…

Ella posa una mano sobre su brazo.

—No ocurrirá nada. Dios os protegerá, Harry.

Permanecen un rato en silencio observando a los bailarines. Los pensamientos se atropellan en la cabeza de Catalina. ¡Ella, regente de Inglaterra! ¡En su vida habría imaginado que pudiera suceder algo así! La idea del poder le hormiguea bajo la piel y la perspectiva de poner en su sitio a todos esos consejeros católicos aduladores estalla en su mente como burbujas. Tiene la extraña sensación de que brotes nuevos surgen de su vientre, que crecen y se hunden bajo el suelo de palacio, se fortalecen como las raíces de un gran roble y llegan hasta lo más profundo de la tierra. El semblante de Enrique está henchido de satisfacción. Catalina se fija en que sus ojos siguen a Isabel mientras se desliza por el salón bailando con uno de los chicos Dudley, y también percibe una levísima sonrisa insinuándose en la comisura de sus labios.

—Isabel se está convirtiendo en toda una belleza —dice él.

—Es igual a su padre.

—Tienes razón, Catalina, es una auténtica Tudor de pies a cabeza. —Parece emocionado, sus ojillos vidriosos se agitan como los de un niño con un juguete nuevo.

Catalina ve a Gardiner, hirviendo de furia, en la otra punta del salón; está hablando en un pequeño corrillo con Wriothesley y otro de sus compinches conservadores, Richard Rich, susurrándoles algo mientras mira de soslayo en su dirección. Pero, tanto si tiene un hijo como si no, ahora ya no podrán hacer nada contra ella. Experimenta una extraña y jubilosa satisfacción, como un gato estirándose al sol, algo que no había sentido desde hace más tiempo del que se molesta en recordar.

—Harry, me estaba preguntando si lady Isabel podría quedarse en la corte mientras dure la campaña militar en Francia. Me gustaría tener a nuestra familia conmigo.

—¡Si no hubiera sido tu deseo, querida, nosotros lo habríamos ordenado! —sentencia él con voz atronadora.

Catalina siente cómo sus raíces se hunden con más fuerza en la tierra.

El trío que confabula entre susurros se separa y Wriothesley cruza su mirada de comadreja con la de Catalina. No es más que una mirada, pero está tan llena de desprecio que ella nota cómo la recorre un escalofrío, como si alguien caminara encima de su tumba.

Hampton Court,
agosto de 1544

Dot está frotando los cristales de las ventanas con un paño empapado en vinagre. El trapo chirría contra el vidrio y los vapores que emana provocan que le escuezan los ojos. Hoy es el cumpleaños de la reina y todos los vástagos de la realeza están reunidos en la cámara privada para que Catalina les lea una carta del rey, que está en la guerra en Francia. Con él lejos de palacio las cosas han cambiado mucho, se respira un ambiente más distendido. El príncipe Eduardo, menudo y envarado, está sentado en el regazo de María. Isabel también se encuentra con ellos, ya que ha llegado hace poco de Ashridge. Se sienta muy pegadita a Meg y ambas cuchichean. Dot frota con más fuerza el cristal, tan fuerte que teme que pueda romperse.

Isabel es como uno de esos imanes que se utilizan para afilar los cuchillos: atrae a todo el mundo a su alrededor. Meg la tiene cogida de la mano, y hasta Rig está tumbado a sus pies, mirándola como si fuera la mismísima Virgen María. Pero Dot no siente esa atracción. Se imagina frotando a Isabel con su paño empapado en vinagre, como si fuera una mancha que hay que quitar. Meg está creciendo, alzando el vuelo, alejándose de ella. Ahora es la amiga de la hija del rey y siempre están apiñadas en torno a algún libro, turnándose para leérselo la una a la otra en unas lenguas que Dot no entiende. Ambas se sientan muy calladitas con su tutor, garabateando palabras en las páginas de sus cuadernos, mientras ella se dedica a limpiar la chimenea, a barrer los suelos y a bajar los cojines al patio para quitarles el polvo atizándolos con una pala, lo cual provoca que ellas le chisten si hace demasiado ruido. Meg está más delgada que nunca, pálida como una loncha de queso de cabra, pero como siempre luce una gran sonrisa nadie parece darse cuenta. Y Catalina está demasiado ocupada, siempre corriendo de aquí para allá, presidiendo reuniones del Consejo, escuchando peticiones o dictando cartas.

—Fíjate en nuestra reina —había oído que Isabel le decía a Meg—. ¿Quién dice que las mujeres no saben gobernar? ¿Quién dice que deben casarse y ser gobernadas por un hombre? —Meg se había reído, como si Isabel estuviera bromeando—. Si algún día llego a ser reina, no dejaré que ningún hombre me gobierne.

Pero todo el mundo sabe que ella nunca será reina. Será su hermano quien acceda al trono, y sus hijos después de él, y con toda seguridad ella será obligada a desposarse con algún príncipe extranjero… y que tengas buen viaje.

Dot desea en secreto que el rey no vuelva de Francia, porque aunque Catalina está siempre muy ajetreada se la ve más rebosante de vida de lo que ella puede recordar. Han desaparecido la tensión de su ceño y esa sonrisa como pintada en la cara. Ahora hay pasión en su interior. Ha escrito una oración para los soldados que van a la guerra. La han imprimido y hecho circular, y todas las damas han mostrado su admiración; incluso la agria Stanhope parece impresionada.

Dot tira el trapo en el cubo, luego se saca el plumero del cintillo y lo pasa por los paneles de madera y por el atril de las plegarias. Sobre él hay una copia de la oración de Catalina. Para Dot no es más que un dibujo hecho con rayas y trazos curvos, como hileras de puntadas negras en una camisa blanca. En otro momento le habría pedido a Meg que se la leyera, pero ahora no; ahora tiene una nueva amiguita. Tampoco se lo puede pedir a Catalina, demasiado ocupada manejando los asuntos de toda Inglaterra. Y aún menos se lo puede pedir a Betty; a Betty se le da mucho peor que a ella eso de leer y ni siquiera sabe firmar con su nombre. Si se lo pidiera a alguno de los cocineros se reirían en su cara, porque ya piensan que tiene ideas y aspiraciones muy por encima de su condición. Dot sabe que Betty es una bocazas y que les habrá contado algunos de sus secretos, y que los demás sirvientes se ríen a sus espaldas y la llaman la Duquesa Dotty. A veces, cuando pasa por las cocinas, se hace un repentino y denso silencio. No confían en ella. No saben dónde ubicarla.

Pero está William Savage. Y por todos los paquetes que ha escondido en su cuerpo y ha entregado en secreto a la reina de su parte, él le debe un favor. Decide que se lo pedirá la próxima vez que vaya a las cocinas, aunque William está cada vez menos por allí. Ahora hay un secretario nuevo llamado Wilfred, que tiene la cara llena de granos y la mira como si ella tuviera la peste, mientras que a William se lo puede ver casi todas las noches en los aposentos de la reina tocando el virginal. Desde hace ya un año ha sido el hombre de sus sueños, pero ahora siente como si se le escapara, alejándose de las cocinas para acceder con su música al refinado mundo en el que ella solo habita como un fantasma…, un fantasma con plumero. A veces, cuando pasa por su lado para encender el fuego o llevarle algo a la reina, se fija en sus dedos moviéndose grácilmente por las teclas. Es algo muy hermoso lo que sale de ellos, y se pregunta si será esa la música que suena en el cielo.

Isabel ha escrito un poema para el cumpleaños de la reina. Catalina parece aún más complacida con eso que con el regalo que le ha hecho el rey: un broche con incrustaciones de rubíes y esmeraldas, que ha llegado esta mañana del taller de un orfebre de Londres.

—Mira, Dot —le dijo Catalina cuando abrió la caja—. Las esmeraldas son del color verde Tudor por el rey, y los rubíes son por mí. Mira qué bien combinan. —Y se lo entregó sin ni siquiera probárselo.

Una vez en el guardarropa, Dot se prendió el broche en el corpiño y se miró en el espejo. No parecía encajar allí, como un lirio en un campo de ranúnculos, y tampoco se veía bien su cara, con los ojos demasiado hundidos y la boca demasiado ancha. Cuando se lo quitó se pinchó en un dedo y una gota de sangre acabó manchando su cofia blanca.

La reina está leyendo en voz alta el poema de Isabel y va soltando suspiros como si fuera una carta de amor. La verdad es que es un regalo precioso. Dot lo había visto el día anterior, cuando se lo dejaron en el aula de estudios. No pudo leerlo, pero sí se fijó en que la caligrafía era muy delicada y bonita. Una parte de ella quiere sentir lástima por Isabel, la pobre niña a la que su padre consideraba una bastarda y de cuya madre, Nan Bullen, se decía que era una bruja con seis dedos y a la que ejecutaron acusada de todo tipo de cosas horribles. Antes sí que sentía lástima por Isabel, recluida en la campiña de Ashridge, aislada a kilómetros de todo, cuando debería estar viviendo en un palacio rodeada de cortesanos, y con su padre. Aunque en el fondo Dot pensaba que, si ella tuviera un padre tan aterrador como el rey, preferiría vivir en cualquier otra parte, incluso en un lugar gris y sombrío en mitad de la nada como Ashridge, antes que bajo esa mirada intimidante que hace encogerse de miedo incluso a los más grandes hombres.

Cuando Meg regresó de su visita a Ashridge le describió cómo era el lugar, pintándole una estampa de jardines encharcados y llenos de maleza, estancias enormes y húmedas donde tenían que apiñarse en torno a chimeneas brumosas que les dejaban la ropa apestando a humo de leña, pasadizos llenos de corrientes y altísimos arcos de piedra infestados de murciélagos que por las noches se lanzaban en picado aleteando y soltando chillidos. Meg, por lo general bastante callada, no paraba de hablar de la niña: que si Isabel esto, que si Isabel lo otro. A Dot no le importó; se alegraba de que empezara a dejar atrás el pasado, que estuviera más animada. Pero hace unas semanas Isabel llegó a la corte y entonces cambió todo.

El día de su llegada, la niña agitó su blanca mano en dirección a Dot y preguntó:

—¿Quién es esa? —Ni siquiera se molestó en bajar la voz.

Meg le explicó que Dot era la sirvienta más fiel de la reina, que también había cuidado de la propia Meg desde muy pequeña y que todas habían venido juntas desde Snape.

Entonces Isabel replicó:

—¿Y cómo consiente la reina tener a su servicio a una moza tan vulgar como esa? ¿Has visto el tamaño de sus manos?

Pero eso no es lo peor de todo, porque Dot sabe muy bien cuál es su sitio. ¿Por qué una princesa —porque eso es lo que es, aunque a nadie se le permita llamarla así— iba a pensar otra cosa de ella? No, para Dot lo peor de todo es que lady Isabel, con su educación y su linaje, ha tejido una telaraña en torno a Meg. Ambas comparten sus libros y sus lecciones, incluso la cama, y caminan del brazo por los jardines de palacio y montan juntas por el parque. Lady Isabel significa problemas; lo tiene escrito en la cara, y eso Dot sí puede leerlo claramente.

Isabel solo piensa en ella misma, y también en la reina —con la que se ha encariñado mucho—, y Dot ha visto cómo disimuladamente le daba una patada a Rig cuando Catalina no estaba mirando, tan celosa está de cualquiera que pueda arrebatarle el afecto de su madrastra, incluso de un perro. Dot supone que está muy necesitada de una madre, aunque ella ya tiene a su aya, la señora Astley, que es incluso peor que Isabel a la hora de mirarla por encima del hombro. De modo que cualquier rastro de compasión por parte de Dot ha desaparecido, y se niega a maravillarse ante el poema como las demás. Detesta que esa niña pueda componer poesías que embelesan a todo el mundo, cuando ella ni siquiera sabe leer.

Ahora las dos muchachas van a sentarse al banco junto a la ventana, cerca de donde Dot está arrodillada pasando un trapo húmedo por los rodapiés.

Isabel le pregunta a Meg:

—¿Qué preferirías, poder volar o ser invisible?

Y Dot apenas puede contenerse de gritarles: ¡Ese es nuestro juego, el juego que yo inventé!

—Ser invisible —contesta Meg.

—Tú ya has hecho de la invisibilidad un arte, Meg Neville. Yo preferiría volar. Imagínate, poder elevarte por encima de los árboles, por encima de las nubes, y mirar hacia abajo y verlo todo, como Dios… —Hace una pequeña pausa—. Pero si fueras invisible podrías espiar a Robert Dudley. ¿No es ese el chico con el que quieren casarte?

—No lo sé —dice Meg.

Dot no ha oído hablar de nada de eso, pero sí que ha visto al tal Robert Dudley por el palacio, acompañado de su madre, quien a veces visita los aposentos de la reina. No es más que un jovencito, varios años menor que Meg. Un jovencito bastante guapo, de acuerdo, pero un tanto arrogante para el gusto de Dot.

—Supongo que no es demasiado feo —dice Isabel—. Pero no creo que te convenga. —Y luego se inclina hacia Meg y le susurra algo al oído.

Esta se aparta con expresión asqueada.

—Eso es horrible.

Catalina respira hondo antes de entrar en la reunión del Consejo. Cuando cruza el umbral, se hace un silencio sepulcral en la sala. Wriothesley, siempre obsequioso, salta de su asiento para retirarle la silla.

—Permaneceré en pie —dice ella.

Nunca se sienta en las asambleas del Consejo. Necesita aparentar toda la altura que pueda, a fin de no sentirse como una niña pequeña ante un grupo de hombres adultos. Su vestido es de color verde Tudor, para que el Consejo no olvide de quién es esposa, pero está confeccionado con un pesado brocado muy poco apropiado para ese sofocante día de agosto. Wriothesley ha hincado una rodilla en el suelo y le toma la mano para plantar en su dorso un insípido beso. Los miembros del Consejo están sentados a la mesa, divididos más o menos por afinidades: a un lado, Gardiner y sus compinches conservadores, con Rich entre ellos; al otro, Hertford y el arzobispo, con los reformadores. Catalina cuenta con una mayoría de lo más ajustada. Wriothesley se escabulle de vuelta a su asiento.

Catalina se seca discretamente el dorso de la mano contra la tela de su vestido.

—Comenzaremos con el asunto de la peste —anuncia, procurando mantener un tono firme y autoritario—. Voy a promulgar un edicto. Nadie cuya casa esté infectada podrá entrar en la corte.

Unos pocos asienten para expresar su aprobación, entre ellos Hertford y el arzobispo, pero muchos guardan un hosco silencio. Catalina nota cómo el brillo de la transpiración aflora en su frente, confiando en que no resulte demasiado visible. Todos muestran su acuerdo respecto al edicto. Sin embargo, su renuencia al ser promulgado por una mujer flota en el ambiente, espesando el aire.

—¿Alguien tiene algo en contra? —Tensa la mandíbula y evita la mirada hostil de Gardiner; él, menos que nadie, debe ver el menor atisbo de inseguridad en ella—. Después de la asamblea decidiremos el contenido del texto. —Hace un gesto con la cabeza en dirección al secretario del Consejo, y luego prosigue enérgicamente—: El rey necesita que se le envíe un cargamento de plomo.

—Ese es un asunto de la máxima urgencia —interviene Wriothesley—. Nos encargaremos de que zarpe de Dover inmediatamente.

—¿No se te ha ocurrido pensar, estimado consejero —apenas puede disimular el sarcasmo en su voz—, que no hace ni siquiera una semana que nuestros pescadores apresaron un buque francés frente a las costas del sur? Seguramente habrá otros barcos. Y si enviamos el cargamento ahora, es muy probable que no llegue a su destino.

Wriothesley se sorbe la nariz y no dice nada, su cara de comadreja fruncida en un rictus avergonzado.

—Yo digo que el cargamento debe enviarse. No podemos dejar a nuestras tropas sin los medios necesarios para armarse. —Es Gardiner quien habla, mirando alrededor de la mesa para recabar apoyos.

Catalina percibe cómo todos escrutan su rostro en busca del más remoto signo de debilidad, un levísimo tic en un ojo, una ligera falta de aliento.

—Yo no lo creo así, Gardiner —replica ella—. A menos que tu intención sea entregar todo un cargamento de plomo y el barco que lo transporta, hombres incluidos, a nuestro enemigo.

Se oyen algunas risitas nerviosas. Gardiner abre la boca para hablar, pero entonces Catalina estampa su puño con fuerza contra la mesa, dos veces.

—¡Ese cargamento permanecerá en el muelle hasta que se garantice un pasaje seguro que le permita llegar a su destino!

Gardiner suelta un resoplido airado y se lleva una mano a su crucifijo. Hertford sonríe con aire satisfecho, mirando uno por uno a los que se encuentran al otro lado de la mesa. A veces se parece tanto a su hermano que Catalina siente que el corazón le da un vuelco. Pero Hertford es más delgado, y sus facciones más asimétricas, como si Dios hubiera ensayado con el hermano mayor y encontrado la perfección en el más joven. Ella lo vigila muy de cerca, al igual que hace con todos los demás. Hertford tiene la tez clara como un campo de trigo sin cosechar y su mirada de ojos nerviosos es difícil de descifrar. Pero la reina sabe al menos que, al margen de lo que piense de ella, comparten las mismas creencias y están unidos por los mismos enemigos.

«El enemigo de mi enemigo es mi amigo». Recuerda la frase, aunque no su procedencia. Catalina nunca se ha considerado la clase de persona proclive a crearse enemigos, pero, por otra parte, tampoco se habría imaginado en su vida que un día llegaría a manejar las riendas de toda Inglaterra. Por el momento, Hertford es su amigo. No obstante, se pregunta qué ocurriría si el rey no regresara de la guerra. ¿Se volvería contra ella e intentaría hacerse con la regencia? Después de todo, es el tío mayor del príncipe Eduardo. Y la historia está sembrada de tíos ambiciosos.

—¿Alguien tiene algo que objetar?

Solo Gardiner levanta una mano desganada.

—Pues queda aprobado —zanja ella.

El secretario moja su pluma y garabatea algo.

Catalina pasa al siguiente punto de la agenda.

—El rey necesita reclutar soldados para la campaña en Francia. Cuatro mil hombres. Encargaos de ello, Wriothesley, Hertford —ordena, dirigiendo a cada uno un enérgico gesto con la cabeza—. Más adelante decidiremos cómo llevar a cabo el transporte de las tropas. Tú viajarás pronto a Francia, ¿no es así, Hertford?

La atmósfera se ha suavizado un poco. En cada una de las reuniones del Consejo debe demostrar su capacidad para gobernar; debe mantenerse firme, despojarse por completo de su feminidad, sin fisuras. Ninguno de los hombres sentados a esa mesa cree que una mujer sea apta para llevar las riendas del país. Pero Catalina siempre tiene en mente a María de Hungría, que gobierna con éxito sobre tres territorios, y se esfuerza por emular su ejemplo. Aun así, incluso el arzobispo, que es su más fiel aliado, tiene sus reservas. En las últimas semanas ha mantenido varias conversaciones privadas con él, en las que han hablado sobre todo de religión, y ambos han leído los mismos libros. Catalina cruza su mirada con el arzobispo y él le sonríe. Es un conocido reformador, y hasta se dice que tiene una mujer a escondidas por ahí. No hace mucho Gardiner urdió un complot para intentar destituirlo de su cargo y hacer que lo enviaran al cadalso, pero el rey lo impidió. Enrique profesa gran afecto al arzobispo luterano. Catalina puede ver ahora cómo funcionan las cosas, el cuidadoso acto de equilibrismo que el rey ha estado llevando a cabo para que ninguna de las facciones alcance más poder que la otra, para mantener a ambas a raya.

—Y ahora los Borders escoceses —prosigue—. Hertford, ¿alguna novedad?

Hertford detalla las escaramuzas que están teniendo lugar a lo largo de los Borders y que deben ser controladas. Los consejeros debaten la mejor manera de solucionar el asunto, ahora que se necesitan tantas tropas en Francia.

—Los escoceses se han batido en retirada después del saqueo de Edimburgo —les recuerda Rich.

—Nuestros soldados son más necesarios en Boulogne —añade Wriothesley sorbiéndose de nuevo la nariz, en un gesto de lo más irritante—. Los escoceses no representan ninguna amenaza.

—Consejeros, ¿hemos olvidado ya las lecciones de la historia? —Catalina nota que le tiemblan las manos y las esconde cruzando los brazos con firmeza—. Pensemos en la batalla de Flodden Field.

La última vez que Enrique estuvo batallando en Francia, hace ya treinta años, los escoceses decidieron aprovecharse de la situación. En aquel entonces Catalina de Aragón era la regente, la otra única reina a la que Enrique había confiado el cargo. Catalina se acuerda de oír hablar de aquello cuando era pequeña; fue algo de lo que se habló durante años y que causó una impresión duradera. Contra todo pronóstico, Catalina de Aragón decidió actuar con dureza y Jacobo IV encontró la muerte en el campo de batalla de Flodden Field. La regente envió a Enrique la capa ensangrentada del rey escocés: todo un triunfo personal.

—Reclutad a más soldados, y si es preciso a mercenarios —sentencia Catalina de forma inapelable—. Habrá que sacar más fondos de las arcas.

Todos se muestran de acuerdo. Catalina percibe cómo la atmósfera vuelve a cambiar y ahora se respira un respeto teñido de cierta reticencia.

Oye que alguien está ensayando con el virginal en sus aposentos, repitiendo los acordes vacilantes de una melodía que se cuela por la ventana abierta de la sala. Debe de ser Isabel. La niña parece fascinada por la regencia de Catalina; le suplica poder asistir a las reuniones del Consejo y se ofrece para copiar documentos de Estado o ayudar en lo que sea. Nada de eso es posible, pero Catalina fomenta su interés. Le habla de grandes mujeres que han gobernado en el pasado y de cómo hay que dejar de lado la feminidad para ganarse la confianza de los hombres. Isabel tiene todas las trazas de una buena reina, aunque nunca será más que una consorte.

La música se detiene y se oye una débil risa. Meg no debe de andar muy lejos; esas dos se han vuelto inseparables. Últimamente Meg parece haber florecido, está lista para el matrimonio. Catalina piensa en las mujeres que estarán ahora en sus aposentos, con las cabezas inclinadas sobre sus labores de bordado, charlando tranquilamente; algunas jugando a cartas, otras leyendo. Ahora las estancias de la reina están llenas de libros, muchos de ellos prohibidos pero disimulados bajo cubiertas de aspecto inocente, escondidos en los rincones, ocultos aquí y allá entre los objetos, tratados con la máxima reserva. Todas ellas saben que esos libros pueden ser fuente de problemas. Pero Catalina aleja ese pensamiento por miedo a mostrar debilidad: sin fisuras. Además, se recuerda, ahora es la regente; Enrique ha hecho que sea intocable. Un gato pasa sigilosamente por el borde de la ventana, avanzando con paso cauteloso por el estrecho alféizar, y se detiene al ver una paloma; la observa agazapado, acechando, antes de proseguir su camino.

El Consejo pasa a abordar el problema de la persecución a los franceses residentes en Londres. Se produce una discusión muy acalorada. Algunos consejeros alzan la voz para exigir que sean deportados, otros piden que sean encarcelados.

—¡Estamos en guerra con Francia! ¡Esos individuos son nuestros enemigos! —dice a voz en grito Wriothesley.

Es una lástima, piensa Catalina para sus adentros, que no pueda enviarlo a él a luchar contra los franceses. El hombre vuelve a sorberse la nariz. Hertford se saca un pañuelo y se lo ofrece con gesto brusco. Wriothesley se lo queda mirando como si fuera la primera vez que ve semejante prenda.

—¡Suénate la nariz, hombre! —brama Hertford.

Wriothesley resopla con fuerza en el pañuelo.

—El problema no reside en los emigrados —dice Catalina en voz alta y clara, imponiéndose sobre el barullo circundante—, sino en aquellos que los persiguen. No estoy a favor de la deportación. Yo digo que actuemos con mano dura contra la gentuza que los victimiza.

—Con todos los respetos —interviene Hertford—, si nos mostramos demasiado indulgentes podemos encontrarnos con más problemas entre manos.

—Mucha de esa gente lleva en Londres desde hace generaciones —replica el arzobispo—. No podemos simplemente deshacernos de ellos.

Gracias a Dios que tiene al arzobispo de su lado. Pero Catalina sabe que, sin el apoyo de Hertford, le costará mantener su posición de poder.

—Escribiré al rey para consultarle sobre el asunto —dice al fin con firmeza—. Pero por el momento los emigrados se quedan, y todo aquel que trate de hostigarlos de algún modo será castigado en consonancia.

A Hertford lo necesitan en Francia y deberá partir dentro de unos días. Catalina tendrá que afinar sus poderes de persuasión ante el Consejo. Se pregunta una vez más qué sucederá si el rey no regresa de la guerra. Se encontraría sola al mando de Inglaterra, ejerciendo como protectora del niño rey; así está escrito en el testamento de Enrique. ¿Cómo podría continuar con ese cuidadoso acto de equilibrismo sin el respaldo de su marido? Tendría que encontrar la manera de hacerlo, forjar alianzas de poder. Se pregunta si tendría el valor suficiente para enviar a alguien al cadalso. A un enemigo, quizá... Pero ¿a un amigo? El pensamiento inunda su mente con una fuerza nauseabunda.

—¿Algún otro asunto?

—Varias disputas menores sobre tierras —responde el secretario, blandiendo un fajo de papeles.

Tras abordar penosamente una larga lista de cuestiones de escasa trascendencia, Catalina da por concluida la asamblea. Mantiene su postura erguida mientras camina a lo largo de la galería. Pero en cuanto la puerta de su alcoba privada se cierra a su espalda, se desploma contra ella y empieza a tirar de los lazos de su vestido para quitarse todo ese peso de encima. Luego se desabrocha el tocado y lo arroja con fuerza, mientras se deja caer lentamente al suelo y la saya se va desparramando a su alrededor.

Udall está de pie frente al grupo que, acomodado en sus asientos, aguarda a que empiece la función en la cámara de la guardia de la reina. Lleva un elaborado jubón de brocado morado, un color que no tiene derecho suntuario a lucir. Huicke había intentado disuadirlo, le dijo que era una falta de respeto. Pero a Catalina le hace gracia que no se comporte como uno más de esos aduladores rastreros. No soporta a esa gente. Incluso Stanhope se arrastra últimamente con actitud servil ante ella, sugiriéndole pasajes de Lutero que podrían interesarle y ofreciéndole pequeños obsequios: un par de mangas de brocado, un abanico, un libro. Es cierto que las dos comparten algunos puntos de vista, pero para Huicke resulta más que evidente que lo único que está haciendo Stanhope es cubrirse las espaldas para su propio beneficio.

Udall hace una reverencia, se quita el sombrero y lo agita en el aire trazando una serie de ochos que van decreciendo en tamaño. Algunas de las damas sueltan unas risitas ante su extravagante gesto. Huicke intercambia una sonrisa con Catalina y ve su semblante de serena satisfacción. Durante las últimas semanas ha observado cómo iba floreciendo en su nuevo cargo hasta afianzarse por fin en el papel de regente. Y lo ha hecho francamente bien. Con su fortaleza ha dejado impresionados incluso a los miembros más escépticos del Consejo. Pero también ha visto cómo sus enemigos acechaban a su alrededor. Aquellos que pensaron que la nueva reina se mostraría sumisa y se sometería a ellos, ayudando a que el rey volviera a adoptar firmemente las viejas creencias, se han dado cuenta de que es una mujer más difícil de manejar de lo que habían supuesto. Y ahora se ha convertido en regente.

—¿Cómo ha ido la asamblea? —le pregunta en un susurro.

—Me estoy ganado al Consejo.

—Si alguien puede hacerlo, esa eres tú, Kit.

Por los pasillos de palacio se puede ver a Wriothesley, Gardiner y Rich con unas caras que agriarían hasta la miel. También se oyen comentarios acrimoniosos acerca del nuevo testamento real, que ha conferido carácter permanente a la regencia de Catalina. Todo el mundo parece bastante descontento con la idea, y el que más, Hertford. Se supone que está en el bando de Catalina, pero las alianzas son algo muy frágil en las arenas movedizas de la corte. Hace mucho que

Hertford tiene sus miras puestas en la regencia, y probablemente se preguntaba durante cuánto tiempo iba a tener que seguir lamiendo las botas del viejo monarca antes de que su sobrino fuera coronado. Pero ahora esta mujer se ha interpuesto en su camino, una mujer que, a ojos del rey, parece hacerlo todo bien.

Huicke no ha tenido el valor de recordarle a Catalina que la potestad que ejerce es solo por poderes, que los Gardiner, los Wriothesley y los Hertford de este mundo solo se someten a su voluntad precisamente porque el rey acabará retornando. Catalina habla a menudo de María de Hungría, su modelo como reina regente y una respetada gobernante por derecho propio. Pero María de Hungría cuenta con el todopoderoso respaldo de su hermano el emperador. ¿Quién apoyaría a Catalina? ¿Su hermano Guillermo, que no es más que el conde de Essex y tan carente de poder como cualquier otro petimetre de la corte? Si el rey no regresara, todos se revolverían contra ella y acabaría en la Torre antes siquiera de darse cuenta. Pero Huicke no será quien empañe su felicidad recordándole todo eso. «Dejémosla que disfrute mientras dure», piensa, viendo cómo se ríe alegremente con los irónicos gestos y posturas de Udall.

Desde que a Huicke lo han asignado al séquito de la reina nada menos que como su médico personal, ha empezado a recibir burlas por su amistad con Catalina: arribista, lisonjeador, lamebotas, chupamedias, le dicen. Él replica: «Piensa el ladrón...». Pero nunca revelará su genuino afecto por ella. El enrarecido ambiente de la corte no es nada propicio para cultivar la amistad, y por eso su relación es tan preciada para él. Le da igual que sea o no la reina; se preocupa de corazón por ella, disfruta con sus contradicciones, el impulso de ser buena atemperado por su férrea voluntad de ganar siempre, incluso a las cartas. Es una feroz adversaria, pero, ante todo, tiene buen corazón. Él ha podido verlo en la manera en que trata a los sirvientes, con respeto, siempre una palabra amable para el mozo de cuadras y hasta una sonrisa para la chica que debe retirar sus inmundicias. La gente de palacio está demasiado ocupada mirando hacia arriba como para ver lo que ocurre debajo, pero Catalina no es así. Y Huicke nunca olvidará aquel beso que le dio en el dorso de su mano desfigurada allá en Charterhouse. Parece que ya ha pasado una eternidad, aunque apenas hace dieciocho meses.

Catalina se inclina hacia él y le susurra:

—Le sienta bien ese color, ¿no crees?

—Morado... ¡Ideal para una reina!

Y a ella se le escapa un resoplido al tratar de contener la risa.

Ni siquiera Udall se atrevería a hacer algo así si el rey estuviera presente. El sentido del humor del monarca es totalmente impredecible. Huicke observa a su amado con una punzada de deseo mientras este acapara toda la atención y se pavonea ante las damas de la reina, que no pueden apartar los ojos de él. La suya es una pasión desaforada, pero también inestable. Udall puede ser muy cruel, y hace poco se negó a tocar a Huicke diciéndole «Me das asco con tu piel de reptil», antes de marcharse para buscar solaz en otra parte. Pero al final acabó volviendo, borracho y lloroso, suplicando que lo perdonara. Sus palabras le dolieron, aunque, si ha de ser sincero, Huicke también se da asco a sí mismo. Sin embargo, hay algo que lo fascina en Udall: que en él apenas parece existir la más finísima línea entre el amor y el odio.

Mientras Udall se mueve frente a su público, Huicke no puede alejar de su cabeza la imagen de él sin ropa, su pura masculinidad, su cuerpo esbelto y musculado, su piel tersa y suave, tan diferente a la suya. Desnudo parece un mozo de campo, pero su mente es la más aguda, refinada y sutil que Huicke haya conocido nunca, y también la más irreverente. Al igual que le ocurre con Catalina, disfruta con sus contradicciones. Ella siempre habla de que para gobernar hay que convertirse en hombre y mujer a la vez. Huicke debería saber mucho de eso.

—Su muy excelentísima alteza, su muy graciosa majestad, reina Catalina —anuncia Udall—. Presento humildemente ante vos la primera representación de mi comedia *Ralph Roister Doister*.

Junto a la reina está sentada lady Isabel, quien tiene al otro lado a la menuda Meg Neville, las dos cogidas de la mano. Es uno de los grandes triunfos de Catalina, haber conseguido unir a todos los vástagos de la realeza. Cómo se había resistido el rey en el caso de Isabel... Catalina le hablaba constantemente de ello a Huicke, de cómo le dolía pensar en la pobre niña allá sola en Ashridge.

Pero ahora aquí está. Y a pesar de su corta edad, resulta innegable que está cortada por el mismo patrón de su padre; el carisma del rey está marcado en ella de forma indeleble, en la manera de mantener erguida la cabeza, de sostener firmemente la mirada, de apretar con determinación la mandíbula. Catalina se ha hecho cargo de su educación y afirma que la niña posee esa clase de inteligencia, de curiosidad por las cosas, que no puede satisfacerse con la trillada formación que se imparte normalmente a las chicas. Le gusta lidiar con todo lo novedoso y, al igual que su hermano, está siendo más o menos educada en la nueva religión. Si Gardiner supiera hasta qué punto están imbuidos del espíritu de la Reforma, se quedaría horrorizado y maquinaría algún turbio plan para ponerle fin.

El perrito de Catalina quiere subirse al regazo de Isabel y trata de encaramarse a su rodilla. Sin mirar, la niña lo aparta con una mano. Está claro que no es de las que se dejan engatusar por un par de enormes ojos, húmedos y suplicantes. Catalina se da unas palmaditas en el regazo y el animal sube de un salto y se acurruca entre sus faldas.

Se hace el silencio en la sala cuando Udall empieza a recitar su prólogo. Huicke ya sabe de qué va, ha leído los primeros borradores, los habituales versos sobre cómo la alegría eleva el espíritu, pero desconoce el contenido de la obra. Udall ha guardado un especial secretismo al respecto. Entra un actor y describe a Ralph Roister Doister como un hombre que se enamora de todas las mujeres a las que conoce, lo cual suscita algunas risitas entre las damas. Luego entra en escena el propio Roister Doister, ataviado con un elaborado brocado y luciendo en su sombrero una pluma de avestruz del tamaño de una cola de caballo.

—¡Es Thomas Seymour! —exclama la hermana Ana, provocando una oleada de risillas entre las más jóvenes.

—¡Mirad el tamaño de su pluma! —chilla otra.

Huicke mira a Catalina. Mantiene una sonrisa resuelta en el semblante, pero hay un rubor airado en sus mejillas y tiene la mandíbula tensa. El actor se pavonea y pone posturitas, gesticulando mucho con los brazos, y luego habla de que va a seducir a una rica viuda, haciendo estallar un aluvión de risas, al tiempo que saca un espejo y se admira en él. Entonces entra en escena el objeto de su deseo, la señora Custance, un guapo muchacho todo emperifollado de rojo: peluca roja, vestido rojo, mejillas redondas resaltadas en rojo. Resulta más que evidente que representa a Catalina, ya que el rojo es su color y todos sus pajes van uniformados con librea escarlata.

—Es de lo más descarado, ese amante tuyo —le susurra Catalina, alzando las cejas.

A pesar de los esfuerzos de ella por mantener el buen humor, Huicke siente crecer la rabia dentro de sí. ¿Cómo ha podido Udall hacer esto? Sin duda conoce las circunstancias…, aunque tal vez no. La relación entre ambos nunca fue de dominio público, tan solo rumores y especulaciones. Solo Huicke conoce realmente la magnitud de los sentimientos de Catalina por Thomas, ella ni siquiera se lo ha contado a su hermana Ana. Contemplan cómo se desarrolla la historia, los intentos torpes e indeseados de Roister Doister por seducir a la señora Custance, quien está prometida a un rico comerciante llamado Gawyn Goodlucke, el cual, muy convenientemente, se encuentra en el extranjero.

Huicke vuelve a mirar a Catalina. Su sonrisa es un rictus. Su pie golpetea nerviosamente el suelo. Intenta imaginarse cómo debe de sentirse al ver su vida secreta expuesta de forma tan descarnada para que todos en la corte puedan sacar sus conclusiones. Seguramente debe de estar pensando que es él quien se ha ido de la lengua y le ha contado a su amante todo acerca de su vida privada. Huicke no puede soportar la idea de volver a perder su confianza. Le aprieta la mano a Catalina.

—No tenía ni idea, Kit.

—Estas cosas siempre acaban saliendo a la luz de un modo u otro. El rey ya estaba lo bastante enterado como para enviarlo lejos. La rumorología se encargó de hacer muy bien su trabajo. Así que no te preocupes, Huicke, sigo confiando plenamente en ti.

Udall ha convertido su más preciado y doloroso recuerdo en una farsa ante toda la corte, y además una muy peligrosa, pues si el rey llegara a enterarse… La idea hace que a Huicke se le encoja el estómago por el miedo. Aun así, no puede por menos que admirar las agallas de Udall. Si Thomas Seymour estuviera aquí, esto podría hacer que lo colgaran. Pero no está, y su hermano tampoco; Hertford ha partido hace poco hacia Francia. Y, gracias a Dios, el rey tampoco está. Porque si estuviera, no se estaría riendo. Esto es lo mismo que presentarlo ante todos como un cornudo. Y ni siquiera Udall se habría arriesgado a escenificar algo semejante en presencia del rey.

La velada se arrastra con dolorosa lentitud. Catalina permanece sentada junto a él, totalmente inmóvil, mientras el vanidoso Roister Doister se va labrando el camino hacia su propia humillación.

—«Sé que ella me ama, pero no puede hablar» —clama a voz en grito.

Huicke se inclina hacia ella y susurra:

—Ojalá hubiera estado al tanto de esto, Kit. Lo habría impedido.

—Solo pretende hacernos reír —responde ella, manteniendo su ambigua sonrisa. Su resiliencia es extraordinaria.

—Además solo está ridiculizando a Seymour, no a ti. Siempre ha odiado a ese hombre y nunca he sabido por qué. Supongo que por alguna vieja rencilla.

Ahora el joven actor que hace de ella se queda solo en escena, ridículo con sus mejillas teñidas de colorete, sus faldas escarlatas demasiado largas que se arrastran por el suelo y le hacen tropezar, y sus gestos sobreactuados: una mano grande y masculina sobre el pecho, la boca dibujando una mueca espantada, los ojos muy abiertos y vueltos hacia arriba, su voz desgarrada por la desesperación. Se dirige directamente al público, convirtiéndolo en su confidente, y habla tan bajo que todos deben inclinarse hacia él y dejar de reír para poder escucharlo.

—«Cuán inocente he sido al obrar así de pensamiento —declama con un leve ceceo—. Y, aun así, mirad cuánta desconfianza ha arrojado sobre mí».

Toda la sala se queda un momento en silencio. Porque por debajo del humor subyace una incómoda verdad: también los inocentes pueden caer. Meg está petrificada, con una mano sobre la boca. Ana esconde la cara tras el abanico, pero sus ojos delatan lo que está pensando: si su hermana cae, su familia también caerá. Incluso Stanhope, que es la que con más estridencia ha reído de todas, se ha quedado callada, aunque odia a su cuñado y se alegraría mucho de verlo humillado. Solo Isabel continúa riendo alegremente. ¿Acaso es demasiado joven para entender o es tan insensible como afirman algunos?

La absurda trama continúa desplegándose en escena. El momento de solemne gravedad vuelve a dejar paso al júbilo cómico. Catalina no deja de sonreír mientras la obra avanza hacia su feliz conclusión.

—Este Udall tuyo tiene mucho peligro, Huicke —le comenta—. ¿Qué es lo que dijo Aristóteles?: «En la comedia los buenos tienen un final feliz y los malos un final desgraciado». Me pregunto cuál será mi destino.

Huicke no sabe qué responder a eso.

Catalina lo coge de la mano y se acerca a su oído para susurrar:

—¿Puedo confiar realmente en él? Udall sabe demasiado acerca de mis hábitos de lectura. Habla con él, Huicke. Dile que si no pone más cuidado tendré que mandarlo lejos de la corte. Hazle entender que mi benevolencia tiene sus límites.

—Prometo hacerlo, Kit —responde él.

Los actores saludan con reverencias los efusivos aplausos del público. Udall entra en escena para sumarse al elenco y Catalina le lanza una bolsa de cuero, que él atrapa con destreza al vuelo. Huicke sigue hirviendo de rabia por dentro, pero Catalina se muestra como si nada.

—¡Magnífico, Udall! —le grita—. Nos has dejado totalmente embelesados.

La gente se levanta de sus asientos y deambula por la sala mientras empiezan a servirse copas de vino. Huicke se mantiene un poco apartado, dejando que Catalina felicite a los actores y comente la obra con sus damas. Su pose imperturbable lo asombra; no hay nada en la superficie que revele su mundo interior. Ahora sonríe mientras charla con el muchacho de los Dudley y con su madre. Toma a Meg de la mano y la atrae hacia donde están para presentarle al chico. Ahora que lo piensa, Catalina le había mencionado algo acerca de un enlace entre ambos.

Meg se postra en una profunda reverencia, pero en vez de dirigir una breve mirada al muchacho, tal como dictan los buenos modales, se lo queda mirando fijamente. Entonces, al incorporarse, la copa se le derrama y mancha de vino carmesí las calzas amarillas del chico. Este retrocede de un salto y mira a su madre, que se ha llevado la mano a la boca. Ambos parecen estar preguntándose si el vino se le ha derramado deliberadamente. Esa es sin duda la impresión que le ha dado a Huicke. Catalina llama a un paje, que se lleva a Dudley, seguido por su atribulada madre. Entonces se gira hacia su hijastra, pero esta ya se ha escabullido y ahora se encuentra sentada en un rincón de la sala con Isabel.

Las dos están lo bastante cerca de Huicke para que este oiga decir a Isabel:

—¡Bravo, Margaret Neville! Así es como se trata a los pretendientes no deseados.

Hay algunas cosas que Huicke nunca entenderá de las mujeres.

—¿Qué es esto? —pregunta William Savage. Sostiene el papel con las puntas de los dedos, como si pudiera contagiarle la viruela. Su voz suena impaciente, incluso enojada.

Dot desea arrebatarle la oración de las manos y devolverla al atril en la alcoba de Catalina; fingir que nada de eso ha ocurrido nunca. Pero ahora ya está ahí, y al final consigue encontrar un ápice de determinación.

—Esperaba que pudierais leérmela —murmura.

—No debes entregarme estas cosas donde puedan vernos —espeta él.

Están en los escalones de piedra que conducen a la cámara de la guardia, en el pequeño rellano donde gira la escalera. La gente sube y baja constantemente por ahí, rozándose con los hombros al cruzarse y dejando fragmentos de conversación a su paso. Hay una ventana a través de la cual el sol proyecta rombos de luz sobre las losas de piedra gris. Dot apenas se atreve a mirar a William. Este se acerca un poco el papel y se vuelve hacia la luz para leerlo.

—Ah —dice—, solo es la oración de la reina. ¿Por qué no me lo has dicho?

—Yo…, yo… —Siente la lengua informe y pesada, incapaz de articular palabras, y nota un rubor ardiente que le sube hasta la misma raíz del pelo—. No tiene importancia —acierta a murmurar al fin.

—Pues claro que la tiene —dice él sonriendo, y la toma de la mano—. Vamos a un sitio más tranquilo. ¿Te necesitan ahora? —La ira ha desaparecido de su cara y vuelve a ser él, el William que ronda constantemente sus sueños.

—Tengo unos minutos.

Él la conduce escaleras abajo tan deprisa que Dot tiene que correr para mantener su paso. Se fija en que tiene un pequeño agujero en las calzas a la altura del tobillo, en el punto donde el talón se estrecha para encontrarse con la base de la pantorrilla: un pequeño círculo de piel blanca enmarcada en negro, una parte íntima de él. Le gustaría decirle que ella podría zurcírselo y se pregunta si ya tendrá una chica que le remiende y le lave la ropa. En ese momento se da cuenta con un pequeño sobresalto de que, pese a soñar tanto con él, apenas sabe nada de ese hombre, salvo que lee y escribe y toca el virginal como los ángeles. Pero, por encima de todo, lo que sí sabe Dot es que está fuera de su alcance. No está segura de hasta qué punto, pero es un hombre de buena cuna y no debería fijarse en una chica como ella… o por lo menos para nada más allá de un revolcón en el granero. Pero ahora aquí está, agarrándola de la mano y tirando de ella sin que le importe que alguien los vea.

La lleva hasta el Patio Base, donde la luz del sol se refleja en los ventanales y se proyecta sobre los adoquines. Sus ojos tardan unos momentos en acostumbrarse al resplandor. Se sientan en un banco un tanto apartado. El patio está tan ajetreado como Smithfield y todo el mundo camina con paso presuroso de aquí para allá. Grupos de hombres avanzan ruidosamente con los ropajes agitándose tras ellos y las espadas destellando, y los pajes se afanan para hacer tal o cual recado. Ve a Betty escabulléndose furtivamente por debajo de la arcada; resulta evidente que está haciendo algo que no debería, ya que a esa hora tendría que estar en las cocinas. Pasa un jardinero, casi oculto bajo un enorme manojo de flores del color de los limones; Dot supone que deben de ser para una de las grandes estancias. Un trío de chicas practica pasos de baile a la sombra del claustro, sus faldas girando alrededor de los tobillos.

—No, Mary, es así —dice una de ellas, ejecutando el movimiento—. Tienes que levantar los brazos. —Y se lo muestra, alzando los brazos y desplegando hermosamente los finos dedos al final de las manos, lo cual la hace parecer una espléndida mariposa con las mangas rojas y doradas extendidas como alas, al tiempo que con sus ojos de insecto lanza seductoras miradas a su alrededor para ver quién puede estar mirando.

Dot echa un vistazo a William para comprobar si él también las está observando, pero no es así; sus ojos están puestos en ella, escrutándola minuciosamente. Se siente incómoda, acalorada, con el sol cayéndole de pleno, expuesta.

—¿Sabes, Dot? —le dice en un susurro—. Eres muchísimo más guapa que todas esas jovencitas cortesanas que van por ahí alzando el mentón con gesto altivo.

Ella no lo cree en absoluto, ahí sentada con su sencilla cofia y su basto vestido poco mejor que un saco de patatas, comparada con todas esas bellezas que se pasean por palacio ataviadas con alegres colores. Se devana los sesos intentando encontrar alguna respuesta ingeniosa, lo que sea, pero no se le ocurre nada salvo un «No» apenas audible. Se siente abrumada por su propio sentido de inferioridad: el deje campesino en su voz; su piel, que no es lo suficientemente pálida; sus manos grandotas y encallecidas de tanto fregar y frotar, y que ahora esconde bajo el delantal.

—Bueno, ¿quieres que te lea esto?

Ella asiente.

Las tres jóvenes siguen practicando su baile. Una de ellas entona una canción en francés, o al menos Dot supone que debe de ser francés porque aquí todo el mundo —excepto los sirvientes ordinarios— parece hablarlo. Todas saben leer, y Dot las odia por ello; las odia por su lujosa vida, por su aire refinado, por sus miembros esbeltos y su tez delicada, por su sangre azul, por los serviles tutores que se esmeran en instruirlas. Pero, sobre todo, las odia por cómo la hacen sentirse: vulgar, desmañada y estúpida.

—¿Nadie te ha enseñado nunca a leer?

Ella niega con la cabeza, su mirada gacha siguiendo una hilera de hormigas que desfila entre los adoquines.

—¿Y te gustaría aprender?

Escucha atentamente intentando detectar el tono de burla en su voz, pero no lo encuentra.

—Me gustaría. —No sabe por qué, no sabe qué hay en William que de pronto hace que confíe en él, pero por fin consigue recuperar el control de su lengua—. Me gustaría mucho.

—Es un crimen que a las chicas inteligentes como tú no se les enseñe a leer.

Me ha llamado «inteligente», piensa ella, sintiendo que sus emociones se desbordan.

—Pero es que yo crecí en una familia humilde, y al final he acabado aquí. Allá de donde vengo las chicas no saben leer. Y siento que no pertenezco a este lugar, señor Savage.

—Tú perteneces a este lugar tanto como el que más. —Le echa un brazo por encima de los hombros y le da un afectuoso apretón que hace que sus entrañas se vuelvan gelatina—. Y ahora dime —añade—, ¿te gustaría leer la Biblia por ti misma?

—Sí. Cuando veo a todas las damas con sus libros…

—Chisss… —dice él, poniendo un dedo sobre sus labios—. No debes hablar de esas cosas.

Su contacto, su cercanía, hacen que a Dot le cueste respirar. Un par de jinetes entran al galope en el patio, desmontan y empiezan a charlar a voz en grito. Un ruidoso grupito de palomas se pelea por picotear un mendrugo. La campana de la capilla suena dos veces.

—Tengo que irme —dice ella, haciendo amago de levantarse, pero él la agarra de la mano y la obliga a sentarse de nuevo.

—Yo te enseñaré a leer. —Parece complacido con la idea, sus ojos muy abiertos, brillantes y adorables.

—Estoy segura de que nunca conseguiré…

—Lo conseguirás. No tiene tanto misterio como parece. Ven a verme más tarde, cuando la reina se haya acostado, y comenzaremos con la oración. —La atrae hacia él y le da un beso, ligero como una pluma, en la mejilla—. Estoy deseando empezar cuanto antes, Dot.

—Tengo que irme —repite ella.

Él la acompaña hasta la puerta y la abre, sosteniéndola para que pase como si fuera como mínimo una marquesa.

—Sabes que esto debe permanecer en secreto.

Dot asiente, comprendiendo que hay algo muy solemne y poderoso en la palabra escrita y en el hecho de poder leerla.

—Dejemos que piensen que somos amantes de verano —añade, girándole la cara hacia él con un suave toque en la mejilla.

Ella no tiene más remedio que mirarlo. En cierto modo parece más joven de lo que había pensado; nunca se había fijado en lo rala que es su barba, haciendo que la hendidura del mentón y el hoyuelo de la mejilla resulten más visibles, ni tampoco en que tiene la piel suave como la de un niño. Hay un brillo de emoción en sus ojos, que se agitan nerviosamente mientras contemplan su cara. Dot se pregunta qué es lo que verá en ella.

La cabeza le da vueltas mientras regresa a los aposentos de la reina. Está tan aturdida que no para de cometer torpezas. Derrama una palangana con agua sobre la alfombra y vuelca una caja de naranjas, que salen rodando por toda la estancia; tiene que arrebatarle una a Rig del hocico, que la agarra entre los dientes pensando que se trata de un juego. Cuando le lleva el vestido a Catalina se olvida del tocado y le abrocha la manga izquierda en el brazo derecho.

—Estás muy distraída, Dot. Más de lo habitual —dice Catalina—. Me da a mí que estás enamorada. —Se ríe suavemente y añade—: Disfrútalo, querida, porque en esta vida hay muy pocas oportunidades para el amor.

A Dot no se le escapa la sombra de tristeza que cruza por su rostro. Últimamente ha notado un cambio en Catalina. Desde la marcha del rey se ha mostrado exultante, muy en su papel de reina, pero hay algo que se trasluce bajo la superficie y que le confiere cierta amargura, aunque es algo que muy pocos saben ver. Dot escucha hablar a las damas de lo extraordinaria y eficiente que es, de lo bien que gobierna el Consejo.

«Tiene a todos esos vejestorios comiendo de su mano», oyó decir a la duquesa de Suffolk, y su hermana Ana dijo que era una mujer formidable. Y había que ver la cara que puso la agria de Stanhope cuando incluso la anciana lady Buttes, que no parece tener una buena palabra para nadie, comentó: «Para no ser alguien de muy alta alcurnia, tiene todo el porte de una reina».

Pero solo Dot conoce los secretos de su cuerpo. Solo ella vio su expresión cuando le vino el periodo la última vez, y solo ella oyó lo vacías que sonaron sus palabras cuando dijo: «La próxima vez, Dot. La próxima vez». Luego se preparó un tónico para los dolores y siguió con sus quehaceres.

Dot piensa que es una bendición que el rey no esté aquí. La gran alcoba permanece sin usar y la pálida piel de Catalina no muestra moratones.

6

Palacio de Eltham, Kent,
septiembre de 1544

Catalina espolea a Pewter. Nota el cansancio del animal, pero cuando alcanzan la cresta de la colina y el palacio queda a la vista, el caballo vuelve a apretar el paso, estimulado sin duda por la idea de un buen cubo de avena. La vetusta piedra de Eltham es del color del cielo invernal, pero aquí y allá está cubierta de musgos y líquenes de un intenso verdor que hacen que el palacio parezca brotar de la tierra, como concebido por la naturaleza misma. Es un lugar que ha albergado a reyes y reinas durante siglos y parece ser consciente de ello, porque presenta un aire digno y majestuoso, alzándose como una joya en el centro de sus extensos y sinuosos jardines, y rodeado por un foso de plácidas aguas verdes. Los bordes de las hojas de los árboles empiezan a secarse, adquiriendo una nueva paleta de colores que anuncian la llegada del otoño.

Más adelante, ya casi en las verjas, ve a María e Isabel junto con el pequeño Eduardo y un grupo de jóvenes. Sus monturas estaban más frescas y han recorrido el último trecho al galope. Observa cómo Eduardo maneja con destreza a su nervioso poni; se lo ve muy tranquilo y confiado en su silla de montar. Catalina se ha esforzado mucho por crear un ambiente de familia para esta dispar colección de almas perdidas que, pese a todos sus privilegios, han estado muy desprovistos de amor. Incluso Eduardo, la niña de los ojos de su padre, la respuesta a todos sus anhelos, ha estado tan sobreprotegido, tan alejado de la realidad, que no sabe muy bien cómo gestionar los afectos. Catalina confía en que todo eso cambie.

Desde su llegada a Eltham ha visto cómo florecía una creciente intimidad entre las dos hermanas. Salen a montar juntas cada día e Isabel se ha instalado en el dormitorio de María. Catalina llevaba mucho tiempo deseando esto, pero su placer se ha visto enturbiado porque, como consecuencia, Meg ha sido relegada. A estas alturas ya debería estar casada, pero desde aquel incidente con el vino, el chico de los Dudley ha quedado totalmente descartado. Además, Meg parece estar enfermando; lleva semanas sin salir apenas y su piel ha adquirido una palidez espectral. Por las noches, cuando se cuela en la cama de Catalina, ella oye su respiración resollante, interrumpida de vez en cuando por terribles ataques de tos. Ha llamado a Huicke para que venga de Londres. Él sabrá qué hacer.

El palacio le gusta. Enrique pasó su infancia en Eltham y Catalina intenta pensar en él correteando por el lugar: pequeño y rollizo, el hijo segundo que no fue criado para alcanzar la grandeza como su hermano. Sin embargo, no logra imaginárselo de niño. En su mente es más como uno de esos dioses paganos de la mitología que surgen completamente formados del vientre de un pez gigantesco o de una enorme hendidura en la tierra. Muy pronto regresará, jactándose muy ufano tras su gran victoria en Boulogne. Hampton Court recibió con gran júbilo la noticia de que los franceses habían sido derrotados. Y mientras aguarda a que le comuniquen que el rey ha desembarcado en Dover, Catalina siente cómo la libertad se le va escurriendo entre los dedos. Sin embargo, por el momento piensa disfrutar de los placeres que le brinda este lugar.

Cuando Pewter entra trotando por debajo del arco de piedra y se detiene en el patio adoquinado, empieza a caer una fina llovizna. Catalina desmonta y conduce al caballo hasta el abrevadero para que alivie su sed. Le rasca entre las orejas y él la hociquea en el hombro, soltando chorros de vapor por los ollares.

—Permitidme que lo lleve yo, señora —le dice un mozo al que no conoce y que no la mira a los ojos, muy inseguro de sí mismo porque ella es la reina.

Catalina le sonríe para tranquilizarlo, le entrega las riendas y le pregunta cómo se llama.

—Me llamo Gus, señora —responde, mirándose las manos.

—Gracias, Gus. Dale un cubo de avena y cepíllalo a conciencia. Ya no es tan joven como antes.

El mozo se lleva a Pewter y Catalina se sienta un momento en el borde del abrevadero, alzando la cara hacia la fría llovizna e imaginando que no es la reina y que puede hacer lo que se le antoje. Pero la lluvia la devuelve a la realidad y Catalina acaba entrando por las grandes puertas de madera. Su hermana Ana está en el salón y ambas se sientan frente a la chimenea para tomar un ponche.

—Este fuego echa un humo espantoso —comenta Ana.

—Nos hemos malacostumbrado a las comodidades de Hampton Court y Whitehall.

—Este lugar me recuerda a Croyland. Kit, ¿te acuerdas de cuando íbamos allí de pequeñas?

Catalina levanta la vista hacia el techo de vigas de martillo; la luz se filtra amortiguada a través de los gruesos cristales, proyectándose sobre las losas de piedra que se ven lustrosas e irregulares por el paso del tiempo.

—Es exactamente igual a Croyland.

Se acuerda de aquella gran abadía, del manto de silencio que se extendía sobre todas las cosas, una ausencia total de sonido que hacía que le zumbaran los oídos. Rememora la imagen de aquellos solemnes monjes con sus cogullas, el suave arrastrar de sus pasos, las sobrecogedoras armonías de su canto llano elevándose hacia los inmensos techos arqueados, y los vívidos colores, la esplendorosa riqueza, todo lo que acabó arrasado por la Reforma de Enrique. Y aunque no cree en lo que representaba la antigua religión, desearía que se hubiera conservado algo de aquel antiguo esplendor, aquella singular quietud.

—Es una lástima que aquellos lugares hayan desaparecido.

En su corazón siente la pérdida de todo aquello como algo desolador. Y comprende que la gente siga horrorizada por cómo se repartieron los despojos de la antigua Iglesia entre los miembros de la nobleza.

—Ana, ¿te has preguntado alguna vez si todo aquello valió la pena?

—Yo creo que sí, Kit. Lo creo de corazón.

A veces Catalina envidia la certidumbre que muestra su hermana en sus convicciones.

—¿Incluso el horror?

—Sí, incluso el horror. Porque sin todo aquello no habría podido surgir nuestro nuevo mundo. Y tú, Kit, no deberías tener ninguna duda al respecto, después de todo lo que tuviste que sufrir a manos de los rebeldes católicos.

—No son dudas lo que siento. Es más bien… —Se esfuerza por encontrar la palabra apropiada—. Tristeza.

En ese momento se oye un chillido y unas risas, e Isabel pasa corriendo por la galería de los juglares, perseguida por Robert Dudley.

—Esa niña es de lo más problemática —suelta Ana—. ¿Has visto cómo tiene a ese pobre Robert dando vueltas a su alrededor como una peonza?

—Tiene una vena algo salvaje, eso es verdad. Pero en el fondo es una buena chica. Eres demasiado dura con ella, Ana.

—Se ve que a ti también te tiene ganada. Te digo yo que es problemática.

—Tú no la entiendes.

—¿Y qué pasa con Meg? Isabel se lo ha quitado en sus mismas narices. Se suponía que ese chico era para ella, pero ahora está totalmente cegado por esa pequeña descarada.

—A Meg no le gustaba. —Catalina siente crecer su irritación, molesta por la elección de palabras de su hermana—. Además, no se encuentra bien. Desde hace unas semanas ni siquiera puede…

Se ve interrumpida por la entrada de un paje, que le entrega una carta a Ana.

Esta deja escapar un ruidito excitado mientras rompe el lacre, luego lee rápidamente el contenido de la misiva.

—Esto sí que son noticias, Kit.

Arruga el papel y lo arroja al fuego, y mientras observa cómo arde coge el atizador para empujar hacia las llamas un fragmento que se había escapado. Se inclina hacia su hermana y le dice en voz baja:

—El astrólogo vendrá a vernos esta noche.

No hacen falta más palabras. Llevan planeando esto desde hace semanas: Anne Askew, quien abandonó a su marido para difundir el nuevo Evangelio, va a venir a Eltham. Tan solo de pensar en ello, en la presencia de esa mujer tan valerosa, Catalina siente que la invade la emoción. Ya ha hecho algunas donaciones, de forma anónima, para financiar su labor divulgadora. El nombre de Anne Askew se susurra en tono reverente en los círculos reformistas; es conocida por sus sermones en los que refuta la transustanciación y también por distribuir libros prohibidos. Es todo lo que una mujer no debería ser, y Catalina la admira por ello.

Gardiner había hablado de ella en una reciente asamblea del Consejo.

—Esa maldita hereje... —la llamó—. Ese es el resultado de dar una educación a las mujeres. Yo la haría arder en la hoguera, aunque fuera lo último que hiciera en esta vida.

Pero Anne Askew se le había escurrido entre los dedos. Tiene amistades muy poderosas, y una de ellas es la duquesa de Suffolk. Cat ha organizado la visita en el más absoluto de los secretos, cargándose a la espalda todos los riesgos de la operación y procurando mantener al margen a Catalina en la medida de lo posible. Va a venir a Eltham disfrazada de astrólogo. Nadie debe enterarse, salvo Catalina, Ana y la propia Cat. Ni siquiera Huicke está al corriente, por si de algún modo llegara algo a oídos de su lenguaraz amante. La reina no puede verse envuelta en semejante herejía. Todos, incluidos los sirvientes, deben pensar que va a consultar a un astrólogo por el bien del país, para saber si Inglaterra conseguirá nuevas victorias militares o si ella concebirá pronto un hijo. Que piensen lo que quieran, siempre que no sea la verdad.

—Ana —le susurra a su hermana—, por fin va a ocurrir.

El secreto palpita con fuerza en su interior, el peligro la hace sentirse viva, más cerca de Dios.

Catalina está con Cat Brandon en el gran vestíbulo del palacio cuando oye la voz de su hermano afuera.

—¡Abrid paso al astrólogo de la reina!

No sabía que Guillermo sería el encargado de acompañar a Anne Askew. Cat apenas le ha contado nada de cómo se desarrollaría la visita, le dijo que era mejor así. Cuando oye el ruido de cascos entrando en el patio, Catalina se dirige presurosa hacia las puertas, pero Cat la agarra del brazo para retenerla.

—Alguien podría notar tu entusiasmo. Lo llevas escrito en la cara. Tienes que acostumbrarte a desenvolverte mejor en el terreno del subterfugio —le dice, llevándola hacia la cámara.

Por supuesto, tiene razón: Catalina está vibrando por la emoción.

Cat se apresura a echar a todo el mundo de la estancia.

—La reina consultará a su astrólogo en privado —anuncia.

Las damas dejan sus labores de bordado y sus libros y salen para acomodarse en el salón, cerca del fuego. Entonces entra Guillermo, acompañado por una alta figura, tan alta como un hombre, envuelta en una gran capa que hace que incluso su rostro quede en penumbra. Y, cuando se la quita, Anne Askew está plantada frente a ellas, vestida con botas, calzas, jubón y birrete de hombre...; un hombre de lo más convincente. Pero entonces se postra en una reverencia profundamente femenina. Su rostro es abierto y franco, con unos ojos cálidos y algo más separados de lo normal.

—Me complace enormemente, alteza, tener la oportunidad de poder mostraros mi gratitud por todo vuestro apoyo —dice en voz baja.

Guillermo se adelanta y se abraza a Ana y a Catalina, y por un momento ella ya no es la reina, sino una de las dos hermanas de Guillermo Parr.

—¿Se lo habéis contado a alguien? —pregunta él con ojos refulgentes.

—A nadie —le confirma Catalina.

Entonces Guillermo saca una gran carta astrológica y la despliega sobre la mesa.

—Por si acaso —dice.

Solo Dios sabe dónde habrá conseguido algo así.

—Yo vigilaré la puerta —prosigue—. ¿Adónde conduce esa otra puerta?

—Solo a mi alcoba —responde Catalina.

—¿Y no hay otra puerta que lleve a tu alcoba?

Ella niega con la cabeza, sintiendo de pronto cómo la sensación de peligro se entremezcla con su emoción: podría arder en la hoguera por esto. Las tres —Ana, Cat y ella misma— se acomodan sobre unos cojines junto a la chimenea para escuchar.

Anne Askew saca una Biblia de debajo de su jubón y le da unos golpecitos.

—Esta es —empieza—. Esta es la palabra de Dios. No necesitamos nada más…, no se precisan verdades no escritas para gobernar la Iglesia.

Catalina la observa mientras habla. No dice nada nuevo, pero es su manera de decirlo, su fervor, su fe, lo que da enjundia a sus palabras. ¿Acaso cualquiera que la escuche no sabría en el fondo de su alma que está diciendo la verdad?

Continúa hablando acerca de la misa.

—¿Cómo puede el hombre decir que él crea a Dios? En ninguna parte de la Biblia dice que el hombre pueda crear a Dios. Es el panadero el que hace el pan, ¿y pretenden que creamos que ese panadero hace a Dios? No tiene ningún sentido. Si ese mismo pan se deja durante un mes, se convierte en moho. Esa es la prueba de que no es más que pan. Todo está aquí. —Toma una mano de Catalina con la suya—. He sido elegida por Dios para difundir su Evangelio y me siento afortunada de estar aquí impartiendo la palabra de Dios a la mismísima reina.

—Soy yo la afortunada, señora Askew.

La mujer va pasando las páginas de su sencilla Biblia en busca de un determinado pasaje. Cuando lo encuentra, deja escapar un suave «Ah» y pasa un dedo por debajo del versículo:

—«He aquí el cordero de Dios». Si los católicos no creen que Cristo sea realmente un cordero, entonces ¿por qué insisten en esa traducción tan literal de «Este es mi cuerpo»? —Vuelve a dar unos golpecitos en su Biblia, con ojos resplandecientes—. Este libro es la luz que nos guiará, y solo este.

Cuando concluye su sermón susurrado a media voz, Catalina le entrega una bolsita de cuero.

—Habrá más si lo necesitáis. Continuad con vuestra excelsa labor, señora Askew.

Todas murmuran juntas:

—Solo las Escrituras, solo la fe, solo la gracia, solo Cristo, solo a Dios la gloria.

Y luego se marcha apresuradamente, escoltada por Guillermo, envuelta en su capa.

—¿Qué te ha dicho tu vidente astral? —le pregunta María más tarde—. ¿Vas a engendrar un hijo para Inglaterra?

—Oh, ya sabes cómo es esa gente —responde Catalina—. Hablan con palabras enigmáticas, llenas de ambigüedad. Pero así lo espero, María, espero que haya un heredero. —Se sorprende de con qué facilidad puede mentir y descubre que no le gusta—. Y rezo por ello —añade.

Está realizando una discreta labor de zapa con María, tratando de socavar su credo religioso, confiando en convertirla a la nueva fe. Tal vez se le acabe pegando algo de las creencias de Isabel. Las dos hermanas parecen estar cada vez más unidas. María es muy inteligente, pero no tiene la chispa de Isabel, con su formidable mezcla de carácter frívolo y temperamento sanguíneo. En el fondo de su corazón Catalina está convencida de que, de los tres vástagos, Isabel sería la mejor monarca, aunque también sabe que nadie estaría de acuerdo con ella. Eduardo es demasiado envarado, mientras que María está totalmente dominada por sus emociones, es más volátil que su hermana y parece incapaz de sacudirse de encima ese sempiterno aire de tragedia.

Catalina hace todo lo posible por atraer a María a esas conversaciones sobre religión que a menudo se prolongan hasta bien entrada la noche, cuando su séquito más íntimo se reúne en torno al fuego y todas plantean cuestiones teológicas en voz alta. Pero las creencias de María son inquebrantables. Para ella, las cosas son como son y como siempre han sido. Tiene una vena inexpugnable de la que nada conseguirá apartarla. Es como si estuviera aferrada a la antigua religión en honor al recuerdo de su madre, como si el mero hecho de plantearse cualquier otra posibilidad constituyera una traición. Su lealtad es ciega, y Catalina se pregunta a veces si eso supondrá su bendición o su caída. En el lugar tan elevado en el que habitan, la idea de la caída siempre acecha en las sombras.

Pero la obstinada cerrazón de María encuentra su contrapunto en la recién descubierta tenacidad evangelizadora de Catalina, espoleada por la visita de Anne Askew. Y finalmente consigue convencerla para que la ayude en un nuevo proyecto. Se trata de una traducción al inglés de las *Paráfrasis* de Erasmo. Después de todo, Erasmo no está prohibido. Pero en inglés… Udall le había dado la idea. Y si ha de ser sincera consigo misma, la perspectiva de publicar algo apeló también a su vanidad. No iba a ser una más de aquellas reinas sin descendencia, de las que había habido tantas y que apenas eran recordadas. Con frecuencia piensa en Copérnico y en el eclipse solar, símbolos de los grandes cambios que están teniendo lugar, y ve en todo ello la mano de Dios. Y piensa que también ella quiere dejar algo tras de sí, un legado, pasar a la historia como una de las abanderadas de la nueva religión. Pensar en Anne Askew le sirve de estímulo. Ella será recordada por su gran labor evangelizadora. Así pues, Catalina será recordada por llevar al pueblo llano las grandes obras, las nuevas ideas, en su propio idioma. Algún día ella también escribirá sus libros, con sus propias reflexiones. Pero apenas se permite pensar en esto, porque es algo demasiado impropio de una mujer, demasiado radical. En lugar de eso, se dice que su obligación como reina y como mujer cultivada es utilizar sus enseñanzas para alcanzar un bien mayor.

Esto es también lo que le cuenta a María, apelando a su sentido del deber y recordándole la alta e incondicional estima en que su padre tiene a Erasmo. Además, María también tiene su vanidad y quiere que se la considere por su intelecto.

—Solo tú tienes la sutileza de mente necesaria para llevar a cabo una labor así —le dice Catalina, observando cómo sus dedos toquetean el rosario que lleva prendido al cintillo y que perteneció a su madre. María tiene las manos de su padre, y Catalina es consciente de la maldición que debe de ser para una chica verse constantemente comparada con su hermana cuando esa hermana es Isabel, cuyas manos son como bonitos pajarillos y que ha heredado el innegable magnetismo de su padre. A María le ha tocado quedarse con lo peor de él: sus dedos regordetes, su temperamento volátil y esos ojos perturbadores. Así que lo que en realidad le está diciendo Catalina es: te he elegido a ti y no a Isabel para esta tarea.

—He pensado en asignarte el Evangelio de Juan. Es el mejor de todos y se ajustará muy bien a las complejidades de tu mente.

María menea lentamente la cabeza de lado a lado, y todo lo que Catalina puede oír es la lluvia de septiembre repiqueteando en la ventana. Pero entonces levanta la mirada con los ojos de su padre —como cuentas de cristal— y dice:

—Lo haré.

Catalina tiene la sensación de estar llegando por fin al alma perdida de su hijastra mayor. Sabe que con el tiempo María acabará entrando en razón, que esa traducción se irá abriendo paso en su interior y le permitirá liberarse de los atormentados recuerdos de su madre y del dominio controlador de Roma. El Evangelio de Juan será su *tabula rasa*.

Catalina y el resto de la familia han hecho barquitos de papel y los echan al agua del foso para ver cuál de ellos permanece más tiempo a flote, ingeniándoselas para que el de Eduardo quede siempre ganador. Desde muy corta edad, el príncipe ha aprendido que el mundo conspira mágicamente a su favor. A fin de cuentas, algún día será el rey y así es como funcionan las cosas para los reyes. Septiembre está llegando a su fin y, después de unos días de incesante lluvia, por fin ha amanecido uno de esos brillantes y frescos días otoñales en los que los colores de cuanto los rodea parecen más intensos. Van muy bien abrigados contra el frío, con pieles que Catalina ha mandado que les envíen desde Londres. Esta mañana ha despachado muy pronto sus cartas para el Consejo. Desde que llegó la noticia de la victoria del rey no ha habido que tomar ninguna decisión importante, y Catalina siente cómo el poder que ha ejercido hasta ese momento se le escapa de las manos ante el inminente retorno de Enrique.

Se prepara mentalmente para reunirse de nuevo con su marido. Después de meses en la guerra, Enrique volverá ardiente de deseo. Catalina intenta no pensar en ello: se limitará a cumplir con sus deberes conyugales, aunque la mera idea hace que se le revuelva el estómago. Tal vez el esfuerzo de la campaña militar lo haya dejado exhausto e incapacitado.

En ese momento se fija en que Meg está sentada a solas en un banco de piedra, blanca como una estatua, leyendo. Huicke ha tenido que retrasar su llegada, pero en cualquier caso la joven parece encontrarse mejor.

Es Meg quien oye primero los caballos.

—¡Se acerca un emisario! —grita, y todos se levantan para mirar hacia el puente del foso, donde ven aproximarse a un grupo de jinetes con el estandarte real ondeando sobre ellos.

«Ya está —se dice Catalina—. Vienen a anunciar que el rey ha vuelto».

Frenan sus monturas en seco cuando ven que la reina está plantada ante ellos, y se apresuran a desmontar y a hincar la rodilla en el suelo. Tras el intercambio de formalidades de rigor, le entregan una carta. Enrique quiere que se reúnan en Otford. Deberá ir sola sin los hijos, únicamente acompañada por Dot para servirla. Catalina no conoce Otford, pero cree que antiguamente perteneció a Cranmer y que no es una de las grandes casas señoriales. Es un lugar más bien modesto —más íntimo, sospecha—, lo cual es indicativo del estado de ánimo del rey.

Catalina debe armarse de valor una vez más y convertirse en la esposa diligente, debe invocar un deseo fingido para complacer a su marido. A veces se siente poco mejor que una de esas rameras de Southwark, con todas las acrobacias que debe realizar para excitar a su esposo…, solo que sus actos están aprobados por Dios.

Y, piensa amargamente, las recompensas son mayores.

Palacio de Otford, Kent, octubre de 1544

En esta casa, la sala de destilación no es propiamente una sala, más bien una despensa sin ventanas y con una simple cortina por puerta que la separa de la mantequería. Para entrar en ella, Dot tiene que apretujarse entre los barriles de cerveza y vino que han subido de las bodegas para la visita del rey. Esta residencia resulta un tanto decrépita y húmeda. Las paredes se notan frías al tacto, como masa sin cocer, y si te rozas demasiado fuerte contra ellas se deshacen un poco y te dejan manchas blancas en el vestido. Las mejores zonas están revestidas con paneles de madera, pero en algunas partes están tan infestadas de carcoma que parecen hechas de encaje. En el último año ha estado en un montón de casas, teniendo que acostumbrarse rápidamente a los entresijos y pasadizos de cada una, y también al personal de servicio. La mayoría la dejan tranquila, pero algunos se acercan a ella para adularla creyendo que posee más influencia de la que en realidad tiene.

Y en cuanto se ha asentado más o menos en una casa, ya tienen que trasladarse a la siguiente. A veces piensa que se va a volver loca con tanta mudanza, tanto empaquetar y desempaquetar, tener que saber siempre dónde está cada cosa que se pueda necesitar en cualquier momento. Guardar las joyas de la reina en sus fundas y estuches, apilar cuidadosamente sus mejores vestidos en los baúles, doblar la ropa de cama, las medias, las gorgueras, las gorras, los tocados, y casi todo medio empapado por la humedad del clima y teniendo que ser aireado al llegar por miedo a que coja moho, solo para volver a ser doblado y empaquetado al día siguiente para trasladarse al próximo palacio o residencia. Y luego está también toda la ropa de montería. Es increíble la cantidad de piezas y detallitos que tienen esas prendas. Y el barro… El barro es lo peor, pegándose a las botas, salpicando los trajes de montar, agarrándose al dobladillo de los vestidos, y todos esos terrones secos por el suelo.

A Dot no le habría importado nada de eso, de no ser porque esta vez William Savage no ha venido con ellas. La reina lo ha enviado a Devon para que se encargue de supervisar una de sus casas señoriales. Debe de ser todo un honor para él, porque Dot nunca lo había visto tan excitado por algo…; bueno, casi nunca. Tiene una idea muy vaga de dónde está Devon, en algún lugar muy lejos al oeste, en la punta de Inglaterra que en los mapas se parece a la patita trasera de un perro. William se lo había mostrado, se lo había señalado en la sala de mapas de Hampton Court.

Dot guarda como un preciado tesoro sus recuerdos de él, los besos en el granero, el calor de su aliento, sus dedos hurgando y recorriendo su cuerpo, haciéndola jadear como un perro, sintiendo que el corazón le latía tan desbocado que pensaba que iba a desmayarse de tan excitada como estaba. Cada vez que se juntaban, William descubría una nueva parte de ella, rincones de su propio cuerpo que Dot apenas sabía que existían, y él gruñía de deseo mientras exploraba cada nuevo montículo y pliegue de su piel. Y luego otro momento de conmoción total, cuando él le tomó la mano y la llevó a su entrepierna, y ella palpó su miembro a través de las calzas. Su dureza la hizo perder el aliento al pensar en dónde se suponía que debía acabar aquello.

—Desabróchame —jadeó él.

Y aquello salió restallante, como si tuviera vida propia, y se hinchó aún más entre sus dedos…; demasiado, pensó Dot. Era del todo imposible que esa cosa pudiera entrar dentro de ella, como le había dicho Betty que ocurriría. Pero cuando él le levantó las faldas y dirigió su miembro hacia la parte húmeda de ella, se deslizó en su interior con la suavidad de un guante de seda de la reina. Nunca habría creído que pudiera existir tanto placer. Era el placer del pecado, eso lo sabía muy bien, y más tarde se enjugó con vinagre que le causó escozor ahí abajo, porque Betty le había dicho que era el mejor método para no tener un bebé.

A veces se imagina que William se ha marchado a una misión o una cruzada y que ella es la doncella que espera su regreso, y que cuando vuelva la tomará entre sus brazos y le contará sus aventuras.

Pero no se puede decir que Devon sea Tierra Santa, y tampoco se pueden correr muchas aventuras cobrando rentas o lo que sea que esté haciendo allí. De todos modos, está demasiado ocupada con tanta mudanza, y con tanto barro, como para tener mucho tiempo para pensar en William. Y por las noches también se suele acostar muy tarde, después de que la reina y sus hijastros se hayan cansado de jugar a las cartas o al ajedrez, de recitar poesía y, sobre todo, de hablar. Están siempre hablando, todo el rato. Dot se pregunta cómo pueden pensar tantas cosas que decir. Así que para cuando se mete en la cama apenas puede mantener los ojos abiertos, y sus pensamientos sobre William se pierden en un sueño profundo y exhausto sin ensoñaciones.

Y también ha estado lloviendo a cántaros durante al menos diez días seguidos. Dot pensaba que nunca más volvería a estar seca. Y la reina tuvo que hacer que le enviaran sus pieles desde Londres. Pero ahora ha vuelto el tibio sol otoñal y hace un tiempo bastante bueno. Dot se alegra de ello, porque Meg tiene que marcharse hoy de Eltham para ir a alguna otra residencia cuyo nombre ya ha olvidado, en compañía de Isabel, a quien francamente no le ha importado perder de vista, y del príncipe Eduardo, que, a decir verdad, es un crío bastante estirado.

Meg ha vuelto a enfermar; pareció que se ponía un poco mejor, pero eso no duró mucho. Y últimamente ha estado sufriendo unos terribles ataques de tos que hacían pensar a Dot que echaría las tripas por la boca. Está constantemente agotada y se queda dormida apenas una hora después de haberse levantado. Sin embargo, lo peor de todo es que se le va un poco la cabeza; ve ángeles y demonios por todas partes, y no para de desvariar y decir cosas sin sentido. Catalina le ha estado dando sus tinturas para intentar quitarle la tos, pero a Dot le preocupa que no pueda aguantar bien el viaje. En cualquier caso, han mandado llamar al doctor Huicke para que la vea. Él sabrá lo que hacer.

Deja abierta la cortina de la sala de destilación para poder ver sin necesidad de encender una vela. No sabe dónde las guardan en esta casa y no puede entretenerse yendo a buscar a la persona adecuada para preguntárselo. Coloca sobre la mesa la caja de medicinas de la reina y la abre. Está dividida en pequeños compartimentos que contienen distintos frascos con hierbas, todos cuidadosamente etiquetados. Catalina le ha pedido que prepare un emplasto para la pierna del rey tal como ella le ha enseñado: tiene que machacar una parte de sello de oro, otra de consuelda y otra de milenrama, añadir avellano de bruja, echar la mezcla en un trozo de paño de estameña y atarlo por los bordes.

Aunque reconoce todas las hierbas por el olor, Dot se dedica a leer las letras de sus etiquetas: la «s» como una serpiente, la «e» como una oreja, las dos «l» como dos espadas, la «o» como la boca abierta de un niño del coro. Las agrupa y las pronuncia para formar las palabras. Nunca le ha contado a William cómo recuerda la forma de las letras por miedo a parecer tonta. Sin embargo, no se siente tonta mientras va leyendo los nombres de las distintas hierbas, porque ahora es una chica que sabe leer y cada palabra es para ella un gran triunfo.

Toma una cucharada de cada hierba y las machaca con la mano del mortero, triturándolas finamente y sacando los restos de tallos duros. Luego echa unas gotas de avellano de bruja, cuyo fuerte olor se le mete en la nariz haciendo que le lloren los ojos, y vuelve a tapar rápidamente el frasco, tal como le ha enseñado la reina, para que sus efluvios no se disipen en el aire. Extiende sobre la mesa un paño cuadrado de estameña, lo dobla y, con una cuchara, va echando en él la mezcla. Después anuda cuidadosamente las puntas del paño y lo coloca en un cuenco de madera. Lo recoge todo, sale apretujándose de nuevo entre los barriles, y busca el camino de vuelta a través del laberinto de pasadizos, contando las puertas para no perderse.

Catalina está en los aposentos del rey. Él está sentado en el banco junto a la ventana. Dot nunca se acostumbrará a su inmensa corpulencia. Tiene la pierna totalmente estirada y la bragueta que cubre su entrepierna es tan grande que a Dot se le escaparía una risita de no ser el rey quien la lleva. Catalina está sentada en un taburete bajo, mirándolo de un modo que le hace pensar en la manera en que Rig la mira con sus enormes ojos suplicantes y ella no sabe decirle que no. El rey le ha traído como regalo a Catalina un mono blanco. Tiene una peculiar cara de hombrecillo viejo, con ojos marrones vidriosos y unas orejas rosas puntiagudas que sobresalen a ambos lados de la cabeza. Sus manos son de lo más extraño —como humanas, pero no del todo—, y ahora está colgado con una de ellas de la barra de la cortina, emitiendo pequeños chasquidos con la boca como el canto de una tarabilla. La reina lo ha llamado François, lo cual, según le ha contado ella, le ha hecho mucha gracia al rey, ya que es el nombre del monarca francés derrotado.

El rey parece más viejo y más enorme que nunca, con la cara toda hinchada como una luna de cosecha. Nadie diría que la de Boulogne ha sido la gran victoria de la que todo el mundo habla, viendo sus hombros caídos y oyendo cómo despotrica del emperador, quien, deduce Dot, lo ha traicionado de algún modo; algo que ver con el rey Francisco y un tratado.

Catalina le recuerda una vez más su gran triunfo en Boulogne y le dice que es su Azincourt, una batalla ganada contra los franceses hace muchísimo tiempo y de la que la gente sigue hablando como si hubiera ocurrido ayer. Cuando oye eso, el rey parece erguirse un poco. La llama «querida», «cariño», «mi adorada Kit», «mi único y verdadero amor», pero la reina parece como encogida y ya no presenta aquella imagen de aplomo y serenidad. Al lado del rey se la ve tensa, empequeñecida.

—Dot, ¿me ayudas con el emplasto del rey? —le pide—. Acerca ese escabel para que su majestad pueda poner la pierna en alto. —Y empieza a desabrocharle las calzas.

Presa de la vergüenza, Dot aparta la mirada y empieza a buscar un cojín para que el rey esté más cómodo. No puede evitar pensar en sus propios dedos desabrochando las calzas de William. Pero qué diferente es esto, qué falta de pasión en la manera en que el rey levanta a duras penas su tremendo peso del banco para que Catalina le quite con destreza la prenda por debajo. Se vuelve a dejar caer con un gemido, se tapa pudorosamente con la bata y levanta la pierna para apoyarla en el taburete. Y, como siempre, lo hace todo sin mirar en ningún momento a Dot. Es como si no estuviera ahí, y ella se alegra mucho de que así sea.

—Querida, podemos hacer que uno de mis hombres se ocupe de esto —dice él.

—Pero soy vuestra esposa, Harry, y me complace poder aliviaros.

El rey suelta un pequeño gruñido de satisfacción y le da unas palmaditas en la espalda mientras ella se inclina para retirarle el vendaje, dejando la úlcera al descubierto. La herida parece retorcerse sobre sí misma, y cuando Dot se arrodilla para recoger el montón de vendas sucias ve que está rebosante de gusanos como si fuera un enorme trozo de carne podrida. Da una arcada, y en ese momento el mono se pone a chillar balanceándose de la barra de la cortina, luego baja de un salto y se acerca para examinar la pierna del rey sin dejar de proferir chillidos. Uno de los pajes entra corriendo y monta un gran alboroto tratando de agarrar al bichejo, persiguiéndolo por toda la alcoba, abalanzándose sobre él y golpeándose en la cabeza.

Su majestad estalla en una gran carcajada y exclama:

—¡Vamos, Robin! ¿Vas a dejar que te gane un mono?

Robin se pone todo colorado de vergüenza y frustración, pero al final consigue atraparlo por la cola y entrega a la chillona criatura a uno de los guardias apostados afuera. La atención de Dot se dirige de nuevo a la herida putrefacta del rey.

—Las larvas parecen haber hecho una buena limpieza —dice Catalina—. Pásame un cuenco vacío, Dot.

Esta no responde. Está paralizada por el asco, pero aun así no puede apartar la vista del amasijo de gusanos retorciéndose.

—Dot... —repite Catalina, posando una mano en su hombro e inclinándose sobre ella para coger el cuenco por sí misma—. ¿Por qué no cortas unas tiras de muselina para hacer vendas nuevas?

La muselina se encuentra sobre una mesita auxiliar en la otra punta de la estancia, y Dot está convencida de que la reina le ha encomendado esa tarea adrede. Se dirige hacia allí, aliviada, pero no puede evitar mirar hacia atrás, a Catalina, que está recogiendo las larvas de la herida y echándolas en el cuenco. Dot se pregunta cómo puede tener tanta sangre fría, y desearía poder parecerse más a ella.

El rey pone muecas de dolor y sorbe el aire entre los dientes, removiéndose en el banco.

—¿Fue idea del doctor Buttes usar los gusanos? —pregunta Catalina.

—Sí —responde él.

—Pues fue una gran idea. Mirad, Harry, qué trabajo de limpieza tan concienzudo han hecho. Nunca había visto utilizarlos, solo había oído hablar de ello.

Los dos se quedan mirando la pierna como si contemplaran una pieza de cubertería francesa.

—Qué maravillas ha creado nuestro Señor —prosigue Catalina, antes de coger el emplasto, examinarlo y acercárselo a la cara para olerlo—. Has hecho un trabajo magnífico, Dot —añade, mientras aplica suavemente el paño sobre la herida.

Ella siente que la invade una cálida oleada de orgullo ante la aprobación de la reina. El rey observa a su esposa en silencio, con la cabeza ladeada y una expresión de ternura en la cara que Dot nunca le había visto.

—Robin, ¿serías tan amable de llevarte toda esa inmundicia? —continúa Catalina, señalando con la cabeza el cuenco de gusanos y las vendas sucias.

El joven lo recoge todo y se marcha. Dot es consciente de que ese era su trabajo, pero que su señora le ha ahorrado el mal trago. Cuando el paje ha salido de la estancia, Catalina pregunta, con esa expresión cándida que no es nada propia de ella:

—Harry, ¿hago llamar a los músicos? Seguro que eso os levanta un poco el ánimo.

—Estamos demasiado furiosos con ese pérfido emperador como para pensar en diversiones —mascula con un gruñido.

—Oh, Harry —trata de tranquilizarlo ella, acariciando su oronda cara—, nunca hay que confiar en el emperador. Su palabra no vale nada.

—Pero era mi aliado. Y ha actuado a mis espaldas firmando un tratado con los franceses. —Suena como un chiquillo enfurruñado—. Se suponía que íbamos a conquistar Francia juntos. Eso habría hecho que me cubriera de gloria, Kit. Y habría pasado a la historia al igual que Enrique V.

—Harry, ¿qué creéis que podríais hacer para poner al emperador en su sitio?

—Supongo que podríamos unir fuerzas con alguien, pero ¿con quién?

—¿Quién más hay? —pregunta Catalina—. Francia está ahora bajo control del emperador y tienen al papa como aliado, así que solo queda... —Se calla; parece esperar que él acabe la frase por ella, pero el rey parece absorto en sus pensamientos y no dice nada—. Tal vez podríais buscar más hacia el este.

—¿Turquía? Esa es una idea demencial —espeta él, cortándola en seco.

Pero Catalina no piensa arredrarse y desviarse de su curso.

—No tan al este como Turquía...

—¡El príncipe alemán! —exclama el rey con voz atronadora—. Podríamos firmar un acuerdo con Holstein y Hesse. Cuentan con un gran ejército. Y Dinamarca también. Todos esos príncipes luteranos... ¡Ja! Me gustaría ver qué cara pone entonces el emperador.

—¡Eso es! —dice Catalina, como un tutor que por fin logra sacarle la respuesta correcta a su alumno.

—Además podríamos incluir en el trato a alguna de las chicas.

—Pero Isabel es demasiado joven —objeta Catalina. Tiene el puño muy apretado, como el capullo cerrado de una flor que se rompería si lo fuerzas para que se abra. Hacía meses que Dot no le veía ese gesto—. Y la religión de María...

El rey se echa a reír.

—¡Tonterías! María necesita casarse antes de convertirse en una vieja solterona. Y si tiene que ser con un luterano, pues que así sea. —Acaricia con una mano el cuello de Catalina antes de levantarle la cara para que lo mire a los ojos. Entonces le dice—: Kit, eres fabulosa. A ningún miembro de mi Consejo se le habría ocurrido una idea tan buena.

—Pero, Harry, la idea ha sido vuestra.

Él parece pensárselo un momento y luego afirma:

—Tienes razón, querida; la idea ha sido mía.

Dot se maravilla ante la inteligencia de Catalina, y aunque no ha entendido mucho de lo que se ha dicho, nada de la política y todo eso, comprende perfectamente lo que acaba de pasar. Y se ríe por dentro pensando en cómo Catalina ha plantado astutamente sus ideas en la cabeza del rey sin que él ni siquiera se entere.

—Harry —dice Catalina—, he estado pensando que, con vuestro permiso, me gustaría escribir un libro.

—Un libro —repite él con un bufido—. ¿Y de qué tratará? ¿Del gobierno de la casa? ¿De flores?

—Mi intención es que sea una colección de plegarias y meditaciones.

—Religión... Kit, ese es un terreno traicionero.

—Ni por asomo se me ocurriría abordar asuntos de controversia, Harry.

—Más vale que así sea —dice él. La agarra por la muñeca y se la retuerce.

Dot ve cómo la suave piel se arruga bajo la presión de sus dedos, pero el semblante de Catalina no muestra el menor atisbo de dolor.

7

Palacio de Greenwich, Kent,
marzo de 1545

Meg se halla acostada en el lecho, tosiendo con fuerza. Cada vez está peor. Dot pensaba que se recuperaría cuando el tiempo mejorase. Sin embargo, los narcisos ya se yerguen como soldados en los jardines de Greenwich y Meg se seca como una hoja en otoño. Dot afloja el petillo de Meg y le frota el pecho con ungüento. La muchacha tirita. Se le cae el pañuelo al suelo. Dot se inclina a recogerlo.

Entre los blancos pliegues de la tela, surge una flor roja. Una semilla de pavor se asienta en el alma de la criada.

—¿Cuánto hace que ocurre esto, Meg?

Su amiga sostiene el cuadrado de lino abierto en la mano, con la mancha roja bien visible.

Meg no mira el pañuelo. Se limita a arrebujarse mejor en la colcha.

—Te ruego que arrojes otro tronco a la chimenea.

—¡Respóndeme!

—Tengo mucho frío.

—Meg —la criada se sube a la cama y la agarra de los hombros, mirándola a los ojos—, ¿cuánto hace que toses sangre?

—Un par de meses —contesta con un hilo de voz.

—¡Cómo que un par de meses! —exclama Dot sin poderse contener—. ¿Qué dice Huicke?

—No se lo he contado.

—Es tu médico, Meg. Para eso está.

Dot nota que las lágrimas acuden a sus ojos. Abraza con fuerza a Meg para que no pueda verle el rostro. Todo el mundo sabe que, cuando empiezas a toser sangre, tus días están contados. Suelta a Meg y se acerca a la chimenea. Saca un gran tronco del cesto, lo echa y lo rodea de brasas con el atizador. El fuego prende al instante en llamas alargadas.

—Tendré que informar a la reina.

Meg no dice nada. Está leyendo un libro piadoso. Ha dejado de leer libros de caballerías. El silencio que invade la habitación, solo roto por el crepitar del fuego y la áspera respiración de Meg, resulta insoportable.

Dot recoge el pañuelo y sale sin hacer ruido.

En la cámara de la guardia, Catalina está leyendo en voz alta ante un grupo de doncellas. Dot debe de tener cara de haber visto un fantasma, puesto que, nada más verla, Catalina se disculpa, se pone en pie y se dirige hacia sus aposentos privados, haciéndole señas para que la siga mientras cruza la sala.

—¿Qué sucede? —pregunta Catalina una vez que la puerta se cierra tras ellas.

Dot abre la palma de su mano, dejando al descubierto el pañuelo arrugado y sucio.

—Señor, ten piedad —susurra Catalina, llevándose una mano al corazón—. ¿Es de Meg?

Dot asiente con la cabeza. No puede hablar. Su voz ha desaparecido en su interior y no logra encontrarla.

—Me lo temía.

Permanecen inmóviles durante lo que parece una eternidad. Luego, Catalina abre los brazos y Dot se deja caer entre ellos, permitiendo, por fin, que las lágrimas manen de sus ojos en grandes sollozos entrecortados.

—Me lo temía —repite Catalina, como si ella también se hubiese quedado sin palabras.

Dot nunca ha sido llorona, pero ahora no puede parar. Tiene la sensación de estar derramando todas las lágrimas que nunca lloró. Catalina le acaricia el cabello. Dot se desprende del abrazo y se seca los ojos con el delantal, dejándose unos manchurrones negros en los párpados cubiertos con el hollín de la hornilla de carbón. Betty se lo ha enseñado para «ponerse guapa», como ella dice. Betty sabe un montón de trucos para llamar la atención de los muchachos.

La reina coge un paño de la jofaina, lo escurre y lo pasa por el rostro de Dot. El paño huele levemente a moho, y Dot recuerda que debería haberlo hervido por la mañana.

—No ha llegado a recuperarse de lo que pasó en…

Catalina no termina su frase; no hace falta que nombre el lugar. Puede que Murgatroyd lleve muerto una década, pero sigue cosido en la vida de ambas y no hay modo de descoserlo.

—¡Ese maldito!

Se sientan en el banco que está junto a la ventana. En el exterior, gorjean los pájaros. Deben de haber anidado bajo el alero.

—Me he preguntado muchas veces por qué Meg quedó tan afectada. ¿Crees que fue porque era pequeña, Dot?

Dot siente el peso del secreto de Meg como un mazo. Un mazo que la ha clavado tan hondo en el suelo que apenas puede respirar. No obstante, si bien lo piensa, guardar ese secreto no ha servido de nada.

—Hay algo…

—¿Qué?

—Meg me hizo jurar que no lo contaría.

—El tiempo de los secretos se ha acabado, Dot.

El secreto ha estado enterrado en ella tan profundamente y durante tanto tiempo que no sabe cómo encontrará las palabras para contarlo.

—Ese hombre… la maltrató…, la mancilló.

Aterrada, Catalina se tapa la boca con las manos. Dot jamás la ha visto de ese modo, tan abatida y anonadada.

Cuando por fin logra hablar, dice:

—Le fallé…, le fallé, Dot… —Hace una pausa, retorciéndose los dedos sobre el regazo—. Deberías habérmelo contado.

—Le hice una promesa.

—Tu lealtad es irreprochable, Dot.

Catalina exhala un suspiro y vuelve a retorcerse las manos en un silencio denso. Cuando vuelve a hablar, Dot percibe el pesar en su voz.

—Pensé que la había protegido. Durante todos estos años he creído que, al entregarme a él, ella estaría a salvo..., que las dos... —Le cuesta encontrar las palabras—. Que las dos... os salvaríais.

—Sé que no es un gran consuelo, pero a mí no me tocó siquiera —dice Dot.

—Agradéceselo a tu baja cuna. Al menos, tú te libraste, Dot... Tú te libraste. —Su voz es amarga como la genciana—. Si no le hubiesen ahorcado, buscaría a ese hombre y lo desmembraría con mis propias manos.

Se oye un estrépito procedente de la cámara de la guardia, una carcajada y el ruido de los cascos de unos caballos que pasan por el patio. La vida sigue igual fuera de esta habitación, pero Dot solo puede pensar en Meg tosiendo con violencia.

—No se encuentra en el destino de algunas personas vivir durante mucho tiempo en esta tierra —comenta Catalina—. Dios la está llamando. Espero que no tarde tanto en llevársela como hizo con...

Dot da por sentado que piensa en lord Latymer y en su terrible y dolorosa muerte, que tantos meses se demoró. Sin pensar, coge la mano de Catalina y alarga cuidadosamente cada uno de sus rígidos dedos, frotándole los nudillos uno tras otro.

La reina le dedica una mirada de silencioso reconocimiento.

—Dot, sabes que siempre has sido un gran consuelo para Meg. Has sido una verdadera amiga para ella —dice—. Quédate a su lado. No la dejes sola. Trataré de ir a verla cuando pueda, pero ya sabes cómo es mi vida.

La criada sabe que está a la entera disposición del rey y que tiene que anteponerlo a Meg.

El rey se antepone a todo; así son las cosas, te guste o no.

A menudo, al despertar, Dot se encuentra a Catalina, pálida como un fantasma y vestida con su camisón claro, sentada en una esquina de la cama de Meg, cantándole en voz baja, o arrodillada junto a ella murmurando una oración.

Meg se marchita y sus pétalos caen uno tras otro. Estos últimos días parece que en realidad no está allí, sino en otro lugar. Uno mejor, confía Dot. La muchacha desbarra hablando de ángeles, diciendo cosas sin sentido, y se queda tranquila hasta que llega un nuevo ataque de tos para atormentarla, como si su cuerpo intentara volverse del revés.

En ocasiones, agarra a Dot de la mano y dice:

—Tengo miedo, Dot. Tengo miedo de morir.

Dot se sienta junto a la cama, preguntándose si tanto creer, tanto rezar y tanto leer la Biblia ayudarán a Meg cuando llegue el momento. Permanece con ella constantemente lavándola, dándole de comer y administrándole su tisana, igual que hizo Catalina por lord Latymer. El doctor Huicke acude a diario. Afirma que nada puede salvarla, que lo único que está en su mano es reducirle el dolor a base de tinturas. Pero eso ya lo sabían, lo supieron en cuanto Dot encontró la mancha de sangre oculta en el pañuelo blanco.

Isabel no viene, pese a que Catalina la ha hecho llamar. Se encuentra en Ashridge con su hermano. Eso sí, ha enviado una carta que Meg no se cansa de leer. Dot también la ha leído. La misiva no dice más que unas cuantas banalidades. Esa es una palabra que la criada aprendió de William Savage. No ha tenido noticias de él desde que se marchó hace meses y ha intentado olvidarlo, pero lo añora con todo su corazón. Se dice a sí misma que no debería ser tan boba, que William Savage no es Lancelot; solo es un hombre que consiguió de una tonta muchacha justo lo que quería.

Pero ¿y el tiempo que dedicó a enseñarle a leer? ¿Y el tiempo que dedicó a contemplarla y decir «No hay ni una sola criada en el mundo como tú, Dorothy Fownten, y nadie más con quien prefiera pasar el tiempo»? Tanta molestia no tendría el único objetivo de darse un revolcón con ella, ¿verdad? Eso podía haberlo logrado de Betty con solo darle una palmadita en el trasero e invitarla a una jarra de cerveza. Si se permite pensar en ello, Dot no es capaz de hallar ningún buen motivo por el que no le haya mandado ni una nota. Después de enseñarle a leer, no se ha molestado en enviarle ni una sola carta. Tal vez le dé miedo que su misiva caiga en malas manos y le cause problemas a ella, pero la muchacha cree que la ha olvidado.

Catalina mencionó a William el otro día diciendo que echaba de menos su música, y Dot quiso preguntarle dónde estaba y si regresaría a la corte. Pero le dio miedo delatar su secreto con un rubor o que se notara claramente que lo ama. Además, hace tanto tiempo que William se fue que le cuesta conservar en la mente su imagen. Se ha difuminado hasta reducirse a una vaga impresión, como las fantasmales formas que las hojas caídas del otoño componen sobre las losas cuando se mojan. Y ahora todo su ser está ocupado con la pobre Meg, y no queda espacio para los pensamientos amorosos.

Meg también lee, o, mejor dicho, devora, el libro encuadernado en rojo y verde que Isabel le envió a la reina por Año Nuevo, escrito de su puño y letra. Es una traducción de una obra al inglés y al latín. Lo han leído todas las damas y ha provocado suspiros de admiración en todas ellas. Dot le echó un vistazo un día; solo tuvo tiempo de leer el título, *El espejo del alma pecadora*. Pero llegó alguien en ese momento y hubo de fingir que estaba limpiando el polvo de la mesa sobre la que se hallaba.

Dot reconoce de mala gana que esa traducción es un logro extraordinario para una muchacha tan joven. Que Isabel tiene algo de lo que otras carecen. No es la mente brillante, ni el hecho de ser hija del rey —puesto que María no tiene ese algo—. Se trata de una especie de magia que no puede medirse ni entenderse, que hace que las personas, hombres y mujeres, se enamoren un poco de ella. Aunque no Dot. La criada sabe que lo que siente hacia Isabel es pura envidia y que la envidia es uno de los pecados capitales. Pero es ella y no Isabel quien está con Meg ahora, cuando importa; es ella quien se tiende en el lecho a su lado y le canta suavemente para adormecerla; es ella quien le enjuga la frente ardiente con un paño fresco y le acerca una taza de caldo a los labios cuando la enferma está demasiado débil para sostenerla. Es ella quien permanece sentada en silencio para hacerle compañía mientras Meg lee en voz alta y sibilante pasajes del libro de Isabel. Dot quemaría ese libro si tuviese agallas y si no pensara que a Meg se le partiría el corazón.

—Dot —la llama Meg con voz áspera, nada más despertar—, ¿eres tú?

—Soy yo.

—¿Me traes algo con lo que escribir?

Se incorpora y parece más llena de vida que en los últimos días. Dot siente una pizca de esperanza.

Pero entonces Meg dice:

—Quiero hacer testamento. ¿Puedes mandar traer al notario?

A Dot le entran ganas de gritar «¿Por qué vas a hacer eso? Los testamentos son para los muertos». Sin embargo, asiente con la cabeza y coloca el escritorio sobre la cama.

—Voy a prepararte la tintura y a decirle a tu madre que has pedido un hombre de leyes.

Tan pronto como su testamento está escrito, el estado de Meg empeora.

Ahora, también Catalina permanece todo el tiempo a su lado. Dot intenta mantenerse ocupada, no pensar en lo que está ocurriendo. A Meg le falta el aire, y, aunque no dice nada, es muy evidente que cada respiración le resulta horriblemente dolorosa.

Mientras agoniza, piden que venga el capellán, quien acude oliendo a incienso y murmura su bendición.

Todos permanecen sentados en silencio, como si el tiempo se hubiera detenido.

Y de repente se va.

El capellán reúne sus cosas y se marcha sin hacer ruido. Dot y Catalina se quedan allí sentadas, sin nada que decir, mientras el cuerpo de Meg se enfría en la cama junto a ellas.

—Le pondremos su mejor vestido —dice Catalina—. Ayúdame, Dot.

—Pero los embalsamadores…

—Todos querrán rezar por ella esta noche. Quiero que la recuerden muy guapa.

Lavan minuciosamente el rígido cadáver, como si temiesen hacerle daño. Dot imagina que la muchacha está hecha de madera, como la Virgen de una iglesia. Es la única forma que tiene de soportarlo. Coge el aguamanil para llenar el lavamanos, pero se le escurre entre los dedos y se hace añicos contra el suelo haciendo mucho ruido y derramando el agua. Dot se echa a llorar como si ella también se hubiese roto y toda el agua manase de su interior. Se deja caer en el suelo mojado, hipando y sollozando con fuerza.

Catalina se sienta junto a Dot. Ni se percata de que el agua le empapa el vestido amarillo y de que los colores del bordado están manchando la seda. Las dos mujeres permanecen abrazadas, meciéndose adelante y atrás, hasta que las sorprende la llegada de un paje que, al ver las lágrimas, no sabe adónde mirar.

Palacio de Greenwich, Kent,
junio de 1545

—¿Qué es este alboroto? ¡Menuda olla de grillos! —exclama Catalina al entrar en su cámara con Cat Brandon.

Rig ladra desquiciado mirando a François. El mono, agazapado fuera de su alcance, se mantiene en equilibrio sobre el respaldo de una silla chupando un hueso de ciruela, con la larga cola bien enroscada para alejarla del peligro. Su manita peluda agarra firmemente el juguete favorito de Rig, un ratón de madera. Catalina no ha tomado afecto a François, que es un incordio, pero no ha tenido coraje para librarse de él. El animal ha intentado morderle en un par de ocasiones y obliga a la pobre Dot a correr de acá para allá con objeto de limpiar el caos que desata. El perro de Cat entra correteando y se une a Rig con su ladrido agudo. Al verlo, el mono empieza a agitar el ratón para hacer rabiar a ambos canes.

—¡Para, Gardiner! —le espeta Cat a su perro.

Las dos se miran y sueltan una carcajada. Hacía semanas que Catalina no se reía con ganas. La muerte de Meg ha proyectado una sombra alargada sobre su ánimo.

—No puedo creer que lo llames Gardiner —dice Ana, que camina tras ellas—. Yo jamás me atrevería.

—El obispo ha perdido su sentido del humor al saberlo —replica Cat.

—¡No sabía que alguna vez lo hubiese tenido! —salta Catalina.

—Lo busca cuando está mi marido, aunque su risa es más una convulsión que un signo de alegría —se ríe Cat.

Un ujier turbado y con el rostro enrojecido agarra a Rig por el collar enjoyado e intenta atrapar con la otra mano a Gardiner, que ha hecho sus necesidades sobre la estera. Dot lo limpia todo y logra arrebatarle el ratón al mono. La duquesa alza del suelo a su perro y se hace el silencio.

Las damas se acomodan sobre los cojines en una zona bañada por la luz que entra a raudales por la ventana. Es un alivio volver a ver el sol después de semanas y semanas de lluvia. Daba la impresión de que fuera abril y no junio. Pese a la luminosidad que las rodea, las mujeres, que visten de negro en honor a Meg, forman un sombrío grupo. Han pasado casi tres meses desde su muerte. Los ricos brocados y sedas tornasoladas de sus trajes le recuerdan a Catalina el plumaje de los cuervos de la Torre, que, a la luz adecuada, resulta iridiscente como una mancha de aceite sobre el agua. Le ha regalado a Dot un vestido nuevo de buen fustán negro con tocado. Le sienta muy bien, aunque ya ha perdido la gorguera y la falda presenta un desgarrón. Hay algo en la falta de refinamiento de Dot que a Catalina le resulta enternecedor, y más en un lugar en el que todo funciona de un modo impecable y la afectación define la categoría de las personas. Ahora que Meg se ha marchado, Dot se ha vuelto todavía más valiosa. Nunca lo admitiría, pero la reina considera a la joven como una hija, más que a Isabel o María. El pasado las ha unido.

Llega Stanhope armando jaleo, gritándole a su criada en el corredor. Al entrar, se vuelve hacia atrás para mirar a la pobre muchacha amilanada con una expresión capaz de agriar la leche. Catalina cambia una mirada con Cat, que pone los ojos en blanco. El vestido de Stanhope es magnífico, de color azul pavo real entretejido con oro.

—Veo que has abandonado el duelo —dice Ana, quitándole las palabras de la boca a Catalina.

—Mi mejor luto estaba asqueroso.

—¿En serio? —pregunta Catalina.

Le encantaría ordenarle que se marchase, pero debe morderse la lengua y no convertirla en su enemiga.

Stanhope, muy sonriente, se sienta con las tres damas sobre los cojines y empieza a hablar de una gran tormenta que se ha producido en Derbyshire.

—Cayó granizo y todo —está diciendo—. Enorme.

Entra un paje y las interrumpe.

—Señora —dice el muchacho—, Berthelet, el impresor, os envía esto. Acaba de llegar.

Le entrega un paquete a la reina y hace una profunda reverencia.

Esta recibe el bulto con ilusión, lo desenvuelve y arroja el papel a un lado. En su mano se encuentra un ejemplar de su libro *Oraciones y meditaciones*. François recoge el envoltorio descartado con su mano simiesca y empieza a romperlo en pedacitos. Catalina levanta el libro y le da la vuelta para inspeccionarlo desde todos los ángulos. Es de piel de becerro blanca, suave como la de un bebé, y está estampado en oro. Lo abre con cuidado y lo hojea despacio, simplemente admirándolo, sin leerlo, puesto que cada palabra está grabada en su mente de forma indeleble.

—Déjame ver —dice Cat.

Catalina le entrega el libro.

Cat vuelve las páginas con expresión de pasmo.

—Esto es importante, Kit.

Ahora lo coge Ana y comienza a leer un pasaje.

A menudo lloro y lamento las miserias de esta vida, y con dolor y gran pesar las sufro. Pues muchas cosas me ocurren a diario que a menudo me perturban, causándome agobio y ensombreciendo mi ánimo. Me afectan grandemente, apartan mi mente de Ti y me abruman en muchos aspectos, de modo que no puedo desear Tu presencia de forma libre y clara.

—Oh, Kit —dice Ana—, es precioso.

—Eres la primera —añade Cat—. La primera reina que publica sus propias palabras en nuestra lengua. Vas a hacer historia, Kit.

A Catalina le da vueltas la cabeza: sus propias palabras impresas allí, en tinta negra. Mientras escucha a su hermana Ana leer en voz alta otro pasaje, ella también se siente indeleble, como si de alguna manera humilde hubiese logrado escapar a la aniquilación terrenal. La reina llora la pérdida de Meg tan profundamente como si la hubiese parido ella misma, pero este libro es un bálsamo. Si bien lo piensa, es como un parto, aunque gestado en su mente y no en su vientre. Es algo que perdurará cuando ella ya no se encuentre en este mundo. Cada día le pregunta a Dios por qué no la ha bendecido con un hijo tras dos años de matrimonio, por qué Stanhope, su hermana Ana o esa insufrible Jane Wriothesley paren hijos uno tras otro, pero no ella.

Jane Wriothesley perdió a un varón no hace mucho y se volvió loca de pena. Pasó semanas llorando y sin apenas comer. A Catalina la asaltaron recuerdos de su propio varón muerto. Hubo de enterrar su pena tan hondo que jamás pudiese hallarla. Intentó compadecerse de Jane. Jane tenía a otros, estaba encinta de forma casi permanente. Catalina le escribió recordándole que el Señor había bendecido al muchacho al llevárselo y que debía tratar de sentirse agradecida de que no tuviese que sufrir una existencia terrenal. La carta llegó demasiado lejos, fue demasiado dura, y Wriothesley se quejó al rey.

—Dios ha escogido a ese niño para el Cielo. ¿No es una bendición? —dijo secamente cuando el rey sacó el tema.

—Estás en lo cierto, Catalina, como siempre, pero habéis disgustado a Wriothesley. Es nuestro lord canciller y no quiero contrariarlo en modo alguno. Debéis disculparos ante esa mujer.

Ella se tragó las palabras y fue incapaz de disculparse debidamente, pero invitó de mala gana a Jane Wriothesley a sentarse junto a ella una noche para presenciar un espectáculo teatral. Jane estaba rebosante de felicidad y muy emocionada de sentarse junto a la reina. Sin embargo, a pesar de este favor, Catalina siente cada vez más que los ojos de Wriothesley la observan con atención. Desde que Enrique le ha nombrado lord canciller, el hombre parece creerse invencible, olvidando que Cromwell fue lord canciller, y también Tomás Moro, y mira qué fue de ellos.

El desagrado de Wriothesley hacia ella y hacia lo que representa es palpable, aunque trate de disimularlo. La reina percibe que el círculo de él se cierra, acechando, esperando a que cometa un error. No tiene ningún hijo varón; hay una mella en su armadura. No tiene parientes poderosos; otra mella. El rey ha empezado a llevar en el jubón una cajita de plata con unas cuantas astillas de madera de la Cruz, según le ha comentado. Pero también podrían ser de una verja rota. Es una señal segura de que está volviendo a la antigua fe; una mella más. No tardarán mucho en poner a alguna muchacha bonita ante las narices de su marido y en sugerirle que consiga así ese hijo varón que tanto ansía.

No obstante, el rey está en Portsmouth. Desde allí dirige la nueva campaña contra los franceses, que amenazan la costa meridional con sus navíos de guerra. Enrique le envía cartas donde le habla de sus galeones, muy superiores a los franceses, según dice. Catalina no sabe si es mejor que se halle lejos de la corte, donde no pueden tentarlo las doncellas casaderas, o si es peor porque no está aquí para interponerse entre ella y los buitres católicos, para ofrecerle al menos una posibilidad de concebir a otro príncipe.

Ana hojea el libro en busca de otro pasaje que leer, y Catalina se percata de que Dot ha dejado de barrer la chimenea y se ha incorporado, vuelta a medias hacia las mujeres, como para oír mejor lo que dicen.

—Dot —la llama—, ¿te gustaría verlo?

La muchacha asiente con la cabeza, avergonzada, y hace una ligera reverencia. Se limpia las manos en el delantal, coge el libro y se lo acerca a la nariz como para inhalar su aroma, sosteniéndolo con cuidado como si fuese un recién nacido. Abre la primera página y pasa los dedos por su superficie.

—Oraciones y meditaciones, en las que despierta la mente —lee en un susurro, siguiendo las líneas con el dedo hasta donde dice—: Por la muy virtuosa y gentil princesa Catalina, reina de Inglaterra.

—Dot —dice Catalina, atónita ante lo que acaba de presenciar—, ¿desde cuándo sabes leer?

Con una expresión extraña, Dot balbucea:

—En realidad, no… —Enrojece violentamente—. Solo he captado unas cuantas palabras aquí y allá, señora.

—Eres una muchacha inteligente, Dot. Es una lástima que no seas de noble cuna y no hayas recibido una educación como es debido.

Se le ocurre en ese instante que Dot debe de añorar a Meg al menos tanto como ella. Que ya no tiene a nadie que le lea.

—Isabel es una muchacha bien educada —declara Cat—. ¿Cómo es su nuevo profesor?

—Grindal. A ella le agrada —responde.

Eligió a Grindal por su mente brillante y sus discretas simpatías por la Reforma, pero también por su amabilidad. A ella nunca le había gustado lo de «la letra con sangre entra».

—Esa chica es demasiado inteligente para su propio bien —comenta Ana.

Mientras pronuncia estas palabras, Huicke irrumpe en el aposento sin ser anunciado.

—¡Mira, Huicke! —exclama Catalina—. ¡Ha llegado mi libro!

Le tiende el volumen, pero él no lo coge.

Está pálido como la muerte.

—¿Qué sucede, Huicke?

Todas lo miran y se van levantando despacio de los cojines como un ramo de tulipanes cuyo jarrón han vuelto a llenar de agua. El médico señala con un leve gesto de la cabeza al ujier, Percy, que se halla de pie junto a la puerta. Catalina le corresponde con un cabeceo casi imperceptible. François, el mono, que ha interpretado la atmósfera, ahora densa, como un peligro, empieza a chillar, lo que le proporciona a la reina una excusa perfecta.

—Percy —dice ella—, por el amor de Dios, llévate a esa criatura de aquí. Me está entrando dolor de cabeza.

El ujier se apresura a coger al mono, que no para de gritar, y a salir con él de la sala. Huicke mira a Dot, que está ocupada junto a la chimenea.

—Podemos confiar en ella —asegura Catalina.

Se reúnen en un círculo para oír lo que Huicke quiere decirles.

—Han detenido a Anne Askew —susurra.

Todas palidecen repentinamente.

—Ya empieza —comenta Ana.

—Esto es cosa de Gardiner y Wriothesley —dice Huicke.

—Debemos librarnos de todo lo que nos vincule con ella; todos los libros, las cartas... Hay que despejar los aposentos de la reina —dice Cat, siempre práctica, incluso en una crisis.

«Pero esto aún no es una crisis», piensa Catalina. Stanhope se ha tapado la boca con la mano. Tiene los ojos desorbitados por el miedo y, por una vez, guarda silencio.

—¿Llamo a Udall para que nos ayude a calmar la situación? —pregunta Huicke—. Es tan ingenioso...

—¡No! —exclama Catalina, y luego se serena—. Creo que no, Huicke. Dejémoslo fuera de esto. Ana, avisa a los demás.

Sin embargo, ve el destello de pánico en los ojos de su hermana y se percata de que Cat también lo ha visto.

—Yo avisaré a los demás —se ofrece Cat—. Ana, vuelve a Baynard y asegúrate de quemar todo lo que hay allí. ¿Puedes avisar discretamente a tu esposo? Nadie debe saber que estamos perturbadas.

Catalina aprieta la mano de su hermana y se vuelve hacia Stanhope, diciendo:

—Tú también deberías advertir a tu esposo. Seguramente se lo habrán ocultado. —La dama no se ha movido y sigue tapándose la boca con la mano—. Sobre todo, debemos comportarnos como si nada de esto estuviera ocurriendo.

Se dispersan entre crujidos de tafetán y Catalina le hace una seña a Dot para que se acerque.

—Ayúdame a empaquetar los libros. Enviaré a alguien para que los recoja.

La sirvienta asiente con la cabeza y le hace una reverencia. Tiene una mancha de ceniza en la mejilla, y Catalina se la limpia con el dedo.

—Dot —dice en un susurro—, ni una palabra de esto. —Pero sabe que puede confiar en la criada; nadie le es más leal—. ¿Comprendes lo grave que es? Si logran relacionar a Anne Askew conmigo, arderemos todos en la hoguera.

Al decirlo y ver la expresión de terror en el rostro de Dot, las palabras parecen calar por fin en su interior. Por un momento, siente un calor intenso que se alza por su cuerpo, como si las llamas ya la estuviesen rozando. Catalina se horroriza ante su propia temeridad. Parece darse cuenta por vez primera de que ella misma ha atraído sobre sí ese terrible peligro. Se dice que el rey la adora, que nunca dejaría que la quemasen, pero sabe bien que, si Wriothesley, Gardiner y ese gusano de Richard Rich pueden enviarle una nube de herejía, los sofocará a todos. El rey permanecerá en la ignorancia hasta que sea demasiado tarde. Y no está aquí.

Dot coge el libro de Catalina, su libro nuevo, el libro que, hace solo unos minutos, era aquello que la apuntalaba contra la destrucción. Ahora parece mermado, solo unas cuantas hojas de papel encuadernadas en piel y algunas palabras; las oraciones de una mujer y nada más. Se siente como una niña enfrentada a cosas mucho más grandes que ella, cuya forma no es capaz de distinguir.

—Ese no, Dot. Ese no contiene nada que vaya a condenarnos.

A una parte de ella le gustaría que el libro pudiese condenarla, haber tenido el valor necesario para llenarlo de ideas calvinistas, la justificación por la fe sola, pues eso es lo que cree firmemente. Si de verdad fuese una gran reina, estaría dispuesta a ir a la hoguera. Pero ella no es Anne Askew, que grita su fe desde los tejados. Solo las Escrituras, solo la fe, solo la gracia, solo Cristo, solo a Dios la gloria. Aunque, claro está, Anne Askew no es reina, y no tienes ninguna necesidad de gritar cuando la oreja del rey descansa en la almohada junto a ti.

Decide seguir influyendo en Enrique para que abrace la Reforma. Traerá de regreso las biblias en inglés para que la gente pueda leer la palabra de Dios y pensar por sí misma, liberará a Inglaterra de la corrupción y la engañifa de la religión católica. Ya proyecta otro libro, uno mejor, que proclame la fe de ella, la nueva fe; un libro capaz de cambiar las cosas.

Un libro que escribirá si sobrevive.

Palacio de Whitehall, Londres, julio de 1545

Dot recorre a toda prisa la larga galería con el infernal François en brazos. Este mono está resultando tan fastidioso como el rey francés cuyo nombre lleva. El animal trata de escapar mordisqueándola con sus agudos colmillos amarillentos. Ya la ha mordido una vez y le ha hecho sangre. A la criada se le para el corazón al ver la silueta inconfundible de William Savage enmarcada en el umbral del fondo de la galería. Dot se detiene, incapaz de seguir avanzando. Piensa tontamente que lleva un desgarrón en el delantal y que va despeinada. Él también la ve a ella. El corazón de la muchacha vuelve a latir, como un condenado. Ha pasado mucho tiempo, pero allí está su querido William.

—Esta es mi Dot —dice él—. Mi punto final.

—William, has vuelto —contesta ella.

El mono aprovecha para saltar al suelo y salir corriendo. Pero William lo agarra.

—Ha salido a ti —bromea mientras le da al mono un golpecito en el mentón.

Por un instante, Dot se siente confusa. No sabe a qué se refiere William hasta que él se echa a reír. En ese momento, la muchacha entiende el chiste. Al devolverle el mono, él roza su mano. Dot le sonríe con ganas de tocarle como es debido allí mismo, delante de todo el mundo, de empujarlo contra la pared y besarlo en la boca. William está distinto: parece mayor y más corpulento, lleva el pelo más largo y no hay tinta en sus dedos. Dot ve la oscuridad de una barba incipiente en su barbilla, donde antes solo había una barba rala. Sus ropas elegantes están cubiertas de herretes de plata. Hasta huele diferente, a un perfume empalagoso. Aunque lo conozca, se le antoja un extraño. Se siente torpe en su presencia.

—¿Dónde has estado? —pregunta en un susurro.

—En Devon —responde él—. Y he pensado en ti todos los días.

A Dot se le inflama el corazón en el pecho. Hablar le resulta casi imposible, pero logra decir con voz débil:

—Y yo en ti.

El mono se inclina hacia delante y se pone a rascar uno de los herretes del jubón. William sonríe y, al ver los hoyuelos que se le forman en las mejillas, Dot tiene la sensación de que intentan arrancar la raíz de su ser. Quiere pensar en algo que decir, pero su mente está trastornada por la cercanía de aquel hombre. Anhela hundir la nariz en la parte blanda de su cuello y hallar su verdadero olor.

—¿Quién es este? —pregunta William.

—François. Es un regalo que le hicieron a la reina.

—Entonces ¿ahora eres la guardiana del mono de la reina?

Le está tomando el pelo, y a ella no se le ocurre nada ingenioso o divertido que decir. Un silencio invisible se interpone entre ambos.

—He estado leyendo —suelta la muchacha.

—Mi muy diligente Dot.

Le gustaría contárselo todo: que se han desembarazado de cada uno de los libros, que el séquito personal de la reina ha pasado un miedo terrible y que soltaron a Anne Askew por falta de pruebas en su contra. Pero William ya debe de saber todo eso, puesto que es uno de ellos. Dot no está segura de serlo también, pero, a juzgar por los libros que ha acarreado y por los muchos secretos que conoce, diría que sí.

—Las cosas han estado… —empieza diciendo, pero la interrumpen.

—Veo que ya conoces a mi monito.

Catalina ha llegado sin hacer ruido, con paso majestuoso.

William apoya una rodilla en el suelo y dice:

—Así es, majestad. Y veo que es un magnífico ejemplar.

—La verdad es que nos da bastante la lata. ¿No es así, Dot? Pero fue un regalo de ya sabes quién, así que me temo que ha llegado para quedarse. Me alegro mucho de verte, William Savage. He echado de menos tu música. ¿Cómo está tu esposa? ¿Tenéis ya algún pequeño?

A Dot le da la sensación de que se le van a doblar las piernas. ¡Esposa! Sabía que él debería casarse algún día, pero daba por sentado que faltaban años para ese día y albergaba en secreto unas esperanzas imposibles que le hacen sentir, en ese momento, que la han engañado. Como cuando uno de los bufones te distingue con una humillación tan cariñosa que no te das cuenta hasta que todo ha terminado. ¿Tiene esposa ya? Lo mira en busca de alguna clase de explicación, pero los ojos de él están dirigidos firmemente hacia la reina. Y, en cualquier caso, ¿qué se puede decir? Él está casado y ella es Dot Fownten, a secas; eso es todo.

La muchacha logra mantener la compostura y se dispone a retirarse, pero el mono no quiere soltar el jubón. La reina hace un chiste y se echa a reír. William se ruboriza e intenta aflojar los dedos agarrotados del animal. Dot, desesperada por irse de allí, tira con fuerza. El jubón se desgarra cuando François suelta la presa, provocando grandes carcajadas en las personas que han empezado a acudir para ver lo que sucede. A Dot le gustaría que se la tragase la tierra.

Aparece Jane, la nueva bufona de la reina. Tiene cara de pan y se le va un ojo, y habla como si hubiese bebido demasiada cerveza. Dice sobre todo disparates, poemas infantiles y naderías, pero a veces hay un extraño sentido en su locura, como si expresase las cosas que la gente no se atreve a decir. Se abre paso a codazos hasta ellos y, mirando a François a los ojos, se palmea el hombro. El mono da un salto y se sienta allí con aires de suficiencia, como si no hubiera roto un plato en su vida.

—Cuanto más alto trepa un simio —pronuncia con dificultad—, más se le ve el trasero.

Sus palabras provocan nuevas risas. Dot se queda allí, desesperada por marcharse, pero incapaz de hallar las palabras necesarias para hacerlo.

Catalina, que parece intuir su incomodidad, dice en voz baja:

—Vete, Dot; yo me ocuparé de esto.

La joven desaparece, baja por la escalera de servicio, cruza el patio, pasa junto a los guardias de la entrada y echa a andar en dirección al río. En las calles, que son un hervidero de gente, los carros circulan lenta y ruidosamente mientras los vendedores ambulantes anuncian a gritos sus mercancías. Al ver su vestido negro de buena tela, dan por sentado que dispone de dinero, por lo que la paran cada pocos pasos para convencerla de que se gaste unas monedas que no tiene. Algunos son bastante insistentes, y Dot se alegra de no tener nada. Así no podrán desplumarla.

La marea baja ha dejado al descubierto amplias zonas fangosas donde algunos muchachos, hundidos hasta los tobillos en el lodo, hurgan en busca de chatarra y otros residuos de los barcos. Un hedor de muerte se alza desde el fango negro. Dos gaviotas se disputan entre graznidos los restos de un pez. Otra más grande, de pico ganchudo, se lanza en picado y se los arrebata. Acto seguido, se aleja volando hasta posarse en un poste. Las otras protestan a gritos y continúan dando picotazos entre la porquería. Es así, piensa Dot, los fuertes consiguen las mejores cosas y los demás solo pueden protestar.

En el muelle, se detiene a contemplar el lento fluir estival del río y las barcazas que llevan a la gente de un sitio a otro. Piensa en el mar, donde el rey batalla contra los franceses. En la corte no se habla de otra cosa. Se imagina arrojándose al agua, con su corazón inflamado como un peso muerto en el pecho, hundiéndola en las profundidades. Se imagina siendo tragada y escupida aguas abajo para ser pasto de las gaviotas.

Palpa el penique cosido al dobladillo de su vestido y se pregunta qué pensarían sus familiares si ella desapareciese. Están muy lejos, y cree que tardarían meses en enterarse. Es como si fuese otra muchacha, de otro mundo, la que vivió aquella vida en Stanstead Abbotts, persiguiendo a Harry Dent y charlando con las criadas en la plaza del pueblo. Anhela la sencillez de aquello y siente que ha perdido lo que pudo tener: un montón de críos, un borracho por marido y nada más que potaje durante semanas en las épocas de vacas flacas. Una vida normal.

No recuerda la última vez que tuvo que quedarse sin comer y ahora es una muchacha con expectativas. Meg le dejó cuatro libras al año, más de lo que jamás ha imaginado, cifra que, según el notario, empezará a recibir pronto. Puede que eso sea cierto, pero sus preocupaciones actuales son mucho más difíciles de afrontar: la sensación de peligro oculta tras los brillantes tapices, toda la información que debe mantener en secreto y Catalina como única protección que se interpone entre ella y Dios sabe qué. Nota la enorme carga de todo lo que no debe contar: los libros, la lectura, Anne Askew, el mapa de marcas y cardenales en el cuerpo de la reina, lo que sucedió en Snape... Se siente atrapada por todos esos secretos, como si tuviese las manos y los pies clavados a los muros del palacio, igual que Cristo.

Y luego está William Savage. «Mi Dot, mi punto final». ¿Y qué es un punto final sino una minúscula marca en una página que marca el fin de algo? No volverá a pensar en William. Para empezar, nunca le perteneció. Fingirá que no ha existido.

Siente la ausencia de Meg como un agujero en el pecho. La pobre Meg, que murió ante sus ojos. Si lo piensa bien, estaban tan unidas como un par de hermanas. Jamás pareció tener importancia alguna el hecho de que Meg fuese quien era y de que no debiese compartir confidencias con una chica vulgar y corriente como Dot, una simple sirvienta, aunque llevase un buen vestido y luciese unas mejillas sonrosadas gracias a la buena alimentación. Solo se perdieron mutuamente durante aquellos meses que Dot considera los «meses de Isabel». Pero aquello no duró mucho. Isabel tiene el don de hechizar a las personas. Obra en ellas su magia, las conquista si así lo quiere y se libra de ellas cuando se aburre. Dot la ha visto hacerlo. No le reprocha aquellos meses a Meg, que tosió y tosió hasta que su corazón dejó de latir. Cuatro libras al año nunca la compensarán por su pérdida.

Sin embargo, Isabel nunca descarta a Catalina. Se le ha apegado tanto que la reina no puede ver cómo es en realidad. Pero Dot lo ve y no dejará que esa muchacha se interponga entre Catalina y ella, puesto que Catalina es todo lo que le queda a ella. Ser tan insignificante tiene sus ventajas. Para Isabel, Dot no es más que un ratoncillo en un rincón de una habitación y no representa ninguna amenaza.

Regresa caminando despacio entre el bullicio vespertino. Hace buen tiempo, y la plaza situada frente a la entrada del palacio está repleta de personas que se han concentrado para aprovechar los últimos rayos de sol. Unas niñas saltan a la comba mientras procuran evitar a los perros que husmean entre sus pies en busca de sobras. Unos cuantos hombres beben cerveza apoyados contra una pared, mirando a la gente y haciendo comentarios. Las mujeres charlan formando corrillos, muchas de ellas con un bebé sobre la cadera. Dot podría ser una de esas mujeres si su vida no hubiese cambiado de rumbo hace tantos años. Suena la campana de un pregonero y oye su llamada: «¡Escuchad! ¡Escuchad!». Ve el destello de su túnica escarlata a través de la multitud que se ha congregado a su alrededor y se abre paso para averiguar qué noticia ha atraído a semejante muchedumbre.

—La flota francesa ha entrado en el estrecho de Solent. El Mary Rose, buque del rey, se ha hundido. Se han ahogado casi quinientas almas. El vicealmirante sir George Carew se ha perdido junto con su barco.

Dot intenta de nuevo imaginar cómo será el mar. ¿Como el río, pero más vasto? Piensa en el cuadro de barcos colgado en el palacio, con un mar oscuro como sopa de rabo de buey hirviendo en un cazo. De pronto, acuden a su mente imágenes de cómo debe de haber sido, para los hombres atrapados en las entrañas de ese gran buque, hundirse en su tumba de agua. Piensa que, cuando llega el final, todos los hombres son iguales: desde el vicealmirante hasta el muchacho que friega la cubierta. Cuando te vas, te conviertes en nada, independientemente de lo alto que hayas subido.

—Le puso a ese barco el nombre de su hermana —dice Catalina.

—Terrible, terrible —comenta Huicke con expresión afligida.

—Es un horror —añade Ana.

Forman un lúgubre grupo mientras cenan en la cámara de la guardia.

—Cranmer celebrará un oficio por los muertos.

Catalina hurga con el tenedor en unas viandas extrañas. Se trata de la carne seca, casi incomestible, de una criatura absolutamente monstruosa: cola de pavo real, cuerpo de cerdo, cabeza de cisne, alas de un animal indeterminado y más partes que proceden de otras criaturas imposibles de identificar, todas metidas unas dentro de otras. Se trata, piensa, de un plato muy macabro. Sin embargo, es lo que suele servirse a las soberanas, tanto si les agrada como si no. El pequeño grupo ha aplaudido con cortesía cuando el propio cocinero, sudoroso y con el rostro enrojecido, ha salido de la cocina cargando con bastante dificultad el peso del enorme monstruo que ha creado. Ha colocado la fuente ante la reina y se ha limpiado las manos en el delantal.

Con una sonrisa, Catalina le ha dicho que tiene un talento único y que nunca ha visto algo tan... Le ha costado hallar una palabra y ha acabado diciendo «portentoso». El cocinero ha parecido satisfecho.

Susan Clarencieux entra sin hacer ruido en la sala. La dama se desliza como si en vez de pies llevara ruedas bajo el vestido. Como siempre, viste de amarillo de pies a cabeza y su rostro aparece descolorido. Observa la mesa con la mirada de un contable que está calculando el coste de todo. Acto seguido, hace una profunda reverencia. Susan, obsesionada con el protocolo, aguarda con la vista clavada en el suelo hasta que Catalina le da permiso para incorporarse. Y, aunque resulta evidente que trae un mensaje de lady María, pues no puede tener otro motivo para acudir allí, guarda silencio hasta que Catalina le pregunta qué desea. La reina no ha olvidado la desconsideración con que la trataba Susan antes de ceñir la corona.

—Señora —declama Susan, como una actriz—, lady María está indispuesta.

A Catalina le entran ganas de decir: «Por el amor de Dios, relájate». Pero pregunta:

—¿Vuelve a dolerle la cabeza?

—Así es, señora.

—Oh, vaya, pobre María. ¿Le enviarás mis mejores deseos?

—Lo haré, señora. —Ahora parece estar contando los anillos que Catalina lleva en los dedos, tasando su valor—. Y... —vacila.

—¿Sí?

—Mi señora os pide que la disculpéis por no haber completado la traducción.

—Dile que lo entiendo.

María se muestra reacia a traducir a san Juan. Su entusiasmo inicial sembró en Catalina la esperanza de que aceptase la idea de un Evangelio en su propia lengua, pero no ha sido así y, desde los días de Eltham, su hijastra vive una rutina hecha de jaquecas, rezos y poco más. Catalina cree ahora que jamás se convertirá, que lleva el recuerdo de su pobre madre grabado de forma indeleble en el corazón. Mientras, las reformas están quedando en agua de borrajas. El proyecto de tratado con los príncipes luteranos no ha llegado a buen puerto. Los católicos prosperan con la bendición del rey. Catalina nota en los pasillos de la corte el cambio de poderes, las miradas clavadas en ella. Y el desaire de María no hace sino agravar la situación. Pero no han hallado el modo de librarse de Anne Askew, un pequeño triunfo que lleva a la reina a pensar que se le han perdonado sus pecados y que sus proyectos empezarán a dar fruto.

Nadie está comiendo salvo Udall, que no parece afectado por la pérdida del Mary Rose y todos esos marineros ahogados, entre ellos George Carew, a quien conocía muy bien. No para de engullir y de beber vino, charlando y riendo entre bocados. Su insensibilidad la horroriza. No puede dejar de pensar en las quinientas almas que se han perdido. ¿Y para qué? Todo parece tan fútil… Las tropas francesas presionando en la costa meridional; los escoceses y sus incursiones fronterizas al norte; tratados firmados y deshechos con aparente facilidad; naciones compuestas de piezas cosidas entre sí, tan feas como el monstruo que ocupa la mesa, para aunar fuerzas y matarse mutuamente. ¿Y para qué? Para arrancarle a alguien otras pocas leguas de tierra asolada. Y esto es la civilización.

No es más que una lucha por el territorio. ¿Y con qué fin? No le parece que esta matanza en nombre de Dios tenga nada que ver con la fe. Tiene que ver con el poder. Ve cómo ha tenido que transformarse su esposo para mantener a raya las amenazas que provienen del exterior y, lo que es peor, del interior. Ha tenido que apartar a un lado su humanidad. Pero cada muerte es una tragedia; cada vida perdida deja llorando a un padre, a una madre, a un esposo, a una esposa, a hermanos, tal vez a hijos.

Piensa en Meg, tratando de hallar el modo de darle sentido a su vida: diecinueve años penosos, la lenta pérdida de su mente y un cuerpo que se volvió contra ella al final. No puede ordenarlo en su cabeza; se pregunta si hay sentido en algo. El mundo solo es comprensible cuando todo se hace obedeciendo a Dios, pero su fe se ve mermada.

Aunque, claro está, la obediencia es un hábito profundamente entretejido con la tela de su alma, y su patrón influye en todo. Si se lo quitaran, el diseño de su vida perdería toda coherencia. Ser mujer es conocer la obediencia. A veces tiene la sensación de haber gastado todo su afecto de esposa. El rey no tardará en regresar de la costa. Catalina elabora en su cabeza la lista de motivos que tendrá para sentirse irritado: la pérdida de su buque; el fracaso del tratado con los germanos; el emperador, que está enojado y se siente traicionado.

Sin duda, le echará a ella la culpa del hundimiento del barco, del dolor de la pierna, de la ausencia de un duque de York en su vientre, del mal tiempo incluso. Se pregunta si dispone de la paciencia suficiente, aunque también sabe que no tiene más remedio que encontrarla. Y, para hacerlo, debe acercarse a Dios. La única forma de hallar el sentido de todo es hacerlo a través de Él, a través de su palabra. «En el principio era la Palabra, y la Palabra era Dios». Debe concentrarse. Pensar en Anne Askew, afortunadamente liberada. Pensar en el nuevo mapa del universo de Copérnico y en el eclipse que, como es lógico, anuncia los grandes cambios; en sí misma a la vanguardia de estos. Esa es su obligación. «En el principio era la Palabra». Y, cuando las personas puedan leer las palabras por sí mismas, descubrirán que Dios no es ningún tirano, sino un padre benévolo e indulgente. Que, cuando se lleva vidas así, en sus mejores años, se las lleva a un lugar mejor. Acaba con su sufrimiento. Debe creerlo; de lo contrario..., ¿qué le queda?

Catalina cumple con lo que se espera de ella, y su fachada serena cubre el estruendo de los pensamientos que ocupan su mente. Habla de cualquier cosa. Da sorbos de cerveza. Emite sonidos apreciativos al probar la jalea de almendras y tomar el vino dulce en copa de cristal. Escucha con cortesía mientras Mary Dudley lee en voz alta, sin gracia y dándole un tono siniestro, uno de los hermosos poemas de Surrey. Observa a los acróbatas que dan volteretas. Todo con una sonrisa. Y, cuando le es posible, se retira.

No puede dejar de pensar en unas palabras que Stanhope pronunció la víspera y que la tienen preocupada.

—Cuando conocisteis a Anne Askew... —dijo.

Hablaban de las Escrituras. Stanhope es una partidaria de la Reforma tan ferviente como la propia Catalina, y su marido lo es todavía más. Pero Catalina no confía en ella. ¿Cómo está enterada de la visita de Anne Askew? Era algo muy secreto. ¿Quién pudo habérselo contado? ¿Cuántas personas más lo saben? ¿Quiénes son?

—Nunca he conocido a esa mujer —respondió Catalina, mirando fijamente los ojos reptilianos de Stanhope.

Otra mentira, otro desgarrón en su alma sucia. Últimamente, se ha acostumbrado mucho a mentir.

Dot frota el cuero cabelludo de Catalina con aceite de lavanda, cuyo aroma se extiende por la habitación. Acto seguido, inicia el largo proceso consistente en separar en secciones sus largos cabellos y pasarles el peine de púas finas.

Lo hacen en silencio durante un rato. Dot interrumpe ocasionalmente sus movimientos rítmicos para desenredar un mechón de cabello o para retirar un piojo del peine. Es un ritual semanal que las dos mujeres disfrutan por su sencillez e intimidad. Pero Catalina nunca se ha parado a preguntarse, hasta ahora, si Dot tiene a alguien que le quite los piojos del pelo.

Alguna vez ha sentido envidia de la vida sencilla de Dot. Se habría cambiado por ella de buena gana. Sin embargo, ahora que lo piensa, se da cuenta de que la suya debe de ser una existencia solitaria entre dos mundos. Le debe mucho a Dot. La dulce y desgreñada Dot, siempre en las nubes, imperturbable, optimista. Aunque hoy parece apagada, como si la hubiesen sumergido en una tina llena de tristeza.

—¿Cómo va todo, Dot? —pregunta—. ¿Estás contenta? ¿Tienes amigas en el palacio?

—Aquí no, señora, pero en Hampton Court está Betty, de las cocinas. Es una especie de amiga, aunque…

—Nunca he pensado en eso —interrumpe Catalina—. Cuando viajamos, vamos todos juntos, pero gran parte del personal más humilde no lo hace.

—Así es, señora. Pero cuando Meg…

Cae el silencio en la habitación, como una piedra, y Dot continúa separando, peinando y desenredando. La ausencia de Meg se cierne sobre ellas. Pero hay algo más.

Antes, durante el jaleo con ese maldito mono, Catalina se ha percatado de una mirada entre Dot y William Savage. En realidad no ha sido una mirada, sino más bien lo contrario: su forma de no mirarse en absoluto, de evitarse con los ojos. Además, ha notado que el aire entre ambos se hacía más denso. Por eso, se ha preguntado si ha habido entre Dot y William Savage algo más que la simple tarea compartida de llevarle libros.

—¿Qué opinas, Dot, de William Savage? —pregunta Catalina, rompiendo el silencio.

No puede ver el rostro de la joven y no quiere volverse por miedo a que esta lo considere un interrogatorio. Pero oye una inhalación temblorosa que le dice más que cualquier palabra.

—¿William Savage, señora?

—El mismo.

—Es un músico excelente. Cuando toca, me siento… —vacila como si buscase las palabras adecuadas— en otro sitio.

—Es cierto. Tiene dedos de ángel.

De nuevo, esa inhalación como un estremecimiento. Y una interrupción del ritmo del peine. Se oyen risas en el pasillo y llaman a la puerta con suavidad. Ana asoma la cabeza para despedirse de Catalina. Regresará a Baynard, dice, puesto que su esposo ha vuelto.

La criada le hace una reverencia y recupera el ritmo del peine.

—¿Piensas alguna vez en el matrimonio, Dot? —pregunta Catalina al cabo de un rato.

—No, señora.

—Podría encontrarte a un buen marido. A un profesional liberal. Vivirías cómoda, tendrías tu propia casa, hijos.

Mientras lo dice, sabe que es lo correcto para la muchacha, pero, de pronto, siente con gran intensidad la pérdida que supondría para ella.

Dot intenta imaginar a un marido haciéndole las cosas que le hacía William Savage. Solo con pensarlo, tiene la sensación de que el mundo se ha dado la vuelta y ella está cabeza abajo. Se siente invadida por la repulsión. No debe pensar en William. Pero ¿otro hombre? Trae a la mente la imagen de los cocineros del palacio, apestando a sudor, sus manos grandes y rollizas. O la del comerciante de telas, a quien visitó ayer para recoger unos tejidos para la reina, con su forma de arrojar las bobinas sobre la mesa, de extender el tejido y de acariciarlo con los dedos como si fuese la piel de una mujer. Un estremecimiento de asco asciende por su columna vertebral. Si no va a ser William Savage, decide, nadie lo será.

Además, casarse significaría abandonar a la reina. Pero la reina la necesita. No puede imaginar a otra muchacha peinando el cabello de Catalina como ella, vistiéndola, depilándola, aplicando liquidámbar en los cardenales sin contárselo a nadie. La reina necesita a Dot para que le guarde los secretos. Es la única que los conoce todos; incluso su hermana Ana ignora algunas cosas. Dot es la única que puede guardarlos bien.

—Si no os importa, preferiría continuar con las cosas como están —dice.

—Pues así será —dice Catalina.

Y regresan a un silencio cómodo.

8

Palacio de Whitehall, Londres,
junio de 1546

Guillermo Parr está encendido de rabia. Sus ojos desiguales lanzan aterradores destellos mientras camina de un lado a otro sobre las tablas de roble de la cámara de Catalina. Se muestra insólitamente desaliñado, con las medias sucias y la camisa de lino abierta y ladeada. Y anda descubierto: un detalle que, de no ser hermano de la reina y estar tan a punto de estallar de cólera, le habría impedido acceder a su presencia.

—¡Cálmate, hermano! —le grita Catalina. Es como si se hallaran de nuevo en el cuarto de los niños y ella volviera a enfrentarse a su hermano menor enfurecido, indignado por una paliza injusta o por cualquier otro motivo. Pero ya no son niños, y resulta evidente que la ira de Guillermo no se debe a una trivialidad—. ¡Estate quieto!

Él se detiene con las piernas separadas y los brazos cruzados sobre el pecho. Tiene el rostro carmesí y la frente perlada de sudor.

Catalina se levanta y toma su brazo.

—Ven —susurra—, ven y siéntate.

Lo lleva hasta el banco que está junto a la ventana. Se sientan y ella le pasa el brazo por los hombros. Su hermano está tenso y encorvado.

—Cuéntame, Guillermo. Cuéntame lo que ocurre.

—¡Gardiner! —exclama.

Acto seguido, inspira hondo y se asesta un puñetazo en la rodilla.

Catalina le agarra el brazo.

—Háblame, Guillermo.

—Es Anne Askew. Han vuelto a apresarla, y esta vez la han llevado a la Torre. Acusada de herejía.

Ha transcurrido un año entero desde que liberaron a Anne Askew por última vez, y Catalina se ha sentido menos amenazada. El rey, a pesar de la cajita de astillas sagradas que guarda en su jubón, parece nadar entre dos aguas de nuevo. Aunque es difícil saberlo con certeza. Catalina ha renunciado a toda esperanza de concebir, pero tiene una concepción secreta de otra clase: su nuevo libro, *Lamentaciones de un pecador,* está casi completo. Nadie sabe de él; es su penitencia privada ante Dios, su análisis de la justificación por la fe sola. Y, aunque el libro existe envuelto en el secreto, tiene la sensación de que será recordada por él como la reina de la Reforma, una reina que defendió sus creencias. Su propio pedacito de historia para anunciar las nuevas formas de entender la fe, como el eclipse; lo escribió en agradecimiento por la liberación de Anne Askew.

—Esa mujer tiene instinto de supervivencia —dice Catalina.

Sin embargo, no deja de recordar la visita secreta a Eltham y que Stanhope se enteró de ella. No deja de preguntarse quién más podría saberlo y si ya ha llegado a oídos de Udall.

—Es peor de lo que crees, Kit. Me han enviado a mí para interrogarla —responde Guillermo en un susurro—. ¡A mí! ¿Sabes qué significa eso? Me lo están restregando. Saben lo que opino de la Reforma. Probablemente saben que es amiga mía, pero no tienen pruebas.

—Lo sé, lo sé —contesta Catalina, tratando de calmarlo. Siente un escalofrío, como si alguien caminara sobre su tumba—. Van a por mí, Guillermo. Quieren librarse de la reina partidaria de la Reforma que no ha logrado concebir un hijo en tres años de matrimonio. Y tú eres el hermano de esa reina. Todos caeremos juntos. —Esa idea la trastorna—. ¿Qué ha dicho?

—Pero Kit… —Guillermo, con los ojos desorbitados como los de un caballo sin domar, sujeta a su hermana por los hombros y la obliga a mirarlo de frente—. La han torturado.

El mundo de la reina parece aminorar su velocidad. Es una sensación vertiginosa, una caída interminable.

—¿Que la han torturado? ¿A una mujer? —Es impensable—. ¿Quién? ¿Wriothesley? ¿Rich?

—Wriothesley se encontraba allí, al igual que Rich, pero puedes estar segura de que Gardiner está detrás... Paget también, sin duda.

Guillermo mueve la pierna sin cesar, nervioso.

La reina alarga una mano para calmarlo.

—¿Una dama en el potro? Pero el alguacil...

—Kinston no ha podido hacer nada. Se ha marchado, asqueado.

—Guillermo..., eso es horrible. —Catalina busca las palabras adecuadas, incapaz de ordenar sus pensamientos mientras un millar de preguntas se arremolinan en su mente—. Y tú, Guillermo..., ¿estabas allí?

—Wriothesley y su mente retorcida. Nos ha enviado a mí y a John Dudley. No sé qué esperaba que le sacáramos nosotros. Supongo que quería que diese la impresión de que... Oh, no lo sé, Kit... Está loco de remate... Se ha puesto como una fiera y nos ha echado de allí al ver que no le sacábamos nada. Nos hemos quedado escuchando en la puerta... —A Guillermo le cuesta encontrar las palabras adecuadas—. Sus gritos, Kit...

—Pobre mujer..., pobre, pobrecilla... —Se tapa el rostro con las manos, creando un lugar momentáneamente oscuro donde nadie pueda llegar hasta ella. Luego levanta la cabeza y formula la pregunta que parece un tumor en su cerebro—. ¿Y se ha desmoronado?

Lo que en realidad quiere decir, y su hermano lo sabe bien, es: ¿me ha implicado? ¿Soy yo la próxima? ¿A mí también van a quemarme?

Ve el rostro ancho de Anne Askew, sus ojos separados, la ferviente intensidad de su mirada. La ve atada a los radios de madera. Oye el crujido y el chirrido de la máquina, hierro contra roble. Siente el horrible tirón en sus caderas, rodillas y hombros, como el despiece de un pollo, el macabro chasquido cuando el extremo redondo del hueso se sale del cartílago. Imagina también la resolución en la mandíbula apretada de Anne Askew. En esa mujer arde una determinación que Catalina no ha visto en ningún hombre. Si hay alguien que está a la altura del martirio, piensa, es Anne Askew, y Catalina daría cualquier cosa por tener una pizca de su valor.

—Kit, nunca he conocido a una mujer más valiente —dice Guillermo, poniendo voz a los pensamientos de su hermana mientras se levanta y empieza a recorrer de nuevo la habitación—. Ha aguantado cuanto le han hecho… Los ha tenido dando vueltas en círculos, sin llegar a ninguna parte.

Parece una prórroga, pero la están acosando…, y que Anne Askew no haya hablado no significa que otros vayan a ser tan valientes. Se siente empujada a alejarse de los grandes muros de piedra de Whitehall, a buscar algún lugar en el que pueda respirar.

—Dile al mozo que ensille los caballos —dice—. Vámonos y acabemos esta conversación lejos de aquí. Veré si Ana puede venir. Solo la familia, Guillermo, solo nosotros.

La expresión de Guillermo se relaja un poco. Se alegra de ver que su hermana mayor toma el control, como siempre hacía cuando eran niños.

—Pon buena cara, Guillermo —dice ella—. Nadie debe imaginar que estamos perturbados. Los tres Parr saliendo a galopar un poco, eso es todo.

—¿No puedes hablar con el rey? —pregunta Ana.

Han desmontado en un claro del bosque de Chelsea. Es un lugar mágico, un círculo casi perfecto, con árboles altísimos agitados levemente por un soplo de brisa y una alfombra de hierba esponjosa moteada por las sombras parpadeantes que proyecta el sol de finales de junio. Los caballos pastan cerca, y el tintineo ocasional de sus bridas se añade al piar de los pájaros y al zumbido de los insectos. Es un pequeño Edén.

—Ana —responde Catalina—, ¿en qué estás pensando? ¿No recuerdas a las otras reinas? Tú las serviste. Sabes que cuando cambia de opinión sobre… Puede parecer que ahora me adora. Todos esos regalos tan suntuosos lo demuestran, pero no…, no es…

—Constante —dice Ana, acabando la frase de su hermana.

¿Piensa en Catalina Howard? Ana estaba allí, y le ha hablado del tono exacto de los gritos de la muchacha, agudos y espantosos, como los de un zorro atrapado en una trampa. Catalina solo visualiza la escena por lo que ha oído contar, ni siquiera conoció a la joven, pero eso no la hace menos aterradora. Y luego vino Ana Bolena... Sin darse cuenta, Guillermo se lleva la mano a la garganta. Todos están pensando en lo mismo.

—Y yo he tenido tres años para concebir un heredero, algo que no he logrado. Además, el rey no es de los nuestros. En realidad, no lo es.

—Pero él mismo rompió con el papa, disolvió los grandes monasterios.

—¡No seas ingenua, Ana! —le espeta su hermano—. Eso no tuvo nada que ver con la fe.

—Supongo que no —responde Ana, cuyo enorme optimismo empieza a menguar.

—Pero... —dice Catalina, sacando del manguito la mano que luce el anillo de casada con un brillante rubí. El calor le ha hinchado los dedos y el oro se le clava en la carne—. Voy a esforzarme más por persuadirlo. Le presentaré la imagen de un rey de la Reforma, más grande de lo que jamás ha imaginado. Lo conozco, sé lo que le atrae y lo mucho que disfruta de nuestras conversaciones. Cuanto más sepa de la Reforma y menos escuche al obispo Gardiner, mejor para todos.

Sin embargo, mientras pronuncia esas palabras duda de sí misma. ¿No ha tratado ya de convencer a su esposo para que opine como ella? Y ha fracasado.

—Mejor para nosotros —dice Guillermo—. Si fueras un hombre, Kit, habrías sido el más grande de todos. Devolverás al rey a la fe. ¡Que Gardiner y sus católicos idólatras se vayan a la mierda!

—Pero ¿y Anne Askew? —pregunta Ana.

Un mirlo se posa sobre la hierba y escarba algo con su pico amarillo, brillante como una yema de huevo. Una mariquita trepa por la manga de Ana, apenas visible, rojo sobre rojo. Catalina la distingue y piensa en la canción..., «vete volando a casa». Jane, la bufona, la estaba cantando hace un rato.

—Ya no podemos salvarla —dice Guillermo.

—¿Quieres decir que la quemarán? ¿No hay nada que podamos hacer?

—No, hermana, la máquina está en marcha y no se puede detener —dice Catalina.

La idea de que su libro, su agradecimiento a Dios por la liberación de Anne Askew, haya sido prematuro se le clava como un puñal en el pecho. Tal vez Dios nade entre dos aguas, como el rey. Aparta ese pensamiento de su mente; no debe perder la fe, ahora no.

—Pero... —El rostro de Ana es una imagen del horror, y las palabras no logran salir de su boca.

—No abjurará, Ana. En cierto sentido, es lo que quiere: estar con Dios cuanto antes. He enviado a mi doncella para que le lleve ropa abrigada y comida. Quiero asegurarme de que sus últimos días sean cómodos.

—Kit, eso es una locura... —responde Guillermo, horrorizado a su vez.

—Puedes estar seguro de que Dot sabe pasar desapercibida. Se lo entregará todo a la criada de forma anónima.

Un silencio los envuelve, denso y frío como una losa de arcilla húmeda. No obstante, los pensamientos de Catalina se arremolinan en su cabeza, saltando entre la hoguera, con su calor, su chisporroteo y sus chispas, y el rey, formulando su conversación de una manera tan sutil que ni siquiera se dé cuenta de que las ideas que está plantando en su mente no son las suyas propias. Y trata de imaginar a su esposo —«Me encanta esa mente tuya, Kit»— ablandándose entre sus manos, adaptándose a su visión del futuro. Un futuro en el que todos estén a salvo. Pero la seguridad es un lujo poco común.

—También he enviado una bolsa de salitre.

Ha pensado en ello más tarde, recordando un elaborado espectáculo de fuegos artificiales que formó parte de una de las mascaradas de Udall y que entusiasmó a la corte entera. El hombre le había mostrado cómo se preparaban los fuegos artificiales, la paletada de pólvora negra que explotaba en contacto con una llama. Había dejado una pizca en el suelo y la había tocado con la llama de una vela. La habían visto crepitar, llamear y luego explotar con un ensordecedor estruendo. El olor a azufre había invadido la sala; a ella se le había antojado el olor del poder.

Esta tarde, antes de salir con sus hermanos, ha ido a los almacenes con Dot, ha buscado las reservas de pólvora y ha echado una cantidad generosa en una bolsa que ha ocultado entre el contenido de la cesta, explicándole a Dot lo que había que hacer con ella.

—Puede llevarla en la saya. Al menos, abreviará su agonía.

—Muy pronto estará en el Cielo —dice Ana, siempre tratando de hallar un final feliz.

—Si alguien merece estar en el Cielo es ella —añade Guillermo.

Pero ninguno de los tres consigue alejar de sí la imagen del fuego, su calor, el terror.

—Necesito que hagas algo por mí, Guillermo —dice Catalina—. Hay unos papeles que deben esconderse muy bien.

—¿Qué clase de papeles?

—Algunos de mis escritos personales… Hay cosas en ellos que temo que…

—Dalo por hecho, hermana. Dime dónde encontrarlos y me los llevaré. Ni siquiera tú sabrás adónde.

Catalina no se decide a pedirle que los queme.

Dot se escabulle fuera del palacio por la puerta de las cocinas. Al salir, pasa junto a William Savage, que intenta detenerla. El corazón le da un vuelco, pero ignora el gesto. Llevaba varios meses sin verlo, puesto que volvió a alejarse de la corte. Está cambiado, observa; tiene los ojos hundidos y con ojeras.

—¡Mi Dot! —exclama—. ¡Mi punto final! Háblame, te lo ruego.

El corazón de la muchacha se tambalea mientras su mente le devuelve viejas imágenes y sensaciones: los rizos del cabello de William en la nuca, el aroma de tinta y cuero que desprende… Sin embargo, aleja de sí esos pensamientos como ha hecho durante estos meses. No es de él, no le pertenece. Pasa a su lado como si no fuese nada para ella.

Tiene cosas más importantes que hacer. Se está encargando de una misión secreta para la reina. Lleva en la mano una cesta cubierta con una pieza limpia de lino; dentro hay una manta y alimentos, incluida una torta. Pero no es una torta corriente, puesto que, bajo la cobertura de masa, hay una bolsita con pólvora. La misión de Dot consiste en ahorrarle sufrimientos a Anne Askew. Esa bolsita la enviará al otro mundo en un instante. Dot debe ir de incógnito, según ha dicho Catalina, que ha tenido que explicarle el significado de esa expresión. No debe ser ella misma y, por encima de todo, nadie debe relacionarla con Catalina. Ha pensado en el nombre que dirá si le preguntan. «Me llamo Nelly Dent», ha dicho en voz alta, practicando, probando si le está bien. «Y vengo por caridad cristiana». Catalina dice que hay personas que se compadecen de los prisioneros y les llevan pequeños obsequios para hacerles la vida más fácil, que resulta habitual y que probablemente nadie le preguntará quién es.

Se para y se vuelve a mirarlo.

—William, no soy tu punto final. Un punto final no es nada, y eso no es para mí. Que sea de baja cuna no significa que no sea nadie.

—Dot —suplica él, agarrándole la mano libre.

La muchacha la aparta bruscamente.

—Deja que te lo explique.

—No, William. Tengo asuntos importantes de los que ocuparme. —Dot echa a andar hacia la salida. El rostro de él expresa tanta tristeza que la muchacha está a punto de zozobrar, pero encuentra su resolución y, aunque le cuesta horrores, se aleja diciendo—: Adiós, William.

Avanza a toda prisa hacia la orilla del río y llama a un barquero en espera de clientes. El hombre le tiende la mano para ayudarla a subir a su embarcación, que se inclina y oscila bajo su peso mientras se sienta en el banco. Dot se alisa la falda y coloca la cesta a sus pies sin soltar el asa, que sujeta fuerte con los nudillos blancos.

—¿Adónde? —pregunta él.

—Voy a la Torre —responde ella.

El hombre toma aire de golpe con los labios fruncidos, como si silbara al revés.

—Ahí es donde han estado estirando a esa pobre mujer —dice.

Dot supone que todos los habitantes de Londres hablan en susurros de la valiente Anne Askew, a quien han llevado al potro, que no ha dado nombres y que nunca abjurará. La criada no puede imaginarse a sí misma siendo tan valiente.

—Eso creo —contesta.

—¿Para qué vas a un sitio como ese?

A todos los barqueros les gusta conversar, aunque a sus pasajeros no les apetezca.

—Voy a llevarle unos dulces a la mujer del alguacil.

La reina le ha dicho que responda así.

—¿Y cómo te llamas, si no te importa que te lo pregunte?

—Me llamo Nelly Dent.

A la muchacha le gusta esa mentira; jamás ha contado una como esa. Alguna que otra omisión de la verdad completa y tal vez, ocasionalmente, una mentirijilla piadosa para hacer que alguien se sienta mejor, pero decir una verdadera mentira resulta emocionante. Lo que le gusta es ser otra persona, la idea de poder ponerse un nombre nuevo como si fuera un nuevo vestido.

—¿Eres pariente de los Dent que tienen una granja en Highgate?

—Prima lejana —contesta, y le gusta la facilidad con la que suelta otra mentira.

Se le ocurre que las mentiras crían como conejos y que, una vez que sueltas una, otras deben seguirla. Sin embargo, está mintiendo por una buena causa: por Catalina. La suya es una misión misericordiosa, y se pregunta si Dios perdonará esa clase de mentiras. Sumerge la mano en el agua y la deja allí un rato, disfrutando de la sensación de frescor; el sol calienta mucho y no hay sombras en el río. Alguien ha arrojado unas flores, caléndulas, que cabecean y flotan en la superficie, y unos cuantos patos las rodean para inspeccionarlas.

El barquero sigue con su charla y ella asiente con la cabeza, sin escucharlo, algo que parece satisfacerlo. Gimotea y se queja de una cosa y de otra, pero la marea está subiendo, lo que afortunadamente acelera el trayecto, y no tardan en hallarse ante las compuertas, donde el barquero llama a un guardia. Este hace girar una gran rueda de madera para abrirlas, lo que les permite ascender flotando hasta los peldaños. El agua golpetea el vientre de la embarcación y Dot se levanta para desembarcar. Llega otro guardia, este con librea de colores escarlata y oro, alabarda y un haz de llaves que tintinea en su cintura.

—¿Qué quieres? —pregunta.

Solo entonces su estómago empieza a encogerse de miedo y a oscilar como la barquita, pero piensa en Catalina y en su misión. Y cuando lo mira bien, ve que es un hombre maduro y que no parece nada amenazador.

—Tengo que entregar esto, señor.

El guardia alarga la mano para ayudarla a bajar de la barca y murmura algo sobre lo insólito que resulta recibir visitas de muchachas tan bonitas como ella en la Torre.

Cuando el barquero ya no puede oírla, Dot dice:

—He traído comida y algunas otras cosas para la señora Askew.

El guardia hace ademán de coger la cesta.

Ella la atrae de nuevo hacia sí, diciendo:

—Me han dado instrucciones, señor, de entregársela directamente a su doncella.

—Tengo que ver lo que hay dentro —masculla él—. ¿Quién sabe qué puedes llevar ahí? Aunque, tal como está la pobre mujer, no es que vaya a salir corriendo.

Dot aparta la pieza de lino y el guardia revisa el contenido de forma somera. Aparentemente satisfecho, le dice que espere y se dirige a una portezuela de madera caminando despacio, como si tuviera todo el tiempo del mundo. Repasa sus llaves, inspeccionándolas hasta encontrar la adecuada.

Dot jamás ha estado en la Torre. No es uno de los palacios donde se aloja la reina, pero allí se guardan algunos vestidos suyos. Siempre la ha imaginado como un lugar grande y sombrío donde suceden hechos terribles. No obstante, las casitas construidas sobre el césped que se encuentran ante ella más parecen un pueblecito que una prisión, y la famosa Torre Blanca, que se alza contra el cielo con estandartes ondeando en sus torrecillas, le recuerda los castillos de los cuentos. Pero más allá distingue los anchos muros grises que rodean el complejo, con sus torres bajas y sus ventanas estrechas y alargadas. El hedor del foso se cierne sobre el bonito jardín. La muchacha sabe muy bien que tras esos muros hay personas encerradas, aguardando Dios sabe qué clase de destino. Ha oído hablar de los instrumentos de tortura, los atizadores al rojo vivo, el potro, los grilletes. En las cocinas, después del trabajo, los mozos hablan de esas cosas sin parar para asustarse unos a otros, para hacer chillar a las lavanderas y arrimarse más a ellas; cuando no están contando historias de fantasmas, cuentan relatos de torturas. Betty es la que más se espanta; chilla como una cerdita para que la estrujen un poco.

Dot se sienta en un banco del jardín, junto a la iglesia de piedra color miel con vidrieras que relucen al sol y un campanario semejante a un palomar. No es en absoluto lo que esperaba de la famosa capilla real de San Pedro ad Vincula.

Ad vincula significa 'encadenado', y toda clase de nobles han perdido la cabeza a la sombra de esa bonita iglesia. Fue William quien se lo contó. William Savage, que sabe algo de todo y que golpeó su corazón con tanta fuerza que acabó rompiéndoselo. La joven ha sufrido en silencio durante meses tras descubrir la existencia de su esposa. No contar algo es igual que mentir, se dice, pero ha pasado un año entero y no quiere pensar en William ahora; no soportaría volver a ese lugar, a ese hoyo en el que no hacía otra cosa que sentir su ausencia. Aquello fue suficiente para despojarla de todas sus fantasías. Ojalá no lo hubiese visto hace un rato, ojalá se fuera y no volviera jamás para que ella pudiese olvidarlo. Aunque es cierto que el sentimiento se ha atenuado y que ahora solo queda su sombra. Y cuando piensa en las personas que están aquí encerradas, siente que no tiene ningún derecho a sus insignificantes pesares.

Pronto aparece una mujer. Es alta y ese detalle parece incomodarla, puesto que se encorva para disimularlo. Las mangas de su vestido son demasiado cortas; muestran unas muñecas, todo tendones, que serían más apropiadas para un hombre. Su falda negra aparece gastada y ha perdido color en las rodillas; de tanto rezar, supone Dot. Una cofia de lino, que algún día debió de ser blanca, enmarca un rostro surcado por arrugas de tensión.

Dot se levanta y sonríe.

—Traigo unas mantas y algo de comida para tu señora.

—Gracias por tu amabilidad —responde la mujer, vacilante, sin devolverle la sonrisa ni preguntarle quién la envía.

El blanco de sus ojos tiene un tono amarillo y aparece inyectado en sangre.

—Hay una bolsa de salitre en la torta —murmura Dot.

La mujer, desconcertada, ladea la cabeza y arruga la frente mientras coge la cesta.

—Debe atársela a la saya cuando llegue el momento. Todo acabará muy rápido —sigue diciendo Dot, en un susurro.

La mujer asiente con la cabeza, se vuelve y empieza a alejarse.

Justo entonces aparecen cuatro hombres. Parecen ser un par de nobles, dados sus magníficos ropajes y sus medias impecables, con un par de pajes que caminan a paso de trote junto a ellos. Todos van tan bien vestidos que solo pueden proceder de la corte. Dot los ha visto antes. Nunca recuerda los colores de cada familia; es demasiado complicado. Los hombres se interponen en el camino de la criada, como perros que guardan un hueso, para impedirle el paso. Un paje le arrebata la cesta y se la entrega a uno de los nobles. Dot está segura de que son del palacio, aunque ignora sus nombres. La muchacha hace una profunda reverencia, pero la criada se mantiene erguida con el mayor descaro. En lugar de reprenderla, los hombres la atraviesan con la mirada, como si no estuviese.

—¿Le has traído algo a la señora Askew? —pregunta uno de ellos.

El hombre lleva un cuello confeccionado con el pelaje de alguna clase de gato moteado, nada apropiado para la época del año, pero Dot supone que significa que es importante. La barba de color marrón rojizo sobresale de su barbilla como un espigón del río. Es él quien sostiene la cesta, alejándola de su cuerpo como si estuviera llena de ratas, serpientes o algún otro animal mordedor.

—Así es, señor —dice la muchacha.

Su voz la obedece sin vacilar, aunque por dentro está hecha un manojo de nervios. Evita mirar la cesta. No quiere que piensen que contiene algo especial.

—Le he traído algunas cosas para que se sienta más cómoda hasta que...

No hace falta que termine su frase; todos saben que se refiere al momento en que la lleven a rastras hasta Smithfield y la quemen viva. Dot mantiene la cabeza gacha.

—¡Levántate! —exclama el hombre.

La joven se incorpora al instante. El otro hombre se ha quedado rezagado con los pajes, pero ve que tiene la oreja dirigida hacia ella. Es una oreja grande, con un lóbulo largo que parece haber sido estirado por alguien. Dot se fija en todo: los minúsculos cascabeles cosidos al cuello del traje del hombre barbudo; la franja de tela verde hoja que asoma bajo el jubón; el pequeño fragmento de comida alojado entre sus dientes; la falsa amabilidad de sus ojos; el vello que le sale de la nariz; su forma de aspirar el aire, de agarrar y soltar el puño de su espada; la mancha de hierba en los zapatos blancos del otro.

—Y alza la vista.

Dot obedece. El hombre ensancha la boca en una media sonrisa que parece una mueca y la joven ve un destello de reconocimiento en sus ojos.

—Te he visto en palacio —masculla.

La muchacha se percata de que intenta recordar a quién sirve o dónde la ha visto.

—¿Quién te envía?

—Una amiga.

—¿Me tomas por imbécil, estúpida? Dame un nombre.

Un chorro de saliva aterriza en el rostro de Dot, pero la joven no se atreve ni a levantar un dedo para limpiárselo.

—Nelly Dent... —balbucea—. Me..., me llamo Nelly Dent.

—¿Acaso te he preguntado tu nombre? —le espeta—. No me

interesa lo más mínimo quién eres tú. Tú no eres nadie. ¡Dime quién te envía!

La agarra por la muñeca y se la retuerce. Dot siente que le arde la piel.

No piensa permitir que él vea que le duele. Mantiene la compostura mientras trata de pensar en una respuesta creíble. Piensa en Catalina. ¿Qué diría ella? Se le ocurriría algo inteligente, algo que volviese las preguntas de ese hombre en su contra. Diría: «Soy la reina y no tengo que responderte». O citaría algún versículo de la Biblia que lo dejase desconcertado. Pero Dot no tiene más remedio que contestar, y debe ser una respuesta que él crea. De ningún modo piensa traicionar a Catalina.

—La señora Hertford —responde.

La mueca se transforma en una sonrisa plenamente satisfecha.

—Así que eres la chica de Anne Stanhope. Eso está mejor. —Le da una palmadita en la muñeca palpitante y la suelta—. ¿No es así, Nelly? —Le devuelve la cesta y dice—. Ahora, sé buena chica y enséñame lo que llevas ahí.

Dot coloca la cesta sobre el pavimento de piedra, alza la tela y saca el contenido: el tarro de carne de membrillo, dos panes, un pudín, una bolsita de sal, un palito de azúcar, la torta, una buena manta, dos mudas, una pastilla de jabón y un potecito de crema de árnica para los cardenales. Lo coloca todo pulcramente en el suelo, tomándose su tiempo.

El hombre lo observa todo con los brazos cruzados. Llama a uno de los pajes.

—Pásame eso —le ordena, señalando la torta.

Dot siente un escalofrío, como si la hubiesen arrojado al Támesis y la hubiesen vuelto del revés, pero continúa colocando las mantas sin atreverse a levantar la vista. El paje se agacha para coger la torta.

—Eso no, idiota. El azúcar.

El muchacho le tiende el palito de azúcar. El hombre lo coge y lo mastica hasta que no queda nada. En los labios se le pegan unos cristales que recoge rápidamente con la lengua.

Y luego se marchan en dirección a las compuertas. Dot se deja caer sobre el banco. Cierra los ojos y suelta un hondo suspiro para tranquilizarse. A continuación, empieza a recogerlo todo y a guardarlo en la cesta. La criada la ayuda en silencio, se despide de ella con un simple movimiento de la cabeza y luego desaparece de regreso al lugar en el que tienen prisionera a Anne Askew. Tal vez haya olvidado cómo sonreír.

Dot no puede dejar de pensar. Stanhope le desagrada por las cosas horribles que ha dicho sobre Catalina y por su forma de tratarla a ella misma por el hecho de ser su doncella. Sin embargo, pese a la deslealtad y mezquindad de la dama, puede haberla perjudicado de una manera terrible al pronunciar su nombre, el primero que se le ha pasado por la cabeza. Y esta ha sido una mentira de verdad, malvada, no como las demás mentiras que ha contado, misericordiosas y casi inocentes. Esta mentira, negra como el hollín, dejará su marca por todas partes. La facilidad con que ha mentido la escandaliza. Pero ya lo ha hecho y ahora no puede echarse atrás. Se pregunta qué clase de horror habrá desencadenado al pronunciar ese nombre e imagina el efecto de su mentira cerniéndose sobre el palacio en silencio. Una sensación de pavor recorre sus venas como un veneno.

Palacio de Whitehall, Londres, julio de 1546

Un quemador de aceite emite fragantes volutas de humo que disimulan el hedor de la carne podrida. Huicke recoge sus instrumentos, tapa los frascos de tintura y dobla los paños de muselina mientras Catalina le sirve al rey una taza de cerveza y se acomoda sobre un cojín a sus pies. La reina coge un libro que yace abierto boca abajo en el suelo y empieza a leer. Huicke se detiene un instante a observar la escena y reconoce a Erasmo. Es la traducción al inglés en la que tanto trabajó Udall, el Evangelio de Juan, una vez que lady María cambió de opinión y no quiso que su nombre se asociara con ella. Fue Udall quien terminó la traducción o, mejor dicho, la rehízo de principio a fin. Se pasó varios meses muy alterado, recorriendo la habitación por las noches, torturándose, buscando en su mente palabras concretas para transmitir conceptos muy específicos. Huicke jamás ha conocido a nadie tan pedante, aunque, en el caso de Udall, la pedantería constituye un don: es lo que hace de sus traducciones obras mucho más sutiles y hermosas que las de otros escritores. Pero los paseos nocturnos, las cavilaciones, la manía de buscarle tres pies al gato y las interminables lecturas en voz alta para pedirle su opinión lo convirtieron en un compañero insufrible. En muchas ocasiones, Huicke hubo de levantarse en plena noche y regresar a sus propios aposentos por los corredores del palacio sorteando las heladas corrientes de aire.

Las palabras le resultan tan familiares que casi se las sabe de memoria. También recuerda que, cuando visitaba Charterhouse a diario, a menudo encontraba a Catalina leyéndoselas a Latymer, aunque en latín. Huicke se pregunta cómo debe de sentirse ella al tener que leer siempre para algún esposo mucho mayor que ella. La intensidad de su paciencia le inspira respeto, pues la que él posee resulta tan floja como la cerveza aguada. Cuando Catalina está lejos del rey, es otra persona: brillante e ingeniosa, divertida, bromista, vivaz; no seria como ahora, con esa sonrisa suave y discreta. Es como uno de esos lagartos africanos cuyo nombre Huicke no recuerda que cambian de color en función de dónde se hallan. Pero la elección del libro —y está seguro de que lo ha elegido ella y no el rey— es interesante y delata la parte oculta y audaz de su persona. Es uno de los libros dudosos, no exactamente prohibidos, pero, desde luego, mal vistos por Gardiner y su camarilla, quienes preferirían que estuviese en latín para que pudiera reinar la ignorancia.

El rey apoya su gran mano sobre la piel desnuda de Catalina, justo debajo del cuello, y la acaricia con suavidad, subiendo y bajando los dedos. Ella se inclina sobre el libro para ver mejor a la luz de las velas. Los huesos de su columna sobresalen como una hilera de piedras pasaderas en un estanque de crema. Otras mujeres aparecen abultadas e hinchadas bajo la ropa, pero no hay nada superfluo ni carnoso en Catalina. Un extraño que la viese jamás imaginaría que es una mujer de casi treinta y cuatro años. Su vestido es de damasco azul zafiro con un jaspeado dorado y cae en pliegues que reflejan la luz. Se ha quitado el tocado y solo queda la cofia de lino blanco, que ha perdido su rigidez y se inclina, enmarcando su rostro de un modo muy bello. Su dedo sigue las líneas del libro. A Huicke siempre le causa extrañeza el pequeño tamaño de sus manos; son como las de una niña, y los anillos que las lastran hacen que parezcan más diminutas todavía.

Catalina deja de leer y dice algo mostrándole el libro a su esposo, señalándole una palabra. Hablan en voz baja, por lo que Huicke no distingue lo que dicen. El rey coge sus anteojos, se los lleva al rostro y observa la página a través de las gruesas lentes. Ambos se echan a reír, y Huicke se pregunta, curioso, qué puede parecerles tan divertido en el Evangelio de Juan. No obstante, lo que oye no es la risa auténtica de Catalina, una carcajada contagiosa, al borde del desenfreno, sino una risita pulcra y casta.

Huicke se siente impresionado por su aparente frivolidad, puesto que sabe que tiene el corazón partido. Hoy han quemado a Anne Askew, a la valiente Anne. En un momento u otro, muchos de sus propios amigos se deslizaron fuera del palacio sin que nadie se percatara para acudir a las reuniones secretas en las que ella predicaba. Hace pocas horas, en los aposentos de la reina, cuando él ha acudido para darle la noticia, Catalina ha arrojado su labor de bordado al suelo. Con el impulso, ha derribado sin querer un frasco de pomada francesa que se ha hecho añicos, derramando una masa aceitosa sobre la estera.

—El rey le ofreció el perdón si abjuraba —le ha dicho él—. Pero ella estaba segura de que iría al cielo... Su fe era inexpugnable.

—Él podría haberlo parado —ha replicado ella—. No puedo creer que no lo haya parado.

La reina, con el rostro enrojecido, ha dado un puñetazo tan fuerte contra la mesa que se ha hecho daño. Huicke nunca la había visto tan indignada, tan enfurecida.

—Estoy asustada —le ha confesado a Huicke en un susurro cuando su ira se ha apaciguado—. Por primera vez, estoy realmente asustada. Los noto a mi alrededor observando, esperando, estrechando el cerco, ocultándose en los rincones, pisándome los talones. Sé que siempre ha sido así, pero esto lo cambia todo... Me quieren muerta, Huicke.

Otra mujer podría haber llorado, pero no Catalina. Ella está hecha de una materia más dura, y la actitud despreocupada que aparenta esta noche con el rey es buena prueba de ello.

Entra uno de los hombres del monarca, seguido de un paje que trae una pila de platos. Ambos comienzan a preparar la mesa para la cena. Se trata de un proceso engorroso y absurdo que siempre provoca una risa interna en Huicke: todo debe hacerse con la mano correcta y sin tocar nada que vaya a entrar en contacto con la boca del rey, lo que requiere un sistema a base de paños y la destreza de un mago.

Cuando por fin terminan, el rey pide vino e invita a Huicke a unirse a ellos.

—Si la reina lo desea.

Naturalmente, Catalina da su consentimiento.

Y Huicke también participa en el ambiente de falsa frivolidad, contento de poder acompañar a la reina y prestarle así su apoyo.

Un ujier anuncia la llegada de Wriothesley y Catalina pide a Huicke que la ayude a ponerse el tocado. El hombre la levanta; pesa mucho, cargada como está de adornos y joyas, demasiado para el cuello juvenil de Catalina. Aunque ha deseado muchas veces ser una mujer, Huicke está poco familiarizado con la indumentaria femenina. En este momento, toma conciencia de repente de las complicaciones y limitaciones que conlleva su atuendo y, por una vez, se alegra de ser un hombre. Catalina se aparta el cabello de la cara y Huicke la ayuda a ponerse el artilugio como si la encerrase en una jaula mientras el rey observa en silencio.

—¿Te he regalado yo eso? —dice el rey.

Cuando el tocado está en su sitio, Catalina se vuelve hacia su esposo en busca de aprobación e inclina la cabeza hacia un lado. Huicke se pregunta cómo podrá volver a enderezarla, habida cuenta de su tremendo peso.

—Así es, mi amor, y se trata de un tocado precioso.

—Tengo un gusto exquisito. Su color resalta el de tus ojos.

Ella sonríe con cortesía, y sus ojos danzan y resplandecen como si estuviesen genuinamente alegres.

Entra Wriothesley, vestido con un ridículo jubón con cuello de ocelote pese a la temperatura estival, y ejecuta una profunda y rebuscada reverencia, doblando tanto el cuerpo desde la cintura que su barba está a punto de rozar el suelo. Catalina y Huicke cambian una breve mirada divertida. Gardiner aparece poco después. El obispo siempre logra que las sencillas vestiduras de su cargo, de color blanco y negro, resulten extraordinarias: las suntuosas bandas de satén negro resultan tan voluminosas que bien podrían ser los cortinajes de un lecho, y la túnica, de simple batista, logra causar una impresión de gran lujo gracias a sus costuras cargadas de detalles. Luce bonete de lustroso terciopelo y un almidonado volante blanco en el cuello, debajo de la papada y de la boca de gesto desdeñoso. Su piel posee la textura del sebo y tiene un ojo caído, lo que acaba de componer un cuadro repugnante. Lleva una cruz tan incrustada de rubíes y granates que el oro apenas resulta visible. Los dos parecen engreídos, eufóricos, arrogantes. Sin duda, es la quema lo que impulsa su entusiasmo, aunque no se menciona ni una sola vez durante los nueve platos que componen la cena. Sin embargo, muestran ante la reina una reverencia absurda que a Huicke le causa extrañeza. Intuye que ocurre algo, pero no sabe de qué se trata.

Llega Surrey caminando a grandes zancadas. Con sus miembros alargados y sus ropajes de brocado negro, parece un mosquito gigante. Lo acompaña Guillermo Parr, esta vez sin pavonearse, que esboza una sonrisa forzada y cambia una breve mirada de inquietud con su hermana cuando ambos se saludan. Es evidente que está enterado de la muerte de Anne Askew. Nadie más se percata del gesto, y la sonrisa regresa a su rostro al instante. Surrey ha escrito un adulador poema para el rey. El concepto que de él tiene el monarca oscila tanto y tan rápido que le cuesta mantener el paso. Sin embargo, es el jefe de la casa de los Howard y el heredero del mayor ducado de Inglaterra, por lo que el rey no se irrita contra él durante demasiado tiempo. Sea como fuere, el poema, que a Huicke se le antoja anodino aunque simpático, es acogido con gran entusiasmo. Surrey lo recita con encanto y al rey le complace mucho el interludio.

Cuando sirven los postres, grandes masas gelatinosas con colores de apariencia incomestible, el rey exige que traigan al mono y a los dos bufones, si es que los encuentran, puesto que la bufona Jane tiene cierta tendencia a deambular por ahí y perderse.

El mono, tras divertir al rey devorando la mayor parte de un budín, se pasea por la mesa muy ufano defecando sobre los restos de la comida. A continuación, se agarra los genitales simiescos con su simiesca mano y comienza a masturbarse. El rey suelta una carcajada mientras cubre los ojos de su esposa. Surrey y Guillermo Parr se echan a reír también entre comentarios lascivos. Están acostumbrados a adaptarse al humor del rey. Wriothesley se une a ellos cortésmente, pero Gardiner, horrorizado, es incapaz de ofrecerle al rey nada que se asemeje remotamente a una risa. El soberano le da un codazo y dice:

—¿Dónde está tu sentido del humor, obispo? ¿Nunca has visto un miembro tieso?

El obispo parece desear que se lo trague la tierra.

Los dos bufones sacan partido de la situación escenificando una boda entre Jane y el desdichado mono, que ha desistido de sus pecaminosas travesuras. Will Sommers oficia la ceremonia tras envolverse en el mantel imitando a Gardiner, lo que incrementa el regocijo general. Gardiner logra finalmente esbozar una media sonrisa, pero parece que el rostro se le vaya a romper por el esfuerzo.

El alboroto se apacigua por fin, se llevan al mono, traen los naipes para jugar al piquet y la conversación se centra en asuntos más serios. Comentan el tratado de paz con los franceses que se ratificará en breve. Será un acontecimiento positivo, puesto que Francia estará en deuda con Inglaterra durante cien años. No obstante, trunca las esperanzas de que Inglaterra se una a los príncipes germanos en una liga protestante. Huicke no lo dice, pero lo piensa, y da por sentado que Catalina también lo está haciendo. En cualquier caso, el emperador se está preparando para entrar en combate con los príncipes germanos, por lo que el sueño de una Europa evangélica está más lejos que nunca.

—El almirante D'Annebaut vendrá para ratificar el tratado —comenta el rey—. Y tú lo recibirás —dice, volviéndose hacia Guillermo Parr—. Demuéstrale que los ingleses sabemos hacer las cosas bien. Lo halagaremos para que se someta a nosotros y vuelva corriendo a la corte de Francisco con noticias de nuestra magnífica hospitalidad.

Es una buena señal, piensa Huicke, puesto que sugiere que el rey sigue apreciando a los Parr, pero la mirada que Wriothesley intercambia con Gardiner dice algo muy distinto. Traen a un laudista para que toque en un rincón. Surrey y Guillermo Parr se despiden.

—Tengo entendido que vuestro hermano continúa con su solicitud de divorcio —dice Gardiner tan pronto como Guillermo Parr desaparece, clavando sus ojos hundidos en Catalina. El obispo sabe que se trata de un tema delicado para los Parr—. Nunca lo conseguirá, ¿sabéis?

—¿Qué opinas tú del divorcio? —pregunta el rey, señalando con su grueso índice a la bufona Jane, que se agarra las faldas y empieza a saltar adelante y atrás cantando:

Una vieja y sabia lechuza estaba posada en un roble.
Cuanto más veía, tanto menos hablaba,
Cuanto menos hablaba, tanto más oía.
¿Por qué no somos todos como esa sabia y vieja ave?

—¡Ja! —se carcajea el rey—. Sabes más que la mayoría de los miembros de mi Consejo, bufona.

—Lo que Dios ha unido, que no lo separe el hombre —sentencia Gardiner.

—El matrimonio es realmente uno de los sacramentos sagrados —añade el rey, serio de pronto.

Da la sensación de que los dos han mantenido ya una conversación privada sobre el divorcio de Guillermo Parr y de que estas palabras van destinadas a Catalina como forma sutil de ponerla en su sitio. Huicke piensa en las carcajadas que la boda del mono ha provocado en el rey… y en todas esas reinas de las que se ha librado. Valiente «sacramento».

—Erasmo no consideraba el matrimonio un sacramento —dice Catalina, rompiendo su silencio.

Todos se vuelven hacia ella y luego hacia el rey, preguntándose cómo reaccionará al ver que su esposa lo contradice. Pero el rey no dice nada y Catalina parece decidida a decir lo que piensa, aunque el ambiente se ha vuelto denso y oscuro como la melaza.

La reina continúa diciendo:

—Erasmo tradujo la palabra *musterion* del Antiguo Testamento en griego como 'misterio'; no halló en ningún lugar la palabra «sacramento» con relación a…

—¿Crees que no conozco a Erasmo? —vocifera el rey, poniéndose en pie y asestando un fuerte golpe a la mesa con una mano que, sin duda, va destinada a su esposa.

Su silla vacila por un instante sobre dos patas y luego cae al suelo con estrépito a su espalda. Un paje acude apresuradamente para recogerla. El rostro del monarca adquiere un tono morado y sus ojos lanzan fríos destellos, duros como el pedernal. La sala entera retrocede.

—Manteníamos correspondencia semanal cuando yo era niño. Escribió un libro para mí. ¡Para mí! Y te atreves a sugerir que no conozco a Erasmo.

Tiembla como una sartén sobre el fuego mientras señala a Catalina.

Ella permanece absolutamente inmóvil, con la mirada baja y las manos unidas sobre el regazo.

—Ninguna mujer va a darme lecciones. Fuera de mi vista. ¡Vete!

Catalina se levanta de la mesa sin hacer ruido. Solo Huicke se atreve a levantarse, vacilante, cuando ella echa a andar hacia la puerta con la espalda erguida.

El rey se deja caer en su silla con un suspiro, visiblemente desalentado.

—¿Qué va a ser de este mundo? —murmura—. Que mi esposa pretenda enseñarme...

Huicke ve que Gardiner cambia otra breve mirada con Wriothesley, poco más que una ceja levemente alzada y, en respuesta, una inclinación de cabeza apenas perceptible, pero cargada de significado. Han visto una brecha.

—Huicke —ordena el rey—, ve tras la reina y ayúdala a serenarse. Ocúpate de que vuelva a sentirse bien.

A Huicke no se le escapa la ironía: Catalina es la que menos se ha alterado, o aquella a quien mejor se le ha dado disimular la alteración. Cuando Huicke se despide, oye fragmentos del susurro de Gardiner:

—... dar cobijo a una serpiente...

Le gustaría agarrar a ese hombre y volver a meterle en la garganta esas palabras venenosas hasta que se atragante con ellas.

Palacio de Whitehall, Londres, agosto de 1546

Algo sucede. Dot percibe una sensación de pesadez que se cierne sobre los aposentos de la reina, y no toda tiene que ver con el calor sofocante de agosto. La vida está ausente de todo. Incluso los perritos pasan el día tendidos sobre la alfombra turca, con la lengua fuera, jadeando. Dot abre de par en par las ventanas, pero no logra ni la más ligera corriente. Tiene el cuero cabelludo empapado bajo la cofia. Anhela despojarse del vestido e ir por ahí en ropa interior como hacen casi todas las damas cuando no hay visitas. Y no hay visitas. Desde que quemaron viva a la pobre Anne Askew hace dos semanas, no ha acudido casi nadie a los aposentos de la reina ni se han organizado las habituales diversiones nocturnas. No ha habido músicos ni poetas, y ni siquiera ha venido Udall para animar a Catalina. Y Huicke, que casi forma parte del mobiliario, tampoco aparece por ningún lado.

Las viejas Mary Wootten y Lizzie Tyrwhitt hablan en susurros con las cabezas juntas, alertas por si alguien las escucha. No les importa que Dot pueda oírlas.

—¿Sabes qué me recuerda esto? —pregunta Lizzie Tyrwhitt.

—A la concubina —susurra Mary Wootten.

Dot sabe a quién se refieren, puesto que así llamaban algunas personas a Nan Bullen cuando era reina. La muchacha vuelve a llenar sus copas con la cerveza floja de un jarro.

—Esto está caliente. ¿No se puede encontrar ni una sola gota de cerveza fría en todo el palacio?

—No, señora, ni siquiera para el rey.

—Temo por ella —comenta Lizzie Tyrwhitt, con cara de ir a echarse a llorar.

—Por todos nosotros.

—Pero no ha hecho nada malo. Es un dechado de virtudes.

—Bah. —Mary Wootten pone los ojos en blanco—. Esa no es la cuestión. Si esos dos se deciden… —La dama hace una pausa y frunce los labios—. Podría armarse un buen lío.

Ana se acerca apoyándose un dedo en la boca.

—Bajad la voz, señoras. No quiero que las criadas se asusten —les pide, echando un vistazo al grupo de muchachas que holgazanean lánguidamente por la habitación.

Dot lleva el jarro de cerveza a la cámara de Catalina. La reina está a solas, sentada en una silla, con la mirada perdida y un libro sobre el regazo.

—Gracias —murmura cuando Dot le llena la copa.

—Señora… —Dot no sabe cómo decirlo—. Qué… No sé…

Catalina la mira, aguardando.

—¿Sucede algo? —acaba soltando la muchacha.

—Dot, a veces es mejor no saber.

La reina se muestra tan impenetrable como un bloque de madera.

—Pero…

Catalina levanta la mano para hacerla callar.

—Si alguien te da cualquier cosa para que me la traigas, un libro o lo que sea, debes rechazarla.

Dot asiente con la cabeza. Nota una presión en las sienes, como si una cinta le apretase la cabeza. Catalina sonríe y la muchacha se pregunta intrigada de dónde logra sacar esa sonrisa dada la gravedad del ambiente.

—Ocúpate de tus tareas, Dot. Que no se te vea preocupada. Vamos, deja que vea esa sonrisa tuya.

Dot se obliga a alzar las comisuras de los labios y se pone a recoger un montón de ropa para llevarla al lavadero.

—Buena chica, Dot.

Mientras cruza la cámara de la guardia, solo se oye el crujido de la cesta de la ropa sucia. Sin embargo, cuando se dispone a salir, las puertas se abren de par en par. Entra un ujier que, tras hacer una reverencia, pregunta por Ana, la hermana de la reina.

—¿Quién me reclama? —pregunta la dama.

Dot percibe un estremecimiento en su voz.

—El lord canciller desea hablar con vos, mi señora.

—Wriothesley —susurra Ana, palideciendo.

Dot ve que las otras damas, cual cervatillas aterradas, observan a Ana con los ojos muy abiertos mientras sigue al ujier en silencio y abandona la sala. La criada ha descubierto que Wriothesley es el hombre con el que se topó en la Torre. Conserva en la mente su imagen mientras masticaba el palito de azúcar, los cristales pegados en la barba, y la mentira que le contó se le descompone en las tripas como una gamba en mal estado.

—Dot —dice Lizzie Tyrwhitt—, ¿qué estás haciendo?

La muchacha se percata de que la cesta se ha inclinado y de que su contenido se ha esparcido por el suelo. Está allí plantada como una boba, mirando la puerta fijamente.

—¡Oh, perdón! —exclama, y empieza a recoger la ropa sucia.

—Tranquilízate, muchacha.

Dot, muy inquieta, se dirige a toda prisa al lavadero, deja caer la cesta en el suelo e informa a la lavandera de que la ropa pertenece a la reina, pero no se entretiene a charlar como de costumbre. No soporta estar lejos de esas habitaciones horriblemente silenciosas.

Ana, la hermana de la reina, regresa pálida como un cadáver. Parece aterrorizada, nerviosa y aturullada. No puede sentarse ni permanecer parada de pie. Trajina de acá para allá retorciéndose las manos mientras murmura para sí:

—¿Dónde he puesto mi Biblia? ¿Dónde está mi salterio? ¿Dónde está mi hermana?

Cuando acude Catalina para calmarla, se aferra a ella como si se estuviera ahogando.

Convocan a Lizzie Tyrwhitt. El ambiente se carga de pavor. Las damas se sobresaltan cada vez que crujen las tablas del suelo. Catalina permanece sentada al fondo de la sala, leyendo en silencio como si nada ocurriera, pero, junto a ella, su hermana Ana dirige la mirada al frente y retuerce entre sus dedos la borla de su ceñidor como si estuviese ida. Dot, que no sabe dónde ponerse, finge estar ocupada zurciendo un agujero invisible en una media.

Lizzie vuelve al poco rato. Cuando lo hace, declara:

—Aquí dentro no hay aire. No sé cómo podéis respirar. —Comienza a rebuscar entre sus pertenencias y saca su abanico, repitiendo una y otra vez—: No sé, no sé.

A continuación, llaman a Stanhope. Si la dama está asustada, no lo demuestra: sale detrás del ujier como si fuese a dar su paseo de la tarde. Dot debe reconocer que, por muy hipócrita que resulte, no es cobarde. Dot se pincha el dedo con la aguja de zurcir. Nota que se ahogará de miedo, que su mentira enviará a Anne Stanhope por el camino que siguió la señora Askew y que todo será culpa suya. La cabeza le da vueltas. Se chupa la sangre del dedo e intenta volver a enhebrar la aguja, pero las manos le tiemblan demasiado. No puede evitar pensar en esa pobre Anne Askew ardiendo y se pregunta si la pólvora acabó con ella rápidamente, tal como debía hacer. Nadie lo ha comentado, ni siquiera en susurros. Es como si todo sucediera en otro lugar y lo único que pudiesen hacer fuera permanecer sentadas en estas dependencias y pensar en ello.

Stanhope regresa al cabo de media hora como si nada hubiese cambiado. Y puede que así sea. Se acerca directamente a Catalina y le susurra unas palabras. Todas las mujeres presentes en la sala están pendientes de la reacción de Catalina, pero la reina se limita a asentir con la cabeza y a continuar con su lectura. Anne Stanhope, que no parece nada agitada, toma asiento en el alféizar de una ventana y se pone a hacer un solitario. Dot observa cómo distribuye las cartas sobre la mesa con sus dedos ágiles; busca en ella un rastro de ansiedad, pero no lo encuentra. Su propio miedo mengua un poco. Si la mentira le hubiese causado problemas a Stanhope, el rostro o las manos de la dama lo demostrarían sin lugar a dudas. Pero, si Wriothesley se enojó con ella por enviar comida a la Torre, no lo parece. Mientras tanto, llaman a otra dama, y luego a otra y a otra más. Todas regresan inquietas y alteradas, pero Anne Stanhope continúa distribuyendo sus cartas sin apenas alzar la vista.

Catalina ordena a Stanhope que se acerque y le dice unas palabras. Acto seguido, la dama empieza a recoger los pocos libros que quedan en la habitación y se los entrega a las damas, que, en silencioso alboroto, los ocultan bajo sus prendas interiores, en los tocados o envueltos en la ropa blanca.

—¿Este también? —exclama Lizzie Tyrwhitt cuando Stanhope le entrega un manojo de papeles—. ¿Los poemas de Wyatt?

—Puede que alguien haya escrito algo en el margen de una página... Nunca se sabe.

Lizzie asiente con la cabeza mientras se lo guarda en el petillo.

Una tras otra, las damas abandonan la sala con su carga secreta. A Dot no le dan ningún libro para que lo saque de allí clandestinamente. La muchacha se pregunta si hay alguien, aparte de Catalina, que sepa de todos esos libros que trajo a estos aposentos. Se siente como una niña que no entiende el mundo de los adultos.

Los días van pasando y el calor no da tregua. Ahora que los libros han desaparecido, las damas se han quedado sin nada que hacer y se pasan el día sentadas por ahí, como fantasmas. Apenas tocan siquiera las labores de bordado; hablan poco y no hacen nada, yendo y volviendo del comedor cuando corresponde, arrastrando los pies. Sigue sin haber visitas. Han enviado a Huicke a Ashridge para atender a Isabel; dicen que está enferma. La mayoría de los esposos y parientes, que en condiciones normales acuden de vez en cuando para entretenerse con los naipes y la música, se han marchado: Hertford y Lisle están en Francia; Essex, el hermano de la reina, en los Borders. Dot se ha esforzado por escuchar todas las conversaciones que se desarrollan en susurros. No piensa quedarse en la inopia.

William Savage sigue en la corte; no obstante, tiene nuevas obligaciones y ya nunca está en la trascocina. Y mejor así, piensa Dot. La muchacha lo ha visto pasar por los corredores y se ha escondido para evitar que la viese él, pero el joven ya no viene a tocar el virginal. Dot agradece a Dios esa ausencia. Nadie tiene ganas de escuchar música, aunque la mayoría de las noches se oye a los hermanos Bassano cantar y tocar el violín en los aposentos del rey. El sonido sale al patio por las ventanas abiertas. Catalina, que se muestra absolutamente serena, suele recibir la orden de reunirse con el rey y se lleva a Cat Brandon o a Stanhope para que la acompañen. Son las únicas que mantienen la compostura mientras aguardan, mientras esperan a ver lo que ocurrirá a continuación.

Puede que la reina se muestre serena y tranquila, que continúe con su vida como si la situación fuese normal. Sin embargo, Dot conoce la verdad. Ve que se fuerza a esbozar una sonrisa incómoda antes de recibir a nadie en su cámara y que reza más que nunca. Un nuevo cardenal ha aparecido debajo de su oreja, y Dot la viste con trajes de cuello alto para cubrirlo. Pese al calor empalagoso, Catalina insiste en lucir sus mejores galas, los vestidos más enjoyados, los tocados más pesados.

—Debo mostrar que soy la reina —responde cuando Dot le pregunta si no iría más cómoda con solo la saya, como las otras damas.

Catalina extrae la cruz de su madre del cofre en el que ha permanecido durante años y se sienta con ella, acariciando las perlas entre la punta del índice y el pulgar, moviendo los labios como si rezara el rosario. Después la envuelve en un paño de terciopelo y la deposita bajo las almohadas. Nunca se la pone. Su cuello está ya muy cargado por las joyas reales, piedras monstruosas que parecen aún más grandes en su cuerpo delicado.

—Renunciaría a todo esto —le dice a Dot, mostrándole un collar de rubíes—. No significa nada.

No obstante, sigue insistiendo en llevar todas esas joyas.

Se la puede distinguir cada noche, a través de las ventanas de la corte, sonriendo y riendo. Dot se pregunta cómo se las arregla para mostrar esa fachada alegre cuando todo el mundo se halla al borde de semejante abismo. El rey la visita casi cada noche y Dot yace en su jergón ante la puerta, tapándose las orejas con las manos para no oírlos.

Preparan el traslado de verano a Hampton Court y los enseres deben ventilarse mientras haga buen tiempo. La muchacha desmonta el dosel del lecho de la reina retirando las colgaduras, cuyos pliegues contienen el polvo de un año entero, para sacarlas al patio y sacudirlas. Sacude las almohadas y el cubrecama, lleva las sábanas al lavadero y separa lo que van a llevarse. Debe airear la colcha y dar la vuelta al colchón. Pide ayuda a uno de los mozos, puesto que volver un gran colchón de plumas es aún más difícil que levantar el cadáver de un hombre gordo. O eso dice siempre Betty, aunque solo Dios sabe de dónde ha sacado Betty la información acerca de lo que se siente al levantar un cadáver, gordo o no. Dot está deseando regresar a Hampton Court y volver a disfrutar de la compañía de Betty, que, pese a su grosería y su vicio de hablar demasiado, no es una persona complicada y la hace reír. Está harta de este silencio enrevesado.

El mozo y ella se debaten bajo el peso del colchón mientras lo levantan. Cuando se separa de la cama, Dot nota algo con los dedos. Es un manojo de papeles escondido entre las tablas. La muchacha deja caer su parte con un gemido y el mozo chasquea la lengua, molesto.

—Pesa demasiado —dice Dot—. ¿Por qué no le pides a alguien que venga a ayudarnos?

El mozo se marcha encogiéndose de hombros y murmurando algo sobre las criadas demasiado flojas. Cuando se ha ido, la joven saca un manojo de ásperos papeles marcados y arrugados, enrollados apretadamente y atados con un trozo de deshilachada cinta roja. Ve que hay algo escrito en ellos, puesto que la tinta se ha corrido en algunos puntos, y da por sentado que deben de ser cartas de amor. ¿Por qué, si no, estarían así escondidos bajo el colchón? Sin embargo, se pregunta cómo podría ser, puesto que, si la reina tuviese un amor y le escribiera cartas, Dot sería la primera en percatarse.

Piensa en esa otra reina, Catalina Howard, que perdió la cabeza por ponerle los cuernos al rey. Dicen que se aparece en el corredor de la reina de Hampton Court. El simple hecho de pensarlo le produce a Dot escalofríos. Oye a los mozos subir las escaleras, charlando y dándose codazos, y corre a lanzar los papeles al fuego, pero la chimenea está apagada. No hay ninguna necesidad de fuego con este tiempo, y el hecho de encenderlo provocaría sospechas. Además, no hay tiempo, por lo que oculta el manojo de papeles bajo sus faldas. Catalina sabrá qué hacer con él. Probablemente sea algo inocente: una carta de su madre que ha conservado durante décadas y que lee de vez en cuando para recordarla, o bien un poema o una oración que le gustaban de niña. Pero lo que teme es que se trate de una carta de ese tal Seymour, que ha desaparecido de la faz de la tierra.

Una vez vuelto el colchón, Dot se dirige al lavadero para saber si la ropa de la reina está ya seca y lista para guardar en los baúles. Al recorrer la larga galería, se encuentra con Jane la Bufona.

—¿Yo también iré a Hampton Court mañana? —pregunta, y el ojo se le va.

Ha hecho esa misma pregunta hace solo una hora. Dot no entiende por qué todo el mundo escucha sus desvaríos, cuando es demasiado tonta hasta para recordar lo que le han dicho hace poco. Pero fue un regalo del rey para la reina, como el mono, y hay que seguirle la corriente.

—Sí, Jane, ¿lo tienes todo a punto?

—Tima, tima, bolita… —canta Jane.

Dot se arrepiente de haberle preguntado. Un grupo de cortesanos pasa entre ambas y Dot tiene que apretarse contra la pared para evitar que tropiecen con ella. El manojo de papeles que lleva bajo la ropa interior se ha desplazado un poco. La muchacha ejerce presión con el vientre para sujetarlo. El grupo pasa caminando a grandes zancadas entre un ondear de trajes y un oscilar de plumas. Uno de los cortesanos es Wriothesley, que pasa cerca de ella con su puntiaguda cara de comadreja. La criada baja la cabeza para no llamar la atención.

Se alejan ruidosamente y ella continúa más allá de la sala de los pajes, en dirección a la puerta que conduce a las escaleras de la cocina.

Pero Wriothesley se vuelve de pronto y se detiene mientras los demás siguen adelante. Apunta la barba en dirección a Dot y la inmoviliza con su mirada.

—Eres la muchacha de lady Hertford, ¿no es así?

Dot sabe que debe hacer una reverencia. Nota que el manojo de papeles se desliza ligeramente. Pero no tiene elección. Se agacha y los papeles resbalan, se liberan de su cinta y caen al suelo entre sus pies. Rogando para que sus faldas los cubran, Dot baja la mirada. Ese es su error.

—¿Qué es eso? —vocifera él—. Apártate.

Dot obedece y deja al descubierto los papeles, que yacen sobre las tablas del suelo con la escritura a la vista. La cabeza le da vueltas. Quiere desaparecer, hacerse tan pequeña que nadie pueda verla, convertirse en polvo, salir flotando. Pero es sólida y está aquí. Y el pánico la ha dejado sin habla.

El rostro del hombre esboza una sonrisa.

—Recógelo.

Dot se inclina, levanta los papeles del suelo y los coloca en la mano tendida de él. Solo entonces toma conciencia de lo mucho que está temblando.

—Y eso —añade, señalando la cinta que dibuja una línea serpenteante junto a las faldas.

Dot se agacha para cogerla.

Cuando empieza a incorporarse, él le apoya el pie en el hombro y la empuja hacia atrás.

—Abajo —ordena, como si ella fuera un perro.

Wriothesley acerca la cinta a la luz, la inspecciona y luego vuelve a arrojarla al suelo.

—¿Estás asustada? —le espeta—. ¿Tienes motivos para estarlo?

—No, señor —susurra ella—, es que…

—Pues deberías —la interrumpe el lord canciller, que ha empezado a hojear los papeles y a leerlos por encima—. Porque esto —añade, dándoles un golpecito con el dedo— es herejía.

Dot se percata de que Jane la Bufona sigue allí, paseando un ojo por el corredor y observándola con el otro. Empieza a cantar con su vocecilla de niña:

—Ding, dong, mozo, gatito está en el pozo…

—¡Levántate! —grita Wriothesley.

Dot se pone en pie tambaleándose. Se aprieta contra la pared, deseando que se la trague.

—No recuerdo tu nombre, muchacha.

—Me llamo Nelly, señor, Nelly Dent.

Dot le lanza a la bufona una mirada suplicante para que no suelte la verdad.

—Ah, sí, Nelly Dent. La criada de lady Hertford. —Con su mano seca y escamosa, la agarra con fuerza del brazo y tira de ella—. Tú te vienes conmigo.

El rostro de él está tan cerca del suyo que puede percibir el hedor de leche podrida de su aliento.

—Es la dote de una dama, dotación bien dotada, el punto final —recita Jane.

—¿Quieres callarte de una vez, estúpida criatura? —le espeta Wriothesley, dándole un empujón.

Acto seguido, se lleva a Dot a rastras galería abajo.

9

Palacio de Whitehall, Londres,
julio de 1545

Dot ha desaparecido. Catalina recorre de acá para allá los límites de sus aposentos; una tabla cruje cada vez que la pisa. Ya han transcurrido dos días y la reina apenas ha dormido por la inquietud. Wriothesley y Gardiner le pisan los talones. Casi todas sus damas han abandonado el palacio con alguna excusa: anticiparse a la marcha a Hampton Court; visitar a recién nacidos, a unos padres enfermos de pronto o a un primo moribundo; atender asuntos urgentes en alguna parte...; cualquier cosa con tal de alejarse de la órbita de Wriothesley. El lord canciller las tiene aterrorizadas con sus preguntas. Los aposentos de Catalina están vacíos. Las propias piedras del palacio contienen el aliento mientras aguardan el desarrollo de los acontecimientos.

¿Quién autorizó los interrogatorios? ¿Pudieron realizarlos sin permiso del rey? No se atreve a preguntárselo a Enrique. Además, apenas pasa tiempo a solas con él. Y, si él acude a sus aposentos por la noche, lo hace entre antorchas, acompañado de un séquito que espera en el corredor para escoltarlo de regreso al cabo de media hora. Está claro que el rey aún alberga la esperanza de concebir un heredero, pero Catalina ya no confía en ese medio de salvación, dado que casi siempre el soberano se muestra incapaz por más que ella se esfuerce. ¿Y dónde está Dot? La sombra de Wriothesley, confundida con la de la Torre, se cierne sobre todas las cosas.

Solo queda su círculo más estrecho. En este preciso momento, su hermana, nerviosa como un potrillo, está de pie mirando por la ventana y mordiéndose las uñas. La marimandona de Lizzie Tyrwhitt con sus manos firmes y la anciana Mary Wootten, que lleva tanto tiempo en la corte que ha visto de todo, cosen camisas para los pobres acomodadas en un banco. Cat Brandon también está aquí, bordando en el asiento de la ventana para aprovechar la luz del día. No es de las que abandonan el barco. Y está Stanhope sentada a la mesa, haciendo un solitario como siempre, defendiendo los colores de la familia Seymour.

Catalina dio a Stanhope permiso para irse, pero la dama quiso quedarse a su lado.

—Debemos permanecer juntas —dijo—. Intentan acabar con nuestros maridos atacándonos a nosotras.

Por supuesto, Stanhope está en lo cierto. Si Gardiner y Wriothesley pudieran acabar con los partidarios de Hertford, ya nada se interpondría en su camino. En estos momentos, Hertford tiene más poder que todos los consejeros del monarca juntos. Pese a que es un ambicioso partidario de la Reforma, el rey lo adora, tal vez porque le recuerda a su difunta esposa favorita, Juana Seymour. Gardiner daría el brazo derecho con tal de ver caer a Hertford. Catalina debe admitir que Stanhope muestra una gran entereza al permanecer en este nido de víboras.

Catalina se alegraría de la mengua de su séquito personal si no se sintiera abandonada, debilitada, acorralada y sin recursos. Debe mostrarse inquebrantable. Y por eso, tal como le explicó a Dot, luce sus mejores vestidos, con sus cordones, hebillas, botones y cierres, y lastra su cuerpo con las joyas reales. Pero ¿dónde está Dot? Alguien tiene que encontrarla. Su hermana Ana, derrumbada, no se halla en condiciones de ayudarla; Guillermo está ausente, al igual que Udall e incluso Huicke. Los han alejado de la corte con uno u otro pretexto. Ahora que lo piensa, empieza a verlo claro. Todos sus aliados están lejos; al menos, los hombres. No es una coincidencia. Gardiner y Wriothesley han elegido bien el momento para iniciar su movimiento, sea cual sea. Catalina camina de un lado a otro, intentando no pensar en la Torre ni en el hacha.

Sin embargo, William Savage sigue aquí y es de confianza. Catalina llama a Lizzie Tyrwhitt y le pide que busque a un paje para que lo traiga. El músico acude pálido y alterado, retorciéndose los largos dedos, con los ojos oscuros cargados de preocupación. Debe de saber que, si cae Catalina, él también lo hará: todos esos libros serían suficientes para condenarlo. Alguien lo revelaría, o lo torturarían a él hasta quebrantar su voluntad.

Catalina ve que lleva un anillo esmaltado en negro. Lo toca con un dedo y pregunta:

—¿Tu esposa?

—Murió de parto —contesta él, asintiendo.

—Lo lamento —dice la reina y, al cabo de unos momentos, añade—: ¿Y el bebé?

William sacude la cabeza.

Catalina le acaricia el dorso de la mano. Es suave como el de una muchacha.

Él logra esbozar una breve sonrisa y comenta:

—Es la voluntad de Dios.

—Así es, William. Tenemos que confiar en el plan que Dios tiene para nosotros.

Se oye un alboroto y una ovación procedente del patio. El ruido proviene sin duda del recinto de los gallos o de las pistas de tenis. La vida sigue siendo la de siempre en Whitehall mientras un silencioso vacío reina en las dependencias de Catalina.

—Necesito tu ayuda —dice ella, apretándole la mano.

—Sabéis que haré lo que sea.

—Dorothy Fownten ha desaparecido.

El muchacho suelta un grito ahogado y abre unos ojos como platos.

La reina se percata de que ha malinterpretado sus palabras.

—No ha muerto. O, al menos, creo que no…; espero que no. Se ha perdido… Dot se ha perdido, William.

Él ladea la cabeza con el ceño fruncido.

—No lo entiendo.

—Hace dos días que no la veo, William. Debes encontrarla. La aprecio muchísimo.

—Yo también —susurra él.

—He preguntado a todas mis damas, pero ninguna la ha visto, ni en las cocinas ni en ningún otro lugar del palacio. Solo la bufona Jane afirma haberse encontrado con ella, pero no he podido sacarle nada más que una cancioncilla sin sentido.

—¿Qué ha dicho?

—No me acuerdo, William. Era un galimatías.

—Debéis intentarlo. Es lo único que tenemos.

—Algo sobre unas campanas, creo.

La reina se frota las sienes como si tratara de extraer el recuerdo de su cabeza. Fragmentos de una canción acuden a su mente. Empieza a tararear la melodía y las palabras surgen con ella... «¿Cuándo me pagarás? Dicen las campanas de Old Bailey».

—No hay ninguna campana en Old Bailey —comenta William, que también ha recordado la melodía—. Es la campana de Saint Sepulchre que se encuentra justo detrás de Newgate. —Levanta las manos con una brusca exhalación y exclama—: ¿La han llevado a Newgate? Iré ahora mismo.

—William, no sé cómo agradecértelo. —Catalina atrapa las manos del músico entre las suyas y besa la punta aplastada de sus dedos unidos—. Debes hacer cuanto puedas. Di que te envían del palacio.

Cuando él se dispone a retirarse, la reina lo detiene apoyando una mano sobre su manga.

—Sé prudente, William, y, si la encuentras, recuerda que es mía. Es lo más parecido que tengo a una...

No se atreve a pronunciar la palabra «hija» en voz alta; Dot pertenece a una especie tan distinta de la suya como el mono que le regaló el rey. O eso es lo que opinaría la mayoría. Pero es cierto: Dot es para ella tan cercana como alguien de su propia sangre; a veces, más incluso.

—Le rompiste el corazón en una ocasión y no volverás a hacerlo —añade, y se sorprende del tono gélido de su propia voz.

—Tenéis mi palabra —declara William, llevándose una mano al pecho.

Hace una reverencia y se marcha.

Prisión de Newgate, Londres, agosto de 1546

Dot lleva sola mucho tiempo: cuarenta y cinco horas. Lo sabe porque ha estado contando los tañidos de una campana de tenor que suena cerca de allí. Hace una eternidad que se bebió las últimas gotas de agua rancia del aguamanil que alguien dejó bruscamente sobre las tablas a su llegada. No hay nada en la celda: ni un banco, ni una vela, ni una manta; solo un cubo en un rincón, una tronera a modo de ventana, demasiado alta para asomarse, que proyecta un pequeño cuadrado de luz en el suelo y un nido de ratones por toda compañía. Ha pasado las horas de oscuridad petrificada, acurrucada en un rincón, sobre un montón de paja empapada de orines que logró reunir, escuchando los gritos y lamentos de los demás prisioneros. Intenta no pensar. Cuando llegó se puso a aporrear la puerta con furia, gritando, ansiando que alguien viniese a explicarle qué ocurría, pero con el paso de las horas su voz enronqueció. Nadie iba a acudir, eso estaba claro. Sus gritos se convirtieron en quejidos y acabaron desvaneciéndose por completo, dejándola a solas con sus pensamientos.

Cuando piensa en la cruda realidad de que no sobrevivirá, se le antoja tremenda: no volver a sentir el sol en la piel, no volver a aplastar una ramita de romero entre los dedos para liberar su aroma, no volver a notar las manos de un hombre sobre su cuerpo, no saber lo que es dar a luz a un hijo. Un sudor frío la invade, y tiene que agarrarse a las ásperas piedras de las paredes por miedo a caer en un lugar oscuro. Regresan a su mente las imágenes del Infierno de los muros de la iglesia de Stanstead Abbotts que le producían escalofríos de niña: horribles demonios, mitad ave y mitad hombre, arrancando a los pecadores un miembro tras otro. Se obliga a conjurar una imagen de Cristo en la cruz y susurra una y otra vez:

—Jesús murió por nosotros, Jesús murió y resucitó.

Trata de recordar esa iglesia y el imponente crucifijo situado detrás del altar, pero no puede fijar la imagen en su cabeza; ha pasado demasiado tiempo. Su mente evoca una y otra vez una estatua de la Virgen de esa iglesia que lloraba. Acudían fieles de todas partes para admirar las lágrimas sagradas. Que al final no eran lágrimas, sino gotas de agua de lluvia procedentes de una serie de tubos improvisados; a nadie se le había ocurrido preguntarse por qué la imagen lloraba solo cuando llovía. No es de extrañar que las personas abrazaran la Reforma. Su propia fe se ha vuelto tan endeble como el hielo primaveral sobre un estanque.

La joven se distrae recordando la letra de viejas canciones de amor. Tararea sus melodías para expulsar los demás pensamientos de su cabeza, pero esas canciones le recuerdan a William Savage. Cuánto le gustaría ver a William una vez más. Si hace un esfuerzo, vuelve a notar sus dedos abriéndose paso por el cuerpo de ella, sus empujones, su aliento en el cuello. Se sorprende con el rostro inundado de lágrimas, ahogándose en ellas, jadeando. Entonces sus pensamientos regresan al presente. Si supiera lo que hay en esos papeles, tendría alguna idea de lo que puede decir para salvarse, pero Wriothesley no le dio pista alguna.

El lord canciller la sacó por la fuerza del palacio agarrándola por el antebrazo, apretando la boca como si fuese la bolsa de un avaro. Dot quiso pedir a gritos que avisaran a la reina, pero no se atrevió, puesto que ahora era Nelly Dent, que nada tenía que ver con la reina. La bufona los siguió cantando «Ding, dong, mozo, gatito está en el pozo...» una y otra vez, hasta que Wriothesley se volvió y le asestó una patada en el tobillo. Jane aulló como un perro y huyó a toda prisa. En el patio, Wriothesley se la entregó a un hombre, que le ató un saco alrededor de la cabeza, la metió a empujones en un carro y la trajo a este lugar.

Se abre una trampilla en la puerta y una mano le tiende una jarra.

—¿Dónde estoy? —pregunta—. ¿Es esto la Torre?

Oye una carcajada.

—No sé quién te crees que eres, chica. Puede que lleves un vestido de lana decente y que te hayan traído del palacio, pero no eres una de esas duquesas que llevan a la Torre para cortarles la cabeza, eso está muy claro.

—Entonces ¿dónde estoy?

—Esto es Newgate, chica. Todo un palacio a tu disposición.

—¿Y qué me ocurrirá?

—No lo sé, chica. Pero sé que, si no coges esta jarra, no tendrás otra.

Dot coge la jarra. Está llena a medias de un caldo claro y tibio. El hombre le da un pedazo de pan seco y cierra la trampilla de golpe. Encuentra en el pan el cadáver enroscado de un gorgojo y el caldo está grasiento, pero su olor ha desencadenado punzadas de hambre en sus tripas y se le hace la boca agua. Lo engulle todo y luego se arrepiente pensando que debería haber guardado una parte, puesto que no tiene ni idea de cuándo recibirá más.

No tiene ni idea de nada. Y nada que hacer, salvo rezar, esperar y tratar de no pensar.

Palacio de Whitehall, Londres, agosto de 1546

Ana, la hermana de la reina, es la primera en perder los nervios. Su boca es un agujero negro del que sale un terrible aullido propio de un animal, un ruido cavernoso y enloquecido que reverbera contra los muros de la sala, cruza la puerta, recorre la galería y se pierde a lo lejos. El sonido parece el grito de una parturienta. Las demás mujeres callan de golpe y, al unísono, como si siguieran la coreografía de una extravagante danza, se tapan la boca con la mano y dan un paso atrás mientras Ana se deja caer al suelo entre un torrente de sollozos e hipidos angustiados. Sus faldas se arrugan rígidas en torno a su cuerpo. Casi parece cómica, como si se hubiera disfrazado. Pero la congoja de su rostro no es fingida. Las mujeres empiezan a moverse nerviosas de un lado a otro, agitando las manos inútilmente, incómodas ante el espectáculo, sin saber si deben agarrarle los brazos y abrazarla o bien dejar que se retuerza entre sollozos.

Ninguna de ellas mira a Catalina, que apenas se percata del comportamiento de su hermana. La reina les vuelve la espalda a medias y sostiene un papel entre los dedos ahusados de la mano izquierda, leyendo su contenido reiteradamente, confiando cada vez en que pueda decir algo distinto. Tiene el rostro de un gris cansado y la frente perlada de sudor. Permanece así en pie, sin mover ni un músculo, durante algún tiempo. Solo sus ojos recorren el texto a toda velocidad, rápidos como moscas en primavera, hasta que los lamentos de Ana alcanzan la cima.

—¡Vamos, Ana, solo nos faltaba esto! —le reprocha, y su voz suena firme como una flecha—. ¡Cálmate!

Vuelve a ser la hermana mayor en el cuarto de los niños, y su hermana Ana la chiquilla desesperada. Catalina se vuelve hacia ella y se agacha para alzarla por los hombros. Ana entierra el rostro en el cuello de Catalina, dejando allí un rastro de lágrimas. El papel cae de los dedos de Catalina y se desliza por el suelo, volando como una alfombra mágica impulsada por una corriente de aire. Es Stanhope quien se abalanza sobre él, rápida como un halcón. Lo lee atentamente, apretando los labios y abriendo mucho los ojos.

—¡Dios mío, no! —exclama.

Catalina cree adivinar una minúscula sonrisa en sus labios. Pero ya no confía en lo que ve; esta situación la ha vuelto muy suspicaz.

—Es una orden de arresto contra vos. Firmada por el rey.

El grupo entero ahoga un grito. Catalina imagina que cada una de las damas se está preguntando en qué medida se verá implicada en el crimen, sea cual sea, hasta dónde puede caer. La reina casi es capaz de percibir el movimiento de los engranajes de la mente de esas mujeres que intentan dar con la manera de salvarse. Recorre la habitación una palabra negra: «herejía». No puede haber otro motivo para arrestar a la reina, aunque algunas llevan en la corte el tiempo suficiente para saber que los cargos no tienen por qué deberse a ningún delito en concreto. Lizzie Tyrwhitt se retuerce las manos como si tratara de limpiárselas de tinta. Mary Wootten empieza a quitarse y ponerse uno de sus anillos. Ana, sin dejar de llorar y lamentarse, se agarra a la saya de su hermana como si fuese una niña mientras ambas se levantan del suelo.

—Esto me huele a Gardiner —afirma Cat Brandon, y su *spa-*

niel se alza de un salto al oír su nombre—. No, tú no —añade ella, dándole al perro unas palmaditas en la cabeza—. ¿Cómo lo habéis recibido, Catalina? —pregunta, acercándose y hablando en voz baja para que las demás no puedan oírla.

—Me lo ha traído Huicke —susurra Catalina—. Lo ha encontrado en el corredor, delante de la cámara del rey. Debe de habérsele caído a alguien...

—¿No creéis que esta advertencia demuestra que Dios está de nuestro lado? —pregunta Cat.

Catalina no contesta. Si Dios está de su lado, ¿por qué su plan para ella ha tenido este resultado? ¿Está poniendo a prueba su fe? ¿O es un castigo por sus pecados? Todos esos viejos pecados la están alcanzando. ¿Cómo se puede ser humano, estar aquí y no pecar?

—¿Qué haréis? —inquiere Cat—. Sabéis que estoy dispuesta a cualquier cosa...

Los lamentos de Ana no terminan.

—¡Se lo pondré difícil a esas serpientes! —exclama Catalina—. No creas que acabarán conmigo tan fácilmente.

Su voz es lo único que permanece firme en la habitación, pero su mente revolotea de un lado a otro. Es un gran alivio haberse librado de todos esos libros. Es un gran alivio que Huicke haya regresado. Debe avisar a su hermano. Solo Dios sabe qué habrá en sus habitaciones. Sin embargo, Guillermo está en los Borders, luchando contra los escoceses. Enviaría a Dot a registrar sus dependencias, pero la muchacha sigue desaparecida. Hay muchas formas de hacer que se pierda el rastro de una persona en Londres, y más si se trata de una chica de baja cuna como Dot. Tiene la sensación de que su cabeza se halla dentro de un torno y le cuesta pensar con claridad. Ha oído hablar de un tipo de tortura: una cuerda anudada que te rodea las sienes y que van retorciendo más y más con un garrote. Pero debe a toda costa pensar con claridad. Debe a toda costa mantener la calma y dominar la situación. No caerá. Todas la están mirando en espera de sus órdenes.

—¡Silencio, hermana! —exclama, con mayor brusquedad de la que pretende—. Si alguna de vosotras sigue teniendo libros, panfletos...

Un ruido en el corredor la interrumpe. El miedo flota como la electricidad en el aire antes de la tormenta. La puerta se abre de golpe con un chirrido de bisagras y aparece Enrique, flanqueado por dos de sus guardias.

Las mujeres ejecutan profundas reverencias con la mirada clavada en el suelo. El rey entra en la habitación y se detiene. Viste su armiño y su coraza de ornamentadas túnicas, los acolchados, dorados y bordados, así como la pieza, embarazosamente grande, que asoma sobre la bragueta, entre los pliegues de su traje, como un monstruoso animal de compañía.

—¿Qué está ocurriendo aquí? —brama, y la carne de sus mejillas se estremece como si fuera gelatina—. ¿Esposa?

—Majestad —dice ella, mirando las zapatillas blancas del rey. Alarga el brazo para coger su mano y besar el anillo.

La mano de la reina se muestra firme y serena. Si está asustada —¿cómo podría no estarlo?—, no piensa demostrarlo. Ni ante el rey ni ante nadie. Apenas siquiera ante sí misma. El rubí es una mancha de sangre contra sus labios. Imagina que está flotando entre las vigas del techo, contemplándose con su vestido escarlata, inclinada ante su esposo.

—Arriba, arriba —dice él, levantando la mano con la palma hacia arriba.

Ella se levanta como si la movieran unos hilos. Las demás permanecen inclinadas.

—Explícanos qué sucede aquí. Ese terrible alboroto. ¿Estás enferma?

—No, majestad, yo no…

—¡Míranos! —ordena él con un gruñido, rociándola de saliva.

—Es mi hermana Ana, que no se encuentra bien.

Catalina alza la vista hasta los ojos diminutos del rey, que parecen más hundidos que nunca en los pliegues de sus párpados.

—Ah —responde él—, así que no eras tú. Creíamos que nuestra esposa aullaba como un cerdo ensartado.

Dirige su mirada hacia Ana y sus ojos enrojecidos. El rey pone los ojos en blanco y le asesta a Catalina una firme palmada en el trasero.

La reina se fuerza a soltar una risita afable.

—Salid. —Hace un gesto a las mujeres para que se levanten y ellas se incorporan entre el crujir de los brocados—. Marchaos.

Las damas desaparecen como llamas extinguidas.

Solo entonces Catalina ve a Gardiner acechando detrás del monarca. Su rostro céreo apenas puede disimular una expresión de triunfo. Un tic de nerviosismo surge en su ojo caído. Carraspea para decir algo.

El rey, que parece haber olvidado su presencia, se vuelve y sisea:

—Tú también, obispo… ¡Largo! No te necesito aquí.

Gardiner retrocede despacio, cabeceando como un gallo. El rey le da un empujoncito en el pecho con la palma de la mano y cierra de un portazo.

—¿Y bien, esposa? —dice, llevándola hasta el banco que está junto al fuego—. ¿Qué te sucede?

—Majestad —responde ella, acariciando el dorso de la mano hinchada del rey—, temo haberos disgustado.

Catalina alza la vista y abre mucho los ojos por un instante, lo suficiente, antes de bajar la mirada.

—¿Temes habernos disgustado?

Enrique parece estar a punto de soltar una carcajada.

Está jugando con ella. Catalina le ha visto hacerlo con otras personas. Una avispa zumba frenética en el marco de la ventana, chocando reiteradamente contra el cristal. Toc, toc, toc.

—Quiero ser una buena esposa —dice con voz suave y dulce como las natillas.

Él cambia de posición. Descruza las piernas y, al hacerlo, esboza una mueca.

—¿Os duele la pierna?

—¿Y a ti qué te parece? —le espeta.

—¿Puedo hacer algo para distraeros?

—Eso ya me gusta más.

Le agarra la gorguera, la abre de un tirón y mete una zarpa dentro como si fuera un oso buscando miel en el agujero de un árbol. Le manosea los senos y se los saca a medias, por lo que quedan atrapados por el borde tenso del corpiño como trozos de arcilla blanca.

—No son las tetas de una puta nodriza. ¿A que no, esposa?

Ella niega con la cabeza.

Invaden su mente pensamientos de supervivencia. Ha sobrevivido en otras ocasiones. Hará bien su papel, como los mejores actores de Udall. No piensa arder en la pira ni perder la cabeza como esas otras reinas, aunque tenga que interpretar a una ramera. Dirige sus manos hacia la enorme pieza que asoma sobre la bragueta. Ve que lleva bordadas con hilo de seda rojo las palabras HENRICUS REX. Por si a alguien se le olvida a quién pertenece.

Con dedos torpes, él empieza a ayudarla a desatar aquello.

—Al suelo —ordena con voz áspera—. De rodillas. Podemos hacerte callar, mujer. Queremos una esposa silenciosa.

Toc, toc, toc, sigue la avispa.

Prisión de Newgate, Londres, agosto de 1546

Dot está sentada con las palmas apoyadas sobre una mesa de madera, tal como le han ordenado. Los papeles que encontró bajo el colchón de la reina yacen boca abajo ante ella. Le gustaría darles la vuelta y leer su contenido, pero hay un guardia vigilándola y no se atreve a mover ni un músculo. El peso muerto en su vientre, el escalofrío en su columna vertebral y el salto ante cualquier sonido se le han hecho ya tan familiares que le parecen normales. Está atrapada en un zarzal, y con cada movimiento se queda todavía más enredada. Al menos, esta habitación no apesta como la otra. La campana da la una. El guardia se rasca el cuello. Una mosca vuela zumbando por la sala. Llegan hasta ella voces procedentes del exterior, idas y venidas. Debe de encontrarse cerca de la entrada, porque oye los crujidos y portazos periódicos de una pesada puerta de madera y la voz de un guardia que hace preguntas. Desde esta habitación no puede oír a los demás prisioneros, que la han mantenido en vela durante las últimas noches. Hace mucho que perdió la cuenta de las horas y no tiene ni idea de si lleva aquí una semana o un mes.

Llega un visitante; oye que un guardia pregunta por el motivo de su presencia.

—Vengo del palacio —responde la voz.

Es una voz que jamás podrá olvidar, porque lleva ese sonido grabado en lo más íntimo de su ser. Se trata de William Savage. A Dot le baila el corazón en el pecho. Desea que abra esa puerta y la encuentre. Observa el pestillo para ver si se mueve. Presta atención para percibir sus suaves pisadas aproximándose.

—¿Eres el hombre del lord canciller? —pregunta el guardia.

—No, no —responde esa voz adorada—. Estoy buscando a Dorothy Fownten, que desapareció del palacio de Whitehall hace unos días.

Ha venido a buscarla.

El corazón de Dot aporrea sus costillas como un mazo. Imagina al guardia, o a quienquiera que sea el de la puerta, abriendo un registro y repasando una lista de nombres. Le tiemblan las manos; no por el miedo, sino por la ilusión. Las aprieta contra la mesa para ocultar el temblor. William la salvará de este sitio. Su adorado William Savage. El guardia cierra de golpe el puño en el aire. Ha atrapado a la mosca y la deja caer sobre la paja.

—Aquí no hay nadie con ese nombre —contesta la voz al otro lado de la puerta.

Recordar que no es Dorothy Fownten la golpea como una patada en las tripas. Es Nelly Dent. Siente que él se desvanece, siente que se desvanece ella misma. Desea precipitarse hacia la puerta, golpearla hasta despellejarse las manos, gritarle que está aquí. Pero se queda sentada, inmóvil, petrificada. No puede traicionar a la reina. Pero tampoco puede dejar de desear que él abra la puerta de par en par para verla por sí mismo.

«Abre la puerta, abre la puerta, encuéntrame, encuéntrame. Soy yo, tu Punto Final».

Oye que las puertas del exterior se cierran con un chirrido. William se ha marchado.

Su respiración superficial apenas le llega a los pulmones. Nota el escozor de las lágrimas en los ojos. Pero no le dará a esta gente, a ninguno de estos brutos, la satisfacción de verla llorar.

Parece que lleva una eternidad esperando. Intenta alejar sus pensamientos del desaliento, pero esos papeles se hallan delante de ella y su mente no deja de recordar la palabra que utilizó Wriothesley: «herejía». Esa palabra se acompaña del calor, de las llamas y los alaridos de los mártires. Pero ella no es ninguna mártir. Le cuesta saber qué decirle a Dios cuando reza. La oración nunca ha sido mucho más que una rutina y apenas ha pensado en el estado de su alma. Sin embargo, ahora piensa en él, piensa en las oraciones que no ha dicho durante tantos años, en toda esa incredulidad. Siente que la maraña de espinos se estrecha en torno a ella todavía más.

La puerta se abre. Wriothesley entra sujetando una bola perfumada contra su nariz. Sus ropajes son un caos de distintos colores, texturas y capas. Le sigue un paje con una gran bolsa y una prenda más sobre el brazo. Dot da por sentado que Wriothesley acaba de quitársela.

—¡Sal de aquí! —le espeta Wriothesley al guardia.

Este dedica al lord canciller una mirada insolente que solo ve Dot.

El paje deja la bolsa sobre la mesa y saca una silla para que se siente su señor, el cual se acomoda entre crujidos.

—Bueno —empieza Wriothesley, e inhala ruidosamente el aroma de la bola—, Nelly Dent, acabemos con esto cuanto antes. Soy un hombre ocupado.

Coge los papeles y los arroja hacia ella. Esnif. Dot da un leve respingo, lo que provoca en él un esbozo de sonrisa.

—¿De quién son estos papeles?

—Son míos, señor. —Dot sabía que él le haría esa pregunta y tenía la respuesta a punto—. Me los dio una amiga.

—Tuyos. —Él vuelve a inhalar—. ¿Tuyos?

—Sí, señor.

—¿Qué hace una joven de baja cuna con unos papeles escritos? —Esnif—. Dime de quién son.

El lord canciller se inclina hacia ella y le clava un dedo en la parte blanda de la garganta.

A Dot la asalta una arcada. Le cuesta respirar. Pero aguanta y él acaba echándose hacia atrás.

Esnif.

—Puedes estar segura de que voy a hacerte hablar, Nelly Dent.

—Son míos, señor.

—No me tomes por un idiota, Nelly. Una jovencita tosca como tú no sabría qué hacer con estos papeles. ¿Cómo puedo decirlo? —Esnif—. Creo que el mono de la reina lee mejor que una chica..., una chica que todavía huele al arroyo del que salió. Me sorprende que la condesa de Hertford te haya tomado a su servicio.

El paje, de pie junto a la puerta, reprime una carcajada.

—¿Te acuerdas de Catalina Howard? Apenas era capaz de firmar con su nombre y fue reina. Dime, Alfred... —Se vuelve hacia el paje—. ¿Tus hermanas saben leer?

—Muy poco, señor —contesta Alfred, conteniendo la risa.

—Ya ves. —Agita los papeles delante del rostro de Dot—. Y las hermanas de este son damas. ¿No es así, Alfred?

—Así es, señor.

—Porque, según tengo entendido, tu padre es conde.

Esnif.

—Es cierto, señor.

—Así que, si las hijas de un conde saben leer muy poco, ¿dónde queda la chusma como tú, Nelly Dent?

Dot imagina que una lengua bífida asoma entre los labios del hombre.

—No lo sé, señor —murmura.

—Vamos, pues —Esnif—. Demuéstramelo. —Le arroja el haz de papeles—. Léeme lo que pone ahí —le ordena en tono burlón.

Alfred se ríe ya abiertamente.

Dot coge los papeles y, dominando su voz, dice:

—¿Quiere que lo lea todo?

—¿Oyes eso, Alfred?

El paje casi está doblado de risa.

—Pregunta si debe leerlo todo. —El lord canciller se sitúa junto a ella y señala unas cuantas líneas—. Esto.

La escritura es una serie de garabatos y la tinta se ha corrido en algunos puntos, pero Dot ha leído por encima la primera página. «Último testimonio de Anne Askew», dice en la parte superior. Empieza a leer las líneas que le ha señalado Wriothesley.

—«He leído en la Biblia que Dios hizo al hombre...».

Los dos hombres la miran fijamente, como si fuese un mono de circo.

—«... pero no he leído en ninguna parte que el hombre pueda hacer a Dios».

Ninguno de los dos pronuncia una sola palabra. Siguen mirándola como si tuviera dos cabezas o cuatro brazos, así que continúa leyendo.

Finalmente, Wriothesley encuentra su lengua bífida.

—¡Basta! —brama—. Has demostrado que dices la verdad. Pero ¿por qué estabas en posesión de semejante herejía? ¿Quién te la dio?

—Fue la propia Anne Askew, a través de su criada, cuando le llevé la comida.

—¿Anne Askew?

Al hombre le brillan los ojos de pronto.

—Sí, señor, creyó que me convertiría a la nueva fe.

—¿Y te convertiste?

Esnif.

—Creo que no, señor.

—Esto es herejía, Nelly Dent, y deberías arder por ello —declara él, con los labios tan apretados como el culo de un perro. Pero el fuego que lo animaba ha desaparecido por completo. Su voz y sus palabras suenan vacíos, y Dot siente un pequeño escalofrío de triunfo en la columna vertebral—. Sabes que hemos torturado a mujeres de más alta cuna que tú. Esa Askew fue una de ellas.

La amenaza ha desaparecido de él. No ha conseguido lo que necesitaba, fuese lo que fuese. Dot se aferra a su «deberías arder». No ha dicho «arderás».

—¡Por mí, puedes pudrirte aquí dentro! —le espeta Wriothesley.

El lord canciller se vuelve rápidamente. Sus capas de ropa se alzan con el movimiento cuando abandona la habitación.

Alfred recoge sus cosas y sale tras él.

—¡Devuélvela a su celda! ¡Daré órdenes sobre lo que debe hacerse con ella! —le vocifera Wriothesley al guardia antes de desaparecer.

Palacio de Whitehall, Londres, agosto de 1546

Acompañan a William Savage a los aposentos de la reina. Su expresión atormentada basta para indicar que no trae buenas noticias. Catalina sostiene una bolsita llena de lavanda junto a su rostro; su dulce olor compite con el fuerte aroma a incienso, que se desliza por la estancia, del fragante aceite del quemador: su intento de borrar el hedor de la visita del rey. En la ventana, Cat Brandon le está colocando a la bufona Jane la cofia, que se le ha desatado. Jane murmura para sí su propia clase de despropósitos. Mary Wootten y Lizzie Tyrwhitt están doblando vestidos y colocándolos dentro de un gran baúl, preparándolos para la mudanza a Hampton Court, río arriba, que tendrá lugar mañana. Catalina se pregunta si ella no estará viajando en dirección opuesta; la imagen de esa gran fortaleza gris la obsesiona.

El rey se marchó de mejor humor. No dijo nada de la orden de arresto, y ella no se atrevió a mencionarla. Pero Enrique le pidió que acudiera a sus aposentos esa noche, dándole el mejor de los hilos a los que aferrarse; a no ser que pretenda que los guardias acudan allí para detenerla. No obstante, esa no es la forma habitual de proceder; Ana, la hermana de la reina, lo ha visto ya dos veces, al igual que Mary Wooten. El rey se retira antes, dicen, se marcha a otro palacio. A continuación, envían a alguien a por las joyas. Las joyas de la reina no pertenecen a la reina. Catalina ha estado esperando la llegada de alguien para pedir el cofre, pero no ha venido nadie; probablemente acudiría Wriothesley, con una mueca cruel en esa boca remilgada. Cuando se llevan las joyas, la reina ´—se llame como se llame, Ana o Catalina— tiene que esperar durante unas horas atroces, preguntándose cuál será su destino mientras el pánico crepita en su interior como si fuera ácido. Y cuando está a punto de explotar, mermada, vienen a por ella.

Catalina le hace a William una seña para que entre. La mirada del músico podría hacerla llorar, pero ha cauterizado sus lágrimas. Nadie puede verla debilitada. Conoce muy bien al rey; si le llegaran rumores de debilidad, emplearía una fuerza aún mayor para aplastarla.

Su hermana Ana irrumpe en la habitación procedente del vestidor.

—¡Kit! —grita—. La cruz de mamá. Ha desaparecido.

—La tengo yo, Ana. —Catalina abre la mano para mostrarle el collar. La perla más grande de todas ha dejado una honda marca en su palma—. No voy a permitir que le pongan las manos encima —añade en un susurro.

—¡Savage! —exclama Ana al verlo allí cerca—. ¿Tienes noticias de Dot?

—Por desgracia no, señora.

—Es la dote de una dama, el punto final —recita la bufona Jane desde el otro lado de la habitación.

Cat la hace callar.

—¿Qué has dicho, bufona? —inquiere William.

—Es la dote de una dama —repite—. Dotación bien dotada. El punto final.

Las mujeres se miran entre sí, desconcertadas.

—Así es como yo la llamo —explica William Savage—. Punto Final.

—Ven, Jane —ordena Catalina.

Cat la lleva de la mano, como si fuese una niña pequeña.

—¿Qué sabes de Dot? ¡Tienes que decirlo!

Uno de los ojos de Jane recorre la estancia; el otro mira fijamente sus manos. La bufona se pone a limpiar una suciedad invisible que tiene bajo las uñas.

—Jane —dice William con voz sumamente suave—, por favor...

La muchacha empieza a canturrear en voz baja:

—«Nelly Bligh atrapó una mosca y la ató a un cordel. La dejó alejarse un trechito y la volvió a atraer».

Catalina agarra a Jane por la manga y dice:

—Pero ¿qué significa eso?

La muchacha se limita a iniciar otra canción:

—«Deborah Dent tenía un asno muy bueno, huesos de caña, huesos de cereza, bailando juntos una giga…».

Su ojo desorbitado se fija por un instante en la misma dirección que el otro. Se encuentra brevemente con la mirada expectante de Catalina y vuelve a vagar. Otra rima comienza:

—«¿Cuándo me pagarás? Dicen las campanas de Old Bailey».

—No, otra vez no —protesta Ana—. Esto no nos lleva a ninguna parte.

La puerta del dormitorio se abre ligeramente. Jane lanza un grito ahogado y se aferra a Cat como si hubiese visto al mismísimo diablo. Rig irrumpe en la habitación y se acerca a su ama patinando.

—Vamos, vamos, Jane —la aplaca Catalina—. No debes preocuparte. —Acaricia el hombro de la muchacha—. ¿Por qué no vas a buscar a Will Sommers? Él te protegerá. El señor Savage te llevará con él.

William Savage ejecuta una reverencia y se despide diciendo:

—Seguiré buscando. No descansaré hasta encontrarla.

—Esas rimas infernales… —dice Ana cuando se han marchado—. Hay quienes dicen que es más sabia que Matusalén. Me parece que eso es llevar las cosas demasiado lejos.

—Me preocupa Dot —comenta Catalina, como si hablase consigo misma—. No tiene familia que cuide de sus intereses. Siempre me ha sido leal, y yo solo le he traído adversidades.

Se siente devorada por la culpa. Con un suspiro, se vuelve hacia su hermana y pregunta:

—Ana, ¿me ayudarás a vestirme para el rey? Esta noche debo lucir mis mejores galas. Debo estar impecable.

Catalina recorre la larga galería con un aire de elegancia, flanqueada por Cat Brandon y por su hermana Ana: tres aves exóticas, brillantes y coloridas. Sus ropas han sido recuperadas a toda prisa de los baúles llenos y listos para la mudanza a Hampton Court que tendrá lugar mañana. Catalina lleva un vestido de damasco celeste con las mangas y la parte delantera de satén color pecho de camachuelo, salpicado de lentejuelas. En torno a su cuello, hay un collar de gruesas perlas. Ana lleva seda a rayas blancas y rojas y un collar de esmeraldas de Herbert, mientras que Cat luce tafetán amarillo canario bajo un manto de terciopelo azul noche. Sus tres velos se extienden a su espalda y las colas se arrastran tras ellas, recogiendo una fina capa de mugre en los bordes y alzando pequeños remolinos de polvo hacia los rodapiés. Un par de ujieres camina ante ellas, volviéndose de vez en cuando para contemplar un instante a esas espléndidas criaturas de fino plumaje que se dirigen hacia las dependencias reales. El habitual enjambre de cortesanos que pulula por la gran antesala se separa como el mar Rojo a su paso. Los susurros han circulado por este sitio, transportados entre boca y oreja por invisibles ráfagas de aire. Todo el mundo sabe que al rey le gustan las aves raras para su mesa, de una forma u otra.

Catalina piensa en la orden de arresto con la firma de su esposo grabada en tinta negra. Era de su puño y letra, y no impresa con el gran sello que últimamente se utiliza para muchos documentos oficiales. Piensa en él cogiendo la pluma y borrando su vida con una simple rúbrica. Eso la asusta. Puede que también haya plantado su marca en el cuerpo de ella. La reina arrojó la orden al fuego. Se pregunta qué versión de su esposo la aguarda. Pero ha pedido verla y eso debe de ser bueno; puede que se haya cansado de librarse de sus esposas. No obstante, pese a todo, palpita de pavor con solo pensar que pueda llegar a sus aposentos para descubrir que él no está y que un grupo de guardias la espera para trasladarla río abajo. Una de las rimas infernales de Jane circula por su cabeza… «Nelly Bligh atrapó una mosca y la ató a un cordel». La atormenta la preocupación por Dot, la pobre Dot que ha desaparecido. Un brazo se entrelaza con el suyo. Es Stanhope, que luce crujiente satén y un rubí del tamaño de un escaramujo oscilando al final de una cadena. Ha venido para unirse a ellas, y Catalina se pregunta, mientras intercambian una sonrisa, si lo ha hecho para solidarizarse o para regodearse.

Conserva las palabras de Huicke en su mente:

—Muéstrate sumisa, Kit. Y, por lo que más quieras, guárdate tus opiniones. Tu vida depende de ello.

¿Cómo podrá agradecerle jamás cuanto ha hecho al traerle la orden de arresto y arriesgar su propia vida para salvar la de ella? Hay favores demasiado grandes para la mera gratitud. Volvió antes de lo previsto de Ashridge tras encontrar a Isabel en buen estado de salud. Está claro que quisieron alejarlo de la corte. Fue Paget quien lo envió. Pero ahora ha vuelto y la ha ayudado a prepararse para esto. Huicke tenía sus dudas sobre la orden: tal vez la hubiesen dejado caer de forma deliberada para que él la encontrase con la esperanza de que le sirviera a ella de advertencia; tal vez fuese un error fortuito por parte de sus enemigos. ¿O era obra de Dios? Probablemente, nunca lo sabrían.

—Viste como una reina —le aconsejó— y no olvides que tienes que mostrarte afligida.

—Obediente —añadió ella.

—Aquiescente.

—Entregada.

—Silenciosa.

Se rieron de todo aquello a pesar de todo.

Huicke se despidió besándole la mano y diciendo:

—«Dichosos los afligidos, porque ellos serán consolados».

El galeno pronunció estas palabras con una sonrisa, pero tenía el rostro tenso por la preocupación.

Se detienen ante la puerta de la cámara del rey. Catalina cambia una mirada con Cat, que asiente levemente con la cabeza para infundirle ánimos. En el interior, un cortesano toca el laúd y otro canta… *¿Quién tendrá a mi bella dama cuando las hojas verdeen?* A Catalina la canción le resulta familiar, aunque no recuerda de qué. Se oye un murmullo de conversaciones masculinas y Catalina está segura de distinguir, con una punzada de alivio, el tono sonoro del rey entre ellas. Sin duda, no se quedaría a presenciar su detención. Los ujieres del rey y el suyo propio intercambian una serie de murmullos. Las puertas se abren de par en par. Están allí todos: Gardiner, Rich y

Paget, así como los cortesanos habituales, reunidos en torno a la silueta colosal de Enrique. Pero Wriothesley no se encuentra allí. ¿La estará esperando en la Torre con las empulgueras preparadas?

Cae el silencio sobre la sala y entran las damas con paso majestuoso. Se produce un momento de parálisis hasta que los caballeros reaccionan, se arrodillan y se descubren. El rostro de Enrique, sentado con las piernas abiertas como una rana toro, resulta impenetrable.

—¡Ah! Aquí está mi reina —dice—. Ven y siéntate conmigo, querida —añade, dándose unas palmaditas sobre las rodillas.

«Voy a tener que montar a caballito encima de él como si fuese una cría», piensa Catalina. Se encarama hasta allí y le da un breve beso en la boca húmeda. Cuando la reina se ha sentado, los hombres se mueven para dejar espacio a las damas. Catalina sorprende la mueca apenas disimulada de Gardiner. Es como un perro en espera de que le arrojen un hueso.

Paget, aún obsequiosamente inclinado, dice:

—Estoy seguro de que ni siquiera la corte del mismísimo rey Francisco tiene semejantes bellezas adornándola.

—Estábamos hablando de Dios, ¿no es así, Gardiner? —pregunta Enrique, ignorando a Paget y agitando una mano carnosa hacia el obispo.

Saben que Catalina no puede contener la lengua tratándose de religión. Esa es la trampa. Creen haberla atrapado.

—Así es, majestad —responde este, dirigiendo su ojo caído hacia ella.

—Hablábamos de la justificación por la fe sola. ¿Qué piensas de eso, querida?

Enrique le da una palmadita en la rodilla, desliza su mano contra la tela celeste del vestido para palpar la forma de la pierna y le agarra el muslo.

Pretenden lograr que hable ciegamente de Calvino. Catalina nota que todas las miradas de la sala se clavan en ella. Siente la piel tensa, como si se le hubiera encogido y se hubiera vuelto demasiado pequeña para contenerla. Recuerda las palabras de Huicke: dócil, aquiescente, silenciosa. Ahora no le hacen gracia.

—Majestad —responde—, solo sé que Dios me creó como una simple mujer estúpida. Nunca podría saber más que vos. Debo... —Hace una pausa—. Remitiré mi opinión a la sabiduría de vuestra majestad como mi único pilar aquí en la tierra, después de Dios.

El rey le aprieta más el muslo.

—Sin embargo —replica—, si así fuera, no intentarías constantemente instruirnos con tus opiniones.

Un millón de pensamientos rugen en la cabeza de Catalina. La habitación parece retroceder, distorsionando a cuantos la ocupan, volviendo sus rasgos grotescos mientras la miran y aguardan su respuesta. Tiene que reprimir la parte de sí misma que quiere bajar de un salto del regazo de su marido y defenderse; responderle que debe intentar instruirlo, puesto que es un hombre torpe y estrecho de miras, y sus propios pensamientos y preguntas resultan mucho más sutiles que los de él.

Un trozo de carbón cae desde la chimenea y rueda al rojo vivo por las tablas del suelo. Un paje se adelanta de un salto, lo recoge con las pinzas y frota con su zapatilla la marca de hollín que ha dejado. Stanhope juguetea con su rubí, subiéndolo y bajándolo por la cadena. Ana agarra con fuerza su jarra de cerveza. Gardiner se remueve sin dejar de aguardar ese hueso. La sala contiene el aliento.

—Considero indecoroso y absurdo que una mujer pretenda instruir a su marido —dice ella en voz baja e inquebrantable, con la vista clavada en el suelo—. Si alguna vez he dado la impresión de hacerlo, no fue para mantener mi propia opinión, sino más bien con la esperanza de distraer a vuestra majestad del terrible dolor que os causan vuestros males. Esperaba que vuestra majestad obtuviese cierto alivio, pero también —le acaricia la mano y alza la mirada hasta él, abriendo mucho los ojos, como un gatito— poder beneficiarme de vuestro gran conocimiento acerca de tales asuntos.

El rey la estrecha contra sí y le susurra húmedamente al oído:

—Eso está mejor, querida. Ahora volvemos a ser verdaderos amigos.

Catalina se siente invadida por el alivio. Se ha librado... por ahora. Pero es más consciente que nunca de que su seguridad pende de los caprichos de un viejo voluble. La prisa que se ha dado Enrique en dar su giro radical la lleva a preguntarse si esto ha sido más una especie de prueba retorcida que una trampa. No le extrañaría. Y, en cualquier caso, ¿qué es la verdadera amistad en alguien tan cambiante como el rey?

Gardiner se remueve, decepcionado.

Catalina le dice con una sonrisa:

—Obispo, tu jarra está vacía. Tal vez te apetezca un poco más de cerveza.

Gardiner alarga la jarra para que se la llenen, pero no logra devolverle la sonrisa.

La reina ha ganado, pero el triunfo parece frágil como la tela de una araña.

Programan la partida justo cuando la primera marea está subiendo para no tardar en llegar a Hampton Court. Catalina ha tratado de aplazar la marcha; no soportaba la idea de irse sin Dot. Pero Dot sigue sin aparecer y Catalina ya no sabe dónde buscar ni a quién preguntar. Sus esperanzas, cada vez más pequeñas, están depositadas en William Savage.

La falúa del rey flota plácidamente junto a la de Catalina, en el centro de la flotilla en la que navega el círculo más íntimo de la corte. Enrique la saluda con la expresión de antes, la del rostro de los Reyes Magos en torno al pesebre en la gran pintura que se hallaba en Croyland: una expresión de bondadosa adoración. Se pregunta dónde estará ahora ese cuadro; sin duda, adornando la cámara de algún conde. Es la expresión que le mostraba antes de la boda. Si lo de anoche fue una prueba, Catalina la ha superado. Pero eso no es motivo para bajar la guardia, puesto que, si hizo falta tan poco para hacerle cambiar de opinión, menos será preciso para que se repita. Surrey, sentado en la falúa del rey, la mira y la saluda con la cabeza en señal de solidaridad. Él también sabe lo que es estar tan pronto en gracia como en desgracia y sentir que tu vida pende de un hilo.

Cuando las embarcaciones doblan el recodo del río, aparecen

de pronto las rojas chimeneas y las torres almenadas del palacio. Los estandartes ondean agitados por la brisa. No tarda en revelarse el edificio entero tras la vegetación de la orilla. La visión de esa construcción inmensa, nueva y audaz nunca deja de sorprenderla. Cuando desembarcan, el rey la coge de la mano y entra con ella en los jardines, aunque Paget no deja de revolotear como una mosca indeseada, blandiendo un haz de papeles que requiere la atención del soberano.

El rey se lo quita de encima.

—Ahora no, Paget, ahora no.

A continuación, se vuelve hacia Catalina, diciendo:

—Ven, Kit, vamos a ver qué es lo que han plantado los jardineros.

Caminan de la mano, y el rey charla despreocupadamente de esto y lo otro. Catalina se agacha a recoger la semiesfera perfecta del nido caído de un pinzón. En él, recostados entre una masa de pelusa y plumas, hay un trío de huevecitos moteados. Al verlos, murmura desconsolada:

—Qué triste.

El rey le quita el nido y dice:

—No te preocupes, dulce Kit, estos pequeños sobrevivirán.

Y lo deja sobre una rama de un árbol cercano.

Sin embargo, el sentimiento de vacío y desolación no la abandona. Se pregunta cuándo dejó de querer un hijo por el simple deseo de ser madre y empezó a quererlo para garantizar su propia seguridad. Ya ha renunciado a la esperanza. ¿Y qué habrá sido de Dot? No se atreve a mencionar a Dot ante el rey por miedo a despertar nuevas sospechas. Caminan un poco más y acaban sentándose en un banco de un jardín sombreado entre altos setos de alheñas, donde él la atrae hacia sí con el brazo para que pueda descansar la cabeza contra su cuerpo. El rey canturrea y Catalina nota el sonido que reverbera en su pecho. Enrique le acaricia la parte más blanda de la sien; el lugar, según le dijo su hermano una vez, en el que se puede matar a un hombre si se ejerce una presión suficiente.

El silencio permite oír a los peces nadando en el estanque, pero Catalina empieza a percibir, más allá del suave canturreo de su esposo y de la zambullida ocasional de algún que otro pez, un golpeteo metálico y el sonido inconfundible de pasos que avanzan. El ruido se aproxima, se hace más fuerte, y la melodía del rey se desvanece cuando aparece Wriothesley en el arco de alheña, al frente de un pequeño ejército formado por veinte alabarderos armados y vestidos con la librea del rey.

—Que el Señor se apiade de mí —murmura Catalina—. Creí que todo había terminado.

Sin fuerzas para seguir resistiendo, la reina piensa: «Llevadme ahora. Llevadme y haced lo que queráis». Nunca se le ocurrió que sucedería de este modo. Es el juego más cruel de Enrique hasta ahora: dejar que se crea salvada y entonces…

Pero el rey ya está de pie, con el rostro sombrío.

—¡Villano! —le grita al lord canciller—. ¡Redomado villano! ¡Bestia! ¡Imbécil! ¡Lárgate!

Con un gesto de su mano visiblemente temblorosa, Wriothesley les indica a los guardias que se detengan. Parece no saber cómo reaccionar.

El rey, que tiembla de rabia, parece incapaz de refrenar sus gritos.

—¡Fuera de mi vista, bellaco! —vocifera con voz sibilante por el esfuerzo.

Wriothesley, desconcertado, pálido, encorvado y humillado, sale por piernas delante de los guardias. Sabe, igual que Catalina, que a la hora de cenar la noticia habrá corrido por todo el palacio: que ha venido a detener a la reina y que el rey lo ha despedido con cajas destempladas, llamándolo imbécil y bellaco ante un grupo de alabarderos. Wriothesley ha jugado una carta equivocada; algo impropio de él. ¿Nadie lo ha informado de los acontecimientos de anoche? Puede que el rey también le estuviese probando a él. Pero Wriothesley no ha superado su propia prueba.

—Ese hombre mea siempre fuera de tiesto —rezonga el rey.

—Creo que simplemente está equivocado, majestad. Estoy segura de que no tenía mala intención. Lo llamaré para que se disculpe ante vos.

—Oh, mi niña, qué poco sabes —responde él, acariciándole la

mejilla y pasándole la mano por la parte blanda del cuello—. Ese hombre se ha comportado contigo como un redomado villano. Quisiera verte caer como las demás, querida. Deja que ese demonio se vaya. Ya tendrá su merecido.

Prisión de Newgate, Londres, septiembre de 1546

El tiempo ha perdido todo significado para Dot. Los días se confunden entre sí. Se pregunta si el mundo ha olvidado que existe. Ella misma duda de su existencia. Ha dejado de contar las campanadas y de observar la tronera para saber si es de día o de noche. Duerme cuando está cansada, permanece despierta cuando no y come sin protestar los míseros alimentos que le traen. Cada lunes a las nueve en punto sacan a los condenados para ahorcarlos. Lo sabe porque el patíbulo se encuentra junto a su celda y puede oír sus últimas palabras, con las que confiesan su culpa y suplican al Señor que se apiade de ellos o se declaran inocentes hasta el final. Acostumbran a rezar una oración o a expresar el amor que sienten por sus familiares, cuyas voces y lamentos ahogados también oye. Viene luego el ruido sordo de la trampilla del verdugo y, con él, ese miedo que le hiela la sangre y le perfora las tripas, obligándola a pensar en su propio destino.

Dot nunca ha visto ahorcar a nadie. Eso jamás sucedía en Stanstead Abbotts, donde lo peor que hacían era poner en el cepo a los ladrones por robar un pan o un trozo de carne. Siempre se compadecía de ellos, fuese cual fuese el delito, porque sabía que solo robaban cuando se estaban muriendo de hambre. Nunca fue de las que les arrojaban coles podridas. Ha presenciado actos de violencia y ha sentido miedo muchas veces, pero la idea de subir la escalera del patíbulo —o, peor aún, de la hoguera— es demasiado para ella.

No obstante, no puede evitar imaginar su propia muerte, la fría tierra apilada sobre su cadáver. Aunque no soporta pensarlo, no puede dejar de hacerlo. Se siente hundida. Veinte años son muy pocos para morir. Meg solo tenía diecinueve. Pero más le habría valido a

Meg morir cuando Murgatroyd le arrancó toda la alegría. Aún oye en su mente las palabras de la muchacha: «Tengo miedo, Dot. Tengo miedo de morir». Si Meg, con lo mucho que creía, lo mucho que rezaba y lo mucho que leía los Evangelios, tenía miedo de morir, ¿qué será de Dot, que ha pensado más en el rey Arturo y en Camelot que en Dios? Trata de pensar en Dios ahora, pero tiene la cabeza demasiado llena de miedo para razonar con claridad.

Dot cree que habría perdido la cabeza de no ser por Elwyn, el guardia que la vigila casi todos los días, el mismo que la custodiaba el día que vino Wriothesley para interrogarla. Elwyn no puede ocultar la aversión que siente hacia el lord canciller. Ese día, cuando la trajeron de regreso a su celda, lo calificó de «puñetero monstruo católico» y le trajo a ella una ración doble de la cena. Al día siguiente le dio una abrigada manta apolillada y al cabo de un par de días le prestó un libro. Dot ya había visto uno así en la biblioteca de la reina, aunque aquel llevaba un baño de oro sobre un excelente cuero de becerro y sus hojas eran finas como la piel humana. Este, con su basta encuadernación y su áspero papel, no se le puede comparar. Sin embargo, las palabras son las mismas. Ha leído cada día hasta hacerlo mejor que algunas de esas señoritas del palacio con profesor particular. Es de Martín Lutero y habla de todos los temas que la reina y sus damas comentan en susurros.

La muchacha piensa en ello ahora. En si el pan de la misa se convierte de verdad en la carne de Cristo. En si hacen falta milagros para creer en Dios o basta simplemente con tener fe, aunque eso no acaba de entenderlo. Para ella es lo mismo, aunque nunca se lo diría a nadie, y desea en secreto que Elwyn le hubiese dado otro libro para leer: una novela de caballerías, una historia de caballeros, doncellas y magia. Pero ¿de qué sirve leer sobre Camelot y soñar con ese lugar cuando no es más que una bestia enjaulada? Más le vale educarse, y supone que Lutero es un buen punto de partida. Cuando Lutero habla de la fe, Dot piensa en Anne Askew, quien rehusó abjurar para salvar su propia vida; al principio no lo entendía, pero ahora comprende que, si crees en algo, si crees de verdad, tu vida tiene sentido siempre que te mantengas fiel a esa creencia.

También piensa en William Savage. Se pregunta cómo habrían podido ser las cosas entre ellos, cómo es su esposa y si tienen varios hijos, pequeños Savage que ella habría dado lo que fuera por llevar en su seno. Siempre supo que no podría casarse con William, pero eso no le impidió soñar con ello. Lo había odiado hasta que le ardieron las tripas, y a su mujer la había odiado más todavía. Sin embargo, ahora se alegra de que habite la misma tierra que ella. Lo ha perdonado, y su corazón se siente más ligero. Se aferra al hecho de que la estuviese buscando. Es un delgado hilo que la conecta con el mundo exterior, permitiéndole creer que no la han olvidado del todo.

La reina nunca está lejos de sus pensamientos. La muchacha imagina a Catalina rezando arrodillada en Whitehall, rogando a Dios que regrese sana y salva. Sin embargo, teme que la reina ya no se halle en el palacio, que también esté prisionera y aguardando un destino incierto. De ser así, la tendrían encerrada en la Torre, con los fantasmas de Ana Bolena y Catalina Howard por compañía. Sin embargo, Dot no quiere pensar en esa posibilidad. La reina es demasiado lista para permitir que eso suceda. Aunque Dot sabe que el rey es capaz de cambiar de opinión en un instante. Es como dos hombres distintos: uno lascivo y otro violento. Y ambos inspirarían miedo a la mayoría de las personas.

Dot pasa las horas pensando mientras frota con el pulgar el contorno del penique de plata que su madre le entregó hace tantos años.

10

Palacio de Oatlands, Surrey,
septiembre de 1546

Un broche de oro engastado con treinta diamantes y doce perlas en torno a un granate del tamaño de un huevo de petirrojo; un par de mangas negras de piel de conejo; un cuarteto de pulseras de plata con zafiros; un palomar con seis parejas de tórtolas; veinte metros de terciopelo púrpura; un reloj mecánico grabado con las palabras AMOR IMPERECEDERO; un halcón persa de color blanco; un collar enjoyado de cuero carmesí para Rig; medio venado; doce docenas de aljófares que coser en vestidos y tocados; una jauría de galgos; cinco camisones de la mejor seda; una hembra de tití a la que Catalina ha llamado Betsabé y que será compañera de François.

Todo ha terminado y las cosas vuelven a ser como antes: el rey está embobado con la reina y se pasa el día adulándola como hacía durante el cortejo. Hay un flujo incesante de regalos, que no tendrían ningún sentido para Catalina de no ser por el hecho de que significan el final del peligro. Todo el mundo ha regresado, todo el mundo menos Dot; Catalina ha tenido que resignarse a la posibilidad de que jamás regrese. Su hermano Guillermo ha vuelto a la corte junto a Hertford y Dudley, puesto que todos los partidarios de la Reforma vuelven a estar en gracia. Wriothesley pende de un hilo tras su intento fallido de derrocarla. El rey se ha librado de otros lores cancilleres, y los miembros de su compañía van por ahí como almas en pena, con la cabeza gacha y eludiendo las miradas, intentando decidir hacia qué lado deben saltar antes de que sea demasiado tarde. A Gardiner no se le ve por ningún lado, como si hubiese corrido a ocultarse bajo una piedra.

Sí, los partidarios de la Reforma prosperan. Su hermano se superó a sí mismo al acoger al embajador francés a su llegada a Inglaterra y llevarlo a Hampton Court para presentarlo ante el rey y la comitiva de doscientos hombres que acudió a darle la bienvenida. Catalina le dice a Guillermo en broma que, si se hinchase aún más, no podría pasar por el portón de Whitehall.

En esa ocasión, Catalina se sentó junto a su esposo para recibir al enviado francés como perfecta reina consorte, cubierta de joyas y envuelta en metros y metros de terciopelo púrpura y paño de oro. Es como si nada hubiera ocurrido, como si nunca hubiese existido una orden de arresto en su contra, como si jamás se hubiese presentado una guardia de treinta hombres con Wriothesley a la cabeza para llevarla a la Torre. Como si nunca hubiera imaginado la fría hoja cayendo sobre su cuello o el calor sofocante de la hoguera. Ese episodio ha quedado borrado y los Parr vuelven a gozar del favor del rey. El soberano ha encomendado el cuidado del príncipe Eduardo a Catalina, lo que supone un gran honor. Pero el terror no acaba de desaparecer.

Catalina ha visto pocas veces a su esposo de tan buen humor. Últimamente, ni siquiera se menciona la ausencia de un príncipe en su vientre. Otros asuntos distraen al monarca, que no cabe en sí de orgullo por la ratificación del tratado con Francia. La victoria en Boulogne ha vuelto a poner a Inglaterra en el centro de la política europea, pero la defensa de Boulogne debilita las arcas y este tratado devuelve la ciudad a Francia. Sin embargo, deja al rey Francisco endeudado con Inglaterra por una suma tan inmensa que jamás encontrará el modo de saldar la deuda. Ese detalle provoca una sonrisa en Enrique. Si fuese una partida de ajedrez, Enrique acabaría de apoderarse de la dama de Francisco.

Catalina se guarda para sí sus opiniones, favorables o no. Habla solo cuando se le habla y siempre cede ante su esposo. Si él dijera que el cielo es verde, ella se mostraría de acuerdo. No le hace preguntas; por ejemplo, si puede invitar a Isabel a la corte o si va a exigir una investigación sobre la desaparición de Dot. Aunque está segura de que Dot seguiría con ella si el rey se hubiera puesto serio y hubiera detenido la caza de brujas de Gardiner. A pesar de que culpa a su esposo de esa pérdida, logra interpretar el papel de devota esposa de Enrique, sin hacer nada que revele su verdadera opinión sobre ningún tema. Se limita a leer sus manuales de física y otros libros insulsos y de escaso interés. Ha dejado de escribir e imagina sus *Lamentaciones* pudriéndose a oscuras, enmohecidas, sin que nadie las vea ni las publique. La invade una sensación de fracaso cuando piensa en toda esa nueva fe enterrada, cuando recuerda el fervor que sintió al formar parte de la gran Reforma. Pero ahora debe ocuparse de mantenerse con vida y de proteger a quienes la rodean. Aunque, cuando piensa en Dot, se teme lo peor.

Prisión de Newgate, Londres,
septiembre de 1546

Elwyn irrumpe en la celda, sonriendo con el rostro encendido.

—Tengo que soltarte, Nelly —anuncia, tratando de recuperar el aliento.

—Pero no lo entiendo.

No puede ser tan fácil. ¿No volverá a interrogarla Wriothesley? ¿No la ahorcarán?

—Si esto es una broma, Elwyn, no tiene gracia.

—No te miento, Nelly. He de liberarte.

—Pero...

—Llevas aquí tanto tiempo que el jefe de la guardia solicitó instrucciones a la oficina del lord canciller. —La agarra por los hombros y añade—: Fue una suerte, Nelly, porque el hombre que estaba allí dijo que se habían olvidado de ti y que podían haberte dejado aquí para siempre. Supongo que el lord canciller no te sacó lo que quería.

—¡Gracias al cielo! Imagina que me hubiese estado pudriendo aquí para siempre.

—Escucha esto, Nelly —dice Elwyn con ojos relucientes—.

El destino le ha dado un golpe al lord canciller. Un primo mío que trabaja en los establos de Whitehall dice que ya no cuenta con el favor del rey. Que agravió a la reina y ha caído en desgracia.

—¿No está la reina prisionera en la Torre? —pregunta Dot, pensando en voz alta.

—¿De dónde has sacado semejante idea? Desde Catalina Howard, ninguna reina ha estado en la Torre.

A Dot le da vueltas la cabeza. Van a soltarla. Así de fácil. ¡Qué mundo este! Elwyn la acompaña a ver al jefe de la guardia, que le pide que firme en un registro, y luego la acompaña hasta las puertas, donde ella le devuelve el libro de Lutero.

—Te agradezco que me lo prestaras —dice la muchacha—. Es lo que me impidió perder la razón. —Le da un breve beso en la mejilla y Elwyn se ruboriza—. Y espero sinceramente no volver a verte —añade.

El guardia sonríe y comenta:

—Temí de verdad que te quemaran, Nelly.

El simple hecho de oír esas palabras la lleva de nuevo a notar el sabor del terror, pero luego dirige su mirada hacia la puerta y pregunta:

—¿De verdad puedo irme sin más?

Y él asiente con la cabeza.

La puerta abierta se le antoja la entrada al Paraíso. Ve la luz del sol que cae sobre los adoquines del otro lado y oye los gritos de los comerciantes.

—¿Sabes? —dice la chica, acercándose a Elwyn—. Ahora puedo decírtelo, pero no me llamo Nelly Dent.

Él la mira, curioso.

—Soy Dorothy Fownten, Dot para todos los que me conocen, y estoy al servicio de la reina de Inglaterra.

El guardia pone una cara digna de verse, con las cejas muy levantadas, los ojos sumamente abiertos y la boca dibujando una «O». Dot se echa a reír. Acto seguido, se da la vuelta y sale muy tranquila.

Cuando las rejas se cierran a su espalda con un sonido metálico, es como si hubiese entrado en otro mundo. Se encuentra en el cementerio de una iglesia, mirándolo todo boquiabierta: la ajetreada reunión de los estorninos picoteando entre los adoquines, el gato holgazaneando al sol, el manzano junto al muro del templo, la telaraña tendida entre dos ramas, la araña agazapada y una mosca allí presa. Alza la mirada al cielo azul con nubes blancas e inspira muy hondo, como si fuese la primera inhalación de su vida. Coge una manzana caída, la más grande y rosada de todas. Le da un mordisco y la espuma dulce y jugosa le hace cosquillas en las papilas. Se siente como si estuviera en el mismísimo Cielo.

Sale de la plaza de la iglesia y entra en un mercado donde los vendedores pregonan sus mercancías a grito pelado. Un rebaño de ovejas pasa balando con un muchacho incapaz de controlarlas que se acalora cuando alguna va por donde no toca. El chico no para de gritarle al perro pastor, no mucho menos desobediente y estúpido que las ovejas. Dot se sienta en un escalón a ver pasar el mundo. Los mozos de las cocinas de las grandes casas acuden a comprar pan y pescado, y los vendedores tratan de sacarles hasta el último penique. A una mujer se le cae una cesta de coles, que ruedan por todo el mercado y que la gente se lanza a coger. Los panaderos ambulantes canturrean: «¡Pan tierno y recién horneado!». El aroma de ese pan bastaría para venderlo sin necesidad de gritar. Dot lo contempla todo sentada al sol, disfrutando de su libertad. Evita mirar los puestos de los carniceros, donde las reses colgadas y el ruido de cuchillos y tajaderas le recuerdan demasiado cosas que preferiría olvidar.

Cuando quiere darse cuenta, los comerciantes están recogiendo sus puestos y el gentío se ha dispersado. Una moza le ofrece un pastel de carne demasiado roto para poder venderlo. Dot lo rechaza diciendo que no puede pagarlo, pero la chica se lo regala. Si una extraña le da comida en la calle, es porque debe de hallarse en un estado lamentable. Palpa el penique que guarda cosido al dobladillo. Tiene que conservarlo si quiere llegar a Whitehall. Se dirige hacia el río. El mejor medio para ir a Whitehall es subirse a una embarcación, porque no sería sensato que una muchacha fuese por ahí a solas ahora que hay menos gente en las calles. La única embarcación disponible es una de esas bonitas falúas pintadas que las damas y los caballeros gustan de contratar para sus amores y cuyos barqueros reman cantando.

El barquero, vestido de carmesí con un sinfín de lazos, hebillas y fruslerías, le cobra el penique de plata por el breve trayecto hasta Whitehall. Cuando Dot se queja, el hombre explica que la suya no es una barca común y corriente; es una falúa digna de una princesa. La muchacha sabe que ese bobo elegantemente ataviado la está timando, pero no le importa un pimiento. Al fin y al cabo, si esta no es la emergencia para la que ha estado guardando su penique, no sabe qué puede serlo. Además, tiene cuatro libras enteras muy bien escondidas a cargo de Catalina. Son su herencia de Meg. Besa el penique antes de entregarlo y susurra las palabras: «Que Dios te bendiga, mamá». Solo Dios sabe de dónde sacó mamá esa moneda, porque los Fownten no eran la clase de familia a la que le sobran los peniques de plata.

Mientras navegan, se pone a pensar en su familia y en lo que habrá sido de ella; Se pregunta si su hermano se habrá matado ya bebiendo, como siempre decía papá. Aunque este llegaba cada noche a las tantas, borracho, golpeándose la cabeza contra las vigas, tropezando con todo y armando un jaleo tremendo que los despertaba a todos. Supone que la pequeña Min debe de estar casada y se pregunta con quién. Luego recuerda a su otra «familia», Catalina. Con solo pensar que va a reunirse con ella, nota mariposas en el estómago. Ahora que está libre, su anhelo por William se ha convertido en un palpitar constante. Le gustaría contar con su amistad, dado que ya está casado y que probablemente tenga varios hijos. Trata de no pensar en ello.

No tardan en llegar a los escalones de Whitehall, donde Dot se despide del barquero cantor. El hombre se ha empeñado en ir recitando una balada sobre un cornudo que a la joven se le ha metido en la cabeza: «Pues, del marido celoso, Ben hizo un cornudo ignominioso, y ahora disfruta ardoroso...».

Dot sube los escalones y se dirige a las puertas del palacio.

—Me llamo Dorothy Fownten y estoy al servicio de la reina. Os ruego que me dejéis pasar —le dice al alabardero.

—Y yo soy el rey de Inglaterra —replica él con descaro.

—Pero es que os digo la verdad.

La muchacha explica con voz vacilante cuál es el motivo de que se haya presentado allí en esas condiciones. El guardia debe de compadecerse de ella y del calvario que ha vivido, puesto que su expresión adusta se suaviza un tanto, aunque no deja de sostener su alabarda delante del cuerpo, cortándole el paso.

—Escucha, niña —contesta—, si la reina estuviera aquí, le diría a alguien que fuese a buscar a un paje para que te echara un vistazo, aunque solo fuera para hacerte callar. Pero ha salido de viaje con todo su séquito personal. Las dependencias de la reina están vacías salvo por la presencia de los decoradores, que las están retocando.

A la joven se le cae el alma a los pies. Se siente hundida, sin saber qué hacer; es libre, pero ¿libre para ir adónde? La reina podría pasar meses fuera, yendo de un palacio a otro. Ha gastado su penique de plata y solo tiene la ropa inmunda que lleva puesta.

Lo único que puede hacer es esperar y confiar en que pase por allí alguien que la reconozca. Sin apenas ánimos, se apoya contra un murete y reflexiona sobre las desventajas de esa invisibilidad que un día fue una gran bendición.

Palacio de Oatlands, Surrey, septiembre de 1546

Hace un precioso día de principios de otoño y el parque silencioso está envuelto en la bruma. Los grandes árboles emergen como pálidos fantasmas rodeados de cornamentas espectrales: el parque está atestado de ciervos. Han montado un cabrestante para ayudar a Enrique a alzar su enorme figura hasta el lomo del caballo, por lo que el rey ha podido salir de caza a diario desde su llegada a Oatlands. Lo cierto es que la actividad del monarca no merece el nombre de caza, puesto que acorralan a los pobres ciervos en un rincón antes de su llegada para conseguir que esté presente en el momento culminante. No es mejor que un sacrificio, ya que los venados no tienen ninguna oportunidad, y el pobre caballo sobrecargado apenas logra pasar del paso al trote en todo el día. No obstante, el rey regresa cada noche al palacio contando mil y una anécdotas sobre la cacería. Pero ayer su estado físico empeoró de forma repentina, y esta mañana no saldrá a cazar.

Catalina, que ha madrugado, camina con su hermano. El halconero y su mozo, con sendas aves atadas al brazo, los siguen a varios metros de distancia para evitar oír su conversación. En torno al palacio, no hay nadie salvo los trabajadores del horno, que cantan entre sonidos metálicos mientras preparan los panes del día y los apilan en las rejillas del exterior. El aroma resulta irresistible y Guillermo arranca la punta de una barra caliente, recién hecha, que mastican mientras andan. Comer pan recién hecho al aire libre constituye un placer sencillo, y ese tipo de satisfacciones resulta poco habitual para Catalina, cuyo tiempo se ve absorbido por el artificio de ser reina. Oyen los crujidos y otros sonidos provocados por las criaturas que se mueven al amparo de la niebla. Las aves aletean y tiran de la correa, deseosas de alzar el vuelo, pero la bruma es demasiado densa para enviarlas. Guillermo, de buen humor, describe cómo ha caído en desgracia Gardiner.

—Ese carcamal se negó a regalarle al rey una extensión de tierras —explica—, y ahora no lo dejan entrar y aguarda en los vestíbulos día tras día, esperando llamar su atención.

—No puedo decir que no me alegre de ello.

—Kit, deberías verlo… Espera a que salgan los consejeros del monarca y se pega a ellos para cruzar la antesala y dar la impresión de que nada ha cambiado.

—Habría imaginado que tendría un poco más de dignidad —comenta Catalina, y hace una pausa—. Pero no me da ninguna pena. El obispo Gardiner me deseaba lo peor.

—Lord Denny y nuestro cuñado, Will Herbert —sigue diciendo él—, figuran en todos los pronósticos para ocupar los puestos más importantes del Consejo Privado del rey. Fuera lo viejo…

Con una carcajada, Guillermo se da una palmada en el muslo.

—Ya lo había oído. Nuestra hermana Ana mencionó que a su marido iban a darle un nuevo cargo.

—Kit... —dice Guillermo.

Su voz ha adquirido el tono bajo que emplea antes de decir algo que puede comprometerlos a ambos.

Catalina conoce bien a su hermano; demasiado bien, piensa a veces.

—Sí, Guillermo, ¿qué tramas ahora?

—No tramo nada, hermana. —Vacila y esboza una sonrisa ladeada; echa un vistazo a su espalda para asegurarse de que el halconero está demasiado lejos para oír lo que se dispone a decir—: Es solo que el rey no... Vaya, cómo decirlo..., no es un hombre joven...

—Para, Guillermo. Sabes que es traición hablar de estas cosas.

Catalina pronuncia las palabras, pero no puede negar que ha pensado muchas veces en el fallecimiento del rey y en su propia libertad.

—¿Quién va a oírnos? Solo las ardillas y los ciervos.

—Y los halconeros. —De pronto, Catalina se siente harta de todo, cansada de tener que andarse siempre con cuidado para que nadie escuche sus palabras, de no poder expresar nunca sencillamente lo que piensa—. Voy a decirte una cosa, pero jamás lo volverás a mencionar. ¿Entendido? —Su tono se ha vuelto impaciente—. Cuando Enrique fue a Francia, hizo un nuevo testamento en el que me nombraba regente si él moría. Y ahora ha dejado al príncipe bajo mi tutela. ¿Basta para satisfacer tu ambición, hermano?

—¿Es eso cierto, Kit? Sabía lo del príncipe, pero lo del testamento...

Se ha puesto delante de ella de un salto y ha girado para caminar marcha atrás mirándola, incapaz de contener su sonrisa.

Ella no sonríe. Está al borde de la ira y no puede evitar espetarle:

—Veo que no es suficiente que tu hermana tuviera que prostituirse para criarte. Quieres ser el hombre más poderoso, ¿verdad? ¿No entiendes el peligro que he corrido? ¿No entiendes lo poco que me importa el poder y lo mucho que me importa mi vida?

Con aire contrito, Guillermo se disculpa torpemente hablando del respeto que siente por ella, no solo como reina sino también como hermana mayor. Añade que daría su vida para salvar la suya, cosa que

Catalina duda mucho. Pero esas frases balbuceantes aligeran su humor. Al fin y al cabo, es su hermano.

—¿No te cuesta encoger tu orgullo lo suficiente para poder disculparte? —pregunta ella entre risas.

Caminan un rato más mientras Guillermo cuenta en tono frívolo chismorreos sobre el Consejo Privado del rey. La bruma se está levantando y los halcones podrán alzar pronto el vuelo. Se detienen sobre un cerro ante las ondulantes colinas de Surrey, y el halconero ayuda a Catalina a atarse el guante de cuero para poder llevar a su ave. La reina le quita la caperuza y siente cómo tiembla, expectante; acto seguido, afloja sus ataduras, le da impulso y contempla cómo extiende el halcón sus grandes alas, cómo planea y se aleja en busca de su presa. Luego, al detectar movimiento, se detiene un momento en el aire antes de lanzarse en picado.

—El rey tiene pensado casar a Mary Howard. ¿Te has enterado? —comenta Guillermo.

—¿La duquesa de Richmond? No lo había oído —responde ella—. Lo cual resulta sorprendente, porque mis damas son capaces de oler una propuesta de matrimonio desde el condado de al lado.

El halcón se eleva con el pico vacío, da media vuelta y se prepara para lanzarse de nuevo.

—Norfolk no está contento.

—¿Y eso por qué? Habría imaginado que querría ver a su hija casada otra vez. Hace ya mucho que está viuda y no tiene dónde caerse muerta. El matrimonio se la quitaría de encima.

—Ah, pero es que el pretendiente es Thomas Seymour.

El frágil mundo de Catalina empieza a astillarse. El equilibrio que creía haber hallado no es más que una farsa; teme volver a estar perdida. Guillermo habla y habla sobre la inacabable serie de altercados entre los Seymour y los Howard, pero Catalina no puede captar sus palabras, puesto que un torrente de sangre le tapa los oídos.

—Ella lo rechazó una vez, hace años, pero ahora las cosas son distintas… Podría irle mucho peor que con Tom. Es un héroe… Atacado por piratas…, huyó a remo hasta un lugar seguro… El hombre más guapo de la corte…

El mundo gira vertiginosamente alrededor de ella, que alarga una mano hasta el tronco de un árbol para afianzarse.

—Kit —dice Guillermo, al ver que el color desaparece del rostro de su hermana—. Kit, ¿qué te aqueja?

—Solo estoy un poco mareada —contesta ella.

Se ha olvidado del ave, que baja en silencio hacia ella y deja caer un pequeño conejo a sus pies. Catalina se sobresalta. Recupera la compostura y extiende un brazo. El halcón se instala en él. Ahora parece mucho más pesado. De pronto, la reina se siente agotada. Se pone en cuclillas y se apoya contra un árbol.

—¿Qué tienes, Kit? —Guillermo se precipita hacia ella—. ¿Qué ocurre?

Él se agacha y le pone una mano en la frente.

—No es nada. Es que… —Vacila sin saber qué decir—. Es que me siento un poco débil.

—¿Estás encinta? —susurra Guillermo.

Su rostro muestra un afán apenas reprimido. Sus ojos desiguales bailan, delatando las secretas maquinaciones de sus pensamientos.

Catalina ve cómo calcula en qué medida lo ayudaría un embarazo a ascender en la jerarquía.

—¡Por el amor de Dios, Guillermo…! No lo estoy.

—Ven, Kit, te llevaré de regreso. No estás en condiciones de practicar la cetrería.

Avanza para hacerse con el halcón, pero este se espanta por algún motivo y se aleja agitando las alas. Al alzar el vuelo, roza la mejilla de Guillermo con las garras, dejando en ella un trío de líneas ensangrentadas. El halconero y su ayudante acuden presurosos, disculpándose y arrastrándose, como si hubiera sido culpa de ellos.

—Coged a los halcones —ordena Guillermo—. Ese sigue con ganas de cazar y yo he de llevar a la reina de regreso al palacio.

Vuelven en silencio. Will la agarra del brazo y con la otra mano se aprieta la mejilla ensangrentada con un pañuelo. A Catalina se le disparan los pensamientos. ¿Cómo se comportará si Thomas regresa y se pavonea delante de sus narices?

Creía que todo aquello —el anhelo, el deseo ardiente— era

cosa del pasado, que estaba muerto y enterrado. Al fin y al cabo, han transcurrido más de tres años desde la marcha de Thomas. Pero en realidad no ha acabado, y la idea de que él se case le forma un nudo dentro. Su mundo interior se ve tan alterado que se pregunta cómo podrá seguir con su vida cotidiana sin perder la compostura.

Los jardines del palacio son un hervidero de personas que entran y salen del patio. Los pajes cruzan los claustros a toda prisa y las criadas zascandilean de un lado a otro; un mozo pasa con una caja de coles al hombro y entre dos mujeres llevan charlando una cesta de pescado de color plata. Todos tienen algún tipo de obligación que desempeñar antes de la primera cena en el salón. Cuando se percatan de que la reina se encuentra entre ellos, se detienen y se arrodillan, aunque ella les indica con un gesto que sigan con sus asuntos sin preocuparse por su presencia. Nadie se percata de que se mueve con dificultad por un mundo que se ha ladeado. Nadie ve que teme caer por su borde.

—¿Thomas Seymour ha vuelto a la corte entonces? —murmura Catalina sin mirar a su hermano a los ojos.

Su nombre le escuece en la lengua, como si estuviera demasiado caliente y se la quemase.

—Kit —responde él, sujetándola por los hombros, brindándole esa sonrisa impúdica que a la mayoría de las muchachas les resulta tan irresistible—. No seguirás enamorada de mi amigo Seymour, ¿verdad?

Catalina recupera el dominio de sí misma tras lograr reunir sus propios fragmentos dispersos.

—En absoluto, querido hermano. —Acto seguido, lo atrae hacia sí, le acerca la boca al oído y le espeta en un susurro irritado—: Y, por si lo habías olvidado, estoy casada con el rey de Inglaterra.

—Lo sé, hermanita, lo sé —replica Guillermo, apartándose de ella—. Por cierto, tu respuesta se encuentra ahí mismo —añade, señalando con el brazo hacia un rincón del patio de armas.

Sin entender a qué se refiere, Catalina sigue el movimiento con los ojos. Allí está Thomas, desmontando del caballo, sin percatarse de que lo están mirando. Una joya de su sombrero refleja un rayo de sol, reluciendo como una estrella caída. El corazón de Catalina le da un salto en el pecho.

—¡Seymour! —exclama Guillermo.

Sin pronunciar una sola palabra, Catalina asciende por los escalones traseros y desaparece antes de que Thomas pueda verla.

Southwark, Londres,
septiembre de 1546

Huicke lleva un buen rato pateándose las húmedas calles de Southwark bajo la llovizna en busca de Udall. Cuando desaparece así, suele encontrarlo en uno de los antros de muchachos de esta orilla del río. Su insaciable apetito por los jóvenes chaperos que ejercen su oficio en esta zona lleva a Huicke a temer que sucumba a la viruela. Solo Dios sabe dónde habrán estado esos chicos. Pero el peligro forma parte de ello, o eso afirma Udall. Huicke sabe que a Udall le encanta golpear a muchachos, y aquí hay muchos dispuestos a soportar el castigo de la vara a cambio de unos peniques y a marcharse luego con una sonrisa en el rostro mugriento.

La posibilidad que más preocupa a Huicke es que Udall se halle en el extremo equivocado del cuchillo de alguien. Un tipo elegante como él, rebajándose en los antros durante días y días. Casi espera doblar la esquina y ver el cadáver de su amante despojado de sus galas y arrojado a una zanja. A medida que la luz disminuye, los callejones se van volviendo más amenazadores. Huicke siente un zumbido de aprensión en el vientre. La llovizna se torna lluvia y el médico rodea los charcos llenos de lodo con sus zapatos de piel de ciervo, deseando haberse puesto un calzado más robusto, incapaz de quitarse de encima la irritación por tener que recorrer el laberinto de casas apiñadas para encontrar a Udall. Pero Udall es así; sabe que Huicke seguirá sus pasos, y Huicke se enfada consigo mismo por ser tan predecible.

Así que vaga por los callejones cada vez más oscuros, echando humo por las orejas, molesto; su piel no aprecia la humedad. Con un manojo de romero apretado contra la nariz para ocultar el hedor, asoma la cabeza por los umbrales y mira por las ventanas, sigue alguna que otra carcajada o los compases de una música que rezuma por los marcos. Hay una mendiga en la esquina: una joven de vestido desgarrado, tan cubierta de suciedad que bien podría ser una mora. Tiene las manos ahuecadas y Huicke se plantea lanzarle una moneda, pero sabe bien que, si se detiene a sacar la bolsa en esta zona, desaparecerá en un instante como por arte de magia. También sabe que hay bandas de ladrones que acostumbran a utilizar a muchachas como estas para sus infames fines; por eso pasa ante ella a grandes zancadas, furioso contra Udall por llevarlo a este lugar de mala muerte.

Cuando ya ha doblado la esquina, oye un grito a su espalda. Se vuelve y ve que la mendiga se le acerca a toda prisa. Echa a correr por un callejón en dirección al río, chapoteando en un charco, empapando sus calzas y maldiciendo en voz baja. Oye las pisadas de la chica y el roce de sus faldas cerca de él. Acelera, jadeando por el esfuerzo.

—¡Doctor Huicke! —lo llama la criatura—. ¡Pare, por favor!

Siente un escalofrío. ¿Cómo conoce su nombre? ¿De qué clase de sucio truco es víctima? Sus cómplices deben de estar cerca. Ojalá pueda llegar al agua, donde su barca lo espera.

—Doctor Huicke…

La muchacha tiene un buen par de piernas y acorta la distancia a toda velocidad. Él trata de correr más; le entra flato, así que vuelve una esquina y busca un hueco en el que ocultarse, pero se topa con un muro sólido, demasiado alto para escalarlo. Con el corazón martilleándole en el pecho, se vuelve, esperando descubrir a una banda de matones detrás de ella. Pero la joven está sola ante él.

El médico da un salto hacia delante, le agarra los brazos, le retuerce uno detrás de la espalda y la sujeta con firmeza por la cintura. El hedor rancio que desprende la chica le produce arcadas.

—¡Soltadme, os lo ruego! —exclama ella, pateando como un potro salvaje.

—¿Dónde están los demás? —masculla Huicke, agarrándola con más fuerza.

—No hay nadie más, doctor Huicke.

—¿Cómo conoces mi nombre?

Él se siente capturado en una elaborada trampa; teme ser él y no Udall quien acabe en el extremo equivocado de un cuchillo esta noche.

—¿No me reconocéis, doctor Huicke? Soy yo, Dorothy Fownten. Estoy al servicio de la reina.

El hombre mira su vestido y observa, pese a la escasa luz, que bajo la suciedad está hecho de buena lana. La muchacha se esfuerza por aflojar la presión de los dedos de él en su cintura, tirando de ellos con la mano libre. En ese momento, él ve algo familiar en la forma de sus ojos profundos, en la redondez de su boca. Afloja un poco la presión y le permite volverse de cara a él.

—¿Lo veis? Soy yo —dice ella con una sonrisa irresistible.

—¿Dot? —pregunta él.

La joven asiente con la cabeza y sonríe, susurrando:

—¡Gracias a Dios!

—¿Y cómo has acabado recorriendo los callejones de este horroroso lugar?

—Doctor Huicke, tardaría algún tiempo en contaros mi historia, pero estoy en peligro en este sitio… Hay un hombre que me ha puesto a mendigar para él y estará buscándome para quitarme el dinero…

Se interrumpe, toma aliento de golpe y el color se desvanece de su rostro. Parece haber visto algo en la entrada del callejón.

Al volverse, Huicke ve el perfil de un tipo descomunal con un chucho tirando de una cuerda.

—No es él —dice Dot con un suspiro de alivio—, pero debo alejarme de aquí.

El médico la coge de la mano y se dirigen a toda prisa hacia el río. El barquero protesta por la espera y exige el doble del pago acordado. Mientras embarcan, Huicke está pensando en Catalina, imaginando su alegría al reunirse con esta muchacha. Dot tirita de frío y Huicke se quita la capa para envolverla con ella. Bajo sus manos, el cuerpo de la joven parece tan frágil como el de un pájaro.

—Necesitas una buena comida, Dot Fownten —comenta.

—Y un vestido nuevo.

Se echan a reír y, mientras la pequeña embarcación avanza despacio contra la marea, él le pide que le cuente lo sucedido durante el tiempo que ha pasado en Southwark.

—Baste decir que he visto cosas que nunca pensé que vería en esta vida —responde ella—, cosas sobre las cuales mis labios están sellados para siempre. —Dot hace una breve pausa y la luz de la antorcha del barquero parpadea sobre su rostro—. Cada uno de nosotros tiene un talento, doctor Huicke —añade—. Y el mío es saber guardar secretos.

Castillo de Windsor, Berkshire, octubre de 1546

Dot ha vuelto, muy flaca y callada como una tumba; aparte de una breve mención de Newgate, no piensa hablar del motivo por el que desapareció durante tanto tiempo. Catalina sabe que no debe insistir y se alegra de tenerla de regreso de una pieza y de que esté durmiendo a salvo en la carriola situada junto a su lecho. En la oscuridad, Catalina escucha la respiración uniforme de Dot y su corazón se dilata ante ese sonido. Imagina que la muchacha ha sufrido mucho por su culpa y eso la entristece profundamente.

Quería ser útil, hacer que su posición contase algo, ser un ejemplo al seguir a Dios de la manera más simple y pura, impulsar la nueva fe. Pero ahora ve que ha puesto en peligro a quienes la rodean, y la pobre Dot es la más inocente de todos.

Hace mucho que vació sus dependencias de todo material incriminador. Los libros, las oraciones, los papeles, todo ha desaparecido; se acabaron las conversaciones en susurros, los emocionantes intercambios imaginando un nuevo mundo, identificando los caprichos de la traducción, interpretando. Censura cada pensamiento que entra en su cabeza, cada palabra que pronuncian sus labios. Su séquito personal se ocupa ahora de coser; los dedos sostienen la aguja y no la pluma, bordando grandes fajas de tela con complicados puntos como un texto sin sentido.

El rey la visita y ella escucha, pegando la lengua al paladar para que no la traicione expresando una opinión. Sonríe con afectación, se muestra de acuerdo y soporta las noches que debe pasar en ese grotesco lecho tallado, con esas gárgolas de caoba que contemplan sus humillantes bufonadas. El rey está delicado y no puede salir de caza, algo que va socavando poco a poco su buen humor. No obstante, por el momento se siente satisfecho de ella, contento de ver que su dulce Catalina se porta bien, y continúa haciéndole regalos a diario con maravillosa monotonía.

Puede que la reina sea capaz de dominar su conducta, pero su interior está desatado. Es por la presencia de Seymour, a quien no para de ver de lejos. Es como si estuviese en todas partes. Si da un paseo por la larga galería, está allí. Si camina por los jardines, está allí. Si monta a caballo en el parque, está allí, siempre en el límite de su campo visual; el bamboleo de su pluma, el brillo del satén irisado, el pelo castaño de su barba, que ha crecido en los años que han pasado separados. Y no se atreve ni a lanzarle una ojeada por miedo a perder el control.

Guillermo y él vuelven a estar muy unidos, y es como si los dos se hubiesen multiplicado por mil: se los encuentra allá donde va, en estrecho conciliábulo en un rincón, jugando a los zorros y las gallinas junto a una ventana, vagando por los corredores del castillo, cargándole el corazón de anhelos. Daría cualquier cosa por ocupar el lugar de su hermano, por no ser la reina, por no ser una mujer y poder sentarse a su lado, muslo contra muslo, simplemente. Sería suficiente. La fuerza del sentimiento que alberga hacia ese hombre le causa miedo. No puede creer que ese deseo sin trabas no le resulte visible. Pero no debe pensar en él, solo en cosas sin importancia, y clava en el suelo la mirada de sus ojos para evitar problemas, puesto que ellos serán los primeros en traicionarla.

Dot es una distracción muy apreciada. Catalina se ha ocupado de que, a su muerte, reciba una casa señorial en el suroeste de Inglaterra, pero sabe lo que Dot desea más que nada en el mundo: a William

Savage. Ella misma fue testigo de su reencuentro y vio cómo se precipitaban uno en brazos de otro como si estuvieran a solas. Él se arrodilló y le rogó que le dejara explicarse.

—Mi Punto Final —dijo—, sé que has sufrido por mi culpa y lo lamento de corazón.

—No es necesario que te disculpes —respondió Dot—. Te perdoné hace mucho, William Savage. Estos últimos meses, he aprendido mucho sobre la vida.

—Pero debes saber, Dot, que no te hablé de mi esposa por miedo a que ya no me permitieras acercarme a ti. Aunque me avergüenzo profundamente de ello, era un pensamiento que no podía soportar. Nos casamos muy jóvenes y enseguida me vine a la corte. Apenas la conocía... Fui un estúpido y...

Ella le apoyó un dedo en los labios y susurró:

—¡Silencio! —Acto seguido, lo miró a los ojos y preguntó—. ¿Y qué es de tu esposa ahora?

—Falleció hace un año.

—Lo lamento —declaró la muchacha—. Es decir..., lo lamento por ella.

Ahora Dot va por ahí con su antiguo buen color, algo que proporciona a Catalina más alegría de la que ha sentido en mucho tiempo. Y la reina tiene un plan: cualquier cosa para lograr la felicidad de Dot y cualquier cosa, también, para apartar sus pensamientos de Thomas.

Convoca a William Savage a su cámara y le pregunta:

—¿Has pensado en volver a casarte?

Una expresión melancólica cruza su rostro y sus tristes ojos, que parecen cargados de resignación.

—Si yo te ordenase que te desposaras, ¿qué te parecería?

Masculla una evasiva entre dientes, produciendo sonidos que no llegan a componer palabras. Con el rostro encendido, logra por fin hilvanar una frase:

—Si lo ordenaseis... —Pero acto seguido es como si lo asaltara el deseo de decir lo que piensa—. No desearía casarme de nuevo, señora.

—¿Es eso cierto, William? —Catalina no pretende atormentarlo, pero no puede evitarlo del todo, puesto que sabe que, cuando diga lo que piensa decir, el momento resultará aún más dulce.

—Amo a alguien —declara él, pronunciando ahora con suma claridad—. Pero no es posible... Procedemos de...

—Silencio, William. —Le apoya una mano en la manga—. La mujer con la que quiero que te desposes es Dorothy Fownten.

De pronto, el joven se anima, se ruboriza, una amplia sonrisa invade su rostro y sus ojos se humedecen.

—Mi Dot... Permitiríais... No sé qué decir.

—Sí —confirma la reina—. Lo permitiría, desde luego. La idea me hace muy feliz.

—Señora, yo..., yo...

William apoya una rodilla en el suelo, coge la mano de Catalina y la besa con un fervor que sugiere que ya está pensando en Dot.

—Pero debes hacer cuanto yo diga —añade Catalina.

—Lo que sea, de verdad.

—En primer lugar, si alguna vez descubro que Dot ha sufrido por tu culpa, te ahorcaré, William Savage, y daré tu corazón de comer a mis perros de caza. Jamás debes hacerle daño.

Él asiente con la solemnidad que suele reservarse para Dios.

—Irás a buscarla y se lo pedirás tú mismo discretamente. Que sea solo algo entre vosotros dos; no quiero que todas mis damas metan las narices en ello, puesto que algunas no lo aprobarán. Yo le escribiré a tu familia. Sin duda, no les importará si es el deseo de la reina.

Palacio de Whitehall, Londres,
noviembre de 1546

Dot ya no duerme en una carriola de la habitación de la reina, ni en las antesalas llenas de corrientes situadas junto al dormitorio que Catalina comparte, cada vez con menor frecuencia, con el rey. Esa tarea ya no le corresponde a ella, puesto que ahora es una mujer casada. A veces tiene que pellizcarse para creer que ella, Dot Fownten, luce un anillo de la reina en su propio dedo y se ha desposado con un hombre capaz de escribir poemas y tocar el virginal. La joven ha conseguido su propio final feliz.

Fue obra de la reina, dijo William, cuando fue a verla a Windsor poco después de su regreso. Se cogieron de las manos y se miraron embobados a los ojos como una de esas parejas de enamorados de las viejas historias.

William rebuscó en un bolsillo y se palpó el jubón con cara de haber perdido algo importante. Al final, sacó el anillo. Dot lo reconoció al instante: era el anillo de aguamarina de Catalina. William se lo puso en el dedo.

—¿Qué estás haciendo, William Savage? Es el anillo de la reina —protestó ella.

—No, amor mío, es tuyo. Es tu anillo de boda.

Dot sintió que su corazón era una flor que se le abría en el pecho.

Más tarde, Catalina los llamó a su habitación, donde aguardaban su capellán y Cat Brandon, que iba a actuar como la otra testigo.

—¡Quién lo iba a decir! —comentó la muchacha, dándole un codazo a William—. La reina de Inglaterra y la duquesa de Suffolk siendo testigos de nuestra boda.

William no le soltó la mano en todo el oficio. Cuando el capellán le pidió a Dot que pronunciara sus votos, la muchacha sintió que apenas tenía aliento para hablar. Fue como si cada uno de los acontecimientos de su vida la hubiese llevado hasta ese momento. Pensó que tal vez explotaría de alegría como uno de los fuegos artificiales de Udall.

Ahora disponen de su propio alojamiento cerca del palacio de Whitehall. No es más que una habitación del tamaño de una alacena que está situada en un sótano. Pero las dimensiones del cuarto, y hasta la simple existencia de ese cuarto, carecen de importancia alguna, puesto que tiene a su William Savage y pueden pasar noches enteras abrazados sin hablar del pasado, disfrutando de su perfecto ahora e imaginando de vez en cuando un futuro borroso y a los hijos que vendrán.

Dot, que por fin se siente segura y protegida después de todo lo que ha sufrido, trata de no pensar en ello.

—Más vale dejarlo estar, marido mío —contesta cuando William intenta sonsacarla, y saborea la palabra «marido» como si fuera uno de los deliciosos dulces de la reina.

11

Palacio de Nonsuch, Surrey,
diciembre de 1546

El conde de Surrey está en la Torre. Enrique pretende librarse de él. Los cortesanos no se recuperan del impacto de su rápida y absoluta caída, puesto que no ha habido advertencia alguna. Catalina se siente muy afligida. El impetuoso Surrey, gran amigo de Guillermo, lleva años cayendo tan pronto en gracia como en desgracia, pero esta vez es diferente. Lo imagina redactando poemas desesperados en prisión, pero no se atreve a escribirle para expresarle su apoyo por miedo a caer con él. Se rumorea que también Norfolk, el padre de Surrey, está detenido o no tardará en estarlo. Las damas de la reina no hablan de otra cosa, puesto que la esposa de Surrey es muy popular entre ellas. Hay muchachas Howard, primas e hijas, corriendo de un lado a otro con esa expresión angustiada que adquiere una familia cuando al rey le entran ganas de cazar y la pieza acorralada es uno de sus miembros.

Catalina tiene la impresión de que la corte cambia de aspecto mientras todo el mundo compite por una buena posición. Anne Bassett ha regresado de Calais a instancias de sus familiares. ¿Qué esperanzas albergan? Catalina prefiere no planteárselo. Cuando las situaciones se transforman, surgen nuevas oportunidades. No hay nada seguro. Ella no está a salvo; aunque lo cierto es que nunca lo ha estado. Y se rumorea que el rey busca una nueva reina. Pero siempre corren rumores. Se ha mencionado incluso el nombre de Cat Brandon, que acaba de enviudar. Cat ha hablado despreocupadamente del tema y hasta ha hecho un chiste, aunque a Catalina todo ese maldito asunto no le hace ni pizca de gracia. Es bien sabido que, llegado el momento, el rey conseguirá lo que quiera y a quien quiera, y que se librará de todo y de todos los que se interpongan en su camino. Para empeorar todavía más la situación, Enrique está de un mal humor casi permanente debido al terrible dolor que le ocasiona la pierna. Casi nunca sale de sus aposentos y se pasa el día vociferando órdenes a sus consejeros, que se mueven con sigilo a su alrededor tratando de hacerse invisibles; cada vez que les lanza un grito destemplado, parecen aterrados.

Catalina le está aplicando suavemente un emplasto que ha elaborado con Huicke. Es un nuevo mejunje de caléndula y polen de abejas destinado a extraer la infección. El rey ya no soporta los gusanos, dice que se menean demasiado y que le causan irritación. Catalina prácticamente ha dejado de percibir el hedor que desprende la úlcera; se ha acostumbrado a él. Se dedica a emitir sonidos tranquilizadores y a tararear una de las melodías favoritas de su esposo, pero él permanece silencioso y malhumorado, y la reina trata de pensar en otras cosas.

Anhela que llegue la Navidad, momento en el que por fin podrán volver a comer carne. Está harta de pescado; pescado, pescado inagotable, carpa, anguila, lucio, de quitarse minúsculas espinas de entre los dientes, de su sabor soso, y, si no está soso, demasiado salado, puesto que todo el pescado de mar —el bacalao, la maruca, el carbonero— se mete en sal y causa una sed terrible. Además, está siempre demasiado cocido, seco y frío para cuando lo sacan de las cocinas. Pero aún quedan dos semanas más de ayuno de Adviento.

Deja que su mente divague mientras se ocupa de su esposo, pensando en el festín que se darán en Navidad, los venados, los cisnes, las ocas, los lechones. El pobre Surrey no estará tan contento. Los abogados de Enrique dan vueltas sobre los Howard como buitres, tratando de hallar una razón plausible para asesinarlo. El rey siempre ha temido que los Howard adquirieran demasiado poder. Catalina sabe que su Enrique mira a la muerte de cara, puesto que conoce bien el aspecto de un moribundo. El rey teme las repercusiones, ahora que el príncipe es aún muy joven.

Será ella la regente hasta que Eduardo cumpla la mayoría de edad. O eso dice el testamento. Se imagina a sí misma ocupando el puesto, tramitando las reformas, convirtiéndose en una gran reina recordada por llevar a Inglaterra con mano firme a la verdadera fe. Pero a una parte de ella nada le gustaría más que vivir su vida en un pequeño palacio como este, en el anonimato, librarse del peso aplastante de su condición de reina.

Echa el emplasto en un cuenco, coge una pieza de muselina y la aplica en la úlcera. Henry lanza un gruñido y estrella su mano contra el brazo del sillón. Catalina pide a uno de los pajes que encienda algunas velas; oscurece muy pronto y las noches son interminables. Se alegra de estar en este bonito palacio con un séquito más reducido. Nonsuch es un prodigio de torrecillas y enlucidos —como los mejores palacios florentinos, se dice—, y se alegra de que el edificio sea nuevo, de las rejillas de piedra que no humean, de su propia bañera con agua conducida mediante tuberías.

Coge una venda nueva y empieza a envolver con ella la pierna de Enrique, reflexionando sobre el patrón repetido de su vida, preguntándose cuántas horas más transcurrirán envolviendo y desenvolviendo las vendas del rey con la cabeza gacha; son ya tres años y medio. Si alguna vez tiene la oportunidad de volver a casarse, piensa, será con otro viejo. Aunque se reprende a sí misma por ese pensamiento, un brutal recordatorio de que ella también es una fruta a punto de pasarse y de que no habrá más que viejos para ella. El anhelo de un hijo no la ha abandonado con la edad, como muchas le anunciaron; cuenta ya treinta y cinco años, y sigue sintiendo ese enorme vacío.

Quiere a las muchachas como si fueran sus hijas, y tal vez sea ese el motivo: Dot, la bendita Dot que habría muerto por ella; e Isabel, con esa resistencia, esa determinación. Hay algo en Isabel difícil de cuantificar, un férreo carisma al que Catalina no puede resistirse. Y luego está María, más una hermana que una hija, que lleva el infortunio de su madre sobre el cuerpo menudo; el tejido de María está cosido con tragedias. Y Catalina no puede olvidar a la pobre y truncada Meg; echa de menos su serena presencia. Por último, está también Eduardo. Pese a su actitud gélida en público, es por dentro una criatura dulce, solo un niño, que heredará una carga inmensa. Todos esos hijos van y vienen siguiendo los caprichos del rey, y ninguno de ellos le pertenece de verdad. Hasta Dot ha sido entregada a William Savage, aunque voluntariamente. Sonríe al imaginarlos juntos: sus inseparables. El rey le regaló un par de inseparables una vez; se pregunta qué habrá sido de ellos.

Ata la venda y el paje regresa con una caja de velas que se le resbala de las manos y cae al suelo con estrépito.

—¡Por el amor de Dios, Robin! —le espeta el rey—. ¿Tienes los dedos de manteca de cerdo?

Catalina aguarda en silencio mientras Robin recoge las velas y las enciende. Cuando Enrique se ha calmado, lo ayuda a ponerse las calzas. A continuación, Enrique da unas palmaditas en el taburete que está junto a él.

—Ven, Kit. Siéntate un rato. Sabemos que tenemos mal carácter, pero te agradecemos que hagas todo esto cuando podrías dejárselo fácilmente a nuestros médicos.

La reina se sienta y le explica que eso es lo que más le gusta hacer.

—¿Qué puede querer una esposa aparte de servir a su marido? —dice, pidiendo perdón a Dios en silencio por su mentira.

Se oye un murmullo entre los pajes y los ujieres, que se han estado ocupando de sus asuntos sin llamar la atención.

—Majestad —anuncia uno de ellos—, lord Hertford está esperando.

—Más vale que lo hagas pasar.

Entra Hertford. Últimamente ha desarrollado un nuevo pavoneo y una nueva imagen para acompañarlo. Lleva la barba recogida en dos puntas que se apoyan contra su jubón de satén blanco como colas de zorro sobre la nieve. Sus calzas son también blancas, como las del rey, y están impecables —un par de cuellos de cisne—, y su capa luce ribetes de conejo de un color crema muy claro. El jubón lleva cortes, aberturas y muchas perlas. A Hertford le gustan mucho las perlas. Catalina palpa su propia cruz de perlas que descansa en una bolsita de su saya, pasando los dedos por ella.

Un par de hombres entran en la sala detrás de Hertford, pero Catalina está demasiado cautivada por las lustrosas perlas de Hertford, el brillo del satén claro, las impecables calzas blancas, el conejo sedoso, el resplandor de este hombre que rebosa confianza en sí mismo mientras todos los demás se escabullen y se deslizan con sigilo: un hombre próspero. Pasan unos momentos hasta que Catalina se percata de que es Thomas quien se halla de pie en la penumbra detrás de su hermano. La reina emite un grito ahogado, casi imperceptible, y siente el calor del rubor que le invade el rostro como el vapor de un cuenco de sopa caliente.

Thomas dirige la vista hacia ella y se miran a los ojos. Catalina suspira de forma invisible con todo su ser. Está completamente perdida en el mundo azul violáceo de esos ojos, donde residen todos los recuerdos de sus momentos juntos: la sensación de sus dedos, de sus labios, el peso de su cuerpo, el almizclado olor a cedro, el susurro de su voz murmurando naderías. Solo es un breve instante, pero también una eternidad, y Catalina se siente invadida por el anhelo. Aparta la vista y la fija en su esposo, cuyos ojos de pedernal recorren una y otra vez la distancia entre ella y Thomas. Catalina se clava las uñas en la palma de la mano. Hertford está hablando, pero no oye lo que dice, y el rey tampoco está escuchando.

—Vete, esposa —le espeta él en voz baja. Acto seguido, vocifera—: ¡Largo de aquí, mujer!

Como si alguien hubiera disparado un cañón en la habitación, todos los presentes se quedan conmocionados, sin comprender. Catalina se levanta y derriba con el pie todos sus artículos medicinales. Trata de recogerlos, pero sus manos vacilan, se aturullan y lo dejan caer todo.

—¡He dicho que te vayas!

Se dirige hacia la puerta lo más deprisa que puede caminando hacia atrás, temiendo darle la espalda al rey y provocar más su ira.

—Otra vez no, otra vez no —murmura para sí mientras avanza a toda prisa por los corredores vacíos.

Esto era justo lo que se temía: ser incapaz de controlar sus ojos y que los sentimientos se le filtraran entre las costuras. Piensa entonces en la rapidez con la que ha caído Surrey y se le revuelve el estómago.

Se aproxima Huicke.

—Kit... —empieza diciendo, con el rostro arrugado por la inquietud.

La reina debe de lucir su miedo como si fuera una capa.

—¿Qué ocurre? —pregunta el médico.

—El rey me ha echado... otra vez. Pero en esta ocasión es... —Tiene ganas de contárselo todo, de describir el momento, el rostro adorado de Thomas, sus ojos, y añade en un susurro—: Aquí no.

Él lo entiende, asiente con la cabeza y le aprieta el brazo.

—Estás temblando.

—Ve —dice ella—. ¿Vas a verlo? —Toca con un dedo el frasco que el doctor sostiene en la mano—. ¿Es una tintura?

—Sí, es para el dolor. Es la que solías preparar para Latymer. El rey la considera mejor que la magia.

—Te aprecia más que a sus propios galenos, Huicke.

—¿Es eso una bendición o una maldición?

—Resulta difícil saberlo, pero ve con cuidado... —Catalina vacila antes de añadir—: Si tienes que distanciarte de mí, lo entenderé.

El médico se lleva la mano de la reina a los labios y se despiden.

Las palabras de Catalina dan vueltas por la mente de Huicke, quien se pregunta qué puede haber desencadenado el último incidente. Un par de pajes salen de las dependencias del rey cuando Huicke se aproxima; uno lleva un cajón para el carbón vacío, sujetándolo por el mango, y el otro sostiene un aguamanil grande. Charlan despreocupados entre risas. El médico se detiene un instante a mirarlos, deleitándose con la frescura de su piel y las líneas esbeltas de sus piernas enfundadas en medias. Aún no son hombres del todo, pero tampoco niños. Los imagina momentáneamente desnudos, los músculos emergiendo de las suaves capas de la juventud, el vello aún suave. Uno de ellos da un brinco y se pavonea, exagerando sus movimientos, metiéndose el aguamanil bajo el brazo para quitarse el sombrero con pluma y agitarlo en una reverencia exagerada.

—Es señor de los mares, seductor de damas —comenta el otro con una carcajada.

—¿Sabías que escapó de los piratas una vez, huyendo a remo hasta un lugar seguro?

—Sí, sí, todo el mundo lo sabe. Resulta que el tipo me cae bien a pesar de tanta pose. Una vez me pagó un penique por dejar caer una bandeja de pastelillos sobre los peldaños del palacio.

—¿Por qué?

—No me lo dijo. Y además me ayudó a recogerlos…

Sus voces se desvanecen cuando vuelven la esquina del corredor. Huicke continúa hasta la puerta y espera a que el guardia anuncie su llegada. Intuye que el incidente debe de tener alguna relación con Thomas Seymour y un horrible recuerdo acude a su mente: el del amante de Catalina Howard, el atractivo Thomas Culpepper, verde de miedo, arrastrado por los guardias.

Cuando entra en las dependencias reales desde el frío corredor, tiene la sensación de penetrar en un muro de calor. El fuego ilumina a los hombres dispersos por la sala como en un Van Eyck que vio en Brujas. La habitación desprende un aroma masculino de cuero y caballos, además de otro olor rancio y persistente. Thomas Seymour está allí, tal como Huicke pensaba; el rey debe de aborrecer a ese hombre por su magnífico aspecto. Un grupito rodea al monarca. Wriothesley está allí con su armiño, aturullado como si acabase de llegar. También ve a Hertford, absurdamente vestido de blanco como un ángel de la Navidad, así como a un par de ujieres que rondan por allí. Cuando se aproxima, dejan de conversar y el suave tintineo de sus botas resuena por todo el espacio.

—¡Ah, Huicke! ¿Qué pociones traes?

—Traigo algo que os aliviará el dolor, majestad.

La tensión se percibe en el silencio.

—¡Pues prepáralo ya! —le espeta el rey. De inmediato, vuelve la cabeza hacia Hertford y le comenta—: Este galeno es el mejor. Sus tratamientos son los únicos que me alivian.

Hertford murmura una frase de aquiescencia. Goza del favor del rey. Tiene la oportunidad perfecta, piensa Huicke; ahora que el estado de salud del rey se deteriora con celeridad, Hertford está ascendiendo hasta la cima exactamente en el momento adecuado. Huicke ha visto que los nobles competían por posicionarse en las últimas semanas. Ahora que los Howard han huido, los Seymour tienen el campo libre y, como tíos del príncipe, llevan ventaja.

Huicke apoya su frasco en una mesa auxiliar y envía a un paje a buscar una jarra limpia. Hertford se despide con una reverencia y sale seguido de su hermano y de un ujier. Wriothesley se acerca tímidamente al rey y, entre elogios, empieza a formular una petición a favor de uno de sus parientes. El rey parece escucharlo a medias; el lord canciller ha perdido su influencia.

—¿Qué opinas de Thomas Seymour, Wriothesley? —pregunta el rey, interrumpiendo sus palabras cansinas y empalagosas.

—¿Seymour, majestad? ¿No cortejó a la reina hace años?

Wriothesley se frota las manos despacio, como si les estuviera aplicando salvia, y el fantasma de una sonrisa aparece en las comisuras de sus labios.

—¿Es honesto? —masculla el rey.

Sus ojos, que reflejan la luz del fuego, brillan como los de un gato.

—¿Honesto, majestad?

—Honesto, sí. Honesto.

—Majestad, mi opinión no merece…

—Te estamos preguntando qué opinas.

Un matiz de impaciencia se insinúa en el tono del rey, que aprieta un puño sobre cada rodilla.

—¿Qué opino, majestad?

—¡Sí! —El soberano alza la voz lo suficiente para hacer que la mayoría se encoja de miedo. Pero no Wriothesley—. ¿Crees que Seymour es honesto?

El hombre hace una pausa y exhala un leve suspiro. Aprieta los labios y clava la vista en el suelo, como si reflexionase profundamente.

—Yo diría que es honesto.

El rey resopla un poco y se encoge de hombros. Ha percibido el matiz de duda que Wriothesley ha incluido en su frase al usar el condicional sin dejar de mostrarse como un cortesano leal. Y Huicke, pese al aborrecimiento que le inspira el tipo, queda impresionado por la sutileza de su juego.

Pero no es ningún juego; Wriothesley intenta de nuevo desbancar a Catalina, y esta vez su arma es Seymour.

Dot hace el equipaje rápidamente junto a las criadas de las dependencias. Guarda vestidos en baúles, envuelve los espejos entre sábanas, mete pieles en bolsas de satén, dejando los cordones desatados para ir más deprisa. Ha habido un cambio de planes. La reina se marcha al palacio de Greenwich a pasar la Navidad y el rey saldrá mañana hacia Whitehall. Hoy no ha habido tiempo de encender el fuego, y hace tanto frío en la habitación que las mujeres ven su propio aliento.

Antes, Dot ha encontrado a la reina a solas en sus dependencias, sentada en una esquina del lecho, con rostro inexpresivo, pasando entre sus dedos la cadena de la cruz de su madre como si fuera un rosario. Apenas se ha dado cuenta de la llegada de Dot, como si estuviera en trance, y Dot le ha preguntado si había algo que la angustiase.

—Sí, Dot —ha respondido ella—. Creo que esto es el principio del fin.

La piel de su cara aparecía tensa de preocupación; los ojos, vidriosos e inquietos. Siempre había temido que el rey ordenara su marcha. Lo había dicho en una ocasión: «Mientras él quiera verme, Dot, todo irá bien». Y ahora no quiere verla.

—Con vuestro permiso, señora, quisiera deciros que las cosas salen muchas veces como menos lo esperamos. Miradme a mí: me estuve pudriendo en Newgate, convencida de que me quemarían; y aquí estoy, sana y salva.

—Bendita seas, Dot —ha respondido Catalina, aunque no parecía más tranquila.

—Además, aquí no hay libros. Todos los libros desaparecieron hace mucho. No hay nada.

—Es que hay otra cosa, Dot. No es un libro. Pero no te lo diré, pues es mejor que no lo sepas. Es como si el rey me hubiera desterrado. —Se ha puesto a tirar de la hilera de perlas hasta que Dot ha pensado que las rompería—. Esto no pinta bien, Dot. —Y luego ha dicho algo que la criada no ha entendido—: Cuando llegue el momento, sálvate. Sálvate, vete a Devon y vive feliz con William.

Dot la ha vestido en silencio, sin saber qué decir y preguntándose qué ocurrió en el palacio durante el tiempo que pasó en Newgate, puesto que algo sucedió, no hay duda de ello. ¿Qué fue lo que dijo Elwyn? ¿Que Wriothesley había agraviado a la reina? Catalina parecía una marioneta mientras se dejaba poner las faldas y levantaba un brazo y luego el otro para que le subieran y ataran las mangas. Dot ha elegido la ropa. La reina ni siquiera se ha molestado en decir qué traje o qué tocado quería lucir. Estaba perdida en su propio mundo.

—¿Qué comentan las damas? —ha preguntado por fin Catalina, rompiendo el silencio.

—La mayoría comenta que el rey no se encuentra bien de salud y que siente el deseo de estar solo.

—¿La mayoría? ¿Y las otras?

—Hay una o dos que dicen que el rey está disgustado con vos.

—¡Y una de ellas es Stanhope, supongo! —ha exclamado Catalina.

—No, ella no. Salió anoche hacia Syon.

—Una rata abandonando un barco que se hunde. Entonces ¿quién?

—Solo han sido vuestra hermana y Cat Brandon, y solo hablaban movidas por la preocupación hacia vos.

—En esas dos puedo confiar, al menos —ha dicho con un suspiro—. Vete a Devon con William. Prométemelo, Dot... —Ha hecho una pausa antes de añadir—: No quiero nada más sobre mi conciencia.

Ahora Catalina está con Huicke en un rincón, murmurando, gesticulando con las manos mientras habla, volviendo la cabeza despacio de un lado a otro. Huicke tiene que permanecer con el rey, y

Catalina no está nada contenta. El resto continúa corriendo de acá para allá, haciendo el equipaje; la bufona Jane deambula hecha un manojo de nervios, estorbando. No le gustan las mudanzas. El tocado se le ha deslizado hacia un lado, dejando su calva al descubierto; alguien debe de haberle afeitado la cabeza para acabar con los piojos. Dot le entrega un montón de sábanas y la pone a cubrir los muebles. Parece más contenta si tiene algo que hacer.

Dot oye cómo preparan a los caballos en el patio, el tintineo de las bridas y los gritos de los mozos de cuadra que se llaman unos a otros. Algunas criadas jóvenes están inquietas y emocionadas ante el inesperado traslado a Greenwich, sin entender que la orden no es buena ni notar la gravedad del ambiente.

Uno tras otro, bajan los baúles y los cargan en los carros. Dot hace una última ronda para comprobar que no se dejen nada, mirando bajo las camas y detrás de las puertas. No encuentra nada salvo pelusas. Lo hace por costumbre, olvidando que ya no es una sirvienta. William acude a reunirse con ella. Viajarán juntos, cabalgando con la reina.

Él la coge de la mano mientras bajan por la escalinata pintada y le susurra que no debe inquietarse. Le apoya un dedo en el entrecejo fruncido y dibuja en él un círculo.

—De nada sirve preocuparse, Dorothy Savage —dice—. Y a veces las cosas salen bien.

—Eso es lo que le he dicho a ella.

—Y es cierto, Punto Final. Nunca creí que pudiéramos casarnos, y, sin embargo, míranos ahora.

En el patio hace un frío horrible. Dot monta en su poni, se envuelve en su capa y se pone los mitones forrados de pelo.

Catalina se encuentra ya a lomos de su caballo. Empiezan a avanzar hacia las puertas, pero entonces se detiene y dice:

—No podemos dejar a esos pobres monos.

Llama a uno de los mozos y le dice que vaya a buscar a las criaturas.

La comitiva permanece a la espera de que traigan a François y a Betsabé del cobertizo, donde el rey los desterró hace unos días en un arranque de mal genio. Impacientes, los caballos bufan, arrastran las patas y sacuden la cabeza. El frío cala las ropas de Dot. Al cabo de unos minutos aparece el mozo portando una jaula. Los monos chillan enloquecidos, como si los llevasen al patíbulo. Los ponen con los perros pequeños, que, perturbados por sus gritos, empiezan a ladrar desaforadamente, por lo que buscan otro sitio para François y Betsabé. Cuando por fin emprenden la marcha, avanzan tan despacio que parecen un cortejo fúnebre. Pero el grupo se separa pronto y los carros quedan rezagados, rodando de manera lenta y ruidosa a su propio ritmo. En condiciones normales cruzarían el río, pero las aguas se han congelado en algunas zonas, por lo que viajan campo a través hasta Richmond.

La reina cabalga delante con su hermana, lady María y el maestro de las caballerizas. Justo detrás de ellos van algunas damas, que parecen situarse de forma natural en el orden correcto, aunque eso no importa hoy. A Dot le preocupa que no haya nada dispuesto cuando lleguen. Catalina suele enviarla con un día de antelación, después de los heraldos, para prepararlo todo. Y normalmente no viajarían en un séquito tan aparatoso. Pero todo se ha decidido en el último minuto. Los propios heraldos han partido hace solo un par de horas para anunciar la llegada de la soberana, y los ujieres viajan con ella ahora, así que solo Dios sabe qué caos encontrarán cuando estén allí, sin habitaciones asignadas y muertos de hambre.

Cabalgan bordeando el risco desde el que, según se dice, puede verse en días claros la aguja de la catedral de San Pablo. Dot nunca la ha visto desde aquí y, desde luego, no la verá hoy, puesto que hay una densa niebla. El cielo aparece cubierto, blanquecino y bajo. Cuesta distinguirlo de la tierra. Todo está bañado con una capa de escarcha; en los troncos de los árboles y los tejados de los graneros es como las flores de un ciruelo, pero en las hierbas altas que crecen desprotegidas al borde del camino la cubierta es compacta, espinosa y reluciente, como si tuviera cristales en las puntas.

No se ve nada vivo en kilómetros, ni un conejo, ni siquiera un pájaro; solo el séquito avanza fatigosamente, concentrado en grupos, perdiéndose en la distancia. Dot no puede ver dónde acaba. William cabalga a su lado, tarareando melodías que se mezclan con el sonido de los cascos contra la tierra dura. Los caballos se calientan y el calor se alza de sus cuerpos formando nubes.

Al atravesar los pueblos —Long Ditton, Surbiton, Ham—, encuentran a los habitantes en las calles para ver a la reina y a lady María. Deben de haber visto pasar a los heraldos; las noticias corren como la pólvora cuando tienen que ver con la familia real, y todos quieren atisbar a Catalina, que saluda y sonríe. De vez en cuando, se detiene y se inclina para coger un regalo —un frasco de miel, un ramo seco de lavanda, una manzana— o para besar en las mejillas a los niños muertos de frío que le alcanzan las madres. Nadie tiene la menor idea de la preocupación que invade a la reina.

Estos lugares le recuerdan a Dot su propio pueblo. Los hilos que la atan a aquel sitio se han vuelto tan finos que no serían capaces de sujetar nada. Le habría gustado escribir a su madre para hablarle de su boda, pero, como ni esta ni la mayoría de sus conocidos saben leer, Dot no lo hizo. Cuando Catalina se enteró, envió una carta de su puño y letra a alguien de Rye House para que diese la noticia a la familia Fownten. Recibieron a vuelta de correo la noticia de que todos estaban bien, de que su hermanita Min se casó con el antiguo aprendiz de su padre, Hugh Parker, y de que su madre había conseguido un trabajo de lavandera en Rye House. Dot se preguntó si la reina habría tenido algo que ver.

Al llegar al palacio de Richmond almuerzan en el gran salón, donde se calientan las manos y los pies junto al fuego. Pero no se quedan mucho, pues los días son cortos y tienen que llegar a Greenwich antes de que oscurezca. Por eso, tan pronto como las falúas están cargadas, emprenden el viaje por el río. Cruzan Londres y pasan por delante de todos los palacios reales. Southwark resplandece contra el cielo del atardecer, en la orilla opuesta. Dot piensa en los giros del destino que la han traído a esta falúa, a este río, a este momento, y se pregunta qué le depararán a continuación.

Catalina, sentada junto a ella, pálida y envuelta en pieles, manosea con los dedos la bolsita que contiene la cruz de su madre. Nunca se ha mostrado tan frágil, y Dot se da cuenta de que, pese a todos los secretos que conoce, hay muchas cosas de la reina y de la corte que escapan a su comprensión.

Palacio de Greenwich, Kent, enero de 1547

Catalina se encuentra ante la ventana, contemplando la lluvia que tamborilea sobre el cristal. Cada gota cae resbalando, persiguiendo a la anterior, precipitándose hasta el borde emplomado en el que se derrama y se recompone para rodar por el siguiente cristal en forma de rombo, unirse a otras y convertirse en riachuelo. Las últimas semanas han sido un infierno. La reina pasó sonriendo las fiestas navideñas, doce días de forzado júbilo, hasta sentir que el rostro se le paralizaba de tanto fingir. El príncipe y sus hermanas la acompañaron; las muchachas se mostraron totalmente ajenas a lo que estaba sucediendo: están tan acostumbradas a que su padre las destierre que nada se les antojó insólito.

Catalina ha observado a María, que despliega sus alas como una polilla al salir de una crisálida —le gusta pensar que es gracias a ella— y a Isabel, cuya inclinación desafiante de la cabeza oculta la vulnerabilidad invisible que yace bajo su piel. Su familia es frágil como un cristal veneciano. Catalina hace su papel, pero se le revuelve el estómago al pensar en su propia indignidad oculta. Isabel es un pozo sin fondo. Catalina es la única madre que ha conocido; solo tiene a su aya, la señora Astley, que no para de dar vueltas a su alrededor, incapaz de negarle nada, cuidando de ella como si de un huevo de oro se tratase. Isabel se ha ido a Hatfield, donde Astley puede mimarla sin molestar a nadie. Su pobre hermano se ha marchado con ella; no falta mucho para que el peso de Inglaterra descanse sobre esos hombros de solo nueve años. Hace unos días vino un armero a probarle una nueva armadura. El niño parecía un soldado de juguete y a la reina se le encogió el corazón al pensar en lo que le espera.

—Madre —había dicho Eduardo—, ¿seré un buen rey?

—Lo serás, cariño, lo serás —había respondido Catalina, preguntándose qué sería del príncipe si se libraban de ella.

Una araña desciende del marco de la ventana sobre su seda. Mueve las patas despacio, como suspendida en el aire. Catalina también se siente colgar de un hilo cada vez más fino.

Ha dejado de ser ella misma, ha hecho algo que convierte sus otros pecados en meras travesuras. Río abajo se encuentra la Torre, donde ejecutarán a Surrey hoy. Lo imagina allí y se pregunta si, para distraerse, estará escribiendo poemas. Recuerda que Wyatt y él competían para impresionar a las damas con sus ornamentadas palabras. Había sido uno de los mejores amigos de Guillermo. Y este recibió la orden de encabezar el juicio. ¿Era esa la idea que tenía el rey de una broma? ¿O quiso poner a prueba la lealtad de Guillermo? Catalina apreciaba mucho a Surrey. Desde que el rey la expulsó de Nonsuch, está convencida de que seguirá a Surrey hasta el patíbulo.

La ira del rey y su deseo de no verla, los rumores de una nueva esposa… ¿Qué vendrá a continuación? Acudirán a quitarle las joyas y la llevarán a la Torre; organizarán un falso juicio basado en una sola mirada; tendrá que contemplar desde una ventana cómo arrastran al pobre, querido y desdichado Thomas hacia su muerte; luego, ella misma pronunciará su discurso antes de morir, buscando desesperadamente una gota de valor para no desplomarse y caer en la deshonra sobre el patíbulo. Hasta la pequeña Catalina Howard murió con elegancia. Catalina se pregunta si ella también lo haría. No, lo haría no, lo hará…, si es que lo hace. No soporta plantearse esa posibilidad.

Por eso obró como obró.

Está demasiado avergonzada para rezar, puesto que sabe que Dios no escuchará a una pecadora como ella. Su pecado es negro como la brea, una oscuridad que la oprime. Ha hecho un pacto con la impiedad y se condenará por ello. Recuerda lo que hizo por Latymer y se pregunta si aquello fue el principio de todo, si el diablo se apoderó de ella en ese momento y ha estado adiestrándola desde entonces, preparándola, moldeándola despacio, enseñándole a librarse de un marido y considerarlo un acto de compasión. No obstante, se alegra de haber tenido coraje para hacerlo, puesto que acabar con el sufrimiento de Latymer fue una bendición.

Pero su última acción no es un acto de compasión, independientemente del prisma a través del que lo observe; un acto de miedo, sí, pero no de compasión. Hay formas de matar y no condenarse. Oh, ha pensado en todo, confiando en hallar un modo de rescatar los fragmentos dispersos de su alma. Dios no considera pecado matar en el campo de batalla, donde matas o te matan. Y ha tratado de imaginarse a sí misma como una guerrera, una cruzada por la Nueva Religión, pero no lo es. Nunca ha tenido el valor necesario para morir por sus creencias. No obstante, las breves llamas de la hoguera no serían nada en comparación con la condena eterna que la aguarda. Y, aunque no es ninguna guerrera y la corte no es un campo de batalla, el rey se ha convertido en su enemigo. Y ella en el de él, aunque él no lo sepa.

Piensa una y otra vez en la conversación entre susurros que mantuvo con Huicke antes de abandonar Nonsuch, el pobre y leal Huicke a quien ha arrastrado al Infierno consigo. Recuerda que se sentaron apartados de las damas, en un rincón con mucha corriente. La mano enguantada de él se apoyó levemente en su manga. Catalina se sentía tan aterrorizada que apenas podía hablar.

—Irá a por mí, Huicke —dijo ella—. Sus celos son mucho mayores que su razón, mayores incluso que su fe.

—No, Kit, no —respondió él, cogiéndola de las manos.

La reina recuerda la suavidad de sus guantes de cabritilla, muy superior a la de la piel de un niño, y recuerda haber pensado en la piel enrojecida y levantada que estaba debajo, furiosa como si su cuerpo se atacara a sí mismo.

—No permitiré que te ocurra. Haré lo que sea.

—¿Lo que sea?

Catalina pensó en ello toda la noche. Rezó y esperó una señal de Dios, un permiso que no llegó, puesto que Dios permaneció en silencio. Sin embargo, supo que sería capaz de cometer un pecado con tal de no afrontar el patíbulo. Estaba harta del terror constante, persistente, de tener que adivinar los caprichos del rey y amoldarse a su humor, de tener que contener su lengua de manera permanente por miedo a que se le escapara algo sin querer. Aunque, al final, lo que la traicionó no fue su lengua, sino sus ojos: ese momento eterno en las dependencias del rey sigue obsesionándola, el instante en el que se deslizó en la mirada de Thomas y delató su mundo más íntimo.

Ahora sobrevivirá o lo hará el rey.

—Lo que sea, Kit. En serio —respondió Huicke.

—No se librará de mí, Huicke. Antes me libraré yo de él.

Sus palabras sonaron como el bufido de un gato. Catalina se preguntó entonces si estaría poseída. Una parte de ella se horrorizó hasta la médula ante el sonido y la forma de sus propias frases.

—He dicho «lo que sea», Kit.

—El emplasto.

Huicke asintió con la cabeza.

—Dedalera, beleño negro, cicuta. Añádelo todo. Ya sabes cómo actuará. —La reina sintió frío en los huesos con solo decirlo; es un frío que se ha asentado en ella, llenándole las venas de hielo—. Pero ten mucho cuidado para que no te toque la piel —añadió.

—Kit —susurró Huicke—, ¿sabes qué significa esto?

—Lo sé. —En ese momento, Catalina tuvo la sensación de haber cruzado una línea invisible, más allá de la cual dejaba de ser ella misma, donde los actos no podían medirse según la escala normal. Ya no era la persona que siempre había sido—. Es él o yo.

Entonces agarró a su querido Huicke por las muñecas, como si se aferrase a los hilos rotos de su ser perdido.

—Añade solo un poco para que tenga el mismo olor y los efectos sean graduales.

Ella misma se espantó de la facilidad con que las palabras salieron de su boca, de lo mucho que había reflexionado sobre el crimen; había anticipado incluso lo de los guantes de Huicke, que le protegerían las manos. La espantó pensar que precisamente él fuese capaz de hacer por ella algo tan terrible.

Eso es lo que ahora la horroriza: la naturaleza premeditada de su acto, la facilidad con que ha prescindido de Dios. Ya no sabe quién es, apenas puede mirar a los ojos ni a sus damas más cercanas; pasa el tiempo sola considerando lo que ha puesto en marcha, enfrentándose a sus propias Furias personales, que ya nunca la abandonarán. Cada vez que le llegan noticias del deterioro de la salud del rey, se ponen a aletear por su cabeza como murciélagos que le picotean el alma, que se la desgarran, que vacían sus últimos restos de bondad. Esta es el alma con la que deberá vivir durante toda la eternidad.

Los monos están sentados junto al fuego. François atrapa un piojo del pelaje de Betsabé, chasquea la lengua y le murmura algo en su lengua simiesca. Es un gesto tan cargado de ternura que Catalina siente la aguda puñalada de las lágrimas en lo más hondo de sus ojos. Y también el tirón, como un anzuelo en las tripas, del amor que sigue albergando por su queridísimo Thomas. François acaricia ahora a su esposa, la monita, con su mano extraña, tan parecida a la de un hombre, pero más larga, hecha para agarrarse a las ramas. Al oír que ella emite suaves sonidos de placer y ver que él pasa su dedo alargado por detrás de la oreja peluda de ella, nota que la invade una oleada de anhelo.

Y lo había sentido de nuevo en ese momento en que las miradas de Thomas y ella se encontraron, el momento que se alargó hasta convertirse en una pequeña vida. El rey tenía razón, supone, pues ese instante supuso toda una traición: fue como si Thomas fuese su amante entonces, como si el rey fuese un cornudo, puesto que la unión de sus ojos resultó mucho más íntima que todas las noches que ha pasado en el lecho del soberano. Algunos clérigos dicen que la intención ya es traición. Sus entrañas anhelan ternura, solo un momento de ella, como el momento que ha presenciado entre los monos. Y ella se ha situado, como esas bestezuelas, en un lugar impío.

Se pregunta dónde estará Thomas ahora, teme por él, confía en que haya desaparecido de la corte. O tal vez no, ya que eso le haría parecer culpable. Debería quedarse delante de las narices del rey demostrando su inocencia, puesto que nada ha hecho. Además, su hermano Hertford está ascendiendo tan rápido que no cabe duda de que Thomas se beneficiará de ello. No pueden castigarlo por inspirar semejante amor, por sus ojos azules. Pero sí pueden. Catalina lo sabe. Y ahora se ha condenado a sí misma y ha condenado a Huicke.

Sin embargo, lo que ha iniciado no puede pararse. Le cuesta respirar. Se siente mareada, se apoya en la pared por miedo a caer y se arrastra hasta el escritorio. Retira el corcho de la tinta y se le cae al suelo, dejando un rastro negro sobre las baldosas. Coge una pluma, la moja y empieza a escribir. El plumín avanza por el papel con un rasgueo. Debe decirle a Huicke que se detenga. Su carta es breve y ambigua: no quiere despertar sospechas. Escribe: «Lo que comentamos no será necesario». Espolvorea arena sobre la tinta húmeda, la sacude, dobla el grueso papel, deja caer una gota de cera roja sobre el pliegue y aprieta su sello, el sello de la reina, contra ella.

Llama al ujier y la carta sale sin dilación. Sea como fuere, no tiene ningún sentido creer que va a deshacer con ella el envenenamiento secreto de las últimas semanas.

Llega una carta procedente de Westminster. Es una convocatoria. Catalina tiene que prepararse para partir con solo unas pocas damas. Las tripas se le tensan como un puño. Aquí está: el comienzo de su viaje hacia la Torre. Sus damas vuelven a llenar los baúles y emprenden su viaje hacia la ciudad bajo una aguanieve terrible y torrencial, forcejeando contra el viento, avanzando apenas entre corrientes invisibles. El trayecto dura toda una eternidad. «El tiempo se rige por sus propias leyes», piensa Catalina, incapaz de borrar el recuerdo de ese instante en el que entró en el mundo azul violáceo de los ojos de Thomas, un instante que se extendió hasta alcanzar un millar de vidas de dicha.

La Torre emerge ante la comitiva, gris hierro contra el cielo desolado. Es incapaz de mirar la espeluznante cabeza exangüe de Surrey en el puente. Cat Brandon lanza un grito ahogado y contiene un sollozo. Catalina ha olvidado que hubo un tiempo en el que estuvieron muy unidos. Cat se lo había contado, hablándole de los poemas que él compuso para ella. Pero eso sucedió hace una eternidad, antes de que llegaran a ser lo que son; o, en el caso de Surrey, lo que era. Pasan ahora por debajo de la Torre. La reina se prepara para lo peor, pero la falúa continúa navegando con dificultad río arriba. No quiere permitirse imaginar que esto es un respiro.

Se detienen ante los escalones de Westminster. No hay ninguna tropa de alabarderos esperándola, blandiendo sus alabardas. Cruzan el patio, azotadas por el feroz viento que hace volar las cintas de sus atuendos y agita sus tocados como estandartes, apagando sus pisadas suaves sobre las piedras húmedas y el roce de sus faldas mientras se apresuran hacia los escalones y el cálido vestíbulo que aguarda más allá. Hay algunas personas allí reunidas, un grupo sombrío que se inclina al paso de las damas. No hay música ni juegos, todo está silencioso y enmudecido como si se hallasen en el ojo de una tormenta.

En sus aposentos, han encendido el fuego y unas velas; aunque aún es pronto, está muy oscuro. Se sienta con Rig acurrucado en su regazo, incapaz de pensar en nada, mientras Dot y las otras se dedican a organizarlo todo. Se oye un ruido al otro lado de la puerta y el ujier anuncia a Hertford. «Ha llegado el momento —piensa—, han venido a buscarme». Recuerda que Hertford vino a llevarla ante Enrique el día que supo que iba a casarse con él; no era una propuesta, sino una orden envuelta en terciopelo.

El rey la sorprendió entonces con su ternura, con el detalle de mirar junto a ella su libro de horas, las palabras de su padre allí escritas, la primavera prensada entre las páginas. Vio un atisbo del hombre que era, pero últimamente no ha visto mucho a ese hombre; solo al otro, a su aterrador doble. Puede oír el triste tintineo de esas bonitas copas estrellándose alrededor de la chimenea, los pequeños fragmentos de cristal volando, reflejando la luz como chispas.

Hertford viene solo, seguido de un paje que carga con sus efectos personales. Apoya una rodilla en tierra y se quita el sombrero, haciendo un esfuerzo para evitar mirarla directamente. Hay algo de su hermano en su postura que ella siempre ha sabido ver y que presta astucia a sus ojos.

—Hertford —dice Catalina—, no hay necesidad de todo esto; ven y siéntate a mi lado. ¿Qué noticias traes?

Se sorprende a sí misma con la serenidad de su voz, como si nada hubiera sucedido, como si fuese la misma Catalina, la misma reina que siempre fue, y no estuviese helada hasta la médula y saltando de miedo con cada sonido.

Hertford se acomoda en el banco junto a ella y, clavando la mirada en el suelo, murmura:

—No vivirá mucho.

A la reina se le cierra la garganta. Quisiera preguntar cuánto, pero no salen palabras de su boca. Hertford interpreta que lo que le impide hablar, lo que la deja sin aliento, son las lágrimas y no la culpa.

—Es cuestión de días.

Por fin, Catalina encuentra una voz débil que pregunta:

—¿Te envía él?

Hertford asiente con la cabeza.

—Ha pensado que debíais saberlo. Le gustaría que acudierais a verlo por la mañana.

El alivio la invade en una cálida oleada, pero no es capaz de fundir la escarcha de sus huesos. Aunque ahora esté a salvo de la ira del rey, la ira de Dios será mucho más terrible.

Huicke lleva bajo la camisa la carta de Catalina, que le roza y le irrita la piel. El ambiente cargado apesta a muerte. Le gustaría verla o al menos comunicarse con ella, hacerle saber que el propio Dios le está arrebatando la vida al rey sin la ayuda de ellos. Sabe que la reina ha llegado a Whitehall, puesto que enviaron a Hertford a recibirla, pero no se atreve a apartarse del lecho del rey sin permiso. El doctor Owen y el doctor Wendy tienen las cabezas juntas, debatiendo si conviene cauterizar la lesión del rey o volverla a abrir con la lanceta; no incluyen a Huicke en sus discusiones. Él no es uno de ellos, nunca lo ha sido. Es el médico de la reina y temen que se lleve una porción mayor del pastel, puesto que el rey es partidario de él y de sus nuevos remedios. Todos se mueven en círculos, maniobrando para ocupar sus posiciones. Nadie se atreve a decirle que se muere, porque es traición hablar de la muerte del rey. Huicke se alegra de no tener la importancia suficiente para ocuparse de semejante tarea.

Lord Denny está inclinado hacia el hombretón sibilante que ocupa el lecho. Casi apoya la cabeza sobre la almohada mientras le habla en susurros y escucha atentamente sus ásperas respuestas. Es el manso Denny quien reúne por fin las agallas suficientes para decirle al rey que debe prepararse para la muerte. Huicke, que nunca tuvo en mucha consideración a ese hombre, está impresionado. Tras él están Wriothesley y Paget, tomando notas. Hablan del testamento; del nuevo testamento. Las hienas han aprovechado el desdén que el rey siente hacia las mujeres para sugerir en voz baja otras opciones. Fragmentos de las palabras pronunciadas vuelan zumbando por la habitación como moscas: debilidad moral; falta de firmeza; preocupación por la carne.

No obstante, al final, lo que ha obrado el cambio ha sido una frase que Wriothesley pronunció hace pocos días:

—El juicio de las mujeres con respecto al matrimonio puede ser muy imperfecto.

El rey estampó una mano enorme contra la sábana y masculló:

—Crearemos un Consejo que gobierne el país hasta que el príncipe alcance su mayoría de edad.

Así que al final han desbancado a Catalina con gran facilidad. Se pusieron a barajar nombres para el Consejo, que, al parecer, estará compuesto por ellos y su camarilla. A Huicke le alegra saber que se ha sugerido el nombre de Will Herbert para formar parte del Consejo —es cuñado de Catalina y la defenderá—, pero Guillermo Parr no estará entre sus miembros. Todos están en el mar, sin nadie a quien pedir instrucciones, y se vuelven de forma natural hacia Hertford, que rebosa confianza en sí mismo.

Puede que Hertford haya florecido en el momento perfecto; sin embargo, sigue siendo capaz de equivocarse en sus cálculos. Ante la vista de Huicke, se acercó al lecho del rey y se arrodilló para preguntar:

—¿Y Thomas, mi hermano Thomas, ocupará un puesto en el Consejo, majestad?

El rey profirió un tremendo rugido:

—¡¡¡¡No!!!!

Fue el aullido más fuerte que había lanzado desde su llegada a Whitehall. Así pues, no eran imaginaciones de Catalina. Huicke reflexionó sobre lo irónico que resultaría que fuesen los propios celos del rey los que acabaran dándole muerte; ese único grito causó un terrible ataque de tos que pareció capaz de matarlo en ese instante, y desde entonces apenas ha podido hablar.

Huicke sirve una dosis de opio y se la administra. Los ojos negros pierden su dureza y empiezan a sumergirse en el delirio. Hertford regresa diciendo que la reina está bien y que espera a que la convoquen, pero el rey está en otra parte, más allá de toda comprensión. Owen y Wendy dan vueltas alrededor del lecho, dejando caer gotas de tintura dentro de la boca abierta. Las hienas ocupan sus posiciones. Llaman a Cranmer, que se sitúa junto a la gran mole del rey. El arzobispo unta su frente de aceite con el pulgar y coge su mano mientras reza en voz baja, justo cuando las últimas gotas de vida se desprenden del rey.

Es como si las propias piedras del palacio exhalaran un suspiro de alivio.

Catalina aguarda su convocatoria. Nadie viene. Transcurre el tiempo. Le ponen el almuerzo delante, pero no puede probar bocado. Sus damas permanecen sentadas junto a ella sin hacer ruido, hablando poco y siempre en susurros, removiéndose inquietas. Viven en el limbo de la espera. El reloj de hierro da todas y cada una de las horas con perezosas campanadas. Les sirven la cena. Nada. Se retiran a sus aposentos para pasar la noche. Catalina no duerme ni siquiera un momento. Piensa en el testamento y en que será regente, preguntándose si tendrá la fuerza necesaria. Deberá estrechar sus lazos con Hertford. Las preguntas se agolpan en su mente. ¿Se habrá recuperado Enrique? ¿La habrá perdonado? ¿Y el veneno? ¿Dónde está Thomas? Escucha la lluvia torrencial y contempla el amanecer a través de una rendija de las colgaduras del lecho, un magullado cielo matutino al que le cuesta imponerse sobre la oscuridad.

Se despierta la primera y echa a andar por la galería. Aparte del persistente repiqueteo de la lluvia, reina un silencio sepulcral, como si la peste hubiera acabado con todo el palacio en una sola noche. Se sienta en el alféizar de una ventana y se arrebuja en la bata para protegerse de la corriente de aire. Se mira las manos; se ha mordido las uñas hasta hacerse daño. ¿Cuándo empezó a hacerlo? Desde allí, puede ver la puerta de los aposentos reales y a los dos alabarderos de librea escarlata que montan guardia delante. Los hombres parecen fingir que ella no está, si es que la ven, y la mente de la reina se pone a vagar, preguntándose si no será ya un fantasma.

Los ujieres y ayudas de cámara del rey comienzan a reunirse ante la puerta, y un desfile de sirvientes de las cocinas aparece portando el desayuno. Los guardias abren y Catalina distingue la cara de hurón de Wriothesley. No se permite la entrada a nadie, ni siquiera a los ujieres, y las bandejas se le entregan a través de la puerta entreabierta. La reina se queda perpleja al ver a Wriothesley realizando una tarea tan humilde. Uno de los caballeros del rey pasa y, al verla, se detiene y ejecuta una profunda reverencia.

—Señora —dice, y besa su mano.

El cortesano no hace comentario alguno acerca del hecho de que esté sentada a solas, prácticamente escondida, en el alféizar de una ventana de la galería. No es en absoluto el comportamiento que cabría esperar en una reina.

—¿Cómo es que no dejan entrar a los ujieres, sir John?

—Hace cuatro días que no dejan entrar a nadie, salvo a los principales consejeros y a los médicos del rey.

—¿Y a Huicke?

—Está dentro.

—¿Mi hermano?

—Él no, señora.

Suceda lo que suceda ahí dentro, han apartado a los Parr.

«¿Y Thomas Seymour?», le gustaría preguntar. No obstante, se contiene.

—Gracias, sir John —responde, como si todo aquello fuese absolutamente normal.

Al ver que el hombre no sabe cómo comportarse —cuando la reina, que debería ser la primera en saberlo todo, no sabe nada—, le da su permiso para retirarse. Se pregunta si Huicke habrá recibido su carta. Ojalá sea así.

En sus aposentos, las damas se han levantado y se disponen a desayunar. Catalina ocupa su lugar. Hablan de la lluvia, de quién sacará a los perros a los jardines y de si es preciso salir en busca de más troncos; cualquier cosa con tal de no hablar de aquello en lo que todas están pensando. Cuando los criados alzan la tapa de las bandejas, los monos empiezan a chillar y Dot les da un puñado de nueces. Catalina tiene la boca demasiado seca para comer, pero sabe que debe hacerlo y se obliga a tragar varias cucharadas de cuajo.

A media mañana, anuncian la llegada de Will Herbert; por fin sabrán algo.

Ana, la hermana de la reina, se precipita hacia su marido y le pregunta:

—¿Qué sucede, Will?

Es la pregunta que asoma a los labios de todas.

—No hay noticias —dice él, apoyando una rodilla en el suelo ante Catalina—. Pero me piden que os diga, señora, que el rey está indispuesto y no puede recibir visitas.

Ha hablado con la cabeza gacha. ¿Por qué evita mirarla?

—¿Will? —dice la reina—. Will, soy yo. Álzate del suelo y háblame como el pariente que eres.

Herbert se levanta y se planta incómodo ante ella.

—Lo siento —se disculpa, rascando el ribete de su jubón, aún sin mirarla a los ojos.

Catalina oculta sus uñas mordidas a la espalda.

—Vete, regresa con él —ordena.

Cuando su esposo se marcha, Ana lo agarra del brazo y le insiste, pero él se la quita de encima con las palabras:

—No puedo decir nada.

Catalina se siente vacía; teme que la incertidumbre le haga perder la cabeza. Tras unas horas interminables, se pone su mejor atuendo y, en compañía de su hermana y de Cat Brandon, acude en persona y exige que la dejen entrar, pero los guardias se lo impiden. Wriothesley sale con una falsa sonrisa, retorciéndose las manos secas y cubiertas de venas como hojas muertas. Dice:

—Lo siento.

La reina quisiera gritarle, sacudirlo por los volantes que le rodean el cuello, sacarle la verdad.

Pero lo único que puede hacer es volver a sus aposentos y aguardar.

Transcurren otros dos días en los que a Catalina le cuesta saber si ha perdido o no la cabeza, hasta que Hertford se presenta para anunciar que el rey ha muerto.

—Dios mío… —logra articular.

Se oyen algunos gritos ahogados entre las damas. Hertford tiene una minúscula mancha de salsa o algo parecido en el jubón blanco como la nieve. La reina fija su mirada en ella.

—No ha sufrido demasiado.

Catalina asiente con la cabeza. El habla la ha abandonado; solo puede pensar en el emplasto envenenado, en que tanto habría dado que se envenenase a sí misma, en que nunca se librará de ello. Al final, logra recomponer sus fragmentos dispersos y pregunta:

—¿Y el testamento?

—Se ha hecho uno nuevo —declara Hertford en tono formal, como si hiciera un anuncio público—. Un Consejo gobernará… —Vacila—. Yo seré el protector del rey.

Catalina se siente confusa por un momento.

—El rey —dice, y solo entonces cae en la cuenta de que se refiere al príncipe Eduardo, de que Enrique ya no está—. Eduardo.

—El rey Eduardo VI —dice Hertford.

Parece evasivo y no para de mover los ojos.

¿Se siente culpable por haberse apropiado de la regencia? Catalina analiza sus propios sentimientos y solo encuentra ambivalencia. Hertford está plantado ante ella como si tampoco supiera qué decir. Catalina se pregunta si tendría que hacerle una reverencia, habida cuenta de lo mucho que han cambiado las cosas. Pero sigue siendo reina.

—Vuestro legado es generoso —explica él—. Tal como corresponde a una reina viuda.

Y empieza a enumerar las fincas y casas señoriales que va a heredar. El viejo señorío de Chelsea es una de ellas.

—¿Chelsea? —repite Catalina.

—Sí, el rey... —Hertford vacila y se corrige—: El rey anterior pensaba que apreciabais ese lugar.

Es cierto: Chelsea es un bonito señorío junto al río. A Catalina no le cuesta imaginarse allí.

—Lady Isabel se incorporará a vuestro séquito personal.

—Me alegra oír eso. —Invade su mente la idea de una vida feliz con Isabel y su propio séquito, lejos de las maquinaciones de la corte. Se endereza, irguiéndose en toda su estatura, y dice—: Puedes marcharte.

Su corazón ya no está en ello y su voz carece de autoridad. No obstante, Hertford se inclina y se vuelve hacia la puerta.

Pero entonces ella lo detiene.

—Me gustaría verlo.

Mientras espera que le traigan su damasco negro, llega Huicke. Catalina despide a todo el mundo salvo a Dot, que continúa guardando las joyas de la reina para enviarlas a la Torre, donde estarán seguras. Hasta que todo esté listo y hayan coronado al niño, nadie puede saber con certeza lo que ocurrirá.

—Nunca me he alegrado tanto de verte —lo saluda ella, estrechándolo entre sus brazos.

Es agradable sentir otro cuerpo contra el suyo; hace semanas que nadie la toca, salvo Dot para ayudarla a vestirse. Todos dan vueltas a su alrededor desde lejos, incluso su hermana.

—Y yo a ti. —Le desliza un papel doblado en la mano—. No hizo falta.

Catalina mira el papel y ve su propio sello roto.

Es su carta.

—¿Quieres decir que...?

—No hice lo que pediste...; el emplasto.

—Huicke —dice ella, y exhala un suspiro—. Gracias a Dios que te tengo, querido Huicke.

—En Nonsuch pensé que estabas enloquecida de miedo y que no sabías lo que me estabas pidiendo.

—Me conoces mejor de lo que me conozco a mí misma. —Catalina se echa a reír. Creía haber olvidado cómo se hacía—. A veces me pregunto si no serás un ángel. —No se había percatado de lo enorme que era su miedo hasta este momento, cuando desaparece y su cuerpo parece ligero como el aire. Se siente mareada de alivio—. Tú, al menos, no te condenarás.

—Ni tú, Kit. Tu corazón es bondadoso. Dios lo sabe.

A ella le gustaría que fuese cierto, pero sigue percibiendo el juicio de Dios; le eriza el vello de la nuca.

—Hace tres días que falleció el rey —dice él, bajando la voz.

—¡Santo Dios! —susurra ella—. He estado absolutamente enajenada.

—Se nos prohibió salir de los aposentos y no se dejaba entrar a nadie.

—¿Por qué?

—Querían tiempo para pelearse por el testamento nuevo. Para repartir el poder… Para arreglar las cosas. —El médico le pasa un brazo por los hombros—. Sabes que no serás regente.

—Lo sé, Huicke. Hertford ha tenido al menos la decencia de decírmelo en persona. Y creo que nunca me he alegrado tanto de nada.

Llaman a la puerta con suavidad. Es Lizzie Tyrwhitt con su vestido negro. Catalina se lo pone encima de la saya. Dot y Lizzie se lo atan con fuerza, una a cada lado.

—Ven. —Catalina coge la mano enguantada de Huicke—. Llévame a verlo.

Una nube de incienso invade la habitación. Cuando entra Catalina, se arrodillan todos: Hertford, Denny, Paget, Wriothesley, el arzobispo. «¿Hábito o cortesía?», se pregunta mientras busca con la mirada a Thomas, incapaz de contenerse. No está. Avanza hacia el lecho. Han vestido a Enrique con su traje más elaborado, terciopelo púrpura forrado de piel, cosido con hilo de oro y joyas. El rostro hinchado ha perdido su forma. Por un instante, a Catalina le parece desconocido, como si no fuese su esposo sino un impostor. Luego ve sus manos regordetas unidas sobre el vasto vientre y percibe el hedor de la gangrena bajo la niebla del incienso. Se pone de rodillas y cierra los ojos, pero se queda sin habla, no es capaz de formular una oración, no sabe qué decirle a Dios. Le hace señas al arzobispo para que se acerque.

—Me gustaría que rezáramos juntos —susurra.

Una leve sonrisa aparece en el rostro del clérigo mientras se pone de rodillas a su lado y empieza diciendo:

—Querido Padre...

La reina levanta una mano para detenerlo.

—En latín. Él lo habría querido así...

Cuando se dispone a marcharse, traen al pequeño rey Eduardo. El niño, vestido de armiño, se planta ante Catalina con las piernas abiertas y los brazos en jarras. Es la viva imagen de su padre, y la reina se arrodilla ante él.

Hertford inclina la cabeza en señal de aprobación, como un titiritero satisfecho de su espectáculo.

—Majestad —dice ella—, mi más sentido pésame.

—Puedes levantarte, madre —responde Eduardo.

Su voz sigue siendo la de un niño. Catalina se entristece al pensar en su actitud solemne y en el peso colosal de su futuro. La reina se alza con una sonrisa. Pero el rostro demacrado de Eduardo no cambia. Se despide de ella con un gesto de la cabeza y echa a andar junto a Hertford.

Catalina comprende que lo ha perdido.

Castillo de Windsor, Berkshire,
febrero de 1547

Catalina contempla el féretro que oscila entre cirios envuelto en azul y paño de oro, seguido del cortejo fúnebre que avanza arrastrando los pies. La efigie del rey, vestida de rojo y coronada de oro, yace encima. Se parece a Enrique dormido más aún que su propio cadáver. Al verlo, el corazón se le sube a la garganta. Sentada en la galería de la reina, se siente como un pájaro posado, aliviada de que nadie salvo su hermana, sentada a su lado, pueda ver que tiene los ojos secos. No es capaz de hallar ni un ápice de pena en su interior y, cuando se arrodilla para rezar, no lo hace por el alma de su esposo, sino por la propia, suplicándole a Dios que perdone todos esos pecados que se acumulan a su alrededor como un banco de niebla.

Se alisa el terciopelo azul marino del vestido y se inclina hacia delante para mirar. Ve a Thomas con su negrísima capa de terciopelo, más oscura aún que la de su hermano, forrada de marta color carbón. Pese a ir ataviado de oscuro, se las arregla para resplandecer como si estuviera rodeado por la aureola de un santo. Él le lanza una breve mirada; el atisbo de una sonrisa cruza su rostro, y sus dedos dibujan una onda tan discreta que bien podría estar espantando una mosca. Una oleada de ilusión la invade.

Catalina piensa en el señorío de Chelsea que le están preparando: su propio refugio. Se le antoja extraño, ajeno, tener por fin, después de todos esos maridos, una oportunidad de ser su propia dueña y no tener que responder ante nadie. La idea se extiende poco a poco por su mente.

El coro inicia un tedeum; el sonido se eleva, pero no acaba de sonar bien. El soprano canta las notas muy agudas y la cadencia resulta disonante. Catalina se pregunta si es ella la única en darse cuenta, si el estado de su alma la ha incapacitado para apreciar la música sacra. El collar le pesa en el cuello. Es el más feo de todos, con esas gemas amontonadas que se disputan el espacio, aunque también debe de ser el más valioso. En cualquier caso, después del oficio se reunirá con las demás joyas en la Torre.

Catalina busca con gesto ausente la bolsita que lleva en la saya, olvidando que la cruz de su madre ha acabado por error, tras la desgracia, en el joyero que han llevado a la Torre para su custodia. Sus dedos están perdidos sin esa cruz. Continúa siendo la reina —o, al menos, la reina viuda— hasta que Eduardo encuentre esposa, así que todas esas joyas son suyas por derecho. Sin embargo, como Hertford se ha hecho con las riendas de Inglaterra —se autodenomina «lord canciller» y ha adoptado el título de duque de Somerset— puede resultar difícil arrancarle nada. A Stanhope le gustará ser duquesa, esposa del lord canciller de Inglaterra, casi reina; se pondrá insoportable. A ella sí que le encantaría poner las manos en esas monstruosas gemas.

Se reparten títulos como si fueran dulces navideños. Thomas será el barón de Sudeley y lord gran almirante. Catalina se pregunta si le fastidiará saber que su hermano será duque y él un simple barón. ¡Probablemente! Vuelve a buscar a Thomas con la mirada y solo ve la parte superior de su sombrero. Su pluma es negra hoy, pero tan vivaz como siempre. Guillermo está cerca. Viste de azul marino como ella y alza la vista de vez en cuando hacia sus hermanas. La muerte de Surrey lo ha conmocionado; tener que oficiar en el juicio lo destrozó. Además, el testamento del rey lo enfureció, puesto que no se le otorgaba ningún puesto en el Consejo. Catalina lo imagina dándose humos, fantaseando con que su hermana se convirtiese en regente y ostentara todo el poder. Se dice que lo nombrarán marqués de Northampton, lo que supondrá un consuelo. Será uno de los dos únicos marqueses del país, y eso debe de significar algo, al menos para él.

Guillermo nunca ha pensado en la felicidad de ella; no porque sea malo, sino porque jamás se le ha ocurrido que la felicidad pueda llegar por un medio que no sean las influencias. Catalina ve que le susurra unas palabras a Thomas, quien le da un golpecito en el hombro con su fina mano. Se pregunta si la ambición de Guillermo será su caída, si es un Ícaro. La corte está llena de ellos. Aunque, en cualquier caso, por ahora debe de estar satisfecho con ese divorcio que tanto ha esperado. Catalina da por sentado que llegará en breve ahora que el rey no se interpone. Y tiene su nuevo título.

Catalina siente que, de todo lo que ha acumulado, los vestidos, la vajilla, la ropa de cama, las gemas, todas esas cosas que han afianzado su posición, hay poco que tenga algún significado para ella. Imagina que será feliz en Chelsea con unos cuantos vestidos buenos, sus libros y la cruz de su madre. Más que eso: solo las personas son valiosas.

Mientras Cranmer pronuncia su sermón, Catalina recorre con la mirada, en silencio, el séquito que la acompañará: Isabel, Dot, su hermana Ana, Cat y Lizzie Tyrwhitt. Todas estarán cerca, incluso las que no vivan allí, puesto que Chelsea está a poca distancia río arriba de Londres. También se llevará a William Savage y a su querido Huicke. Cuanto más lo piensa, más paradisíaco se le antoja su futuro. Se pregunta si será posible que Dios la haya perdonado ya, en vista de todas las bendiciones que ha puesto en su camino.

Aprieta la mano de su hermana y se sonríen. Ana vuelve a mostrar en su piel el brillo de la preñez, como una manzana perfectamente madura. Catalina busca en su corazón la familiar punzada de envidia, pero no hay nada. Se ha resignado a no dar fruto.

Tiene que ser feliz con los frutos que han caído cerca de ella; e Isabel, ahora huérfana, es uno de esos frutos.

12

El viejo señorío, Chelsea,
marzo de 1547

Catalina se halla sentada con Isabel en su gabinete de Chelsea. Están analizando uno de los sonetos de Surrey, una traducción de Petrarca, y comparándolo con la versión de Thomas Wyatt del mismo poema.

—¿Ves aquí, Isabel, que Wyatt ha utilizado la rima de Petrarca y Surrey no? Piensa en cómo afecta eso al significado —explica Catalina.

—Pero Wyatt ha usado una metáfora completamente nueva. Mira. —Isabel habla deprisa, como si tuviera que expresar sus ideas antes de olvidarlas—. Fíjate en esto —añade, señalando la página—: «aquí acampa, extendiendo su enseña» y «en el campo con él vivir y morir». Hace una guerra del amor.

Catalina nunca deja de sentirse impresionada ante la afinada inteligencia de la joven, que solo cuenta trece años y ya capta las sutilezas de la traducción mejor que la mayoría. Pero hoy Catalina no puede concentrarse del todo, puesto que su hermano viene a Chelsea y, con él, Thomas Seymour. Imagina la falúa de Seymour deslizándose río arriba hacia ellas.

—Sí, Isabel —responde—. Y mira lo que ha hecho Surrey.

—Aunque su rima está alterada, el significado es más fiel al original.

Imagina el ritmo de los remos surcando el agua, la entrada y la salida, la respiración sincronizada de los remeros, el empujar y el tirar. Se le ocurre que las sensaciones que experimenta ahora son muy parecidas a los sentimientos de pavor que tenía no hace mucho: una percepción aumentada del funcionamiento de su cuerpo, como si notara la sangre bombeada hasta todos sus rincones, el corazón palpitando expectante. Todavía no ha visto a Thomas, salvo en público. Lanza una ojeada a la ventana y le parece oír un sonido, una salpicadura.

—¿Qué hora es? —le pregunta a su hermana Ana, que está cosiendo con Dot, Lizzie Tyrwhitt y Mary Odell, la última criada que ha entrado a su servicio. Cada una borda una parte distinta de la misma pieza: un dosel para el trono del nuevo rey.

—Deben de ser por lo menos las once —contesta.

Catalina se levanta y camina hasta la ventana. Distingue la falúa a lo lejos; no obstante, está lo bastante cerca para que pueda distinguir las alas unidas de la enseña. Traga saliva y respira hondo antes de volverse hacia Isabel.

—Es suficiente por hoy.

Lo dice como si nada fuese distinto, como si no tuviera el corazón en la boca. Debe contenerse para no bajar corriendo los escalones del río. Ayuda a Isabel a recoger sus libros y elige el poema que analizarán mañana. Hay un leve temblor en su dedo cuando lo señala.

Transcurre una eternidad hasta que el ujier llama a la puerta y anuncia la llegada de los dos hombres.

—El marqués de Northampton y el barón Sudeley, lord gran almirante de la flota.

Entran lujosamente vestidos: Guillermo, de brocado verde y armiño, que puede lucir ahora que es marqués; Thomas, de terciopelo azul noche y seda color oro asomando por las cuchilladas.

—Marqués —saluda ella, sonriéndole a Guillermo con cierto desdén; sabe que debe de encantarle cómo suena su nuevo título. Y luego añade con voz algo quebrada—: lord almirante.

Thomas se inclina. Catalina no se atreve a ofrecerle la mano: teme perder el control si su piel toca la de ella. Los hombres saludan al resto del grupo y todos se reúnen en torno a la chimenea. Catalina no puede mirarlo, pero nota sus ojos en ella. Conversan. A ella se le traba la lengua. Isabel lee el soneto de Surrey, del pobre y difunto Surrey. Pero la reina solo puede pensar en cómo arreglárselas para quedarse a solas con Thomas. Su anhelo vuelve el aire denso y pegajoso como la miel.

Mientras se dirigen al comedor, los dedos de él rozan los de Catalina, que se siente desfallecer. Le resulta imposible probar bocado. Lo mismo le ocurre a Thomas. Los platos llegan y se van. Entonces Guillermo, su querido Guillermo, quiere ver los nuevos planos del jardín medicinal. ¿Podría mostrarle el emplazamiento que ha elegido?, pregunta. Y, mientras se abrigan para protegerse del frío de marzo, su hermano dice como quien no quiere la cosa:

—¿Vienes con nosotros, Seymour?

Catalina camina del brazo de Guillermo por la avenida de arbolitos que ha plantado. Thomas avanza al otro lado y el espacio entre ellos hormiguea como el aire antes de la tormenta. Inspeccionan el jardín de hierbas entre setos. Guillermo suelta el brazo de su hermana y se aleja sin pronunciar una sola palabra. Cuando se ha ido, se agarran el uno al otro, como un par de animales.

—He esperado esto durante una eternidad —murmura él.

—Y yo también.

El sombrero de Thomas cae al suelo. Catalina entierra la nariz en su cuello para aspirar su olor y descubre que ha perdido el contacto con los límites de su propio cuerpo, dónde acaba ella y empieza él. Es como si su vida entera, cada momento, cada experiencia, hubiera conspirado para llegar a este instante. «Esto es el amor», se dice a sí misma. Piensa en esos sonetos de amor tan bien organizados, pero esto no está bien organizado; esto es el caos perfecto.

—Amor mío —susurra él—. Cuánto te he deseado. Cuánto te deseo.

La agarra, le aparta la gorguera y presiona con sus besos el pecho de ella.

—Ven esta noche —dice la reina, olvidando que acaba de enviudar, olvidando todo sentido de la propiedad y de la corrección, entregándose a él, ansiando que haga de ella una auténtica salvaje—. Ordenaré que dejen abierta la verja que conduce al prado.

El viejo señorío, Chelsea, abril de 1547

Catalina contempla la ondulación de la espalda de Thomas mientras se pasa la camisa por la cabeza, su piel iluminada por la luz oscilante de las velas. Siente que su corazón va a estallar. Thomas está enfadado. Siempre se enfada cuando tiene que marcharse antes de que despierte la casa. Catalina lo ama aún más con sus enfados y su petulancia; no puede explicarlo. Quiere casarse con ella e insiste para conseguirlo. Ella estaría satisfecha con que siguieran siendo amantes, disfruta con la emoción de lo clandestino, no quiere civilizarla. Y además está el escándalo que provocaría un nuevo matrimonio con el cadáver del rey aún caliente.

—Pero te apresuraste a casarte con el rey después de la muerte de Latymer —le recuerda él.

—Oh, Thomas, eso fue distinto y lo sabes.

—¿Por qué distinto? —pregunta frunciendo el ceño—. ¿No soy un hombre igual que él?

Catalina le recuerda que el matrimonio podría considerarse traición, que ella es la reina viuda y él es el tío del rey, y ninguno de los dos son libres para desposarse con quien elijan: se deben al Consejo y a la voluntad de Hertford.

—A tu hermano no le parecería bien.

—¡El lord canciller! —exclama Thomas—. Al rey no le importaría. Soy su tío favorito, Kit. Conseguiré el permiso de él.

—Procura no contrariar a tu hermano. Podría causarnos problemas.

—Mi hermano ha hecho marqués a tu hermano —se queja él—. Y lo único que tengo yo es una miserable baronía y un castillo en mitad del campo, a mucha distancia de cualquier parte.

Catalina habría pensado que su petulancia le haría parecer menos atractivo, pero el efecto es el contrario. Le recuerda a su propio hermano, supone.

—También eres lord almirante, Thomas, y ese es un cargo muy importante.

—Y así debe ser —responde él—. No hay nadie más idóneo para el puesto en toda Inglaterra.

No es el riesgo de irritar al lord canciller lo que impide a Catalina acceder al matrimonio. Se trata de algo intangible, un sentimiento, la sensación de que por fin ha saboreado la libertad, ha desplegado las alas, y de que el matrimonio se las volvería a cortar. Pero luego está el hecho innegable de él, su masculinidad, lo irresistible que le resulta y las cosas que le hace, el exceso de placer. Y una parte de ella quiere atrapar eso, poseerlo, sujetarlo, atesorarlo.

—Puede que tú estés satisfecha teniéndome como amante, pero yo quiero que esto signifique algo a los ojos de Dios —insiste él una vez más, erosionándola poco a poco con la hipérbole del amor—. Te quiero toda para mí, Catalina. No soporto la idea de que otro hombre te mire siquiera.

Seymour habla de lo mucho que ha esperado y le pregunta cómo cree que se sintió cuando lo apartaron y tuvo que ver cómo se casaba con el antiguo rey. Hubo de contemplar aquello desde lejos, muriéndose por dentro.

Poco a poco va dejando huella en Catalina del modo en que la tinta que aún no está seca del todo deja su fantasmal marca en el reverso de la página anterior. El atractivo de la libertad empieza a encogerse ante él y acaba pareciendo pequeño e inapropiado. Además, con todos los pecados secretos que pesan sobre su conciencia, si va a condenarse por toda la eternidad, ¿por qué no colmar de placer el tiempo que le queda en la tierra?

—¿No opinas igual que yo, Catalina?

Nada de lo que pueda decir la reina sirve para convencerlo de que lo ama igual que él la ama a ella.

—Imagina cómo sería pasar juntos la noche entera.

Se echan a reír al recordar el cuento del molinero de Chaucer en el que aparecen unos amantes que quieren hacer eso mismo. Él se lo leyó a Catalina en voz alta hace pocas noches interpretando todos los papeles, haciendo de cornudo y de joven amante, poniendo una voz muy aguda para interpretar a la esposa. Catalina se rio tanto que se quedó sin respiración. Mary Odell acudió a toda prisa porque creyó que se estaba ahogando y Thomas tuvo que esconderse bajo el lecho.

—¿Ves lo que es capaz de hacer un hombre con tal de pasar la noche entera con la mujer que ama? —dijo él cuando se fue Mary. Y acto seguido se indignó de un modo adorable—. Piensa lo que es para mí merodear por ahí a oscuras, como un ladrón.

Y luego está el hecho innegable de que este es un hombre que convierte a mujeres adultas en tontas criaturas, que enamora a legiones de muchachas, arrasándolas a su paso como si fueran jóvenes tallos de trigo tras el granizo. Podría tener a la que quisiera, pero la ha elegido a ella. La voluntad de Catalina se debilita al pensarlo y, aunque es consciente de que la mueve la vanidad, no le importa.

En su fuero interno sabe que ha cambiado, que los acontecimientos de los últimos meses la han derribado y recompuesto. Se lo cuestiona todo, se pregunta por sus creencias, por Dios. Todo lo sucedido ha prestado una intensa urgencia al asunto de vivir, y este hombre llena cada uno de sus poros de vitalidad. Cuando está con él, está viva; más viva de lo que recuerda haber estado nunca.

Sus preocupaciones normales han palidecido; tanto le da que Stanhope se pavonee por ahí como si fuera la reina. El día de la coronación se negó a ocupar su lugar detrás de Catalina en el cortejo, pero a Catalina no habría podido importarle menos: su mente estaba en otra parte, de regreso en Chelsea, entre los brazos de Thomas. Que Stanhope piense en la precedencia y en quién va dónde. La mujer logró hacerse con las joyas de la reina y lució las mejores ese día. Catalina se sintió aliviada de no tener que llevar esos pesados collares pellizcándole la piel y causándole rozaduras. Su único motivo de tristeza es que la cruz de su propia madre se encuentra entre esas joyas, aunque Stanhope no se dignaría a llevar nada tan humilde. Es la única pieza que a Catalina le gustaría recuperar.

Pasa la mano por los hombros de Thomas, apretando los dedos contra su carne firme. En su mente acecha la idea de que, si no se desposa con ella, se unirá sin duda con alguna otra. Así son las cosas.

Nada puede negarle a este hombre, pues el más ligero roce de esos dedos masculinos contra su piel la vuelve irresistiblemente viva.

—Me casaré contigo —dice, justo cuando él acaba de ponerse las botas y se dispone a marcharse.

Thomas se abalanza sobre ella, la empuja de nuevo sobre la cama, la colma de besos y dice:

—No te arrepentirás.

Catalina sonríe y le pasa los dedos por el pelo.

—No pienso hacerlo.

—Le escribiré al rey hoy mismo —anuncia él. Se levanta y le da un breve beso en la piel fina de la cara interior de la muñeca. Luego se la acaricia suavemente con un dedo y añade—: Veo tu vena aquí, azul, llena de sangre. Mezclaremos la tuya y la mía, y haremos un bebé con partes de los dos.

Ella no se ha atrevido a pensar en un niño —es un pensamiento demasiado tierno— y no contesta. Se pregunta si es posible tener tanto de lo que desea, si sería pedir demasiado a la fortuna que también le diese un hijo. No puede evitar acordarse de su bebé muerto, su carita inerte y la minúscula red de venas sobre sus párpados cerrados.

—Escribe y pide el favor del rey para nuestra boda —dice—. Visita al rey, Thomas, persuádelo. Tú eres su tío favorito, haz que sea nuestro Cupido.

—Es un plan excelente; mi hermano tendrá que aceptarlo si es el mismísimo rey quien desea vernos casados —responde él.

Thomas abre la puerta, pero ella le hace una seña para que vuelva. Quiere sentir su piel bajo los dedos una vez más.

—Recuerda, Thomas, que el rey sigue siendo un niño; tu hermano tiene todo el poder. Mejor tenerlo de tu parte que en tu contra.

—Estaría perdido sin tus buenos consejos, amor mío.

—Dile a tu hermano que quiero recuperar la cruz de mi madre —añade ella cuando Seymour casi ha salido por la puerta—. Es lo único que quiero. Stanhope puede quedarse lo demás, si tanto significa para ella tener los abalorios de la reina. Yo ya disfruté de mi turno.

Thomas la mira a los ojos y Catalina ve un destello de algo: ira, ambición… No sabe muy bien qué, pero siente una punzada de inquietud.

—No solo la cruz, Catalina. Esas joyas valen una fortuna y son tuyas.

Luego se va. La reina comprende el significado de esas palabras: piensa apoderarse de esas joyas. Todo será de él cuando se casen.

No le importa, nunca le han importado los objetos. Pero a él lo desea más que a nada en el mundo.

—Dot, trae a tu marido y sígueme —dice Catalina.

—Voy a buscarlo, señora. Está en la sala de música.

—Date prisa, y ni una palabra.

Cuando regresa con William, Seymour está allí.

Él los mete a empujones en su falúa, preguntando:

—¿No se lo habéis dicho a nadie?

—Ni a un alma, milord —contesta William.

—¡No «milord», Savage! —le espeta—. Es «lord almirante», y no lo olvides.

—Os pido perdón, lord almirante —se disculpa William, disimulando con dificultad el resentimiento en su voz.

Sin embargo, Seymour no lo notaría; William Savage es demasiado inferior a él. Dot sabe lo que su marido opina del lord almirante: que es un arrogante hijo de mala madre. Pero es el arrogante hijo de mala madre de Catalina, y eso es suficiente para que Dot piense que debe de tener algo bueno, aunque su actitud sospechosa le ponga la piel de gallina. Hay algo hueco en él, como si fuese todo superficie brillante, pero no hubiese nada debajo.

La falúa navega río abajo. Dot observa a Catalina, acurrucada contra Seymour como una criada enamorada. Dot nunca la ha visto tan encandilada y despreocupada, como si le hubiesen quitado un gran peso de encima. Y, si hay una mujer en este mundo capaz de manejar a un tipo difícil, es Catalina Parr. Es muy guapo, hay que reconocerlo. Lo recuerda en Charterhouse, alborotando a todas las chicas cuando acudía de visita, y recuerda a la pobre Meg petrificada al saber que tendría que casarse con él. Y ese momento en el jardín. ¿Cómo podría olvidarlo? Tiene una forma de mirar a las mozas que las deja embelesadas. Aunque no a Dot; tuvo ocasión de calar a esa clase de tipos cuando se enamoró de Harry Dent. Harry Dent también era guapo y tenía ese mismo brillo en los ojos capaz de hacer que una muchacha se crea mejor que la reina de Saba. Pero, en el fondo, a Harry Dent solo le interesaba Harry Dent. Y este no es distinto; Dot apostaría su último penique a que no lo es.

Vio a Harry Dent cuando fue a Stanstead Abbotts la semana pasada para visitar a su madre. Había engordado. También había perdido el pelo y, con él, todo su atractivo. Dot se rio para sus adentros al recordar cómo había jugado con ella tiempo atrás. Habían pasado diez años desde su marcha y todo había cambiado, no solo la barriga de Harry.

Encontró a su madre en el lavadero de Rye House. Al estar junto a ella, aunque llevaba su manto sencillo y no el de tafetán que la reina le había regalado por su boda, Dot se sintió distante de ella, como si fuese una extranjera y las separase un gran océano. Su madre llevaba un rústico vestido rojizo, limpio pero con parches en los codos, con las faldas subidas y metidas en el delantal; su cofia era sencilla, de basta holandilla, igual que la que Dot solía llevar cuando era niña.

Dot le traía un regalo, tres metros de fino satén, pero al entregárselo se sintió muy estúpida. ¿Qué iba a hacer la pobre mujer con una pieza de satén de color albaricoque? Tenía las manos enrojecidas y ásperas de tanto lavar, y Dot ocultó en las mangas sus propias manos, ahora suaves y blancas como las de una dama, en uno de cuyos dedos lucía el anillo de la reina, con una aguamarina tan grande que en Southwark le habrían cortado el dedo para hacerse con ella. El encuentro resultó forzado y la voz de Dot sonó extraña.

—Fíjate —dijo su madre—, mi pequeña Dot ha crecido y se ha casado. Y se ha convertido en toda una dama.

La mujer dio un paso atrás para admirar a su hija.

Dot se dio cuenta de que la piel de su madre se había arrugado como una sábana y los ojos se le llenaron de lágrimas.

—Mamá —dijo—, William y yo tenemos una casa señorial en Devon y he pensado que a lo mejor querrías vivir allí. Pronto la llenaré de niños.

Su madre le acarició la mejilla con un dedo áspero como el papel de lija.

—Ay, cariño, creo que soy demasiado vieja para acostumbrarme a un sitio nuevo. ¿Y dónde está Devon? Suena muy lejos. Además, no puedo marcharme de Stanstead Abbotts por si vuelve tu hermano. Se fue, ¿sabes? Se metió en deudas y se largó. Dejó a la parienta y a los críos.

—Pero, mamá… —intentó protestar Dot, pero su madre estaba decidida a soltarlo todo.

—Y esto me gusta, ¿sabes?

—Si estás segura, mamá —respondió Dot con un nudo en la garganta, sintiéndose de nuevo separada, como si su madre se deslizase hasta un lugar inalcanzable—. He pensado en pedirles a la pequeña Min y a su marido que vengan también. Él podría llevar la granja. —En ese momento, vio que los ojos de su madre se entristecían y oyó que contenía el aliento—. Pero entonces te quedarías sola, mamá.

—Estoy muy contenta aquí, Dotty. Tengo amigas, ¿sabes? La mujer de tu hermano tiene que ocuparse de seis críos y necesita mi ayuda más que tú. Pero la pequeña Min debe irse contigo. Puedes convertirla en una dama y yo no quiero poner pegas. Tienen un par de críos que crecerían con los tuyos. Imagínatelo, Dotty, mis nietos educados como es debido.

Llena de amor por su madre, Dot hubo de tragar saliva para deshacer el nudo que tenía en la garganta.

—¿Te gustaría conocer a mi William, mamá? —preguntó.

—No creo, cariño; no sabría qué decirle, ¿sabes? Si es tan bien nacido y todo eso…

—Pero él no es así, mamá, tienes que…

—No, Dorothy —la interrumpió su madre con firmeza—. No te das cuenta de lo mucho que has cambiado. Prefiero que lo dejemos así.

Cuando Dot se disponía a marcharse, su madre volvió a ponerle el satén en las manos.

—Dáselo a la pequeña Min —dijo—. Le dará mejor uso que yo si va a ir a Devon.

—Pues acepta al menos esto —le pidió Dot, forcejeando para desatar la bolsa de cuero que llevaba atada a la saya.

Dot le tendió la bolsa, que se balanceó en el aire mientras los ojos de ambas la contemplaban fijamente. Luego, de forma simultánea, se miraron y se echaron a reír.

—Eso no lo voy a rechazar —dijo su madre.

—Hay más en el lugar de donde vengo —dijo Dot—. Me aseguraré de que no te falte de nada, mamá.

—¡Eh! —exclama el barquero, devolviendo a la muchacha al presente.

La falúa se detiene ante un pequeño muelle de madera y William y ella bajan detrás de Seymour, que camina a grandes zancadas llevando a Catalina de la mano. No tardan en llegar a una capilla aislada y alejada del grupo de casitas de la orilla. Justo cuando Dot se está preguntando qué hacen aquí, Seymour anuncia que van a ser testigos de la boda de Catalina y él.

Y antes de que Dot pueda siquiera decidir qué opina acerca de lo que está ocurriendo, aparece un capellán de la nada.

—¡La feliz pareja! —exclama con una amplia sonrisa, abriendo los brazos para darles la bienvenida en su pequeña iglesia, que huele más a humedad que a incienso.

Empieza a hablar de la santidad del matrimonio y de los niños educados en la nueva fe.

Pero Seymour lo interrumpe.

—Vamos al grano, ¿de acuerdo?

Catalina apenas se percata del frío que hace en la iglesia, ni de la bolsa de monedas que Thomas le desliza al capellán a cambio de su silencio, ni de lo rápido que se desarrolla el oficio. Recuerda su boda anterior —los nobles cuidadosamente elegidos, el magnífico banquete, el entretenimiento, las danzas— y se alegra de la sencillez de esta, así como del hecho de que los testigos sean su querida Dot y William Savage. Le habría gustado tener allí a sus hermanos, pero Thomas ha insistido en que se casen en secreto. Aún no ha solicitado el permiso del rey, ni el del Consejo, ni el de su propio hermano. Catalina no piensa en eso; se limita a mirar a Thomas, admirándolo embelesada mientras repite sus votos.

En las vigas, hay golondrinas anidadas que de vez en cuando se lanzan en picado y salen por una de las ventanas. A Catalina le hace gracia pensar que ella, la reina viuda de Inglaterra, se está casando en una capilla sin cristales en las ventanas. Una de las velas del altar crepita por la corriente y se apaga.

—… en la salud y en la enfermedad —dice.

No puede evitar acordarse de Meg leyendo *La esposa de Bath* a instancias de Cat Brandon. Cuánto se habían reído. Ha enviudado tres veces y va a casarse con su cuarto marido. Se pregunta qué pensará Dios de eso.

—Hasta que la muerte nos separe.

Es como si los años se hubieran desplomado, como si nunca se hubiera casado con Enrique.

—Prometo amarte fielmente durante toda mi vida.

Él le aprieta el brazo y se inclina para besarla metiéndole la lengua entre los dientes, estrechándola contra su cuerpo. Catalina imagina al capellán sin saber adónde mirar, fingiendo que está ocupado despejando el altar, pero no le importa.

Tiene los ojos cerrados. Le da vueltas la cabeza.

Cruza la aldea y sube a la falúa a empujones, aturdida y feliz. Regresan río arriba contra la marea. Hace un día fantástico, el sol reluce en la superficie del agua y una flotilla de cisnes se desliza junto a ellos. Su nuevo esposo la atrae hacia sí. Sus ojos la atrapan con su brillo. La besa tiernamente en la frente.

—Soy el hombre más feliz del mundo —susurra.

—¿Vas a decírselo al rey? —pregunta ella.

—No te preocupes, cariño, me ocuparé de todo. Nada puede salir mal. Le pediré permiso y, cuando me lo conceda, le diré que ya está hecho.

Catalina se pregunta cómo se lo tomará el joven rey al descubrir que ya están casados. La incomoda el engaño y, además, le preocupa el hermano de Thomas. Pero su amor la arrastra a la mentira. Por otra parte, es un pecado muy leve en comparación con lo que pudo haberle hecho al padre de Eduardo de no ser por la intervención de Huicke.

—Ahora estás en mis manos —dice Thomas—. Me corresponde cuidarte.

Catalina siente la firmeza de la mano masculina en su hombro. El joven rey nunca permitiría que los acusaran de traición. Al fin y al cabo, son su tío favorito y su madrastra.

—Velarás por mí, Thomas, ¿no es así? —se oye decir.

—Por supuesto, cariño, por supuesto. Vivo para cuidarte. Solucionaré las cosas con el rey y el Consejo, te devolveré tus joyas y —la estrecha contra sí— te haré un bebé.

La reina exhala un hondo suspiro y sus inquietudes se disuelven. Se ha acostumbrado tanto al miedo que ha olvidado cómo vivir sin él.

La casa solariega de Seymour
julio de 1547

La nueva pupila de Seymour, lady Juana Grey, llegó ayer. Es prácticamente una princesa, e Isabel, que es su prima, da vueltas a su alrededor como un gato calibrando a un ratón. Juana Grey es una criatura flaca de cuello largo. Desde luego, no es una de esas niñas de once años de mejillas redondeadas y regordeta; está hecha de ángulos, codos agudos, hombros salientes. A Dot le recuerda a un pájaro con sus manos agitadas y sus ojos separados, tan claros que parecen blancos a la luz del sol. No le sorprendería que la niña tuviera plumas bajo el tocado en lugar de cabellos.

Se ha hablado mucho de la posibilidad de que Juana se case con el rey. Los rumores dicen que Seymour ha pagado una fortuna para ser su tutor y que, si logra ese matrimonio, será él quien obtenga la recompensa. Cada vez que se menciona la idea de que Juana se case con el monarca, Isabel resopla fuerte como una tía anciana. La niña también es una erudita, probablemente mejor que su prima, o eso ha oído Dot que Catalina le comentaba a Seymour hace un rato, cuando Juana ha recitado un poema en griego. Al menos, a Dot le ha parecido un poema, puesto que daba la impresión de tener versos. Y solo ha sabido que era griego porque Isabel ha exclamado en un susurro: «¡Así que también sabe griego!».

Ahora Juana está sentada junto a William ante el virginal, tocando para él las notas agudas de una melodía. Es una pieza complicada y lo intenta varias veces, tropezando reiteradamente en el mismo punto, pero sin rendirse nunca. Cuando por fin llega al final sin errores y William dice «Sí, muy bien», se dibuja en el rostro de la niña una sonrisa tan instantánea y natural que Dot no puede evitar sonreír a su vez. Cae en la cuenta, en ese momento en el que todos están disfrutando de la luz que irradia Juana, de que Isabel rara vez sonríe. Y, cuando lo hace, es con prudencia, como si las sonrisas fuesen tan caras como las gemas y no debieran derrocharse. La criada se sorprende del pequeño brote de compasión que siente crecer en su interior.

Dot se encuentra sentada al otro lado de la sala. A sus pies, Ned, el hijo de Ana, ordena unas cuentas de madera. A la joven le han encomendado el cuidado del niño, que ha venido a vivir con ellos unos meses. Es una tarea propia de una noble, cosa que ella es ahora, aunque le cueste creerlo. Está bordando con hilo de seda en una gorguera de Catalina unas florecillas rojas con una madreperla en el centro. La luz entra a raudales por la ventana, proyectando rombos en el suelo y en la chimenea, que necesita un barrido. Dot resiste la tentación de coger la escoba y darle un buen repaso. Le cuesta acostumbrarse a su nueva vida, a dejar de ser la chica invisible que barre la chimenea y sacude el polvo de las alfombras. A veces se sorprende echando de menos el hecho de sentirse útil, de tener siempre algo que hacer.

En ocasiones hasta echa de menos el trabajo en sí, el hecho de sentir el cuerpo fuerte, cargar, transportar y correr escalera arriba y escalera abajo, frotar, barrer, ahuecar y doblar. Hacía que se sintiera viva. Bordar, leer, jugar a las cartas y recitar poesía, que es lo que más parecen hacer las nobles, tiene el efecto contrario. Y, aunque debe cuidar del pequeño Ned, hay una criada que le lava los pañales y limpia lo que ensucia, y otra que se asegura de que coma; su trabajo consiste simplemente en entretenerlo, enseñarle a rezar y regañarlo si se muestra travieso, cosa que pocas veces ocurre.

Eso es ser una mujer en el mundo en el que ha crecido: estarse quieta, guardar silencio y mostrarse guapa, al menos en público. Las demás muchachas bailan a diario con un maestro de danza italiano que viene a enseñarles y que no para de darles órdenes en tono autoritario. Mary Odell, una de las chicas nuevas de la casa, suele ser un poco zoqueta. Sin embargo, cuando baila, tiene los pies ligeros y parece muy cambiada. Isabel es la que baila mejor. Siempre se esfuerza para ser la mejor en todo. A Dot le da miedo llamar la atención, así que no participa en las clases. Se sienta a mirar junto a Lizzie Tyrwhitt, que dice que sus días de baile han quedado atrás.

Dot oye a Catalina hablando con Seymour en el jardín, bajo la ventana abierta. Se alegra de que el matrimonio haya dejado de ser un secreto. La noticia se ha filtrado, aunque ni ella ni William dijeron ni una palabra a nadie. Probablemente alguien vio a Seymour yendo y viniendo por las noches.

El aya de Isabel, la señora Astley, abordó a Dot en las cocinas de Chelsea cuando aún no había transcurrido ni una semana desde la boda:

—Háblame, Dorothy Savage, del nuevo matasiete de la reina —dijo, haciendo un gesto obsceno con la mano.

—No sé a qué os referís —respondió Dot, disponiéndose a marcharse.

Pero Astley plantó su fornida figura en mitad del paso.

—¡No te me pongas chula! —le espetó el aya—. Puede que estés al servicio de la reina viuda, pero yo lo estoy al de lady Isabel, que es princesa de sangre, mientras que tu reina lo es solo por matrimonio.

Dot no supo qué responder y tentada estuvo de darle un empujón, pero al final no dijo ni hizo nada. La muchacha ha aprendido el valor de mantener la boca cerrada.

—Y tú no vayas a imaginarte que me engañas, Dorothy Savage, con ese vestido fino que te regaló la reina. Sé de qué clase de sitio vienes —añadió el aya frunciendo el ceño, como si las palabras le dejaran mal sabor de boca.

—No tengo nada que ocultar sobre mi humilde origen, señora Astley. Puede que mi padre fuese de baja cuna, pero era un buen hombre —dijo Dot, irguiéndose para ser más alta que aquella mujer chaparrita—. Además, un dedal de sangre buena no hace necesariamente a una buena persona.

La muchacha no podía creer que esa réplica tan estupenda hubiese salido de su boca. Había aprendido mucho escuchando en la corte durante tantos años.

Astley soltó un bufido mientras buscaba una respuesta.

Pero Dot se había dado la vuelta, rápida como el rayo, y salió de un brinco al patio, gritando por encima del hombro:

—Que yo recuerde, Cristo no era más que un carpintero…

Ahora es Isabel quien se ha sentado ante el virginal mientras Juana Grey ocupa el borde del taburete que está junto a ella. Está tocando una tonadilla popular, una canción de amor que se ha difundido y que todos tararean desde hace semanas. Los largos y blancos dedos de Isabel vuelan sobre las teclas, añadiendo sus propias florituras discretas a la melodía. Luego, la muchacha empieza a cantar con su voz fina y aguda, casi siempre con los ojos cerrados, aunque los abre de vez en cuando para asegurarse de que todos la están mirando. Juana escucha impresionada.

Aprovechando una pausa en una estrofa, Isabel se vuelve un instante hacia William, que está de pie a su espalda, y le guiña un ojo; él vuelve la mirada hacia Dot y arquea las cejas. Isabel no soporta pensar que algún hombre no la desee, y Dot la ha visto coquetear hasta con los criados de menor categoría. No obstante, William parece inmune a sus encantos y le ha confesado a su mujer que la encuentra exasperante. Pero Catalina le ha pedido que le dé clases de música y no ha podido negarse.

Hace calor al sol, junto a la ventana. Dot apoya la cabeza en el marco y se amodorra. Aún puede oír a la reina y al esposo de esta hablando en el jardín: sus voces ascienden flotando hasta ella. Catalina parece agitada y Seymour la está calmando, pero, con la música, no acaba de distinguir las palabras, solo el tono; la voz de él suena aterciopelada; la de ella, aguda.

—Kit —oye en una pausa del canto—, vamos a recuperarlas.

—Y Seymour añade en tono furioso—: Esto es una afrenta contra mí tanto como lo es contra ti.

Dot piensa que, igual que Isabel, Seymour ansía que todo el mundo sienta admiración por él.

—Pero mi cruz, Thomas, la cruz de mi madre está entre esas joyas, y Stanhope lo sabe muy bien.

Catalina arruga su pañuelo en una bola cada vez más apretada.

Han pasado tres meses desde que él le prometió que recuperaría la cruz de su madre. Tres meses de matrimonio.

—Esa cruz no es más que una baratija, cariño. Te regalaré joyas mucho más bonitas. Lo que no puedo soportar es la idea de que ese hermano mío y su monstruosa esposa me hagan esto. Ella, paseándose ufana por el palacio cubierta con las joyas de la reina, cuando la reina eres tú. Hasta que se case mi sobrino sigues siendo la reina y además eres mi esposa. Esto es una afrenta contra mí, Catalina.

Seymour se da un puñetazo contra el muslo.

Ella no dice nada. No tiene sentido que intente convencerlo del valor que esa supuesta baratija tiene para ella, de lo que significa. Además, ahora lo tiene a él. Piensa en todas esas horas que dedicó a pasar las perlas entre sus dedos pensando en Thomas, preguntándose dónde y con quién estaba, a punto de estallar de cólera con solo pensar que pudiera amar a otra. Ahora es suyo y ella de él, y lo que tienen no se parece a nada que haya conocido, como si la hubiera devuelto a la vida. Toca su cuerpo como si fuese un instrumento. El deseo la consume. Nunca se había creído capaz de eso: la pragmática y sensata Catalina Parr empujada a un salvaje abandono.

Sin embargo, ya siente que se le va escapando muy poco a poco. Al principio, la intriga lo mantuvo esclavo de ella. El lord canciller se encendió de rabia con lo del matrimonio y al rey tampoco lo alegró descubrir que su permiso había sido solicitado y otorgado para una boda que ya se había celebrado. No obstante, Thomas lo arregló, tal como había prometido, utilizando sus encantos con el joven rey. En comparación con el lord canciller, que apenas deja respirar al niño sin su aprobación, Thomas debe de ser como un soplo de aire fresco. Thomas le da dinero para sus gastos, puesto que el lord canciller lo deja más pobre que un ratón de iglesia. Y, aunque la criatura se muestre distante ahora, no puede haber olvidado que ella lo cuidó cuando casi era un bebé. Pero siente que ha perdido su confianza con esta boda secreta, y también la de María. Esta no lo aprueba, piensa que es una falta de respeto hacia su padre que su viuda se case tan pronto y ha dejado de responder a las cartas de Catalina.

Y luego vino el escándalo. Cuando se supo la noticia de la boda, se imprimieron panfletos en los que se hacían falaces insinuaciones sobre la virtud de Catalina con terribles dibujos lascivos. O eso le contó Huicke. El médico se negó a mostrárselos, dijo que no le hacía falta ver cosas semejantes. Catalina se sintió profunda y horriblemente avergonzada. Thomas fue una roca para ella, la ayudó a seguir llevando la cabeza bien alta, incluso ante los cáusticos comentarios de Stanhope, que dijo que se había rebajado al casarse con un hermano menor después de ser la esposa del rey. Stanhope siempre fue así, siempre agarró con dedos firmes la escala social, sabiendo con exactitud quién se encontraría en cada peldaño en todo momento y pasando por encima de otros para subir más. Thomas, mientras tanto, se sentía espoleado por la adversidad, por la necesidad de defender a su esposa.

Pero ahora que la tiene y el mundo lo acepta, Catalina percibe una separación, como si la fascinación que él sentía hubiera disminuido de forma minúscula. No es lo bastante visible para que nadie más lo note, porque se deshace en atenciones hacia ella en público, de un modo que roza lo indecente. No obstante, a veces Catalina siente su amor como una representación, siente la mengua de su deseo como una leve corriente de aire frío. Y, mientras el de él se aleja, él de ella florece y la devora.

Uno de los jardineros pasa junto a ellos. Catalina lo llama y le hace una seña para que se acerque.

—¿Puedes cortar un poco de lavanda, Walter? —dice—, una buena cantidad, la suficiente para llenar mi habitación.

El hombre se descubre con dificultad porque lleva un puñado de bulbos.

—¿Qué es eso? —pregunta ella.

—Son jacintos, señora —responde él.

Catalina nota los ojos de su esposo taladrándola. Seymour suelta un leve bufido de impaciencia.

—Los guardaré para que podamos disfrutarlos a principios del año que viene. Son los que tanto os gustaron por lo bien que olían.

—Lo estaré deseando, Walter.

—¡Eso es todo! —vocifera Seymour.

Walter se aleja con la cabeza gacha.

—¿Por qué lo llamas Walter? —le espeta, y aprieta los labios.

—Es su nombre —contesta Catalina, acariciándole la barba áspera con una sonrisa.

—No consiento que te muestres tan atrevida con los sirvientes.

—Oh, Thomas, conocí a su padre. Vi crecer a ese muchacho.

—No lo consiento…

Seymour hace una pausa y la coge con fuerza por la muñeca como para subrayar sus palabras.

Catalina abre la boca para hablar.

Pero él continúa diciendo:

—… y todo eso de los jacintos… Te habla con demasiada familiaridad. Debería librarme de él.

—Como desees —responde ella, a sabiendas de que, si defiende al hombre, la situación será aún peor.

Se percata de que Seymour no es capaz de mirarla a los ojos y está enfadado como un niño.

Puede que su deseo esté disminuyendo, pero sus celos no conocen límites. No le permite estar a solas con ningún hombre, apenas con Huicke, y Catalina se pregunta si en su fuero interno da crédito a esos panfletos que hablan de su falta de virtud. No obstante, sus celos la tranquilizan, se aferra a ellos como prueba de que sigue amándola, piensa que forman parte de su orgullo infantil. Pero en el fondo sabe que no confía en ella.

Oye a Isabel cantando en la sala de música. Su voz inconfundible, clara y aguda, flota en la tarde estival.

—Qué voz tiene esa muchacha —comenta.

—Tengo que irme —dice él.

Le planta en la mano un beso indiferente, se vuelve y se aleja a grandes zancadas por el jardín.

«Lo amo demasiado», piensa ella mientras contempla su manto, que ondea en los bordes y se le arremolina en torno a los muslos al caminar. Piensa en esos muslos chocando contra su piel, en sus dedos agarrándola por la cintura, y se siente enferma de deseo. «Sin duda —piensa—, esta pasión dará un hijo como fruto. ¿Cómo podría no hacerlo?». Pero el tiempo pasa. Siente los años que le pesan; a los treinta y cinco, la mayoría de las mujeres han dejado de parir. Aunque, claro está, a los treinta y cinco la mayoría de las mujeres están gastadas y deformadas por docenas de bebés y, como Thomas comentó una vez arrancándole el camisón, ella conserva todavía el cuerpo de una doncella.

—¿Volverás esta noche? —le pregunta.

Pero él no la oye, o al menos no reacciona.

Catalina se sienta en el césped con las faldas dibujando un círculo a su alrededor y se frota los ojos. Oye el traqueteo de los cascos contra los adoquines de las cuadras: el sonido que hace él al marcharse. Está convencida de que volverá a ella, porque el suyo es un matrimonio de amor. Solo está enfadado.

—¿Estás triste? —pregunta una vocecita que surge de la nada.

—¡Oh! —exclama ella, sobresaltada—. Me has dado una sorpresa, Juana; creía que estabas en la sala de música con los demás.

—¿Estás llorando?

—No, Juana, es que me pican los ojos y me los he frotado.

—Pareces triste.

—No, Juana, ¿cómo voy a estar triste si tengo todo lo que deseo?

Juana sonríe perpleja, como si la idea de ver cumplidos todos los deseos le resultase incomprensible.

—Vamos a buscar a Rig y a pasearlo por el huerto.

Llaman al perro y caminan en dirección a la verja cogidas del brazo. Qué aplomo el suyo, piensa Catalina, para ser tan joven, ya moldeada para su futuro, como los árboles que crecen en espalderas a lo largo del muro del huerto, forzados a adoptar formas obedientes y entrelazadas. Es un futuro que la niña no podrá elegir, puesto que ella, como su prima, lleva sangre real en sus venas. Catalina se pregunta si eso es una bendición o una maldición.

Thomas confabula para casar a Juana con el rey, algo que no sería tan malo. Pero el lord canciller sigue confiando en meterse en el bolsillo a la reina escocesa, de solo cuatro años, antes de que los franceses le pongan las manos encima. Cuántas niñas movidas como peones en un tablero de ajedrez.

Ha llegado el momento de buscar un buen partido para Isabel. Está a punto de cumplir catorce años, pero nadie sabe con certeza si es una buena apuesta o no, legítima o no, princesa o no. Pobre muchacha.

La casa solariega de Hanworth, Middlesex, noviembre de 1547

Hace mucho frío en Hounslow Heath, y un cielo nublado, denso como un plato de gachas, se cierne sobre ellos. La tormenta de hace pocas noches ha arrancado las últimas hojas de los árboles, dándole al paisaje un aspecto implacable y desolado. Los caballos, agotados y cubiertos de sudor, avanzan al paso sosegadamente hacia la casa, seguidos de los perros enfangados. Ha sido un buen día de caza. Cuatro hombres caminan detrás portando el cuerpo de un gran venado y otro tira de una mula que lleva en el lomo, como un par de sacos, dos ciervos más pequeños.

Catalina le enviará a Stanhope uno de esos ciervos en un gesto de buena voluntad, con la esperanza de que eso la anime a devolverle la cruz de su madre. Sin embargo, duda mucho que sirva de algo, porque el asunto se ha convertido en una batalla entre Thomas y su hermano. Stanhope, inaguantable, se pasea por la corte exhibiendo su peso. Vuelve a estar encinta, por octava vez, y Catalina no puede evitar reflexionar sobre la injusticia de un mundo capaz de enviar ocho hijos a una mujer y ninguno a otra. Pero está acostumbrada a ese sentimiento, que ya no es el intenso anhelo que fue; es más una vaga sensación de que le falta algo. Y ahora tiene a Juana Grey y al hijo de su hermana, el pequeño Ned Herbert, en el cuarto de los niños. Y, naturalmente, está su querida Isabel, así que forman una familia muy bonita.

Isabel cabalga delante junto a Thomas. Su traje, de lana verde esmeralda, es el único toque de color contra el paisaje, junto a los mechones que escapan de su pelo recogido y que flotan a su espalda como la encendida cola de un cometa y el destello ocasional de una manga de satén rosa que aparece cuando la brisa gélida levanta el manto de Tom.

Catalina los observa atentamente. Charlan con despreocupación. Isabel dice algo que hace reír a Thomas. Su esposo acerca el caballo al de la muchacha y se inclina para quitarle una ramita del cabello. Ella le coge la muñeca con su larga y blanca mano, sonriéndole, diciéndole algo. Entonces él retira el brazo, le da una palmada en el muslo y se adelanta al trote. Los celos de Catalina son un nudo de serpientes en su vientre. Trata de convencerse de que Thomas solo intenta ser un buen padrastro para la muchacha, pero sabe, teme, que haya algo más.

Corren entre los sirvientes rumores de los que solo ha oído palabras sueltas. Fue Dot quien le dijo algo, quien le contó que Thomas visitaba a Isabel en su habitación por las mañanas, cuando la joven aún estaba acostada. Catalina no quiso creerlo. Dot nunca se ha llevado bien con Isabel. Catalina ha visto durante años que Dot la miraba con el ceño fruncido. E Isabel no es amable con ella, eso es cierto. Así que quiso suponer que aquello era una pequeña venganza.

—Todo el mundo lo comenta —añadió Dot.

Catalina se dijo a sí misma que su esposo simplemente estaba mostrando su afecto inocente hacia la muchacha y que los sirvientes siempre chismorrean; sin embargo, empezó a acompañar a Thomas en sus visitas matutinas. Habló de ello con Huicke, quien le aconsejó que enviara a la joven a alguna otra parte. Pero eso significaría romper su frágil familia, algo que no está dispuesta a hacer.

No obstante, la pequeña escena que acaba de presenciar huele a un tipo particular de intimidad. Recuerda aquella mirada entre Thomas y ella misma, el momento fatal que inspiró semejante ira en el rey y precipitó lo que considera su pérdida del favor real. Sabe cuánto significado puede transmitirse en un momento así.

—Pero acabamos de casarnos, y el nuestro es un matrimonio de amor —le dijo a Huicke.

—Kit —empezó él, y exhaló un largo suspiro de exasperación—, el amor de un hombre nunca es exclusivo; solo las mujeres aman realmente con el corazón. Lo sé porque soy ambas cosas.

En una ocasión le había hablado de la excesiva promiscuidad de Udall y ella le había preguntado si no le causaba celos. «No —había respondido él—, porque sé que no puedo evitarlo».

Pero los celos de ella se desatan en su interior y no se calman. «No romperé mi familia», se dice a sí misma. Se pregunta, debajo de todos sus otros pensamientos, si Dios ha elegido por fin su castigo para ella: un hombre que le destroce el corazón de todas las maneras posibles.

Ni siquiera encuentra ya inspiración para escribir. Huicke la convenció de que enviara sus *Lamentaciones* a los impresores. De no ser por él, ni siquiera se le habría pasado nunca por la mente, que tan ocupada ha estado con Thomas. Se siente perdida en este amor, se ahoga en él, y todas las cosas que le importaban antes se han encogido hasta casi desaparecer. Se pregunta adónde ha ido a parar la mujer que habría sido el faro de la nueva religión.

Sin embargo, sus *Lamentaciones* van a publicarse gracias a su querido Huicke y serán un recuerdo de aquella mujer ambiciosa. Lo supone, pero esa idea la deja vacía. La Reforma se está produciendo de todos modos sin ella; Cranmer y el lord canciller la están impulsando. Cada mes se anuncian nuevos estatutos prohibiendo las velas, las cenizas, el incienso, las oraciones en latín; las aras de altar se transforman en losas. Está tomando forma, tal como ella soñó, pero ya no la conmueve como antes. Sus creencias se mantienen, pero los sueños de portar la antorcha se han desvanecido. Sus pecados son demasiado grandes. «La justificación por la fe sola», susurra en voz baja, recordando su emoción ante el eclipse que anunciaba los cambios y Copérnico revolucionando los cielos. Se había visto a sí misma como una parte intrínseca de aquello, incluso había creído por un momento que no podría suceder sin ella. «Qué orgullosa debí de ser, y qué inconstante», murmura.

Isabel ha vuelto a situarse a la altura de Thomas. Catalina recupera la compostura, se infunde ánimos y pone a su caballo al medio galope para unirse a ellos. Toca con su fusta la grupa del caballo de Isabel y exclama:

—¡Eh!

El animal se desliza a un lado y Catalina clava los talones en los flancos de Pewter, forzándolo a situarse entre los dos.

—Querida mía —dice Tom, que se besa las puntas de los dedos y las apoya en la mejilla de ella.

Isabel contiene la risa. Le tiemblan los hombros en un gesto juvenil. De pronto, todo parece muy inocente y Catalina se siente estúpida por haber dejado que su imaginación la arrastre.

—Tenemos una sorpresa —dice Isabel.

—¿Qué es? —pregunta Catalina mientras sus miedos se calman.

—Si te lo dijéramos, dejaría de ser una sorpresa —le responde Thomas con una carcajada.

La perturbación se apacigua en su interior, su mundo recupera el ritmo habitual y cruzan juntos las puertas que dan al patio. Desmontan y ceden sus caballos a los mozos, se quitan los mantos fangosos y golpean el suelo con los pies para calentárselos.

—Ven, madre —dice Isabel, cogiéndola de la mano y llevándola a la trascocina—. No debemos hacer ruido.

Se dirige de puntillas a una hornacina que hay junto a la chimenea, haciéndole señas a Catalina para que la siga. Isabel tiene las mejillas encendidas. En el hueco se encuentra la novia de François, Betsabé, acurrucada durmiendo con un minúsculo bebé rosa hecho un ovillo en la curva de su cuerpo. La mano en miniatura del monito agarra un mechón del pelo de su madre.

—Esta es la sorpresa —susurra Isabel.

Catalina siente el corazón ligero como el aire. El único sonido que sale de su boca es un «oh» que es sobre todo un suspiro.

El viejo señorío, Chelsea, marzo de 1548

Ya ha llegado el mes de marzo, pero sigue haciendo frío. Huicke aguarda con impaciencia el buen tiempo, porque con el frío húmedo siente la piel tensa e incómoda. Pese a que está cayendo una ligera llovizna en el jardín de Chelsea, el médico camina por la orilla del río con Catalina, que lo agarra con firmeza del brazo. Rig trota delante, parándose de vez en cuando a husmear algo. La actitud de Catalina es relajada y despreocupada, se ríe y le cuenta divertidas anécdotas sobre su séquito, exigiéndole que a cambio le detalle los chismes de la corte.

Huicke nunca la ha visto tan bien: toda la tensión ha desaparecido de ella, está más tranquila. Puede que este matrimonio haya sido bueno para ella después de todo. Huicke le aconsejó que no se casara, que mantuviese a Thomas como amante, y aún le causa pena verla con alguien tan superficial. Sin embargo, después de todas esas noches con el bruto y apestoso hombre que era el rey, se ha ganado el derecho a disfrutar de algo hermoso en su lecho. Catalina se detiene a coger una piedra plana que lanza hacia el agua. Ambos contemplan el arco que dibuja al rozar la superficie seis, siete veces.

—¿Cuándo aprendiste a hacer eso? —pregunta Huicke, impresionado.

—Mi hermano y yo competíamos. Él nunca me ganaba.

Catalina se agacha de pronto y recoge algo de la orilla.

—¿Qué es?

Abre levemente las manos ahuecadas y Huicke ve una rana agazapada, su minúsculo cuerpo palpitante.

—Dale un beso —bromea Huicke—, puede que se convierta en un príncipe azul.

Lo asalta el recuerdo de la empanada de ranas en Hampton Court, la primera prueba del rey.

—Yo ya tengo mi príncipe azul —replica ella con una carcajada.

Seguidamente suelta a la pequeña criatura, que se aleja saltando hacia la orilla.

Huicke ve que está perdidamente enamorada y le gustaría que no lo estuviese, porque siente que la está perdiendo poco a poco. Además, Seymour no aprobaría que se viera a solas con otro hombre, ni siquiera con él, y han tenido que aprovechar que está en la corte para pasar un rato juntos.

—¿No te molesta que no te deje estar a solas con un hombre?

—¿Qué? ¿Sus celos? En absoluto.

—Yo no podría soportarlo.

—¿No te das cuenta? —dice ella sin el menor atisbo de ironía—. Esos celos son prueba de su amor.

—Pero yo no soy ninguna amenaza.

Se echan a reír.

—No tiene mucha intuición para esas cosas —comenta Catalina.

Estas palabras provocan otra carcajada.

—Es incapaz de imaginar que haya un hombre que no quiera lo que es suyo.

Ahí está su implacable sentido del humor. Es agradable ver a Catalina tan desenfadada, tan ella misma a pesar del nuevo marido. Huicke no puede evitar odiarlo un poco; son sus propios celos, admite. Ha conocido hombres —hombres como Seymour— cuyo único objetivo no es amar, sino ser amados. Y, más que eso, ser los más amados de todos.

—Esto te gusta, ¿verdad? —pregunta.

—Sí, Huicke. Soy feliz lejos de la corte y su…

No hace falta que termine la frase; ambos saben a qué se refiere.

—Tu libro está circulando por allí. Deberías estar orgullosa. No se pueden conseguir más ejemplares y todo el mundo quiere uno.

Catalina se inclina para coger un palo del suelo y se lo arroja a Rig.

—En ese caso, daré instrucciones a Berthelet para que imprima más copias.

Huicke percibe una falta de interés, como si ese fuego intelectual que una vez ardió tan fuerte en ella se hubiese sofocado. Caminan un rato en silencio. El médico coge un tallo de romero, lo frota entre sus dedos, se lo lleva a la nariz y aspira su penetrante aroma. Se pregunta si ella se permite alguna vez pensar en la muerte del rey anterior, en lo que le pidió a él empujada por la desesperación; se pregunta si le pesa en la conciencia. Jamás sacaría el tema a colación con ella. Es algo enterrado, algo oscuro que los une, algo que no puede expresarse con palabras. Seymour no puede invadir ese secreto.

La lluvia empieza a caer con más fuerza; su sonido repiquetea y susurra entre las hojas de los árboles.

—Me alegro de que estés aquí, Huicke —dice ella de pronto, llevándolo bajo un cenador en el que hay un banco de piedra.

La humedad trae nuevos olores, de hierba y tierra.

—Dime —añade—, ¿cómo está Udall? ¿Creando prodigiosos espectáculos teatrales para el joven rey?

Hablan un poco de Udall, cuya estrella sigue en ascenso, pero Huicke tiene la impresión de que hay algo que no le dice. El frío húmedo de la piedra le atraviesa las calzas. Catalina charla y charla, como si no lo notase o no le importase. Está recordando la obra de Udall, *Ralph Roister Doister*, riéndose de «su audacia», como ella dice. Pero Huicke recuerda lo forzada que sonaba su risa el día que se presentó en la corte.

—Quiero comentarte una cosa —dice ella, seria de repente—. Si no te importa ejercer de médico.

Parece un tanto incómoda y él le aprieta el brazo.

—¿De qué se trata, Kit?

—Son cosas de mujeres, pero quería preguntarte algo. Verás… —Vacila—. Oh, es como si fueras una mujer, Huicke… No sé por qué me da tanta vergüenza. Es solo que llevo tres meses sin tener la regla y creo que las cosas pueden haber terminado para mí. Todavía no soy tan mayor…, pero… ¿cómo puedo saber si se me ha retirado completamente?

Todo cobra sentido para él ahora, su florecimiento, su maduración.

—¡Kit, estás encinta! ¡Apostaría mi última moneda a que sí! —exclama, aprisionando sus manos.

—Pero... —Las lágrimas asoman a sus ojos—. Creí que ya no podría ser. —Se seca la mejilla con el dorso de la mano—. ¿Tendré un bebé? No me atrevía a pensar... O sea... Oh, Huicke, me he quedado sin palabras. —Se ríe entre sollozos—. Y, ahora que lo mencionas, he tenido náuseas... Supuse que por comer alguna ostra en mal estado.

La felicidad de ella lo conmueve, pero siente que la está perdiendo un poco más. Acalla el pensamiento, reprendiéndose en silencio por su egoísmo, por quererla toda para sí.

—¡Voy a tener un hijo! No me lo puedo creer, Huicke. Espera a que se lo diga a Thomas... Se volverá loco de alegría.

El viejo señorío, Chelsea, mayo de 1548

Catalina permanece tendida en el lecho. Ha soñado con Enrique, que seguía casada con él, y se ha despertado con una sacudida, confusa e impregnada de ese miedo familiar y penetrante. Al cabo de unos momentos, con un suspiro de alivio, ha tomado conciencia de dónde estaba. Yace inmóvil, notando los levísimos movimientos de su bebé, apenas ahí, una vaga oscilación, como una polilla atrapada en su interior. Un sentimiento de absoluta alegría la invade, como si el mundo por fin cobrara sentido.

La almohada de Thomas aparece hundida junto a la de ella. Cuando regresaron de la corte estaba exhausta. A bordo de la falúa, apenas había sido capaz de mantener los ojos abiertos. Al llegar, se fueron a la cama juntos. Thomas, furioso con su hermano, no había parado de hablar del tema, pero Catalina dejó que sus palabras resbalasen sobre ella y se durmió. Ya no le interesaba nada de aquello: las joyas, las tonterías sobre quién debía ir primero, si Thomas obtendría un puesto en el Consejo… Lo único que le importaba era el bebé que se formaba milagrosamente en su vientre.

Recuerda la cara que puso Thomas cuando se lo dijo, su sonrisa de oreja a oreja, como si nunca antes se hubiera hecho, como si fuese el primer hombre en engendrar un bebé. Ella le tomó el pelo, lo llamó Adán, y sintió que su atención regresaba a ella. Casi podía oír las maquinaciones de su mente, creando grandes dinastías a partir de esa minúscula semilla que crece en su interior.

—Darás a luz en Sudeley —le dijo—. Porque este hombrecito iniciará su vida en su propio castillo. Haré que lo preparen todo. Que lo acondicionen para una reina, puesto que mi hijo será el hijo de una reina.

Catalina tiene una abrumadora sensación de fecundidad. Se siente más mujer que nunca, y el deseo que experimenta por el contacto de su marido aumenta diariamente a medida que el bebé se desarrolla de manera invisible en lo más hondo de su vientre. Pero Thomas, pese a toda su adoración, se niega a tener intimidad con ella por miedo a causar daños. A Catalina le parece que va a volverse loca de deseo, pero él se limita a estrecharla entre sus brazos y a acariciarle los cabellos, susurrándole palabras dulces. Nunca se ha sentido tan adorada, ni tampoco tan frustrada.

Llaman a la puerta con suavidad.

—¡Adelante! —exclama.

Aparece Dot. Lleva la cofia del revés, con la orilla a la vista. Catalina comprende que algo va mal, porque tiene el rostro encendido y la mirada inquieta. Dot no suele alterarse.

—¿Qué sucede? —pregunta Catalina—. Algo ocurre —añade, dando una palmadita en el lecho, a su lado.

Pero Dot no se sienta. La brillante luz de la tarde que entra por la ventana del oeste a su espalda la vuelve una oscura silueta. Mueve la boca para hablar, pero no dice nada.

—¿De qué se trata, Dot? ¿Le ha pasado algo a William?

Por fin recupera la voz y dice:

—No hay modo de deciros esto, señora. Pero os lo mostraré.

Catalina se incorpora y nota que la sangre afluye a su cabeza.

La expresión de Dot es tan grave que se pregunta qué puede ser. Sus entrañas se tensan por el miedo.

—Debéis prepararos para esto, señora.

Catalina la sigue a lo largo del corredor, la galería y el tramo de escalera que conduce al ala este. Se pregunta dónde estarán todos, pero entonces recuerda que es la hora de la oración y que deben de encontrarse en la capilla. En ese preciso momento oye un leve sonido, un salmo que se abre paso a través del suelo… *El Señor es mi pastor, nada me falta: en verdes praderas me hace reposar…*

La señora Astley viene apresuradamente hacia ellas. ¿Por qué no está rezando? Algo sucede. Alguien está enfermo… La mujer se interpone entre Dot y la puerta.

—No creo que… —sisea Astley.

—Dejadnos pasar, por favor —susurra Dot.

Pero la mujer aprieta los dedos en torno al picaporte, aunque parece incapaz de explicarse. Abre y cierra la boca como una trucha, pero no sale de ella palabra alguna… *Me guía por los senderos de justicia, por amor a su nombre…*

—Apartaos —dice Catalina por fin, susurrando también sin saber por qué, confusa y a punto de perder la paciencia.

Pero Astley sigue amarrando el picaporte con una mano y sujeta la manga de Catalina con la otra, tratando de alejarla de la puerta… *Aunque vaya por un valle tenebroso, no tengo miedo a nada…*

Catalina se libera de un tirón y Astley parece percatarse de lo que ha hecho, porque cae de rodillas y dice:

—Perdonadme, señora, os ruego que me perdonéis.

—¡Por el amor de Dios! —le espeta Catalina—. ¡Levántate!

La puerta se abre despacio, revelando el gran lecho de dosel cubierto en parte por los cortinajes, con el cubrecama desordenado. Una pierna larga y blanca asoma entre las sábanas y, sobre ella, un brazo surcado por una vena gris, con la palma hacia arriba y la cara interna del codo a la vista. *Porque tú estás conmigo, tu voz y tu cayado me sostienen…* El sudor de esa piel y el olor cálido y húmedo de la habitación le resultan horriblemente familiares.

—¡Isabel, está enferma...! —exclama Catalina con un grito ahogado.

Invaden su mente pensamientos sobre el sudor inglés y las historias que se cuentan sobre la rapidez con la que puede matar; recuerda a las personas conocidas que han muerto por esa enfermedad.

Entonces se percata de que Isabel, que parece estar despertándose, no está sola; de que hay otra pierna más oscura y más grande oculta a medias bajo la colcha.

Su mente tarda unos momentos en adaptarse. Solo puede pensar que fue ella quien bordó las malvarrosas de esa colcha. Recuerda haber trabajado en ella un verano lejano en Hampton Court. Se centra en eso —cada punto, cada flor, cada nudo del hilo— para no pensar en la segunda pierna, porque es una pierna que conoce íntimamente, cada imperfección, cada contorno, la cicatriz de una espada turca, el pequeño hoyo de la espinilla en el punto en el que tropezó con una losa.

Alguien retira los cortinajes del lecho de un tirón. Debe de ser Dot.

Catalina se agarra al pilar de la cama para no desplomarse... *Lealtad y dicha me acompañan todos los días de mi vida...* Un torrente de negrura se filtra en su cuerpo desde los pies y asciende en círculos hacia su cabeza.

Siente que se derrumba, y luego nada.

Catalina cae.

Su cabeza se estrella siniestramente contra el suelo.

Todo se vuelve lento. Dot se precipita hacia ella. Su señora ha perdido el conocimiento, pero respira.

Seymour salta del lecho y sus partes oscilan. Se cubre con una almohada y aparta bruscamente a Dot. Se agacha, levanta la cabeza de Catalina y desliza un cojín debajo de ella. Le acaricia el rostro.

—Mi amor, mi amor.

Catalina suelta un leve gemido. Dot moja un paño en el aguamanil y se lo coloca sobre la frente.

—¡Cierra la puerta por dentro! —le vocifera Seymour a Astley, que está de pie tapándose la boca con la mano, mirando, inútil.

En cuclillas, desnudo y peludo, parece mitad hombre, mitad bestia. Coge la ropa de Isabel, que está tirada por el suelo, y se la arroja. Isabel no se mueve. Contempla la escena horrorizada, subiéndose la manta hasta la barbilla. Sin decirle ni una palabra, Dot cierra las cortinas del lecho.

—Cubríos —le dice a Seymour, sin preocuparse por su tono cortante ni por la persona a la que se está dirigiendo—. Y más vale que os vayáis antes de que venga alguien. Yo me ocuparé de la reina.

Mudo de vergüenza, Seymour recoge su ropa, se sube las calzas y se pone el jubón. No es capaz de mirar a Dot ni a la señora Astley, que, de todos modos, están ocupadas con Catalina. Por fin sale de la habitación con gestos subrepticios, como un perro apaleado.

Su señora no se mueve. Parece dormir plácidamente, pero un cardenal oscuro e hinchado ha empezado a surgir en el punto de su frente que ha chocado contra el suelo.

Aterrada, Dot cae en la cuenta de que ha sido ella quien ha traído a Catalina a este sitio. El séquito de la reina llevaba meses chismorreando sobre lo que Seymour e Isabel se traían entre manos. Dot trató de avisarla en más de una ocasión, pero Catalina se negó a aceptarlo.

—Solo pretende ser un padrastro cariñoso, Dot —decía—. No es más que un juego inofensivo.

Dot sabía que, ahora que Ana no está, no había nadie más capaz de contarle a Catalina la verdad; solo Huicke, tal vez. Pero ahora desearía haber sido más mesurada y maldice su naturaleza impetuosa. Aunque nunca imaginó, al traer a Catalina a esta habitación, que encontrarían nada peor que a Isabel sentada sobre las rodillas de Seymour en el banco de la ventana, nada peor que unos besos. Nunca imaginó nada semejante.

Aparece Isabel, vestida pero desaliñada, apartando los cortinajes del lecho y enderezando la plomada, colocando las almohadas en su sitio —algo que probablemente no ha hecho en toda su vida—.

—Ayudadme —dice Dot—. Tenemos que subirla al lecho.

Dot la alza por los hombros; la señora Astley, por los pies. Pesa poco. A pesar de estar encinta parece una pluma, y la acuestan sin dificultad en la cama. La tapan con una colcha. Dot abre una ventana para que entre algo de aire fresco y para que salga el hedor de la cópula. También huele a orina, y hay una reveladora mancha húmeda y oscura en la chimenea. Los hombres, como los perros, mean donde quieren. Dot oye el ruido que hace la gente al salir de la capilla, en el piso de abajo.

—Id a buscar a Huicke —le dice a Isabel.

La muchacha le dirige a Dot una mirada malhumorada, esperando que recuerde su rango, pero luego lanza una ojeada a la reina inconsciente y se dirige hacia la puerta.

—¡Esperad, milady! —exclama Astley, agarrando a Isabel por el hombro—. El tocado.

Se lo coloca en la cabeza, se lo ata bajo la barbilla y le mete el cabello debajo.

Dot se sienta junto a Catalina y le acaricia la mano susurrándole:

—Señora, despertad. Por favor, despertad.

Los párpados de Catalina empiezan a agitarse y a oscilar. La reina exhala un hondo suspiro que parece devolverla a la vida.

—¿Qué ha pasado? —murmura llevándose los dedos al cardenal—. Me duele. —Por un instante frunce la frente con una mueca de dolor, desconcertada. Luego añade—: Dime que no es cierto, Dot. Dime que estaba soñando —masculla, como si las palabras le hicieran daño.

—No es un sueño, señora. Lo lamento muchísimo, pero no es un sueño.

—Oh, Dot.

Es incapaz de decir nada más. Deja caer los hombros y vuelve a cerrar los ojos; parece una flor marchita.

Entra Huicke y, con él, Seymour.

—¿Qué ha pasado? —pregunta Huicke.

—Ya te lo he dicho —responde Seymour—. Se ha caído y se ha golpeado la cabeza contra el suelo.

Huicke ve el cardenal y chasquea la lengua. Mira a Dot en busca de confirmación.

Ella asiente con la cabeza.

—Está bien —dice el médico—, dejadme espacio.

Dot se levanta y se aparta.

—¿Cuánto tiempo ha estado sin conocimiento?

—Diez minutos como mucho —responde la antigua criada—. Se acaba de despertar.

—Kit —dice él en voz baja—, dime cómo te encuentras.

—No es nada —contesta ella—, solo un chichón. Pero ¿y el bebé? ¿Le ha pasado algo a mi bebé?

El médico le pide a Seymour que salga para que pueda reconocerla.

Pero Seymour se niega y vocifera en tono grosero:

—¡Es mi mujer! ¡No hay nada que yo no haya visto!

Huicke corre las colgaduras del lecho y oyen que pregunta en susurros:

—¿Notas calambres? ¿Ves bien?

Tras la respuesta de Catalina, imperceptible para todos, declara:

—No se ha producido ningún daño duradero; al parecer, hará falta más que una caída para desalojar a este bebé.

Huicke reaparece y le dice al marido:

—Alguien tiene que velar junto a ella durante la noche para tener la certeza de que todo va bien.

—Yo… —empieza a decir Seymour.

Sin embargo, Catalina lo interrumpe:

—Me gustaría que Dot me hiciese compañía. ¿Te importaría, Dot?

—Sí, sí —barbotea Seymour—. Naturalmente, es cosa de mujeres.

Al final, después de palpar la frente de su esposa, acariciarle el cabello y ahuecarle las almohadas, Seymour se marcha y, con él, también la señora Astley e Isabel, que han permanecido de pie en la puerta como dos pasmarotes sin saber qué hacer. Solo Huicke y Dot se quedan con la reina.

Dot ordena unas joyas que Isabel ha debido de quitarse apresuradamente —una maraña formada por anillos, un par de pulseras, un collar con unos cuantos cabellos atrapados en el cierre—. Junto a ellas, abierto y boca abajo, está el nuevo libro de Catalina. Al verlo, Dot se siente invadida de nuevo por la rabia contra la muchacha.

Catalina toca la manga de Huicke y dice:

—¡Qué estúpida he sido! Debería haberte hecho caso, Huicke. Tenías razón, mi marido no es lo que parece.

—Todos podemos cometer errores —dice Huicke, y se lleva su mano a los labios.

Le susurra unas palabras. Parecen un par de enamorados, y Dot piensa que es una lástima que Huicke sea uno de esos. Lo sabe porque una vez lo vio darse el lote con ese autor detrás de la gallera de Whitehall.

—¿Qué debería hacer? —pregunta Catalina con un suspiro.

—Ya lo sabes, Kit. La muchacha debe irse, aunque solo sea para salvar su reputación. En cuanto a tu esposo… —Huicke deja las palabras sin pronunciar.

Pero la verdad que su silencio contiene flota en la cámara: no hay nada que pueda hacer con su esposo.

Isabel se halla ante ella. Parece más que nunca una niña pequeña, totalmente abandonada por la confianza en sí misma.

—Siéntate —dice Catalina, dando una palmadita en el asiento junto a ella.

Ahora que tiene delante a su hijastra, no encuentra en su interior ningún motivo para odiarla; Seymour es el culpable. Aun así, su indulgencia no asciende fácilmente hasta la superficie.

Isabel se sienta, pero es incapaz de mirar a Catalina a los ojos y se pone a juguetear con el ribete de perlas de su bata.

—Madre, no sé… —empieza a decir en un murmullo.

Pero Catalina la interrumpe; todavía no puede afrontar la necesidad de hablar de los detalles.

—Lo he organizado para que te vayas a casa de lord Denny, en Cheshunt. Lady Denny es hermana de la señora Astley, aunque supongo que ya lo sabes.

Isabel asiente con la cabeza.

—Haré lo que me pidáis. —De repente, se deja caer al suelo y entierra la cabeza en el regazo de Catalina—. No sé cómo describir lo mucho que me odio a mí misma por lo que os he hecho, madre —declara con la voz amortiguada.

—Levántate —dice Catalina—. Deja de esconderte. Lo hecho, hecho está. Debes aceptarlo.

Se sorprende de su propia ira. Pensaba que podría ocultarla mejor.

Isabel empieza a levantarse.

—Haré lo que sea con tal de resarciros.

—Lo que debes hacer, Isabel, es seguir mi consejo. Llevo muchos años en este mundo y he aprendido ciertas cosas. Me complacería pensar que tú también puedes aprender esas cosas antes de perderte.

—Lo haré, lo prometo.

—Debes entender, Isabel, que la pasión es pasajera. Significa poco desde una perspectiva general. Te dejas arrastrar demasiado por tus pasiones. Tienes que controlarlas.

Isabel asiente con la cabeza; Catalina apenas reconoce a esta muchacha obediente.

—Posees una naturaleza voluble y debes hallar el modo de domarla. Busca cierta constancia; te será de gran utilidad. —Catalina siente que la invade una oleada de tristeza. Su familia se está fragmentando, pero está a punto de explotar de rabia y tiene que contenerse para evitarlo—. Lo que ha sucedido…, esta… —Catalina no sabe cómo formularlo en palabras, no es capaz de darle el nombre que merece: «traición»—. En la vida hay acontecimientos que nos enseñan lecciones muy profundas y, a veces, son los que nos producen mayor vergüenza. Podría ser el eje que te sirva para dar el giro, Isabel. Podría ser tu fortuna… Piénsalo.

Isabel parece abatida, realmente escarmentada, y Catalina se alegra de que no llore lágrimas de cocodrilo y suplique su perdón o intente hallar formas de excusar su conducta.

—No querrás que la gente diga que has salido a tu madre. Eso sería tu fin.

—Mi…, mi madre era… —Isabel comienza a decir algo, pero después parece cambiar de opinión—. No llegué a conocerla.

—No, yo tampoco. —Pero Catalina ha oído lo suficiente sobre Ana Bolena—. Solo sé lo que la gente decía de ella, Isabel, y, fuese como fuese realmente, es así como se la recuerda. No te interesa que te recuerden por esto, porque nunca te lo podrás quitar de encima.

—Ojalá nunca hubiera ocurrido. He destruido el amor que me disteis…

Los ojos de la muchacha han perdido su brillo habitual; aparecen ensombrecidos por el pesar.

—Te alejo de aquí por tu propio bien, no por el mío. Ven. —Y alarga una mano para invitar a la joven a acercarse—. Dame un beso, porque no volveré a verte antes de tu marcha.

En el momento en que Isabel le da un beso en la mejilla, no puede evitar pensar en Judas.

Cuando la joven se dispone a marcharse, Catalina dice como si se le ocurriera en ese momento:

—Ten cuidado cuando aceptes casarte con alguien, Isabel, porque, una vez que el anillo esté en tu dedo, lo perderás todo. Y eres una muchacha que gusta de llevar las riendas.

Cuando se cierra la puerta, los ojos de Catalina se llenan de lágrimas. Se pregunta si siempre ha estado equivocada acerca de Isabel. Creía que nadie la entendía. A su hermana Ana le desagradaba, y también a Dot. Se pregunta si simplemente se dejó arrastrar por el encanto de la joven, como le pasó a Meg. Al fin y al cabo, el encanto de Seymour la engañó; ahora se siente mortificada al pensarlo. ¿Por qué no iba a sucederle lo mismo con el de Isabel?

13

El viejo señorío, Chelsea,
junio de 1548

Isabel se marcha mañana, y que tenga buen viaje. Dot está deseando perderla de vista. Catalina hace como si nada hubiera ocurrido. Pero Dot percibe el cambio en ella, una fragilidad bajo la superficie que ya ha visto. Catalina habla mucho de su bebé; eso la tranquiliza. Dot soñaba con ser el aya del bebé, pero no podrá ser porque ella también está encinta. No se lo dijo a nadie hasta que empezó a notarse; solo a William, que se volvió loco de alegría. La muchacha guardó el secreto, pero está ya de cinco meses y no se puede ocultar.

—Debes crear tu propio hogar. Llevas una criatura en el vientre y también debes pensar en tu esposo —dijo Catalina, que estaba haciendo planes para trasladarse al castillo de Sudeley, donde nacerá su propio bebé.

Dot se sintió acongojada al pensar en marcharse, protestó, pero Catalina se mostró firme y Dot sabe bien que, cuando su señora toma una decisión, de nada sirve tratar de hacerla cambiar de opinión. Pero la idea de dejarla con ese hombre le produce náuseas. Catalina dijo una vez, la víspera de su boda con el rey, que las cosas salen a menudo como menos lo esperas, y Dot ha pensado que es bien cierto. Catalina y Dot se casaron por amor. Fue un acto muy necio que, en justicia, ambas deberían estar lamentando. Pero Dot jamás ha sido más feliz de lo que es con su William Savage. Se recuerda a sí misma que solía repetir su apellido una y otra vez añadiéndolo a su propio nombre: Dorothy Savage. Nunca fue más que una historia nada realista que inventaba sobre su futuro. Pero ha ocurrido: ahora es Dorothy Savage. El simple hecho de pensar en su esposo enciende el deseo en su vientre incluso ahora, después de más de un año y medio de matrimonio.

Tiene su final feliz. ¿Quién habría pensado, después de todo ese tiempo creyendo que William Savage no valía nada, que sería la criatura más amable y dulce que jamás ha pisado la tierra? Es Seymour quien ha resultado ser lo peor.

Todo va a cambiar. Catalina y su séquito se van a Sudeley; Dot, a su casa señorial, Coombe Bottom, en Devon. No se puede creer que vaya a tener su propia casa y, por añadidura, a su propio caballero. Isabel se ha ido ya a Cheshunt con lady Denny, que, según dicen, es una mujer muy estricta. Dot está ayudando a Catalina a embalar sus objetos valiosos. Después de tanto empaquetar y desempaquetar, es probable que esta sea la última vez. Renunciar a esto le partirá el corazón.

—En cuestión de hombres, no hay ningún modo de saber de antemano cuál resultará ser una manzana podrida —comenta Catalina—. O tal vez no sea eso. Puede que nuestro deseo nos nuble el juicio. Sea como fuere, Dot, me alegro de que tengas a tu William Savage.

—Pero ¿y vos? —pregunta Dot.

—Con el tiempo he aprendido que nunca se sabe lo que te reserva el destino.

Hubo una época en la que habría dicho algo más parecido a «Nunca se sabe cuál es el plan de Dios». Ha cambiado. Aunque lo cierto es que todos lo han hecho. Dot recuerda la visita a su madre y que sintió que ya no pertenecía a su propia familia, que la había dejado atrás sin siquiera darse cuenta. Se ha preguntado si lo que más la ha cambiado ha sido aprender a leer, o las semanas en Newgate, o todo el tiempo transcurrido en los palacios reales, donde vio tantas cosas.

A veces recuerda que, de niña, imaginaba al rey y su corte como Camelot, y piensa que ha descubierto por sí misma que no es así en absoluto. Camelot no es más que un lugar de su imaginación, puesto que la corte puede ser hermosa desde fuera, pero, por dentro, es fea como un pecado. Se pregunta si esas historias de caballeros y doncellas son solo cuentos para niños en los que ya no cree. Algún día, cientos de años más tarde, la gente contará historias sobre la corte del rey Enrique: el rey Enrique VIII y sus seis esposas. Pero ¿hablarán del terror que reinaba en ella, se pregunta, o la presentarán como una época dorada?

Están formando pares con una pila de guantes enjoyados y queda uno sin pareja.

—¿Adónde van a parar todos esos guantes que se pierden? —pregunta Catalina con una carcajada, colocando los demás en una caja. Luego se inclina hacia atrás, se lleva las manos al estómago y coge la mano de Dot para colocarla sobre su vientre redondeado diciendo:

—Dot, nota esto.

La muchacha siente el movimiento bajo sus dedos, como si allí dentro nadase un pez.

—Oh —suspira, pensando en el pececillo que se menea en su propio cuerpo, toda una nueva vida que se vivirá de una u otra forma—. Es un mocito muy movido.

Siempre han hablado de él como niño, sin imaginar en ningún momento que pueda no serlo.

—Tengo que pensar en este pequeño, Dot —dice Catalina—. Me hace más feliz de lo que jamás pude creer y, aunque voy a perderte, tengo muchos amigos de verdad a mi alrededor. Además, he recibido una carta de María. —Extrae de su bolsa un papel doblado, lo abre y lo agita como para demostrarse a sí misma que existe—. Nos hemos reconciliado. Gracias a este muchachito —se da una palmadita en el vientre— ha renacido nuestra amistad. Ya nos está haciendo bien a todos, antes incluso de nacer. Es toda una bendición.

—Me pregunto cómo me las arreglaré sin vuestra sabiduría.

Dot siente el tirón de la pena en su interior, como si le sacaran una muela, que marca el comienzo de su separación.

—¡Sabiduría, bah! —exclama Catalina con una risita.

Dot no está muy segura de a qué se refiere: si a que la sabiduría está sobrevalorada o a que ella no es tan sabia como Dot cree.

—Ten. —Catalina coge una pulsera de oro con granates. Toma la mano de Dot y le pone la joya en la muñeca—. Para que te traiga suerte con el bebé.

Dot sonríe y extiende el brazo para admirarla.

—Gracias. No solo por esto… Gracias por todo.

—No me des las gracias —replica Catalina, brusca de pronto como si se sintiera incómoda.

Dot se pregunta si ella también estará sintiendo el doloroso tirón de la separación.

—Echo de menos la cruz de mi madre, Dot. Me pregunto si esa mujer me la devolverá alguna vez.

Dot dibuja círculos con la pulsera en su muñeca y piensa en su futuro. La pequeña Min y su familia están ya instalados en Coombe Bottom y se pregunta cómo será vivir con su hermana. Sabe muy poco de ella, puesto que la Min contaba apenas ocho años cuando Dot se marchó de Stanstead Abbotts. Piensa en la vida que está tomando forma en ella y en su querido William Savage, e imagina el futuro de ambos extendiéndose como un jardín a punto de florecer, cada parterre plantado de manera distinta, lavanda aquí y rosas allá, capuchinas y malvarrosas y todas las hierbas con las que elaborará remedios, como Catalina le ha enseñado, para poder cuidar de su familia. A lo lejos, vago e informe, porque en realidad no sabe qué aspecto tiene, está el mar. William dice que el mar puede verse desde los jardines de Coombe Bottom.

—Supongo que, con el tiempo —declara Catalina como si pensara en voz alta—, hallaré el modo de perdonar a Isabel.

—Pero ¿cómo podréis perdonarla? —pregunta Dot.

La joven no puede imaginar que semejante cosa sea posible. Deja de hacer lo que está haciendo —doblar sábanas— y mira a Catalina en espera de su respuesta.

—No fue Isabel quien hizo a Seymour tal como es. Siempre fue así. —La reina mira a Dot a los ojos—. Fui yo quien no quiso verlo.

—Pero... —empieza a decir Dot.

La reina levanta una mano para hacerla callar.

—Isabel es... —Hace una pausa y exhala un suspiro—. Solo tiene catorce años. —Alza los brazos para desabrocharse el collar, una bonita cadena de oro con margaritas esmaltadas en amarillo y blanco. Dot le pasa el joyero. Catalina lo abre y deja caer la cadena en uno de sus compartimientos de seda—. Isabel sufre más que yo por sus actos. Es más fácil ser traicionado que traicionar, Dot.

Sin embargo, Dot no puede perdonarla. Se quedó horrorizada por lo que vieron sus ojos aquel día. Fue como si la hubieran traicionado a ella misma. Aún se arrepiente de haber llevado a Catalina a la cámara de Isabel. William dice siempre que entrometerse nunca trae nada bueno, y tiene razón. Pero Dot no pudo evitarlo y solo pensaba en su lealtad hacia Catalina. No obstante, si es sincera, también lo hizo porque aborrece a Isabel. Pero quien acabó sufriendo fue Catalina. ¿Habría sido mejor que Catalina no se enterase?

A Dot le gustaría parecerse más a Catalina: ser una persona capaz de perdonar y no una mujer rencorosa. Pero sigue reprochándole a Isabel la desgracia de Meg, aún más de lo que se la reprocha a Murgatroyd. ¿Cómo explicar eso? Meg habría dicho que Dios estaba poniendo a prueba su fe, como le pasó a Job; Dot no lo ve así. Nunca ha entendido la historia de Job.

Isabel es un enigma. La víspera de su marcha, Dot la oyó hablando con Juana Grey entre la hierba alta del fondo del huerto. Recordó que Meg y ella solían esconderse en el huerto de Whitehall para compartir secretos.

Dot estaba junto al estanque con el pequeño Ned Herbert, contando los peces. Isabel pasó del brazo con Juana Grey sin mirarla siquiera, como de costumbre. Pero Juana agitó la mano y le dedicó una de sus radiantes sonrisas. Dot se alegra de que Juana Grey vaya a ir a Sudeley con Catalina. Es una niña muy dulce, aunque bastante seria. Siempre tiene la nariz metida en un libro; normalmente, la Biblia. En ese aspecto, se parece un poco a la pequeña Meg, pero es mucho más risueña y alegre de lo que ella fue jamás.

Dot oyó que Juana le preguntaba a Isabel por ella —¿de qué

familia procedía Dot?—, y se acercó más para escuchar mejor. Se llevó a Ned consigo y le dijo que era un juego de espías.

—Es hija de un techador, ¿puedes creerlo? —dijo Isabel, quitándose el tocado, desatándose el manto y tumbándose en la hierba entre risas.

Juana se encogió de hombros.

—Su esposo toca como un ángel. Además, ella me cae bien.

—¿En serio?

Juana no dijo nada. A veces no hay modo de responderle a Isabel.

Isabel arrancó una brizna de hierba, se la puso entre los pulgares y sopló a través de ella para hacerla sonar.

—Si fueras un hombre por un día, ¿qué harías?

—No puedo imaginármelo —contestó Juana.

—Piensa en el poder. Me gustaría saber lo que se siente cuando todas las mujeres te obedecen. Creo que se me daría bien ser hombre.

Permanecieron unos instantes en silencio. Dot pensó que todos hacían lo que ella decía.

—La reina no quiere verme... —soltó Isabel de pronto. Hizo una pausa y luego añadió—: ¿Sabes qué es lo que he hecho, Juana?

Juana negó con la cabeza sin decir nada.

—La he traicionado y ahora se negará a verme antes de que me vaya.

—¿Quieres que le dé algún recado? —preguntó Juana.

—Pues sí —dijo Isabel—. Dile que me tomé muy en serio todo lo que me dijo y que espero que algún día pueda perdonarme.

—Seguro que te perdona —dijo Juana—. Es la persona más buena que conozco.

—Tal vez. Pero no conoces la gravedad de mi traición. —Hizo una pausa mientras cogía una margarita y la retorcía entre sus dedos—. Me dijo que soy una muchacha a la que le gusta llevar las riendas. ¿Crees eso, Juana? ¿Que soy alguien a quien le gusta llevar las riendas?

Juana cogió otra margarita y se la dio.

—Supongo. No te gusta que te manden.

—¿Eso me hace más hombre que mujer? —Isabel soltó una risa amarga, sin esperar una respuesta, y de pronto confesó—: ¿Sabes? Yací con su esposo.

Juana soltó un grito ahogado y se tapó la boca con el rostro encendido por la vergüenza.

—No puedo explicar por qué —continuó diciendo Isabel—. He tratado de entenderlo, pero no puedo. A veces hay cosas a las que no sé resistirme, aunque sean terribles. —Rodó hasta ponerse boca abajo, clavó los codos en el suelo y apoyó la barbilla sobre las manos. El tallo de la margarita se había roto y la dejó caer—. Hago cosas para sentirme viva, pero luego acabo sintiéndome más muerta que nunca.

Había lágrimas en los ojos oscuros de Isabel, algo que Dot no creía posible. Siempre había imaginado que Isabel estaba hecha de materiales secos, duros y resistentes, que no había ni una gota de líquido en ella.

—Odio a ese hombre, más de lo que odio al diablo.

—¿A Seymour?

—Sí, y me siento tan arrepentida que no sé qué hacer. Es la única madre que he conocido. Soy como un niño que arranca las alas de las moscas para verlas sufrir. —Parpadeó para contener las lágrimas e inspiró hondo antes de continuar diciendo—: ¿Sabes? Cortejó a mi hermana María y, cuando ella lo mandó a paseo, lo intentó conmigo. Debió de creerme estúpida si imaginó que me casaría con él sin tener el permiso del Consejo y que me arriesgaría a perder la cabeza. —Su voz sonaba encendida de ira—. Entonces se casó con la reina.

—¿Seymour trató de casarse con lady María y también contigo? Pero pensé que lo de la reina era un matrimonio por amor, que estaban enamorados…

—¡Bah! —exclamó Isabel con desprecio, sin dejar que Juana acabara la frase—. El amor. ¿Qué amor? Ambición, más bien. Ese hombre no pudo conseguir una princesa de sangre, así que se conformó con la reina. ¿Qué opinas de eso, Juana?

—Pues… no sé qué opinar.

—Te habría conseguido a ti, Juana Grey, si hubiera podido. Tienes una buena dosis de sangre real en las venas.

Juana puso cara de horror.

—Es broma, Juana, es broma. —Isabel se rio con amargura—. Creo que con once años serías demasiado joven hasta para Seymour.

—Pero...

—Nada de peros, Juana. Apostaría todo el oro de la cristiandad a que, si la reina se muriera mañana, Seymour vendría a llamar a mi puerta.

Juana soltó un leve grito, escandalizada.

—Si quieres un consejo —siguió diciendo Isabel—, no te cases...

La muchacha se interrumpió y dejó que las palabras flotaran en el aire.

Dot supuso que estaría pensando en lo inútil del consejo, puesto que a ellas las casarán lo quieran o no.

—¿Sabes qué más dijo la reina? Que las cosas que nos traen la mayor vergüenza pueden también traernos las mayores lecciones... —Hizo una pausa y preguntó—: ¿Tú lo crees, Juana?

—Si hacemos caso a las parábolas, es cierto —contestó Juana, siguiendo con la mirada a un abejorro que iba de flor en flor para no tener que mirar a Isabel.

—Eres la típica jovencita temerosa de Dios, ¿verdad? —la atacó.

Isabel es así y no puede evitarlo. Dot piensa que nunca entenderá a la muchacha. Aunque, claro, tal vez ni siquiera la propia Isabel sea capaz de resolver su enigma.

Castillo de Sudeley, Gloucestershire, agosto de 1548

Catalina yace en una cámara silenciosa y sombreada, esperando a que nazca su bebé. Dicen que, cuando va a haber un parto, las cortinas deben estar echadas y las ventanas cerradas, pero cada vez que Catalina se queda a solas con Mary Odell lo descorren todo, abren de par en par, disfrutando de la luz del verano y de la cálida brisa. Bajo la ventana se extiende el jardín de nudos, intrincado como una alfombra oriental, y al fondo se encuentra un estanque de peces ornamentales que a Catalina le recuerda a su sobrinito Ned, tan aficionado a contemplar las carpas del estanque de Chelsea. Eso, a su vez, le recuerda, con un dulce anhelo, a Dot, que siempre estaba con él al borde del agua, señalando los peces. Mary Odell es muy simpática y voluntariosa, aunque algo obtusa, pero no es Dot, que, pese a su manía de soñar despierta y sus despistes, era capaz de saber lo que quería Catalina antes que ella misma. Más cercana que la familia, así es como siempre pensará en su querida Dot. Le encantaría recibir una visita de su hermana Ana, pero el esposo de esta ocupa un puesto en el nuevo Consejo Privado y quiere tenerla en la corte, a su lado. No obstante, Ana vendrá cuando nazca el bebé.

Desde el lecho, Catalina distingue las almenas de la capilla de Santa María y, al otro lado, el parque reseco que se extiende a lo lejos, con sus árboles antiguos y sus manadas de ciervos. De todos los grandes palacios y castillos en los que ha vivido Catalina a lo largo de los años, este es el que más parece un hogar, y se muere de ganas de explorarlo. Pero debe permanecer encarcelada en sus aposentos, oscuros como una tumba, hasta que llegue la criatura.

Cuando regresa Lizzie Tyrwhitt, suelta un gran bufido de protesta mientras vuelve a cerrar todas las ventanas y corre las cortinas, exigiéndole a Mary Odell que la ayude. La chica obedece, aunque le tiemblan los hombros de la risa a sabiendas de que, en cuanto Lizzie salga por la puerta, Catalina querrá volver a abrirlas. Catalina le tiene aprecio a Lizzie; ha pasado mucho tiempo con ella a lo largo de los años. De hecho, fueron cuñadas durante el primer matrimonio de Catalina, con Edward Borough, y vivieron juntas en Gainsborough Hall por un breve periodo. Pero Lizzie puede mostrarse insoportablemente recalcitrante cuando se trata de algo que tenga que ver con un nacimiento.

Cada tarde viene a visitarla Juana Grey, y también Levina Teerlinc, que ha llegado hace poco con objeto de pintar un retrato de Juana para el rey. A menudo se sienta y las dibuja a todas mientras realizan sus tranquilas actividades. Su perro Hero se coloca junto a ella y le apoya la cabeza en el regazo. El roce del carboncillo sobre el pergamino las adormece. Levina tiene un don para captar las cosas: la forma en que Mary Odell se aparta el pelo de la cara con el dorso de la mano; la animación de Lizzie; la arruga de gravedad que se forma en la frente de Juana cuando lee en voz alta las *Paráfrasis*. A Juana le encanta aprender, y con frecuencia gusta de comparar las versiones latina e inglesa de Erasmo. Catalina sigue sintiendo una pizca de orgullo por su papel en la traducción de Erasmo y también recuerda los maridos a los que ha leído ese libro; aunque no a Thomas. Thomas apenas aguanta sentado el tiempo suficiente para rezar por el buen parto de su retoño.

Ahora que Thomas ha regresado de Londres para aguardar el nacimiento, ningún hombre tiene permitida la entrada en esas habitaciones salvo Huicke y Parkhurst, el capellán. Y solo permite la entrada de esos dos porque no puede negarle a Catalina la presencia de su médico ni de su clérigo, pero siempre se queda, mirándolos con furia, cuando están aquí: sus celos han alcanzado unas proporciones excesivas. Por eso, el jardinero ha dejado de venir a diario con flores frescas de los jardines. Tampoco acuden su chambelán ni su secretario, puesto que Thomas no lo consiente. Catalina recuerda que, no hace tanto tiempo, vio sus celos como una prueba de su amor. Qué equivocada estaba.

Seymour es como el muchacho de la mitología griega condenado a contemplar incesantemente su propio reflejo. ¿Cómo se llama? No parece capaz de recordar nada. Lizzie Tyrwhitt dice que es porque está encinta. Espera que sea así, porque apenas puede terminar sus frases y recordar cómo han empezado.

No obstante, Thomas se muestra más atento que nunca: convence a las criadas para que traigan fruta fresca del jardín, vinos tónicos de la bodega y dulces de la cocina, y él mismo acude con regalos cada día: un abanico enjoyado, un libro de poemas, un ramillete de violetas. Pasa horas sentado junto a ella, leyendo en voz alta y contándole los cotilleos de Londres, aún empeñado en negociar el matrimonio de Juana con el rey. Sus esperanzas han aumentado ahora que la reina María de Escocia, a sus cinco años, ha quedado fuera de la competición. Está prometida con el delfín y pronto viajará a Francia para vivir con la familia real francesa. Algún día será reina de Francia y de

Escocia, pobre niña. Mientras tanto, Thomas continúa descargando su ira sobre su hermano por las joyas de Catalina. La situación entre ellos se deteriora y escribe cartas furiosas que no obtienen respuesta.

Sin embargo, todo eso ha dejado de despertar el interés de Catalina, que escucha a medias con actitud distante. Sus sentimientos hacia Thomas se alteraron de modo irrecuperable aquel día en Chelsea; su amor desapareció como el agua por un agujero. Si busca en su corazón ahora, descubre que ha perdonado a Isabel y que las cartas que le ha enviado, vacilantes, compungidas y afligidas, le resultan conmovedoras. Catalina está segura de que su error forjará su carácter y solo puede pensar con ternura en esa muchacha perdida. En cuanto a su propio matrimonio, lo considera solo un arreglo, como la mayoría, y trata de verlo más como otro episodio que como un error. Al fin y al cabo, él le ha dado esa criatura.

Piensa sin cesar en su bebé y se imagina perdonada por Dios, puesto que esta bendición, después de todos esos años de vacío, es sin duda un regalo de Él. Ha retomado sus *Lamentaciones* y está revisando sus propios escritos, sorprendida por la pasión y el fervor que sintió una vez, cuando todo era distinto. Piensa en ello como el periodo de «antes»; como Eva antes de la caída. Desde entonces ha cambiado de manera irremediable, ha perdido su certeza sobre las cosas, sobre la fe. Aunque, con este milagroso regalo que se forma en su interior, se siente empujada hacia un lugar mejor. Por eso le escribe a Isabel, su querida oveja negra, animándola a leer el libro, a aprender de él cómo dejar a un lado su fragilidad y su vanidad.

—Catalina —dice Thomas—, ¿me estás escuchando?

—Estaba amodorrada —responde ella—. Pensando.

Se encuentran solos y Catalina yace en el lecho con solo un camisón holgado, encendida por el calor y sin aliento. Está tan grande ya que apenas le queda espacio para el aire en los pulmones. Nota una presión constante —un pie o una mano minúsculos, supone— bajo las costillas. Le cuesta estar cómoda, tiene los pies dormidos y le duele la espalda; está tumbada de lado, apoyada en las almohadas, porque si se tiende boca arriba pierde el conocimiento.

—¿En qué pensabas?

Los ojos azul violáceo de él brillan de un modo que a ella le resultaba irresistible, aunque ya no; ahora los ve como las gemas falsas que son. Le gustaría decir que pensaba en cuánto la ha decepcionado, pero no lo hace.

—Pensaba en nuestra criatura.

—Nuestro hijo. Lo llamaremos Eduardo, por el rey. Nuestro hijo hará grandes cosas. Hijo de una reina, primo de un rey. Habitará en los mejores palacios.

—Sí —murmura ella—, en los mejores palacios.

Anhela en secreto una hija, pero apenas puede admitirlo ni siquiera ante sí misma. Se supone que todo el mundo quiere un hijo.

Entra Huicke sin hacer ruido. Aguarda el permiso de Seymour y dice:

—He traído un tónico para la reina.

—¿Qué lleva? —inquiere su esposo.

—Unas hierbas saludables.

El médico vierte una medida de un frasco y se la da a ella, pero Thomas lo detiene agarrándolo del brazo y le pregunta con brusquedad:

—¿Cuáles exactamente? —Se lleva la taza a la nariz para oler su contenido—. Quiero saber qué le das a mi esposa —añade en su habitual tono despótico.

Aunque Seymour solo lo hace para sentir que tiene el control, piensa Huicke.

—Se trata de una infusión de hoja de frambueso, ulmaria y ortiga —responde.

—¿Y para qué son? —pregunta Seymour, aumentando la presión en torno al brazo de Huicke.

—La hoja de frambueso facilita el parto y la ulmaria alivia el ardor de estómago.

—¿Y la otra?, ¿qué era…? —le espeta.

—La ortiga, milord, incrementa la fuerza.

Seymour deja caer el brazo chasqueando la lengua y le acerca la taza a Catalina, que apura el contenido.

—De ahora en adelante, seré yo quien le dé a la reina su tónico, Huicke. ¿Entendido?

Huicke se imagina abofeteando a ese hombre, dándole incluso un puñetazo, o clavándole un puñal y observando cómo se desangra.

—Huicke —dice Catalina, devolviéndole la taza vacía—, se me han dormido los pies.

—Te daré un masaje.

El médico se sienta en la cama, apoya sobre sus rodillas los pequeños pies de Catalina y los frota entre sus palmas enguantadas.

—¡Lo haré yo, Huicke! —vocifera su esposo, poniéndose en pie—. ¡Apártate!

—Como gustéis, lord almirante.

Huicke se hace a un lado y observa a Seymour, que maneja los pies de su esposa con mucho tiento, como si sostuviera un puñado de faisanes muertos que hay que desplumar y destripar.

—Con un poco más de firmeza, cariño —dice Catalina, mirando a Huicke y poniendo los ojos en blanco con una sonrisa irónica.

«Esa es mi Catalina —piensa—, aún no ha perdido el sentido del humor».

—¡Eso es todo! —brama Seymour, agitando un brazo para despedirlo.

En ese momento preciso, Catalina lanza un grito, un sonido animal, y rompe aguas. Seymour se pone en pie de un salto, agitando los brazos con una especie de temerosa repugnancia.

—Voy a buscar a la comadrona —anuncia Huicke, burlándose para sí de Seymour, tan conocido por su valor y que, sin embargo, se está dejando arrastrar por el pánico.

Las aguas gotean en el suelo.

—¡No, no! —casi grita Seymour—. Iré yo. Quédate con ella, Huicke.

Y sale corriendo de la habitación.

Cuando la puerta se cierra con un golpe, Catalina y Huicke sueltan una carcajada.

Huicke exclama:

—¡Hombres!

Acto seguido, se dedica a recolocar las almohadas para que ella esté cómoda.

—Huicke —dice Catalina con voz débil—, me da miedo el parto. Ya no soy joven…

Él le apoya un dedo en los labios.

—Chisss, muchas mujeres dan a luz sin problemas a tu edad. Treinta y seis años no son tantos, Kit, y eres fuerte. Ríndete, deja que el parto siga su curso.

Lizzie Tyrwhitt entra con paso enérgico, acompañada por un pequeño ejército de damas, incluida la comadrona, cubiertas con delantales y armadas con toallas, sábanas y palanganas.

—Por favor, doctor, no queremos hombres aquí por ahora.

Huicke besa a Catalina en la cabeza, aspirando su aroma de violetas secas, y se marcha.

Juana Grey está al otro lado de la puerta; su rostro es la viva imagen de la inquietud. Es demasiado joven para asistir a un parto. Huicke la acompaña al banco de una ventana y, juntos, escuchan cómo recorre Seymour el salón del piso de abajo, los pies golpeando las losas de piedra. Los gemidos procedentes de la cámara se vuelven más frecuentes e insistentes. Cada vez que suena uno, Juana hace una mueca sin decir nada.

—Aprecias a la reina, ¿no es así? —pregunta él.

—Oh, sí, la quiero mucho.

—Yo también, Juana, yo también. Es una de esas raras criaturas que se ganan el amor de todos.

—Doctor Huicke —dice la niña, mirándolo con sus redondos ojos claros—, ¿creéis en el nuevo mapa del universo?

—Así es —confirma él, pensando que parece tener mucho más que once años.

—Pues yo creo que la reina es como el sol y que todos orbitamos alrededor de ella.

—Yo no habría sabido expresarlo mejor, Juana —responde el médico.

Huicke le pide que se marche poco después, aunque ella no quiere. Los gritos de Catalina se han vuelto apremiantes y perturbadores, y no quiere que la niña se asuste. No puede hacer nada, pero no se decide a irse, así que espera y espera, toda la noche y toda la mañana. Cada vez que una dama sale de la habitación a pedir sábanas limpias, a cambiar el agua o a buscar comida, se levanta y la mira a los ojos, pero siempre recibe en respuesta un leve cabeceo. Pobre Kit, este parto es de los largos.

Sigue esperando, sintiéndose impotente, a sabiendas de que, pese a todos sus conocimientos de medicina, no hay nada que pueda hacer para ayudarla. Pasa otro día, tortuosamente lento. Hace calor y el cielo está cubierto, como si se preparase una tormenta. Llega la noche y Huicke cae en la cuenta de que no ha comido. Cree que no puede hacerlo.

Los minutos transcurren despacio. Los gemidos de Catalina lo atraviesan. El médico se pregunta por primera vez si ella sobrevivirá a este parto.

Justo cuando los primeros pájaros empiezan a cantar al alba, Lizzie Tyrwhitt sale de la cámara como una exhalación, pálida de agotamiento pero sonriente.

—Doctor, la reina ha dado a luz a una hija. Voy a buscar al lord almirante.

En ese momento se siente incapaz de contener el llanto. Solo entonces se da perfecta cuenta de lo inmensa que ha sido su angustia.

Catalina tiene una hija.

Es madre.

Castillo de Sudeley, Gloucestershire, septiembre de 1548

Las mujeres se mueven por la cámara como sombras. Oye susurros, pisadas y el suave tintineo de un líquido que están virtiendo. Le arriman algo a los labios. La bebida fresca se desliza por su garganta. La mente de Catalina divaga y salta de una cosa a otra. Siente que resbala por los bordes de la conciencia. Tiene calor, su frente arde, y teme estar ya en las hogueras del Infierno. Entonces se acuerda del pegajoso calor estival.

—¿Dónde está Huicke? —murmura—. Tengo que ver a mi médico.

No puede agarrarse a nada, los pensamientos se desprenden de su mente como los pétalos de una rosa muerta. Se despoja de la colcha. La habitación es un horno.

—Abrid una ventana —masculla, pero no está segura de que salga de su boca ningún sonido.

Alguien agita un abanico; el aire fresco le enfría la piel húmeda de sudor y, de pronto, el frío le llega a los huesos.

—¿Meg?

—Soy Juana —dice la niña.

Y ahora lo ve: los redondos ojos claros, el cuello largo… No es Meg, en absoluto.

Oye fragmentos de conversaciones susurradas. María Seymour. Recuerda haberle puesto a su bebé el nombre de su hijastra, que ha vuelto al seno de la familia. «Mi propia hija», piensa, sin apenas poder creerlo todavía.

—Juana. —De pronto, teme por su hija—. Juana, ¿está bien la pequeña María?

—Sí. La está amamantando la nodriza.

—Me gustaría cogerla.

Siente deseos de apretar la cara contra la suave pelusa de la coronilla de su bebé, inhalar su aroma nuevo.

—No se puede molestar a un bebé de una semana cuando está comiendo —declara la marimandona de Lizzie Tyrwhitt.

La necesidad de Catalina se convierte en desesperación por tocar a su niñita, por notar la presión de su diminuto puño en torno al dedo, por ver su boquita hinchada de mamar. La separación le resulta insoportable. Trata de incorporarse, de salir del lecho, pero su cuerpo es un peso muerto.

—Vamos, vamos. —Nota las manos competentes de Lizzie persuadiéndola para que vuelva a recostar la cabeza en las almohadas—. La traerán cuando haya comido.

—¿Dónde está Dot? —pregunta—. ¿E Isabel? ¿Dónde están mis chicas?

—Dot no se encuentra aquí —dice Juana—, sino en Coombe Bottom, en Devon. ¿No os acordáis?

Pero Catalina no puede aferrarse a sus recuerdos. Son como peces mojados y se deslizan entre sus dedos justo cuando cree tenerlos bien agarrados.

—Pero Isabel sí que está...

—Se halla en Cheshunt con lord y lady Denny.

El rostro de Juana se dibuja y desdibuja como si lo viese a través del agua. Catalina cierra los ojos y se permite adormecerse.

—Fiebre puerperal... —oye que dice Lizzie en voz baja.

¿Con quién habla? ¿Es Seymour o es Enrique? No, debe de ser Seymour porque Enrique ya no está.

«Así que me estoy muriendo», piensa entonces con pavor, preguntándose, como solía hacer, cuál de sus esposos la acompañará al Paraíso..., si es ahí adonde va. No puede pensar en el otro sitio. ¿Será el más importante? No, Enrique tendrá a Juana Seymour a su lado. ¿Será entonces el más reciente, el padre de su hija? En silencio, le suplica a Dios que no le dé a Seymour por toda la eternidad. Espera que sea Latymer, puesto que fue aquel con el que estuvo más tiempo. Su querido Latymer, a quien mató; el pensamiento intensifica su pánico. Su rostro flota ante ella, y se pregunta si habrá venido a buscarla.

Pero es Huicke. Sus ojos están nublados por la pena.

Catalina se pregunta por qué. Entonces comprende que es por ella y recuerda que se está muriendo. Lo coge del brazo y lo atrae hacia sí. Alarga la mano para acercar la oreja de él a su boca.

—Huicke, me ha envenenado.

Ignora por qué lo ha susurrado, de dónde ha salido. Pero siente algo en su interior, algo malo que se le ha metido dentro. Las palabras de su marido se deslizan en su mente: «Quiero saber qué le das a mi esposa».

—Quiere librarse de mí para poder casarse con Is...

«No —se dice, interrumpiendo las palabras—. Estoy pensando en lo que hice con Enrique, con Latymer». Pero algo se ha metido en su interior y la está minando. ¿Quién lo ha puesto ahí? Siente la negrura del otro lado como una fría sombra junto a sus ojos.

—Huicke —le susurra al oído—, ¿envenené al rey?

—No, Kit, no lo hiciste.

Nota que le está acariciando el cabello. Catalina flota, resbala, cae.

—Me voy, Huicke. Ve a buscar a Parkhurst. Ha llegado el momento.

De pronto, Seymour está junto a ella en el lecho, cogiéndola de la mano. Catalina siente que se va a ahogar e intenta liberarse. Lizzie está allí, pasándole un paño frío por la cara. Esa fría humedad la tranquiliza.

—No estoy bien atendida —le dice a Lizzie. Oye el goteo que causa al aclarar el paño en una palangana—. Quienes me rodean no me cuidan. —Trata de señalar con la cabeza en dirección a su esposo, porque se está refiriendo a él—. Se ríen de mi desgracia...

—Vamos, cariño —dice una voz untuosa—. Yo nunca te haría daño.

Es Seymour. Le ha pasado por los hombros un brazo que le pesa como un gran miembro de hierro. Se lo quita de encima y se aleja de él, agotándose con el esfuerzo.

—Yo creo que sí, Thomas —se oye decir.

Percibe unos sollozos ahogados. ¿Quién llora? Nota lágrimas en su mejilla. Seymour acaba de darle un beso.

—Habría dado mil marcos con tal de ver a Huicke antes, pero no me he atrevido a pedirlo por miedo a disgustarte —dice ella, sorprendida del claro sonido de su voz. Y añade en un murmullo—: Creo que tus lágrimas son de culpa, no de pena.

—Cariño... —dice él, y luego parece quedarse sin palabras.

Un aroma de cedro y almizcle se filtra en su interior: el olor de él. Se le pega de forma insoportable. No quiere que sea el último olor que perciba en esta tierra.

—Vete —dice, y se siente más ligera cuando él se aparta; cada vez más y más ligera, volando como un vilano de diente de león.

Parkhurst se cierne sobre ella con la cruz de madera colgando del cuello. Catalina fija la vista en él, el único punto inmóvil en un mundo que no para de girar. El capellán toma su mano para impedir que se aleje.

—¿Me perdonará Dios? Tiene mucho que perdonarme.

El hábito de Parkhurst huele a velas recién apagadas. Catalina oye cómo le administra la extrema unción, nota el suave roce de su mano sobre la frente.

—Sin duda seréis perdonada —susurra él.

Ella suspira y se siente flotar. Luego expira.

Epílogo

La niña de Dot tiene ya cuatro meses. Dot contempla a la pequeña Min en la playa que está junto a la casa, con el bebé en brazos y sus dos hijos trotando detrás de ella por la orilla. Dot se halla en el jardín, podando sus plantas medicinales. Su pulsera lanza destellos al sol; es la que le regaló Catalina antes de que se separaran. Nunca se la quita. Cuando se enteró de la muerte de Catalina, fue como si le dieran un puñetazo en el estómago; creyó volverse loca de pena. La mera idea de que ya no estuviese sobre la faz de la tierra le resultó insoportable. Pensó en las personas que había perdido: primero su padre, que se cayó del tejado, y la dulce Letty, su amiga de la niñez, luego Meg y ahora Catalina. Todas ellas de manera prematura. La gente le decía: «Un día os volveréis a reunir».

Pero ¿y si el Cielo y el Infierno no fuesen más que historias que se cuentan las personas unas a otras, como los relatos de Camelot? Ese pensamiento resulta demasiado complicado para la cabeza de Dot.

Fue el nacimiento de su propia hija, la pequeña Meg, lo que la ayudó a conservar la cordura. Y William, por supuesto. Su William Savage ha sido su roca; su hija Meg, el hilo que la une a él.

—No pienses demasiado, Dot —acostumbra a decirle William—. Si dejas que esos pensamientos se descontrolen, te volverás loca.

Su marido lleva toda la razón, naturalmente; hay cosas en las que es preferible no pensar.

La pequeña Min y los niños se debaten contra la brisa vigorizante. Está subiendo la marea y los guijarros estarán bajo el agua dentro de una hora. Dot ha acabado amando el mar, el constante ir y venir, el sonido como el viento que sopla entre las hojas. La pequeña Min corre en círculo y los niños la persiguen. Oye fragmentos de sus risas entre las rachas de viento. La pequeña Min ya no es pequeña: mide al menos cinco centímetros más que Dot, que ya es bastante alta, pero ya no puede cambiar de calificativo.

Dot ha disfrutado conociendo a su hermana. Nunca pensó en lo mucho que puede influir la familia en tu carácter; por ejemplo, Min se pasa la mitad del tiempo sentada con la cabeza en las nubes, apenas le teme a nada y a veces actúa antes de pensar. «La impetuosa pareja», las llama William, porque les gusta quitarse los zapatos y las medias y ponerse a buscar almejas en el bajío con las faldas recogidas como granjeras, sin que les importe ni un ápice estarse empapando de agua salada; cuando nevó este invierno, cogieron las fuentes más grandes de la cocina y se deslizaron sobre el trasero colina abajo, hasta la playa. Cosas que las damas nunca jamás deberían hacer.

Sin embargo, Min también es distinta en muchos aspectos. No le interesa aprender a leer, le importan un rábano las historias. Pero le gusta cantar, y lo hace muchas tardes que William toca el virginal. Es Dot quien enseña a los niños las letras sentándose con ellos, repasando sus libros, corrigiendo sus errores, ayudándolos a deletrear; siempre se acuerda de Catalina haciendo lo mismo con Meg e Isabel.

En Devon no viven tan apartados como para no tener noticias de la corte, puesto que a William lo convocan a menudo con el fin de tocar para el rey y realizar diversos cometidos, y regresa de esas visitas cargado de chismes. Seymour está en la Torre por conspirar para casarse con lady Isabel sin el permiso del Consejo, lo cual es traición.

—Ahí tienes a un hombre que se ha dejado arrastrar por la ambición —comentó William.

Dot recuerda haber oído a Isabel en el huerto de Chelsea diciendo: «Apostaría todo el oro de la cristiandad a que, si la reina se muriera mañana, Seymour vendría a llamar a mi puerta». Lo decapitarán por ello, o eso dice William. A Isabel la interrogaron y a punto estuvo de perder también la cabeza. Pese a todo, Dot casi se compadece de la joven, cuya vida ha sido un vaivén constante: educada para ser esto y aquello, objeto de reverencias y también de ataques, elevada, derribada y criticada por haberse convertido en lo que era; y ni un solo momento de inocencia en toda su existencia. De hecho, si bien lo piensa, Dot cree que podría perdonar a Isabel. Pero no lo piensa muy a menudo.

Se pregunta qué será de la hija de Catalina, la pequeña María Seymour, ahora que su madre ya no está y su padre se encuentra encerrado en la Torre para recibir su merecido. Según William, será Cat Brandon quien se ocupe de María, puesto que su casa es digna del rango de la niña. A Dot le gustaría que pudiera venir a Coombe Bottom y criarse aquí, que aprendiera a ordeñar una vaca, a montar en poni sin silla y a coger berberechos en la playa durante la marea baja. La imagina con los niños, cuyas risas le llegan entrecortadas por el viento. Pero María Seymour es hija de la reina y debe educarse como tal.

Dot contempla el mar y se consuela pensando que Catalina sigue viviendo, en cierto modo, a través de esa niña. Y que, cuando todos se hayan convertido en polvo, las historias continuarán a lo largo del tiempo, infinitas como el mar.

Agradecimientos

Hay muchas personas a las que me gustaría dar las gracias y sin las cuales *El juego de la reina* quizá no habría visto nunca la luz: Katie Green, por su inigualable perspicacia y lucidez; mis editores, en particular Sam Humphreys, por su fe en mi novela y la sutileza de sus retoques, y Trish Todd, capaz de detectar un anacronismo a cien pasos, por sus inestimables aportaciones; mi agente, Jane Gregory, por apoyar mis esfuerzos cuando *El juego de la reina* era poco más que un destello en mis ojos; Sarah Hulbert, por su infinita paciencia y precisión; Catherine Eccles, por su infalible apoyo, su amistad y sus consejos constructivos; Stephanie Glencross, por su paciencia con un engorroso primer borrador, y Diana Beaumont, por su paciencia con el segundo; la asociación de escritores de la BAFTA, por ayudarme a lidiar con la materia prima de mi novela; y, por último, el inimitable George Goodman, por encender la idea inicial.

Personajes

ANA

> *Anne Herbert (apellido de soltera, Parr); más tarde, condesa de Pembroke; hermana menor de Catalina Parr; casada con William Herbert; sirvió a todas las reinas de Enrique VIII; reformadora religiosa (c. 1515-1552)*

ANA BOLENA

> *También Nan Bullen. Segunda esposa de Enrique VIII; madre de Isabel Tudor; reformadora religiosa; ejecutada por sospecha de incesto con su hermano y adulterio con otros cortesanos, considerado traición, aunque es improbable que los cargos fuesen ciertos (1504-1536)*

ANA DE CLEVES

> *Cuarta esposa de Enrique VIII; matrimonio anulado por falta de consumación (1515-1557)*

ANNE ASKEW

> *Evangelista religiosa declarada, con posibles vínculos con el séquito personal de la reina; quemada por herejía (1520-1546)*

CATALINA DE ARAGÓN

> *Primera esposa de Enrique VIII; viuda de su*

hermano mayor, Arturo, príncipe de Gales, muerto antes de ascender al trono; madre de María Tudor; matrimonio anulado, aunque el contingente católico nunca aceptó la anulación (1485-1536)

CATALINA HOWARD   *Quinta esposa de Enrique VIII; decapitada a la edad aproximada de diecisiete años por adulterio, considerado traición (1525-1542)*

CATALINA PARR   *Sexta esposa de Enrique VIII; hermana de Guillermo Parr y Ana Herbert; madre de María Seymour; murió en el parto; reformadora religiosa (c. 1512-1548)*

CAT BRANDON   *Duquesa de Suffolk (apellido de soltera, Willoughby de Eresby); ferviente reformadora religiosa y gran amiga de Catalina Parr; madrastra de Frances Brandon y abuelastra de lady Juana Grey (1520-1580)*

CRANMER   *Arzobispo de Canterbury; reformador religioso confirmado; quemado por herejía durante el reinado de María Tudor (1489-1556)*

DENNY   *Anthony, lord Denny; confidente de Enrique VIII y miembro del Consejo Privado; cuñado de la señora Astley (1501-1549)*

DOT FOWNTEN   *Dorothy Fountain; criada de Margaret Neville de niña; camarera de Catalina Parr siendo reina; casada con William Savage (se desconocen las fechas)*

EDUARDO TUDOR   *Único hijo varón de Enrique VIII; subió al*

*trono como Eduardo VI con solo nueve años
(1537-1553)*

EDWARD BOROUGH
*De Gainsborough Hall; primer marido de
Catalina Parr (fallecido antes de 1533)*

ENRIQUE VIII
*Rey de Inglaterra; ascendió al trono en 1509
(1491-1547)*

FRANCES BRANDON
*Lady Frances Grey, condesa de Dorset; esposa
del marqués de Dorset; sobrina de Enrique
VIII; hija del duque de Suffolk y María Tudor,
hermana del rey; madre de lady Juana Grey;
reformadora religiosa (c. 1519-1559)*

GUILLERMO PARR
*Conde de Essex y luego marqués de Nor-
thampton; miembro del Consejo Privado;
hermano de Catalina Parr; pasó muchos años
intentando divorciarse de su esposa Anne
Bourchier por adulterio para casarse con Eli-
sabeth Brooke; reformador religioso (1513-
1571)*

HERTFORD
*Edward Seymour, conde de Hertford; más
tarde duque de Somerset y lord canciller de
Inglaterra; tío mayor del príncipe Eduardo,
más tarde Eduardo VI; marido de Anne Stanhope; reformador religioso; ejecutado por traición (c. 1506-1552)*

HUICKE
*Dr. Robert Huicke; médico de Enrique VIII
y Catalina Parr; fue testigo del testamento de
Catalina Parr (fallecido c. 1581)*

ISABEL TUDOR
Hija menor de Enrique VIII; declarada ilegí-

tima cuando Enrique se divorció de su madre, Ana Bolena; subió al trono con el nombre de Isabel I (1533-1603)

JANE LA BUFONA

Una bufona llamada Jane aparece registrada en las cuentas del presupuesto de la monarquía durante los reinados de Enrique, María e Isabel; apenas se sabe nada de ella, salvo que pudo llevar el apodo de Beddes o Bede (se desconocen las fechas)

JUANA GREY

Lady Juana Grey; hija de Frances Brandon y del marqués de Dorset; pupila de Thomas Seymour; después reina de Inglaterra durante menos de dos semanas; ejecutada a la edad aproximada de diecisiete años por María Tudor; ferviente reformadora religiosa (1536/7-1554)

JUANA SEYMOUR

Tercera esposa de Enrique VIII; madre del príncipe Eduardo, más tarde Eduardo VI; murió en el parto; Enrique decidió que lo enterrasen con ella por ser la única esposa en darle un hijo varón (c. 1508-1537)

LATYMER

John Neville, lord Latymer; segundo esposo de Catalina Parr; padre de Meg Neville; implicado, quizá a su pesar, en la Peregrinación de Gracia, una revuelta católica; perdonado por Enrique VIII (1493-1543)

LIZZIE TYRWHITT

Lady Elizabeth Tyrwhitt; noble de la cámara de Catalina Parr que la asistió en su lecho de muerte (murió c. 1587)

Margarita Douglas
Condesa de Lennox; sobrina de Enrique VIII; hija de Margarita Tudor, reina de Escocia, y de su segundo esposo, Archibald Douglas; hermanastra de Jacobo V de Escocia y tía de María, reina de Escocia; encarcelada por su vínculo con Thomas Howard, hermanastro del duque de Norfolk; causó escándalo por su relación con Charles Howard, hermano de Catalina Howard; se casó con el conde de Lennox, segundo en la línea de sucesión al trono escocés, con lo que logró una posición simbólica en Escocia para Enrique VIII (1515-1578)

María Seymour
Hija de Catalina Parr y de Thomas Seymour; educada por Cat Brandon tras la ejecución de su padre (1548-sin registros sobre ella desde 1550)

María Tudor
Hija de Enrique VIII y de Catalina de Aragón; católica comprometida; declarada ilegítima cuando Enrique se divorció de su madre; subió al trono con el nombre de María I, apodada María la Sanguinaria (1516-1558)

Mary Odell
Doncella al servicio de Catalina Parr como reina viuda (c. 1528-1558)

Meg Neville
Margaret Neville; hija de lord Latymer; hijastra de Catalina Parr; reformista religiosa (c. 1526-1545)

Paget
Sir William Paget; secretario del Consejo Privado; aliado del obispo Gardiner (c. 1506-1563)

ROBERT DUDLEY

Conde de Leicester; favorito de Isabel I (1532-1588)

SEÑORA ASTLEY

Catalina Astley (de soltera, Champernowne); institutriz de Isabel Tudor; intentó negociar un matrimonio entre Isabel y Thomas Seymour, lo que estuvo a punto de costarle la vida (c. 1502-1565)

STANHOPE

Condesa de Hertford; más tarde, duquesa de Somerset; casada con Hertford y, por lo tanto, cuñada de Thomas y Juana Seymour; al parecer, persona desagradable y ambiciosa; reformadora religiosa confirmada que, presuntamente, hizo llegar a Anne Askew pólvora para acelerar su muerte en la hoguera (c. 1510-1587)

STEPHEN GARDINER

Obispo de Winchester; miembro del Consejo Privado de Enrique VIII; católico ferviente; intentó con Wriothesley derrocar a Catalina Parr, lo que causó su propia caída política temporal (c. 1493-1555)

SURREY

Henry Howard, conde de Surrey; heredero del duque de Norfolk; poeta que introdujo el soneto en Inglaterra; ejecutado por falsas acusaciones relacionadas con su derecho a llevar cierto escudo de armas real, pero probablemente porque, en sus últimos días, Enrique VIII temió que el poder de la familia Howard fuese demasiado grande (c. 1516-1547)

THOMAS SEYMOUR

Barón Seymour de Sudeley y lord gran almirante; famoso por su atractivo físico; cuarto

*esposo de Catalina Parr; hermano de Hert-
ford y Juana Seymour; por lo tanto, cuñado
de Enrique VIII; ejecutado, entre otros cargos, por tratar de casarse con Isabel Tudor (c.
1509-1549)*

UDALL

*Nicholas Udall; dramaturgo e intelectual;
autor de* Ralph Roister Doister, *considerado
el primer autor de comedias inglés; decano de
Eaton, cargo que perdió por motivos «inmo-
rales» no especificados; amigo de Catalina
Parr; reformador religioso (c. 1504-1556)*

WILL HERBERT

*Will Herbert el Salvaje; más tarde conde de
Pembroke; esposo de Anne Parr y cuñado
de Catalina Parr; conocido como brillante
estratega militar y valiente soldado; miembro del Consejo Privado; reformador religioso (1501-1570)*

WILLIAM SAVAGE

*Músico de las cortes de los reyes Enrique VIII
y Eduardo VI; casado con Dorothy Fountain
(se desconocen las fechas)*

WILL SOMMERS

*Bufón de la corte del rey Enrique VIII (mu-
rió en 1560)*

WRIOTHESLEY

*Sir Thomas Wriothesley; más tarde conde de
Southampton; lord canciller de Enrique VIII;
había sido aliado de Thomas Cromwell, pero
se alineó con Gardiner a la muerte de
Cromwell; se convirtió en un ferviente conservador católico; se unió a Gardiner en el
complot fallido para derrocar a Catalina Parr
(1505-1550)*

En la medida de lo posible, he intentado reflejar con fidelidad los datos, los acontecimientos y las personas de la época. Solo algunos de los personajes menos relevantes, como los mozos, los mayordomos y la malhablada Betty Melcher, son de mi propia invención. Aunque el calvario de Catalina en Snape está documentado, también Murgatroyd es una figura imaginaria.

Las mayores libertades son las que me he tomado con los personajes de Dot y Huicke. No se sabe casi nada de Dorothy Fountain, salvo lo que aparece escrito más arriba. Seguramente era de mejor cuna de la que yo le he atribuido. Por otro lado, no existe evidencia alguna que avale la homosexualidad del doctor Robert Huicke. Dicho esto, *El juego de la reina* es una novela, por lo que todos mis personajes pueden considerarse ficticios.

Desde esta distancia en el tiempo, incluso muchos «datos» históricos se basan en equívocos y conjeturas, y solo podemos imaginar los pensamientos y sentimientos de las personas.

Fechas significativas

1509   Enrique VIII es proclamado rey (21 de abril).
Enrique VIII se casa con la viuda de su hermano, Catalina de Aragón (11 de junio).
Nace Thomas Seymour.

1512   Nace Catalina Parr (probablemente en agosto).

1513   Nace Guillermo Parr.

1515   Nace Ana Parr (fecha aproximada).

1516   Nace María Tudor (18 de febrero).

1527   Enrique VIII solicita la declaración de nulidad de su matrimonio con Catalina de Aragón, alegando que el matrimonio anterior de ella con el hermano de él invalidó su unión a los ojos de Dios; esta cuestión se conoce como «la cuestión real».

1529   Catalina Parr se casa con Edward Borough (probablemente a finales de la primavera).

1533   Enrique VIII se casa con Ana Bolena (25 de enero).
Muere Edward Borough (primavera).
Nace Isabel Tudor (7 de septiembre).

1534   Enrique VIII es nombrado Jefe supremo de la Iglesia de Inglaterra en la Ley de Sucesión (23 de marzo).
Catalina de Aragón recibe el título de princesa de Gales viuda.
María Tudor es declarada ilegítima.
Catalina Parr se casa con lord Latymer (verano).

1535 Thomas Cromwell es reconocido como secretario de Estado y ministro principal.

Comienzo de la disolución de los monasterios.

Tomás Moro es ejecutado por negarse a aceptar la Ley de Sucesión y a Enrique VIII como Jefe de la Iglesia.

1536 Muere Catalina de Aragón (7 de enero).

Ana Bolena es decapitada (19 de mayo).

Isabel Tudor queda excluida de la sucesión.

Enrique VIII se casa con Juana Seymour (30 de mayo).

Peregrinación de Gracia; el norte se levanta en protesta por la reforma religiosa (septiembre-diciembre).

Catalina Parr (entonces lady Latymer) es tomada como rehén en el castillo de Snape.

1537 Doscientos sesenta rebeldes del norte son condenados a muerte.

Lord Latymer es perdonado.

Nace Eduardo Tudor, heredero al trono (12 de octubre).

Muere Juana Seymour de fiebre puerperal (24 de octubre).

1539 Se aprueba la ley de Cromwell que ordena la disolución de los monasterios.

Enrique VIII es excomulgado por el papa (diciembre).

Se publica la primera edición de la *Great Bible* (en español, *Gran Biblia*) en lengua inglesa (abril).

1540 Enrique VIII se casa con Ana de Cleves (6 de enero).

El matrimonio del rey con Ana de Cleves es anulado por falta de consumación (9 de julio).

Enrique VIII se casa con Catalina Howard (28 de julio).

Thomas Cromwell es ejecutado (28 de julio).

1541 Catalina Howard es ejecutada (13 de febrero).

1542 Los escoceses sufren una aplastante derrota a manos de los ingleses en Solway Moss (24 de noviembre).

Nace María Estuardo (8 de diciembre).

Muere Jacobo V de Escocia, dejando a María Estuardo, a la edad de solo una semana, como reina de los escoceses (14 de diciembre).

1543   Muere lord Latymer (marzo).

Enrique VIII se casa con Catalina Parr (12 de julio).

Se firma un tratado con el Sacro Imperio Romano Germánico en el que Inglaterra se compromete a atacar a Francia.

Los conservadores religiosos, entre ellos Stephen Gardiner, obispo de Winchester, se encuentran en auge; se dicta una ley que restringe la lectura de la Biblia en inglés a las clases adineradas.

Tres predicadores luteranos mueren en la hoguera (4 de agosto).

1544   Isabel y María Tudor regresan a la línea de sucesión, pero se las sigue considerando ilegítimas.

Thomas Wriothesley es nombrado lord canciller (3 de mayo).

Victoria en Escocia; Edward Seymour, conde de Hertford, quema Edimburgo (3-15 de mayo).

Guerra de Inglaterra y el Imperio contra Francia; sitio de Boulogne; Catalina Parr reina como regente (19 de julio-18 de septiembre).

El emperador firma un tratado en secreto con Francisco I, dejando sola a Inglaterra en la lucha contra Francia.

1545   Las flotas francesa e inglesa se enfrentan cerca de Portsmouth; hunden el Mary Rose (19 de julio).

1546   Anne Askew muere en la hoguera acusada de herejía (6 de julio).

Stephen Gardiner y Thomas Wriothesley intentan derrocar a Catalina Parr (julio y agosto).

1547   El conde de Surrey es ejecutado (19 de enero).

Muere Enrique VIII (28 de enero).

La muerte del rey se anuncia tres días más tarde.

Eduardo VI es proclamado rey, con Edward Seymour (que pronto pasará a ser duque de Somerset) como su lord protector (31 de enero).

Thomas Wriothesley (ahora conde de Southampton) es destituido como lord canciller (6 de marzo).

Catalina Parr se casa con Thomas Seymour (ahora lord

Seymour de Sudeley y lord almirante de Inglaterra) en una ceremonia secreta (primavera).

El obispo Gardiner es encarcelado (5 de septiembre).

1548   Isabel Tudor es enviada a Cheshunt para evitar el escándalo de su conducta sexual inapropiada con Thomas Seymour (mayo).

Nace María Seymour, hija de Catalina Parr y Thomas Seymour (30 de agosto).

Muere Catalina Parr de fiebre puerperal (5 de septiembre).

1549   Thomas Seymour es ejecutado (20 de marzo).

Lecturas recomendadas

Quisiera expresar mi gratitud a tres biógrafas de Catalina Parr —Susan James, Linda Porter y Elizabeth Norton—, cuyas investigaciones históricas me proporcionaron la estructura en torno a la cual pude construir *El juego de la reina*.

También me siento agradecida con los autores que se indican abajo, cuyas obras me han ayudado a reconstruir algo que se aproxima al mundo de la corte de los Tudor.

Baldwin Smith, Lacey, *Treason in Tudor England: Politics and Paranoia*, Londres, Pimlico, 2006.

Boorman, Tracy, *Elizabeth's Women*, Londres, Vintage, 2010.

Dickson Wright, Clarissa, *A History of English Food*, Londres, Random House, 2011.

Doran, Susan, *The Tudor Chronicles 1485-1603*, Londres, Quercus, 2008.

Duffy, Eamon, *The Voices of Morebath: Reformation and Rebellion in an English Village*, New Haven, CT, Yale University Press, 2001.

Emerson, Kathy Lynn, *A Who's Who of Tudor Women (2008-2012)*, http://www.kateemersonhistoricals.com/Tudor-WomenIndex.htm.

Fraser, Antonia, *The Weaker Vessel: Woman's lot in seventeenth-century England*, Londres, Heinemann, 1984.

Frye, Susan y Robertson, Karen (eds.), *Maids and Mistresses, Cousins and Queens: Woman's alliances in Early Modern England*, Nueva York y Oxford, Oxford University Press, 1999.

Haynes, Alan, *Sex in Elizabethan England*, Stroud, Sutton Publishing Ltd., 1997.

Hutchinson, Robert, *The Last Days of Henry VIII*, Londres, Phoenix, 2006.

Hutson, Lorna, *Feminism and Renaissance Studies*, Nueva York y Oxford, Oxford University Press, 1999.

Ives, Eric, *Lady Jane Grey: A Tudor Mistery*, Oxford, Wiley-Blackwell, 2009.

James, Susan, *Catherine Parr: Henry VIII's Last Love*, Stroud, The History Press Ltd., 2008.

McGrath, Alister E., *Reformation Thought: An Introduction*, Oxford, Wiley-Blackwell, 1998.

Mikhaila, Ninya y Malcolm-Davies, Jane, *The Tudor Tailor*, Londres, Batsford, 2006.

North, Jonathan, *England's Boy King: The Diary of Edward VI, 1547-1553*, Welwyn Garden City, Ravenhall, 2005.

Norton, Elizabeth, *Catherine Parr*, Stroud, Amberley Publishing, 2010.

Plowden, Alison, *Tudor Women: Queens and Commoners*, Stroud, Sutton Publishing Ltd., 1998.

Porter, Linda, *Katherine the Queen: The Remarkable Life of Katherine Parr*, Londres, Macmillan, 2010.

Ridley, Jasper, *A Brief History of The Tudor Age*, Londres, Constable & Robinson Ltd., 2002.

Sim, Alison, *Masters and Servants in Tudor England*, Stroud, Sutton Publishing Ltd., 2006.

—*Pleasures and Pastimes in Tudor England*, Stroud, Sutton Publishing Ltd., 2002.

—*The Tudor Housewife*, Stroud, Sutton Publishing Ltd., 1996.

Somerset, Anne, *Ladies in Waiting: From the Tudors to the Present Day*, Edison, NJ, Castle Books, 2004.

Stone, Lawrence, *The Family, Sex and Marriage in England 1500-1800*, Londres, Penguin, 1990.

Thomas, Keith, *Religion and the Decline of Magic*, Londres, Weidenfeld & Nicolson, 1971.

Travitsky, Betty S. y Cullen, Patrick (eds.), *The Early Modern Englishwoman. Volume 3: Katherine Parr*, Menston, Scolar Press, 1997.

Weir, Alison, *Children of England: The Heirs of King Henry VIII 1547-1558*, Londres, Vintage, 2008.

— *The Six Wives of Henry VIII*, Londres, Pimlico, 1992.

Whitelock, Anna, *Mary Tudor: England's First Queen*, Londres, Bloomsbury, 2009.

Withrow, Brandon G., *Katherine Parr: A guided Tour of the Life and Thought of a Reformation Queen*, Philipsburg, NJ, P&R Publishing, 2009.

«Para viajar lejos no hay mejor nave que un libro».

EMILY DICKINSON

Gracias por tu lectura de este libro.

En **penguinlibros.club** encontrarás las mejores
recomendaciones de lectura.

Únete a nuestra comunidad y viaja con nosotros.

penguinlibros.club